REBECCA MARTIN | Die verlorene Geschichte

Ein Interview mit Rebecca Martin lesen Sie ab Seite 509.

Einen Stammbaum der Familie Stein finden Sie auf Seite 511.

REBECCA MARTIN

Die verlorene Geschichte

Roman

Diana Verlag

MIX
Papier aus verantwortungsvollen Quellen
FSC® C014496

Verlagsgruppe Random House FSC-DEU-0100
Das für dieses Buch verwendete
FSC®-zertifizierte Papier *Holmen Book Cream*
liefert Holmen Paper, Hallstavik, Schweden.

4. Auflage
Originalausgabe 01/2013

Dieses Werk wurde vermittelt durch die
Literarische Agentur Thomas Schlück GmbH, 30827 Garbsen
Redaktion | Barbara Raschig
Umschlaggestaltung | t.mutzenbach design, München
Umschlagmotiv | © Eugenia Kyriakopoulou /
Demurezcover Arts und shutterstock
Herstellung | Helga Schörnig
Satz | C. Schaber Datentechnik, Wels
Druck und Bindung | GGP Media GmbH, Pößneck

Printed in Germany

978-3-453-35580-4

www.diana-verlag.de

Für Irma, Hertha und Paul –
danke für eure Geschichten

PROLOG

Juli 1951

Dieser Sommer würde nicht enden. Schon seit Tagen brannte die Sonne gleißend hell vom Himmel herunter. Die Hitze waberte dicht über dem staubigen Feldweg, malte flirrende Truggebilde in die Luft und ließ das alte, verfallene Weingut, das nun in der kleinen Talmulde vor Bernd und seinem Bruder Wolfgang auftauchte, noch bedrohlicher erscheinen.

Unvermittelt blieb Bernd stehen, Wolfgang tat es ihm gleich. Für diesen einen Moment, in dem die beiden Jungen mit aufgerissenen Augen reglos lauschend dastanden, war bis auf ihre eigenen hastigen Atemzüge nichts zu hören. Tatsächlich sah es so aus, als würde das Haus sie beobachten und nicht umgekehrt.

In einem Anflug von Unbehagen erinnerte sich Bernd daran, dass man sie gewarnt hatte hierherzukommen. Die Mutter hatte es sogar verboten. Zunächst konnte er sich nicht rühren, dann kehrten wie auf einen Schlag die Geräusche in die Welt zurück. Bienen und andere Insekten flirrten und sirrten in der nahen Wiese und in den Weinbergen. Aus dem trockenen Gras links und rechts des Wegs drang das lautstarke Zirpen von Grillen. Entschlossen schob der dreizehnjährige Bernd die Hände in die Taschen seiner kurzen, grauen Stoffhosen und wechselte einen herausfordernden Blick mit dem drei Jahre jüngeren Wolfgang, bevor er betont lässig weiterschlenderte.

Wolfgang zögerte noch, entschied sich dann aber, dem Bruder zu folgen, wie Bernd an den raschen knirschenden Schritten hinter sich erkannte. Er drehte sich nicht noch einmal um, wenn auch nur, um das eigene mulmige Gefühl im Magen nicht zu verstärken. Vielleicht wäre er ja sonst doch noch weggerannt, so aber rückte das Haus vor ihnen mit jedem Schritt unaufhaltsam näher.

Kurz vor der nächsten Biegung, hinter der der Weg auf das Tor des alten Guts zuführen würde, bog Bernd in einen kleinen Pfad nach rechts ab, der bald zwischen wuchernden Brombeerranken an der hinteren Mauer des Gebäudes entlangführte und vom Haus nicht eingesehen werden konnte. Um sich abzulenken, betastete er den Inhalt seiner Hosentasche: ein Stein, Vaters altes Taschenmesser und der Kaugummi des Amerikaners, den er sorgsam aufbewahrte.

Es ist verboten, hier zu spielen, mahnte die Stimme in seinem Kopf erneut.

Schon alleine deswegen übte das verfallene Gehöft wohl eine geradezu magische Anziehungskraft auf die Kinder des neuen Dorfs aus, der nur schwer zu widerstehen war. Wie oft hatte Bernd die Erwachsenen wispern hören, dass »der Alte«, der dort wohnte, den Verstand verloren habe, dass er gefährlich sei, dass er eingesperrt werden müsse.

»Nach Alzey gehört der«, hatte die Mutter einmal in seiner Anwesenheit zu Tante Ilse gesagt. Die hatte nur den Kopf geschüttelt. »Aber Margit, der tut doch keiner Fliege was. Der ist ein Eigenbrötler, der Ludwig, nichts weiter.«

Die Mutter hatte daraufhin etwas Unverständliches gemurmelt. Dann hatte sie laut mit den Töpfen gescheppert.

»Wart ab, wart nur ab«, hatte sie endlich ausgerufen. »Ihr werdet's noch alle sehen. Ich hab meinen Jungen jedenfalls verboten, dort hinzugehen. Ist schon schlimm genug, dass Rüdiger und die älteren Burschen sich da herumtreiben. Der Ludwig, sag ich euch, der ist wie ein Blindgänger, der irgendwann explodiert.«

Danach war das Geschirrklappern wieder lauter geworden, und Bernd hatte nichts mehr zu hören bekommen. Das, was er gehört hatte, hatte ihn allerdings den ganzen Tag über nicht mehr losgelassen.

Ob der Alte wirklich gefährlich war? Wie auf ein geheimes Zeichen hin sahen beide Brüder an der hohen Gutsmauer entlang nach oben. Bernd vergrub seine Hände noch tiefer in den Hosentaschen. Wenn der Vater erfuhr, dass sie der Mutter zuwidergehandelt hatten, das wusste er, dann setzte es einen Satz heiße Ohren – und wenn der Alte sie erwischte … Er pfiff leise durch die Zähne, strich sich unwillkürlich mit der Hand über den Hals. Nun, das wollte er sich lieber nicht vorstellen, sonst würde er womöglich doch noch davonlaufen, und das konnte er sich vor Wolfgang nicht erlauben. Schließlich war er der Ältere.

Leise begann er das erste Lied zu singen, das ihm in den Sinn kam: »Warte, warte nur ein Weilchen …«

»Was singst'n da?«, wollte Wolfgang wissen.

»Nix.«

Bernd blieb stehen, eine Hand immer noch in der Hosentasche, dicht an den vertrauten Gegenständen. Stein, Vaters Messer, Kaugummi. Mit der anderen Hand stützte er sich gegen die Mauer, winkelte ein Bein an, so wie er es sich bei den größeren Jungen abgeguckt hatte.

»Traust dich nicht, gell? Willste nach Hause, Wolfi?«

Wolfgang musste den Kopf ein wenig in den Nacken legen, um dem größeren Bruder direkt ins Gesicht zu sehen. Gegen die helle Sonne blinzelte er. Er zögerte, schob die Unterlippe vor und schüttelte dann heftig den Kopf.

»Nö, hab keine Angst«, quetschte er hervor.

Bernd schaute ihn prüfend an. Natürlich hatten sie auch die großen Jungs reden hören, von dem Weingut und seinem seltsamen Besitzer. Es galt unter den Älteren als Mutprobe, sich dem Haus zu nähern, und wenn es Bernd und Wolfgang gelingen wollte, dann würden sie die Jüngsten sein, die diese Probe je bestanden hatten. Gestern waren sie erstmals hier gewesen, und heute – so hatte Bernd beschlossen – würden sie diese Mauer überwinden.

Und nicht nur das. Er hatte sich auch vorgenommen, sich dem Alten zu zeigen, denn das hatte wirklich schon lange niemand mehr gewagt.

Ganz genau hatte er sich alles ausgemalt. Zuerst hatten sie in Sichtweite der Mutter auf dem Platz vor dem Haus gespielt. Dann hatte ihr großer Bruder Rüdiger auf sie aufpassen sollen, doch dessen Freundin Jutta war bald aufgetaucht, sodass die beiden nur noch Augen füreinander gehabt hatten.

Jutta war die, über die die älteren Frauen wisperten, die, deren Röcke immer etwas zu bunt und zu weit ausgestellt waren und deren Pferdeschwanz zu keck wippte. Sagte Mutter. Jutta kaute Kaugummi, hörte Teufelsmusik und hatte ihm auch schon einmal Kaugummis mitgebracht. Jutta war das schönste Mädchen im Neubaugebiet von

Bonnheim. Bernd hätte sie stundenlang beobachten können, doch als Tante Ilse gekommen war und kurz darauf ihre und Mutters Stimmen zu hören gewesen waren, hatte dem Plan nichts mehr im Weg gestanden.

Zuerst langsam und unauffällig, dann immer schneller hatten die Jungen sich entfernt. Sie waren den Hauptweg entlang durch das Dorf geschlendert, hatten dann eine Seitenstraße gewählt, waren schneller gelaufen und schneller. Irgendwann war der Asphalt in Schotter übergegangen, darauf war Lehm gefolgt, in den die Sonne eine Landkarte aus rissigen Linien gebrannt hatte. Der letzte Regen lag schon länger zurück. Dort, wo in den Weinbergen und auf den Feldern gearbeitet wurde, stiegen Staubwolken auf. Die meisten Kinder und Jugendlichen badeten bei diesem Wetter unten am Fluss. Wolfgang hatte den Grüppchen durchaus traurig hinterhergeschaut, und für eine Weile waren ihnen deren muntere Stimmen auf dem Weg gefolgt.

Hier, hinter dem Weingut, war es einsam und still. Wieder spürte Bernd Angst in sich aufsteigen, packte entschlossen den Kaugummi aus dem Butterbrotpapier und schob ihn sich in den Mund. Schon fühlte er sich besser. Rüdiger hatte ihm gezeigt, wie man alte Kaugummis in Zucker einlegte und ihnen damit wieder etwas Geschmack verschaffte. Wolfgang zupfte den Bruder am Ärmel seines kurzen Karohemds.

»Krieg ich auch einen?«

»Hab keinen mehr.« Bernd beschattete seine Augen gegen die Sonne. Je näher sie dem alten Gebäude gekommen waren, desto häufiger und länger hatte Wolfgang gezögert, doch Bernd hatte ihn jedes Mal überreden können weiterzugehen. Nach etwa einer Dreiviertelstunde, in der sie hier noch ein Insekt betrachtet und dort nach einem Bussard Ausschau gehalten hatten – aber in der Hitze wollte keiner fliegen –, hatten sie ihr Ziel erreicht.

Hinten, das wussten sie von Rüdiger, gab es irgendwo eine Lücke in der Mauer. Durch einen halb zugewachsenen Pfad voller Gras, Brombeerranken und silbergrünen Disteln schlichen Bernd und Wolfgang vorsichtig darauf zu. Tatsächlich war an einer Stelle die Mauer zusammengebrochen. Erde und Steine lagen in einem wilden Wirrwarr übereinander.

Wieder zögerte Wolfgang, wieder überredete ihn Bernd. Als Älterer kletterte er voraus und reichte dem Jüngeren dann die Hand. Sie mussten sich an weiteren Brombeerranken vorbeidrücken, schlichen dann durch einen verdorrten Garten, in dem eindeutig mehr gegossen werden musste. Ein paar Kartoffelpflanzen ließen müde die Köpfe hängen. Reihen von Karotten und Kohl waren verdorrt. Nicht zum ersten Mal fragte Bernd sich, wie der Alte wohl aussah, über den man im Dorf nur flüsterte.

Alt, hatte Rüdiger gesagt, uralt.

Früher war er wohl manchmal ins Dorf gekommen, hatte sich in der Dorfschenke einen Schoppen Wein oder ein Remischen geholt, hatte ein Schwätzchen gehalten mit Menschen, die inzwischen schon lange verstorben waren. Bernd war damals noch zu klein gewesen, um sich daran zu erinnern. Irgendwann hatte man ihn nicht mehr gesehen. Irgendwann hatte man ihn nicht mehr beim Namen genannt, sondern nur noch den Alten. Dass er noch lebte, wussten sie, weil Tante Ilse ihm einmal im Monat seine Einkäufe brachte und manchmal seine Wäsche abholte, um sie zu waschen oder zu flicken oder beides. Manchmal sah sie ihn dann. Tante Ilse hatte den Alten schon gekannt, als sie noch ein junges Mädchen gewesen war.

»Er ist nicht mehr gut zu Fuß«, hatte sie kürzlich zu Mutter gesagt, und dass er nur das Nötigste sprach.

Als seien ihm die Worte im Laufe der Jahre zu kostbar geworden, wiederholte Bernd Tante Ilses Worte bei sich. Genau das hatte sie gesagt. Er zog für einen Moment die Stirn kraus. Die Mutter hatte darüber gelacht, wenn Bernd auch nicht verstand, was daran lustig sein sollte.

»Er war nie ein Mann des Wortes, Ilse. Nicht nachdem …«

»Ja«, hatte Tante Ilse schon knapp gesagt, bevor die Mutter ihren Satz beendet hatte.

Wolfgang und Bernd waren nun auf der Seite des Hauses angekommen, die der Mauer am nächsten lag, doch hier gab es nur hoch oben ein Fenster in der steingrauen Fassade.

»Hm«, brummte Bernd, schob den Kaugummi im Mund umher und war sichtlich bemüht, sich die Enttäuschung nicht anmerken zu lassen. Er hatte darauf gehofft, schon von dieser Seite aus einen Blick auf den Alten werfen zu können. »Lass uns einmal ums Haus gehen«, brachte er undeutlich heraus.

Er wartete nicht ab, sondern marschierte einfach voran. Hinter der nächsten Hausecke lag überall Unrat auf dem Boden verteilt: alte Blechbehältnisse, Kiepen, in denen man Weintrauben sammelte, ein Holzschubkarren mit einem kaputten Rad. Bernd und Wolfgang wechselten einen kurzen Blick. Wolfgang stieß versehentlich gegen einen der Blechbehälter, und die beiden Jungen fuhren zusammen. Nachdem das Scheppern verklungen war, wirkte die

Stille um sie mit einem Mal so drückend wie die Hitze. Bernd spürte, wie ihm der Schweiß an den Schläfen und am Hals herunterlief.

Hatte man sie gehört? Er dachte wieder an die Mutter, die ihm verboten hatte hierherzugehen. Weil es gefährlich war. Weil der Alte gefährlich war. Weil er irgendetwas verbarg. Warum sonst empfing er nie Besuch? Warum sonst lebte er alleine? Bernd kaute entschlossener. Der Kaugummi hatte seinen Geschmack längst wieder verloren.

Ich habe keine Angst, wiederholte er stumm, ich habe keine Angst.

Auf gar keinen Fall wollte er seinem Bruder zeigen, dass sich schon wieder ein mulmiges Gefühl in seiner Magengrube ausbreitete.

»Ich habe keine Angst«, sagte er stattdessen laut und deutlich und drehte sich herausfordernd zu Wolfgang um.

Der starrte ihn an, gab aber keine Antwort. Gemeinsam stapften sie weiter, durch hohes, teils braunes Gras, wieder vorbei an dem verwilderten Garten. Dann erreichten sie die andere Seite des Gebäudes. Bernd fragte sich, ob damit die Mutprobe vielleicht doch schon bestanden war …

Er unterdrückte ein Schaudern, stemmte die Hände in die Hüften und sah zu einem der Fenster hinauf. Es stand offen. Wolfgang rückte näher an ihn heran.

Es war dieser Moment, in dem er die schmale Tür sah, die sich, kaum zehn Schritte von ihnen entfernt, im Gemäuer verbarg. Eine Hintertür. Ob die wohl offen war? Und was, wenn Wolfgang und er sich dort hineinschlichen? Würden sie damit nicht alle anderen übertreffen? Bevor er sich noch Gedanken darum machen konnte, ob seine Überlegung die richtige sein mochte, hatte Bernd den Abstand zur Tür überwunden und betätigte vorsichtig den Riegel.

»Bernd!« Aus weit aufgerissenen Augen sah ihn sein Bruder an. Bernd zwinkerte ihm zu. »Das klappt schon. Vertrau mir.«

Die Tür war nicht verschlossen. Mit angehaltenem Atem zog Bernd sie auf und spähte in den halbdunklen Flur, der sich dahinter auftat. Noch ein Schritt und er befand sich im Gebäude. Irgendwo war Musik zu hören, dann Stimmen. Bevor er es sich noch anders überlegen konnte, war Bernd schon zwei Schritte weitergegangen, drehte sich um und winkte seinem Bruder zu.

Wolfgang zog die Schultern hoch.

»Mama hat's uns aber verboten«, flüsterte er.

»Mama ist nicht hier«, zischte Bernd zurück. »Aber du kannst natürlich nach Hause gehen, du Memme.«

Es fühlte sich gut an, so mutig zu tun. Solange Wolfgang ängstlich war, konnte Bernd das eigene Unbehagen besser verdrängen. »Jetzt komm schon.«

Wolfgang schüttelte den Kopf. Dann eben nicht, dachte Bernd bei sich und schlich weiter. Wolfgangs Angst beflügelte ihn geradezu. Immer besser gewöhnten sich seine Augen an das Dämmerlicht. Der Flur war teilweise mit dunklem Holz getäfelt. Neben der Haustür, am anderen Ende, stand ein kleines Tischchen mit schmalen gebogenen Beinen, daneben ein Paar alte, schwarze Gummistiefel. Ein grauer Kittel hing an einem Haken an der Wand. Der Boden war schwarz und weiß gekachelt, jedoch ziemlich schmutzig. Die Musik und die Stimmen drangen hinter der Tür hervor, die der Haustür am nächsten war. Bernd zögerte, bevor er behutsam die letzten Schritte tat, und versuchte, durch den Türspalt zu spähen.

Die Küche, wie er schon vermutet hatte. Auf dem großen Herd stand ein Wasserkessel. Er konnte Wasser kochen hören. Dann wieder Stimmen und nach einer Weile Musik. Es rauschte und knackte. Ein Radio.

Bernd spähte weiter durch den Spalt. Von seinem Platz an der Tür aus konnte er einen Küchentisch ausmachen, auf dem ein buntes Sammelsurium an Tassen und Tellern stand. Der Alte war nirgends zu sehen. Wahrscheinlich befand er sich auf der anderen Seite der Tür. Wie von selbst schob sich Bernds rechte Hand in die Hosentasche. Für einen Moment berührten seine Finger das Messer.

Schade, dass der Alte nicht zu sehen ist, dachte er. Aber gut, jetzt musste er zumindest noch irgendeinen Beweis dafür mitnehmen, dass er hier gewesen war.

Noch einmal sah er sich im Flur um. Außer dem Tisch war kein weiteres Möbelstück zu sehen. Etwa auf der Mitte des Flurs führte eine enge Stiege ins obere Stockwerk. Schräg gegenüber der einmal weiß gestrichenen Küchentür, von der allerdings längst die Farbe abblätterte, führte eine dunkle Holztür in ein weiteres Zimmer. Bernd musterte die Wände. Mehr Bilder hingen dort, als er es von daheim gewohnt war: alte Fotos und gemalte Porträts mit Männern und Frauen darauf, die ihn mehr oder weniger ernst anblickten. Etwas tiefer, sodass er es berühren konnte, befand sich das Foto einer jungen Frau mit langen Zöpfen. Bernd streckte die Finger danach aus, zögerte dann aber. Er warf einen Blick auf die rückwärtige Tür, wo Wolfgang wartete, dann schaute er wieder das Bild an.

Lächelte die Frau? Man konnte es nicht sagen. Er kniff die Augen zusammen, schaute dann auf die kleine Puppe, die die junge Frau in der Hand hielt. Eine Lumpenpuppe war das, mit Knöpfen anstelle von Augen, die sich seltsam einfach gegen das hochgeschlossene, dunkle Kleid der Frau ausnahm. Bernd interessierte sich zwar nicht für Kleidung, aber ein einfaches Kleid konnte er schon von einem Sonntagskleid unterscheiden. Das hier war ein Sonntagskleid.

Wieder warf er einen Blick in Wolfgangs Richtung. Jetzt konnte er ihn durch den Türspalt sehen. Bernd streckte die Hand erneut zu dem Bild hin, da war plötzlich eine scharfe Stimme zu hören.

»He, Bursche, was machst du da?«

Bernd fuhr zusammen. Über ihm am Treppenende war die hagere Gestalt eines sehr alten Mannes aufgetaucht.

Vor Schreck riss Bernd das Bild von der Wand, packte es im nächsten Moment, bevor er noch wusste, was er tat, und begann zu laufen. Er hörte die schweren Schritte des Mannes auf der Treppe. Bernds Mund und seine Kehle waren mit einem Mal staubtrocken. Der Alte sieht aus wie ein Skelett, fuhr es ihm durch den Kopf, und er hat schlohweißes Haar, und seine Augen funkeln.

»Lauf, Wolfgang, lauf, weg hier!«, krächzte er.

Weil die Treppe zwischen ihm und dem Hinterausgang lag und der Alte beachtlich schnell war, warf Bernd sich herum und rannte auf die Haustür zu.

Bitte, lass sie offen sein, bitte, bitte, lass sie offen sein.

Er drückte die Klinke. Verschlossen, aber der Schlüssel steckte, immerhin.

Lieber Gott, ich danke dir …

Bernds Finger zitterten, während er den Schlüssel knirschend im Schloss drehte. Der Alte hatte die letzte Treppenstufe erreicht.

»Hiergeblieben, du kleiner Dieb!«

Bernd sah zurück. Der Alte kam … Er kam näher … Er humpelte, aber er war doch viel zu schnell, viel schneller, als Bernd erwartet hatte … Viel schneller … Bernd riss die Tür auf, wäre draußen fast die wenigen Stufen hinuntergestürzt.

Wohin jetzt, wohin nur? Linker Hand war ein alter Stall. Vielleicht konnte er sich dort verstecken. Hatte Rüdiger nicht gesagt, dass der Stall voller Gerümpel war? Bernd nahm alle Kraft zusammen und raste weiter, durch die geöffnete Stalltür hindurch, hinter der er abrupt zum Stehen kam. Zwischen Dämmerlicht und einem grellen Streifen Sonne, der durch die Öffnung fiel, konnte er einen Traktor sehen. Sonst war der Stall fast leer.

Bernd runzelte die Stirn. Hier würde er sich nirgends verstecken können. Ob der Alte wusste, dass er hier hineingelaufen war? Sicher wusste er das. Ob wenigstens Wolfgang entkommen war, ob er Hilfe holen konnte?

Bitte lass ihm nichts passiert sein.

Bernd machte einige entschlossene Schritte tiefer in das Halbdunkel hinein, warf wieder einen Blick über die Schulter zurück. Noch immer war niemand zu sehen. Plötzlich fiel ihm wieder die Stille auf, eine Stille, wie auf dem Weg hierher, so umfassend, dass er beim nächsten lauteren Geräusch befürchtete, schreien zu müssen.

Hoffentlich ist Wolfgang schon auf dem Weg nach Hause. Hoffentlich kann er Hilfe holen.

Er wagte sich noch ein Stück weiter vor. Was blieb ihm auch anderes übrig? Draußen wartete der Alte auf ihn.

Er rümpfte die Nase, roch Staub, Feuchtigkeit und altes Holz, Moder. Unter den Sohlen seiner Sandalen knirschte es, während er sich behutsam vorwärtsbewegte, immer auf den Traktor zu. Vielleicht würde er sich ja dahinter verstecken können?

Plötzlich hatte er das Gefühl, beobachtet zu werden. Er sah sich um. Da war niemand. Hatte die Mutter recht? War der Alte verrückt? Er schaute wieder zum Traktor hin, dann zur Tür, atmete tief durch. Schmatzende Geräusche waren auf einmal zu hören, von denen er nicht wusste, ob er sie nun selbst verursachte oder doch jemand anders. Er lief nun nicht mehr auf staubiger Erde, sondern auf alten Brettern. Bei jedem Schritt knarzte und knirschte es lauter und beängstigender unter seinen Schuhsohlen.

Himmel, was ist das?

»Junge, bleib stehen!«

Der Alte.

Er war da. Er hatte ihn gefunden. Bernd fuhr herum, sah im nächsten Moment einen kleinen, dunklen Schatten durch die Stalltür und dann auf sich zu rasen.

»Bernd, hilf mir, hilf mir bitte!«

»Wolfgang«, konnte Bernd gerade noch hervorstoßen, dann prallte der Bruder auch schon gegen ihn.

Für ein Augenzwinkern lang wurde das Knarzen und Knirschen noch lauter, wandelte sich mit einem Mal zu einem ohrenbetäubenden Bersten und Splittern. Bernd schrie, als er unerwartet den Halt verlor. Seine Hände suchten wirbelnd in der Luft, dann stürzte er krachend durch das Loch, das sich urplötzlich unter ihm aufgetan hatte, und schlug gleich darauf hart auf dem Boden auf. Wolfgang, der sich ebenfalls nicht mehr halten konnte, landete auf ihm.

»Aua!« Der Schmerz ließ Bernd die Tränen in die Augen schießen, doch gleich schob er den Jüngeren beiseite, sprang auf und sah nach oben durch das Loch. Schritte näherten sich.

»Alles in Ordnung, Jungs?«

Der Alte.

Bernd biss die Zähne aufeinander. Wolfgang wollte antworten, doch der Bruder bedeutete ihm zu schweigen.

»Sagt doch, ist euch etwas passiert?«

»Es geht mir gut«, piepste Wolfgang, bevor Bernd ihn daran hindern konnte.

»Und der andere?«

Bernd hielt noch den Zeigefinger fest gegen die Lippen gepresst, als der Alte oben am Rand auftauchte und prüfend auf sie herunterblickte. Bernd konnte sehen, wie er den Kopf schüttelte.

»Na, na, was mache ich denn jetzt mit euch?«

Bernd klopfte sich den Staub von der Hose. Er hatte Angst, aber das würde er sich nicht anmerken lassen. Ohne ein weiteres Wort zu sagen, verschwand der Alte wieder.

»Wo geht er denn hin?«, fragte Wolfgang ängstlich.

»Weg.« Bernd verschränkte die Arme vor der Brust, um nicht zu zittern.

»Aber er kann uns doch nicht hier alleine lassen?«

Wolfgangs Stimme klang unsicher. Bernd zuckte die Schultern.

»Doch, kann er, siehste doch.«

Zum ersten Mal sah er sich um. Zuerst hatte er gedacht, dass es ein Keller war, in den sie gestürzt waren. Nun stellte er fest, dass es sich lediglich um eine an den Seitenwänden mit Holz ausgeschalte Kammer handelte, etwas länger als seine knapp 1,50 m, doch recht tief. Auch wenn er sich streckte, konnte er den oberen Rand mit seinen Fingerspitzen nicht erreichen. Bernd ließ die Arme sinken. Wolfgang hatte ihn derweil nicht aus den Augen gelassen.

»Und was machen wir jetzt?«, fragte er.

»Wir warten.« Bernd versuchte, unbekümmert zu klingen. »Man wird nach uns suchen.«

»Und wenn nicht?«

Bei diesen Worten krampfte sich Bernds Magen zusammen. Warte, warte nur ein Weilchen, sang es in seinem Kopf, dann kommt Haarmann auch zu dir …

»Sie werden uns suchen«, bekräftigte er. Seine Stimme zitterte ganz leicht, er schluckte. »Ganz bestimmt.«

Wolfgang starrte ihn an. »Gut«, sagte er schließlich und ließ sich zu Boden sinken.

»Hast du dich verletzt?«, fragte Bernd nach einer Weile.

Wolfgang schüttelte den Kopf.

»Ich mich auch nicht«, murmelte Bernd.

Wie lange es wohl dauern würde, bis man sie suchte? Bernd hoffte sehr, dass es schnell ging. Er betastete wieder die Gegenstände in der Tasche. Von oben war gar nichts mehr zu hören. Inzwischen hatten sich seine Augen an das Dämmerlicht gewöhnt. Er erkannte, dass die Wände aus Brettern bestanden, der Boden offenbar aus gestampfter Erde.

Während er die wieder allgegenwärtige Stille zu ignorieren versuchte, streifte er mit der Spitze seiner rechten Sandale über den Boden. Etwas ließ ihn gleich darauf innehalten, ein größerer Gegenstand, der sich nicht nach Erde anfühlte. Ein Stein vielleicht? Bernd bewegte den Fuß nochmals hin und her. Etwas Halbrundes schälte sich aus dem Boden hervor, heller als der dunklere Erdgrund.

Neugierig bückte er sich, half nun mit beiden Händen nach, um den Gegenstand aus der Erde zu bringen, zupfte und zerrte daran und erstarrte, als er ihn endlich in der Hand hielt.

Speichel tropfte aus seinem vor Entsetzen geöffneten Mund. Er plumpste rückwärts auf seinen Po und blieb dort sitzen, den Gegenstand immer noch fest umklammert, als sei es ihm unmöglich, ihn loszulassen: Zwei noch halb mit Erde gefüllte Augenhöhlen starrten ihn an. Ein fleischloses Gebiss bleckte die Zähne unter dem Loch, an dessen Stelle einst eine Nase gesessen hatte.

Es war Wolfgang, der schrie.

Erster Teil

Familienbande

Juli 1997

Erstes Kapitel

Australien, Swan Valley

»Darf ich hereinkommen?« Claire schob den weißhaarigen Schopf durch den Türspalt und lächelte ihren Sohn an. John, der sie in diesem Moment wieder einmal schmerzhaft an seinen verstorbenen Vater erinnerte, schaute auf den Klang ihrer Stimme hin sofort auf.

»Klar, Mum.«

Er erhob sich und machte eine Handbewegung, die wohl einladend wirken sollte, aber eher lustlos und müde daherkam. Claire trat ein. Unwillkürlich fiel ihr Blick auf das staubbedeckte Modellflugzeug auf Johns Schreibtisch. Sie überlegte, wann er das letzte Mal daran gebastelt hatte.

Fünf Jahre war das jetzt her. John hatte seine Werkstatt fünf Jahre lang nicht mehr betreten, nicht mehr seit Ann …

Claire unterdrückte einen Seufzer. Mit einer unschlüssigen Bewegung wischte John sich die Hände an seinen speckigen Arbeitsjeans ab. Er war heute lange in den Weinbergen unterwegs gewesen, hatte Pflöcke repariert und mit dem Verwalter gesprochen, wie sie wusste. Später – Claire hatte gerade im *guest house* einigen Besuchern Tipps für die nächsten Tage gegeben – hatte sie ihn im Hof gesehen, wie er eine Lieferung alter französischer Cognacfässer prüfte. Im Swan Valley war der Juli der kälteste Monat des Jahres, doch heute war die Temperatur schon am Vormittag auf 20 °C geklettert. Ein junges Pärchen hatte sich für eine Bootstour auf dem Swan River entschieden.

Claire räusperte sich.

»Judy hat mir wieder mit den Zimmern geholfen. Deine Tochter macht ihre Sache wirklich gut«, bemerkte sie dann, um wenigstens irgendetwas zu sagen. Ihre zwölfjährige Enkelin verdiente sich seit einigen Monaten auf diese Weise etwas zum Taschengeld hinzu.

Sie hatte das hellbraune Haar ihrer Mutter, aber die blauen Augen ihrer Großmutter. Kurz musste sie an Judys schmale, fuchtelnde Hand denken, mit der diese sie davon hatte abhalten wollen, sich mit ihren fünfundachtzig Jahren zu bücken.

»Hm«, entgegnete John.

Claire schaute wieder das Flugzeug an. Nein, die Staubschicht darauf war noch deutlich zu sehen. Sie fühlte quälendes Bedauern in sich. Früher hatte John lange Abende über seinen Modellen verbracht. Nach dem Tod seiner Frau hatte er damit aufgehört.

Fünf Jahre war der Flugzeugabsturz jetzt her, dem Ann und Johns Vater, Claires Ehemann, zum Opfer gefallen waren.

Unbehaglich bemerkte sie, dass John und sie schon wieder stumm voreinanderstanden. Es war ihr Mann gewesen, der Ann überredet hatte, den Flug anzutreten. Vielleicht hatte sich Claire deswegen immer irgendwie mitschuldig an ihrem Tod gefühlt. Sie wusste, dass das nicht richtig war, aber sie konnte einfach nichts dagegen machen.

»Judy ist schon im Bett«, sagte John jetzt mit rauer Stimme.

Claires Hand fuhr in ihren Nacken, wo sie in einer schnellen Bewegung wie gewohnt ihren Dutt betastete.

»Glaubst du, ich will eigentlich zu Judy, wenn ich an deine Tür klopfe?«

Sie schaute ihren Sohn ernst an. Natürlich, Judy und sie waren eng miteinander, besonders, seit sie dem Kind die Mutter ersetzte, aber sie war zu John gekommen, um mit ihm zu reden. Nach so langer Zeit musste das doch endlich wieder möglich sein.

John schwieg. In seinen grauen Augen flackerte jetzt jener irrlichterne kleine Funken auf, der ihr auch an seinem Vater unvergesslich bleiben würde. Dessen Augen waren es gewesen, die sie andere Dinge hatten vergessen lassen: Trauer und Mutlosigkeit hatten sich in Joseph Hunters Armen in Lust verwandelt. Lust auf ein Leben, für das sie ein anderes vergessen hatte – oder zumindest geglaubt hatte, es auf immer hinter sich lassen zu können.

Aber sie hatte sich geirrt. Sie wusste das jetzt.

Wie habe ich mich nur so täuschen können?

Claire presste die Lippen aufeinander und musterte ihren Sohn genau.

War das wirklich der richtige Zeitpunkt, ihm von ihren Plänen zu erzählen?

Immerhin hatten sie erst in letzter Zeit wieder begonnen, miteinander zu reden, über einfache Dinge, wie die Frage, welche Marmelade man zum Frühstück essen wollte oder ob es Pfannkuchen geben sollte. Erst vor wenigen Tagen waren sie zum ersten Mal gemeinsam die Weinberge abgefahren. Sie hatten sich über die letzte Ernte unterhalten und über die Weinveredlung, und Claire hatte gewusst, dass auch ihr Sohn wieder Pläne machte.

Damals hätte sie am liebsten geschrien vor Glück. Aber konnte sie es jetzt tatsächlich schon wagen, ihm von ihrem Vorhaben zu berichten?

Doch während Claire noch nach den richtigen Worten suchte, übernahmen ihre Hände schon die Arbeit. Schweigend legte sie den deutschen Grundbuchauszug auf den Tisch, den sie heute erstmals seit Langem unter ihren Sachen hervorgeholt hatte.

John warf lediglich einen knappen Blick auf das Papier.

»Ich kann kein Deutsch.«

Claire zog sich einen Stuhl heran und setzte sich.

»Judy hat mich heute übrigens auch wieder nach Deutschland gefragt.«

»Hm.«

Vielleicht war es ein Fehler gewesen, bei ihren Recherchen Judy und die Unterstützung ihrer Schulbibliothekarin, Mrs. Carlyle, in Anspruch zu nehmen, aber Claire hatte sich schließlich nicht anders zu helfen gewusst. Mrs. Carlyle hatte ihr den Tipp mit dem Detektivbüro gegeben.

Es bleibt Ihnen nichts anderes übrig, wenn Sie Gewissheit wollen, hatte sie zu ihr gesagt.

Claire wollte Gewissheit. Sie deutete auf den Grundbuchauszug.

»Ich habe ein Haus gekauft.«

»Was?« Jetzt runzelte ihr Sohn die Stirn. »Wann?«

»Vor fünf Jahren.«

Claire sah, wie es in Johns Gesicht arbeitete. Er musste nicht rechnen, natürlich nicht. Seine Stimme klang belegt, als er weitersprach.

»In Deutschland?«

Claire hörte die Ratlosigkeit, die sich in Johns Grundton der Trauer mischte.

»Ja.«

Vor fünf Jahren, dachte sie, habe ich wieder häufiger an Deutschland gedacht, damals, als Joseph mir sagte, dass ich endlich reinen Tisch machen müsse.

Und es wäre doch interessant, ein Weingut in Deutschland zu besitzen, hatte er irgendwann gesagt, ein deutscher Ableger für Hunter's sozusagen.

Damals hatte Claire sich zum ersten Mal erlaubt, wieder an Ereignisse zu denken, die sie so lange verdrängt hatte. Der Name des Ortes war ihr nicht sofort eingefallen, doch schließlich war er zurückgekommen, wie so vieles andere … Bonnheim.

Aber dann war der Unfall passiert. Sie hatte ihre Pläne hintenangestellt, weil sie der Enkelin zur Mutter und ihrem Sohn zur Stütze geworden war, auch wenn John ihre Bemühungen stets zurückgewiesen hatte. Claire spürte ihr Herz so heftig schlagen, als wolle es aus ihrer Brust hüpfen. Ihre Hände zitterten. Fünf lange Jahre hatte sie ihre eigenen Ideen und Wünsche zurückgestellt, hatte die eigenen Erinnerungen unter einem Berg von Arbeit und Pflichten verborgen und nicht mehr an Bonnheim gedacht, jenes Weingut, das einmal ein solch wichtiger Bestandteil ihres Lebens gewesen war.

Die Erinnerungen kamen jetzt nicht mehr langsam, sie stürmten geradezu auf Claire ein, verbanden sich unablässig mit neuen Gedanken und Bildern. Trotzdem bemerkte sie, dass John sie anstarrte.

»Deutschland, aber warum?«

»Weil es mein Heimatland ist.«

»Na«, John setzte sich ebenfalls und lehnte sich in seinem Drehstuhl zurück, »du hast mir nie gesagt, dass dir das etwas bedeutet. Du hast auch nie über dein deutsches

Leben gesprochen, mit keinem von uns, oder liege ich da falsch?« Er hob fragend eine Augenbraue.

»Nein«, Claire schaute nachdenklich auf den Auszug, »das habe ich nicht. Es ist … Es ist alles nicht so leicht, weißt du …« Dann fügte sie leise hinzu: »Ich habe mich übrigens entschieden, bald nach Deutschland zu fliegen.«

John blieb reglos sitzen.

»Du? Nach Deutschland? Nach so langer Zeit? Du bist fünfundachtzig, Mum.«

»Ich weiß selbst, wie alt ich bin.« Claire hob den Kopf. »Ich muss … Ich muss dort noch etwas erledigen.«

In meinem Alter darf ich die Dinge nicht länger aufschieben, nicht wahr? Die Zeit ist gekommen.

Zweites Kapitel

Deutschland, bei Bad Kreuznach

Die nächste Kurve nahm Lea viel zu schnell. Mit knirschenden Reifen schoss der kleine Polo hinüber auf den Seitenstreifen, schleuderte und schlitterte über den Kies, während sie verzweifelt gegenlenkte. In rasender Geschwindigkeit näherte sich der steile Abhang, dahinter folgten nur noch Weinstöcke, Reihen um Reihen von Weinstöcken. Lea trat auf die Bremse, bis sie glaubte, ihr Fuß müsse durch den Boden brechen. Der Wagen scherte zur Seite aus, rutschte noch einige Meter weiter und kam endlich zu einem abrupten Halt. Lea schleuderte nach vorne. Kurz war ihr, als setze ihr Herz aus, bevor es nur noch lauter und schneller weiterhämmerte und kaum noch Luft durch die auf einmal zu enge Kehle dringen wollte. Als sie den nächsten Atemzug nahm, explodierte dieser fast in ihrer Lunge. Wie erstarrt blieb sie sitzen, dann kreuzte sie die Arme vor sich auf dem Lenkrad und presste die Stirn darauf. Ihre Haut glühte. In schnellen, kurzen Stößen konnte sie den eigenen Atem hören, ganz so, als sei sie eben noch gerannt. Ihr Mund war staubtrocken. Von einem Moment auf den anderen zitterte sie. Gleich, das wusste sie, würde sie zu weinen beginnen, dabei hatte sie doch nicht weinen wollen. Lea presste den Rücken gegen den Sitz, legte den Kopf gegen die Kopfstütze und schloss die Augen.

Ich hätte tot sein können.

Sie würgte.

Ich hätte tot sein können.

Die erste Träne rann über ihre linke Wange. Leas Unterlippe bebte, als sie gegen das Weinen ankämpfte. Sie hatte die Kurve viel zu schnell genommen, und das nur, weil sie mit den Gedanken woanders gewesen war. Bei Marc, der ihr an diesem Morgen unmissverständlich zu verstehen gegeben hatte, dass ihr Lebensplan nicht der seine war.

Ab heute würden sie getrennte Wege gehen. Es ist aus und vorbei. Ich will keinen Nachwuchs, hatte er gesagt, und ich lasse mich damit auch nicht erpressen.

Vorbei. Kein gemeinsames Kind.

Die Worte waren nicht überraschend gekommen. Es war nicht das erste Mal, dass sie beide sich über das Thema gestritten hatten. Es war auch nicht das erste Mal, dass Lea sich eingestehen musste, wie wenig sie gemein hatten. Und das nach sieben Jahren.

Sie schluckte, doch trotz aller Mühe konnte sie die Tränen nicht mehr zurückhalten. Natürlich hatte sie angenommen, dass Marc anders auf den positiven Test reagieren würde, nicht so kalt, nicht so geschäftsmäßig. Und sie hatte dagestanden mit diesem dämlichen Lächeln auf dem Gesicht, während er den Test in ihrer Hand angestarrt hatte, als halte sie etwas Unappetitliches zwischen den Fingern.

Das kann doch nicht dein Ernst sein, hatte er gesagt, du arbeitest in einem Café, Lea. Du hattest noch nie eine ordentliche Arbeitsstelle, du hast nach deinem Studium nichts zustande gebracht, noch nie eine wirklich wichtige Entscheidung getroffen. Was willst ausgerechnet du mit einem Kind?

Es ist auch dein Kind, hatte sie unsicher aufbegehrt, und die beiden Striche, die sie früher am Morgen in einen Freudentaumel versetzt hatten, hatten mit einem Mal ihren Zauber verloren.

Ärgerlich fuhr Lea sich mit dem Ärmel ihrer hellen Bluse über die Augen. Heute Morgen, als sie mit dem zaghaft heller werdenden Himmel Marcs Haus verlassen hatte, hatte sie nicht geweint. Da war sie stark gewesen – und stolz darauf.

Sie setzte sich gerader auf.

Verdammt, jetzt lief auch noch ihre Nase. Und den Schluckauf spürte sie auch schon.

Lea hasste das. Sie fühlte sich dann wie ein kleines, hilfloses Kind. Tränenblind suchte sie in ihrer Tasche nach Taschentüchern, fand eines und schnäuzte sich heftig, bevor sie es zusammenknüllte und zurück in die Tasche pfefferte. Plötzlich war es ihr zu eng im Auto. Die Luft war schrecklich stickig. Sie betätigte den Türöffner, stieß ungehalten gegen die Tür, als diese sich nicht gleich öffnen wollte, und stieg mit weichen Knien aus.

Die Kälte biss an ihrer Haut. Lea stapfte die wenigen letzten Schritte bis zum Rand des Abhangs hin, wandte langsam den Blick in Richtung Senke. Die kaum aufgegangene Sonne tauchte eben erst die gegenüberliegenden Hügelkuppen in Schlieren aus Rot, Blau und Lila, während die Talsohle noch im morgendlichen Grau dalag und Nebelschwaden vom Boden aufstiegen. Von irgendwoher hörte sie einen Bus. Marc tauchte vor ihrem inneren Auge auf, die Arme abwehrend vor der Brust verschränkt, den Mund zu einer schmalen Linie verzogen: *Ich bin kein Vater, und ich will auch keiner sein. Du kannst mich nicht zwingen.*

Lea kniff die Augen zusammen.

Alleinerziehend, deine Mutter wird sich freuen, schoss es ihr durch den Kopf. Rike, die selbst keine einfache Kindheit gehabt hatte – nach dem Tod der eigenen Mutter war sie bei den äußerst strengen Großeltern aufgewachsen –, war stets auf Sicherheit bedacht. Eine ledige Mutter gehörte ganz gewiss nicht in ihre Vorstellungswelt.

Da wird sie mir aber einiges zu sagen haben, dachte Lea.

Vorerst konnte sie die Sache natürlich für sich behalten, musste als Nächstes nur einen Termin beim Frauenarzt ausmachen.

Sie verschränkte die Arme vor der Brust. Noch einmal stahl sich Marc in ihre Gedanken, dieser Sonnyboy mit den dichten, dunkelblonden Haaren und den blaugrünen Augen, der doch eigentlich gar nicht ihr Typ war und mit dem sie doch lange gemeinsame Jahre verbracht hatte.

Sie wusste selbst nicht genau, wie das hatte geschehen können.

Leas Blick fiel wieder auf den Polo, wie er da so kurz vor dem Abgrund des Weinbergs stand.

Das war knapp, dachte sie, so verdammt knapp.

Unwillkürlich strich sie sich mit der rechten Hand über ihren noch flachen Bauch.

Wie groß dieses Wesen in ihr wohl war? So groß wie eine Erbse vielleicht, oder sah es aus wie eine kleine Bohne? Sie meinte, einmal ein solches Bild in einem Buch über Schwangerschaft gesehen zu haben.

Meine kleine Bohne.

Wieder strich Lea über ihren Bauch. Sie musste dieses Wesen schützen. Sie hatte sich doch immer Kinder gewünscht, natürlich im Rahmen einer ganz normalen Familie, aber … Ein neuer Gedanke durchströmte sie und gab ihr Kraft. Sie würde ein Kind haben, und sie würde ihm Geborgenheit schenken. Die Geborgenheit, die sie selbst als Kind vermisst hatte.

Das Morgenlicht wurde nun zunehmend kräftiger, leckte an den Spitzen der ersten Weinstöcke. Es würde langsam auch die Senke ausfüllen und mit der zunehmenden Wärme den Nebel vertreiben. Mit einem Seufzer ließ sich Lea ins Gras fallen und sah zu, wie die Sonnenstrahlen mehr und mehr von der Umgebung in Besitz nahmen. Ihre Tränen waren getrocknet. Die Taunässe kroch durch ihre Jeans. Auch ihre Füße in den grauen Wildlederballerinas waren längst feucht, aber sie schenkte dem keine Beachtung.

Es ist schön hier, dachte sie.

Sie zog die Knie an, legte die Arme darum und starrte in das Blättergewirr der Weinreben. Hinter ihr war Motorenlärm zu hören, das charakteristische Brummen eines VW Käfers. Lea blieb auch sitzen, als hinter ihr Reifen knirschten und der Motorenlärm verstummte. Im nächsten Moment wurde eine Tür geöffnet und wieder zugeschlagen. Lea hörte rasche Schritte, dann eine Stimme.

Erst in diesem Moment kam ihr in den Sinn, welches Bild sie hier abgab: ein Wagen am Rand des Weinbergs, eine offene Tür, eine Frau am Boden. Lea sprang auf. Der Autoschlüssel bohrte sich in ihre Handfläche, so fest schloss sie die Finger darum. Etwas von ihr entfernt stand ein dunkelhaariger Mann vor einem grell orangefarbenen VW Käfer. Lea registrierte ein braun kariertes Hemd und beige, ausgebeulte Cordhosen, dazu ungebärdiges Lockenhaar, fast schulterlang, und ein Vollbart. Jesus, mit einem Zollstock in der Seitentasche seiner Hose.

»Geht es Ihnen gut?«

»Danke, ja.« Lea steuerte entschlossenen Schrittes auf ihr Auto zu. »Ich habe nur angehalten.«

Der Fremde sagte nichts, musterte sie aber einen Moment länger und lächelte dann. Lea blieb ernst. Als sie in ihrem Auto saß, zitterte ihre Hand so stark, dass sie den Schlüssel zuerst nicht ins Zündschloss bekam. Der Fremde stand immer noch abwartend neben seinem Käfer. Lea hob grüßend die Hand, drehte den Schlüssel und legte den Rückwärtsgang ein. Als sie wieder parallel zur Straße stand, ließ sie das Fenster herunter.

»Vielen Dank noch einmal, aber es geht mir wirklich gut.«

Der Mann nickte nur. »Ist klar«, sagte er dann, »ich wollte nur noch den Rest des Sonnenaufgangs bewundern. Man hat heute selten Zeit für so was. Gut, dass ich stehen geblieben bin.«

Lea wurde rot. Himmel, wieso hatte sie auch geglaubt, dass er ihretwegen wartete? Vorsichtig lenkte sie den Polo zurück auf die Straße, und doch knirschten und quietschten die Reifen unangenehm laut, als sie auf den Asphalt hinüberwechselte. Noch einmal suchten ihre Augen Jesu Gestalt im Rückspiegel, dann fuhr sie auch schon um die nächste Kurve.

Der Briefkasten war gut gefüllt, als Lea nach Hause kam. Drei Tage war sie weg gewesen. Auf den ersten Blick machte sie ein paar Rechnungen aus. Eine Urlaubskarte überflog sie schon auf dem Weg zu ihrer Wohnung hinauf. Ihre beste Freundin Millie schrieb aus Mallorca von Sonne, Meer und Strand, und davon, dass Lea vermisst werde. Die Karte hatte einen blassroten Fleck. Wahrscheinlich war Sangria darauf getropft. Millie war nicht die Ordentlichste.

Nächstes Jahr kommst du mit, entzifferte Lea die letzte, verlaufene Zeile, schieß deinen blöden Gockel endlich auf den Mond.

Sie lächelte gequält, während sie die nächsten Stufen hinter sich brachte. Millie hatte Marc noch nie leiden können. Die Antipathie beruhte dabei durchaus auf Gegenseitigkeit.

Jetzt wünschte sich Lea, sie wäre mitgefahren.

Millie und sie hatten sich damals in dem Café kennengelernt, in dem sie später zeitweise beide gearbeitet hatten. Im letzten Schuljahr hatten sie dieselbe Klasse des Bad Kreuznacher Lina-Hilger-Gymnasiums, kurz LiHi, besucht. Auch in den ersten Studienjahren hatten sie viel gemeinsame Zeit verbracht, waren in Urlaub gefahren. Bis Marc gekommen war. Von diesem Zeitpunkt an hatte

Lea Urlaub um Urlaub abgesagt. Eigentlich konnte sie sich glücklich schätzen, dass Millie immer noch so unerschütterlich zu ihr hielt.

Der Mensch ist lernfähig, pflegte die Freundin zu sagen, auch du, ich vertraue fest darauf.

Es war immer noch früh am Morgen, aber das Haus war schon fast leer. Hinter den meisten Wohnungstüren blieb es still. Im dritten Stock links, dort, wo kürzlich das junge Pärchen eingezogen war, wurde eben lautstark ein Rollladen nach oben gezogen. Kurz darauf erreichte Lea ihre eigene Wohnungstür im vierten Stock. Um die Hände frei zu haben, klemmte sie die Post unter den linken Arm und schob mit der rechten Hand den Schlüssel ins Schloss. Mit einem Knacken sprang die Tür auf. Lea betrat den dunklen Flur.

Irgendwo in der Wohnung summte eine Fliege, ein äußerst dicker Brummer, nach dem Geräusch zu urteilen. Eine Ahnung von Marcs Rasierwasser schwebte in der Luft. Vielleicht bildete sie sich das aber auch ein, schließlich war es eine Weile her, dass sie die Wohnung gemeinsam verlassen hatten. Lea ließ die Tasche von der Schulter gleiten. Mit dem Ellenbogen betätigte sie den Lichtschalter, stand dann unschlüssig da, die Post in den Händen. Wie jedes Mal, wenn sie alleine nach Hause kam, fiel ihr als Erstes auf, wie still es war.

Sie lauschte angestrengt, bis sie fern die Geräusche der nächsten Nachbarn ausmachte. Beide waren Rentner und oft zu Hause. Herr Siebert schaute Frühstücksfernsehen. Frau Melciks kleiner Hund fing unvermittelt an, hysterisch zu bellen.

Lea ging in die Küche und machte sich daran aufzuräumen – Marc und sie hatten es eilig gehabt, einiges war liegen geblieben: Also das Geschirr in die Spülmaschine, Brötchenkrümel und eine leere Milchpackung in den Mülleimer, den Boden fegen. Einen Strich ziehen unter das letzte gemeinsame Frühstück.

Dann setzte sie Kaffee auf, gab einen Extralöffel Pulver gegen die Müdigkeit dazu. Versonnen hing sie ihren Gedanken nach, während sie Wasser in den Handfilter goss, bis die Kanne voll war. Endlich setzte sie sich, einen großen Pott Milchkaffee vor sich. Der Tisch roch sauber nach dem Zitronenaroma des Reinigungsmittels.

Sie würde sich jetzt zuerst einmal Gedanken darum machen müssen, wie ihr Leben mit Kind aussehen sollte. Lea nippte an ihrem Kaffee. Als Teenager hatte sie sich manchmal vorgestellt, mit der Familie, die sie später ganz gewiss haben würde, aufs Land hinauszuziehen. Einmal hatte sie von einem Bauernhof geträumt, dann wieder von einem Weingut.

Ja … Sie lächelte. Ein kleines, feines Weingut, ein mit Efeu bewachsenes Hexenhaus und in der guten Stube ein bullernder Kachelofen für kalte Winterabende. Wie im Fernsehen.

Lea erhob sich mit einem Seufzer. Sie konnte hier nicht weiter sitzen und tagträumen.

Als Nächstes sortierte sie die Rechnungen aus, sah den Rest der Post durch, drehte etwas unschlüssig einen kleinen Urlaubsprospekt für ein Gästehaus in Australien hin und her.

Sie wollte gerade zum Papierkorb gehen, als das Telefon klingelte. Wer war das jetzt so früh am Morgen? Sie wartete ab.

Rikes Stimme war zu hören, als der Anrufbeantworter schließlich ansprang. Lea ging ins Bad, um rasch zu duschen. Zweifelsohne würde ihre Mutter in der nächsten halben Stunde hier auftauchen.

Lea ließ sich das warme Wasser auf den Körper prasseln. Ein sanfter Duft von Mandel-Duschmilch mischte sich in die feuchte Luft. Heute Morgen war sie zu überstürzt aufgebrochen. Während Lea die Augen schloss und sich das Wasser wieder und wieder über den Kopf laufen ließ, während sie prustend durch den Wasserstrahl atmete und endlich halb blind nach dem Shampoo angelte, fragte sie sich, was sie ihrer Mutter erzählen sollte.

Vielleicht sage ich vorerst gar nichts, überlegte Lea, es ist schließlich zuerst einmal meine Sache.

Außerdem hatte sie jetzt keine Nerven für Rikes Ängste, und Rike – da konnte sie sich sicher sein – machte eine ledige Mutter Angst. Sie kam einfach schwer mit Veränderungen innerhalb des Kreises zurecht, den sie als engste Familie betrachtete.

Lea kletterte endlich wieder aus der Duschkabine und begann, sich mit ihrem Lieblingshandtuch abzutrocknen. Etwas länger starrte sie sich heute im Spiegel an: das ovale Gesicht, die vom langen heißen Duschen gerötete Haut. Sie trug großzügig Creme auf und kämmte sich dann die widerspenstigen Haare. Zuletzt wählte sie einen mauvefarbenen Kaschmirpulli, weiße Jeans und dazu weiße Slipper.

Zurück in der Küche trank sie noch einen Schluck von ihrem Kaffee. Dann überprüfte sie den Inhalt des Kühlschranks. Sie würde später einkaufen gehen. Zwei schrumpelige Möhren lagen noch da, zwei Joghurtbecher und eine ungeöffnete Packung Gouda – sie kontrollierte das Verfallsdatum –, außerdem eine Flasche mit Kaffeesirup und eine weitere Packung Milch.

Mit ihrem Milchkaffee zog Lea sich schließlich zum Fenster zurück, hockte sich halb auf die Fensterbank und trank bedächtig.

Es war jetzt acht Uhr morgens. Auf der Straße war kein Mensch unterwegs. Eine Katze spazierte vorbei. Lea beobachtete sie eine Weile und blickte dann in die Ferne. Sie wusste nicht, wie lange sie dort gesessen hatte, als es klingelte.

Mama.

Von ihrem Platz aus war niemand zu erkennen. Mit einem leisen Seufzer rutschte Lea von ihrem Sitz. Noch bevor sie den Flur erreichte, klingelte es weitere dreimal in kurzen Abständen.

Tatsächlich Rike … Sie klingelte immer Sturm, als könne in der Zwischenzeit die Welt untergehen, eine Angewohnheit, die Lea ärgerte.

Sie betätigte gerade den Türsummer, als es zum vierten Mal klingelte. Heftig riss sie die Tür auf, schluckte die scharfen Worte aber herunter, als sie Rikes besorgten Gesichtsausdruck sah.

»Kind!«, rief Rike schnaufend aus. Hinter Herrn Sieberts Tür scharrte es. Rumpelnd stürzte etwas zu Boden. Frau Melciks Hund stimmte ein neues Bellkonzert an. Lea zog ihre Mutter entschlossen am Arm in die Wohnung.

»Was ist denn?«, fragte Rike, während sie die Tochter abschüttelte, um sich dann selbst an ihr festzuhalten. »Ist alles in Ordnung, Schatz?«

»Kaffee?«, fragte Lea, während sie ihre Mutter in Richtung Küche schob.

»Du hast keinen entkoffeinierten, nein?«

Lea schüttelte den Kopf und schluckte die Bemerkung darüber herunter, wie oft sie diesen kleinen Dialog bisher schon geführt hatten. »Er ist aber magenmild, Mama«, sagte sie nur.

Rike ließ sich auf einen der beiden Küchenstühle fallen. »Ich war übrigens gerade zufällig beim Bäcker«, merkte sie an. »Du hast doch bestimmt noch nicht gefrühstückt?«

»Nein.« Lea hob fragend die Kaffeekanne. »Also, eine Tasse Magenmilden?«

»Magenmild wird wohl in Ordnung sein«, murmelte Rike und fügte lauter hinzu: »Aber mit viel Milch, bitte.«

Einen Moment später saßen sie beide am Tisch, Croissants und zwei große Tassen Milchkaffee vor sich. Frühstück, so Rikes Meinung, war die wichtigste Mahlzeit des Tages.

»Weißt du, wie immer im Urlaub in Frankreich?«

Lea meinte, etwas Flehentliches in Rikes Stimme zu erkennen, als wolle diese hören, dass sie bei allem immer eine gute Mutter gewesen war, die es der Tochter an nichts hatte fehlen lassen.

»Wir waren nur einmal in Frankreich«, hörte sie sich knapp antworten und schämte sich dessen gleich wieder.

Warum musste sie nur immer so ruppig sein, Rike meinte es doch nicht böse.

Rike sah jetzt bedrückt drein.

»Mama …«, begann Lea, hielt dann aber inne. Stattdessen versuchte sie, das schlechte Gewissen mit einem großen Schluck Kaffee herunterzuspülen. Dann setzte sie ihre Tasse ab.

»Aber die Nordsee war ja auch immer sehr schön.«

»Das Meer ist gleich hinter dem Deich«, sagte Rike, und dann lachten sie beide über den Scherz, der sie seit ihrem ersten gemeinsamen Nordseeurlaub begleitete. Das Meer war nämlich mitnichten gleich hinter dem Deich gewesen, ebenso wenig wie sich der Deich gleich hinterm Haus befunden hatte.

Lea biss genüsslich in ihr Croissant und bemerkte, dass Rike schon wieder sehr besorgt aussah. Es war unverkennbar, ihre Mutter wollte mit ihr über etwas Bestimmtes reden.

»Nun mal ehrlich, Lea-Maus, wie geht es dir?«

»Gut, wie soll es mir schon gehen?«

Leas Stimme klang schärfer, als sie es eigentlich beabsichtigt hatte. Nur fünf Minuten später war das Gespräch an einer Stelle angelangt, die Lea nur zu bekannt war.

»Aber du musst doch nicht gleich wütend werden. Frau Baumann, die neben Marc wohnt, hat mich eben angerufen und mich gefragt, ob du immer noch mit dem jungen Weber zusammen bist, und …«

»Und dann habt ihr beide ein wenig über mich getratscht, was? Um sieben Uhr morgens? Ich bin dreißig, Mama, erwachsen. Ich komme zurecht.«

Für einen Moment schwiegen sie beide. Lea spürte, wie ihre Wut so rasch verrauchte, wie sie gekommen war. Warum war sie heute nur so unbeherrscht?

»Es tut mir leid, Mama.«

Rike sah sie ernst an. »Du bist mein Kind, Lea, und du wirst es immer bleiben.«

»Ich weiß.«

Rike zupfte jetzt unruhig an ihrem weiten indischen Oberteil, offenbar unschlüssig, wie sie das Gespräch wieder auf Marc bringen konnte.

»Über dich getratscht, wie das klingt«, versuchte sie es dann kopfschüttelnd. »Ich habe mir Sorgen gemacht, Lea. Ich will, dass du glücklich bist, und das bist du einfach nicht. Dir fehlt irgendetwas …«

»Mir fehlt …«

Lea verschränkte die Arme vor der Brust. Sie wollte es nicht hören, doch das änderte nichts. Rike hatte recht, ihr fehlte etwas. Sie wusste das selbst. Sie holte tief Luft.

»Aber ich will einfach nicht, dass du meine Angelegenheiten mit Frau Baumann besprichst.«

Rike sah sie überrascht an.

»Himmel, Lea, wenn sie mich nicht angerufen hätte, wüsste ich doch wieder mal gar nicht, was passiert ist. Wann hättest du es mir denn gesagt?«

Lea antwortete nicht. Auch Rike schwieg wieder.

»Ich habe eigentlich nie gedacht, dass diese Beziehung hält«, sagte sie dann.

»Weil deine Beziehungen nie …«

Lea schluckte die letzten Worte herunter, als sie den Ausdruck von Verletztheit auf Rikes Gesicht sah.

»Entschuldige, Mama.«

Es war besser, wenn sie jetzt für ein paar Minuten in ihr Schlafzimmer ging, bevor sie noch etwas sagte, was sie wirklich bereute. Wie konnte jemand, den man so sehr liebte, einen nur immer wieder so auf die Palme bringen?

Mit einem Ruck zog Lea die Tür hinter sich zu. Nur einen Moment alleine sein. Im großen Spiegel am Schlafzimmerschrank sah sie ihr Ebenbild: klein, zierlich, aber etwas zur Rundlichkeit neigend, weshalb sie schon als Jugendliche zahllose Diäten begonnen hatte. Du siehst aus wie eine kleine Südländerin, hatte Marc oft gesagt. Schau dir einmal dein Gesicht an, diese schweren Augenlider, deine Hautfarbe. Bekommst du eigentlich je Sonnenbrand?

Nein, bekomme ich nicht, dachte sie, aber wahrscheinlich werde ich irgendwann einen Damenbart haben und kugelrund sein.

Lea stellte die Reisetasche ab, die sie sich im Flur gegriffen hatte. Draußen in der Küche konnte sie ihre Mutter rumoren hören. Wie so oft legte sich ihre Wut bereits wieder. Sie kannte ihre Mutter doch, sie meinte es nie böse. Wie sie wohl reagieren würde, wenn sie erfuhr, dass sie Oma wurde?

Rike hatte spät geheiratet. Lea war kurz darauf gekommen, die Scheidung nur einige Monate später eingeleitet worden. Danach hatte es nie wieder Kontakt zu Leas leiblichem Vater gegeben. Er hatte sich einfach nicht mehr gemeldet. Bis heute wusste Lea nicht mehr von ihm als seinen Namen: Leon.

Laut Rike war sie ein pflegeleichtes Kind gewesen, also hatten sie sich wahrscheinlich nicht wegen ihr geschieden. Als Lea sechs Jahre alt gewesen war, hatte sie ihren Vater erstmals vermisst. Damals hatte sie begonnen, sich Geschichten über ihn auszudenken. Als sie noch älter geworden war, hatte sie andere Familien mit Vätern genau beobachtet. Sie hatte sich ausgemalt, wie ihre eigene Familie einmal aussehen würde: Vater, Mutter und Kind gehörten dazu – daran hatte sie nie gezweifelt.

Rike war unterdessen immer mal wieder eine Beziehung eingegangen. Länger als zwei Jahre hatte keine gehalten. Zudem war keiner der Männer in den engsten Familienkreis, den inneren Zirkel, vorgelassen worden, der nur Lea und Rike selbst vorbehalten blieb. Trotzdem hatte Rike mit dem letzten Partner eine Reise nach Indien geplant, die sie allerdings nie angetreten hatte. Vielleicht hatte ihre Mutter ja tatsächlich Sehnsüchte, von denen Lea nichts ahnte? Zurückgehalten hatte sie sicherlich wieder einmal ihre Angst vor dem Ungewissen.

Lea stellte sich seitwärts zum Spiegel und betrachtete sich noch einmal eingehend, streckte den Bauch heraus. Wie lange mochte es noch dauern, bis man ihr die Schwangerschaft ansah? Zwei oder drei Monate, oder mehr? Was würde Lars, der Besitzer des Cafés, dazu sagen, in dem sie arbeitete? Lea stellte sich wieder frontal vor den Spiegel, trat noch einmal näher heran, schaute in ihre dunklen Augen, starrte so lange, bis ihr der eigene Anblick fremd wurde. Das hatte sie schon als Kind manchmal getan. Sie hatte vor dem Spiegel gestanden und sich angeschaut, bis sie das eigene Gesicht nicht mehr zu kennen meinte.

Draußen war es mittlerweile still. Lea wartete noch einen Augenblick und öffnete dann die Tür. Sie hatte die Küche noch nicht erreicht, als sie auf leises Rascheln aufmerksam wurde. Lea beschleunigte ihre Schritte. Im nächsten Moment schon stand sie in der Küchentür und starrte ihre Post in Rikes Hand an. Ihre Mutter hob den Kopf, einen leisen Anflug schlechten Gewissens auf dem Gesicht.

»Was«, fragte sie trotzdem und reckte den Australienprospekt hoch, »willst du denn hiermit?«

Drittes Kapitel

Claire wusste nicht, ob sie ein Gefühl der Erleichterung verspürte, als der Flieger in Frankfurt am Main landete, oder ob die Angst vor dem, was nun vor ihr lag, nun überhandnehmen würde. Sie war nicht bei den Ersten, die die Maschine verließen. Nein, sie hatte den Trubel mit Bedacht gemieden, war sogar als eine der Letzten von Bord gegangen und stand nun neben dem Gepäckband. Eben hatte sie ihren Samsonite-Koffer ausgemacht. Ein junger Mann eilte ihr zu Hilfe, als sie darum kämpfte, ihn vom Band zu wuchten. Nur einen Augenblick später hatte sie die Passkontrolle hinter sich gebracht.

Deutschland. *Zu Hause.* Das hatte sie sich immer wieder gesagt. Es fühlte sich dennoch seltsam an.

Claire stellte ihren Koffer ab und sah sich um. Hier und da gab es Fenster, durch die man die großen Maschinen bewundern konnte. Menschen sämtlicher Altersstufen, Urlauber und Businessreisende eilten vorüber. Dazwischen schlenderte immer mal wieder jemand, andere hatten den Blick auf die Anzeigetafeln gerichtet. Dort stand ein Grüppchen Inderinnen schnatternd und plappernd beieinander. Eine Frau in einem Sari beugte sich zu einem kleinen Mädchen herunter. Grüppchen von Stewardessen und Stewards mit ihren offenbar obligatorischen kleinen Rollkoffern befanden sich auf dem Weg von oder zu ihren Arbeitsplätzen. Desorientierte Reisende wanderten von Halle zu Halle, andere waren auf der Suche nach einem Platz zum Ausruhen. Ein dicker Mann hing auf einem der unbequemen Flughafenstühle und schnarchte mit weit geöffnetem Mund. Über Claires Kopf wechselten wieder einmal ratternd die Informationen auf einer der großen Tafeln. Aus zwei Geschäften schimmerte Licht hinaus auf den braunen Kunststoffboden mit den großen Noppen. Zwei elegant gekleidete Passagierinnen begutachteten das Parfumangebot.

Immer wieder hielt Claire für einen Moment an und verschnaufte ein wenig. Als sie das erste Schild gesehen hatte, das auf einen Ausgang verwies, war sie sicher gewesen, dass es nicht mehr weit sein konnte, aber sie hatte sich geirrt. Die Wege zogen sich. Als Claire endlich den Stand mit den wartenden Taxis erreicht hatte, fühlte sie sich ziemlich erschöpft. Neben dem ersten Wagen blieb sie stehen, wartete darauf, dass der Taxifahrer ihren Koffer in den Kofferraum hob, ließ sich selbst auf den Rücksitz helfen.

»Ja?« Der Mann musterte sie über den Rückspiegel.

Claire suchte in ihrer Handtasche nach der Adresse, die sie mit der Hilfe des Detektivs recherchiert hatte, und nannte ihr Ziel. Wenig später surrte der Mercedes los.

Mittlerweile hatten sie den Flughafen längst hinter sich gelassen, und Claire hing ihren Gedanken nach. Nicht zum ersten Mal auf dieser Reise dachte sie an die Zeit zurück, als sie dieses Land verlassen hatte. 1932 war das gewesen, und sie war zum ersten Mal an Bord eines Ozeanriesen gegangen. Claire dachte an Papierschlangen, die sich gedehnt hatten, bis sie schließlich gerissen waren, an Taschentücher, die Adieu gewunken hatten. Und sie dachte an den schmalen Koffer, in dem alles gewesen war, was sie damals ihr Eigen genannt hatte.

Mein ganzes Leben war darin, oder die Scherben, die davon übrig geblieben waren. Und wenn Johanne nicht gewesen wäre, hätte ich noch nicht einmal das bei mir gehabt, und natürlich auch nicht die gut gefüllte Brieftasche, die mir über die ersten, schweren Wochen in der neuen Heimat hinweggeholfen hat.

Es war eine andere Zeit gewesen damals. Die junge Claire Neuberger hatte fast nichts mehr besessen, Claire Hunter dagegen reiste mit einem mächtigen Samsonite-Koffer, den sie zu Hause mindestens zehnmal ein- und wieder ausgepackt hatte, weil sie sich nicht hatte entscheiden können, was sie unbedingt mitnehmen musste.

Es ist kalt in Deutschland, hatte sie sich gesagt und die Strickpullover eingepackt, für die sie sonst so selten Verwendung fand, dazu Strumpfhosen, warme Flanellhosen und feste Schuhe.

Mit dröhnendem Motor zog ein Sportwagen an ihnen vorbei. Claire zupfte die Ärmel ihrer Kostümjacke zurecht und wischte sich dann mit einem Stofftaschentuch den Schweiß von der Stirn. Es war doch wärmer, als sie gedacht hatte, der Himmel war strahlend blau. Nun gut, es war Sommer. Ein deutscher Sommer, aber eben doch Sommer.

Mit einem Mal zitterte sie. Du hast Angst, dachte sie, aber Angst ist kein guter Ratgeber. Du darfst keine Angst haben. Aber das war leichter gesagt als getan.

Claire lehnte sich im Autositz zurück und starrte die Landschaft an, die draußen an ihr vorbeiflog. Das Deutschland, in das sie zurückgekehrt war, war ihr fremd geworden, das hatte sie bereits am Flughafen bemerkt. Die Sprache. Die Lichter. Die Gerüche. Die Schnelligkeit. Die vielen Menschen. Sie kannte nichts davon. Das Deutschland, das sie verlassen hatte, war langsam gewesen. Übersichtlich und träge.

Und dabei hatten sie sich schon damals gewundert, wie schnell alles geworden war. Vielleicht dachte jede Generation, ihre Zeit sei schneller geworden …

Wieder sah sie Johanne und sich selbst vor sich. Johanne in einem geblümten Nachmittagskleid aus Crêpe de Chine, sich selbst in einer weißen Bluse und einem braven Rock. Aber das war nicht zu vergleichen mit heutigen Zeiten. Wieder dachte sie an die Menschen, die im Flughafen geschäftig hin und her geeilt waren. So viele Menschen aus so vielen verschiedenen Ländern. Dachte an Worte, die hin und her geflogen waren, Worte in so vielen verschiedenen Sprachen. Sie fragte sich, was sie erwartete. Sie fragte sich, ob sie die richtige Entscheidung getroffen hatte. Sie fragte sich, ob ihr dieses Deutschland irgendwann wieder weniger fremd sein würde.

Rike blickte in den Spiegel. Der alljährliche Nordseeurlaub stand bevor. Vier Wochen. Plus eine Woche Kur dieses Mal, die sie sich von der Krankenkasse erkämpft hatte.

Soll ich zu Hause bleiben?, überlegte sie. Vielleicht braucht Lea mich …

Sie konnte heute einfach nicht aufhören, sich anzustarren. Der Pagenkopf saß glatt geföhnt genau auf Kinnlänge, seit sie ein junges Mädchen gewesen war. Nur trug sie heute keine Riesenschleife mehr mitten auf dem Kopf, wie das die Großmutter von ihr verlangt hatte. Rike rückte näher an ihr Spiegelbild heran, riss die Augen auf und fuhr mit einem Finger über die Falten, die sich rund um ihre Augen eingegraben hatten.

Rike Kadisch, geborene Neuberger. Die lange Kette aus Türkisen, die sie zu ihrer weiten, weißen indischen Bluse trug, passte gut zu ihren dunklen Augen. Leon Kadisch hatte sich damals als Erstes in diese Augen verliebt. Das hatte er jedenfalls gesagt, bevor er mit ihr ein Kind gezeugt hatte. Die ersten Monate war er ein guter Vater gewesen, hatte viel mit Lea gespielt und sie kaum aus den Augen gelassen, doch dann hatte sich etwas geändert. Zuerst schleichend, dann unübersehbar. Als Lea sechs Monate alt gewesen war, war er ausgezogen und hatte bald jeden Kontakt abgebrochen.

Erneut starrte Rike in ihre dunklen Augen. Früher hatten sie die Kinder gefragt, ob sie mit diesen Augen denn genauso gut sehen könne wie die helläugigen. Eines der blauäugigen Mädchen aus ihrer Klasse hatte sich sogar dazu verstiegen zu behaupten, sie sehe die Welt durch einen blauen Schimmer. Heute wusste Rike natürlich, dass das Blödsinn war. Damals hatte es wehgetan.

»'s ist eben ein hässliches, bockiges Kind«, hatte ihre Großmutter gesagt, »kann man nichts machen, arme Felicitas.«

Arme Felicitas, hatte es oft geheißen. Felicitas war ihre Mutter gewesen, oder zumindest die, die sie lange dafür gehalten hatte.

Sie beugte sich wieder näher zum Spiegel hin. Schwarze Augen, dichte Augenbrauen, die sie zu einer schmaleren Linie zupfte, ein zu breiter Mund. Sie sah wirklich aus wie eine Spanierin oder eine Italienerin, auch wenn sie im Urlaub am liebsten an die Nordsee fuhr.

Mit ruhigen Bewegungen zog sie den dünnen Goldring an, den sie noch von ihrem Vater hatte, und warf einen letzten prüfenden Blick in den Spiegel. Was, um Himmels willen, wusste Lea von Australien? Was verbarg ihre Tochter vor ihr?

Lea stemmte die Einkäufe auf den Tisch und räumte zuallererst die Dosen und Gläser mit sauer eingelegtem Fisch in ihre Vorratsschublade. Mitten im Geschäft hatte sie plötzlich Appetit auf Essiggurken und Hering verspürt, dazu

Erdbeeren und Tomaten. Und Schokolade. Der geliebte Kaffee bereitete ihr auf einmal Unwohlsein.

Fast vier Wochen Ferien noch, ihr ganzer Jahresurlaub. Was sollte sie alleine mit der Zeit anfangen? Natürlich bestand die Möglichkeit, einfach ins Café zu gehen und den Urlaub abzusagen. Lars mochte es ohnehin lieber, wenn sein Personal auf Abruf bereitstand. Und wann sollte sie ihm von der Schwangerschaft erzählen?

Lea öffnete eine Packung süße Erdbeermilch, die sie als Kind in der Schule zum letzten Mal getrunken hatte, und schenkte sich ein Glas voll ein. Natürlich würde Lars wenig begeistert sein. Sie verzog das Gesicht, während sie an das bevorstehende Gespräch dachte. Dann streifte ihr Blick den Zettel mit dem Arzttermin an der Küchenpinnwand. Diese Woche schon Ihr Leben würde sich von Grund auf ändern, so viel stand fest. Sie spürte, wie sich Ungewissheit in die Freude einschlich.

Zuerst einen Schluck Milch, dann denke ich weiter nach …

Als es an der Haustür klingelte, fuhr sie zusammen. Mama? Aber nein, Rike war ja in Urlaub gefahren, an die Nordsee, wie jedes Jahr. Das musste ein Versehen sein. Sie erwartete gewiss keinen Besuch. Sie setzte erneut zum Trinken an. Wieder klingelte es.

Dann wohl die Post, sicherlich hatte inzwischen aber schon jemand anders geöffnet. Lea wartete noch einen Moment lang, schaltete dann das Radio ein – auf die Elf-Uhr-Nachrichten folgte eben der Verkehrsfunk – und öffnete das Fenster. Von oben konnte sie niemanden sehen. Drei Minuten später klingelte es erneut. Lea ging in den Flur und nahm den Hörer von der Gegensprechanlage.

»Ja?«

»Frau Kadisch?«

Eine unbekannte, etwas unsichere Stimme war unten zu hören. Doch die Post? Mechanisch drückte Lea auf den Türsummer und zog sich wieder in die Küche zurück.

Als es fünf Minuten später an der Tür klingelte, schreckte sie hoch. Mit einem Ruck stellte sie das Erdbeermilch-Glas ab. Im Flur jagten sich ihre Gedanken.

Besuch? Aber wer konnte das sein? Millie war in Urlaub, sonst hatte sie kaum Bekannte, von weiteren Freunden ganz zu schweigen.

Vor der Tür angekommen zögerte sie kurz, dann öffnete sie sie einen Spalt. Das, was sie im nächsten Moment verspürte, war Verblüffung.

»Frau Kadisch?«, wiederholte die weißhaarige, ältere Dame mit den dicken Brillengläsern draußen vor der Tür vorsichtig.

Lea nickte.

»Claire Hunter.«

Irgendetwas regte sich in Leas Erinnerung.

»Ja?«

»Dürfte ich hereinkommen?«, fragte Mrs. Hunter.

Lea zögerte und öffnete die Tür dann weiter. Im Eintreten blickte Claire Hunter sich rasch um. Lea wartete ab. Claire Hunter hatte ihre Neugier in diesem Moment offenbar befriedigt und blickte Lea wieder an. Kurz schien sie zu überlegen, was sie sagen sollte, dann gab sie sich einen Ruck.

»Ich weiß, dass es unglaublich für Sie klingen wird, Frau Kadisch, aber ich möchte nicht darum herumreden, dazu eigne ich mich nicht«, die ältere Dame zögerte nun doch, bevor sie weitersprach, »ich bin Ihre Großmutter, Frau Kadisch.«

»Aus dem Swan Valley. Bei Perth«, sagte Claire Hunter eben und nahm die Tasse Kaffee aus Leas Hand entgegen.

Australien, Perth, wiederholte Lea bei sich. Dann fiel es ihr wieder ein: Der Werbeprospekt, der in ihrem Briefkasten gelandet war. Wohl doch nicht so versehentlich, wie sie angenommen hatte. Ein kleiner Werbeprospekt für ein *guest house* im Weinbaugebiet von Swan Valley. Sie meinte sich zu erinnern, darauf den Namen Claire Hunter gelesen zu haben. Ob Mrs. Hunter ihn geschickt hatte, um sich anzukündigen?

»Und Sie sind meine Großmutter mütterlicherseits?«, fragte Lea nun zögernd.

»Ja, das bin ich.« Claire Hunter lächelte.

Hatte sie Lea zuerst aufgesucht, oder war sie vorher bei Rike gewesen? Sie hatte nichts davon gesagt, oder?

»Meine Mutter ist in Urlaub«, sagte Lea in die Stille hinein.

Claire Hunter nickte.

Also hatte sie sie aufgesucht und festgestellt, dass sie nicht da war.

Lea warf der weißhaarigen Gestalt auf der gegenüberliegenden Tischseite zum wiederholten Mal einen knappen Blick zu. Die alte Dame sah etwas blass aus. Natürlich, der Flug musste anstrengend gewesen sein. Australien war schließlich weit entfernt, auf der anderen Seite der Welt.

Sie ist meine Großmutter, wiederholte Lea stumm, meine Großmutter, als könne es mit der Wiederholung glaubhafter werden.

Aber das wurde es einfach nicht.

Rike hatte ihre Kindheit doch, nach dem Tod der Mutter, bei deren Eltern in Frankfurt am Main verbracht, oder etwa nicht? In der Stadt, in der auch Lea aufgewachsen war, bevor Rike und sie zu Leas siebzehntem Geburtstag in diese Gegend gezogen waren.

Und jetzt saß ihr hier eine Tote gegenüber. Entweder hatte Rike ihr nicht die Wahrheit gesagt – oder die alte Dame log, aber warum sollte Claire Hunter von Australien bis nach Bad Kreuznach reisen, um sie, Lea, anzulügen?

Das war vollkommen absurd.

Lea räusperte sich. »Haben Sie weitere Pläne für Ihren Aufenthalt, Mrs. Hunter?«

Claire Hunter blickte auf.

»Ja, in gewisser Weise habe ich …« Sie brach ab, nahm ihren Löffel auf und rührte langsam in ihrer Tasse. »Würde es Sie stören, wenn wir uns duzen?«, fragte sie dann.

Aber ich kenne Sie doch gar nicht, fuhr es Lea durch den Kopf, während sie schon mit den Achseln zuckte. Sie spürte, wie der Wunsch, jemanden aus ihrer Familie kennenzulernen, ihre natürliche Zurückhaltung verdrängte.

»In Ordnung«, sagte sie knapp. Zu fürchten hatte sie vor der alten Dame sicher nichts. Der Gedanke brachte Lea zum Lächeln. Claire Hunter stimmte zaghaft ein.

»Claire.«

»Lea.« Lea räusperte sich. »Wie hast du mich eigentlich gefunden?«

»Ich habe einen Privatdetektiv beauftragt.«

»Aha.« Ein Privatdetektiv … Nun, wie sollte man auch sonst etwas über jemanden in Erfahrung bringen, der am anderen Ende der Welt wohnte.

»Viel konnte er mir allerdings nicht berichten«, fügte Claire im nächsten Moment fast entschuldigend hinzu, »nur, wo du wohnst und arbeitest. Und deinen Namen natürlich.«

Lea nickte. Ob sie dergleichen auch über Rike wusste?

Sie überlegte, ob sie die Sprache noch einmal auf ihre Mutter bringen sollte, konnte sich aber nicht dazu durchringen.

Vielleicht war sie ja sogar froh, dass Rike im Urlaub war. Es konnte nicht leicht sein, einer Tochter nach so vielen Jahren wieder gegenüberzutreten.

Lea wusste nicht viel über die Kindheit ihrer Mutter und noch weniger über den Rest der Familie. Sie hatte immer gespürt, dass Rikes Kindheit nicht glücklich gewesen war, und hatte selbst, um die Mutter nicht traurig zu machen, ihre drängenden Fragen zurückgehalten.

»Ich bin unter anderem auch hier, weil ich in der Gegend ein Weingut gekauft habe«, fuhr Claires Stimme in ihre Gedanken.

»Ach, wirklich?«

Lea hatte sich jetzt einen Becher Buttermilch aus dem Kühlschrank geholt und schenkte ihrer Großmutter eine neue Tasse Kaffee ein. Neugierig blickte sie die alte Dame an. Die starrte einen Moment lang wortlos vor sich auf den Tisch, dann gab sie sich einen Ruck.

»Zurück zu den Wurzeln«, sagte sie mit einem nun etwas unruhigen Lächeln, »irgendwann muss jeder Mensch wieder zu seinen Wurzeln, nicht wahr? An den Anfang von allem, was uns ausmacht.«

Lea runzelte die Augenbrauen.

»Ich habe eine Phase meines Lebens in dieser Gegend verbracht«, fügte Claire erklärend hinzu. Dann seufzte sie. »Morgen werde ich mit dem Taxi rausfahren …«

»Ich könnte dich fahren«, platzte Lea heraus, bevor sie recht überlegt hatte. Plötzlich war ihr der Gedanke gekommen, dass sie von Claire auch etwas über sich erfahren konnte. Und über Rike. Claire würde ihr helfen, die

Geschichte ihrer Familie zu verstehen. Und das Gefühl, sich selbst fremd zu sein, das sie stets begleitete, würde wie von selbst verschwinden.

Immerhin hatte Rike ihr etwas Bedeutsames verschwiegen: Ihre Mutter war nicht tot. Außerdem, Lea konnte nicht erklären, warum, fühlte sie sich zu dieser fremden Frau hingezogen. Da war etwas an ihr, was ihr bekannt vorkam, etwas, was Nähe und Geborgenheit verhieß.

Wenn sie die Wahrheit spricht, dann gehört sie zur Familie. Tief in sich drinnen wusste Lea bereits, dass Claire die Wahrheit sprach.

»Wenn es dir nichts ausmacht?«, entgegnete Claire nun zögerlich.

»Nein, das macht es nicht.« Lea holte tief Luft. »Und wenn wir schon dabei sind, du könntest auch hier übernachten. Ich habe eine Schlafcouch.«

Ein wenig unsicher hing ihr Blick nun an dem der Großmutter. Vielleicht war dieser Vorstoß doch zu viel des Guten gewesen, vielleicht …

»Wenn dir auch das recht ist«, sagte Claire mit einem Lächeln, »dann gerne. Danke.«

Sie musterten einander, als wären sie sich eben erst begegnet. Claires Deutsch hatte eine leicht englische Färbung, war aber ansonsten makellos. Warum hatte Rike nie über sie gesprochen? Eine Großmutter in Australien – war das etwas, was man verschwieg?

Am Abend stand Claire in dem kleinen Badezimmer ihrer Enkelin, ohne sich zu rühren. Sie hatte nicht gedacht, dass Lea sie so einfach einlassen würde. Sie hatte sich nicht vorstellen können, so unbefangen mit ihr zu sprechen. Obwohl es albern klang, und Claire war stets eine pragmatische Person gewesen, kam es ihr vor, als kenne sie Lea schon länger. Vielleicht waren es die dunklen Haare und ihre dunklen Augen. Friederike, ihre Tochter, vor deren Wiedersehen sie sich genauso fürchtete, wie sie es herbeisehnte, hatte ebensolche Haare und Augen gehabt. Claire betrachtete nochmals prüfend ihr eigenes Gesicht in dem einfachen Badspiegel.

Fünfundachtzig Jahre, du bist fünfundachtzig Jahre alt. In deinem Alter sollte man es ruhiger angehen. Hoffentlich ist es nicht zu spät.

Claire runzelte die Stirn.

Sie hatte sich selten Gedanken über ihr Alter machen müssen, denn sie war stets von robuster Gesundheit gewesen. Aber natürlich fing es irgendwann bei jedem mit den Wehwehchen an, dem Zwicken und Zwacken, dem schlechteren Hören und Sehen und dem schnelleren Ermüden. Sie musterte sich nochmals genauer durch die dicken Brillengläser: Ihre Wangen waren weich und rosig und von einem Gitter feinster Falten und Fältchen durchzogen. Rund um Augen und Mund zeigten weitere Falten, dass sie in ihrem Leben gern und viel gelacht hatte. Wer aber genauer hinsah, konnte auch die Traurigkeit erkennen, die dieses Gesicht zeichnete, den düsteren Unterton, wie die melancholische Grundmelodie eines an sich fröhlichen Musikstückes. Es war Claire stets gelungen, diese Grundmelodie ihres Wesens verborgen zu halten, doch auch ihre Haut war dünner geworden. Je älter sie geworden war, desto leichter drängten vor allem lang zurückliegende Erinnerungen an die Oberfläche. Erinnerungen, die ihr Angst machten.

Viertes Kapitel

Der Wecker hatte noch nicht einmal sechs Uhr geläutet, als Lea erwachte. Im Urlaub blieb sie eigentlich gerne länger im Bett, aber heute wollte ihr das nicht gelingen. Unruhig wechselte sie wieder und wieder ihre Position.

Wer war Claire? Ihre Großmutter, nun gut. Das mochte stimmen. Da war etwas Vertrautes in ihrem Gesicht, das hatte sie sofort bemerkt. Aber warum hatte nie jemand über sie gesprochen? Und warum hatte sie sich nie gemeldet? Oder hatte sie doch?

Lea dachte an ihre Mutter und überlegte, ob sie ihr zutraute, Briefe zu verstecken. Aber Rike war eigentlich nie eine gute Lügnerin gewesen. Lea warf sich auf den Rücken. Was aber, wenn sie sich täuschte? Was blieb dann noch von ihrem Leben? Was stimmte und was nicht? Die Ungewissheit bedrückte sie.

Sie starrte an die Decke, wo das Morgenlicht ein Spiel aus Licht und Schatten auf die weiße Raufasertapete malte. Unschlüssig umarmte sie den Zipfel ihrer Bettdecke, dann drehte sie sich nach links, streifte mit einem Blick und aus halber Gewohnheit die Stelle, an der Marc vor so kurzer Zeit noch gelegen hatte.

Das war, bevor wir zu ihm gefahren sind. Bevor ich den Test gemacht habe. Bevor mein Leben sich radikal veränderte.

Lea schwang die Beine aus dem Bett. Sie würde jetzt einfach Frühstück machen und dann warten, bis Claire aufwachte. Sicher war sie immer noch erschöpft von der langen Reise.

Nach kaum zehn Minuten hatte Lea sich geduscht und angezogen. Auf einem gelben Post-it hinterließ sie ihrer

Großmutter ein paar Zeilen zur Erklärung, schnappte sich den Schlüssel zu ihrem Fahrrad und fuhr wenig später los.

Die Bäckerei hatte gerade geöffnet, und sie trat ein. Sie war froh, dass ihr so früh am Morgen kein Nachbar begegnete. Ein paar Pendler waren auf dem Weg zur Arbeit, kauften sich belegte Brötchen auf die Hand oder süße Stückchen für später. Der Duft von frisch Gebackenem beschwingte Lea, und so kaufte sie noch eine Packung Kaffee für Claire, eine neue Erdbeermilch für sich, Butter und etwas Marmelade dazu.

Bei der Rückkehr hörte sie das Radio schon im Treppenhaus, also war auch Claire inzwischen wach. Als Lea die Tür aufschloss, erwartete sie ihre Großmutter im Flur. In ihren beigen Flanellhosen mit dem farblich passenden Pullover und einem schicken Halstuch dazu sah sie auch heute äußerst elegant aus. Ein Duft von feiner Seife und Lavendel ging von ihr aus. Nur ihr Haar hing noch unfrisiert auf ihre Schultern herab. Lea hatte gestern nicht gesehen, wie lang es war. Für einen Moment hielt sie inne. Bisher hatte sie nur ältere Damen mit Kurzhaarfrisuren und Dauerwellen kennengelernt.

»Mmmh, frische Brötchen«, meinte Claire und lächelte sie gewinnend an.

Lea erwiderte ihr Lächeln, fühlte, wie sich das Misstrauen in ihr ein weiteres Stück auflöste.

»Würdest du mir meine Haare frisieren?«, fragte Claire.

»Gerne.«

Lea rückte den Flurhocker in die Mitte, zum Licht hin, holte Kamm und Bürste aus dem Bad. »Setz dich.«

Claire tat, wie ihr geheißen. Staunend nahm Lea eine Strähne ihres weißen Haars in die Hand. Es war nicht nur lang, es war auch noch relativ dicht.

»Du hast schöne Haare«, sagte sie leise.

»Die Frauen in unserer Familie hatten immer schöne Haare, heißt es.«

Die Frauen in unserer Familie ... Wie sich das anhörte ... Das klang doch, als gäbe es noch viel mehr von ihnen, mehr als Rike, Claire oder Lea selbst ... Lea ließ den Kamm durch die ersten Haarsträhnen gleiten. Es hörte sich an, als seien sie eine riesige Familie, aber dem war nicht so. So lange sie denken konnte, hatte es nur sie, ihre Mutter und deren wechselnde Partner gegeben. Jedenfalls anfangs, später waren Rikes Beziehungen seltener geworden.

Ob Rike die Zweisamkeit mit einem Mann je vermisst hat?, fragte sich Lea mit einem Mal.

Claire sagte etwas. Lea kehrte in die Gegenwart zurück. »Entschuldige?«

»Ich habe meine Frisur nicht geändert, seit ich ein junges Mädchen war«, wiederholte Claire, und Lea konnte an ihrer Stimme hören, dass sie lächelte. »Eigentlich wollte ich immer gerne einen Pagenkopf wie Louise Brooks haben, aber ich habe mich nicht getraut.«

Louise Brooks ... Vor Leas innerem Auge tauchte eine Frau mit dunklem Haar und großen Augen auf.

»So, jetzt einen Zopf flechten und dann einen Dutt daraus drehen«, wies Claire sie an.

Lea gab sich Mühe.

»Fertig«, sagte sie dann, »du kannst es dir im Bad ansehen. Ich mach rasch Frühstück.«

»In Ordnung.«

Wenig später saßen sie einander am Tisch gegenüber. Lea konzentrierte sich darauf, Butter auf ein Brötchen zu schmieren. Claire nippte derweil an ihrer Tasse Milchkaffee und aß zwischendurch von ihrem Brötchen mit Erdbeermarmelade.

Was könnte ich sie zuerst fragen?, überlegte Lea. Aber ist das nicht viel zu unhöflich, die eigene Großmutter auszufragen? Was hat sie all die Jahre gemacht, und warum ist sie ausgerechnet jetzt zurückgekommen …? Um ihre Wurzeln zu suchen … Vielleicht war es das Alter, vielleicht fürchtete sie, es könne eines Tages zu spät sein. Wie alt war Claire überhaupt?

Lea bestrich die verbleibende freie Ecke ihres Brötchens mit Butter.

»Sag mal, was hast du eigentlich in Australien gemacht?«

Es wollte Lea nicht gelingen, Claire bei dieser Frage anzuschauen. Stattdessen blickte sie weiter auf ihr Brötchen und beschäftigte sich damit, die Butterschicht zu glätten.

»Ich leite dort ein Weingut. Und ein *guest house*, aber das weißt du ja schon.«

Lea hob den Kopf. Ein Weingut? Tatsächlich? Claire schluckte, spülte mit etwas Kaffee nach. Der Geruch machte Lea heute weniger aus, trotzdem gelüstete es sie immer noch nicht danach, ebenfalls eine Tasse zu trinken. Als leidenschaftliche Kaffeetrinkerin musste sie sich daran noch gewöhnen.

»Es liegt in der Nähe von Perth in Westaustralien, wie du aus meinem Prospekt weißt.« Claire lächelte. »Im Swan Valley. Hast du schon einmal australischen Wein getrunken?«

Lea schüttelte den Kopf.

»Na, das habe ich mir gedacht.« Claire runzelte die Stirn. »Sind die Leute hier immer noch so konservativ?«

Lea zuckte die Achseln. »Du hast mir also den Prospekt geschickt?«

Sie sah zu, wie Claire begann, mit einer Fingerspitze Krümel aufzupicken, sorgfältig einen nach dem anderen.

»Ich wollte mich irgendwie ankündigen«, sagte ihre Großmutter dann, »und wusste einfach nicht, wie.« Sie sah unsicher aus, als sie Lea nun anblickte. »Ich hätte vielleicht anrufen sollen …«

Lea zuckte die Achseln. »Mir einen Prospekt zu schicken war sicherlich der ungewöhnlichere Weg.« Sie lachte. Claire stimmte ein.

»Gefällt er dir?«, fragte sie dann.

»Ja, sah hübsch aus.« Für die nächste Brötchenhälfte wählte Lea Honig. Claire hatte offenbar genug gegessen, denn sie schob ihren Teller zurück. Lea wartete einen Moment, doch Claire sagte nichts mehr.

»Und was bringt dich ausgerechnet jetzt wieder hierher?«, fragte Lea endlich. »Müsstest du nicht auf deinem Gut sein?«

Oder, überlegte sie bei sich, wie war das mit den Jahreszeiten auf der anderen Seite der Welt?

Wieder schob Claire mit dem rechten Zeigefinger Brötchenkrümel zusammen.

»Na, auf einem Weingut ist zwar immer etwas zu tun, aber ich habe ja auch Mitarbeiter.«

Ja, natürlich, wie dumm von mir, schoss es Lea durch den Kopf.

»Außerdem bin ich schon fünfundachtzig Jahre alt«, sprach Claire weiter.

»Ach.«

»Ja.« Claire lachte. »Es wurde also Zeit für einen Besuch. Dann kam die Gelegenheit mit dem Weingut …« Sie schaute Lea nachdenklich an. »Es war wie ein Zeichen, es zu wagen … zurückzukehren … verstehst du? Ich denke immer, dass ich dort, auf ebendiesem Gut, die schönste Zeit meines Lebens verbracht habe. Ich konnte plötzlich nicht mehr aufhören, daran zu denken.«

Sie hatten die schmale Asphaltstraße verlassen, die aus dem Neubaugebiet von Bonnheim hinaus in die Weinberge führte. Nun kämpfte sich Leas kleiner Polo einen Feldweg hinauf, schlingerte holpernd mal nach links, mal nach rechts, während es unter den Reifen knirschte. Claire hatte nicht gedacht, dass die Erinnerungen so schnell zurückkommen würden. Dort lag ein Weinberg brach. Der Weinberg auf der anderen Seite hatte damals zum Gut gehört, offenbar wurde er noch bewirtschaftet. Ihr wurde die Kehle eng. Wer hatte das Stück Land wohl gekauft? Am liebsten hätte sie die Nase an die Scheibe gedrückt, so wie sie das früher als Kind im Büro ihres Vaters getan hatte.

Himmel, das war ja noch länger her; eine Zeit, in der es kaum Autos gegeben hatte und viel mehr Pferdefuhrwerke. Und was für Strecken die Menschen damals zu Fuß gelaufen waren. Auch sie. Diesen Weg, den sich der Wagen jetzt hinaufkämpfte, mindestens tausendmal und mehr. Es hatte Zeiten gegeben, da hatte sie jeden Stein am Wegesrand gekannt, jede Pflanze und jeden Blick in die Landschaft. So lange war sie nun nicht mehr hier gewesen, und jetzt war es, als sei sie nie fort gewesen. Alles kam zurück. Alles.

Lea schaltete einen Gang zurück. Der Polo kämpfte sich schaukelnd über die Hügelkuppe, und zum ersten Mal lag das Gut vor ihnen. Claire sog die Luft ein. Nichts hat sich verändert, dachte sie, gar nichts, wie schön das ist, und wie weh es doch tut.

»Mannomann«, stieß ihre Enkelin aus und trat auf die Bremse. Quietschend und etwas abrupt kam der Polo zum Stehen, sodass sie beide in ihren Sicherheitsgurten nach vorne gedrückt wurden, um fast noch im gleichen Moment wieder nach hinten geworfen zu werden. Der Gurt drückte sich gegen Claires Hals. Sie versuchte, ihn etwas davon wegzuziehen.

»Das ist aber ganz schön verfallen«, sprach Lea weiter.

Claire schaute die jüngere Frau von der Seite an und sah dann wieder zum Weingut. Ihre Enkelin hatte recht. Teile der Mauer um das Haus herum waren eingestürzt. Im Dach befanden sich Löcher, das konnte man sogar auf die Entfernung sehen, und kein einziges Fenster war mehr heil – jedenfalls auf der ihnen zugewandten Seite. Sie räusperte sich.

»Nun, es ist auch schon ziemlich alt. Der älteste Teil unten stammt wohl aus der Mitte des 18. Jahrhunderts, dazu gehören, soweit ich weiß, die Kelleranlagen, die Küche und ein Großteil des Erdgeschosses. Oben ist im 19. Jahrhundert wohl etwas erneuert worden. Früher gab es auch noch Stallanlagen und eine Scheune.«

»Aha.« Lea legte den ersten Gang ein, ließ die Kupplung kommen und trat wieder aufs Gas. Der Motor begann erneut zu brummen. Der Wagen holperte den Rest des Weges auf das Gut zu, bevor die Enkelin vorsichtig an einem schräg in den Angeln hängenden Tor vorbei in den Hof kurvte. Kurz schien sie sich unschlüssig, dann wählte sie einen Platz neben einem alten, knorrigen Kirschbaum.

Hier, dachte Claire, hat damals die Schaukel gehangen. Jauchzen. Kirschmünder. Lachen. Glückliche Monate. Rike auf ihrem Schoß, in ihren Armen, ein kleines schutzbedürftiges Baby, lachende Nachbarskinder, darunter eine Ilse, an die sie sich besonders gut erinnerte, ein sehr ernsthaftes blondes Mädchen, nur ein paar Jahre jünger als sie selbst.

Wie Rike wohl heute, mit sechsundsechzig Jahren, aussah?

Für sie trug Rike immer noch ein winziges Babykleidchen und weiße Strumpfhosen, die ihr von den dünnen Beinchen rutschten, dazu ein Häubchen auf den dunklen Locken.

Claire fuhr auf, als sie bemerkte, dass Lea um das Auto herumgelaufen war und ihr die Tür geöffnet hatte.

»Danke«, murmelte sie, immer noch etwas gedankenverloren. Lea nickte ihr zu. Der misstrauische Ausdruck, der Claire gestern bisweilen aufgefallen war, flackerte eben auf dem Gesicht ihrer Enkelin auf.

Sie fragt sich, ob ich ihr die ganze Wahrheit gesagt habe, aber das kann ich nicht. Noch nicht. Ich wage es nicht. Ein Stück des Weges müssen wir noch gemeinsam gehen. Wir müssen geduldig sein. Keiner weiß, was uns am Ende wirklich erwartet.

Claire schaute Lea hinterher, wie sie nun auf das Haus zuging, die Arme in die Seiten gestemmt. Wie sie dann den Kopf in den Nacken legte und am Gebäude nach oben schaute. Claire sah förmlich, wie ihre Enkelin angesichts der Ruine die Stirn erneut krauszog.

Das hätte ich in ihrem Alter auch gemacht, dachte sie, damals habe ich gerade das Gut in Australien gekauft, nach Jahren, in denen ich mich einfach habe treiben lassen. Natürlich hatte sie immer gearbeitet. Mal hier, mal dort, als Kellnerin, in einem Kino, sogar als Fotomodell.

Claire war erst ein paar Schritte auf dem alten, unebenen Pflaster gelaufen, das den Hof stellenweise bedeckte, als eine männliche Stimme ihre Aufmerksamkeit auf sich zog: »Frau Hunter?«

Auch Lea drehte sich um. Der Mann, der an der Seite eines Neufundländers den Hof betreten hatte, nickte beiden Frauen zu.

»Wolf Wieland mein Name.« Er nickte nochmals, deutete beinahe etwas wie eine Verbeugung an.

»Ach, Herr Wieland, Sie sind das also.« Claires Gesicht hellte sich auf. »Ich wollte mir gerade anschauen, was ich Ihnen da abgekauft habe. Da haben Sie aber einen guten Schnitt mit mir gemacht, nicht wahr?«

Wolf Wieland legte eine Hand auf den Rücken seines Hundes.

»Es ist ein schönes altes Gut, ein Schmuckstück für Liebhaber«, sagte er und schaute sich dann kurz um, bevor er Claire wieder fixierte. »Sind Sie deswegen nun wirklich den ganzen Weg aus Australien gekommen? Nach fünf Jahren dachte ich eigentlich, Sie kommen doch nicht mehr. Ich hab mich sogar gefragt, ob Sie's wieder verkauft haben …«

»Hier in der Gegend wird heute guter Wein gemacht, oder bin ich da falsch informiert?« Claire lächelte den Mann an.

Ich hätte jeden Preis bezahlt, fügte sie in Gedanken hinzu, während sie sich bei Lea unterhakte, jeden.

»Herr Wieland, das ist meine Enkelin, Lea Kadisch«, stellte sie die junge Frau an ihrer Seite dann vor. »Lea, Herr Wieland ist der Mann, der mir auf meine alten Tage einen Traum erfüllt.«

Herr Wieland errötete. Sein Hund hatte sich ein Stück entfernt und untersuchte schnüffelnd etwas auf dem Boden. Lea schaute auf die schief in den Angeln hängende Eingangstür.

Kurz sah Claire sich selbst, wie sie gerade aus dem Haus trat, an einem jener Morgen, die nun schon so lange zurücklagen. *Die Sonne bricht hinter den Wolken hervor und überstrahlt die Hügel. Die Schaukel am Kirschbaumast knarrt unter dem Gewicht eines älteren Nachbarskindes. Das Baby in meinen Armen lacht, weil ich es kitzele.*

»Was hast du?«, fragte Lea.

»Nichts«, antwortete Claire, nahm alle Kraft zusammen und lächelte. Man durfte sich seinen Kummer nicht anmerken lassen, musste den Schmerz für sich behalten. Sie war eine Frau, die das Leben anpackte. »Schau dich doch erst einmal um, während ich noch ein paar Details mit Herrn Wieland bespreche.«

Lea nickte. Claire sah ihrer Enkelin hinterher, wie sie um die Hausecke verschwand. Der geliebte alte Garten war bestimmt nicht mehr da. Sie würde so bald wie möglich einen neuen anlegen. Sie wandte sich Herrn Wieland zu.

»Geben Sie mir Ihren Arm, junger Mann, und helfen Sie mir ein bisschen«, sprach sie den etwa Fünfzigjährigen an. »Ich möchte mich umsehen.«

»Natürlich!« Herr Wieland lächelte, offenbar hocherfreut darüber, als jung bezeichnet worden zu sein.

»Hat das Gut oft seinen Besitzer gewechselt?«

»Nein, nie. Nach dem Krieg wohnten dort für längere Zeit Flüchtlinge, danach stand es leer. Meine Tante Ilse hat noch eine Weile Ordnung gehalten. Ich war damals noch ein Junge. Hab's dann später vom Land gekauft, nachdem sich kein rechtmäßiger Besitzer mehr fand. Ich kannte es ja noch als Kind, und es hat mir immer gefallen. Wollt's meiner Frau schenken, doch dann ist die Frau weg und …«

Herr Wieland hob seine freie Hand und ließ sie wieder sinken. Claire nickte freundlich. *Ilse hat hier also später Ordnung gehalten …*

Hinter dem Haus sah es auch nicht besser aus als vorne. Lea stapfte weiter, während sie unschlüssig an den Aufschlägen ihrer Jacke zupfte. Ob sie Claire ihre Hilfe anbieten sollte? Das Haus musste renoviert werden, das war klar, und sie hatte Urlaub. Außerdem war es wirklich eine wunderschöne Gegend: die sanften Hügel, die Weinberge, das alles. Das war doch fast wie Urlaub. Und hatte sie nicht immer mal wieder von einem Weingut geträumt?

Lea blieb stehen und schaute zu einem wild wuchernden Etwas hin, das vielleicht einmal ein Garten gewesen war. Wann war Claire hier gewesen und wieso? Hatte sie hier gelebt, war sie hier aufgewachsen? Zu den Fragen, die sie sich schon gestellt hatte, gesellten sich neue hinzu, ohne dass sie bisher auch nur eine einzige Antwort wusste.

Hinter ihr näherten sich die Stimmen Herrn Wielands und ihrer Großmutter. Lea ging entschlossen weiter. Auf dieser Seite des Hauses war der Weg nicht gepflastert. Sie blickte nach oben und entdeckte ein Dachfenster, das noch unversehrt war. Für einen Moment schloss sie die Augen und versuchte sich vorzustellen, wie das gewesen war, als noch Menschen auf dem Gut gelebt hatten.

Lachende, arbeitsame Menschen, die ihr Leben im uralten Rhythmus des Weinbaus lebten.

Lea öffnete die Augen und schaute über ein Stück zusammengestürzte Mauer hinweg auf die Weinberge hinüber.

Ein wirklich schöner Anblick. Ich würde gerne hierbleiben, dachte sie, ich würde dieses Haus gerne besser kennenlernen. Ich würde Claire gerne besser kennenlernen.

Die Stimmen hinter ihr entfernten sich. Lea wartete kurz und ging dann ebenfalls zurück. Als sie um die Ecke bog, stand Claire plötzlich da, hatte ihr den Rücken zugewandt und schaute Herrn Wieland hinterher.

»Claire?«, fragte Lea leise.

Ihre Großmutter drehte sich um. Mit einem Mal sah sie müde aus.

Sie ist weit über achtzig, rief sich Lea ins Gedächtnis, es war ein langer Morgen. Sicher braucht sie etwas Ruhe. Sie machte eine Bewegung mit der Hand und deutete dann auf das Haus.

»Was willst du hiermit eigentlich machen?«

Claires Blick glitt in die Ferne, dann straffte sie ihre Schultern und schaute Lea fest an.

»Ich möchte es renovieren. Ich möchte mich an die Tage erinnern, die ich hier verbracht habe. Vielleicht will ich sie ja auch zurückholen.« Claire zwinkerte ihrer Enkelin zu.

Aber das kann man nicht, wollte Lea sagen, doch dann biss sie sich auf die Lippen und schwieg. Noch einmal ließ sie den Blick an dem Gebäude nach oben wandern.

»Dann würde ich dir gerne bei der Renovierung helfen«, sagte sie, ein leises Zittern in der Stimme.

»Hast du denn Zeit?« Ein Lächeln erhellte Claires Gesichtszüge. »Musst du nicht arbeiten?«

»Ich habe Urlaub.«

»Und den willst du mit einer alten Schachtel wie mir verbringen?«

Lea grinste. »Und mit Pinsel und Farbe.«

Claire nickte. »Dabei wird es aber sicher nicht bleiben. Säge, Hammer und Bohrer werden wir auch benötigen. Ich weiß gar nicht, ob das alles zu schaffen ist. Herr Wieland will seinen Neffen schicken, sobald der in der Gegend ist.«

»Aber natürlich schaffen wir das.« Spontan hakte Lea sich bei ihrer Großmutter unter, zögerte kurz und drückte sie dann leicht an sich. »Wir schaffen das. Jetzt gehen wir aber erst einmal etwas essen, dann schauen wir uns die ganze Sache noch mal in Ruhe an, ja?«

Sie wollte Claire mit sich ziehen, doch die blieb stehen.

»Traust du mir das alles wirklich zu?« Claire schüttelte den Kopf. »Wirklich, ich weiß es jetzt nicht mehr. Vielleicht war es nur ein Hirngespinst, ein dummer Traum, dem ich nachgelaufen bin und der mich jetzt ängstigt.«

»Ach, Claire«, Lea lachte, »*du* schaffst das, da bin ich mir sicher. Du bist um die halbe Welt geflogen hierfür.«

Aber du kennst mich doch gar nicht, wollte Claire erwidern, dann presste sie die Lippen aufeinander. Richtiger war wohl, dass sie einander beide nicht kannten.

Am frühen Nachmittag des nächsten Tages kehrten sie zum Gut zurück. Lea parkte den Polo wieder unter dem Kirschbaum, sprang hinaus und half ihrer Großmutter aus dem Wagen.

Heute fühlte sie sich so glücklich wie seit Langem nicht mehr. Für einen Moment kam es ihr tatsächlich so vor, als habe dieses Haus nur auf sie gewartet. Sie drehte sich zu Claire um. Claire hatte ihr gestern noch etwas mehr von Australien erzählt, von ihren Anfängen dort und von ihrem Weingut. Das war immerhin etwas. Und sicherlich würde sie bald noch mehr wissen.

Wir werden einander kennenlernen, und dann werde ich die ganze Geschichte erfahren.

Mittlerweile war sie froh, dass ihre Mutter an die Nordsee gefahren war, so blieb ihr mehr Zeit mit Claire alleine.

»Als ich loslegte, hatte ich ja fast keine Ahnung vom Wein. Ich habe gerne Wein getrunken, ich habe auch einmal in einem Weinberg gearbeitet, aber sonst …«

Claire hatte die Achseln gezuckt und laut gelacht. Unabhängig, fröhlich, energisch, dachte Lea nicht zum ersten Mal an diesem Tag, so wäre ich selbst gerne. Warum ist sie nur so anders als Rike?

»Ich schaue mal, ob offen ist«, warf sie Claire über die Schulter zu und ging die paar Stufen zur Eingangstür hoch.

»Also einen Schlüssel hat mir Herr Wieland nicht gegeben«, rief ihre Großmutter ihr hinterher. »Er sagte, es sei offen.«

Lea nickte. Die Tür sah auch nicht aus, als ob abschließen noch viel helfen würde. Am Tag zuvor waren sie nicht ins Haus gegangen. Claire war plötzlich zögerlich gewesen.

»Lass uns noch warten, Lea«, hatte sie gesagt, »ich will jetzt nicht hineingehen. Ich bin müde. Außerdem kommt es nach so langer Zeit auf ein paar Stunden mehr oder weniger auch nicht an.«

Die Türklinke ließ sich herunterdrücken, die Tür allerdings nur wenige Zentimeter bewegen, bevor es nicht mehr weiterging. Es knirschte.

»Die klemmt«, stellte Lea fest.

»Herr Wieland sagte, hier hätte ewig schon niemand mehr gewohnt. Der Schlüssel muss schon in den Sechzigern verloren gegangen sein.«

Claire sah nachdenklich am Gebäude nach oben. Lea warf sich mit der rechten Schulter gegen die Tür. Wieder knirschte es, die Tür schob sich noch einige Zentimeter weiter auf. Im Halbdunkel auf dem Boden dahinter konnte Lea Blätter, Zeitungspapier und undefinierbaren Dreck ausmachen.

»Ich glaube, da hängt einfach etwas drunter fest«, rief sie. Noch einmal warf sie sich gegen die Tür. Als diese nun ein gutes Stück weiter aufging, stürzte Lea fast zu Boden.

Das war also der Flur. Licht fiel hier nur durch das einzig intakte, jedoch verschmierte Dachfenster herein, das sie hinten bemerkt hatte. Mit dem Fuß schob Lea Dreck, Laub und Zeitungen zur Seite und bewegte die Tür dann hin und her.

»Kommst du, Claire?«

»Gleich, lass mir noch einen Moment Zeit.«

»Gut.« Lea verschwand wieder im Haus.

Ob Claire nun an früher dachte? Was hatte ihre Großmutter wohl in diesem Haus erlebt?

Lea besah sich den Flur und machte dann kehrt, um in den ersten Raum rechts der Haustür zu schauen.

Die Küche … Lea trat ein. Ein relativ neuer Resopaltisch stand neben einem alten, dunklen Küchenbuffet. Neugierig öffnete Lea dessen Türen und spähte hinein. Glänzendes Schrankpapier und einige Überreste von Insekten. Auf der Anrichte darunter lag der Staub zentimeterdick. Es roch seltsam: abgestanden, alt und vergessen. Durch das kaputte Küchenfenster konnte sie in den Hof hinaussehen. Von hier hatte man auch den ganzen Zufahrtsweg im Blick. Claire stand immer noch reglos da.

Da war etwas auf dem Gesicht ihrer Enkelin, das Claire vorher nicht gesehen hatte und das ihr auf einmal Unbehagen bereitete.

Lea freut sich, und ich belüge sie. Aus Feigheit, aus … Himmel … Claire seufzte. *Aber es ist einfach noch zu früh. Ich kann ihr nicht alles sagen, ich weiß nicht, wie. Ich verstehe ja selbst nicht, was damals geschehen ist und wie es geschehen konnte.*

Nicht zum ersten Mal an diesem Tag kämpfte Claire ihr schlechtes Gewissen nieder. Dieses Haus barg Geheimnisse in sich, Geheimnisse, von denen sie wusste und über die sie bisher geschwiegen hatte. Und sie würde weiter schweigen, vorerst zumindest. Das, so war sie sicher, war der einzige Weg, der ihr nach so vielen Jahren geblieben war.

Fünftes Kapitel

Der bläuliche Schimmer begann sich allmählich lila, dann rot und schließlich rosa zu verfärben. Der Nebel am Fuß des Hügels verflüchtigte sich, während sich warme, gelbe Streifen in das Rosarot mischten, die sich endlich in sattes Gold verwandelten, das die Spitzen der Weinstöcke zum Leuchten brachte. Die Sonne ging auf.

Lea sog die frische Morgenluft in vollen Zügen ein. Sie war nicht zum ersten Mal frühmorgens zum alten Gut gefahren, um das Spiel der Farben zu genießen. Seit über zehn Jahren lebte sie schon in dieser Gegend und hatte nun den Eindruck, die ganze Zeit über etwas verpasst zu haben. Sie hatte vom Leben auf dem Land geträumt und war dem Land doch immer fern geblieben.

Sie blinzelte ins Licht. Hinter ihr knirschten Schritte auf dem Kies. Heute Morgen hatte Claire erstmals gebeten, sich ihr anschließen zu dürfen. Lea drehte den Kopf gerade so weit zurück, dass sie ihre Großmutter sehen konnte.

»Hübsch hier!«, rief die im Näherkommen aus.

»Ja.« Dann musterte Lea den eleganten dunkelblauen Trenchcoat, den ihre Großmutter zu ebenfalls dunkelblauen Hosen und einem blau-weiß gemusterten Paisleytuch trug. »Gehst du heute weg?«

Noch bevor ihre Großmutter antwortete, kämpfte Lea schon gegen die Enttäuschung an. In der Frühe hatte es nur Milchkaffee und Tee sowie je ein Butterhörnchen gegeben. Noch in der Dunkelheit hatte sie den Korb für das Mittagessen gepackt, hatte sich ausgemalt, wie Claire und sie nach getaner Arbeit eine Pause machten, gemeinsam aßen und darüber ins Reden kamen. Um zu reden, war ein gemeinsames Essen doch sicherlich eine gute Gelegenheit.

»Es tut mir wirklich leid«, Claire schenkte Lea ein kleines Lächeln, »aber ich muss heute dringend etwas erledigen. Kommst du alleine zurecht?«

»Natürlich komme ich zurecht. Und das andere, das eilt ja nicht.«

Lea drückte Claire einen Kuss auf die faltige, weiche Wange. Es war immer noch erstaunlich, wie schnell sie einander nahegekommen waren. Vielleicht war es Claires Art. Lea fand sonst schwerer Zugang zu fremden Menschen. Claire war tatsächlich die Großmutter, die sie nie gehabt hatte.

»Soll ich dich fahren?«

Claire schüttelte den Kopf. »Ich habe mir ein Taxi bestellt.«

Lea sah zu, wie ihre Großmutter mit vorsichtigen Schritten zum Weg zurückbalancierte und sich dann in den Gartenstuhl setzte, den sie vorgestern aus Leas Keller mitgenommen hatten.

Von Neuem schaute Lea auf die langen Reihen von Weinstöcken, die sich von der kleinen Talsohle, in der sich das Gut befand, zur nächsten Hügelkuppe hinaufzogen. Die Sonne wurde mit jeder Minute kräftiger. In Kürze würde sie Claires Stuhl erreicht haben, und genau dort – so nahm sich Lea vor – würde sie später auch eine Pause machen und ein wenig lesen. Zu Hause hatte sie blindlings einige Bücher gegriffen und in eine kleine Reisetasche geworfen. Sie hatte lange nicht mehr gelesen und freute sich darauf.

Das Geräusch eines Wagens ließ sie in die Gegenwart zurückkehren. Das Taxi, ein alter Mercedes, schaukelte auf das Gut zu. Claire winkte ihr noch einmal zum Abschied zu und stieg ein.

Lea sah dem Taxi hinterher, bis es hinter der nächsten Hügelkuppe verschwunden war. Sie würde also auch heute keinen Schritt weiterkommen mit dem, was sie doch so gerne wissen wollte. Man konnte gut reden mit Claire – das war ihr in den wenigen gemeinsamen Tagen deutlich geworden. Ihre Großmutter war munter, offen und fröhlich – und doch wusste Lea immer noch nicht, warum sie zurückgekehrt oder warum sie überhaupt nach Australien gegangen war. Warum hatte sie ihr Kind zurückgelassen und offenbar nie wieder Kontakt mit ihrer Familie aufgenommen?

Lea entschied sich, zum Haus zurückzugehen. Sie würde sich einfach an die Arbeit machen und so den Grübeleien vorerst ein Ende setzen, auf die sie ohnehin keine Antwort wusste. Sie steuerte auf die Haustür zu, öffnete sie und klemmte sie mit einem Holzkeil fest, um etwas Licht ins Haus zu lassen.

Dann durchquerte sie den schwarz-weiß gefliesten Flur. Als er unter einer dicken Schmutz- und Staubschicht hervorgekommen war, hatte sie Claire gefragt, ob diese Fliesen schon damals da gewesen waren. Einen Moment lang hatte ihre Großmutter nicht geantwortet.

»Ich glaube schon«, hatte sie dann erwidert und nachdenklich und gleichzeitig ein wenig traurig ausgesehen.

Claire schien etwas vor ihr zu verbergen.

Vielleicht war es aber auch einfach normal, sich nach so langer Zeit nur schwer zu erinnern. Lea hatte die Küche betreten. Hier war Claire gesprächiger gewesen, hatte von dem schönen großen Holztisch erzählt, an dem sie als junge Frau gegessen und gearbeitet hatte.

Im nächsten Moment stand Lea wieder einmal vor dem schweren Küchenbuffet, ein Gründerzeitmöbel, an das Claire sich ebenfalls noch erinnerte. Heute wollte Lea es auswaschen und nachsehen, was daran repariert werden musste. Auf jeden Fall musste das Glas in den Türen ersetzt werden. Entweder waren die Scheiben gesprungen oder gar nicht mehr vorhanden. Quietschend bewegte sie eine der Schranktüren hin und her, entdeckte, im Scharnier klemmend, einen Teil eines Lottoscheins.

Wer von den einstigen Bewohnern wohl gespielt hatte?

Schließlich begann sie damit, das alte Schrankpapier herauszureißen und in den mitgebrachten Müllbeutel zu werfen. Während das Holz außen einmal glänzend poliert gewesen sein musste, war es innen quasi unbehandelt und rau. Lea nahm sich vor, beim nächsten Einkauf Möbelpolitur zu besorgen.

Sie kniete jetzt, um das Papier auch aus den unteren Schubladen zu entfernen. Eine, stellte sie fest, war nicht leer. Einige Teile eines alten Blechgeschirrs befanden sich darinnen, eine alte Zeitung, ein zerfleddertes Romanheftchen.

Lea musste lächeln, als sie daran dachte, wie sie ihre ersten Denise-Romane, um Atem kämpfend, mit der Taschenlampe unter der Bettdecke gelesen hatte. Rike hatte nichts von solcher Lektüre gehalten – trotzdem, oder vielleicht gerade deswegen, hatte sich Lea nicht von den pastellrosafarbenen Heftchen trennen können.

Aber sie hatte jetzt keine Zeit, weiter in Erinnerungen zu schwelgen. Lea warf alles in die schon gut gefüllte Mülltüte. Das erste Wasser, mit dem sie den Schrank auswusch, war danach fast schwarz.

Nach fast einer Stunde auf den Knien stand sie zum ersten Mal wieder auf, klopfte sich mechanisch den Staub von den Hosen und entschied sich, eine Pause zu machen. Es war nun kurz vor zwölf Uhr. Die Julisonne tauchte das alte Gutshaus in helles Licht.

Lea setzte die Wasserflasche an und nahm einen tiefen, genüsslichen Schluck. Dann blickte sie sich zufrieden um. Es tat ihr wirklich gut, etwas mit den Händen zu schaffen. Gemächlichen Schritts machte sie sich auf den Weg zu dem bequemen Gartenstuhl im Hof, der im Schatten des alten Kirschbaums stand. Bevor sie sich setzte, trank sie noch etwas Mineralwasser.

Claire hatte gesagt, der untere Teil des Hauses stamme aus dem 18. Jahrhundert, der obere sei im 19. Jahrhundert erneuert worden. Das heutige Dach, da war sich Lea sicher, war danach noch einmal erneuert worden. An der der Sonne über Mittag zugewandten Seite des Hauses entdeckte sie eine Sonnenuhr.

Und wie hat es früher hier ausgesehen? Sie hatte ihre Vorstellungen, aber stimmten sie mit der Wirklichkeit überein? Und wer hatte hier gelebt, Claire ausgenommen?

Lea hatte helle Flecken im Flur bemerkt, dort, wo früher einmal Bilder gehangen hatten. Im einstigen Wohnzimmer war die Wand in der Nähe des Kamins von Rauch verfärbt. Im Schlafzimmer schälte sich an einer Stelle eine gemusterte Tapete von der Wand. Die Dielen waren allenthalben abgelaufen, die Farbe auf den steilen Treppenstufen teils abgescheuert, teils vollkommen verschwunden.

Gedankenverloren starrte Lea weiter auf das Haus. Ob es Verwandte gewesen waren, die vorher hier gelebt hatten, vor Claire? Es war seltsam, sich vorzustellen, Teil einer großen Familie zu sein, auch wenn sie sich das immer gewünscht hatte.

Für einen Moment verschwand die Sonne hinter einer großen Wolke und ließ die leeren Fensterlöcher wie schwarze Augenhöhlen wirken. Lea fröstelte unwillkürlich, dann gab sie sich einen Ruck. Himmel, das war ein Haus, nichts weiter. Es gab hier keine raunenden Stimmen, die von der Vergangenheit sprachen, und keine leeren Fensteraugen, die sie mahnend anblickten. Wo, überlegte Lea, während sie mit einem Mal gegen den Schlaf ankämpfte, war Claire nur hingefahren?

Das Café an der Liebfrauenkirche gab es immer noch. Café und Konditorei Bräutigam hatte es damals geheißen. Claire hatte sich von dem Taxi in unmittelbarer Nähe absetzen lassen, einen der hinteren Plätze ausgesucht und ein Stück Erdbeersahnetorte zu ihrem Milchkaffee gewählt. Es war inzwischen Mittag. Das Café hatte sich mit der Zeit, die sie hier saß, gefüllt, womöglich Mittagsgäste aus den umliegenden Geschäften.

Claire schaute sich um. Sie war jung gewesen bei ihrem letzten Besuch hier. Vielleicht strahlte dieser Ort für sie deswegen einen solch angenehmen, eigenartigen alten Charme aus – etwas Vertrautes in einer Umgebung, die sich vollkommen geändert hatte, denn die Stadt, die sie kannte, und auch dieses Café waren den Kriegsbomben zum Opfer gefallen. In der nächsten Umgebung standen nur noch wenige alte Gebäude zwischen modernen Hässlichkeiten. Die Zeil, jene berühmte Frankfurter Verkaufsader, war ebenfalls nicht mehr dieselbe. Claire hatten die Ströme von Kaufwilligen beinahe erschreckt. Die Stadt war ihr fremd geworden. Sie kannte niemanden mehr hier. Nachdenklich nahm sie einen ersten Schluck Kaffee und teilte mit der Kuchengabel sorgfältig ein kleines Stückchen Torte ab.

Sie versuchte, dem Ganzen etwas Gutes abzugewinnen. Die Anreise hatte immerhin weniger Zeit in Anspruch genommen als damals noch. Als sie jung gewesen war, hatte sie diese Strecke mit dem Zug fahren müssen. Ein langer Fußweg war vorausgegangen, denn vorher hatte es zuerst einmal gegolten, den Bahnhof zu erreichen. Sie hatte diesen Weg allerdings nicht oft genommen, genauer gesagt nur zweimal. Das Taxi heute war lediglich eine kurze Strecke über Land gefahren, um dann auf die Autobahn einzubiegen.

Das ruhige Brummen des Motors hatte Claire bald schläfrig gemacht. Ein Gedanke führte zum nächsten. Bilder stürmten auf sie ein, ohne dass sie sich ihrer hätte erwehren können. Wieder einmal hatte sie keine Kontrolle über ihre Erinnerungen gehabt, hatte sie nicht abschalten können, so wie es ihr sonst gelang. Immer wieder hatte sie sich mit dem festen Willen in den Polstern ihres Taxis aufgerichtet, an Judy und John im Swan Valley zu denken, bei denen sie sich erst einmal gemeldet hatte, sich der Landschaft draußen zu widmen, den Plänen für den heutigen Tag, dem Gut, das sie erworben hatte, doch es hatte ihr nicht gelingen wollen.

Mit einem leisen Seufzer hatte sie schließlich aufgegeben. Schon vor dem Beginn der Reise hatte sie doch gewusst, dass sie den Erinnerungen nun nicht mehr entkommen konnte. Nicht wollte. Deshalb war sie hier. Weil es Zeit war, die Augen nicht mehr zu verschließen. Sie dachte an die Fliesen, die sich als Letztes in ihr Gedächtnis gebrannt hatten, an jenem Tag, an dem sie das Gut hatten verlassen müssen.

Und was nun? Was glaubte sie eigentlich heute noch erreichen zu können? Johanne war tot, Friederike, ihre Tochter, hatte ihr Leben ohne die Mutter zugebracht und wollte sie vielleicht ohnehin nicht sehen.

Das ist es, wovor du Angst hast, nicht wahr? Dass sie dich nicht sehen will. Du zuckst ja jedes Mal zusammen, wenn Lea deine Tochter erwähnt. Rike nennt sie sie. Ach, Lea …

Sie war in den letzten Tagen wirklich erleichtert gewesen, wie schnell sie beide Zugang zueinander gefunden hatten. Ihre Enkelin war eine unkomplizierte junge Frau. Eigentlich, und auch wenn das seltsam klang, hatte sie sich vom ersten Augenblick an wie Familie angefühlt.

Mit ihrer Kuchengabel nahm Claire den nächsten Happen Torte auf. Zuerst einmal wollte sie aber ein wenig hier im alten Café Bräutigam verweilen, an dem Ort, an dem Johanne und sie gemeinsam viel Zeit über Kaffee und Kuchen verbracht hatten. Später, wenn nach dem Friedhof noch Zeit blieb und sie stark genug war, wollte sie die anderen Stellen ihrer Erinnerung aufsuchen.

Einen Moment lang konnte Claire den Geschmack des Erdbeerkuchens kaum mehr spüren. Sie legte die Gabel ab, blickte sich um im Versuch, sich zu sammeln. Zwei Männer mittleren Alters kamen soeben herein. Mit einer einladenden Geste wies der eine auf einen runden Tisch nahe der Tür. Die Bedienung eilte herbei. Claire konnte hören, wie der Mann weitere Gäste ankündigte. Erste Bestellungen wurden aufgenommen.

Claire schloss die Augen. Wenn sie das tat und sich konzentrierte, sah sie Johannes weizenblonden Pagenkopf vor sich, den roten Chapeau aus Stroh und das weiße Kleid mit den roten Punkten, das die Freundin so gerne getragen hatte. Johanne war größer gewesen als die meisten Frauen und hatte, wie auch ihr hübscher Bruder Wilhelm, häufig Blicke auf sich gezogen.

Und warum denke ich jetzt an Wilhelm? An ihn hatte sie doch vorerst nicht denken wollen. Nun gut, es hatte Zeiten gegeben, da waren der schöne Will, seine Schwester Jo und sie unzertrennlich gewesen. Sie hatten Ausflüge gemacht, waren gemeinsam auf der Dippemess und im Licht- und Luftbad am Main gewesen. Dort hatte Wilhelm sie, Claire, auch gefragt, ob sie seine Frau werden wolle. Ob es dieses Bad noch gab? Sollte sie es ebenfalls aufsuchen? Würden die Erinnerungen nicht zu schmerzhaft sein?

Aber damals hatte sie ja nichts weiter gewusst. Wilhelm war der erste Mann gewesen, der ernste Absichten gezeigt hatte, und der schönste Mann, der Claire je darum gebeten hatte, ihr Leben mit ihm zu teilen. In diesem Moment, so erinnerte sie sich noch, als wäre es heute gewesen, war sie sprachlos gewesen vor Glück. Nur Johanne hatte nachdenklich ausgesehen.

»Meinst du, er ist der Richtige?«, hatte die Freundin sie gefragt, und als sie, Claire, im Glückstaumel nickte, hatte Johanne sie in den Arm genommen.

»Mein Täubchen«, hatte Johanne ihr ins Ohr geflüstert, »mein süßes, unschuldiges Täubchen, dann wünsche ich dir natürlich alles, alles Gute.«

Eine Woche später hatte Wilhelm persönlich bei ihren Eltern um Claires Hand angehalten. Ach, wie glücklich Carl und Aurelia Mylius über die gute Partie gewesen wären. Sie hatten das Angebot natürlich nicht überprüft, hatten den Pferdefuß nicht erkannt. Nun ja, sie hatten sich eben alle getäuscht.

Aber sie wollte jetzt nicht an Wilhelm denken. Sie wollte an Johanne denken. An Johanne, die Schauspielerin hatte werden wollen und die eine der ersten Frauen in ihrem Umkreis gewesen war, von der Claire wusste, dass sie rauchte – natürlich heimlich, mit Zigarettenspitze.

»Mutter würde der Schlag treffen«, hatte sie grinsend dazu gesagt. Für Johanne war das Wort mondän erfunden worden.

Claire seufzte, senkte die Kuchengabel erneut in die Torte und schob sich ein weiteres Stück in den Mund. Für das, was sie vorhatte, hätte sie gerne Johanne an ihrer Seite gehabt. Die Dinge waren immer leichter gewesen, gemeinsam mit ihr.

Aber es war zu spät. Das hier musste sie alleine durchstehen. Claire schloss die Augen, dachte an einen blonden, großen Mann, dem sie einmal zu sehr vertraut hatte, und an ein weinendes Kind. Es gab schöne Erinnerungen und grausame. Man konnte sie sich nicht aussuchen.

Der Hauptfriedhof befand sich im Frankfurter Nordend zwischen der Eckenheimer Landstraße, dem Marbachweg, der Gießener Straße und der Rat-Beil-Straße und breitete sich auf einer Fläche von knapp 70 Hektar aus. Claire hatte sich mit dem Taxi dorthin bringen lassen, vorbei an der sogenannten Deutschen Bibliothek und am Bürgerhospital und endlich über die Friedberger Landstraße in die Rat-Beil-Straße hinein, wo sie ausgestiegen war. Irgendwo hier war eine Bäckerei, von der sie einmal zufällig gehört hatte, als sich erstmals ein Pärchen aus Frankfurt auf ihr australisches Gut verirrt hatte. Ob sie damals schon die Idee gehabt hatte, hierher zurückzukehren? Jedenfalls hatte sie länger als üblich bei den beiden gesessen, wenn sie sich auch nicht als ehemalige Frankfurterin zu erkennen gegeben hatte.

Als sie schließlich abgereist waren, hatte sie jedenfalls erstmals seit langer Zeit Friederikes Bild aus den Unterlagen geholt, das einzige, welches sie noch hatte. Das einzige, welches sie damals hatte mitnehmen können. Eine acht Monate alte Friederike war darauf zu sehen, die ernst, auf eine Art düster, wie es nur kleine Kinder vermochten, in die Kamera blickte. Plötzlich musste Claire an Judy in ihrem verwaschenen Micky-Maus-Shirt denken. Sie musste ihre Enkelin unbedingt anrufen. Judy wartete sicher schon.

Ohne Judy und Mrs. Carlyle wäre sie nie so weit gekommen.

Claire blickte die Straße entlang. Nachher, entschied sie, würde sie für Lea und sich noch ein Stück Kuchen kaufen. Jetzt aber steuerte sie entschlossen den Friedhofseingang an, blieb kurz vorher noch einmal stehen. Sie legte den Kopf in den Nacken und schaute an der Mauer hoch, die den Friedhof umschloss. Früher waren Johanne und sie hier gerne spazieren gegangen. Es war ein schöner, parkähnlicher Friedhof, ein ruhiger Ort zum Nachdenken. Johanne hatte hier ihr erstes Rendezvous. Und Claire hatte hier entschieden, dass sie nach Australien gehen würde.

Sie ging langsam weiter, erreichte den Eingang Gruftenweg. Während sie im Café gewesen war, musste es kurz geregnet haben, denn von den Bäumen tropfte Wasser herab. Claire umrundete vorsichtig eine Pfütze. Johannes Grabstein befand sich genau dort, wo es ihr am Telefon beschrieben worden war, ein trauernder Engel mit einer Lilie in der Hand, über den Johanne sicherlich nur gelacht hätte. Johanne hatte sehr despektierlich sein können, was dergleichen anging. Manchmal lachte sie so sehr, dass sich andere Besucher des Friedhofs irritiert umsahen. Sie war so voller Leben gewesen, so voller Pläne. Wer auch immer den Grabstein hatte aufstellen lassen, es war sicherlich nicht Johannes Wahl gewesen. Claire musterte ihn genauer: Johanne Neuberger, 1911–1932.

Wieder durchfuhr sie ein Schauder. Johanne war im selben Jahr gestorben, in dem sie fortgegangen war. Das erklärte, warum Claire nie eine Antwort auf ihre Briefe erhalten hatte. Ein Autounfall, so hatte der Detektiv in Erfahrung gebracht, aber warum? Was war damals nur geschehen? Kurz streifte Claires Blick Wilhelms Grab in unmittelbarer Nähe, und dann noch das Grab seiner Eltern.

»Hallo, Jo«, sagte sie endlich leise, »lange nicht mehr gesehen, was?«

In ihrer Nähe brachte ein Windstoß die Krone eines Baums in Bewegung.

»Bist du da?« Claire konnte nicht umhin, dies mit einem Lächeln zu fragen. »Ich habe dir so viele Briefe geschrieben, aber du hast sie wohl nicht bekommen, was? Und ich dachte, wir hätten uns einfach aus den Augen verloren, und dann kam auch noch das Leben dazwischen … Und wo bist du jetzt, Johanne? Wahrscheinlich ist es ja auch bald Zeit für mich, und ich wäre doch so gerne informiert. Wie alt ich bin? Rat mal. Ja, genau, fast hundert. Faltig, sagst du, ich erzähl dir gleich was! Ich bin übrigens gerade bei meiner Enkelin zu Besuch, Friederikes Kind, eine wirklich nette junge Frau. Ja, Friederikes Kind. Ob ich ihr die Wahrheit gesagt habe? Nein … Ja, natürlich muss ich das. Ich weiß, ich weiß doch … Du musst mir das nicht sagen …«

Gib mir nur bitte etwas Zeit für die Wahrheit. Sie wiegt schwer, weißt du, sehr schwer, denn ich habe etwas Unverzeihliches getan …

Claire schwankte, streckte die Hand aus und hielt sich an Johannes Grabstein fest.

»Geht es Ihnen gut?«, fragte eine ruhige, dunkle Stimme hinter ihr. Sie zuckte zusammen, blickte sich dann langsam um.

»Ja, danke, alles in Ordnung. Ich unterhalte mich mit einer Freundin.«

Sie lächelte den Spaziergänger freundlich an. Der musterte sie kurz und verabschiedete sich dann höflich. Claire drehte sich wieder zum Grab hin.

»Siehst du, jetzt denkt er, die alte Schachtel hat doch nicht alle Latten am Zaun. Das soll mir egal sein, meinst du? Keine Angst, ich komme trotzdem wieder, Jo. Jetzt, wo ich dich endlich gefunden habe. Das ist doch klar.«

Verstohlen wischte Claire sich eine Träne aus den Augenwinkeln und ging davon.

Lea hatte kaum bemerkt, wie die Zeit vergangen war. Inzwischen war in der Küche kaum noch etwas von der alten Unordnung zu sehen. Zufrieden stemmte sie die Hände in die Seiten. Es roch dezent nach Putzmitteln, eine Mischung aus Chemie und Zitronenduft. In der Küche war es dämmrig geworden. Lea griff nach dem dreiarmigen Leuchter auf dem Tisch, den sie aus ihrer Wohnung mitgebracht hatte, und entzündete die dicken, gelben Kerzen. Dabei stellte sie sich eine Frau in einem hochgeschlossenen dunklen Kleid im Stil des späten 19. Jahrhunderts vor, das Haar in einem Dutt zusammengenommen, während vorne einige lockige Strähnen ihr Gesicht umspielten. Ein Lächeln kerbte sich in Leas Mundwinkel.

Morgen würde sie als Erstes einen Elektriker wegen der alten Leitungen anrufen und natürlich den Klempner. Ach, am besten machte sie Termine mit allen Handwerkern aus. Immerhin war der alte Kamin noch gut in Schuss. Herr Wieland hatte ihn überprüft und befunden, dass er in beinahe tadellosem Zustand war – jedenfalls verglichen mit dem Rest des Hauses.

Jetzt aber hatte sie erst einmal Hunger. Kühler war es auch geworden. Fröstelnd nahm Lea ihre Strickjacke vom Stuhl und zog sie über. Sie musste nachher unbedingt noch einmal überprüfen, wann Rike aus dem Urlaub kam. Fünf lange Wochen, die Kur eingerechnet. Sie wollte nicht, dass Claire und sie einander unverhofft gegenüberstanden. Sie wollte vorher mehr über Claire erfahren.

Lea gab sich einen Ruck und entschied sich doch dafür, den Tisch mit den mitgebrachten Dingen zu decken. Sorgsam richtete sie Käse und Wurst auf Papptellern an, füllte Essiggurken in eine kleine Plastikschüssel und verteilte dann Teller und Besteck.

Wenig später war draußen endlich ein Motor zu hören. Lea verwarf die Idee, Claire zu fragen, wo sie gewesen war. Ihre Großmutter sollte weder den Eindruck haben, die Enkelin spioniere ihr nach, noch, dass sie sich für irgendetwas rechtfertigen müsse.

Lea setzte sich. Wenig später klapperte die Haustür. Die Kerzenflammen bewegten sich im Lufthauch, als die Küchentür kurz danach geöffnet wurde.

»Ich bin müde, Lea, ich denke …«, hörte sie Claires Stimme, dann herrschte einen tiefen Atemzug lang Stille. »Oh, du hast Abendbrot gemacht.«

»Ich dachte, wir essen heute mal hier.«

Lea lächelte ihre Großmutter an. Claire sah müde aus, aber ihre Haltung wirkte immer noch unschlagbar elegant. In einer Hand trug sie offenbar ein Päckchen mit Kuchen.

»Dafür ist es jetzt wohl zu spät«, sagte sie ebenfalls mit einem Lächeln.

»Wir könnten das morgen zum Frühstück essen«, schlug Lea vor. »Isst du denn noch etwas mit mir, oder bist du zu müde dazu?«

Claire lachte.

»Nein, nein, essen konnte ich schon immer. Zu jeder Gelegenheit.« Sie rückte sich den zweiten Stuhl an den Tisch heran und nahm Platz. »Schön hast du das gemacht. Und die Küche blinkt und blitzt. Das muss viel Arbeit gewesen sein.«

Lea zuckte die Achseln. »Hier sieht man wenigstens, was man geschafft hat. Das hat durchaus etwas für sich.« Sie nahm sich eine Schnitte Brot, legte eine Scheibe Gouda darauf und biss ab. »Morgen rufe ich die ersten Handwerker«, sagte sie, nachdem sie gekaut und geschluckt hatte.

Claire hatte sich ein Brot mit Kalbsleberwurst gemacht und aß eine Essiggurke dazu. »Herr Wieland wollte doch eigentlich seinen Neffen vorbeischicken. Vielleicht sollte ich ihn noch einmal anrufen?«

»Hm.« Lea biss erneut von ihrem Brot ab.

»Lecker«, murmelte Claire, holte, nachdem sie gegessen hatte, ein Stofftaschentuch aus ihrer Hosentasche und putzte sich die Finger ab. Lea schob nachdenklich ein paar Krümel auf dem Teller herum, unschlüssig, ob sie noch ein weiteres Brot essen sollte.

»Ich habe einen alten Lottoschein gefunden«, sagte sie endlich unvermittelt in die Stille hinein. »Habt ihr damals gespielt?«

Claire hob den Kopf. »Nein«, sie wollte wohl noch etwas sagen, zögerte kurz und sagte dann nur: »Das wäre keinem von uns je eingefallen.«

Keine Glücksspieler also, dachte Lea.

Mit nachdenklichem Gesichtsausdruck blickte Claire zum Fenster hinaus. Hinter der brüchigen Mauer, die das Gut umgab, waren die Weinberge in der beginnenden Dunkelheit nur noch zu ahnen.

»Wir haben für den Wein gearbeitet. Wir haben alles getan, damit es den Pflanzen gut geht. Es ist eine wunderbare Arbeit, auch wenn ich das damals noch nicht erfasst habe.«

Lea schaute auf ihren Teller und zerschnitt den Käse, den sie sich noch genommen hatte, in immer kleinere Stückchen. Vielleicht würde sie mehr erfahren, wenn Claire von der Arbeit in den Weinbergen und bei der Weinherstellung erzählte?

»Weißt du, in welchem Zustand die Weinberge sind, die noch zum Gut gehören?«

Claire zuckte die Achseln. »Bisher habe ich mir nur einen groben Überblick verschaffen können. Es ist lange nichts gemacht worden. Herr Wieland wollte jemanden vorbeischicken, damit ich mir die ganze Sache gemeinsam mit ihm anschauen kann.«

»Seinen Neffen?«

»Ja, tatsächlich. Er hat anscheinend ein paar Semester Weinbau studiert.«

Dann war er wohl noch jung, überlegte Lea. Sie legte das Messer hin und schob den Teller vom Tischrand zurück. Endlich räusperte sie sich. »Wie war das eigentlich damals, als du hier gelebt hast?«

Claire legte das Stofftaschentuch zur Seite, das sie eben noch in den Händen geknäult hatte.

»Wie das war? Ich weiß nicht. Normal? So wie einem das eigene Leben eben normal vorkommt. Wir hatten kein elektrisches Licht und kein fließendes Wasser, das ist alles später eingebaut worden. Wir haben viel mit unseren bloßen Händen gearbeitet und sind weitere Strecken gelaufen, als ihr es euch heute vorstellen könnt.« Sie lachte leise. »Aber das ist so lange her, und das Leben ist heute wirklich angenehmer. Ich würde es nicht mehr eintauschen wollen. Wirklich, es lohnt sich nicht, überhaupt darüber nachzudenken. Heute ist alles viel angenehmer.« Sie lehnte sich zurück. »Sollten wir nicht langsam fahren?«, fragte sie nach einer kurzen Pause. »Es wird spät, und ich bin müde.«

»Ja, natürlich, entschuldige …« Lea holte tief Luft. »Geh ruhig schon einmal zum Wagen. Ich räume hier nur rasch zusammen.«

Sie sah zu, wie Claire durch den Flur verschwand.

Ich muss wirklich geduldiger sein, mahnte sie sich.

Sie verstaute die Überreste des Abendessens in den Korb und folgte ihrer Großmutter. Die hatte den Wagen aufgeschlossen und sich auf den Beifahrersitz gesetzt. Sie war eingeschlafen. Den Kopf gegen die Kopfstütze gelehnt und die Augen geschlossen, saß sie im Schein der Autobeleuchtung bei offener Tür da, immer noch jeder Zoll eine feine Dame. Nachdenklich musterte Lea ihre Großmutter. Hatte Claire die Nachfrage nach ihrem früheren Leben eigentlich tatsächlich abgeblockt, oder kam ihr das nur so vor? Und wenn ja, wieso sollte sie das getan haben?

Sechstes Kapitel

Lea lenkte den Wagen in die Parklücke, schaltete den Motor aus, zog die Handbremse an und den Schlüssel ab. Nachdem das Motorengeräusch verstummt war, bemerkte sie die Stille mit einem Mal viel intensiver. Einen Moment lang blieb sie noch sitzen. Eine seltsame Unruhe hatte sie plötzlich überfallen. Was, wenn sie sich alles nur einbildete? Was, wenn sie gar nicht schwanger war? Was, wenn sie sich vollkommen unnötig mit Marc zerstritten hatte? Tatsächlich hatte sie in den letzten Tagen öfter davon geträumt, dass sie sich geirrt hatte, dass da kein zweiter Streifen im Sichtfenster gewesen war.

Aber nein, es war ja nicht nur die Sache mit der Schwangerschaft, auch Claires Eintreffen hatte ihr Leben gründlich verändert. Ihre angeblich früh verstorbene Großmutter war sehr lebendig. Und dann das Weingut.

Lea öffnete die Wagentür und stieg aus. Was auch immer, sie wollte jetzt endlich Gewissheit haben.

Mit schnellen Schritten überquerte sie die Straße. Nur wenig später hatte sie die Praxis erreicht, stand nun auf einem blauen Teppich, der just an dieser Stelle besonders abgenutzt war, vor einer birkenholzfarbenen Theke und nannte ihren Namen.

»Lea Kadisch, ich habe einen Termin.«

Die Arzthelferin nickte, ohne den Kopf zu heben, während ihr Finger die Liste der Namen entlangglitt. Schon zu dieser frühen Stunde herrschte reger Betrieb in der Praxis. Jetzt nickte sie noch einmal, ohne dass ihre düstere Miene sich aufhellte.

Schon kurz nachdem Lea aufgefordert worden war, noch einmal Platz zu nehmen, wurde sie in ein kleines Behandlungszimmer gebeten. Die Ärztin erklärte ihr die Verwendung des vaginalen Ultraschalls. Lea spürte, wie etwas in sie eingeführt wurde, und verkrampfte sich unwillkürlich. Auf dem Monitor erschien ein rauschiges Bild in verschiedenen Grautönen. Am oberen Rand waren ihr Name und einige weitere Angaben zu lesen. Leas Blick rutschte auf das Rauschen zurück. Etwas schien sich da zu bewegen.

»Schauen Sie nur«, sagte die Ärztin in diesem Moment. »Das Herzchen schlägt bereits einwandfrei. Herzlichen Glückwunsch, es besteht kein Zweifel, Frau Kadisch, Sie sind schwanger.«

Ein Gefühl von Freude gepaart mit Unsicherheit breitete sich wie eine warme Welle in Lea aus. Wieder starrte sie auf den Bildschirm. Das war also ihr Kind. Tatsächlich. Sie musste sich auf die Lippen beißen, um nicht in Tränen auszubrechen.

»Sie können sich wieder anziehen. Lassen Sie sich bitte den nächsten Termin geben«, sagte die Ärztin und streckte Lea die Hand hin. »Ich freue mich für Sie.«

»Danke schön«, stotterte Lea. Als sie wenig später mit einem Haufen Broschüren und einem Mutterpass die Treppenstufen hinuntereilte, rasten ihre Gedanken. Bevor sie das Haus verließ, entschied sie sich, das Infomaterial in ihrer großzügigen Handtasche verschwinden zu lassen. Sie hätte jetzt doch gerne jemandem Bescheid gegeben, aber wem nur?

Die nächsten Tage vergingen mit weiteren Aufräumarbeiten und den ersten Instandsetzungen durch die Handwerker. Der Zimmermann sah sich den Zustand der Böden im Obergeschoss an und schlug vor, diese von Grund auf zu erneuern. Natürlich würde es bei einem Anteil Eigenleistung günstiger werden, und da Lea zunehmend Gefallen an der körperlichen Arbeit fand, machte sie sich kurzerhand selbst daran, die alten Bodendielen ab- und das Füllmaterial herauszulösen, sodass bald in jedem Raum nur noch das Gitter der Holzbalken übrig blieb, das einst die Grundlage für den Boden gebildet hatte.

Für heute hatte sich Lea den letzten Raum des oberen Stockwerks ausgesucht, ein kleines Eckzimmer, von dessen Fenster aus man einen ganz besonders guten Blick auf die umliegende Gegend hatte. Nach einigen Stunden intensiver Arbeit schmerzten Leas Schultern und Arme, und die Nase kribbelte permanent wegen des immer wieder aufwirbelnden Staubs. Mehrfach hatte sie schon niesen müssen. Jedes Mal war ein fröhliches »Gesundheit« von Claire zu hören gewesen, doch nun war die Großmutter nach draußen gegangen, um noch etwas Sonne zu tanken und sich auszuruhen, wie sie Lea zugerufen hatte.

Fast geschafft, dachte Lea, während sie sich in dem Raum umsah. Sie hatte den Eindruck, dass hier ein Teil der Mauer des 18. Jahrhunderts erhalten geblieben war. Nur der Boden wirkte neuer, aber sie war sich nicht sicher.

Lea hatte sich nun fast zur äußeren Hauswand vorgearbeitet und begann eben die letzten Dielenbretter zu lösen. Gut, dass ich schwindelfrei bin, ging es ihr gleich darauf und nicht zum ersten Mal durch den Kopf, während sie nach unten blickte. Unter ihr lag ein Haufen Schutt – Reste von Füllmaterial, alte Zeitungen und Sonstiges mehr, kaputte Dielenbretter. Sie trieb das Stemmeisen unter eines der letzten beiden Dielenbretter und begann, es zu lösen. An einer Stelle steckten alte Zeitungen fest, an einer anderen sogar Lumpen. Als sich das Brett endlich lockerte, fielen erst die Zeitungen und dann das Lumpenstück herab.

Irgendetwas veranlasste Lea, noch einmal einen Blick auf das Häufchen Stoff zu werfen. Im nächsten Moment schauderte sie.

Ein Knopf starrte sie an, der wohl einmal zu einem Augenpaar gehört hatte, ein grober Mund, rotes Wollhaar – *eine Puppe*. Lea nahm sich vor, sie genauer zu betrachten, sobald sie ihre Arbeit beendet hatte.

Sie hatte es ja fast geschafft. Nur noch ein Brett. Sie nahm wieder das Stemmeisen zur Hand, hebelte es ab und sah dieses Mal einen kleinen Stapel Papier, der in einer Höhlung zwischen Wand und Dielenboden gelegen hatte. Lea packte den Stapel und wollte daran reißen, hielt dann jedoch inne. Dieses Papier fühlte sich ungewöhnlich an.

Sie rutschte auf dem Balken noch etwas näher an die Stelle heran und ruckelte nochmals an dem letzten Dielenbrett, bevor sie erneut an den Papieren zerrte.

Nach einer Weile gelang es ihr doch, sie herauszuziehen. Neugierig betrachtete sie das Bündel. Offenbar waren es Briefe, mit einem blassen blauen Band zusammengehalten und teilweise von Mäusen oder was auch immer zerfressen. Lea versuchte, etwas zu entziffern, scheiterte jedoch. Kurz entschlossen stopfte sie die Papiere vorne in ihren Overall und balancierte dann zur Treppe.

Polternd sprang sie die Stufen herunter, dann hinaus vor die Tür, wo es heller war als im Innern des Gebäudes. Claire war nirgendwo zu sehen. Der Liegestuhl stand verwaist. Vielleicht machte sie, wie so oft in den letzten Tagen, einen Spaziergang durch die Weinberge. Oder Herr Wieland oder dessen Neffe waren endlich gekommen, wie schon mehrfach angekündigt.

Lea schluckte. Eine unerklärliche Aufregung erfasste sie, sodass sie sich setzen musste. Reglos hielt sie dann die Briefe in der Hand, plötzlich unschlüssig, was sie tun sollte. Jemand in diesem Haus musste diese Briefe einst empfangen haben, und jemand in diesem Haus hatte sie unter den Dielen versteckt, aber warum nur?

Endlich löste sie das Band, versuchte den ersten Bogen aufzunehmen, doch der war fast vollkommen zerfressen und zerfiel unter ihren Fingerspitzen. Sie nahm den nächsten, versuchte wieder, ein paar Worte zu entziffern. Irgendwo vom hinteren Hof her drang Claires Stimme zu ihr. In jedem Fall war sie nicht alleine. Gedankenverloren blätterte Lea, um nach dem Ende eines Briefs zu suchen. Was stand da? H? Nein, vielleicht auch M oder doch S? Sie nahm sich ein anderes Blatt vor.

… dass ich von Dir gehört habe … denke immer noch an unseren Tag …

… Mainz …

Sosehr sie sich auch mühte, sie konnte nur einzelne Satzfetzen entziffern, manchmal auch nur Worte. Wie alt waren diese Briefe wohl? Stammten sie aus Claires Jugend? Nein, Lea vermutete, dass sie viel älter waren. Vielleicht sollte sie sie mit nach Hause nehmen und dort zu lesen versuchen? Möglicherweise konnte sie dort ein paar der fehlenden Stellen ergänzen?

»Was hast du denn da?«

Lea zuckte zusammen. Sie hatte nicht gemerkt, dass Claire sich ihr genähert hatte.

»Briefe, ich habe sie oben unter den Dielen gefunden.«

»Briefe? Zeig mal her.« Claire setzte die Brille auf die Nase, die sie stets an einer Kette um den Hals trug, und streckte die Hand aus.

Lea reichte ihr die Blätter. »Hast du die schon einmal gesehen?«

»Nein«, sagte Claire, während sie blätterte. »Die müssen recht alt sein.« Sie überlegte. »Ludwig hat mir damals eine Geschichte erzählt.«

»Ludwig?«

»Mein Großonkel, der, bei dem ich hier gewohnt habe.«

Lea starrte ihre Großmutter an. Ihr Großonkel? Claire hatte bei ihrem Großonkel gewohnt, aber wieso?

Erst jetzt bemerkte sie, dass ihre Großmutter ihr die Briefe hinhielt.

»Ich gehe schon einmal rein und hole meine Sachen«, sagte sie. »Wollen wir heute mal wieder essen gehen?«

Lea nickte. »Gute Idee.«

Sie drehte die Briefe noch einmal in den Händen, lief dann zum Wagen und verstaute sie im Handschuhfach. Als sie zurück ins Haus kam, stand das Gepäck im Flur, doch Claire war nirgendwo zu sehen. Suchend lief Lea weiter und blieb bald wie angewurzelt stehen. Claire stand neben einem der kleinen Schuttberge und hielt die Puppe fest in den Händen. Ihre Schultern bebten. Sie weinte.

Zweiter Teil

Die Schwestern

Juli 1792 bis April 1793

Erstes Kapitel

Bonnheim, im April 1793

»Suchst du etwas?«

Unvermittelt hatte Helene im Eingang des gemeinsamen Zimmers gestanden. Die dreiundzwanzigjährige Marianne zuckte zusammen. Sie war so vollkommen versunken in ihren Gedanken gewesen, dass sie die Schwester einfach nicht gehört hatte. Sie hatte gar nichts gehört. Keine Stimmen, keine Geräusche, nicht den Gesang der Vögel, nicht das Knarren der Dielen unter ihren Füßen. Sie hatte noch nicht einmal die Stimmen der Knechte und Mägde draußen im Hof gehört, die sich eigentlich nicht überhören ließen, und natürlich auch nicht, wie die Schwester die steile Holzstiege hinaufgekommen war. Auf einen Schlag drangen jetzt alle Laute in ihre Sinne, und für einen flüchtigen Moment dröhnte es so laut in ihrem Kopf, dass Marianne meinte, sie müsse sich beide Hände zum Schutz auf die Ohren pressen und so verharren.

Helene erreichte mit wenigen Schritten den Schreibtisch, den sie und Marianne sich teilten, und riss die Papiere herunter, die sich auf der Schreibtischplatte verteilten. Bevor die Ältere etwas sagen konnte, hatte sie auch den kleinen Schlüssel hervorgezerrt, den sie stets an einem Band um den Hals trug, schloss ihre kleine private Schublade auf und riss auch dort Papiere heraus, die sich raschelnd mit den anderen mischten.

»Hier, lies doch«, schrie sie mit sich überschlagender Stimme. »Lies es, das wolltest du doch ohnehin tun!«

Die Stimmen im Hof wurden wieder leiser, als habe irgendjemand eine Decke über Mariannes Kopf gezogen, doch dem war nicht so. Natürlich nicht. Sie stand einfach immer noch da – sah voller Unbehagen die Tränen, die in den Augen ihrer fünf Jahre jüngeren Schwester schimmerten.

Helenes Haar war immer noch zerzaust, wie zu dem Zeitpunkt, als sie auseinandergegangen waren, damals, vor wenigen Stunden erst. Als die Welt untergegangen war. Auch der dunkle Schmutzstreifen verlief noch quer über Helenes Stirn und erinnerte sie beide unerbittlich daran, was geschehen war. Noch nie zuvor hatte Marianne die kleine Schwester so außer sich erlebt, und auch jetzt schien sie sich nicht beruhigt zu haben. Wie auch? Was geschehen war, war zu schrecklich.

Marianne hielt inne, wollte sich verbieten, weiter daran zu denken, doch Helene ließ es nicht zu. Kurz nur fuhr sie sich mit dem Handrücken über Mund und Nase, reckte dann den Kopf und drückte die Schultern durch.

»Willst du nicht fragen, wie es ihm geht?«

Marianne, deren Blick eben noch auf den verstreuten Papieren auf dem Boden geruht hatte, hob den Kopf. Ihre grünbraunen Augen trafen sich mit Helenes blauen. Keine der Schwestern wich zurück.

»Wie geht es ihm?«, fragte Marianne endlich, und ihre Stimme war so unerwartet rau, dass sie sich gleich unwillkürlich räusperte.

»Ich habe ihn in Christophs Zimmer bringen lassen.« Helene machte eine Pause. »Unser Bruder benötigt es ja vorerst nicht, nicht wahr?«

»Nein.« Marianne bemerkte, wie Helene sie immer noch ansah, als wolle sie jede Nuance im Ausdruck ihrer Schwester studieren. »Das war eine gute Idee, Helene«, fügte sie mit schleppender Stimme hinzu.

»Er ist ja fort, der Christoph, nicht wahr? Er wird so bald auch nicht zurückkommen können, sagt der Vater«, fuhr die Schwester fort.

Marianne holte tief Luft. »Nein, wohl nicht.«

»Alles hat sich verändert«, sagte Helene. »Wer hätte das gedacht, vor ein paar Monaten.«

»Ja, wer hätte das gedacht.«

Zögerlich ließ Marianne sich auf die Knie nieder und sammelte die verstreuten Papiere ein. Sie wollte es nicht und konnte es doch nicht verhindern, las hier und da ein Wort, obwohl sie das nicht hatte tun wollen, erhaschte Erinnerungssplitter der vergangenen Monate, so wie sie für Helene ausgesehen hatten.

Seit sie sich erinnern konnte, hatte Helene ihre Gedanken dem Papier anvertraut. Sobald sie hatte schreiben können, von frühester Kindheit an, denn Helene war ein kluges Kind gewesen, hatte sie kleine Begebenheiten festgehalten. Hatte beschrieben, was sie bewegte. Und heute hatte Marianne hier irgendwo etwas zu finden gehofft, das ihr näherbrächte, was die Schwester in diesen Tagen dachte, in denen sie sich so schrecklich weit voneinander entfernt hatten. Aber das war nicht recht gewesen, das war ganz sicher nicht recht gewesen. Sie wusste das.

Sie hätte früher mit ihr sprechen müssen. Sie hätte ihr die Wahrheit sagen müssen.

Die Schrift ihrer Schwester, fiel ihr auf, hatte nicht immer denselben Schwung. Mal waren die Buchstaben kleiner, mal größer. Mal neigte sie sich nach rechts, mal nach links. Mit einem Ächzen stand Marianne endlich auf und legte das Papierbündel auf den Tisch. Helene hielt sie weiter im Blick.

»Lies es doch«, zischte sie gehässig, »vielleicht würdest du es dann verstehen – oder ist es dir doch ebenso gleichgültig, wie ich es dir bin?«

Vielleicht würde ich sie tatsächlich verstehen, dachte Marianne traurig, deshalb bin ich ja hierhergekommen, um zu verstehen, was geschehen ist. Und jetzt traue ich mich nicht. Ich, Marianne Stein, die sich vor nichts fürchtet, traue mich nicht.

Sie streckte die Hand nach ihrer Schwester aus, doch die wich zurück. Unentschlossen kreuzte Marianne die Arme über der Brust und unterdrückte ein Frösteln.

»Aber du bist mir nicht gleichgültig, Helene. Du bist meine Schwester.«

Die Jüngere antwortete nicht. Marianne starrte wieder auf die Papierbögen, bemerkte auf einem eine Zeichnung, die wohl *ihn* zeigte. Helene hatte die Weinlese im letzten Herbst festgehalten. Gianluca war gerade dabei, einen Eimer in den großen Bottich auf dem Wagen zu leeren. Die kleine Schwester hatte große Sorgfalt auf seine Darstellung verwandt, während die anderen Figuren eher flüchtig anmuteten, wobei es ihr allerdings durchaus gelungen war, einzelne Charakteristika einzufangen, sodass man sofort wusste, um wen es sich jeweils handelte: Hier der stattliche Vater, dort die zarte Mutter mit einem Krug gewässerten Weins, da Friedel, der alte Knecht, daneben die mageren Weissgerber-Mädchen und Melchior und Karl, die beiden Tagelöhner. Helene konnte schon immer gut zeichnen.

In jedem Fall hatte sie Gianluca besonders gut getroffen, und für einen Moment wünschte Marianne sich, sie könne das Bild einfach einstecken, um es ab jetzt jeden Abend alleine für sich hervorzuholen. Als könne sie sich selbst nicht trauen, tat sie einige Schritte rückwärts und setzte sich endlich auf ihr Bett. Helenes Blick folgte ihr, sie selbst rührte sich nicht von der Stelle.

Wir haben ihn heute beide verloren, wir werden ihn beide nicht wiedersehen. Etwas anderes kann ich mir nicht vorstellen. Es ist vorbei.

Unwillkürlich legte sie eine Hand auf ihren Bauch, der sich unter dem Hemd sanft rundete.

Das Feuerwerk

Mainz, im Juli 1792

»Oh, sieh doch, sieh doch nur, Helene!«

Marianne hielt den linken Arm ihrer Schwester fest umklammert und deutete mit der freien Hand auf den Fluss hinaus. Die Illuminationen ließen die Türme der Stadt Mainz hell aufleuchten, im Spiegel des Rheins verdoppelten sich die Gebäude, genauso wie die vom Ufer her unablässig in die Lüfte steigenden Feuergarben.

Als ob die Nacht zum Tag geworden wäre, dachte Helene, es ist so wunder-, wunderschön.

Zehntausende Fremde drängten sich nun schon seit Tagen in den Mauern der Stadt, hoher und niederer Adel, dazu Mainzer Bürger, Handwerker, Neugierige und die üblichen geschäftstüchtigen Kaufleute und kleinen Krämer. Vor allem die Wirtsleute machten in diesen Zeiten ihren Schnitt. Alle Gasthöfe waren besetzt, und sogar die Privathäuser beherbergten Freunde oder Gäste aus irgendeinem entfernten Winkel Deutschlands. Vom frühen Morgen bis zum späten Abend wimmelten die Straßen von wohlgekleideten Menschen. Gegen Mittag, so hatte mancher, der schon weiter gereist war, verlauten lassen, war das Gewühl der Kutschen dieser Tage groß genug, um einer Hauptstadt den Rang streitig zu machen.

Wenn ich sie nur malen könnte, hatte Helene ein ums andere Mal gedacht, wenn ich sie nur alle malen könnte.

Mit dem dritten Tag des großen Fürstenkongresses, der auf die Kaiserkrönung in Frankfurt am Main gefolgt war, erreichte die stete Abfolge von Empfängen, Bällen und Festessen einen weiteren Höhepunkt. Kaum zu glauben, dass alles erst vor zwei Tagen mit einem Zusammenlauf der Schaulustigen begonnen hatte. Da war das Militär ausgerückt, die ganze Bürgerschaft dazu und die Schuljugend in weißen Schäferkleidern … Und was hatte es da alles zu sehen gegeben an Gesichtern und Kleidern und schönen und hässlichen Fratzen und hübschen Kindern und tumben Narren. Der Zug, in dem Kaiser und Kaiserin sich genähert hatten, hatte aus mehreren Sechsspännern bestanden, dahinter war eine Abordnung Mainzer Husaren mit ihren bloßen Degen gefolgt, dann eine große Anzahl blasender Kuriere und endlich auch der kaiserliche Wagen, worin er und sie, der Kurfürst von Köln und ein Bruder des Kaisers saßen, gefolgt von einer Menge nachlaufender Burschen, die sich zu diesem Zeitpunkt offenbar schon fast wund geschrien hatten. Helene erinnerte sich daran, dass sich Marianne noch weiter nach vorne hatte drängen wollen, doch ihr Bruder, der zwanzigjährige Christoph, hatte sich der Schwester in den Weg gestellt und sie ärgerlich angefunkelt.

»Wir sehen auch so genug von dem lächerlichen Popanz!«, hatte er barsch bemerkt, und wie so oft hatte Marianne angesichts seines heiligen Ernstes nur gelacht. Nun, sie war die Einzige, die über Christophs Politisiererei lachen durfte, ohne dass er Rache übte.

Zur späteren Ankunft des Preußenkönigs hatte es dann geregnet, als ob sämtliche fränkischen Demokraten ihre Nachttöpfe über den gekrönten Häuptern ausleerten, wie Christoph auch gleich mit einem maliziösen Grinsen angemerkt hatte, wofür er von seinem Freund, Anton Weidmann, mit einem deutlichen Ausdruck des Unwillens bedacht worden war.

In Antons und Christophs Freundschaft hatte der ein Jahr ältere Christoph stets das letzte Wort behalten, und das hatte den gutmütigen Anton bisher auch nie gestört, doch seit in Frankreich das Tohuwabohu herrschte – wie Anton es nannte –, begannen sich ihre Wege merklich zu trennen.

Schon in den ersten Julitagen 1789 waren die beiden jungen Männer aneinandergeraten. Sie waren beide enttäuscht vom jeweils anderen, stritten sich, rauften sich mühevoll wieder zusammen und gerieten bei der nächsten Nachricht wieder in Streit. Während Christoph jede Meldung, die vom Aufruhr sprach, bejubelte, machte Anton mehr als deutlich, dass er hoffe, dem Spuk werde bald ein Ende gesetzt. Doch der Spuk dauerte nun schon gute drei Jahre an. Auch um darüber zu beraten, waren die Fürsten dieser Tage in Mainz zusammengekommen.

Und ich werde alles getreulich beschreiben, dachte Helene, von dem Moment an, an dem der kaiserliche Wagen an der Treppe des Schlossbogens anlangte, über den Streit zwischen meinen Geschwistern, von Christoph und Antons Wortgefecht, bis hin zu dem Augenblick, an dem ich heute Abend im Bett liegen werde. Schlafen, ach, schlafen konnte man nach solch einem Ereignis ja ohnehin nicht.

»Wenn dieser Zauber doch niemals aufhören würde!«, rief Marianne jetzt aus und hielt die jüngere Schwester im nächsten Moment von hinten mit beiden Armen umschlungen.

Helene sah unwillkürlich zu Christoph hinüber, der am Vortag noch gemurrt hatte, dass es für einen freien Menschen lächerlich sei, solchermaßen zu gaffen, und der heute, genau wie die anderen, mit offenem Mund und kindlicher Freude das Spektakel verfolgte. Marianne hinter ihr wippte und tänzelte mittlerweile unablässig. Die Schwester konnte nie lange stillhalten.

»Du bist aber kein *freier* Mensch«, hatte sie gestern auf Christophs anhaltendes Murren hin entgegnet.

Einen Atemzug lang hatte es ausgesehen, als wolle der Bruder etwas Scharfes erwidern, doch dann hatte er geschwiegen, und die Geschwister hatten einander lediglich mit Blicken gemessen.

Mit einem Mal stolperte Helene rückwärts. Marianne hatte sie abrupt losgelassen und breitete die Arme aus, um gemeinsam mit den anderen Schaulustigen jubelnd den Aufstieg einer besonders großen Feuergarbe zu begleiten. Christoph trat an ihre Seite.

Meine schönen Geschwister, dachte Helene, meine schönen, schönen Geschwister. Drei Jahre lagen zwischen ihnen –

Helene starrte noch einmal Christoph an und dann Marianne –, und doch wirken sie manchmal wie Zwillinge. Beide hatten sie grünbraune Augen mit einem goldenen Funkeln darinnen und lichtbraunes Haar, in das der geringste Sonnenschein Fäden aus Kupfer webte. Sie waren schöne Menschen, Menschen, die sogar in einer größeren Menge wie dieser Aufmerksamkeit auf sich zogen. Menschen, die man einfach ansehen musste, die einen Platz für sich beanspruchten, selbstbewusst, geradeheraus, auf ganz natürliche Weise und ohne die kleinste Unsicherheit darüber zu vertun, ob ihnen dieser Platz überhaupt zustand.

Helene war von jeher anders gewesen. Sie hatte versucht, etwas dagegen zu tun, doch es war ihr nicht gelungen. Und sie wusste natürlich selbst, was die anderen über sie sagten. Manches hatte sie nicht hören sollen, manches war gesagt worden, weil man offenbar glaubte, sie habe sich an den Platz gewöhnt, den alle ihr zuschrieben.

Erst kürzlich hatte Tante Juliane, ihre Goti, zur Mutter gesagt, sie, Helene, sei kein schönes Kind und sie könne, weiß Gott, öfter weniger mürrisch dreinschauen, aber sie sei ein fleißiges und liebes Mädchen und werde irgendwann auch eine gute Ehefrau werden.

Ihre Patentante und deren Mann hatten die ganze Familie zur großen Fürstenversammlung nach Mainz eingeladen. Irgendwo hier im Gewühl waren auch sie und die Eltern zu finden, doch hatte man den jungen Leuten heute anlässlich der Feierlichkeiten erlaubt, eigene Wege zu gehen.

Mit kleinen nervösen Bewegungen strich Helene über den Stoff ihres neuen Kleides, zupfte ihr Brusttuch zurecht und überprüfte dann den Sitz ihres gleichfalls neuen Häubchens. Zur Feier des Tages hatten die Stein-Frauen sich neue Kleider anfertigen lassen, und Helene hatte besondere Sorgfalt darauf verwandt, sich anzukleiden. Der anerkennende Blick ihrer Mutter Emmeline hatte sie stolz gemacht. Marianne dagegen hatte ihr Haar an diesem Morgen eher nachlässig aufgesteckt, sodass einzelne lockige Strähnen über ihre Schultern tanzten, und sie trug einen Strohhut zu einem schon älteren, taubengrauen Kleid, das allerdings atemberaubend an ihr aussah. Zweifelsohne hätte Marianne in Sack und Asche gehen können, ohne dass das ihrer Schönheit einen Abbruch getan hätte. Helene hatte sich über die Jahre daran gewöhnt, und doch schmerzte es manchmal, auch wenn sie Marianne liebte und sich der kleinen gehässigen Gedanken, die sie neuerdings zuweilen überfielen, sehr schämte.

Antons ernste, dunkle Augen trafen sich nun mit denen Helenes. Noch während sie den Blick abwendete, bemerkte sie die tiefe Falte, die sich trotz seiner gerade mal neunzehn Jahre in seine Stirn kerbte und diese in zwei Hälften teilte. Groß und schlank war er, mit immer etwas wildem schwarzen Haar und heller Haut.

Er liebt Marianne, fuhr es Helene durch den Kopf, der Arme, was soll man machen … Es war gewiss nicht leicht, die Schwester zu lieben, die sich oft flatterhaft gab wie ein Schmetterling. Das wusste sie. Sie wusste auch, dass sich die Eltern eine Hochzeit zwischen ihrer Ältesten und dem Ältesten der Weidmanns wünschten. Anton, Sohn eines reichen Bauern und Winzers, war schließlich eine gute Partie.

Helene trat einen Schritt zur Seite, dann noch einen. Es war in diesem Getümmel sicherlich unmöglich, sich einen ruhigeren Platz zu suchen, aber sie brauchte etwas Abstand. Um sie herum jubelte, lachte, sang und tanzte es immer noch unablässig, sie aber fühlte sich plötzlich einsam. Indem sie einen kurzen Blick zurückwarf, sah sie, dass inzwischen auch Christoph und Marianne tanzten, während Anton stocksteif an der Seite stand, als gehöre er nicht dazu.

Helene ging noch einige Schritte näher zum Fluss hin, dessen leiser Wellenschlag im Lärm unterging. Kurze Zeit darauf bemerkte sie aus den Augenwinkeln eine späte Kutsche, wohl auf dem Weg zur weiter südlich gelegenen kurfürstlichen Favorite, und drehte sich neugierig zu ihr hin.

Für einen Augenblick nahm sie die Gestalt des Lakaien wie einen Schattenriss auf der Rückseite der Kutsche wahr, doch schon im nächsten Moment war diese verschwunden, und ein dunkles Bündel rollte und kugelte auf Helene zu, die vor Schreck wie starr stand.

Der gestürzte Lakai rollte direkt vor Helenes Füße und sprang sogleich geschmeidig auf, während die junge Frau immer noch reglos verharrte. Vielleicht hätte sie aufschreien, zur Seite springen oder wenigstens eine spöttische Bemerkung machen sollen, aber ihre Kehle war wie zugeschnürt, und es gelang ihr noch nicht einmal zu lächeln.

Im Übrigen war es kein Lakai, stellte sie jetzt fest, sondern ein Mann, der sich eben den Dreck von seiner einfachen Kleidung klopfte und sie dann freundlich anlächelte. Weiße Zähne blinkten in einem – das sah man auch im diffusen Licht – sonnengebräunten, von dunklen Locken umrahmten Gesicht, ebenfalls dunkle Augen funkelten lustig. Der Mann musste etwa um die zwanzig

Jahre alt sein, war schlank und etwa mittelgroß, kleiner als Christoph, größer als sie selbst.

»Signorina«, grüßte er sie und verbeugte sich schwungvoll und durchaus elegant.

Ein Italiener, dachte Helene, und es war dieser Moment, in dem sie erstmals zu spüren vermeinte, wie ihr Herz für einen Wimpernschlag aussetzte und dann sehr viel schneller weitertrommelte. Es war ein nie gekanntes Gefühl, das sie über alle Maßen erstaunte.

»Signorina«, wiederholte der Mann etwas lauter, »ich hoffe, ich habe Sie nicht erschreckt?«

Helene nahm allen Mut zusammen.

»Nein«, entgegnete sie stockend, während sich verwirrende Gedanken in ihrem Kopf jagten und ihr die Röte heiß in die Wangen stieg.

Was ist nur mit mir, versuchte sie sich zur Räson zu rufen, was ist nur geschehen? Ein Mann ist vor meine Füße gefallen und spricht nun mit mir – na und? Das ist kein Grund zur Aufregung, nicht an einem solchen Tag. Sie straffte die Schultern.

Der Italiener sprach makellos Deutsch, wenn auch ein kleiner, unbekannter Tonfall mitschwang, der sie neugierig machte. Sie kannte Pomeranzengänger aus Mainz, befreundete Händler aus dem Haus ihres Onkels und ihrer Tante. Es gab durchaus Italiener in der Stadt. Dieser hier war gewiss nicht der erste, mit dem sie Bekanntschaft machte.

»Ich bin Gianluca«, sagte der Italiener nun und lächelte wieder. »Gianluca Tozzi.«

»Sie sind Italiener«, sagte Helene heiser und hätte sich im nächsten Moment am liebsten auf die Zunge gebissen. Das wusste er ja nun gewiss selbst.

Gianluca Tozzi aber nickte nur. »Ja, ich stamme aus der Gegend von Genova. Kennen Sie die Stadt?«

Helene nickte und fühlte neuerlich Rot in ihre Wangen steigen.

»Genua, ja, natürlich.«

»Und wie heißen Sie, wenn ich fragen darf?«

»Helene«, flüsterte sie. »Helene Stein. Aus Bonnheim.« Sie machte eine kurze Pause. »Das liegt bei Kreuznach«, fügte sie dann hinzu.

Der Italiener nickte und musterte sie immer noch voller Freundlichkeit. Sie wollte den Kopf senken und musste ihn doch anstarren.

Ich will, dass er hierbleibt, dachte sie, ich will, dass er hierbleibt.

Und dann suchte sie nach neuen Worten, Worten, die ihn dazu brachten, weiter mit ihr zu sprechen, sie weiter anzulächeln, bei ihr zu bleiben.

Was hätte Marianne wohl an meiner Stelle gemacht? Ausgefragt hätte sie ihn, da war Helene sich sicher, mit einem Lächeln und einem leichten Scherz auf den Lippen. Sie aber bekam keinen Ton heraus. Vielleicht war es also doch besser, wenn er jetzt ging und sie sich nicht weiter zur Närrin machte.

Aber ich will nicht, dass er geht, begehrte etwas in ihr auf, ich möchte, dass er bleibt. Ich möchte ihn ansehen.

Helene nahm alle Kraft zusammen und schaute auf den Fluss hinaus, der immer noch im Widerschein des Feuerwerks leuchtete und funkelte. Seit Anbeginn ihrer Begegnung war da diese Stimme in ihr, die sagte: Bleib, bleib bei mir. Lass mich dich ansehen. So etwas hatte sie noch nie gespürt, noch nie in ihrem ganzen Leben.

»Es ist ein wunderbares Feuerwerk«, sagte der Mann jetzt – Gianluca, wiederholte Helene bei sich, Gianluca –, »aber von der Favorite aus muss es wahrhaft herrlich aussehen. Schade, dass ich es nicht bis dorthin geschafft habe.«

Noch einmal klopfte er sich über seine Kleidung und entfernte die letzten Schmutzspuren. Helene nahm allen Mut zusammen.

»Was wollten Sie dort? Waren Sie eingeladen?«

Er lachte auf. »Aber nein, so einer wie ich doch nicht. Ich wollte mich hineinschmuggeln.« Er zwinkerte ihr zu. »Ich hoffe, Sie verraten mich nicht, Signorina.«

»Nein.« Wieder fiel Helene nichts Besseres ein als diese knappe Antwort.

»Ich bin nämlich Baumeister«, ergänzte Gianluca selbst. »Ich suche Arbeit und möchte mich gerne einem großen Herrn andienen.«

»Das ist sehr … sehr interessant«, brachte sie heraus, doch Gianluca hörte ihr jetzt nicht mehr zu. Sein Blick war auf jemanden gefallen, der schräg hinter ihrer linken Schulter aufgetaucht sein musste. Eine neue Feuergarbe wanderte hoch über den Himmel. Als Gianluca lächelte, wusste Helene, ohne dass sie sich hätte umdrehen müssen, wer da gekommen war.

»Meine Schwester Marianne«, stellte sie die Ältere vor und unterdrückte einen tiefen Seufzer.

Marianne kam näher, die Füße nackt, wie Helene jetzt bemerkte, das Haar vom Tanz noch ein wenig gelöster, ihr Anblick noch ein wenig bezaubernder. Sie sah Gianluca lächeln, sah ihn lächeln, wie es alle taten, die Marianne sahen.

»Signorina!«

Täuschte sie sich, oder geriet seine Verbeugung noch ein wenig tiefer und eine deutliche Spur hingebungsvoller?

»Gianluca Tozzi ist Baumeister, aus Italien«, sagte Helene zu Marianne hin, als verschaffe ihr diese winzige Information einen Vorsprung in einem Rennen, das gerade begonnen hatte.

»Oho«, Marianne streckte Gianluca einfach die Hand hin, so wie es Helene nie gewagt hätte, »Marianne Stein.«

»Gianluca Tozzi.«

»Ich habe eigentlich nur meine Schwester gesucht«, sprach Marianne weiter und zwinkerte Gianluca zu. »Sie ist mir fortgelaufen.«

Helene runzelte die Stirn über diese Bemerkung. Gianluca grinste.

»Das ist wirklich bedauerlich, Fräulein Stein, denn Ihre Schwester und ich haben uns gerade sehr gut unterhalten.« Er zwinkerte jetzt Helene zu, die sich inzwischen vorkam wie ein dummes Kind. In Mariannes Mundwinkel grub sich ein kleines Lächeln.

»Nun, es tut mir leid, aber jetzt müssen wir auch schon wieder gehen. Die Eltern warten.«

»Das Bedauern ist ganz auf meiner Seite, Fräulein Stein!«

»Au revoir!«

Marianne reichte Helene die Hand. Die schloss sich der Älteren allen widerstreitenden Gefühlen zum Trotz an.

»Arrivederci«, rief Gianluca ihnen hinterher.

»Arrivederci!«, antwortete Marianne.

Sie hatten erst wenige Schritte getan, als Helene unvermittelt stehen blieb. Ein Gedanke war ihr gekommen, der sich nicht mehr vertreiben ließ. Sie konnte nicht gehen. Sie musste jetzt herausfinden, ob es eine Möglichkeit gab, ihn, den Italiener, wiederzusehen. Ungeduldig versuchte Marianne derweil, die Jüngere weiterzuziehen.

»Komm jetzt, Helene. Man wartet wirklich auf uns.«

Helene entzog der Schwester die Hand und drückte die Schuhe fest in den Untergrund, um besseren Halt zu haben.

»Hilf mir, Marianne, bitte!«

»Aber wobei denn?« Die Ältere wandte ihr das Gesicht zu, runzelte die Stirn.

»Ich …« Helene schlug die Augen kurz nieder und sah ihre Schwester dann entschlossen an. »Ich muss ihn wiedersehen. Ich muss einfach.«

»Wen? Den Italiener da? Aber Helene, wir kennen ihn doch gar nicht!«

Mariannes Stimme klang erstaunt, beinahe erschrocken. Helene hatte selbst die ungewohnte Dringlichkeit in der eigenen Stimme gehört. Hatte sie sich jemals vorstellen können, dass es so etwas gab, dass man sich einem fremden Menschen derart verbunden fühlen konnte? Während sie noch mit der Antwort zögerte, verstärkte sich der Ausdruck leiser Verwirrung auf Mariannes Gesicht.

»Du hast doch sicher gehört«, stotterte Helene, »er ist Baumeister. Frag ihn, ob er unser Haus winterfest machen kann. Es ist einiges zu reparieren, das weiß ich von Mama.«

»Ich soll den Italiener da fragen? Einen Wildfremden? Hier und jetzt? Bist du von Sinnen?«

Ich muss ihn wiedersehen!

»Ich sagte doch, dass er Baumeister ist.«

»Das sagt *er*. Wer sagt mir denn, dass das die Wahrheit ist? Außerdem brauchen wir keine fremden Baumeister.

Wir haben unsere Helfer zu Hause, vor Ort.« Marianne schüttelte den Kopf und wollte schon weitergehen.

»Aber ich«, Helene hängte sich an ihren Arm, »ich … ich muss ihn wiedersehen.«

Jetzt lachte die Ältere auf. »Aber das ist doch wirklich albern, Kleines.«

Helene hörte nicht. Sie hatte sich jetzt vor Marianne gestellt und hielt deren Hände fest. Wie sah das wohl von Weitem aus? Wie zwei junge Frauen, die, anstatt sich dem herrlichsten Feuerwerk hinzugeben, ein ernstes Gespräch miteinander führten? Welch seltsamer Ort dafür! Sie zögerte noch ein wenig, dann hauchte sie: »Ich liebe ihn!«

»Das ist ja noch alberner«, Marianne klang jetzt ungehalten, »du kennst ihn nicht.«

»Bitte.«

»Und was soll ich deiner Meinung nach tun?«

»Frag ihn, das sagte ich doch schon, und dann sprich mit Vater, bitte.«

Marianne seufzte. »Und wenn dein Italiener nicht will? Ich kann auch nicht mehr tun, als ihm ein Angebot zu machen.«

»Ich weiß.« Helene schaute ihre Schwester fest an. »Frag ihn«, sie zögerte, weil die nächsten Worte auch ein wenig schmerzten, »er wird mitkommen wollen.«

An diesem späten Abend wälzte sich Helene noch lange in den Kissen im Mädchenzimmer. So unruhig war sie, dass sich Marianne irgendwann ungehalten aufsetzte.

»Was ist denn noch, um Himmels willen?«

Helene zögerte einen Augenblick lang. »Du liebst ihn aber nicht, oder, Marianne? Du liebst ihn nicht?«

»Wen? Deinen Italiener?« Marianne schnaubte. »Natürlich nicht, ich kenne ihn ja gar nicht. Das sagte ich doch schon.«

Helene ließ sich zurück in ihre Kissen sinken und atmete beruhigt durch. Sie hatte die Blicke gesehen, die Gianluca ihrer Schwester zugeworfen hatte, aber wenn die sein Interesse nicht erwiderte und außerdem ohnehin bald Anton heiratete, dann würde er sich umschauen, und dann würde sie da sein.

Wenn er kam.

Aber er würde kommen. Marianne hatte ihn gefragt. Marianne konnte niemand widerstehen. Er würde kommen. In zwei Wochen spätestens, dann hatte er seine Geschäfte in Mainz geregelt.

Helene schloss die Augen. Die Zukunft sah mit einem Mal gut aus, denn sie hatte einen Namen bekommen: Gianluca.

Und so endete der Tag, an dem sich ihrer aller Leben veränderte.

Wenn Helene in der folgenden Zeit zurückblickte, brachte sie die Einzelheiten nie mehr ganz zusammen. Gianluca Tozzi hatte Mariannes Angebot mit ernster Miene entgegengenommen und gesagt, dass er noch mit seinem derzeitigen Arbeitgeber, einem alten Pomeranzengänger, sprechen müsse. Die Familie brachte noch zwei weitere Tage bei Tante Juliane und Onkel Hubertus zu und kehrte endlich nach Bonnheim zurück, wo sich Vater Valentin Stein daranmachte, die nächste Weinlese vorzubereiten. Anton und Christoph stritten sich weiterhin, konnten aber auch nicht voneinander lassen und besuchten einander deshalb fast täglich.

Am Mainzer Hof bestimmten nun kriegsfreudige Emigranten sowie Diplomaten und Militärs aus Wien und Berlin die Linie. Ein Manifest wurde entworfen, das den Franzosen für jeden Angriff auf die königliche Familie ein exemplarisches Strafgericht androhte. Doch die martialische Drohung verfehlte ihr Ziel. Am 10. August 1792 wurde in Frankreich die Monarchie gestürzt.

Helene verfolgte die Nachrichten nur am Rande. Jeden Morgen und immer wieder im Verlaufe eines jeden Tages, seit sie aus Mainz zurückgekehrt waren, trat sie auf die Straße, die am Hofgut ihrer Familie vorbeiführte, und hielt Ausschau. Gianluca Tozzi aber zeigte sich nicht.

Zweites Kapitel

»Lele, Lelchen? Was machst du denn hier so alleine?«

Mein Spitzname! Helene, eben noch vollkommen in ihren Gedanken versunken, fuhr herum. Sie hatte die ungewöhnlich leise Annäherung ihres Vaters nicht bemerkt, hatte ihn noch im Haus in seinem Arbeitszimmer gewähnt, wo er sich dieser Tage, vor der nahenden Weinlese, zumeist aufhielt. Ein Anflug schlechten Gewissens drängte in ihr hoch, war sie es doch, die ihm sonst bei der notwendigen Überprüfung der Bücher half, eine Arbeit, die Valentin seit jeher ungern getan hatte. Aber die vielen Spaziergänge und das Warten auf Gianlucas Ankunft hatten sie vollkommen das Hier und Jetzt vergessen lassen. Sie zwang sich zu einem Lächeln. Der Vater kam einen weiteren Schritt näher und tätschelte ihren Arm. Helene, Liebkosungen dieser Art nicht gewohnt, musste sich zwingen, stehen zu bleiben.

Ganz gleich, wie viel Zeit sie auch miteinander verbrachten, sie hatte stets den Eindruck gehabt, dass ihr Vater und sie einander fremd blieben. Marianne hingegen liebte er aus vollem Herzen, und mit Christoph, seinem Sohn, stritt er sich leidenschaftlich. Vielleicht hatte er einfach nicht mehr Liebe und nicht mehr Wut in sich, und sie, Helene, musste sich, wie so oft, mit den Resten begnügen? Aber vielleicht irrte sie sich ja auch, vielleicht irrte sie sich, und er liebte sie doch genauso, wie er seine anderen Kinder liebte …

»Soll ich dir helfen, Vater? Hast du mich deshalb gerufen?«

Helene schaute ihn fragend an. Der Vater schüttelte den Kopf so heftig, dass sein Doppelkinn ins Zittern geriet.

»Weißt du, Kleines, ich habe dich von dort aus beobachtet«, er deutete auf das Fenster des Arbeitszimmers, »und ich habe mich gefragt, was du hier draußen so alleine tust?«

Einen Moment lang sah Helene auf ihre Fußspitzen. Die Schuhe waren ein wenig staubig, weil sie heute Morgen wieder einen langen Spaziergang gemacht hatte, in der Hoffnung, er – Gianluca – werde endlich auftauchen. Sie hatte sich ausgemalt, ihn auf einem der Wege zu entdecken. Sie hatte sich vorgestellt, wie sie einander grüßten, wie er sie erkannte und …

Dass ihr Vater am Fenster gestanden hatte, statt an seinem Schreibtisch zu sitzen, wunderte sie nicht. Er hasste Schreibarbeiten. Sie hob den Kopf. Er betrachtete sie unschlüssig.

»Ach, ich habe ein wenig geträumt«, sagte sie vage.

Valentin öffnete den Mund, schien noch etwas sagen zu wollen, doch sie kam ihm zuvor.

»Soll ich dir nicht doch helfen?«

Er zuckte die Achseln, strich sich dann über den runden Bauch, etwas, was er zuweilen tat, wenn er innerlich an einer Entscheidung arbeitete. Dem Tonfall seiner Antwort hing etwas halb Zögerndes, halb Hoffnungsvolles an. »Wenn du willst …?«

»Aber natürlich, Vater.«

Das *bureau*, wie der Vater es vornehm nannte, lag ganz rechts, am Ende des kurzen Gangs, mit Blick zum Hof. Als Erstes bemerkte Helene die Unordnung auf dem Schreibtisch, ein weiterer Hinweis auf Valentins Gemütszustand. Sie wusste, dass er sich seit jeher schwertat mit den Buchstaben und am besten im Kopf kalkulierte.

Zweieinhalb Stunden später waren sie ein gutes Stück vorangekommen, und Helene klappte das große Buch zu, in dem der Vater über die Jahre Verschiedenes notiert hatte oder hatte notieren lassen: vom jeweiligen Beginn der ersten grünen Lese, also dem Entfernen einiger unreifer Beeren, um den verbliebenen mehr Platz und Kraft zum Wachsen zu lassen, über notwendige Laubarbeiten, Wachen, die man hatte aufstellen lassen, um Missbräuchen wie dem Salatsuchen, Grasrupfen und Laubabstreifen oder gar dem Diebstahl der Trauben vorzubeugen, Steuern, Abgaben, Lieferungen an Hubertus, seinen Schwager, bis hin zu den eingesetzten Arbeitern.

Die ersten zusätzlichen Helfer hatten dieser Tage bereits ihre Arbeit aufgenommen, im September würde die eigentliche Lese beginnen. Derzeit war man hauptsächlich mit Laubarbeiten beschäftigt. Triebe mussten festgebunden werden, um sie vor Windbruch zu schützen, Blätter wurden entfernt, um die Durchlüftung der Rebanlage zu fördern und Pilzbefall zu verhindern.

»Stehen die Trauben gut dieses Jahr?«, fragte Helene, obwohl es sie nicht wirklich interessierte. Sie schämte sich dessen, aber sie hatte nie die Begeisterung des Vaters für den Wein aufbringen können. Valentin dagegen liebte die Arbeit im Wingert, so wie er es liebte, einen guten Tropfen aus seinen Trauben zu keltern.

Der Weinstock, pflegte er zu sagen, ist keine Pflanze, die man sich selbst überlassen könnte, sie braucht Fürsorge, aber sie dankt sie dir auch, wie ein gutes Kind.

Und es stimmte, ohne den Einsatz des Winzers bildete die Rebe lange Triebe aus, die deshalb immer wieder zurückgeschnitten und an einer Stützvorrichtung, beispielsweise einem Pfahl, befestigt werden mussten. Valentin mochte die Schreibtischarbeit hassen, doch er stand gerne, groß und fleischig wie er war, mit beiden Beinen auf dem Feld oder bei der Lese, trug Kiepe um Kiepe zum Wagen, lachte den Helferinnen zu, die die Mühle bedienten, und überwachte mit Argusaugen die Fässer in seinem Weinkeller. Inzwischen schickte Onkel Hubertus die Weine seines Schwagers, des jüngeren Bruders seiner Ehefrau Juliane, sogar über den Rhein bis hinauf nach Holland, und der Vater – das wusste Helene – verspürte durchaus Stolz darüber.

»Lass uns noch einmal über die Helfer dieses Jahr sprechen«, sagte er jetzt, »der Weissgerber hat gefragt, ob ich Verwendung für seine kleinen Töchter hätt?«

Helene schlug das Buch wieder auf. »Wie alt sind sie?«

»Die Jüngste ist sieben, die Älteste zwölf, glaube ich …«

Valentin runzelte die Stirn im Versuch, sich zu besinnen.

»Ein zuverlässiger Arbeiter bisher, der Jonas Weissgerber«, stellte Helene nach einem Blick in das Buch fest. »Und du müsstest den Mädchen nicht viel bezahlen, es sind schließlich Kinder.«

Der Vater lächelte breit. »Du bist ein kluges Mädchen, Lele.«

Helene antwortete nicht. Töchter hatten sich nichts einzubilden, wenn einer sie klug schimpfte. Die schöne Schwester nannte niemand so, und doch war auch sie klug. Sie verbirgt es nur viel besser als ich, dachte sie bitter.

Unvermittelt stand sie auf. Sie sehnte sich danach, wieder alleine zu sein. »Darf ich gehen, Vater?«

»Natürlich, du warst mir bereits eine große Hilfe, Lele.«

Er küsste sie steif auf die Wange, etwas, was er schon lange nicht mehr getan hatte und womit er sie nun verwirrte.

Als sie die Tür erreichte, stand er erneut am Fenster und sah hinaus.

In den nächsten Tagen tauchten, wie auch in den vergangenen Jahren zu dieser Zeit, nach und nach weitere Tagelöhner auf der Suche nach Arbeit auf. Ungefragt übernahm Helene es, die Listen zu führen. Jonas Weissgerber und seine Mädchen erhielten Arbeit, unterdessen erfuhren die Steins, dass Frau Weissgerber im vergangenen Jahr im Kindbett gestorben war.

»Oh, das tut uns leid«, rief Emmeline Stein aus und brachte drei Scheiben Brot mit dicker Butter darauf für die dünnen Weissgerber-Mädchen, strich der Jüngsten, einer zarten Schwarzhaarigen mit einem spitzen Mäusegesicht, sanft über das Haar.

Außerdem angestellt wurden Karl Bach, ein mürrischer, jedoch kräftiger Bursche, und dessen Freund Melchior Kurtz, den Helene einmal sagen hörte, die Franken täten's ganz recht mit dem verdammten reichen Pack und dem Adel und schlügen ihnen – hopplahopp! – den Kopf ab.

Zuerst hatte sie nicht weiter über die Bemerkung nachgedacht, doch abends, im Bett, war das Unbehagen in ihr aufgestiegen. Vielleicht stimmte es ja, was Christoph sagte, und die Zeiten würden sich bald auch hier, bei ihnen, ändern – wenngleich es Helene schwerfiel, sich das vorzustellen. Konnte die Welt denn so einfach auf dem Kopf stehen?

Am nächsten Tag verebbte der Strom der Arbeitssuchenden erstmals. Die Weissgerber-Mädchen erschienen zur Laubarbeit.

Bald würde die Gesindestube wieder voller Menschen sitzen, die sich nach getaner harter Arbeit die gute dicke Suppe Emmelines schmecken ließen.

Auch an diesem Tag dämmerte es schon, als Helene endlich die Feder zur Seite legte. Kurz reckte und streckte sie sich und massierte dann ihren schmerzenden Nacken. Aus den Augenwinkeln bemerkte sie eine Bewegung, wohl ein letzter Tagelöhner, der den Weg zum Hof der Steins gefunden hatte.

»Alles besetzt«, rief Helene, ohne den Neuankömmling eines Blickes zu würdigen.

»Helene?«, entgegnete eine Stimme fragend, die sie seit jener Begegnung in Mainz zu hören gehofft hatte. Jene

Stimme, in der etwas Fremdheit mitschwang und die dem Mann gehörte, den sie für immer lieben würde.

Die kommenden Tage verbrachte Helene in einem stetigen Gefühlstaumel, dem sie nur während der Arbeit entkommen konnte. Und so prüfte sie morgens die Bücher für ihren Vater und machte die nötigen Eintragungen, half dann bei der Vorbereitung der Mittagssuppe für die Knechte und Mägde, bot sich nachmittags sogar an, zu den Pausen Brot und dünnen Wein zum Stein'schen Wingert zu tragen, wo die Arbeit im Jahreskreis ihren weiteren Lauf nahm.

Als Letzten hatte sie Gianluca auf die Liste der Helfer gesetzt. Doch bis die eigentliche Arbeit im Weinberg begann, besserte der Italiener vorerst die Hofgebäude und das Dach aus. Manchmal hörte Helene ihn bei der Arbeit singen. Das war neu für sie. Sie kannte niemanden, der bei der Arbeit sang, und es befremdete und faszinierte sie gleichermaßen. Einmal nahm sie allen Mut zusammen und fragte ihn, warum er erst so spät gekommen sei.

»Weil ich meinen alten Arbeitgeber nicht im Stich lassen wollte«, gab Gianluca lächelnd zur Antwort, und ihr wurde warm ums Herz. Dann fügte er hinzu: »Ich habe die ganze Zeit nachgedacht, aber jetzt weiß ich, an wen Sie mich erinnern, Fräulein Helene.«

»Ja?«

»An meine kleine Schwester. Ich vermisse sie sehr.«

Seine kleine Schwester! Helene gab keine Antwort. Viel später am Abend noch musste sie an seine Worte denken, und sie musste sich sagen, dass er es gut meinte, auch wenn es wehtat.

Von Marianne war in diesen frühen Tagen nach Giancas Ankunft wenig zu sehen, und Helene war froh darum. Wenn die Jüngere morgens das gemeinsame Zimmer verließ, war Marianne noch nicht aufgestanden. Lief Helene zur Zehn-Uhr-Mahlzeit noch einmal nach oben, um ihr Aussehen im Spiegel zu überprüfen, saß die Schwester meist noch im Morgenmantel am Frisiertisch und las in einem ihrer kleinen Romane, derzeit Sophie von La Roches *Das Fräulein von Sternheim*. Auch Goethes *Die Leiden des jungen Werthers* hatte sie begeistert verschlungen, das Schicksal Emilia Galottis ebenso beweint wie das von Schillers Karl Moor.

Nach dem Tee am Nachmittag tauchte zuweilen Anton auf, bat sich beim Vater aus, mit Marianne ausfahren zu dürfen, was der erlaubte, solange Helene ebenfalls mit von der Partie war. Zumeist lenkte Anton den Wagen auf diesen Ausflügen auf Mariannes Wunsch zum Schluss zu dem alten verfallenen Weinberghäuschen hin, bei dem sie als Kinder alle gemeinsam gespielt hatten. Es stand etwas abseits, in einem Teil des Stein'schen Wingerts, der vorerst aufgegeben worden war, weil die Stöcke nicht mehr recht tragen wollten. Früher einmal war ihnen das Häuschen eine Burg gewesen oder ein großes Schiff. Hier waren Prinzessinnen, Ritter und Könige, Kapitäne und Piraten aus ihnen geworden, aber dieser Zauber wohnte nun der Vergangenheit inne und ließ sich nicht mehr recht fassen.

Zur Nachtspeise stand Marianne an jedem Tag strahlend schön am Tisch und half Schwester und Mutter bei der Ausgabe der Suppe. Die Blicke, die Gianluca der Älteren zuwarf, waren schwer zu ertragen, tröstlich allein, dass Marianne offenbar gar nicht darauf reagierte.

Helene seufzte, während sie sich den Löffel mit der Suppe zum Mund führte, obwohl sie doch gar keinen Hunger verspürte. Marianne hatte ganz recht mit dem, was sie einmal über die Liebe gesagt hatte: Sie war eine starke, unerklärliche Himmelsmacht.

Drittes Kapitel

Im goldenen Spätsommerlicht, das den Herbst bereits ankündigte, verströmten die Weinberge ihre Farben so üppig, als hätten sie zu viel davon. Im Wingert nahm die Arbeit so wie jedes Jahr seit Jahrhunderten schon ihren Lauf. Für jeden gab es Wein, wenn auch mit Wasser versetzt, um die Fässer zu leeren. Und Gianluca Tozzi lernte Zwiebelkuchen kennen und schätzen und tanzte zum Ausklang des Tages mit Marianne und Helene.

Gianluca arbeitete gerne im Wingert. Es war eintönige Arbeit, aber sie ließ ihm Zeit, über sein Leben nachzudenken, darüber, was gewesen war, und darüber, was sein würde. Über Marianne. Über Allegra, von der er nie geglaubt hatte, dass er sie vergessen könnte. Über seine Mutter, von der er lange keine Nachricht mehr erhalten hatte, nicht mehr, seit er vor etwa einem Jahr in Mainz eingetroffen war. Dem letzten Boten, der ihm einen Brief von ihr überbracht hatte, hatte er seine Antwort gleich mitgegeben. Danach war kein Brief mehr eingetroffen. Er hätte es sich anders gewünscht, aber die Heimat war wohl einfach zu weit entfernt. Nun, eines Tages würde er zurückkehren, als wohlhabender Mann mit Geld. Er würde Mammas Pasta essen, ans Meer gehen und den Sonnenuntergang betrachten. Er würde ein neues Haus für seine Familie bauen.

Wieder einmal dachte er an den Tag, als Anna Tozzi ihn gefragt hatte, warum er denn nur immer fortwolle. Es gehe ihm doch gut, hatte sie gesagt und ihn über den Tisch hinweg vorwurfsvoll angeguckt, während sie den Nudelteig unablässig walkte und knetete, so wie sie es häufig getan hatte, wenn sie etwas beschäftigte. Eigentlich hatte sie immer etwas in den Händen gehabt: Gemüse, das geschält werden musste, Teig, der geknetet wurde, ein Kleidungsstück, dessen Löcher gestopft werden mussten. Der Duft der Gemüsefüllung, die über der Feuerstelle köchelte, kam in Gianlucas Erinnerung hoch, und er sah sich selbst an den Herd gehen, um ungeachtet der bedrohlichen Hitze einen Löffel davon zu stibitzen.

Luca!

Sie hatte ihn seltsamerweise immer Luca genannt, wenn sie ihn zurechtweisen wollte, so wie damals, als er noch ein kleiner Junge gewesen war.

»Vater ist auch fortgegangen«, hatte er gesagt.

»Es waren keine schönen Jahre für uns«, parierte sie, ohne zu zögern.

Gianluca war am Ende der Reihe Weinstöcke angekommen, die Kiepe voller Trauben. Mit dem schnellen, sicheren Tritt des Steilküstenbewohners brachte er sie zur Sammelstelle. Friedel, der alte Knecht und Freund der ersten Stunde auf dem Stein'schen Hof, lachte ihm zu. Gianluca erwiderte sein Lachen und setzte die Lesearbeit fort.

Wenige Monate nachdem der Vater damals zu ihnen zurückgekehrt war, hatte ihn das Meer geholt. Während eines Sturms war er einfach draußen geblieben wie so viele Fischer vor ihm. Seinen Leichnam hatte man nie gefunden. Gianluca erinnerte sich noch gut daran, dass seine Mutter in jenen Tagen viel geweint hatte. Auch waren viele Verwandte zu Besuch gekommen. Die Brüder seines Vaters, die um ihn und das Boot trauerten. Seine Tanten, die um die Mutter umherflatterten wie ein gurrender Taubenschwarm.

»*Er* fährt mir nicht aufs Meer«, hatte seine Mutter immer wieder gesagt und dabei Gianluca angeschaut. »Er nicht. Niemals lasse ich das zu. Ich will ihn nicht auch noch verlieren.«

Den kleinen Gianluca hatte ihr Verhalten verwirrt. Aber was sonst sollte er denn werden außer Fischer, hatte er sich gefragt, so wie sein Vater und vor ihm dessen Vater und so weiter bis an den Ursprung aller Tage. Sein Sohn sollte doch auch eines Tages Fischer werden, in der Frühe hinausfahren, dann den Fang zum Markt bringen und am Nachmittag die Netze flicken.

Doch seine Mutter war entschlossen gewesen. Gott hatte ihr den Mann und vor Jahren schon einen Bruder genommen. Ihren Sohn würde sie schützen. Und so hatte sich Gianluca im nächsten Monat in der Lehre bei einem Maurermeister in der Stadt wiedergefunden.

In den ersten Wochen war er allerdings immer wieder zum Hafen gelaufen, hatte den Fischern bei der Arbeit zugesehen und die eigene darüber vernachlässigt. Der Meister, Beppo Camillieri mit Namen, hatte es geschehen lassen. Beppo war nachsichtig gewesen gegenüber dem Zehnjährigen, der nicht wusste, wohin mit seinem Schmerz und der Sehnsucht nach dem alten Leben, das sich so plötzlich geändert hatte.

Eines Tages – Gianluca war wieder einmal davongelaufen, saß beim Hafen auf der Mauer und schaute aufs Meer hinaus – stand der Meister auf einmal neben ihm. Stur sah Gianluca weiter aufs Meer hinaus, zum Horizont hin, wo eine rotgelbe Sonne sich eben anschickte zu versinken.

»Wie schön ist das«, sagte Beppo da. »Ich war schon so lange nicht mehr hier, dass ich es fast vergessen hatte.«

Gianluca starrte weiter schweigend zum Horizont, als habe er nichts gehört.

»Und die Berge.« Beppo stützte die Hände auf der Mauer ab – Hände, die von glitzerndem Steinmehl überzogen waren, was so hübsch aussah, dass Gianluca nach einem ersten kurzen nun doch einen längeren Blick darauf werfen musste. Und dann hatten sie einander vielleicht zum ersten Mal wirklich angesehen.

»Darf ich dir etwas zeigen?«, fragte Beppo vorsichtig.

Gianluca nickte. Was blieb ihm auch anderes übrig. Camillieri war der Meister. Er musste gehorchen. Schweigend trottete er also hinter ihm her, zur Werkstatt zurück. Der Geselle war noch dabei aufzuräumen. Beppo führte Gianluca weiter, durch den Hof hindurch und zu einer kleinen Tür hin, die er umständlich mit einem großen Schlüssel öffnete. Dann entzündete er ein Öllämpchen, das den kleinen Raum bald in warmes Licht tauchte.

In diesem Moment sah Gianluca erstmals eine weitere Werkstatt, kleiner als die, die er kannte. Eine zierliche Figur, kaum eine Handspanne hoch, stand auf der Arbeitsplatte. Gianluca wusste später nicht, wieso es in diesem Augenblick geschehen war, aber er verliebte sich in diese Figur, und er wollte plötzlich nichts sehnlicher, als ebensolche Figuren herstellen zu können.

Von da an war er ein ordentlicher Lehrling. Er lernte, Mauern lotrecht nach oben zu ziehen, Wände zu verputzen und Wände einzuziehen. Er wurde tagsüber zu einem Maurer ausgebildet, und abends wies Meister Camillieri ihn in die Kunst der Steinbearbeitung ein.

Auch nachdem er seine Ausbildung abgeschlossen hatte, war er bei dem alten Meister geblieben, dann, mit achtzehn Jahren, hatte er zum ersten Mal das Bedürfnis gehabt, in die Ferne zu gehen.

»Ich will neue Sachen kennenlernen«, sagte er damals zu Beppo, »ich bin ein guter Maurer, und ich will ein noch besserer Steinmetz werden.«

Seine Mutter hatte geweint. Noch einmal badete er, gemeinsam mit seinem Freund Francesco, genannt Franci, im Meer. Danach ließen sie sich in der Sonne trocknen. Ihre Körper, jungenhaft und doch männlich, hoben sich sonnengebräunt vom grauen Sand ab.

Auf dem Bauch liegend hatte Gianluca begonnen, mit einer Hand ein Loch zu graben.

»Ich werde deine Schwester heiraten, Franci«, sagte er. »Pass auf sie auf, bis ich zurückkomme.«

Franci lachte. »Noch nie hat ein Tozzi eine von uns geheiratet.«

Beleidigt fuhr Gianluca auf. »Bin ich dir nicht gut genug? Gönnst du es mir nicht?«

»Doch, niemandem mehr als dir.« Der Freund schaute ihn jetzt ernst an. »Aber vielleicht sagst du es ihr selbst … Und sorg um Himmels willen dafür, dass du dein Glück schnell machst und zurückkommst. Die Fremde ist gefährlich und die Weiber unstet.«

Gianluca tauchte wieder aus den Gedanken. Mittlerweile hatte er eine weitere Kiepe gefüllt. Für einen Moment hielt er inne und sah hügelabwärts, wo die Stein-Töchter gerade Getränke und Brote herumreichten. Es waren beides nette Mädchen, wenn auch nur die Ältere schön zu nennen war.

Dann dachte er wieder an zu Hause. Seit nunmehr drei Jahren war er nicht mehr dort gewesen. Er war von seinem Heimatort nach Genova gelaufen und hatte dort im Hafen gearbeitet, bis er genügend Geld gehabt hatte, um weiterzureisen. Er war über die Alpen marschiert, wo ihn ein Unwetter fast das Leben gekostet hatte. Immer wieder hatte er sich Arbeit gesucht, war mal misstrauisch beäugt, sogar verhaftet worden. Die längste Zeit hatte er beim Bau eines Hauses in Mannheim verbracht.Von der Kurpfalz war er nach Kurmainz gewechselt.

Sicherlich hat Allegra längst geheiratet, beruhigte er sich, sicherlich hat sie längst ihr erstes Kind. Ohne Zweifel hatte sie ihn vergessen. Heute tat ihm der Gedanke noch nicht einmal mehr weh. Zum ersten Mal seit Langem dachte er an den Moment ihres Abschieds.

»Ich gehe fort«, hatte er gesagt, die Hände in die Seiten gestemmt, damit sie nicht sah, wie sie zitterten.

Allegra hob eine Augenbraue.

»Ich gehe nach Norden, nach Deutschland«, fügte Gianluca hinzu.

»So?« Allegras Stimme klang träge. »Und was willst du dort?«

»Ich mache mein Glück.« Ich werde Geld verdienen, fügte er in Gedanken hinzu, ich werde so viel Geld verdienen, dass du mich beachten *musst*. »Und dann werde ich dir die Sterne vom Himmel holen und den Mond dazu.«

Allegra sah ihn verblüfft an, dann lachte sie. Immerhin war das mehr, als die meisten erreichten.

Als Gianluca nun die nächste Kiepe in den Bottich ausleerte, suchten seine Augen erneut nach den Schwestern. Dieses Mal sahen sie ihn beide an.

Viertes Kapitel

»Christoph, du bleibst an deinem Platz!«

Noch bevor die Schwestern das Esszimmer erreicht hatten, war die Stimme ihres Vaters zu hören. Offenbar stritten Christoph und er sich wieder einmal, denn gleich war eine scharfe Entgegnung des Bruders zu hören. Leiser mischte sich die Stimme der Mutter dazwischen. Etwas rumpelte. Ein Klirren war zu hören. Dann ein Ausruf des Erschreckens.

»Christoph«, schimpfte gleich darauf die Stimme des Vaters. »Du entschuldigst dich sofort bei deiner Mutter.«

Christoph murmelte etwas Unverständliches. Marianne und Helene sahen einander an. Nicht schon wieder, verhieß Mariannes Blick, warum müssen sie immer wieder mit dieser Sache anfangen, wenn sie sich doch nicht einigen können?

»Komm, lass uns gehen«, flüsterte sie Helene zu.

Die schüttelte den Kopf. Jetzt war die Zeit, Christoph zur Seite zu stehen. Auch wenn sie dessen Ansichten nicht teilte, so war er doch ihr Bruder. Sie fühlte sich ihm nahe.

Marianne sah ihre jüngere Schwester verständnislos an.

»Wie du meinst, ich gehe jedenfalls noch einmal hinauf und lese ein wenig. Dieser ständige langweilige Streit ist doch nicht zum Aushalten.«

Helene schwieg. Gestern erst hatten Marianne und sie darüber geredet, auf welche Weise man sich als Weib sein Brot verdienen konnte. Erzieherin, hatte Marianne gesagt, während sie rücklings auf dem Bett liegend an die Decke gestarrt hatte, Gesellschafterin, oder so etwas. Heute schienen sie beide schon wieder nichts gemein zu haben, noch nicht einmal den Wunsch, dem Bruder zur Seite zu stehen.

Helene sah der Schwester hinterher, die schon mit tänzelndem Schritt zur Treppe lief.

Sie beide würden das Weingut jedenfalls nicht erben. Sie würden heiraten oder dem Bruder auf der Tasche liegen, hatte Marianne mit einem schiefen Grinsen bemerkt, und das missfällt mir, aber was sollen wir tun?

Die Stimmen hinter der Küchentür wurden erneut lauter.

»Ihr müsst doch verstehen, dass sich die Weltläufte ändern, Vater«, war Christophs scharfe junge Stimme zu hören.

»Aber nein, zum Donner!«, brüllte der Vater gleich darauf. »Die bleiben so, wie sie sind, so wie Gott sie eingerichtet hat. Es gibt keine Gleichheit, das ist absurd. Kein Mensch ist dem anderen gleich. Ich habe braune Augen, Mutter hat blaue. Ich bin ein Mann, sie ist ein Weib. Wir sind nicht gleich, und die verdammten Weltläufte, die ändern sich auch nicht!«

»Vater, nicht fluchen!«, war wieder die Stimme der Mutter zu hören.

»Und wie sie das tun, die Weltläufte ändern sich, da nützt dir auch deine ganze Brüllerei nichts, Vater!«, entgegnete Christoph präzise und gefasst.

Es rumpelte neuerlich, die Mutter schrie erschreckt auf, gleich darauf wurde die Tür aufgerissen, und Christoph stürzte hinaus, die rechte Hand gegen die linke Wange gedrückt, und blieb, seiner kleinen Schwester ansichtig, abrupt stehen. Als er sein Gesicht zeigte, konnte Helene den roten Abdruck einer Hand auf seiner hellen Haut sehen.

»He, Kleines, was schleichst du denn hier herum?«

»Ich schleiche nicht herum«, entgegnete Helene spitz. Offenbar war es keine gute Idee gewesen, dem Bruder beistehen zu wollen. Sie lebte hier. Sie musste gewiss nicht *herumschleichen*.

»Ach, entschuldige bitte, meine kleine Wildkatze, aber ich habe mich mit Vater gestritten und …«

»Das war nun wirklich nicht zu überhören.«

»Nein?« Spitzbübisch grinste Christoph die Jüngere an.

Noch zögerte Helene, doch dann schluckte sie mühsam den Ärger herunter und hängte sich an seinen Arm.

»Kannst du ihm nicht seinen Glauben lassen? Du musst es ja nicht glauben, aber kannst du nicht …?«

»Lügen? Aber Lelchen, man muss doch zu seinen Ansichten stehen.«

»Muss man das? Es war schöner früher, als ihr euch nicht gestritten habt.«

»Das wäre Heuchelei und Lüge. Lass dir beides vom Pfarrer erklären, wenn du es nicht verstehst.«

Helene ließ den Arm ihres Bruders unvermittelt los. Er konnte furchtbar verletzend sein, wenn er einfach so daherredete, um sich dann im nächsten Moment zu entschuldigen. Warum dachten eigentlich alle, das mache ihr nichts aus? Sie musste sich mit einem Mal auf die Unterlippe beißen, um nicht in Tränen auszubrechen. Christoph schaute sie besorgt an. Offenbar bemerkte er, dass er zu weit gegangen war. Etwas unschlüssig streichelte er ihr über den Oberarm.

»Kommst du heute mit? Anton, Marianne und ich wollen einen Ausflug machen.«

Helene reagierte nicht. Sie hatte keine Lust, das überflüssige Rad am Wagen zu spielen, denn das würde sie zweifelsohne sein. Sie war die Kleine, die Jüngere, die, die niemand für voll nahm.

»Nein, ich helfe Mutter.« Sie biss sich wieder auf die Unterlippe. »Vielleicht schaffe ich es ja, Vater bis dahin zu beruhigen. Es wäre doch schön, wenn wir unsere Nachtspeise alle gemeinsam und in Ruhe einnehmen könnten.«

Christoph hob die Augenbrauen. »Du setzt die falschen Prioritäten, Kleines«, sagte er, kniff ihr zart und neckend in eine Wange und ging dann pfeifend auf den Hof hinaus.

Wie zu der Zeit, als er noch ein Junge gewesen war, zog sich Christoph dieser Tage häufiger auf den Dachboden zurück, nur dass es heute die ganz gewöhnliche *Privilegierte Mainzer Zeitung* war, der seine Aufmerksamkeit galt, und nicht einer Tabakspfeife oder irgendeinem skandalösen französischen Druck. In der *Mainzer Zeitung* hatte er zuerst vom Sturm auf die Bastille gelesen, und sie hatte später auch eine deutsche Übersetzung der »Erklärung der Menschenrechte vom 26. August 1789« gebracht. Zuweilen las Christoph den *Moniteur*, wenn sein mangelndes Französisch die Lektüre auch quälend langsam vorangehen ließ, und er brannte darauf, sich so bald als möglich in den Mainzer Buchhandlungen mit Schriften einzudecken, die die Franken gerüchteweise über Straßburg oder Landau einschleusten.

An diesem Tag hatte Marianne ihn offenbar hinaufschleichen sehen und folgte ihm wenig später.

»Seit wann liest du denn wieder hier oben?«, versuchte sie ihn gerade zu necken.

Müde lächelte Christoph seine Schwester an.

»Ach, Schwesterherz, ich will einmal keinen Streit mit Vater, verstehst du? Heute bin ich des ewigen Streitens einfach müde und morgen, wer weiß …« Er seufzte auf. »Weißt du, eigentlich müssten wir uns alle über diese Zeiten freuen. Wir sollten uns darüber freuen, dass die alten Zöpfe abgeschnitten werden und der Mensch zum wahren Menschsein heranreift.«

Marianne nickte, während sie sich auf die Lehne des alten Sessels setzte, in dem ihr Bruder saß.

»Es ist nett von dir, dass du Vater schonst«, sagte sie dann mit einem Schmunzeln auf den Lippen.

Christoph verzog den Mund. »Ach, ich schone vor allen Dingen mich.«

»Dann schonst du eben euch beide.«

Ein halbes Lächeln huschte über Christophs Gesicht. Dann schaute er seine Schwester prüfend an.

»Geht es dir denn gut?«

»Natürlich, warum auch nicht?«

Christoph nickte. Ja, sie hatte recht, warum fragte er so etwas? Seine ältere Schwester, die andere Seite seiner Seelenmedaille, war immer ein Glückskind gewesen. Früher war er selbst eines gewesen, doch neuerdings haderte er mit seinem Schicksal. Diese Weinlese zum Beispiel war nach seinem Geschmack schon zur längsten seines Lebens geworden, denn während er die immer gleiche Arbeit tat, änderte sich an anderen Orten und noch dazu ganz in der Nähe die ganze Welt.

Irgendwann um den 15. September herum waren Nachrichten von einem furchtbaren Gemetzel in den Pariser Gefängnissen durchgedrungen, kurz darauf hörte man von einer Niederlage der Koalitionstruppen bei einem Ort namens Valmy – Letzteres eine Nachricht, die die Eltern und Anton bedrückte, Christoph jedoch freute und Marianne offenbar gleichgültig ließ. Längst stießen die französischen Truppen unter ihrem General Adam de Custine immer weiter gegen die Festung Mainz vor.

Tante Juliane hatte in ihrem letzten Brief von mehreren Tausend Bewohnern geschrieben, die bereits aus Mainz geflüchtet waren. Der letzten Nachricht zufolge hatte nun auch der Mainzer Kurfürst seine Residenz Hals über Kopf und mitten in der Nacht verlassen. Zweifelsohne gerieten die Dinge endlich wirklich in Bewegung.

Fünftes Kapitel

Marianne hatte die Schuhe ausgezogen, um barfuß durch den Garten zu streifen. Sie liebte das Gefühl von Gras an ihren Fußsohlen, liebte dieses leichte Kitzeln, liebte den feuchten Morgentau, wenn sie es doch einmal geschafft hatte, früh aufzustehen, ebenso wie die knisternde Wärme und den Geruch trockenen Sommergrases oder die volle Süße des Herbstes. Sie liebte es auch, Erde unter ihren Fußsohlen zu spüren. Sie liebte es, wenn die Sonne warm auf sie herniederschien, ebenso wie sie den Regen liebte. Obwohl es niemand glaubte, war sie eine einfache Person, deren Bedürfnisse gering waren: Sie wollte sich spüren. Sie wollte Entscheidungen über ihr Leben treffen. Dieser späte Samstagnachmittag im Oktober barg in jedem Fall noch alles in sich. Es war ein neuer Tag, ein neues Versprechen. Ein neuer Kampf ums Glück. Es war ein wenig Sommer und ein wenig Herbst. Die Sonne schien so blass und hell, dass sie Marianne an eine Zitronenscheibe erinnerte.

Entgegen ihren Gewohnheiten war sie heute früh aufgestanden und hatte die Einsamkeit und Stille des Morgens schon genossen, bevor sie die Eltern und ihre Geschwister zur Frühmesse begleitete. Auch Gianluca war da gewesen, und sie hatte sich dieses Mal, Helene zuliebe, länger Zeit genommen, ihn zu betrachten.

Der Italiener war wirklich ein gut aussehender Mann. Er hatte bei den anderen Knechten des Gutes gesessen, die Arme locker an den Seiten, die Hände auf den Knien. Sie saß nahe genug bei ihm, um seine Hände genauer betrachten zu können. Recht breit waren die und zeugten von harter Arbeit, die Finger kräftig, dabei jedoch lang und elegant.

Sie gefallen mir, war Marianne unvermittelt durch den Kopf gefahren, seine Hände gefallen mir. Sie hatte sich vorgestellt, dass diese Hände vorsichtig sein konnten, ebenso wie sie fest zupackten, wenn es nötig war. Über den ganzen Gottesdienst hinweg hatte er den Kopf erhoben gehalten und zum Jesus am Kreuz hinaufgeblickt. Sie konnte sehen, dass sich seine Lippen unablässig bewegten.

Offenbar betete er. Sie selbst dachte oft an vielerlei Dinge, wenn sie sich im Gottesdienst befand. Es war eine Zeit, in der ihre Gedanken abschweiften, in denen sie sich ein Wort aus der Predigt des Pfarrers nahm und damit in ihrer Fantasie spazieren ging.

Auch Helene hatte an diesem frühen Samstagmorgen wieder einmal kaum den Blick von Gianluca nehmen können. Ab und an hatte Marianne der Jüngeren etwas zugewispert, damit es nicht gar zu offensichtlich wurde. Es war allerliebst zu sehen, wie die Kleine zuverlässig errötete, wenn sie in die Nähe des Italieners kam.

Marianne blieb kurz stehen und schaute in Richtung des Haupthauses, das mittlerweile hinter den Obstbäumen verschwunden war. Bald würde das Gartenhaus auftauchen. Von einem Baum pflückte Marianne einen frühen Apfel und biss kräftig hinein, fing den Saft, der ihr über das Kinn lief, mit dem Handrücken auf und schüttelte sich ob des sauren Geschmacks.

Tock, tock, tock machte es plötzlich in kurzer Entfernung. Dann folgte ein helleres Klirren. Mariannes Kopf flog herum. Was war das nun für ein Geräusch? Es klang wie Metall auf Stein. Sie lauschte noch einmal und war sich dann sicher: Ja, sie hatte recht. Hier traf Metall auf Stein.

Ein dumpfes Geräusch mischte sich mit einem helleren Klirren.

Tock, tock, tock machte es wieder. Marianne ging weiter. Das Gartenhäuschen tauchte zwischen den Obstbäumen auf. Eigentlich war es kein wirkliches Gartenhäuschen, denn hier hatte ihre Familie gewohnt, bis der Vater das neue, große Haus zu bauen begonnen hatte, und der Großvater hatte es bis zu seinem Tod nicht verlassen. Oben fanden sich mehrere kleine Schlafräume, unten waren der Flur, eine Küche und die gute Stube.

Marianne ging um das Gebäude herum. Dann blieb sie unvermittelt stehen, als habe sie eine fremde Macht angehalten, als habe jemand etwas in ihren Weg gelegt, an dem sie einfach nicht vorbeigehen konnte. Sie blieb stehen, weil eine innere Stimme ihr mit einem Mal sagte, dass sie nicht hier sein sollte.

Geh nicht weiter, sagte die Stimme, geh nicht weiter. Wenn du jetzt weitergehst, wird sich alles ändern. Wenn du jetzt weitergehst, gibt es kein Zurück.

Doch sie blieb nicht stehen. Sie ging weiter, und dann sah sie ihn. Gianluca hatte sein Hemd abgelegt, hielt den Meißel in der Linken und den Hammer in der Rechten, vollführte im nächsten Moment ein paar schnelle, leichte Schläge, die Steinbröckchen davonspritzen ließen, und betrachtete seine Arbeit gleich darauf prüfend. Er hatte dabei den gleichen Ausdruck auf dem Gesicht, den Marianne schon in der Kirche gesehen hatte, ein Ausdruck, der zeigte, dass er ganz bei der Sache war und meilenweit von allem anderen entfernt.

»Was tust du da?«, rief sie unvermittelt aus.

Der junge Italiener fuhr herum. Er bemerkte sie tatsächlich erst jetzt. Das Lächeln, das sich im nächsten Moment auf seine Gesichtszüge malte, ließ nicht nur seine Augen aufleuchten.

»Signorina, liebes Fräulein Stein.«

Sie musste zugeben, dass sie auch den Klang seiner Stimme mochte. Mit einer raschen Bewegung griff er nach seinem Hemd und zog es sich über. Marianne sah auf seine von glitzerndem Steinstaub überzogenen Hände, erhaschte einen Blick auf seinen flachen Bauch und das Spiel seiner Muskeln, bevor das Hemd sie verbarg. Natürlich hatte sie schon Statuen nackter Männer gesehen, auch den Bruder und seinen Freund beim Baden im Fluss, doch noch niemals hatte sie sich dabei solche Gedanken gemacht, Gedanken, die plötzlich da waren, Gedanken, von denen sie keine Ahnung gehabt hatte. Verstörende Gedanken. Sie war froh, als er ihr ohne Umschweife Antwort gab.

»Ich …«, sagte er, und es klang ein wenig wie »ig«, »mache eine Figur für Ihren Vater.«

»Ja?« Marianne betrachtete den Stein, aus dem sich bisher nur wenige Umrisse herausschälten. »Das hier wird der Kopf?«, fragte sie nach einer Weile und deutete auf eine Stelle.

Gianluca nickte, während er sie mit ähnlicher Aufmerksamkeit anschaute wie sie die im Entstehen begriffene Statue.

»Es wird eine Maria«, erklärte er dann weiter und zeigte eine Höhe von etwa einer Elle an. »Ihr Vater möchte sie über der Haustür anbringen, als Geschenk für Ihre Frau Mutter.«

Marianne nickte. Das alte Figürchen, das dort schon seit einigen Jahrzehnten stand, war reichlich verwittert, und die Mutter hatte sich schon häufiger ein neues gewünscht.

Das neue Figürchen würde natürlich ebenfalls geweiht werden. Es würde ein Fest geben, auf das sie sich jetzt schon freuen konnte. Unwillkürlich streckte Marianne die Hand nach dem Stein aus. Sie wusste nicht, warum sie die nächsten Worte sagte, und als sie ausgesprochen waren, hätte sie sie am liebsten zurückgenommen.

»Haben Sie ein Vorbild für Ihre Statue? Künstler haben doch immer ein Vorbild, oder nicht?« Sie lächelte keck, auch wenn ihr plötzlich nicht mehr danach zumute war.

»Ja«, sagte Gianluca und schaute sie fest an. »Ich habe ein Vorbild. Ich könnte kein schöneres haben. Die Maria wird Ihnen gleichen, Marianne.«

Am nächsten Tag bereute Marianne es, dass sie in diesem Moment einfach davongelaufen war, wie ein kleines Mädchen, das sich vor dem bösen Wolf fürchtete. Und noch dazu hatte sie ein schlechtes Gewissen, sobald sie Helene gegenübertrat.

Ich habe das nicht gewollt, dachte Marianne ein ums andere Mal und sah die kleine Statue vor ihrem inneren Auge, die unter Gianlucas Händen entstand und ihr ähnlich sehen sollte. Ich muss Helene sagen, dass ich das nicht gewollt habe.

Aber sie brachte kein Wort über ihre Lippen.

»Ich glaube, heute hat er mich beobachtet«, sagte Helene, und Marianne schwieg. Oder die Jüngere berichtete voller Glück: »Heute hat er meine Hand berührt, Mimi, glaubst du, er mag mich doch?«, um dann mit gerunzelter Stirn hinzuzufügen: »Er hat mir gesagt, ich sähe aus wie seine kleine Schwester.«

Marianne dagegen dachte an eine kleine Statue, von der sie hoffte, sie werde nie fertiggestellt, und flehte den

Himmel und seine Engel darum an, dass Helene ihr nicht weiter von Gianlucas Aufmerksamkeiten erzählte, doch vergebens.

Helene war glücklich, sie war so übermäßig offensichtlich glücklich, dass es Marianne mit der Angst bekam. Noch niemals zuvor hatte sie die kleine Schwester so überwältigt erlebt. Helene war nie über die Stränge geschlagen, hatte den Eltern nie Ungemach bereitet. Marianne konnte sich auch nicht daran erinnern, dass sie je etwas Unvernünftiges oder gar Dummes getan hatte. Seit sie aber verliebt war und seit Marianne das wusste, konnte man sich über nichts mehr sicher sein.

»Helene hat sich verändert«, sagte Marianne einmal beiläufig zu Christoph, in der Hoffnung, dass sie ihre Sorgen wenigstens mit ihm teilen konnte.

»Lass sie doch«, erwiderte der nur lachend und nahm den Blick kaum von dem Flugblatt, das er studierte. »Unsere Kleine ist doch ein Mensch, ist das nicht schön?«

Marianne nickte langsam. Natürlich war das schön, aber sie konnte sich des Gefühls nicht erwehren, dass es auch gefährlich war.

Einige Tage später und entgegen allem, was sie sich vorgenommen hatte, ging Marianne erneut zu Gianluca, der, vom Vater vorübergehend freigestellt, nun nachmittags oft beim Gartenhaus arbeitete. Sie nahm sich vor, über Helene zu sprechen, ihm von Anton zu erzählen und von der Zukunft, wie sie auszusehen hatte. Doch noch bevor sie sich ihm näherte, war ein Zittern in ihr wie ein ganzer Schwarm Schmetterlinge. Ungewohnt war es, und irgendwie schön.

Die Statue hatte an Konturen gewonnen, seit sie sie zuletzt gesehen hatte, und Gianluca war auch dieses Mal bei ihrer Ankunft so vertieft in ihre Betrachtung, dass er sie vorerst nicht bemerkte. Er streckte die Hände aus, machte einige geschmeidige Bewegungen, als messe er die Abstände, lief dann um die Skulptur herum. Als sein Blick endlich auf Marianne fiel, blieb er stehen und schaute sie einige Atemzüge lang unverwandt an.

Marianne bemerkte, wie sich ein warmes Gefühl in ihr ausbreitete. Ein vertrautes Gefühl, das ihr sagte, dass auch sie hier stehen bleiben und ihn anschauen wollte. Ihr Kopf war mit einem Mal wie leer gefegt.

Was hatte sie noch sagen wollen? Weswegen war sie gekommen?

Gianluca sprach als Erster.

»Ich dachte nicht, dass du noch einmal kommst«, sagte er so behutsam, als fürchte er, sie doch noch mit seinen Worten zu verjagen.

Du darfst nicht alleine mit ihm sprechen, durchfuhr es Marianne, deine Schwester liebt ihn. Geh nach Hause, lass es nicht weitergehen. Jedes weitere Wort ist Verrat an ihr. Jedes weitere Wort ist ein Weg, den du nicht gehen darfst. Helene liebt ihn von ganzem Herzen und mit jeder Faser ihres Seins. Du könntest ihr nichts Schlimmeres antun, als jetzt zu bleiben.

Sie atmete tief durch. Und du könntest dir nichts Schlimmeres antun, als jetzt zu gehen, dachte sie.

»Gianluca«, sagte Marianne also und konnte zum ersten Mal in ihrem Leben ihre eigene Stimme zittern hören. Sie biss sich auf die Lippen, doch nun war sein Name heraus und konnte nicht mehr zurückgezwungen werden. Ein wenig ärgerte sie sich doch darüber.

Helene liebt ihn, das darfst du ihr nicht kaputt machen. Wir sind doch Schwestern. Freundinnen. Vertraute.

»Marianne«, sagte Gianluca nun in jenem weichen Singsang, der ihr Herz unweigerlich zum Flattern brachte.

Das darfst du nicht, ermahnte sie die innere Stimme, hör ihm nicht zu, Helene liebt ihn. Anton liebt dich, er wird ein guter Ehemann sein. Du musst nur der Hochzeit zustimmen. Du solltest das gleich morgen tun … oder heute noch … Ja, heute noch. Alle werden sich freuen, alle werden glücklich sein.

Sie räusperte sich.

»Geht es voran?«

Gianluca lächelte. »Ja.«

Marianne trat noch einige Schritte näher. »Bist du zufrieden?«

»Nein«, er lachte, »aber das bin ich nie.«

Sie zögerte. »Hast du schon viele solcher Figuren gemacht?«, fragte sie dann. »Zu Hause, meine ich?«

Gianluca schaute die Madonna an, dann wieder Marianne.

»Ein paar. Ich habe eigentlich mehr geschnitzt.«

Er hob seinen Rock auf, den er zur Seite gelegt hatte, ließ seine rechte Hand in einer Rocktasche verschwinden, zog sie hervor und offerierte ihr mit einer eleganten Bewegung ein kleines Holzvögelchen.

»Per te.«

»Es ist wunderschön«, murmelte Marianne, nachdem sie es eingehend betrachtet hatte. Sie erkannte eine Meise. Das kleine Tier hielt den Schnabel geöffnet. Es wirkte so lebendig, als sei es echt.

»Ich danke dir, aber ich kann das nicht annehmen«, sagte sie dann und streckte die Hand mit dem Vogel wieder zu ihm hin. Gianluca schüttelte den Kopf und schloss ihre Finger darum.

»Das ist ein Geschenk«, sagte er, »und es kommt von Herzen. Du darfst es nicht ablehnen.«

Nein, dachte sie, das darf ich nicht. Man darf nichts ablehnen, was von Herzen kommt.

Und damit geriet der Stein ins Rollen und ließ sich nicht mehr aufhalten.

»Besuch mich wieder«, sagte Gianluca, als sie sich verabschiedeten, »besuch mich, wenn ich an der Madonna arbeite.«

Marianne nickte, doch als der mögliche Tag herankam, war sie fest entschlossen, nicht zu gehen. Früh am Morgen versprach sie der Mutter und Helene, ihnen beim Einmachen von Äpfeln zu helfen, was die beiden mit erstaunten Blicken quittierten, denn Marianne hasste eigentlich jede Form von Hausarbeit. Marianne aber biss die Zähne aufeinander und setzte sich zu Mutter und Schwester, und es wurde ein lustiger Morgen, bis zu dem Zeitpunkt, als ein Bote Helene einen Brief von Tante Juliane brachte und die Schwester sich zurückzog, um gleich ihre Antwort zu schreiben und diese postwendend mit dem Mann zurückzuschicken.

Es war dieser Moment gewesen, erinnerte Marianne sich später, an dem sie den Hof verlassen hatte. Sie ging durchs Tor hinaus und dann ein Stück die Straße entlang, die noch feucht war und etwas schlammig vom letzten Regenguss. Sie nahm nicht den kurzen Weg hinten durch den Garten, sondern machte einen weiten Bogen und schlüpfte schließlich durch eine Seitenpforte.

Nur bis zur nächsten Ecke, sagte sie sich.

Doch sie blieb auch an der nächsten Ecke nicht stehen. Sie ging noch eine Ecke weiter, dann noch eine, bis zum letzten Apfelbaum, von dem es nur noch wenige Schritte bis zum Vorhof des Gartenhauses waren.

Nur, bis ich das Häuschen sehe, sagte sie sich dann, und kurz darauf: Nur, bis ich Gianluca sehen kann. Wenn ich ihn sehe, dann drehe ich um und gehe zurück.

Und dann stand sie plötzlich vor dem Haus. Gianluca, der gerade auf einem Stein ausruhte, sprang auf. Seine Augen leuchteten auf, von einem Augenblick auf den anderen strahlte sein ganzes Gesicht vor Freude.

Beide bekamen sie vorerst kein Wort heraus.

»Marianne«, sagte er endlich langsam, sprach ihren Namen dabei so behutsam aus, dass ihr ein Schauer über den Körper lief. Sie presste die Lippen fest aufeinander und schaute an ihm vorbei auf das Haus. Verräterin, dachte sie.

»Marianne«, sagte Gianluca noch einmal mit der gleichen Behutsamkeit. Marianne zog die Schultern hoch und kämpfte gegen das Gefühl der Kälte an, das sie überkommen wollte. Sie war unsicher, was nun geschehen sollte. Noch nie, noch nie zuvor in ihrem Leben war sie sich so unsicher gewesen.

Als Gianluca Anstalten machte, sich zu nähern, schüttelte sie heftig den Kopf. Der junge Mann ließ die Hände sinken.

»Die Statue ist fertig«, sagte er nach einer Weile, »willst du sie sehen?«

»Ja.« Marianne versuchte zu lächeln. Wie selbstverständlich waren sie zum »du« gewechselt.

Gianluca streckte die Hand zu ihr hin. Sie ignorierte sie und trat an ihm vorbei, näher zu seiner Arbeitsstelle hin.

Die Statue stand auf dem kleinen, ihr schon bekannten Block, das Gesicht gegen die Sonne gedreht. Die Ähnlichkeit mit ihrem eigenen Antlitz, fand Marianne, war unverkennbar, wenn nicht sogar verblüffend.

»Helene …«, entfuhr es ihr. Ich habe sie verraten, flüsterte ihr die innere Stimme zu, ich bin es nicht wert, ihre Schwester zu sein.

Gianluca legte eine Hand auf die Statue.

»Deine kleine Schwester ist ein liebes Mädchen«, sagte er in die Stille, als habe er ihre Gedanken gelesen.

»Das ist sie«, Marianne nickte heftig, »und sobald ich Anton heirate, wird sie auch heiraten dürfen.«

Sie hatte den Kopf kurz gesenkt und schaute ihn jetzt wieder an, bereit, etwas zu sagen, doch dann schloss sie den Mund unvermittelt. Auch Gianluca sagte nichts, trat nach kurzem Schweigen auf sie zu und legte ihr die Hand gegen die Wange, so wie er es eben noch bei der Statue getan hatte.

Ich muss ihn zurückweisen, dachte Marianne.

Aber sie blieb stehen. Es war, als hielten sich ihre Augen aneinander fest. Marianne legte den Kopf zur Seite, schaute auf Gianlucas glänzendes, lockiges Haar, spürte, wie ihr Körper weich wurde.

Vielleicht hatte sie ihm ein Zeichen gegeben, sie wusste es nicht. Unvermittelt legte er die Arme um sie. Als er begann, Küsse von ihren Lippen zu pflücken, war jeder Gedanke, ihn von sich zu stoßen, vergessen.

Wenn sie sich liebten, wurden sie wieder zu Kindern, und sie wurden zu Mann und Frau. Sie spielten Fangen und jauchzten dabei. Sie hätten Angst davor haben müssen, gehört zu werden, doch sie taten es nicht. Sie hatten keine Angst – vor nichts und niemandem.

Zum wiederholten Mal holte Gianluca Marianne jetzt ein und hielt sie am Arm fest, und sie warf den Kopf mit ihrem langen Haar zurück, dass ihm die Strähnen ins Gesicht schlugen und er gleichermaßen schrie vor Schmerz und doch lachte. Dann ließ sie sich fallen und zog ihn mit sich. Gemeinsam kugelten sie durch das feuchte Herbstgras, blieben endlich liegen, erst sie auf ihm, dann er auf ihr, während er sich auf seine Arme stützte, um sie nicht zu sehr mit seinem Gewicht zu belasten.

Vorsichtig strich er ihr das Haar aus dem erhitzten Gesicht. Unter seinem Leinenhemd spielten die Muskeln mit seinen Bewegungen. Marianne reckte sich ihm entgegen und küsste ihn. Sie küsste ihn einmal, zweimal, bis er es wagte, sie zurückzuküssen. Dann hielten sie einander auch schon wieder umschlungen, saugten zwischen immer wilderen Küssen Atem ein wie zwei, die man vor dem Ertrinken gerettet hatte.

Zuerst hatte Marianne sich gefürchtet vor dem, was, so schien es, beinahe unweigerlich auf die ersten noch so unschuldigen Küsse folgte, doch Gianluca war zärtlich gewesen wie eine warme Sommernacht und behutsam wie ein milder Abendwind. Und wenn Marianne gefürchtet hatte, sich schämen zu müssen, als sie erstmals nackt vor ihm stand, so zerstreute sich ihre Scham sofort, und sie empfand es als das Natürlichste der Welt. Auch heute spürte sie seinen Blick liebkosend auf ihren Brüsten, ihrem Bauch und ihren Schenkeln. Sie setzte sich, sprang wieder auf, als sich das Gras unangenehm in ihre Haut prägte. Sorgsam breitete Gianluca die Decke aus, die sie mitgebracht hatte, und bettete sie darauf, wie einen kostbaren Schatz.

Beim ersten Mal hatte sie ihn mit weit ausgebreiteten Armen und etwas ungelenk empfangen, doch die Liebe machte alles schön. Die Liebe machte ihr eigenes Lied aus den Dingen, schuf ihren eigenen Tanz, ihren ganz eigenen Rhythmus. In dem Moment, als sie zu Mann und Frau wurden, hatte sie sich keine Gedanken mehr um die Folgen gemacht, und sie verbiss es sich auch dieses Mal zu fragen, ob sie die Erste war, natürlich war sie das nicht, aber sie würde die Letzte sein. Nach ihr, da war sie sicher, würde es keine mehr geben.

Das schlechte Gewissen hatte sie erst danach geplagt, erst danach war ihr bewusst geworden, dass sie nun das Kostbarste hingegeben hatte, was eine Frau ihr Eigen nannte, und doch wusste sie, dass sie niemals anders hätte handeln können. Und so sagte sie auch nicht, dass es aufhören müsse. Es war zu wunderbar, um damit aufzuhören.

»Du bist schön, Marianne«, sagte Gianluca bei einem der nächsten Male, als sie danach nebeneinanderlagen, »so schön wie die Sonne.«

Gleich spürte sie seine Arme um sich.

Ich will, dass er mich nie wieder loslässt, dachte sie, nie wieder. Ich will für immer hier liegen bleiben, in seinen Armen.

»Es ist besser, wenn Helene nicht erfährt, was geschehen ist«, murmelte sie laut.

Sie musste sich zwingen, den Kopf zu heben, um Gianluca anzuschauen, spürte, wie sie unter seinem ernsten Blick errötete.

»Aber sie wird es irgendwann bemerken«, sagte er leise.

»Aber nicht jetzt«, entgegnete Marianne mit brüchiger Stimme, »nicht jetzt. Es ist noch zu früh.«

Er nickte, und Marianne hob ihm das Gesicht für den nächsten Kuss entgegen.

Jetzt, wo die Gegenwart sie wiederhatte, schmeckte das Gewissen wie so oft bitter. Sie hatte ihre Unschuld verloren, hatte sich den Eltern widersetzt, sich einem Mann hingegeben, der nicht ihr Ehemann war und nicht sein konnte. Und der noch dazu der Mann war, den ihre Schwester liebte. Marianne unterdrückte einen Seufzer, schluckte heftig an den Tränen, die plötzlich ihre Kehle hinaufdrängen wollten. Noch nie hatte sie sich so glücklich und gleichzeitig so zerrissen gefühlt.

Doch es gab auch ruhige Momente ohne böse Gedanken. Dann, wenn Gianluca ihr von seiner Heimat erzählte, von einem Ort namens Levanto, von einer steilen Küste und Dörfern, die wie Schwalbennester am Felsen klebten. Er erzählte ihr auch von einer kleinen Kirche über dem Meer, wo er vor seiner Abreise in den Norden Abschied genommen hatte, ungewiss darüber, ob er je zurückkehren konnte, und sie wünschte sich sehr, diese kleine Kapelle einmal zu sehen. Und er erzählte ihr vom Meer, wieder und wieder vom Meer.

Der Gedanke daran faszinierte Marianne, und manchmal wünschte sie sich sehr, eines Tages als seine Frau mit ihm in seine Heimat zu reisen, denn in seinen Armen war sie doch zur Frau geworden. Und dann wieder dachte sie, dass es besser wäre, alles zu beenden. Weil sie einfach schreckliche Angst vor dem hatte, was aus dieser Liebe noch erwachsen konnte. Weil sie ihre Unschuld beschmutzt hatte. Weil sie nicht mehr vor ihre Eltern treten konnte, ohne zu lügen.

Für den nächsten Sonntag hatte der Vater nun endlich das Fest angesetzt, bei der die neue Statue an den Platz der alten gesetzt werden sollte.

»Sehe ich dich dort?«, fragte Marianne, halb begehrlich, halb ängstlich, weil sie ihre Liebe würde verbergen müssen und nie sicher war, ob ihr das gelingen konnte.

»Ja«, sagte Gianluca und küsste sie. »Wie könnte ich dir fernbleiben?«

Sechstes Kapitel

Die ganze Familie, Knechte und Mägde und auch die Tagelöhner hatten sich an diesem Tag im Hof versammelt, um der Aufstellung der neuen Statue beizuwohnen, die vorerst noch, unter einem großen Tuch verborgen, in der guten Stube wartete. Zu Beginn des Festes schon hatte der Vater das alte Figürchen entfernen lassen, das nun im allgemeinen Trubel vergessen neben der Eingangstreppe stand. Für eine Weile stand Helene daneben und ließ ihre Gedanken schweifen.

So lange sie denken konnte, hatte diese kleine verwitterte Figur über dem Hauseingang gewartet. Sie hatte der Madonna »Adieu« zugeflüstert, wenn sie weggegangen war, und sie gegrüßt, wenn sie wieder nach Hause zurückgekehrt war. Sie hatte zugesehen, wie sie im Laufe der Jahre verwittert war, wie das Gesicht nach und nach verschwand, ebenso wie die Schrift, die vom Jahr ihrer Aufstellung erzählte, an das sich jedoch keiner mehr recht erinnern konnte. Jetzt, wo die alte Statue ersetzt werden sollte, fühlte Helene sich besonders verbunden mit ihr. Viele hatten die kleine Figur hässlich genannt, und Helene war es plötzlich, als hätten sie beide in ihrer Gewöhnlichkeit etwas gemein.

Nachdem die Statue entfernt worden war, hatte man sich gemeinsam an den großen Tisch gesetzt, der zur Feier des Tages im Hof aufgestellt worden war. Es gab reichlich zu essen und zu trinken, dann wurde die Weinlese für dieses Jahr 1792 endgültig für beendet erklärt. Nach dem Essen spielten zwei Musiker auf. Neben etlichen Tanzpaaren hatten sich auch die Eltern bald ausgelassen im Kreis gedreht, als fühlten sie sich noch einmal jung, während Christoph abwechselnd mit seinen beiden Schwestern tanzte und Anton am Rand der Tanzfläche stand.

Marianne sieht glücklich aus, dachte Helene jetzt und wich den Weissgerber-Mädchen aus, die ebenfalls juchzend und lachend umeinanderhüpften.

Sie trat an Antons Seite und folgte seinem Blick. Seit er bei den Steins angekommen war, hatte er Marianne nicht einen Atemzug lang aus den Augen gelassen, und natürlich sah die Schwester wieder einmal sehr schön aus. Die warme Herbstsonne ließ ihr Haar glänzen. Ihre Wangen waren rosig. Zwar war nicht zu hören, worüber sie mit dem Bruder sprach, aber sie lachte oft, und auch Christoph schloss sich ihr mehrmals laut an. Helene wusste, dass zumindest er die Nachrichten vom Näherrücken der Franzosen mit Genugtuung verfolgte.

»Christoph wollte heute eigentlich nach Mainz abreisen«, sagte Anton unvermittelt.

»Wirklich?«

Helene konnte nur noch mit einem Ohr hinhören. Auf der anderen Seite der Tanzfläche war Gianluca zwischen den anderen Knechten und Tagelöhnern aufgetaucht.

»Du hast es vielleicht auch schon gehört«, sprach Anton weiter, ohne ihre Zerstreuung zu bemerken, »manche sagen, es kann nur noch Tage dauern, bis die Stadt von den Franzosen eingenommen wird.«

Obwohl sie sich nur schwer von Gianlucas Anblick trennen konnte, musterte Helene den Freund aus Kindertagen nun verwundert. Politisches hatte er bisher nie mit ihr besprochen, und er schien sich dessen jetzt auch zu besinnen und lächelte unsicher.

»Entschuldigung, du solltest dir um so etwas natürlich keine Gedanken machen müssen.«

»Nein«, antwortete Helene langsam. Ein Gedanke kam ihr, ließ sich aber nicht ganz fassen. Eine Erinnerung an ein Gespräch, das sie vor Kurzem gehört hatte. Wieder suchten ihre Augen nach Gianluca, dann dachte sie an Karl und Melchior, deren Blicke sie schon mehr als einmal unbehaglich gestimmt hatten. Ja, das war das Wort, nach dem sie gesucht hatte: Die beiden riefen Unbehagen in ihr hervor.

Einige Tänzer verließen die Tanzfläche wieder und stillten ihren Durst, ein paar aßen rasch noch etwas. Immer noch lachend stolperten Marianne und Christoph in Helenes und Antons Richtung.

»Eine Pause«, kicherte Marianne außer Atem, »ich brauche dringend eine Pause.«

Mit einer eleganten Handbewegung strich sie sich eine Haarsträhne aus der erhitzten Stirn. Hinter ihnen, zur Tür hin, wurde es plötzlich lauter.

»Sie bringen die Statue«, rief jemand. »Sie bringen die Statue.«

Helene drehte sich um. Marianne legte ihr den Arm um die Schultern. Der Vater hatte unterdessen eine Leiter aufgestellt. Der Priester wartete mit dem Weihwasser. Alle starrten zur Tür hin, wo der Vater jetzt, die Statue im Arm, erschien.

Sie kam Helene kleiner vor als die alte. Sie war aus einem helleren Stein gefertigt, das Gesicht und die Körperformen der Maria waren zarter herausgearbeitet. Das konnte man sogar auf die Entfernung sehen. Offenbar sollte Jonas Weissgerber sie an Ort und Stelle bringen, denn er hatte die Leiter schon einige Sprossen hoch erklommen.

»Ich hätte Gianluca gerne bei der Arbeit beobachtet«, sagte Helene unvermittelt.

»Ach, tatsächlich«, erwiderte Marianne leichthin, »das ist sicherlich sehr langweilig.«

»Ich weiß nicht.« Helene zuckte die Achseln. Als der Vater Weissgerber die Figur reichte, machte sie Anstalten, näher heranzurücken, doch Marianne stützte sich auf einmal schwer auf sie.

»Oh, mir ist schwindlig«, hörte Helene die Stimme der Älteren, während die Menge ins Gebet des Priesters einfiel.

»Ist es wirklich so warm, wie es mir vorkommt?«, hauchte Marianne.

»Eigentlich nicht.« Helene schaute ihre Schwester an. »Vielleicht hättest du nicht so viel tanzen sollen. Soll ich dir etwas zu trinken holen?«

»Ja, bitte.« Marianne sah sich nach einer Sitzgelegenheit um.

Als Helene mit einem Becher gewässerten Weins zurückkehrte, standen Christoph und Anton schon an Mariannes Seite und lachten über irgendetwas, was die ältere Schwester gesagt hatte. Helene reichte ihr das Getränk und sah dann zur Tür, doch der Vater hatte die Leiter schon wieder wegbringen lassen. Gerade klopfte er Gianluca auf die Schulter. Der Italiener hatte mittlerweile durch seinen Fleiß und seine ordentliche Arbeit das väterliche Vertrauen gewonnen. Der Vater hatte sogar schon gemeinsam eine Pfeife mit ihm geschmaucht und sich vom Weinbau in Italien berichten lassen.

»Schade, ich hätte sie mir gerne einmal aus der Nähe angesehen«, sagte Helene.

»Wen?« Marianne sah auf.

»Die Statue natürlich.«

»Ach Gott, es ist doch nur eine dumme Statue. Ein Ding aus Stein.«

Helene zuckte die Achseln. »Ja, ich weiß.«

Sie wollte noch etwas sagen, doch im nächsten Moment war schneller Hufschlag zu hören, und dann sprengte auch schon ein berittener Bote auf den Hof. Christoph und Anton gehörten zu den Ersten, die auf den Mann zueilten. Helene und Marianne schlossen sich ihnen an.

Sowohl Pferd als auch Reiter waren vollkommen verschwitzt und von Staub und Lehm bedeckt. Schaum stand dem Tier vor dem Maul.

»Knechte«, brüllte der Vater.

Als ob er sich nicht mehr halten könne, war der Bote vom Pferderücken gerutscht und stand nun auf wackligen Beinen inmitten einer Traube Neugieriger. Das älteste der Weissgerber-Mädchen trat an seine Seite und bot ihm einen großen Krug Wein an. Der Mann trank gierig, dann wandte er sich an den Vater.

»Hubertus Brand, Euer Schwager, schickt mich, Meister Valentin. Er befürchtet, dass Mainz in kurzer Zeit von den Franzosen eingenommen wird.«

Ein beunruhigtes Raunen ging durch die Menge. Helene warf ihrem Bruder einen Blick zu, doch in dessen Gesichtszügen ließ sich nichts lesen. Wie aus weiter Ferne hörte sie, wie der Vater die Feier mit ernster Stimme für beendet erklärte.

Sie sollte für lange Zeit die letzte sein, die auf dem Hof der Steins stattfand. Wenige Tage nachdem Mainz kapituliert hatte, besetzten die Franzosen Kreuznach.

Siebtes Kapitel

Kreuznach, 23. Oktober 1792

Die Franzosen waren angekommen. Sie hatten eben das Tor passiert und marschierten nun die Straße entlang. Ihre Füße trampelten im Gleichschritt, während ihre Blicke über die Kreuznacher Häuserfassaden nach oben in den Herbsthimmel entkamen. Hier und da löste sich eine Schrittfolge aus dem Gleichmaß heraus und trommelte für kurze Zeit einen anderen Rhythmus, mal war es ein schnellerer, mal ein langsamerer. Wie die Festung Mainz war auch Kreuznach rasch besiegt worden, und die Soldaten wirkten erleichtert. Marianne, die den Marsch gemeinsam mit ihren Geschwistern und Anton vom Straßenrand aus beobachtete, stellte fest, dass einige von ihnen abgerissen aussahen, die meisten schienen bei aller Fröhlichkeit müde zu sein. Viele waren jung, halbe Kinder darunter, so kam es ihr jedenfalls vor, und alle wirkten sie stolz.

Als die Soldaten endlich an ihnen vorübergezogen waren, schlossen die jungen Leute mit den anderen Neugierigen auf. Die Eltern hatten sich schon lange unter den Schaulustigen verloren. Sie waren noch nicht auf dem großen Platz angekommen, als sie bereits die Musik hörten. Flötengetriller mischte sich mit Trommelwirbeln, fremde Melodien tränkten die Luft und ließen die Füße unwillkürlich hüpfen und zucken.

Sie wollen tanzen, begriff Marianne, sie wollen vergessen, was sie gesehen haben, und feiern. Sie wollen vergessen, dass sie Freunde haben sterben sehen und dass ihre Liebsten nicht bei ihnen sind. Sie wollen vergessen, dass sie Angst um ihre Kinder haben, um ihre Eltern und um die, die ihnen nahe sind. Niemand musste ihr das sagen, sie wusste es einfach, und für diesen Moment spürte sie eine erste Gemeinsamkeit mit diesen Fremden, die die Stadt besetzt hatten.

Unwillkürlich musste sie an Gianluca denken. Manchmal meinte sie, seine Küsse zu spüren, wenn sie nur an ihn dachte. Manchmal schämte sie sich dessen, was sie getan hatte, so sehr, dass sie befürchtete, man könne es ihr ansehen. In jedem Fall kam auch er von weither. Sie fragte sich, wie es sein mochte, alleine in der Fremde zu sein. Er hatte ihr noch ein wenig mehr von zu Hause erzählt, vom Meer, von den Bergen, vom Geruch der Kräuter und Blumen, von einer Sonne, die viel heißer schien als hier bei ihnen. Für einen kurzen Moment schaute sie zu Helene hin. Die kleine Schwester blickte düster drein. Sie hatte heute zu Hause bleiben wollen, doch die Mutter hatte es ihr nicht erlaubt.

»Du wirst mit deinen Geschwistern gehen! Niemand von uns bleibt zu solchen Zeiten alleine.«

Ich muss es ihr sagen, schoss es Marianne nicht zum ersten Mal durch den Kopf, ich muss es ihr sagen – oder ich muss das, was zwischen mir und Gianluca ist, beenden. Heute noch.

In nächster Nähe war ein Jauchzer zu hören. Die ersten Soldaten forderten Frauen aus der Zuschauermenge auf. Gleich darauf drehten sich Paare in improvisierten Tänzen im Kreis, hüpften und sprangen, entkamen einander spielerisch und kehrten zueinander zurück. Jemand lachte. Ein anderer schloss sich an. Mariannes Blick fiel auf eine Gruppe junger Männer, auch sie Soldaten, die immer wieder zu ihnen herübersahen, während sie sich gegenseitig näher und näher zu der schönen Frau hin schoben. Als sie nur noch wenige Schritte trennten, wechselte Marianne einen belustigten Blick mit Christoph. Helene stand derweil stumm und nachdenklich dreinblickend an Antons Seite.

»Darf ich, Brüderchen?«, hauchte Marianne Christoph zu.

»Wer bin ich, dir Ketten anzulegen?«, entgegnete der lässig.

Er sieht glücklich aus, dachte Marianne unwillkürlich, ich habe ihn lange nicht mehr so glücklich gesehen. Dies hier musste die Erfüllung seiner Träume sein, oder zumindest etwas, was nahe daran herankam. Und was wünsche ich mir eigentlich, fragte sie sich, während im gleichen Moment ein Rothaariger aus der Gruppe einen Stoß bekam und fast in Mariannes Armen landete.

»Danser?«, fragte er. *»Danser?«*

Sie nickte. Tanzen, das Wort kannte sie immerhin. Gut, dass Mutter auf dem Französischunterricht bestanden hatte.

So verstand Marianne wenigstens, auch wenn sie nichts zu antworten wusste. Entschlossen hatte der Franzose sie bald tiefer in den Strudel der Feiernden hineingezogen. Als er sie nun breit anlachte, bemerkte sie, dass ihm oben einige Zähne fehlten.

»Schöne Frau«, sagte er, *»tu es une belle femme.«* Er nickte mit dem Kopf zu Christoph hin. »*Ton mari?* Deine Mann?«

Marianne schüttelte den Kopf. »Bruder. *Mon frère.*«

Der Rothaarige nickte. »Passt auf dir auf?«

Marianne lachte. »Ja, sehr.«

»Comment-tu t'appelles?«, fragte der Rothaarige.

»Marianne.«

»Tu es belle, Marianne, viens avec moi.«

Marianne warf den Kopf in den Nacken und lachte noch lauter, auch wenn es ihr schwerfiel. Ob der Franzose ihr ansah, dass sie ein schlechtes Mädchen war, eine, die leicht zu haben war?

»Das wäre nicht recht«, rief sie aus, »was soll mein Bruder sagen?«

»Er nicht merkt.« Der Rothaarige grinste sie an, mutiger nun, berauscht vom Tanzen, von der Musik, vom Lachen. »Möchtest du Wein, *ma belle Marianne?* Ich habe sehr gute Wein.«

Marianne wehrte ab. Sie war so schon trunken genug, trunken von der Freiheit, die sie spürte, von der Bewunderung in den Augen des Rothaarigen und vom Tanzen.

Ich habe so schon zu viel gewagt, Gianlucas Liebe hat mich trunken gemacht, aber im Leben gibt es kein Zurück, nur ein Vorwärts …

Zur Musik wirbelten sie nach links und nach rechts und einmal rundherum. Der Rothaarige konnte nicht tanzen, und doch tat er es mit Wonne. Seine Füße flogen. Er hob Marianne hoch und genoss wohl das Gefühl, sie an sich zu drücken. Bestimmt hat er lange keine Frau mehr in den Armen gehalten, dachte sie, während sie sich bemühte, den Geruch nach Schweiß nicht zu tief einzuatmen.

Manchmal, wenn sie an der Stelle vorbeitanzten, an der sie Christoph, Anton und Helene zurückgelassen hatte, warf sie den dreien einen Blick zu. Christoph schenkte ihrem Tanz kaum Beachtung und hatte sich stattdessen in ein Gespräch mit den Kumpanen des Rothaarigen vertieft. Anton schaute düster drein. Auch Helene ließ sie nicht aus dem Blick. Marianne warf sich in die nächste Umdrehung. Ach Gott, sagte der Teil von ihr, der sich niemals Gedanken um irgendetwas machte. Sie würde später mit den beiden reden. Sie waren doch alle jung. Sie sollten das Leben alle genießen. Was war so falsch daran?

Einen Moment lang betrachtete Helene ihre Fußspitzen, bevor ihre Augen wieder Marianne suchten, als sei die Schwester der Magnet und sie das Spänchen Eisen, das von ihm angezogen wurde. Marianne trug heute ein Kleid nach der neuesten Mode, das sie erst nach einem kurzen Kampf mit der Mutter hatte tragen dürfen, denn Emmeline hatte es als viel zu offenherzig empfunden. Zum wiederholten Mal dachte Helene, dass es ein wenig wie ein Unterkleid aussähe – *à la chemise*, hatte Marianne es auch genannt –, und zweifelsohne war es das, was die Mutter störte.

Und warum freue ich mich nicht? Helene atmete tief durch. Doch, ja, sie schämte sich dieser wirren, bitteren

Gedanken, die seit Tagen durch ihr Innerstes tobten, sie schämte sich, weil sie ihrer Schwester offenbar nichts Gutes gönnen konnte, schämte sich, weil doch alle um sie herum so fröhlich waren.

Unwillkürlich fiel ihr Blick auf Anton.

Auch *er* ist nicht glücklich, fuhr es durch sie hindurch, auch er nicht. So sehr hatte er sich bemüht, die Schwester auf dem Weg mit Scherzen zu erfreuen, und jetzt tanzte Marianne mit dem erstbesten Fremden.

Nein, das war durchaus nicht recht. Es war nicht recht von Marianne, Anton so zappeln zu lassen. Alle waren sich doch einig, dass es sich bei dem Sohn der Weidmanns um eine gute Partie handelte, der Schwester aber schien das gleichgültig zu sein. Aber Marianne hatte ja ohnehin immer bekommen und getan, was sie wollte.

Vielleicht verhält sie sich deshalb, als stehe ihr alles zu, überlegte Helene. Ein kleiner Knuff in ihre Seite riss sie zurück in die Gegenwart.

»Lele, was guckst du denn schon wieder so ernst?«, war Christophs Stimme zu hören. Sie zuckte die Achseln. Sie konnte es selbst nicht sagen. Mit einem Mal fühlte sie sich wie ein kleines Kind, das die ersehnte Überraschung nicht bekam, dabei aber gar nicht wusste, was es sich eigentlich wünschte.

»Ach, es ist nichts.« Kurz entschlossen hakte sie sich bei ihrem Bruder unter. Etwas in seiner Rocktasche knisterte unter ihren Berührungen. Sicher wieder eines der welschen Flugblätter. »Ich habe nur nachgedacht.«

»Worüber denn?«

»Ich weiß nicht. Es ist auch unwichtig, es würde dich nicht interessieren.«

»Woher weißt du das denn?« Christoph zog Helene zu sich herum und schaute sie prüfend an.

Weil euch nie etwas interessiert, was ich tue, dachte sie bei sich, weil ich für dich doch ohnehin nur ein kleines Mädchen bin.

»Und?«, beharrte er.

Helene zuckte die Achseln, während sie wieder nach Marianne Ausschau hielt. Marianne war immer schön gewesen. Noch heute sprachen die Älteren von dem hübschen Säugling, der sie gewesen war, so schön wie kein anderer, mit ihren großen Augen, den geschwungenen Wimpern und den rosigen Lippen. Sie war auch ein schönes Kind gewesen, war herangewachsen und schön geblieben. Wo Christoph im Jugendalter plötzlich hager geworden war, die Glieder knochig und in keiner Proportion zum Rest des Körpers oder auch nur zueinander, und Helene über einige Jahre hinweg so dick gewesen war, dass die Augen in ihrem bleichen, schwammigen Gesicht ausgesehen hatten wie Rosinen in einem Hefezopf, hatten Mariannes Augen stets unverändert gestrahlt, braun mit etwas Grün, wie ein schöner, warmer Herbst. Helene war sich sicher, dass Marianne jeden Mann würde haben können.

Vielleicht war sie deshalb so uninteressiert?

Sie entschloss sich, das Thema zu wechseln, machte eine Bewegung mit der Hand: »Sag mir, warum sind diese Männer so froh? Es ist Krieg, sie sind weit weg von zu Hause …«

Christoph warf einen kurzen Blick auf die Tanzenden und schaute dann wieder seine Schwester an.

»Weil sie für etwas kämpfen, für das es sich zu kämpfen lohnt, Kleines. Sie kämpfen für die Freiheit, für Gleichheit und Brüderlichkeit.«

Helene nickte langsam. Ja, sie kämpften für eine neue Welt, das war es wohl, was sie glücklich machte. Interessant jedenfalls, dass eine neue Welt so glücklich machen konnte. Sie wagte es nicht, Christoph zu sagen, dass sie der Gedanke ängstigte. Was sollte das denn für eine neue Welt sein? Wie sollte sie aussehen, und welchen Platz würde sie, Helene, darin haben? Sie wollte noch etwas sagen, doch hatte sie mit dem nächsten Atemzug schon vergessen, was es war – sah nur noch Gianluca aus der Menge treten und sich suchend umblicken, bis er als Erste Marianne bemerkte. Die späte Sonne ließ sein Lockenhaar glänzen wie Rabenfedern. Er hob die Hand. Marianne nickte ihm hoheitsvoll zu. Auf einen Schlag kehrten alle Geräusche zurück, und Helene bemerkte, dass ihr Bruder immer noch mit ihr sprach.

»Was ist denn, du bist auf einmal so blass?«

Geh mit mir ins Land, in dem die Zitronen blühen …

»Helene?«

»Entschuldige, ich war schon wieder in Gedanken.«

»In Gedanken? Du sahst aus, als würdest du gleich in Ohnmacht fallen.«

Helene senkte den Blick. »Vielleicht fühle ich mich nicht gut, vielleicht sollte ich nach Hause gehen …«

Behutsam legte ihr Christoph einen Arm um die Schultern.

»Vielleicht sollte ich dich nach Hause bringen? Komm, ich hole den Wagen.«

Helene unterdrückte einen kleinen Seufzer und nickte. Sie hatte ihren Bruder lange nicht mehr so fürsorglich erlebt, und doch konnte sie sich nicht aus vollem Herzen freuen. Es war dieses Gefühl in ihr, dieses Gefühl, das ihr sagte, dass da etwas war, was ihr nicht gefallen würde.

»Wie konntest du das zulassen?« Anton stemmte die Hände in die Seiten.

»Was denn?«, antwortete Christoph gereizt. Nachdem er die kleine Schwester nach Hause gebracht hatte, war er nicht noch einmal zurückgekehrt. Er hatte versucht, mit Helene zu reden, doch die hatte sich wortkarg gegeben und war bald zu Bett gegangen. Irgendetwas beschäftigte sie, doch sie wollte nicht damit herausrücken, was es war. Alleine hatte er sich schließlich in die gute Stube zurückgezogen, Wein getrunken und die neuesten Flugblätter studiert. Etwas später waren Anton, Marianne und die Eltern mit dem Karren der Weidmanns nach Bonnheim zurückgekehrt. Die Eltern und auch Marianne hatten sich bald zurückgezogen.

Anton war geblieben. Sie hatten noch etwas Wein getrunken, viel zu viel mittlerweile. Christophs Schädel brummte, und doch spürte er bereits eine unangenehme Ernüchterung, während er dem Freund in der guten Stube der Steins gegenüberstand und sie beide versuchten, ihre Stimmen zu senken.

»Sag schon, warum hast du deine Schwester mit dem verdammten Franzmann tanzen lassen? Sie hat sich zum Gespött der Leute gemacht.«

»Du kennst meine Meinung zu den Franken. Also zähme deine Zunge, Anton.«

Doch Anton war es offenbar unmöglich zu schweigen, als habe sich etwas in ihm aufgestaut und breche sich jetzt Bahn.

»Wie eine Hure!«

»Anton, das ist nicht dein Ernst.«

Christoph packte den Freund bei den Schultern.

»Nein«, entgegnete der schwach und ließ sich unvermittelt auf den nächsten Stuhl fallen. Was war nur in ihn gefahren? Was erlaubte er sich hier, um Himmels willen? Vor seinem ältesten und besten Freund ... Verdammt ... Verdammt ... Verdammt noch mal.

»Verzeih mir«, stotterte er.

»Du müsstest dich für diesen schmutzigen Gedanken eigentlich bei meiner Schwester entschuldigen.«

Anton ließ den Kopf hängen. Mit einem tiefen Seufzer lehnte Christoph sich gegen das Wandbord und fixierte die daraufstehende Uhr. Es war spät. Er sollte nicht zu streng sein. Sie waren beide übermüdet.

Dabei war es solch ein schönes Fest gewesen, der Beginn einer neuen Zeit.

Christoph versteckte ein unwillkürliches Lächeln hinter einem Gähnen. Er hatte seine schöne Schwester lange nicht mehr so glücklich gesehen. Und auch er war glücklich. Er war glücklich, und er hasste es, dass Anton ihm die Stimmung verdarb. Warum konnte es nicht sein wie früher, als sie beide unzertrennlich gewesen waren, als einer für den anderen die Hand ins Feuer gelegt hätte?

»Aber ich verstehe euch trotzdem nicht«, war nun wieder Antons Stimme zu hören. »Das sind alles wilde Bestien. Du weißt, was im September in den Gefängnissen geschehen ist. Sie haben die Gefangenen massakriert. Sie haben sie einfach ermordet. Abgeschlachtet, grundlos und ohne Prozess. Blutige Bestien sind das, nicht mehr!«

Christoph runzelte die Stirn, hatte die Finger nach dem Glas ausgestreckt, das das Zifferblatt schützte, als könne er die Zeiger dahinter festhalten.

»Und die Könige begehen ihre Verbrechen seit Jahrhunderten, so ist es doch. Lass ihnen Zeit, Anton, wir wissen nicht, was damals wirklich geschehen ist«, entgegnete er leise und kämpfte gegen die Unsicherheit an, die seinen Worten anhing.

»Natürlich wissen wir das. Es ist das geschehen, was geschehen muss, wenn der Pöbel die Macht ergreift. Welsches Mörderpack.«

Reg dich nicht auf, dachte Christoph, tu es ihm nicht gleich. Worüber stritten sie denn überhaupt? Wie sollte die Welt besser werden, wenn es noch nicht einmal ihnen gelang, ruhig über alles zu sprechen? Sie waren Freunde und geiferten sich doch an wie tolle Hunde.

Er atmete tief durch, bevor er sich umdrehte. Im flackernden Schein der Kerzen sah Antons Gesicht gelblich aus. Christoph trat auf den Freund zu, legte ihm den Arm um die knochigen Schultern.

»Lass uns mit dem Streit aufhören. Wir sind doch die Alten, Anton. Wir sind Freunde. Wir sind gemeinsam schwimmen gegangen. Wir haben Streiche ausgeheckt. Lass doch diese Sache nicht zwischen uns stehen.«

Er spürte, wie sich Antons Schultern unter seiner Berührung versteiften, und versuchte doch, ihm ein gewinnendes Lächeln zu schenken. Der Freund biss die Zähne aufeinander, dass es knirschte, doch er antwortete nicht. Etwas war zerrissen zwischen ihnen, und Christoph ahnte zum ersten Mal, dass sich dieser Riss nicht mehr so leicht würde schließen lassen.

In Bonnheim, wie auch in vielen anderen Dörfern, griff bald die französische Mode um sich, wie es der Vater nannte, und jeder Dummerjan meinte, einen Klub gründen zu müssen oder zumindest einem beizutreten. Manchmal erschien es Marianne, als wettere Valentin besonders lautstark, wenn sich Christoph in der Nähe befand. Heute hatte sie sich mit ihrem Bruder zu einem Spaziergang getroffen, etwas, was sie früher weit häufiger getan hatten als in den letzten Monaten.

»Es ist nicht auszuhalten mit dem Alten«, schimpfte Christoph gerade und schlug den Stecken in seiner Hand mit Nachdruck durch die Wiese, sodass Gras und feuchte Erdklumpen nur so flogen. »In vielen Klubs sitzen doch ohnehin nur die, die schon immer alles hatten. Der reiche Bauer, der Schultheiß, die Gerichtsdiener. Der Herr Lehrer. Was soll sich da schon ändern?«

Erneut sauste der Stecken über die Grasspitzen hinweg.

»Ach, Christoph«, bat Marianne. »Nun reg dich nicht auf. Sei geduldig, gib uns allen etwas Zeit.«

»Bis wann denn? Bis zum Sankt-Nimmerleins-Tag? Ach Gott, Marianne«, unvermittelt blieb er stehen und sah seine Schwester an, »jetzt muss etwas geschehen, sonst wird sich nie etwas ändern. Nie!« Er schüttelte den Kopf. »Und ich dachte immer, wenigstens du verstehst mich.«

»Aber ich verstehe dich doch.«

Marianne fasste nach seinem Arm und streichelte sanft darüber. Er sah ihr prüfend in die Augen.

»Dann musst du doch einsehen, dass es so nicht weitergehen kann.«

»Natürlich, ich verstehe das alles nur zu gut.« Marianne griff nach dem Stecken, der schon wieder über die Grasspitzen pfeifen wollte. »Ich zum Beispiel würde gerne selbst über mein Leben entscheiden. Ich würde gerne heiraten, wen ich liebe, und ich würde gerne einen Beruf erlernen und …«

Christoph lachte laut auf. Marianne schaute ihn zuerst verwirrt, dann verletzt an.

»Was …? Was habe ich denn gesagt?«

»Nichts. Einen Beruf lernen. Du? Und welcher sollte das sein? Willst du dir als Magd die zarten Finger schmutzig machen? Willst du fremder Leute Wäsche waschen? Und dann noch den heiraten, den du liebst …« Christoph lachte wieder. »Sag, wen liebst du denn?«

»Das … Das …« Marianne bückte sich unwillkürlich nach einem Stein und schleuderte ihn davon. »Das war doch nur so dahingesagt.«

Juliane Brand an Familie Stein

Mainz, Ende Oktober 1792

Nun, meine lieben Verwandten, komme ich endlich dazu, Euch zu schreiben, und ich will Euch getreulich berichten, was sich in den letzten Wochen hier zugetragen hat. Von der Flucht unseres Kurfürsten habt Ihr ja sicher allenthalben reden gehört.

Danach trat die Statthalterschaft die Regierung an – unser Statthalter von Fechenbach rief uns zum Durchhalten auf, während der Vormarsch der Feinde in der Lesegesellschaft von vielen bejubelt wurde, wie ich sagen hörte – und forderte von der Bürgerschaft, die Stadt zu verteidigen. Natürlich erklärte sich auch mein

Hubertus gerne bereit dazu. Das Militär kam also auf die Außenwerke, die Bürger an die Tore und auf die Wälle; die Akademiker erboten sich freiwillig zum Jägerkorps, doch spielten sie eine eher lächerliche Komödie und bezogen alle Abende den sehr gefährlichen Posten im Bierhaus *Zu den drei Mohren* auf der Augustinergasse.

So fing es an, und bald machte die Nachricht die Runde, die Franken hätten Worms besetzt, was neuerlich für viel Unruhe sorgte. Die Franzosen blieben ungefähr sechs Tage dort und zogen sich dann zurück. Am selben Abend übrigens, als die sichere Nachricht vom Rückzug kam, verließen die Akademiker ihr Bierhaus und besetzten die Albaner Schanz. Ich schrieb ja, es war eine eher lächerliche Komödie. Auch einige, die schon geflüchtet waren und die man deswegen die Weilburger nannte – nach der Weilburgischen Armee, die hier in Besatzung gelegen hatte und bei der Nachricht vom Anmarsch des Feindes weggelaufen war –, kehrten nun ebenfalls zurück.

Man fühlte sich wieder sicher, und die Regierung ließ sogar verschiedene Personen, die ihr als Freunde der Franken angegeben wurden, als Spione verhaften und sandte Kuriere aus, um Truppen zu fordern. Täglich hieß es nun, die kaiserliche Armee werde kommen, und viele glaubten gar, diese wolle ihr Winterquartier in unserem guten Mainz beziehen. Es war ein ständiges Hin und Her, und lange Zeit war man nicht sicher, was werden würde.

Am 18. Oktober abends kam dann plötzlich die Nachricht, die Franzosen seien in Oppenheim. In dieser Nacht konnte unser ganzer Haushalt nicht schlafen. Hubertus und ich hingen an den Fenstern und harrten der Dinge, die da kommen wollten, und auch die Knechte und Mägde fanden nicht ins Bett. Überall im Hause schnatterte und brummte es. In der Stadt war es auch außerordentlich lebhaft, zu hören war jedoch nichts Entscheidendes. Irgendwann dämmerte ich ein. Und wurde um halb acht von Alarmschüssen geweckt!

Schleunig lief nun alles auf die Wälle, und da sahen wir die Franzosen auch schon von der Schlossbatterie am Heinigen seinem Häuschen den Rech herunterkommen; Kavallerie, wie Hubertus erkannte, wovon der Vortrab am Mägleins Garten auf ein Piquet österreichischer Husaren stieß. Nun ging ein allgemeines Feuern der Unsrigen auf unseren Wällen und Schanzen an, welches aber leider gänzlich ohne Wirkung war.

Im Verlaufe des Tages führte Hubertus mich auf die Türme, und wir schauten mit Ferngläsern nach den heranrückenden Feinden. Erst sah man aber nur lauter Kavallerie, von Hechtsheim gegen Marienborn zu. Bald schon jedoch erstreckte sich ein riesiges Lager von Mombach über Gonsenheim, Marienborn, Niederolm, Hechtsheim bis Weisenau.

An jenem Tag, erfuhren wir später, fingen auch die Verhandlungen an, und am nächsten, dem Sonntag, wurde die Kapitulation besiegelt.

Einige junge Burschen, Freunde der Franken, pflanzten sogleich die Kokarden auf und marschierten zu den Toren hinaus, um die Franken zu besuchen, worauf Hubertus ihnen was auf die Ohren geben wollte, aber ich konnte ihn doch überreden, still nach Hause zu gehen. (Du kennst ja Deinen Schwager, lieber Valentin, ich muss nicht mehr dazu schreiben.)

Denselben Abend noch wurden die Tore von den Franzosen besetzt. Mainz war eingenommen.

So ist unsere liebe Stadt also besetzt. Am selben Tage übrigens, als die Franken nach Kreuznach kamen, wie ich hörte, wurde hier in Mainz die Gründungsversammlung für die »Gesellschaft der Freunde der Freiheit und Gleichheit« abgehalten, anders gesagt: für den Klub der Jakobiner. Dort erklärt man dem Publikum die Prinzipien der Demokratie, ruft zur Revolution und zum Anschluss an Frankreich auf, wovor Gott uns bewahren möge – wenngleich ich die französische Mode doch immer gerne mochte. Überhaupt wird nun überall fleißig Propaganda für die Revolution betrieben, in der Presse und was weiß ich noch wo, sodass ich mich ohnehin schon fühle, als lebte ich mitten in Paris. Blau-weiß-rote Kokarden konnte man ja schon lange auf der Schustergasse kaufen.

Ich hoffe, dass Euch mein Bericht alle wohlauf findet. Uns geht es, gottlob, bisher gut.

Eure Tante Juliane

Achtes Kapitel

Seit er zum Mann gereift war, hatte sich das Verhältnis zwischen Christoph und seinem Vater merklich abgekühlt, und die neuesten politischen Veränderungen gereichten durchaus nicht dazu, die Stimmung zwischen ihnen zu verbessern. Manchmal ließ alleine der Anblick seines Sohnes Valentins Kehle vor Wut eng werden, und meist ließ sich einer von beiden im Verlaufe eines Tages die Gelegenheit nicht entgehen, eine spitze Bemerkung fallen zu lassen, um den anderen zur Raserei zu verlocken.

Dass der Sohn jung und kräftig war, ja sogar gut aussehend genannt werden konnte, empfand Valentin mit zunehmendem Alter als Zumutung. Er selbst hatte mit den Jahren beträchtlich an Leibesfülle zugelegt. Sein Gesicht war ständig gerötet, er hatte ein Doppelkinn und geriet immer schneller außer Atem. Christoph so jung, so frisch und voller Ideen zu sehen erinnerte ihn schmerzlich daran, dass sich der eigene Lebensbogen dem Ende zuneigte.

An diesem Morgen hatten sie einander schon länger als nötig am Frühstückstisch gegenübergesessen, beide wohl wissend, dass sich mit jeder Minute mehr die Gefahr eines lautstarken Streits zwischen ihnen erhöhte. Nun ließ sich Valentin gerade ein zweites Mal den Teller mit Hafergrütze füllen, und Christoph biss krachend in einen Apfel.

»Ich lasse jeden vom Hof jagen, der etwas von Freiheit und Gleichheit plappert oder sich einem dieser Klubs anschließt«, sagte der Vater nun und schob sich mürrisch einen weiteren Löffel Grütze in den Mund.

Christoph zuckte die Achseln und lehnte sich dann in seinem Stuhl zurück. »Auch du wirst niemanden, der es wirklich will, davon abhalten können, zum wahren Menschsein heranzureifen, Vater.«

»Wahres Menschsein?« Valentin musste sich beherrschen, die Hafergrütze in seinem Mund nicht mit einem Lacher herauszuprusten. »Unsere Knechte? Schau sie dir doch an, einfache Gesellen, die sie sind.« Er machte eine kurze Pause, stichelte dann weiter. »Mit ihnen wirst du deine sogenannte neue Welt nicht errichten können.«

Anstatt eine Antwort zu geben, biss Christoph ein zweites Mal in seinen Apfel. Er durfte sich nicht reizen lassen. Nun, da die Veränderungen, die er sich so innig herbeigewünscht hatte, zum Greifen nahe waren, wollte die Zeit, so schien es ihm, noch langsamer vergehen. Und der Vater hatte recht, auch wenn er dies niemals zugegeben hätte: Wo er auch hinging, mit wem er auch sprach oder diskutierte, überall stieß er auf hinderliche Ängste, Unverständnis und ein Beharren auf dem, was man ohnehin kannte, ganz gleich, wie elend das Leben auch sein mochte. Schenkte er den Worten Jonas Weissgebers Glauben, dann waren die Knechte seines Vaters wirklich froh über ihr einfaches Leben, fürchteten eher, das wenige noch zu verlieren, und waren daher kaum bereit, um das Neue zu kämpfen. Christoph dagegen hatte sich nie vor etwas gefürchtet. Er hatte sich stets sicher gefühlt. Er schob den unangenehmen Gedanken beiseite, dass er sich immer hatte sicher fühlen *können*.

Eine Weile hörte er dem Klappern und Schaben des Holzlöffels seines Vaters in dessen irdener Frühstücksschüssel zu.

»Wenn die Besatzer erst ihr wahres Gesicht zeigen«, brachte der bald zwischen weiteren Löffeln Grütze hervor, »dann wird uns allen noch das Lachen vergehen.«

»Wirklich?« Christoph hatte genug und stand auf. »Ich habe dich lange nicht mehr lachen gehört, Vater.«

»Bleib, ich habe dir noch etwas zu sagen.«

Christoph überlegte, ob er der Aufforderung Folge leisten sollte. Valentin kratzte derweil den letzten Löffel Brei aus der Schüssel und spülte schließlich mit einem großen Becher dünnen Biers nach. Dann räusperte er sich.

»Du wirst morgen nach Mainz aufbrechen, Onkel Hubertus und Tante Juliane sind nicht mehr die Jüngsten und brauchen gewiss Unterstützung, jetzt, wo sich das welsche Lumpenpack dort breitmacht. Man sagt, die fränkischen Soldaten würden wohl auch in den Bürgerhäusern untergebracht. Ich möchte, dass du nach dem Rechten siehst, bevor die verdammten Franken alles zerstören.«

Christoph hatte seinen Apfel aufgegessen und ließ das Kerngehäuse auf seinen Teller fallen.

»Wie du wünschst, Vater.«

»Glaube nicht, ich wüsste nicht, dass ich dir damit ein Geschenk mache, aber ich werde Onkel Hubertus ausrichten, dass er dich hart rannehmen soll. Es wird ohnehin Zeit, dass du unser Geschäft erlernst.«

Christoph ließ seine rechte Augenbraue nach oben schießen. »Und für was bitte?«

Valentin wurde ungeduldig. »Weil auch du dir irgendwann die Flausen aus dem Kopf schlagen wirst. Glaub mir, auch ich weiß, wie es ist, wenn man jung ist. Ich war es auch einmal.«

»Das bezweifle ich.« Christoph schob seinen Stuhl geräuschvoll an den Tisch. »Wenn du erlaubst, dann gehe ich jetzt packen.«

»Du fährst ohne uns nach Mainz?«

Marianne stand die Empörung ins Gesicht geschrieben. Die Hände in die Seiten gestemmt, das Kinn vorgestreckt, schaute sie ihren Bruder herausfordernd an. Der legte gerade ein zweites Hemd in seine Tasche und wich ihrem vorwurfsvollen Blick aus. Helene wartete stumm ab.

Auch wenn ihre Geschwister seelenverwandt waren, Streit hatte es oft zwischen ihnen gegeben – vielleicht gerade deswegen. Schließlich wusste jeder der beiden, womit er den anderen am leichtesten reizen konnte.

»Ja, ich fahre nach Mainz«, sagte Christoph jetzt langsam und sehr bedächtig und ließ die Tasche zuschnappen. »Auf Vaters Wunsch hin übrigens.« Er hob den Kopf und drehte das Gesicht zu Marianne hin.

»Vaters Wunsch?«, parierte die höhnisch. »Dass ich nicht lache. Er hätte nichts Besseres von dir verlangen können, oder irre ich mich?«

Marianne schüttelte den Kopf. Lange war sie nicht mehr so wütend gewesen. Ihre Gedanken überschlugen sich. Gerade in den letzten Tagen hatte sie sich häufiger Christophs Unterstützung gewünscht, doch der bemerkte offenbar nichts von ihren Gewissensqualen, seit die neuen Zeiten angebrochen waren. Heute Morgen erst hatte sie schaudernd festgestellt, dass sie sich endlich eingestehen musste, dass sie schon seit einigen Tagen überfällig war. Was hatte sie sich nur dabei gedacht, ihrem Herzen einfach so unbedacht nachzugeben? Wie hatte sie sich Gianlucas Küssen hingeben können, seiner Stimme, seinen Berührungen … Und wie konnte Christoph, ihr geliebter und einziger Bruder, ihre Pein nicht erkennen und sie so einfach mir nichts, dir nichts verlassen wollen?

»Wir heiraten«, hatte Gianluca mehr als einmal zu ihr gesagt, »wir heiraten …«

O Gott, was wird Vater sagen? Und Helene? Sie wird mir nie verzeihen, niemals. Ich bin überfällig. Sie hatte es so lange verdrängt, aber am heutigen Morgen war ihr dies nicht gelungen. Aber es war noch früh, es war noch sehr früh. Sie konnte noch Hoffnung haben, sie konnte sich irren, aber sie wollte keinesfalls alleine in Bonnheim bleiben. Nicht ohne Christoph.

Die Vorstellung, dass ihr Bruder nach Mainz reiste und Abstand gewann von allem hier, ließ neuerlich Wut in Marianne hochkochen. Unvermittelt packte sie den Bruder bei den Oberarmen und schüttelte ihn. Sanft löste der ihre Finger.

»Mimi, was soll denn deine kleine Schwester von dir denken?«

Marianne wechselte einen knappen Blick mit der Jüngeren, musste, ihr völlig unerklärlich, ein paar Tränen herunterschlucken. Seit ein paar Tagen schon hatte sie ungewöhnlich nahe am Wasser gebaut. Endlich atmete sie tief durch, dann ließ sie sich auf ihr Bett zurücksinken.

»Sie soll sich denken, dass ich nicht alles mit mir machen lasse.« Düster musterte Marianne ihren Bruder. »Nun sag schon, es war auch dein Wunsch, oder etwa nicht? Hast du es ihm vielleicht sogar angeboten?«

Ein unwillentliches leichtes Lächeln ließ Christophs Mundwinkel nach oben zucken. »Nein, es war seine Idee.«

»Das glaube ich dir nicht.«

Der junge Mann zuckte die Achseln.

»Komm, Schwesterchen, es sind nur ein paar Tage, dann bin ich auch schon zurück.«

Wieder atmete Marianne tief durch. »Versprichst du es mir?«

»Ich verspreche es.«

Sie verschränkte die Arme vor der Brust, ließ dann wie selbstvergessen ihre Hände über die neben ihr liegende Stickerei streifen, die sie auf Geheiß der Mutter heute Morgen zur Hand genommen hatte. Im selben Moment hob auch die Schwester den Blick von der eigenen Stickarbeit.

Marianne denkt nicht daran, ihre Arbeit zu erfüllen, fuhr es ihr durch den Kopf, sie setzt sich über alles hinweg. Das hat sie schon immer getan.

Mit einem Mal erschien Marianne Helene nicht mehr nur schön, nicht mehr nur bewundernswert. Marianne dachte stets nur an sich und an niemanden sonst. War es nicht so?

Christoph ließ die Schlösser seiner Tasche noch einmal auf- und zuschnappen.

»Und natürlich fahre ich gerne«, bemerkte er dann, »das will ich gar nicht verleugnen. In Mainz ändert sich unsere Welt, wer will da nicht dabei sein?«

Marianne schob schmollend die Unterlippe vor.

»Ich mag das nicht, wenn du mir nur so nebenher antwortest.«

»Aber das tue ich doch gar nicht.«

»Doch.«

Sie sah ihn von unten herauf an. Mit einem übertriebenen Seufzer ließ sich Christoph vor ihr auf die Knie nieder. »Ich verspreche es dir, Marianne. Ich bin bald zurück.«

Einen Tag später brach Christoph frühmorgens auf, um auf einem Kahn über die Nahe nach Bingen und von dort aus weiter nach Mainz zu reisen. Seine Mutter hatte ihn zum Abschied mit Proviant und einem Stück seines Lieblingskuchens versorgt, bevor sie seinen Dreispitz zurechtgerückt und ihm noch einmal liebevoll über die Wange gestrichen hatte. Der Vater verabschiedete ihn mit einem Brummen. Als Christoph endlich das Haus verließ, fröstelte ihn kurz, dann sprang er entschlossen die Eingangsstufen hinunter. Unten drehte er sich noch einmal um. Hinter dem Fenster zum Zimmer seiner Schwestern glaubte er eine Bewegung zu sehen. Mit einem Ruck wandte er sich ab und lief mit schnellen Schritten vom Hof.

Es war Anfang November, und ein erster winterlicher Hauch lag an diesem Morgen in der Luft. Christoph rieb die Hände gegeneinander, während er an der Mauer entlangeilte, hinter der sich der Garten der Familie Stein befand. Er hatte ihn gerade etwa zehn Schritte weit hinter sich gelassen, als das kleine Seitentor in seinem Rücken quietschend aufschwang. Ebenso eilige knirschende Schritte näherten sich ihm.

Marianne – er musste sich nicht umdrehen, wusste sofort, dass sie es war. Nur sie konnte es sein. Sie war stets die Letzte gewesen, die ihm Adieu sagte, und er war enttäuscht gewesen, sie am heutigen Morgen nicht gesehen zu haben.

Als sie neben ihm stehen blieb, drehte er sich mit einem Lächeln zu ihr hin.

»Wolltest du dich doch noch …?«, setzte er an. Das Wort »verabschieden« blieb in seiner Kehle stecken.

Marianne war warm angezogen, trug eine Tasche in einer Hand und gab sich, wie er selbst, reisefertig. Christoph räusperte sich ungläubig.

»Äh … was hast du vor?«

Seine Schwester lachte. »Nach was sieht es denn aus? Ich begleite dich natürlich.« Ihre Stimme klang fest, aber er hatte gewiss nichts anderes erwartet.

»Wissen Vater und Mutter davon?«

Sie zuckte die Achseln.

»Du kannst doch nicht einfach …«, begann Christoph vorsichtig.

»Sag mir nicht, was ich kann und was ich nicht kann«, schnappte Marianne dazwischen, dann schien sie sich zu besinnen und strich ihrem Bruder über den Arm. »Es gibt schon so viele Leute, die das tun, bitte, Christoph, gehöre du nicht auch noch dazu. Kannst du denn nicht verstehen, dass auch ich das Neue sehen möchte? Ich möchte auch erleben, was dort geschieht. Hast du nicht gesagt, dass sie vor Kurzem einen Freiheitsbaum aufgestellt haben? Ich möchte ihn sehen, bitte!«

Christoph runzelte die Stirn und sah kurz an ihr vorbei zum Eingang des Gartens. Marianne zog ihn am Arm zu sich herum. Ihre Augen, die einander doch so ähnlich waren, trafen sich. Er nickte langsam.

»Natürlich verstehe ich das.« Sie waren doch Kinder, unter einem Stern geboren, oder etwa nicht? »Dann komm mit. Wir schreiben ihnen, sobald wir da sind, ja?«

Marianne atmete erleichtert durch. Sie musste einfach fort von hier. Christoph hatte das verstanden. Sie benötigte Abstand, und sie musste sich über das klar werden, was aus Gianluca und ihr werden sollte. Und aus dem Kind.

Neuntes Kapitel

Eine Woche nachdem der erste Mainzer Freiheitsbaum im Rahmen eines großen Festzuges und unter Anteilnahme von Angehörigen der verschiedenen Stände und Konfessionen zum Stadtgericht auf das Höfchen gebracht worden war, und zwei Tage nach Ankunft der Geschwister, tauchte am frühen Morgen ein gewisser Joseph Chevillon im Hof der Brands auf und überbrachte der Familie den Befehl der Einquartierung.

Die Soldaten unter Hauptmann Chevillons Kommando belegten den schon seit Längerem nicht mehr genutzten Stall und den großen Salon. Man teilte sich forthin die Küche. Besonders abends, wenn die Soldaten von ihrem Dienst zurückkehrten, drangen nun französische Stimmen durch das Gebäude; oft war Gesang zu hören, das *Ça ira* mischte sich mit der *Marseillaise*, dem neuen Kampfgesang der Franken, und dem *Claire de la lune*, das sie als Kinder selbst gesungen hatten.

Unter den Einquartierten fanden sich neben einem Schuster und einem Schneider auch mehrere Bauernsöhne. Auch Chevillon, der ein wenig Deutsch sprach und mit dem sich Christoph ab und an in einem Mischmasch aus Deutsch und Französisch unterhielt, war der Sohn eines kleinen Bauern aus dem tiefen Süden Frankreichs.

»Manchmal träume ich von der Wärme«, sagte er einmal, »aber das Wetter kann auch bei uns zuweilen unangenehm werden.«

Tante Juliane hatte sofort nach der Ankunft der Geschwister einen Boten zu ihrer Schwägerin geschickt, um die Eltern über den Verbleib ihrer Tochter in Kenntnis zu setzen, und Emmeline sandte kurz darauf eine knappe Notiz, in der sie ihrer Erleichterung über die Auskunft Ausdruck verlieh.

Ihre Mutter hatte nie viele Worte gemacht, aber die Kürze der Nachricht berührte Marianne seltsam. Was würde Emmeline zu sagen haben, wenn sie erfuhr, wie es um die Tochter stand? Würde sie Worte des Trostes finden, sich abwenden? Was würde sie sagen? Nichts, womöglich? Marianne schauderte bei dem Gedanken daran, was vor ihr lag.

Doch es war in diesen Tagen schlicht nicht möglich, nur den eigenen trüben Gedanken nachzuhängen, und Marianne war nie ein Kind von Traurigkeit gewesen. Während sich die Franzosen im Umland zu Christophs Unmut bald schon dem wachsenden Druck der Koalitionstruppen ausgesetzt sahen, lief Marianne selbst voller Neugier durch eine Stadt, in der man nun an allen Ecken und Enden Französisch hörte. Die Welt war näher gerückt, so nahe, dass es sie bisweilen ängstigte.

Hatte Tante Juliane zu Anfang noch darauf bestanden, die Nichte zu begleiten, gab sie, so häufig, wie deren Ausflüge waren, dieses Ansinnen bald auf und verlangte von da ab lediglich, dass ihr eine Magd zur Seite gestellt werde, denn in diesen Zeiten könne man nicht vorsichtig genug sein. Als Christoph anmerkte, die Schwester gehe daheim auch alleine vor die Tür, zog Juliane die Augenbrauen zusammen.

»Ach Gott, Bonnheim …«, sagte sie nur. »Bonnheim ist ein Dorf, Mainz eine Stadt. Ich habe eurer Mutter geschworen, auf das Mädchen achtzugeben, und das werde ich nach bestem Wissen und Gewissen tun.«

Nur, dass es dafür schon zu spät war, dachte Marianne im Stillen.

Abends im Bett, wenn sie auf den Schlaf wartete, dachte sie manchmal, dass Helene den geliebten Gianluca jetzt wenigstens für einige Zeit ganz für sich alleine haben konnte. Manchmal stellte sie sich dann vor, dass dies vielleicht schon die Lösung bringen würde, dass Gianluca und sie einander vergaßen, dass sie nach ihrer Rückkehr Anton heiraten und auf sein Weingut ziehen konnte.

Ach, wenn das Leben nur so einfach sein könnte.

In Wirklichkeit wusste Marianne bald immer weniger, was zu tun war. Ihre Blutungen hatten bislang nicht eingesetzt, die Schwangerschaft wurde wahrscheinlicher und ließ sich immer weniger verleugnen. Manchmal war sie schon nahe daran, zu Tante Juliane zu laufen, wie sie das bei Besuchen als kleines Mädchen oft getan hatte, und ihr alles zu beichten.

Die Tante hatte immer ein offenes Ohr für ihre Patenkinder gehabt, hatte stets geduldig zugehört und gute Ratschläge erteilt. Auch deshalb hatte Marianne seit ihrer Ankunft viele Gespräche mit der älteren Frau geführt, auch wenn es ihr diesmal nicht gelingen wollte, das anzusprechen, was sie wirklich bedrückte. Aber wie konnte das, was sie in Gianlucas Armen gespürt hatte, wie konnte so etwas Wunderbares zugleich so bitter schmecken?

Wenn sie in diesen Tagen gemeinsam mit Onkel und Tante die Messe besuchte, flehte sie nun den Herrgott, Jesus und Maria an, ihr einen Ausweg zu zeigen. Irgendwann würde sie nach Hause zurückkehren. Irgendwann würde ihr Leib sie verraten. Und wie sollte sie sich dann in ihr gewohntes Leben einfügen, wo sie die Grenzen doch längst überschritten hatte?

Das Schlimmste in diesen Tagen der Unsicherheit aber war, dass sie Tante Juliane anlog, anstatt ihr die Wahrheit zu sagen. Und noch schlimmer wurde es, wenn Tante Juliane sie tröstend in den Arm nahm.

»Dabei ist Anton so ein guter Mann«, stotterte Marianne. »Ich weiß das. Ich kenne ihn ja schon, seit wir Kinder waren. Ich könnte keinen besseren heiraten.«

Sie fühlte den Druck von Julianes Umarmung vorübergehend noch stärker und schämte sich so sehr, dass ihr beinahe übel wurde, dann hauchte die Tante ihr einen Kuss auf den Scheitel.

»Es ist nicht ungewöhnlich, Angst zu haben, Liebes. Es ist sogar nur vernünftig, sich Gedanken zu machen. Ich verstehe dich, denn ich habe mich auch gefürchtet, bevor ich Hubertus geheiratet habe, aber es ist nicht so schlimm, wie du befürchtest. Du wirst eine Ehefrau werden, du wirst deinem eigenen Hausstand vorstehen, Kinder empfangen, wenn Gott will …« Tante Juliane blickte traurig in die Ferne, denn ihre eigene Ehe war kinderlos geblieben. Dann wiederholte sie mit fester Stimme: »Es ist nicht schlimm, wirklich nicht.«

Nein, hatte Marianne in diesem Moment gedacht, es ist viel schlimmer. Doch sie hatte alle Kraft zusammengenommen und ihre Tante angelächelt.

Inzwischen waren weitere zwei Wochen vergangen, der Dezember näherte sich. Nicht zum ersten Mal hatte sich Marianne heute an den Schreibtisch gesetzt, ein Blatt Papier zur Hand genommen, um einen Brief an die Eltern zu schreiben, aber ihr wollte einfach nicht einfallen, wie sie beginnen konnte, und ohne einen ersten Satz machte es doch alles keinen Sinn. Reglos harrte die Feder nun schon seit einer geraumen Zeit über dem Bogen. Längst war die Tinte eingetrocknet.

Ich kann nicht weiter davonlaufen, ich kann und darf es nicht.

Aus einer anderen Ecke des großzügigen Zimmers drangen die Stimmen von Christoph und Onkel Hubertus zu ihr und Tante Juliane herüber. Hätte Marianne die Augen geschlossen, hätte sie sich fast zu Hause fühlen können, denn was die Franken anging, war Hubertus durchaus der Meinung seines Schwagers. Wie Valentin ihm aufgetragen hatte, bemühte Hubertus sich seit der Ankunft der Geschwister, den Neffen in das Weingeschäft einzuführen. Der interessierte sich allerdings mehr für das Geschehen auf der Straße und im Jakobinerklub. Zunächst jeden Abend, dann viermal wöchentlich wurden im Akademiesaal unter großem Publikumsandrang die Prinzipien der Demokratie erklärt, Kurfürst, Adel und Kirche attackiert und über eine glänzende Zukunft parliert. Manchmal war Christoph schon vom frühen Morgen an den ganzen Tag über verschwunden. Das abendliche Donnerwetter ließ er geübt ungerührt über sich ergehen.

Nicht zum ersten Mal im Verlauf ihres Gesprächs nahm Onkel Hubertus jetzt einen kräftigen Schluck Wein aus seinem Becher und fixierte seinen Neffen, die Stirn bedrohlich gerunzelt.

»Die Posamentierer sind wenigstens klug und bieten heute statt goldener Litzen und Borten blau-weiß-rote Nationalbänder an«, höhnte er.

Christoph sah von seiner *Mainzer Zeitung* auf, die nun nicht mehr »privilegiert« hieß, für dieses Mal unfähig, den Sticheleien seines Onkels auszuweichen. Die Nachricht, wie sehr die französischen Truppen im Umland weiterhin bedrängt waren, stimmte ihn unruhig.

»Und was ist dagegen einzuwenden, Onkel?«, schnaubte er. »In neuen Zeiten werden auch neue Dinge nachgefragt.«

»Und unsere Schuster liefern Schuhe an den Feind.« Hubertus schüttelte den Kopf so heftig, dass seine Perücke ins Rutschen geriet. »Man möchte sich die Haare raufen.«

»Geschäft ist Geschäft, oder?« Christoph spuckte die Worte beinahe aus, spürte, wie der Ärger unaufhaltsam in ihm hochquoll wie kochende Milch, die man auf dem Herd vergessen hatte und zu spät bemerkte. »Also, was erwartest du? Unsere Wirte haben sicher auch schon schlechter verdient. Es heißt sogar, es gibt neuerdings zahlreiche Anträge auf ein Bier- und Weinzapf.«

»Ich weiß gar nicht, warum mein Schwager dich zu uns geschickt hat.« Hubertus klopfte nervös mit den Fingern auf den Tisch. »Dieser verdammte Krieg macht ohnehin alles kaputt. Wer will da noch etwas verdienen?«

»Hast du nicht immer gesagt, Krieg ist gut fürs Geschäft, Onkel?« Christophs Stimme klang scharf.

Hubertus hob die rechte Augenbraue. »Dieser Krieg ist es nicht, denn sogar dir Heißsporn dürfte aufgefallen sein, dass er Import und Export erheblich behindert, zumal ins rechtsrheinische Deutschland.«

Von einem Moment auf den anderen schwiegen die Männer. Christoph widmete sich wieder seiner *Mainzer Zeitung*, dessen Redakteur Böhmer, wie auch er, ein Anhänger der neuen Zeiten war. Sie hatten sich bereits im Jakobinerklub getroffen und sich sehr gut unterhalten.

Marianne starrte auf das immer noch weiße Papier.

Jungfräulich, schoss es ihr durch den Kopf, und am liebsten hätte sie hysterisch gelacht. Himmel, sie wusste einfach nicht, was sie schreiben sollte. Wie sie sich auch anstrengte, die rechten Worte wollten ihr nicht einfallen. *Liebe Eltern, ich erwarte ein Kind* … Jetzt musste sie doch so heftig kichern, dass alle anderen im Raum sie verblüfft ansahen.

»Entschuldigt«, sagte sie leise. Dann starrte sie wieder auf das Papier.

Am nächsten Tag schickte Tante Juliane ihre Nichte und eine der Küchenmägde Besorgungen machen.

»Und danach kaufst du dir etwas Hübsches«, trug sie ihr auf, »und mach nicht so ein düsteres Gesicht.«

»Ist gut, Tante Juliane«, entgegnete Marianne und lief eilig die Treppen hinunter, bevor sie doch noch in Tränen ausbrechen konnte.

Wider Erwarten genoss sie es dann aber doch, nach neuen Romänchen Ausschau zu halten, sich hübsche Bänder und Hüte anzusehen. Unter den französischen Soldaten in der Stadt herrschte dieser Tage eine gewisse Unruhe, und Marianne meinte mehrmals das Wort »Francfort« zu hören, und doch konnte sie sich in diesen Augenblicken des ziellosen Schlenderns fast einreden, es sei wie früher, und sie müsse sich um nichts Gedanken machen.

Nachdem sie die Einkäufe getätigt hatten, schickte sie die Magd mit Namen Lilli voraus und versprach, sehr bald zu folgen. Da einer der Franzosen der Magd schöne Augen machte, rechnete Marianne damit, dass das Mädchen den kurzen Moment der Freiheit gerne für ein Stelldichein mit ihrem Liebsten ausnutzen wollte. Und sie behielt recht. Lilli zeigte sich nur kurz beunruhigt und packte den Einkaufskorb dann entschlossen beim Henkel.

Auch Marianne genoss es, für einen Moment alleine zu sein. Sie hielt gerade eine blau-weiß-rote Kokarde in der Hand, als etwas ihren sorgsam ausbalancierten Seelenfrieden störte. Es war nur eine aus den Augenwinkeln wahrgenommene Bewegung, doch ihr Atem stockte.

Gianluca.

Und während sie sich noch fragte, ob er sie bereits gesehen hatte oder ob sie noch fortlaufen sollte, kam er schon auf sie zu.

»Signorina Stein, da sind Sie ja!« Er riss seinen Dreispitz vom Kopf und verbeugte sich. Es war seltsam, ihn so reden zu hören, wo sie einander doch schon ihre Namen wie Liebkosungen ins Ohr geflüstert hatten. *Gianluca. Marianne. Gianluca. Marianne. Mein Herz. Meine Seele. Sternenstaub.*

Ich darf ihn nicht so ansehen. Ich darf es nicht, sagte eine Stimme in Mariannes Kopf, während es schon aus ihr herausbrach, »Wie hast du mich gefunden?«, nicht im Mindesten daran zweifelnd, dass er nach ihr gesucht hatte.

Gianluca lächelte. »Deine Tante Juliane sagte mir, wo du sein müsstest.«

So wie er den Namen aussprach, klang es wie »Tschuliane«. Jetzt blickte er sich um.

»Allerdings sagte sie auch, eine Magd sei in deiner Begleitung und ich könne euch helfen, die Einkäufe nach Hause zu tragen.«

Marianne sah zu Boden. »Ich habe das Mädchen vorausgeschickt.« Sie hob den Blick. »Ich wollte nur kurz alleine sein.«

Wenn er diese Bemerkung auf sich bezog, so zeigte er es zumindest nicht. Marianne schluckte heftig, bevor sie den nächsten Satz sagte: »Wer schickt dich?«

»Dein Vater.«

»Mein Vater schickt *dich?*«

Gianluca zuckte die Achseln. »Er war mit meiner Arbeit zufrieden, wie du weißt, und er hat mich in letzter Zeit öfter gebeten, von meiner Heimat zu erzählen. Jetzt, wo der Winter kommt, ist es manchmal sehr still.« Er zögerte, rieb sich dann über die Arme. »Und kalt.«

»Meinem Vater hat wohl gefallen, was du erzählt hast.«

»Seit wir mehr Zeit haben, hat er mich fast jeden Abend zu sich rufen lassen. Ich habe ihm von unserem Wein erzählt …«

»Er liebt es, über Wein zu sprechen«, murmelte Marianne, um dann lauter fortzufahren: »Er vertraut dir, ja?«

Als sie die Worte ausgesprochen hatte, wusste sie, dass sie sich ungehörig anhörten, wie ein Vorwurf.

»Warum sollte er nicht?«

»Weil du, weil du mich …«

Sie brach ab. Nein, sie hatte nicht das Recht, ihm Vorwürfe zu machen. Sie hatte damals eine Entscheidung getroffen. Sie hatte sich von der Liebe in seinen Worten, seinen Augen, später auch seinen Berührungen angezogen gefühlt. Sie räusperte sich, konnte ihn für einen Moment nicht ansehen, hatte Angst vor dem, was er ihr antworten mochte.

»Weswegen hat er dich geschickt?«, fragte sie dann und wusste die Antwort doch schon.

»Deine Eltern wollen, dass du nach Hause kommst. Die Zeiten sind zu unruhig. Man weiß nicht, was als Nächstes geschieht. Es gehen Gerüchte von einer drohenden Belagerung.«

»Und Christoph?«

»Er soll bleiben. Dein Onkel und deine Tante brauchen Unterstützung …«

»Dann bleibe ich auch.«

»Aber Marianne, du musst deinen Eltern gehorchen.«

Jeden anderen hätte sie ob dieser Worte angefahren, ihn nicht. Er hatte recht. Wieder einmal. Und sie konnte auch nicht weiter davonlaufen, hatte sie sich das nicht schon oft selbst gesagt?

»Und wenn ich mich weigere?«, fragte sie trotzdem störrisch.

Langsam schüttelte Gianluca den Kopf. »Deine Tante lässt deine Sachen schon packen. Ich glaube«, er zögerte, »ich glaube, sie hat erwartet, dass jemand kommt.«

Hatte Mama doch noch einmal geschrieben, und hatte Tante Juliane es ihr verschwiegen? Marianne biss sich auf die Lippen. Aber, wollte sie aufbegehren, das geht nicht, das geht doch nicht. *Ich will nicht zurück, noch nicht. Ich weiß ja noch gar nicht, was aus mir werden soll … und aus dem Kind und …*

Es war dieser Moment, in dem sie Gianlucas Hand an ihrer spürte, eine zarte Berührung im Schutz des Dreispitzes, den er immer noch in der Hand hielt. Seine Stimme war so leise, dass man sie nur einen Schritt entfernt sicher nicht mehr hören konnte.

»Ich vermisse dich, Marianne, ich musste jeden Tag an dich denken. Hast du mich nicht auch vermisst? Nicht ein kleines, kleines bisschen? Warum willst du hierbleiben?«

Marianne zog ihre Hand zurück, hielt die Kokarde jetzt mit beiden Händen fest.

Ach Gott, würden die Eltern sie noch vermissen, wenn sie wussten, was sie getan hatte? Würden sie sie auch dann noch willkommen heißen, wenn sie wussten, dass sie einen Bastard unter dem Herzen trug, dass sie Schande über die Familie brachte? Sie hatte immer geglaubt, sich der Liebe von Mama und Papa stets sicher sein zu können. Nun zweifelte sie daran.

Es kostete sie Mühe, ihn anzusehen.

»Ich bekomme ein Kind, Gianluca«, sagte sie so leise, wie auch er zu ihr gesprochen hatte.

Zuerst meinte sie gar nichts in seinem Gesicht lesen zu können, dann lächelte er.

»Ich kann dich nicht umarmen«, sagte er, »aber ich würde es jetzt gerne tun.«

Marianne biss sich auf die Unterlippe. »Was tun wir«, flüsterte sie dann, »Gianluca, was tun wir jetzt nur?«

Zehntes Kapitel

Wie immer war Helene früh erwacht. Heute kam er zurück, sie wusste das, heute würde sie Gianluca endlich wiedersehen. Natürlich in Begleitung von Marianne, aber darüber wollte sie nicht nachdenken, noch nicht und jetzt nicht. Sie wollte auch nicht über die Zeit nachdenken, die die beiden gemeinsam alleine auf der Reise verbracht hatten und in der sie – womöglich – Gemeinsamkeiten entdeckt hatten. Als der Vater sich entschlossen hatte, den Italiener nach der Schwester auszuschicken, war es

Helene zuerst gewesen, als habe man ihr in den Magen geschlagen. Schon während der Weinlese hatte sie den Vater öfter recht vertraulich mit Gianluca sprechen sehen und sich nichts dabei gedacht. Mittlerweile aber hatte der Vater eindeutig Gefallen an dem Italiener gefunden. Nun, vielleicht war das auch nicht das Schlechteste.

Helene seufzte. Ach ja, es war leichter gewesen, mit Gianluca zu sprechen, während die Schwester in Mainz weilte. Sie hatte sich einfach während seiner Pausen zu ihm gesetzt und sich von seiner Heimat erzählen lassen. Sie hatte ihm einen Krug gewässerten Weins gebracht, während er eine Mauer des Ziegenstalls reparierte, oder Brot und Schinken, während er das Dach flickte. Sie hatte ihn lachen sehen, während er überschwänglich nach den ersten dünnen Schneeflocken haschte, und es war ihr gewesen, als lache er nur für sie.

Mit einer langsamen Bewegung legte Helene die graublaue Jacke zurück in die Truhe und wühlte nach der rostroten, die angeblich so gut zu ihren Haaren aussah. Eine Weile schon hatte sie an diesem Morgen vor dem Schrank verbracht, aber wenn sie heute ihr bestes Kleid anzog, würde die Mutter nur unnötig misstrauisch werden. Mit einem bedauernden Lächeln griff sie sich also den einfachen Rock zu der Jacke, gab sich aber besondere Mühe mit ihrem Haar und dem passenden Häubchen dazu. Rasch schlüpfte sie in Unterkleid und Rock, band sich die Bluse und zog die Jacke an, die sie mit zittrigen Fingern knöpfte, weil sie erneut die Vorfreude überfiel. Dann stellte sie sich vor den Frisiertisch und musterte ihr Spiegelbild.

Schmaler war sie geworden. Seit Marianne in Mainz weilte, hatte ihre Schwester sich süße Brötchen und zu viel Zucker eisern versagt. Eine junge Frau sah sie an, das runde Kindergesicht war fast vollkommen verschwunden. Nein, sie war kein Kind mehr, und auch Gianluca musste das endlich bemerken.

Für einen Moment malte Helene sich aus, wie sie ihrer Schwester entgegenlief. Und Gianluca natürlich. Es würde ganz unverfänglich aussehen. Sie konnte es kaum noch erwarten.

Mit einem Lied auf den Lippen sprang sie wenig später die Stufen hinunter. Der Vater stand im Eingang zu seinem *bureau*, die Stimme der Mutter war aus der Küche zu hören.

»Helene, Kind!« Auch im Dämmerlicht konnte sie sehen, dass sich Vaters Gesicht aufhellte.

Er freut sich, mich zu sehen, dachte sie. Ich habe mich geirrt, er liebt mich und freut sich, mich zu sehen. Sie nahm sich vor, nicht mehr schlecht von ihm zu denken. Er liebte sie doch genauso, wie er Marianne und Christoph liebte, wieso hatte sie sich eingebildet, er täte es nicht? Es war nicht gut, eifersüchtig zu sein.

»Geht es dir gut, Lele?«

»Aber ja, Papa. Marianne kommt doch heute zurück.«

»Ach ja.« Unvermittelt strich er ihr über das Haar. Eine ungewohnte Berührung, denn er war sonst kein Mann von Zärtlichkeit. »Du hast deine Schwester sicher vermisst, Kleines, nicht wahr?«

Helene nickte, sagte aber nichts, weil sie befürchtete, sich nicht auf ihre Stimme verlassen zu können. Hatte sie die Schwester vermisst? Vielleicht, ganz sicher aber hatte Gianluca für die Zeit, als Marianne abwesend war, nur ihr gehört, und sie bedauerte durchaus, dass es damit vorbei war.

Als müsse sie die Tochter doch noch aufhalten, trug die Mutter ihr an diesem Morgen auf, beim Ausschenken der Morgensuppe für die Knechte und Mägde zu helfen. Man sprach darüber, dass Frankfurt an die Koalitionstruppen gefallen war.

»Du wirst deiner Schwester noch weit genug entgegenlaufen können«, beschied Emmeline auf Helenes Murren hin knapp.

Natürlich hatte die Mutter recht, natürlich war es viel zu früh, um sich irgendwo an den Wegrand zu stellen und auf Marianne und Gianluca zu warten. Trotzdem hielt Helene es vor Ungeduld kaum aus. Unruhig trieb sie sich nach der Morgensuppe in der Küche herum. Bald schickte die Mutter sie aus, die Eier zu suchen, für die die Hühner immer neue Verstecke fanden. Es hatten sich schon welche auf dem Dach des Ziegenstalls gefunden und sogar in den Futterkrippen, ein denkbar schlechter Ort. Als diese Arbeit getan war, sah Helene eine Weile zu, wie der Vater Wein verkostete. Dann machte sie sich endlich auf den Weg.

Marianne sah auf Gianlucas Hände, die die Zügel hielten. Mann und Frau, dachte sie, eigentlich sind wir doch Mann und Frau.

Und doch hatten sie über so viel Belangloses geredet auf der Fahrt, so als lernten sie sich erst kennen, so als ob es gefährlich war, über das zu sprechen, was sie wirklich betraf.

Er hatte sie über die Tage in Mainz befragt, sie hatte sich von dem erzählen lassen, was zu Hause vorgefallen war. Unvermittelt zügelte Gianluca das Pferd nun, und der Karren rollte langsamer dahin. Sie erreichten eben den Stein'schen Wingert, und nachdem sie einen kurzen Blick gewechselt hatten, lenkte er das Gefährt unter dem frei stehenden Torbogen hindurch.

Für einen Moment musste Marianne an Christoph denken, der noch ein Stück mit ihnen gelaufen war und ihnen dann hinterhergewinkt hatte. Sie musste auch an Tante Juliane denken, die ihr beide Wangen geküsst hatte, und an Onkel Hubertus, der brummelte wie ein schlecht gelaunter Bär, aber sich doch betrübt über ihre Abreise zeigte. In den Tagen ihrer Anwesenheit, hatte sie bemerkt, war er älter geworden, war oft kurzatmig und wirkte manchmal angestrengt. Sogar Joseph Chevillon hatte sich von ihnen verabschiedet. Sie hatte den jungen französischen Hauptmann schätzen gelernt.

Der Wagen kam jetzt vollständig zum Stehen.

Ich sollte ihm sagen, dass wir weiterfahren müssen, dachte Marianne, aber sie sagte nichts. Die Sehnsucht nach ihm ließ sich nicht mehr bezwingen. Hatte Gianluca das in ihren Augen gelesen, was sie in den seinen zu lesen meinte?

Sie hörte, wie er vom Wagen absprang. Einen Atemzug später spürte sie seine Hand an ihrer.

»Ich habe dich vermisst, *amore*. Ich habe dich so sehr vermisst. Du hast mein Herz mitgenommen, als du gegangen bist.«

Marianne wehrte sich nicht, als er sie im nächsten Moment in seine Arme zog. Es tat gut, ihn zu spüren. Ihr Körper wurde weich, verhielt sich, als wisse er Antworten, von denen ihr Kopf noch nichts ahnte. Es war falsch gewesen, fortzulaufen. Man konnte nicht vor dem fortlaufen, was man liebte. Das war unmöglich. Sie waren Eltern. Sie erwarteten ein Kind, und Gianlucas Glückseligkeit darüber hatte sie selbst wieder gelassener werden lassen. Womöglich würde es doch ganz einfach sein. Dieses Kind, dachte sie, ist die Frucht unserer Liebe. Es ist unsere Zukunft.

Marianne ließ sich vom Karren herunterhelfen. Gleich darauf fanden sie Deckung im Schutz des kleinen Weinberghäuschens, dem Spielort ihrer Kindheit. Sie spürte, wie sich ihr Herzschlag beschleunigte. Gianluca küsste sie, zart und behutsam, auf die Wangen, die Stirn, die Lippen. Einen Moment später lagen sie schon auf dem Boden. Die Kälte störte sie nicht. Sie beide verfügten über genügend Wärme. Ihre Körper tanzten miteinander, eingängiger, besser, als sie es die ersten Male noch getan hatten.

Die Liebe, dachte Marianne, macht alles neu. Als Gianluca in sie eindrang, musste sie sich beherrschen, nicht vor Glück zu schreien. Und als sie sich wieder voneinander trennten, fasste Marianne in einer unwillkürlichen Bewegung nach ihrem Bauch. Eben hatte da etwas geflattert, ein Schmetterling, ein kleiner Schmetterling …

Gianluca lächelte.

»Meine Liebste … Meine liebste Frau …«

Aber meine Eltern, durchfuhr es Marianne, kurz senkte sie den Kopf und hob ihn dann entschlossen wieder. Nein, sie wollte jetzt keine Einwände mehr vorbringen. Sie wollte ihn nur weiter küssen, nichts mehr und nichts weniger.

Der Wagen war Helene zuerst aufgefallen. Doch erst als sie sich dem Gefährt näherte und dann noch etwas den Abhang hinauf auf das alte Weinberghäuschen zulief, hörte sie die Stimmen; Stimmen, die sie zuerst nicht erkannt hatte und vielleicht auch nicht hatte erkennen wollen.

Gianluca.

Marianne.

Sie hatte einen Moment lang überlegt und sich dann behutsam näher zum Versteck der beiden hingeschoben. Der Winter ließ einem kaum Deckung, und doch konnte sie nicht stehen bleiben. Wieder war sie das Metallspänchen. Diesmal waren Gianluca und Marianne der Magnet.

»Marianne?«, rief sie, als sie nur noch wenige Schritte entfernt stand.

Die Stimmen verstummten sofort, ein kurzes, hastiges Flüstern folgte. Einen Moment später tauchte zuerst ihre Schwester, das Gesicht rosig, die Haare zerzaust, im Eingang des Häuschens auf, und Helene musste unwillkürlich daran denken, dass sie dort als Kinder gespielt hatten. Hinter ihr erschien bald auch Gianluca.

»Du bist zurück«, sagte Helene lahm.

»Ja.«

Die Schwester ging weiter auf sie zu. Nein, sie ging nicht, sie tanzte. Ihre Füße bewegten sich, als berührten sie die Erde nicht, und Helene zerriss dieser Anblick schier das Herz. Stets war ihrer Schwester alles leichtgefallen. Was sie nicht wollte, das tat sie nicht, und sie ließ sich von niemandem darin beirren. Auch in den einfachsten Kleidern sah sie aus wie eine Königin, während sich Helene selbst in ihrem besten Kleid vorkommen würde wie in Lumpen gekleidet. Immer und überall folgten Marianne Blicke, eine Bewunderung, die sie akzeptierte oder einfach nicht bemerkte, ganz wie es ihr passte.

Ich hasse dich, dachte Helene unwillkürlich und erschrak über dieses ungewohnt heftige Gefühl. Es war unnötig, etwas zu sagen, sie verstand auch so. Der Blick, den Gianluca Marianne zuwarf, die Art, wie sie ihm den Kopf zudrehte, als wären sie beide durch eine unsichtbare Macht verbunden.

Helene schluckte. Sie hatte sich von jeher einsam gefühlt und wusste nun, dass sie sich weiter einsam fühlen würde.

Ja, sie hatte genug gesehen. Sie war nun erwachsen, eben war sie erwachsen geworden. Der Schmerz riss an ihren Eingeweiden. Sie war dumm gewesen, so elend dumm. Sie hatte nicht gewusst, wie es sich anfühlte, wenn die Welt in Stücke brach.

Jetzt wusste sie es.

»Du hast mich angelogen!« Nur mit Mühe dämpfte Helene ihre viel zu schrille Stimme. Sie hatte sich so lange beherrscht. Sie hatte sich über den ganzen restlichen Nachmittag hinweg beherrscht und während des gemeinsamen Essens. Sie hatte sich beherrscht, während Marianne aus Mainz berichtete und Grüße von Tante, Onkel und Bruder bestellt hatte. Sie hatte sich beherrscht, obwohl alles in ihr geschrien hatte. Wie kann sie mir das antun? Wie kann sie mir das nur antun? Hat sie innerlich gelacht, während ich ihr von ihm vorschwärmte?

Erst am nächsten Tag fanden sie Zeit alleine miteinander, und Marianne bat ihre Schwester, sie zum Gartenhäuschen zu begleiten. Helene folgte ihr wortlos.

»Ich habe dich nicht angelogen.« Mariannes Stimme klang müde. »Wir haben uns ineinander verliebt.«

»Wir haben uns ineinander verliebt«, äffte Helene sie nach. »So einfach ist das also.«

»Ja«, entgegnete Marianne, und etwas von der gewohnten Unerbittlichkeit schlich sich in ihre Stimme. »So einfach ist das.«

Einen Moment länger noch blickte Helene in die grünbraunen Augen ihrer Schwester, dann wandte sie den Kopf ab und schaute das alte Gartenhaus an. Sie sog die Unterlippe ein, ließ wieder los.

»Ich sage es Vater.«

»Dann sag's ihm doch.« Marianne klang müde. »Es ist die Wahrheit. Was soll ich gegen die Wahrheit tun, verrate mir das?«

Helene fuhr fort, das Häuschen anzustarren.

Sie setzt immer ihren Willen durch, dachte sie bitter, ganz gleich, welche Folgen das für die anderen hat. Aber das hätte nicht geschehen dürfen. Sie hätte mir Gianluca nicht nehmen dürfen, sie wusste doch, dass ich ihn liebe. Ich werde ihr niemals verzeihen.

In den Tagen nach Mariannes Rückkehr versuchten die Eltern mehr über das Leben in Mainz herauszufinden, und Marianne berichtete nach bestem Wissen und Gewissen. Sie ahnte, wie sehr die Mutter und vielleicht auch der Vater den Sohn vermissten. Es verwunderte sie deshalb nicht, als Emmeline eines Tages während Mariannes üblichem Spaziergang im Garten auftauchte und noch einmal die gleichen, im Tonfall aber doch so dringlichen Fragen stellte.

»Geht es ihm gut? Bringt er sich in Gefahr?«

Vielleicht wäre es ehrlicher gewesen, mit den Achseln zu zucken, aber Marianne legte der Mutter beruhigend die Hand auf den Arm.

»Er passt auf sich auf, Mama, Christoph hat immer auf sich aufgepasst.«

Sie bemerkte, wie Emmeline die Schultern hob, der Tochter dann einen längeren Blick von der Seite zuwarf.

»Dein Wort in Gottes Ohr … Du.« Sie zögerte. »Irgendetwas ist an dir, Marianne, irgendetwas. Ich weiß nicht …«

Sie musterte die Tochter noch einmal genauer, und es war dieser Moment, in dem Marianne das Herz sinken wollte, doch dann lachte Emmeline gequält.

»Ach Gott, ich sehe Gespenster. Weißt du, es ist so schwer ohne Christoph, und mit Vater kann ich nicht reden.«

Sie seufzte. Marianne nahm alle Kraft zusammen und streichelte ihrer Mutter über den Arm.

»Ich verstehe dich, Mama, ich verstehe dich sehr gut.«

Emmeline nickte zuerst nur, betupfte dann ihre Augen mit dem Taschentuch und wandte sich zum Gehen. Sie hatte ohnehin schon viel mehr gesprochen als gewöhnlich.

»Vater wird mich schon vermissen«, sagte sie.

»Ja, Mama, ich gehe nur noch ein Stückchen, wenn es recht ist.«

»Geh nur, es ist gerade nicht viel zu tun, wie du weißt.«

»Ja, Mama.«

Marianne sah ihrer Mutter hinterher, bis die hinter den Bäumen verschwunden war, strich dann mit einer Bewegung über ihren Bauch, der sich unter dem weiter geschnürten Leibchen schon ein wenig rundete. Hatte ihre Mutter ihr die Schwangerschaft insgeheim angesehen, hatte sie die Wahrheit nur noch nicht erkannt? Würde sie sich nun bald verraten? Ein Schauder durchfuhr Marianne, dann stapfte sie entschlossen weiter.

Am Abend kam Anton zu Besuch, der eben aus Mainz zurückgekehrt war. Christoph, wusste er zu berichten, sorgte weiterhin umsichtig dafür, dass Tante Julianes und Onkel Hubertus' Haus durch die Einquartierungen keinen Schaden erlitt, und hatte sich deshalb zuweilen auch mit den verantwortlichen französischen Stellen herumzuschlagen. Erst kürzlich hatten Soldaten auf der Suche nach dem im waldarmen Mainz so raren Brennholz einen kleinen Holzschuppen der Familie Brand abgeschlagen. Auch das am Bruchweg lagernde Holz war in diesem unerwartet kalten Winter heiß begehrt, und am Michelsberg rissen die Franzosen Reben aus dem Boden, um sich Brennmaterial zu verschaffen.

Man lud Anton zum Nachtmahl ein. Danach setzte sich die Familie in der guten Stube zusammen. Während Marianne und Helene stumm zuhörten und die Mutter Kleidung flickte, ereiferten Valentin und Anton sich über die fränkische Konstitution, über die in diesem Dezember erstmals alle Männer ungeachtet ihres Einkommens abstimmen sollten.

Wenn Marianne Gianluca in diesen letzten Tagen des Jahres 1792 und in den ersten Wochen des Jahres 1793 sehen wollte, musste sie sich größte Mühe geben, denn Helene ließ sie jetzt kaum noch aus den Augen. Wieder einmal musste sie sich das Leibchen weiter schnüren, änderte heimlich Nähte an Jacke und Rock und betete darum, dass ihr Zustand weiterhin niemandem auffiel.

Nachdem Christoph der Familie zu Weihnachten endlich einen kurzen, tränenreichen Besuch abgestattet hatte und mit Vater und Anton, wie zu erwarten, über die fränkische Konstitution gestritten hatte, traf der nächste Brief erst im Februar 1793 ein. In ihm schrieb der Bruder vom Eintreffen der französischen Kommissare, berichtete davon, dass im Rahmen eines Freiheitsfestes ein größerer Freiheitsbaum aufgestellt worden sei, denn der alte war ja, wie sie alle wussten, gegen Ende des letzten Jahres mutwillig zerstört worden. Christoph endete mit dem Hinweis, dass bald jene Mainzer der Stadt verwiesen werden sollten, die sich immer noch öffentlich weigerten, den Eid auf die neue Verfassung abzuleisten.

Unterdessen rückten die Koalitionstruppen weiter auf Mainz vor, ein Umstand, der Emmeline beunruhigte und von Valentin und Anton mit Zuversicht verfolgt wurde. Bald würde es mit dem welschen Zauber vorbei sein, bald würde wieder gute Ordnung herrschen. Beherzter nahm man auch die Planung einer Verlobung zwischen Marianne und Anton wieder auf, als sei man sich dessen gewiss, dass der ganze Spuk bald ein Ende haben würde.

An einem noch recht kühlen Märzmorgen gelang es Gianluca wieder einmal, Marianne alleine bei ihrem Spaziergang im Garten abzufangen. Seit Marianne wieder in Bonnheim war, sahen sie sich jedoch immer nur kurz. Für Gespräche, Liebkosungen gar, blieb kaum Zeit.

»Wann wirst du es ihnen sagen?«, fragte er. »Wann, meine Liebste?«

Marianne zuckte die Achseln. »Ich weiß es nicht«, murmelte sie. *Ich habe zu viel Angst.*

Elftes Kapitel

Christoph hatte seine Tante Juliane niemals weinen sehen, und es schnürte ihm die Kehle zu, sie nun so verzweifelt zu erleben. Die Bestätigung der Ausweisungsorder war am Morgen gekommen, wenig später brach die alte Dame zusammen.

»Sie wollen uns tatsächlich ausweisen, Christoph, wir sind alte Leute, wir tun doch niemandem mehr etwas zuleide.«

Christoph öffnete den Mund, doch er brachte kein Wort heraus. Ausweisung – *Exportation* –, er wusste, wovon sie sprach. Es gab nichts zu beschönigen. Dabei hatte er die Sache doch immer für richtig gehalten. Aber Juliane und Hubertus, diese beiden alten Leute … Wem sollten sie schon gefährlich werden? Zudem hatte Hubertus vor Kurzem erst einen leichten Schlaganfall erlitten und erholte sich nur langsam.

Das ist falsch, fuhr es Christoph nicht zum ersten Mal durch den Kopf, es ist falsch, so zu handeln. Wie viel Bitterkeit mochte entstehen, wenn man Menschen gewaltsam von ihren Familien trennte, wenn man ihnen den Besitz nahm und die gewohnte Umwelt? Wie viel Hass mochte sich bei jenen aufbauen, die sich dem Verlust ihres ganzen Vermögens ausgesetzt sahen und damit dem, was das Leben möglich machte? Christoph hatte das Murren darüber deutlich auf den Straßen gehört. Man machte sich keine Freunde mit diesem Vorgehen. Die Ausgewiesenen durften nur das Handgepäck mitnehmen, die Arbeits- und Kampffähigen sollten ins innere Frankreich, die anderen aber ins rechtsrheinische Deutschland verlegt werden.

Aber was sollte er sagen? Stumm und stocksteif stand er da, während Tante Juliane weinend in ihrem Sessel zusammensank.

»Wo sollen wir nur hin, wenn wir hier fortmüssen? Wovon sollen wir leben? Deinem Onkel geht es nicht gut, Christoph, du weißt, dass es ihm nicht gut geht. Das wird er nicht verkraften.«

Juliane schlug die Hände vors Gesicht. Christoph biss die Zähne aufeinander, dass sein Kiefer knirschte. Wie soll ich ihnen nur helfen, dachte er verzweifelt, wie soll ich ihnen nur helfen?

Hubertus würde das nicht überleben.

Christoph schluckte vergeblich im Versuch, seine plötzlich elend trockene Kehle zu befeuchten. Gestern erst hatte er das Thema erneut lange mit Chevillon diskutiert. Er war es müde. Er war es so verdammt müde, Dinge zu verteidigen, die er für falsch hielt. Aber die Sache an sich war doch richtig. Die musste er doch verteidigen … Ach Gott, er wusste einfach nicht, was zu tun war.

Wieder hörte er Tante Julianes bebende Stimme. Sie weinte nicht mehr, doch sie rang immer noch deutlich um Fassung.

»Bitte, Christoph, bitte hilf uns. Mein Hubertus wird sterben, wenn man ihn jetzt vor die Tore der Stadt jagt wie einen räudigen Hund.«

Aber die Entscheidungen waren getroffen, und sich dagegen aufzulehnen war vergebens. Mit hängendem Kopf kehrte Christoph bald zurück. Tante Juliane nahm die Nachricht beherrschter auf als erwartet.

»Danke, Christoph«, sagte sie und wies ihr Mädchen an, einige wenige Habseligkeiten zusammenzupacken, die sich einfach tragen ließen.

»Geh zu deiner Schwägerin, zu meiner Mutter«, stotterte er, »Emmeline wird sich freuen, euch Obdach gewähren zu können.«

»Ja, vielleicht.« Tante Juliane blickte ihn ernst an. »Bitte lass mich jetzt für einen Moment alleine.«

Christoph gehorchte. Natürlich fand er sein Zimmer leer vor, doch zum ersten Mal seit längerer Zeit war er froh darum. Er wollte niemanden sehen, wollte mit niemandem reden. Er setzte sich an den Schreibtisch, um einen Brief an die Eltern zu formulieren, doch es wollte ihm nichts Rechtes einfallen, um die Lage zu schildern, und die Worte der Verteidigung, die sich in seine Formulierungen schleichen wollten, klangen selbst in seinen Ohren schal.

Früh am nächsten Morgen begleitete Christoph Onkel und Tante zum Sammelplatz. Die ersten etwa vier- bis fünfhundert Personen waren Ende März auf dem Schlossplatz zusammengekommen, vornehmlich Bedienstete von Hof und Adel samt ihren Familien, die von zahlreichen Jakobinern auf ihrem Weg über die Schiffsbrücke nach Kastel heftig beschimpft worden waren. Die Geistlichen waren gefolgt, dann die Juden, die ebenfalls vielfach den alten Zeiten anhingen, danach die Pfarr- und Klostergeistlichkeit. Onkel Hubertus und Tante Juliane gehörten zu den Letzten, die die Stadt verlassen sollten. Zwei- bis dreitausend Personen hatten sich mit ihnen am heutigen Tag an der Rheinbrücke eingefunden.

Die Menge war bereits sichtlich unruhig. Mit einem Mal spürte Christoph Tante Julianes Griff an seinem Arm.

Irgendwo waren Stimmen lauter geworden. Onkel Hubertus schaute teilnahmslos in die Weite, so wie er es tat, seit sie das Haus verlassen hatten. Ein dünner Faden Spucke lief aus einem Mundwinkel. Niemand wusste, wie viel er noch mitbekam.

Christoph dachte daran, mit welchem berührenden Ausdruck von Liebe und Zuneigung seine Tante ihrem Mann in den Rock geholfen und ihm den Dreispitz auf die Perücke gedrückt hatte, ihn dann auf beide Wangen geküsst hatte, bevor sie ihn noch einmal prüfend angesehen hatte.

Ein verwirrender Gedanke kam ihm in den Sinn, etwas, worüber er noch nie nachgedacht hatte. Plötzlich fragte er sich, ob Marianne Anton wirklich liebte, von dem es doch schon seit Jahren hieß, dass sie ihn eines Tages heiraten würde. Warum hatte sie damals gesagt, sie wolle den heiraten, den sie liebe? Warum, wenn das doch Anton war?

Christoph schüttelte heftig den Kopf, um sich wieder aus den Gedanken zu reißen, sah sich nach Onkel und Tante um.

»Was ist, Christoph?« Tante Juliane war die Bewegung nicht entgangen.

»Nichts, ach nichts, ich musste an Marianne denken.«

Juliane nickte. »Man denkt unweigerlich über sie nach, nicht wahr? Das war schon immer so. Man muss aufpassen auf sie. Sie ist ein Glückskind, aber man muss sie auch schützen. Sie braucht das. Wirst du das tun, wenn du wieder nach Hause gehst?«

»Vielleicht bist du ja vor mir da?«

»Ja, vielleicht.«

Juliane wandte sich Hubertus zu, hakte ihren rechten Arm unter seinen linken und schmiegte sich an ihn.

Die Menge setzte sich in Bewegung. Wenig später wurden sie vom französischen Posten zum Gautor geschickt, doch dieses zeigte sich bei der Ankunft verschlossen. Tumult brach aus, als nach langem Hin und Her schließlich eine Stimme vermeldete: »Es finden heute keine Exportationen statt. Geht wieder nach Hause!«

Nur einen Augenblick später geriet die Menge in Bewegung. Die einen machten ihrer Anspannung und ihrem Ärger Luft, die anderen gerieten in Panik. Gerade noch gelang es Christoph, seine Tante beim Arm zu packen, doch er konnte nicht verhindern, dass sie beide von Onkel Hubertus getrennt wurden.

Erst nach einer Weile kehrte wieder Ruhe ein, und Christoph schaute sich hastig um. Zuerst ließ sich nichts erkennen. Menschen waren zu Boden gegangen. Andere flüchteten. Wieder andere wurden bereits als Aufrührer in Gewahrsam genommen. Als er seinen Onkel entdeckte, wollte Christoph der Atem stocken.

»Hubertus!«, schrie Tante Juliane beinahe im gleichen Moment.

Onkel Hubertus lag auf dem Boden ausgestreckt. Als Christoph bei ihm anlangte, zeigte sich sein Gesicht rötlich-blau verfärbt. Mit einer Hand riss der Onkel schwach an seinem Hemdkragen, japste keuchend nach Luft. Tante Juliane fiel neben ihm auf die Knie.

»O Gott, Hubertus, verlass mich nicht, mein Herz, verlass mich nicht!«

Onkel Hubertus starb eine Woche später, ohne das Bewusstsein noch einmal erlangt zu haben. Kurze Zeit danach machte sich Tante Juliane bereit für die Abreise zu einer alten Freundin nach Frankfurt am Main.

»Es scheint mir sicherer zu sein in dieser Richtung«, sagte sie mit einem entschuldigenden Lächeln. »Du wirst es deinen Eltern erklären.«

Christoph nickte. »Ich schreibe ihnen.«

»Du bleibst hier?«

»Mein Platz ist hier.« Er lächelte seine Tante schief an. »Einer muss doch dafür sorgen, dass nicht zu viele Fehler gemacht werden.«

Juliane nickte nur.

Obwohl weiterhin Soldaten einquartiert waren, obwohl er sich hin und wieder mit Joseph Chevillon zum Schach traf, kam Christoph das Haus nach Onkel Hubertus' Tod und Tante Julianes Abreise leer vor. Er hätte viel darum gegeben, wieder mit Hubertus streiten zu dürfen.

Unterdessen rückten die Koalitionstruppen näher. Die Franzosen gaben Bingen, Worms und Kreuznach auf und räumten das Gebiet zwischen Nahe und Queich bald in wilder Flucht. Am 10. April schloss sich der Belagerungsring um Mainz endgültig.

Christoph war nun allein in Mainz. In den umliegenden Gassen nannte man ihn »den Jakobiner«. Nicht immer klang es freundlich.

Zwölftes Kapitel

Helene erstarrte. Sie hatte es ihm sagen müssen. Sie hatte es ihm einfach sagen müssen. Noch nie war ihr so gleichgültig gewesen, was in der Welt da draußen passierte. Wichtig war nur, was hier geschah, hier zwischen Anton, Marianne, Gianluca und ihr.

Deshalb hatte sie Anton hierhergeführt, und sie wusste, dass er sehen konnte, was sie sah, und dass es ihm genauso wehtat. Sie hörte es an seinen Atemzügen, schwer und stoßweise, während sie Marianne und Gianluca vor dem Weinberghäuschen beobachteten.

Allein der Anblick ließ Übelkeit in ihr aufsteigen. Sie hatte sich so viel Mühe gegeben, die beiden niemals aus den Augen zu lassen, und war doch gescheitert. Mit einem Mal fühlte sie so viel Hass in sich, wie sie es nicht für möglich gehalten hatte.

Sie zitterte, während sie einen kurzen Blick auf Anton wagte. Er sah bleich aus. Heute Morgen, als sie ihm Mariannes Geheimnis verraten hatte, hatte er gleichmütig reagiert, nun bewegten sich seine Lippen, als könne er doch nicht fassen, was er da sah.

Und dann, bevor sie sich versehen hatte, stürzte er aus ihrem gemeinsamen Versteck hervor.

Halt!, wollte Helene rufen, doch zu spät. Es blieb ihr nur noch, ihm zu folgen. Fast im gleichen Moment drehten Marianne und Gianluca sich in die Richtung des Geräuschs.

»Signor Weidmann«, rief Gianluca überrascht aus, zu einem weiteren Wort kam er nicht. Brüllend warf Anton sich auf ihn, und im nächsten Moment kämpfte Gianluca schon um einen festen Stand. Marianne, die zuerst wie erstarrt gewesen war, warf sich mit einem energischen Aufschrei zwischen die Männer.

»Zurück, Marianne!«, schrie Anton mit sich überschlagender Stimme. »Ich bringe ihn um, ich bringe ihn um! Dieser Lump hat es nicht anders verdient.«

Die Fäuste flogen, und mehrere Hiebe trafen jetzt auch Marianne, die sich trotzdem nicht zurückziehen wollte. Stocksteif stand Helene da und verfolgte das Geschehen. Keuchend umtänzelten die Männer einander und versuchten gleichzeitig, Marianne auszuweichen, doch vergebens. Ein neuerlicher Fausthieb traf die Schwester, dieses Mal an der Schläfe. Mit einem Seufzer ging sie zu Boden. Mit neuer Wut wollten Gianluca und Anton aufeinander losstürmen, hielten sich im nächsten Moment umklammert wie zwei Hunde, die sich ineinander verbissen hatten. Helene sah, wie Anton versuchte, seine durchaus kräftigen Hände um Gianlucas Hals zu legen. Der drückte ihn von sich weg. Stöhnend rappelte sich Marianne wieder auf die Knie hoch.

»Aufhören«, schrie sie, »sofort aufhören!«

Doch niemand hörte auf sie. Hin und her wogten die Körper der beiden Kämpfer. Mal lösten sie sich voneinander, dann packten sie sich nur noch heftiger. Immer näher kamen sie einem kleinen Abhang mit Trockenmauer.

Helenes Warnung glich einem Krächzen, das niemand hörte. Marianne weinte inzwischen lauthals. Fest umschlungen schwankten die beiden Kämpfenden am Abhang entlang, bis sie mit einem Mal beide den Halt verloren und gemeinsam abstürzten. Vor Schreck hörte Marianne abrupt auf zu weinen. Vorübergehend waren nur noch die zitternden Atemzüge der Schwestern zu hören.

Helene war die Erste, die aus der Erstarrung erwachte und zu der Stelle hin rannte. Am Fuß der Mauer lagen Gianluca und Anton, der Italiener oben, Anton unter ihm. Stöhnend begann sich Gianluca eben zu regen, rollte sich von Anton herunter, kam auf die Knie, dann auf die Füße und sah zu Helene hinauf. Die wiederum konnte nur Anton ansehen, der die Augen geschlossen hielt und neben dessen Kopf sich eben eine Blutlache bildete.

Ich habe ihn getötet, sagte eine Stimme in ihr, ich habe ihn getötet. Es ist meine Schuld.

Auch als Marianne an ihre Seite trat, konnte Helene sich zuerst nicht regen. Im nächsten Moment hielt Gianluca die Schwester tröstend in seinen Armen.

»Amore«, konnte Helene ihn hören, *»amore!* Geht es dir wirklich gut?«

In der Aufregung klang Gianlucas Tonfall wieder fremdartiger.

Helene starrte auf den reglosen Anton hinunter.

Er ist tot, dieser Gedanke ließ sie nicht mehr los. Ich habe ihn umgebracht. Wenn ich nichts gesagt hätte, dann würde er noch leben. Dann würde er jetzt in der Stube bei Vater sitzen und über Politik reden.

Endlich gab sie sich einen Ruck, lief bis zu den Stufen, die sich etwas weiter an der Seite der Mauer befanden, raffte ihre Röcke und stolperte in der Aufregung beinahe. Endlich kniete sie an Antons Seite: Da war so viel Blut, so viel Blut, und es schien noch mehr und mehr hervorzusickern. Zuerst wollte sie es kaum wagen, ihn anzufassen.

»Ist er tot?«, sprach Marianne ihre bange Frage laut aus und ließ die Jüngere zusammenzucken.

»Ich glaube ja«, hauchte Helene. »Das ganze Blut, er kann …«

Sie streckte die Hand aus, zögerte noch einen Moment und legte die Finger dann gegen Antons Hals, wie sie es einmal bei Dr. Kamenz, dem alten Hausarzt der Familie, gesehen hatte. Aber sie spürte nichts. Sie spürte einfach nichts. Als sie den Kopf erneut hob, hatte die Schwester sich schon wieder Gianluca zugewandt.

»Du musst sofort weg hier. Sie werden sagen, es ist deine Schuld … Du musst weg hier, Liebster!«

Mariannes Stimme zitterte, sie kämpfte neuerlich mit den Tränen.

In einer weichen Bewegung legte Gianluca seine kräftigen Finger unendlich zart gegen ihr Gesicht. Seine Fingerknöchel waren vom Kampf aufgeschürft und blutig. Er zögerte einen Moment, dann ließ er die Hände sinken.

»Aber ich habe mit ihm gekämpft, Marianne. Ich *habe* Schuld.«

»Es war ein Unfall. Bitte«, Mariannes Stimme bebte, »bitte geh! Ich will dich nicht auch noch verlieren.«

Gianluca starrte sie an, dann schüttelte er den Kopf.

»Ich lasse dich nicht allein.« Seine Augen liebkosten ihr Gesicht, glitten dann vorsichtig an ihrem Körper nach unten, bis sie auf dem Bauch verharrten. »Ich lasse *euch* nicht allein.«

Helene wurde eiskalt. *Euch?*

Marianne bemerkte die Unruhe der Schwester nicht, flehte Gianluca an.

»Du musst gehen. Du musst jetzt gehen, damit wir später vielleicht alle, du, unser Kind und ich, eine Zukunft haben.«

»Komm mit, Marianne.«

»Nein, das kann ich nicht.« Marianne hob abwehrend die Hände. »Das kann ich meinen Eltern nicht antun.«

Dritter Teil

Gegenwart

August bis September 1997

Erstes Kapitel

Jesus!, wollte Lea ausrufen, doch sie beherrschte sich gerade noch. Der junge Mann draußen vor der Tür hatte die Augen wegen des grellen Sonnenlichts zusammengekniffen. Auch dieses Mal trug er ein Karohemd und eine dunkle Arbeitshose aus Cord, dazu feste Arbeitsschuhe. Wieder steckte ein Zollstock in seiner seitlichen Hosentasche. Sein Haar war unverändert wild und lockte sich bis auf seine Schultern, dafür hatte er sich offenbar rasiert. Sein Kinn war nur noch von Bartstoppeln bedeckt. War er etwa ein Handwerker? Hatte Claire ihn bestellt? Lea jedenfalls nicht, so viel war klar.

»Frau Kadisch?«

Lea war es, als habe sie die Stimme erst gestern gehört.

»Ja?« Sie trat noch einen Schritt von der geöffneten Tür weg, tiefer in den dämmrigen Flur. »Kommen Sie doch herein.«

Sie wartete nicht auf seine Reaktion, drehte sich stattdessen um und ging ihm voraus. In der Küche steuerte sie die Anrichte an, lehnte sich fest dagegen, als suche sie Halt, und löste sich wieder davon. Warum, um Himmels willen, war sie nur so nervös? Sie kannte ihn doch kaum.

Sie beobachtete, wie sich der junge Mann – wahrscheinlich aus Gewohnheit – im Türrahmen bückte, so wie das hochgewachsene Leute oft taten. Er war groß, das war ihr schon bei ihrer ersten Begegnung aufgefallen. Groß und schlank, irgendwie jungenhaft.

Nun erkannte er sie auch.

»Ach, Sie sind das! Die Welt ist klein, sag ich immer, besonders hier in der Gegend.«

»Ich bin wer?« Lea schaute ihn fragend an.

Er lächelte.

»Mein Onkel und vor allem Ihre Großmutter haben mir von Ihnen erzählt, aber wir haben uns auch schon mal getroffen. Erinnern Sie sich?«

Lea hob die Augenbrauen. Er schien es als Frage zu verstehen.

»Wissen Sie noch, damals, frühmorgens, dieser herrliche Sonnenaufgang ...«

»Ja ...«, entgegnete Lea zögerlich. So herrlich hatte sie ihn nicht in Erinnerung. Eigentlich wollte sie sich auch gar nicht an diesen Tag erinnern. Was hat Großmutter wohl von mir erzählt?, überlegte sie.

Der junge Mann schaute sich jetzt kurz um, streckte ihr dann die Hand entgegen. »Ich bin Tom, der Neffe von Wolf Wieland. Vielleicht hat man ja auch schon von mir gesprochen?«

»Nein.« Lea ergriff seine Hand und schüttelte sie. »Lea. Lea Kadisch, aber das wissen Sie ja schon.«

Nachdem er ihre Hand, wie ihr schien, einen winzigen Moment länger als nötig festgehalten hatte, sah er sich erneut um.

»Claire, also Ihre Großmutter, sagte, sie beide bräuchten dringend Hilfe.«

Flüchtig runzelte Lea die Stirn. So, so, waren die beiden also schon beim Vornamen angelangt? Und was hatte Claire, die – zumindest was ihre Familie betraf – sonst so schweigsam war, wohl über die Enkelin erzählt? Lea musterte Tom verstohlen. Wenn sie ihn so ansah, musste sie wieder an diese erste, für sie doch recht peinliche Begegnung denken und an den Morgen des Streits mit Marc.

Marc, ach verflixt …

Sie gab sich einen Ruck.

»Großmutter meint also, ich brauche Hilfe?«

Leas Stimme klang spitzer, als sie beabsichtigt hatte. Eigentlich hatte sie ihren Ärger nicht zeigen wollen … Eigentlich hatte sie auch jetzt erst bemerkt, dass sie ärgerlich war.

»Sie beide, sagt Ihre Großmutter«, berichtigte Tom sie ruhig. »Es ist ein großes Haus, und es ist, weiß Gott, lange nichts daran gemacht worden. Über dreißig Jahre, sagt mein Onkel. Ich nehme nicht an, dass Sie solch eine aufwendige Renovierung schon einmal durchgemacht haben?«

»Nein.« Lea zog das Wort in die Länge. Der Ärger verflüchtigte sich so rasch, wie er gekommen war. Vielleicht waren es ja doch die Hormone. Sie unterdrückte ein unwillkürliches Kichern. Ganz sicher, das waren die Hormone.

»Kennen Sie das Haus denn?«, fragte sie dann.

Tom schüttelte den Kopf. »Nein, eher mein Onkel. Ich habe früher im Neubaugebiet gewohnt, es hieß damals noch Neu-Bonnheim, aber wir sind dann weggezogen. Als Onkel Wolf klein war, Anfang der Fünfziger, lebte sogar noch der alte Besitzer. Es gab da auch später noch ein paar Geschichten, aber ich erinnere mich nicht wirklich. Es ist zu lange her, und ich war zu klein.« Er machte eine Pause. »Na ja, wahrscheinlich war's das übliche Dorfgeschwätz. Ein altes Haus, ein einsamer Besitzer, der sich aus dem Dorfleben heraushält. Sie wissen doch sicherlich, dass der Hof mal zum alten Dorf gehörte, oder? Das Dorf gibt es nicht mehr. Interessant, was? Ein ganzes Dorf, das einfach verschwindet.« Tom zuckte die Achseln. »Na ja, wie gesagt, wir müssten meinen Onkel fragen, wenn wir mehr wissen wollen.«

»Das wäre schön.«

Eine Weile schwiegen sie beide.

»Würden Sie mich einmal durchs Haus führen?«, fragte Tom dann. »Ich würde mir gerne ein Bild der Lage machen, damit ich weiß, was zu tun ist und wo ich am besten anfange.«

»Ja, natürlich.«

Lea war leicht verunsichert, als er ihr jetzt direkt folgte. Er hielt Abstand, trotzdem fühlte sie sich öfter versucht, sich nach ihm umzusehen. Sie hoffte nur, dass er es nicht bemerkte. Sie wusste einfach nicht, was sie von ihm halten sollte. Er erinnerte sie an einen Morgen, den sie schon fast vergessen hatte. Wenig später brach sie über die Vorstellung, Claire könne doch unzufrieden mit ihrer Arbeit sein, doch noch fast in Tränen aus.

Seit ein paar Tagen fühlte sie sich wirklich ungewöhnlich leicht reizbar. Ob das an der Schwangerschaft lag? Bisher hatte sie die Veränderungen, die ihr Körper mitmachte, fast problemlos bewältigt. Ein wenig Übelkeit, eine kaum erwähnenswerte Geruchsempfindlichkeit, seit ein paar Wochen die Abneigung gegen den geliebten Kaffee.

Dass dieser Tom gut roch, hatte sie festgestellt, als sie auf dem Weg zur Tür an ihm vorbeigegangen war – wie jemand, der sich häufig draußen aufhielt, nach Wind, Holz und trockenem Sommergras.

Vielleicht, überlegte Lea, kann ich mit seiner Hilfe mehr über dieses Haus erfahren, schließlich kennt er die Gegend besser als ich, und er hat einen Onkel, der offenbar mehr weiß. Vielleicht erfahre ich dann auch endlich, was Claire vor mir verbirgt.

Die folgenden Tage vergingen mit weiteren Aufräumarbeiten und Reparaturen. Neue Handwerker kamen, andere beendeten ihre Arbeit. Tom wollte sich als Erstes um die weitere Instandsetzung des Bodens kümmern, Lea würde Tapetenreste von der Wand schaben. Rike meldete sich auf dem Anrufbeantworter aus dem Urlaub zurück und bat um einen dringenden Rückruf wegen etwas, das ihr zu Ohren gekommen sei. Claire verschwand ein zweites Mal und kehrte auch dieses Mal sehr spät und recht schweigsam zurück. Wenn Lea gehofft hatte, mit Toms Auftauchen erste Antworten auf ihre Fragen zu erhalten, so wurde sie enttäuscht. Am Haus gab es so viel Praktisches zu tun, dass sie gar nicht dazu kamen, seine Geschichte zu erforschen oder sich überhaupt etwas intensiver zu unterhalten. Und abends, nach getaner Arbeit, fuhr er stets nach Hause.

Am Morgen des 5. August schließlich stolperte Lea beim Betreten des Hauses fast über Tom, der direkt hinter der Tür im Flur kniete, als sie eben durch die Haustür stürmen wollte. Sie stürzte beinahe und wollte eben schon losfluchen, als ihr Blick unvermittelt auf seinen Rücken fiel und von dort wie von selbst auf Toms Hinterteil in den gut sitzenden Jeans rutschte.

Lea errötete. Ein weiches Gefühl breitete sich in ihrer Magengrube aus, ihr Herz schlug schneller. Gleichzeitig waren ihr die Gedanken, die ihr durch den Kopf schossen, peinlich.

»Guten Morgen!«, sagte sie, froh, dass es im Flur dämmrig war.

»Guten Morgen!«, erwiderte Tom und nichts weiter. Sonderlich gesprächig war er heute ja nicht. Nun, manchmal war das eben so, das hatte sie in der kurzen gemeinsamen Zeit schon bemerkt. Dann war es besser, ihn in Frieden zu lassen.

Lea suchte noch nach einem belanglosen Gesprächsthema, als Tom doch selbst etwas sagte.

»Ich war neugierig und dachte, ich schaue mir das mal näher an.« Er deutete auf den Boden mit seinem kunstvollen Muster aus größeren schwarzen und kleineren weißen, sechseckigen Fliesen. »Sie sind wirklich schon alt«, fuhr er fort, »bestimmt an die zweihundert Jahre. Es wäre doch schön, wenn sie sich alle retten ließen, was?«

»Hm«, entgegnete Lea, dann platzte eine Frage aus ihr heraus, die sie schon seit seinem Auftauchen auf dem Gut umtrieb: »Wo arbeitest du eigentlich normalerweise?«

Tom, immer noch auf den Knien, legte den Kopf schief, um sie anzusehen.

»Mal hier, mal da. Ich habe mich, ehrlich gesagt, noch nicht recht entscheiden können. Na ja, man könnte auch sagen, ich habe keine feste Stelle.«

Plötzlich wirkte er seltsam beschämt, stand dann auf und klopfte den Staub von seinen Jeans. Lea senkte den Blick.

O Mann, was hatte sie sich dabei gedacht? Eigentlich ging sie das alles ja gar nichts an. Sie räusperte sich.

»Es tut mir leid, ich wollte dich nicht ausfragen.«

»Ist schon okay.«

Sie blickten einander in die Augen, dann ging Tom erneut auf die Knie. Lea sah zu, wie seine Hände über den Boden glitten. Schließlich nahm er eine Taschenlampe zur Hand und beleuchtete eine der Fugen.

»Wann ist es eigentlich so weit?«, fragte er unvermittelt, ohne den Kopf zu heben, während er den Boden weiter sorgsam ableuchtete.

Perplex gab Lea zurück: »Wann ist was so weit?«

Tom sah sie irritiert an. »Oh, tut mir leid, bist du nicht schwanger? Ich dachte … Du hast manchmal so eine Haltung … Ich, also … äh …«

»Nein! Doch schon …« Lea spürte, wie sie errötete. »Sieht man es etwa schon? Ich bin noch am Anfang …«

»Ich sehe es.« Tom grinste sie jetzt wissend an, stand erneut auf und legte in einer bestimmten Geste die Hände auf den Bauch. Alarmiert schaute Lea ihn an.

»Nein, nein«, beruhigte er sie im nächsten Moment, »eigentlich sieht man es nicht. Mein bester Freund hat drei ältere Schwestern, daher weiß ich es wohl. Keine Sorge, die meisten sehen es dir sicherlich nicht an. Vielleicht habe ich ja auch nur geraten.«

Er zwinkerte ihr zu.

»Beruhigend.« Lea lachte. »Außer mir weiß es nämlich noch niemand.«

Mit einem Mal fühlte sie sich seltsam befreit. Gut, nun wusste es Tom, als Nächstes würden es die anderen erfahren … Es war eigentlich gar nicht so schlimm, wie sie gedacht hatte. Wieder einmal heftete sich ihr Blick auf Toms dunkles, lockiges Haar, glitt dann über die breiten Schultern im Karohemd und zu den schmalen Hüften in den eng sitzenden Jeans, die er heute anstelle der Cordhosen trug.

Verdammt, er sieht gut aus.

»Ich werde das Kind wohl alleine großziehen müssen«, sagte sie und war selbst erstaunt darüber, wie unbefangen sie sich gegenüber einem doch immer noch Fremden äußerte. Irgendetwas regte sich in ihrem Hinterkopf. Ein Gedanke, umso weniger greifbar, je mehr sie ihn zu packen suchte. Tom blickte auf.

»Kinder sind etwas Wunderbares«, sagte er leise.

Lea runzelte die Stirn. Woher wollte er das wissen?

»Na ja, mein Freund und ich haben uns gerade erst deswegen getrennt«, bemerkte sie laut. »Es gibt also Leute, die ein Kind alles andere als wunderbar finden.«

Er lächelte. »Dann ist er zu bedauern.«

Lea starrte Tom kurz an. Ja, womöglich war er das, aber zuweilen hatte sie durchaus den Eindruck, dass da etwas auf sie zukam, das sie alleine eigentlich nicht bewältigen konnte oder wollte. Alleinerziehend. Armutsbedroht. Davon hatte sie nicht geträumt, als sie sich ihre Zukunft mit ihrer Familie ausgemalt hatte.

Sie musste sich aus den Gedanken reißen. Tom war wieder aufgestanden und stand jetzt so nahe bei ihr, dass eine winzige Bewegung genügte, um ihn zu berühren. Und sie wollte ihn berühren. So sehr. Sie rückte von ihm ab.

»Tee?«, fragte er sie. »Ich brauche jetzt einen, du auch?«

»Ja, warum nicht?« Wieder einmal hatte er die seltsame Stimmung zwischen ihnen aufgelöst, und Lea war froh darum.

Sie folgte ihm in die Küche. Wenig später saßen sie einander am Küchentisch gegenüber. Sie nippte am Früchtetee, während Tom noch nachdenklich in seinem Becher rührte. Über der goldfarbenen Flüssigkeit stand kaum sichtbarer Dampf. Es roch sehr fein nach schwarzem Tee. Tom legte den Löffel auf den Tisch und umfasste die Tasse dann mit beiden Händen.

»Nächsten Monat ist Mittelalterfest in Ebernburg. Würdest du mich dorthin begleiten?«, fragte er unvermittelt.

»Ich …«

Wieder einmal fragte Lea sich misstrauisch, ob ihre Großmutter den jungen Mann womöglich doch gebeten hatte, die Enkelin aufzumuntern. Aber warum sollte sie das tun? Nun, vielleicht war es dumm, sich solche Gedanken zu machen. Ja, vielleicht war es das wirklich, und doch konnte sie nichts dagegen tun.

Er hatte Lea nicht vergessen. Seit jenem Morgen am Rand des Weinbergs hatte Tom mehr als einmal an sie gedacht, und dann, als sie ihm da plötzlich gegenübergestanden hatte … Er hatte zuerst gar nicht gewusst, was er sagen sollte.

War es das, was die Menschen Schicksal nannten? Tom glaubte nicht an Schicksal. In diesem Zusammenhang aber hatte ihm die Vorstellung gefallen, dass es da etwas gab, was Lea und ihn, über den schnöden Zufall hinaus, miteinander verband.

Wütend hatte sie an jenem Morgen ihrer ersten Begegnung ausgesehen, verzweifelt, ängstlich. Zuerst hatte er sich erschreckt, wegen des Autos, das da mit offenen Türen stand, wegen der weinenden Frau. Und sie hatte ganz sicher geweint, ihre ganze Haltung hatte es gezeigt.

Wie wütend sie ihn angefahren hatte, wie eine Katze mit ausgefahrenen Krallen. Aber er hatte immer wieder an sie denken müssen, und das war ihm schon lange nicht mehr passiert. Nicht mehr, seit … Nun, daran wollte er sich jetzt wirklich nicht erinnern.

Und dann noch dieser Zufall. Auf den Wunsch seines Onkels und Claire Hunters hin war er eigentlich eher unwillig zu diesem Haus gefahren – und dann hatte *sie* vor ihm gestanden. Völlig unerwartet. Ein Blitzschlag aus heiterem Himmel.

Es hatte ihm wirklich kurz die Sprache verschlagen, aber er hatte sich, Gott sei Dank, rasch gefangen. Er hoffte jedenfalls, dass er sich nicht vollkommen blamiert hatte. Er wollte noch lange an diesem Haus arbeiten, sehr lange, und wenn er es so überblickte, war auch wirklich noch erfreulich viel zu tun. Vielleicht gab es sogar ein paar Dinge zu restaurieren …

Und danach waren noch die verbliebenen Weinberge dran. Das hatte Claire jedenfalls gesagt, erfreut darüber, dass Tom ein paar Semester Weinbau studiert hatte.

Tom fügte eine neue Diele an und zog einen langen Nagel aus der Tasche seiner Jeans. Lea hatte gute Vorarbeit geleistet. Sie selbst hatte den Boden aus den oberen Räumen herausgerissen. Für die Neuverlegung der Dielenbretter war nun er zuständig. Er schlug den Nagel ein, nahm einen weiteren zur Hand.

Irgendwo im Haus hörte er Lea singen. Er stellte sich vor, wie sie dabei immer mal wieder ungeduldig den Kopf zurückwarf, weil ihr wieder einmal das Haar in die Augen gefallen war. Sie war wirklich ein ungewöhnlich dunkler Typ. Natürlich waren dunkle Haare per se nichts Seltenes, er hatte ja selbst welche, aber Lea hatte etwas ausgesprochen Südländisches an sich, sodass er sich schon gefragt hatte, ob sie Spanier, Italiener oder Franzosen in der Familie hatte. Dazu war sie recht klein und auf ihre Art zierlich, ihr Mund breit und großzügig, die Augenlider schwer. Auf eine gewisse Art erinnerte sie ihn an eine italienische Mitschülerin aus der Mittelstufe.

Er bemerkte, dass er schon wieder in der Arbeit innegehalten hatte, und zwang sich, an etwas anderes zu denken.

Das ist ein schönes Haus, überlegte er, warum hat man wohl früher nur so abfällig darüber geredet? Da war die Sache mit dem früheren Besitzer gewesen. Einzig Onkel Wolfs Tante Ilse hatte den alten Eigenbrötler verteidigt. Man könnte Ilse fragen, überlegte Tom, allerdings war das Gedächtnis der alten Dame mittlerweile recht schwach.

Mit ein paar gezielten Schlägen trieb er den nächsten Nagel ins Holz, versuchte sich an das zu erinnern, was er noch wusste.

Das traurige Haus, so hatte man es genannt, das Haus der Schwestern. Tom runzelte die Stirn. Aber warum traurig?

In den nächsten Tagen stellte Lea immer wieder fest, dass es Spaß machen konnte, einem Mann bei der Arbeit zuzusehen. Nach Toms Hintern waren ihr als Nächstes seine Hände aufgefallen. Er hatte schlanke, aber kräftige Finger. Zuletzt hatte er die Dielen im großen oberen Zimmer neu verlegt und schaffte es nun, das Parkett in der unteren Stube mit einer Geschwindigkeit aufzulegen, die ihr vollkommen abging. Manchmal wünschte sie sich, er würde langsamer arbeiten. In kürzester Zeit schon war das kleine Zimmer fertiggestellt, das vielleicht einmal ein Gästezimmer werden würde.

Oder ein Kinderzimmer.

Lea schluckte. Hatte sie sich tatsächlich gerade vorgestellt, hier einmal mit ihrem Kind zu wohnen? Nun ja, sie hatte schon öfter davon geträumt, gemeinsam mit ihrer Familie auf einem romantischen Gutshof zu wohnen. Claires Weingut hatte durchaus das Zeug dazu.

Genauso, wie es Lea genoss, gemeinsam mit Tom zu arbeiten oder ihm einfach dabei zuzusehen, genauso genoss sie die gemeinsamen Pausen in der Küche. Heute war sie zehn Minuten früher dorthin gegangen, hatte Kaffee gekocht und den Kuchen bereitgestellt, den sie am Vortag gebacken hatte.

Punkt 15 Uhr, wie verabredet, hörte sie irgendwo im Haus das Werkzeug zu Boden poltern. Dann konnte sie Tom im Flur hören, erkannte die charakteristischen Laute, die die Bewegungen begleiteten, mit denen er sich den Staub von der Hose klopfte. Die Tür war nur angelehnt. Er stieß sie auf, war eben im Begriff gewesen, sich mit allen zehn Fingern durch die Haare zu fahren, und verharrte nun in dieser Position.

Lea meinte zu spüren, wie sie errötete, drehte sich rasch zur Kaffeekanne hin und schenkte einen Becher voll. Gott, sie benahm sich ja wie ein Teenie.

»Kuchen?«, fragte sie und hoffte, dass wenigstens ihre Stimme nicht zitterte.

»Gerne.« Tom stand jetzt neben ihr, und Lea konnte doch nur mit Mühe ein Zusammenzucken unterdrücken. Gott sei Dank sah er nicht zu ihr hin. Mit den Fingern fuhr er stattdessen über das Holz der schweren Anrichte, bewegte die Tür hin und her, untersuchte dann die Scharniere.

»Ein wirklich schönes Stück.«

»Das Küchenbuffet habe ich als Erstes ausgeräumt, geputzt und dann mit Politur behandelt.«

»Gut gemacht, sieht fast wie neu aus.« Tom lachte sie an. »Ich würde sagen, das ist ein Buffet aus der Gründerzeit, eher einfach, aber gut erhalten.«

»Danke.« Lea nickte zum Tisch hin. »Setzen wir uns?«

Himmel, was war nur los mit ihr? Sie zitterte ja schon wieder, dabei arbeiteten sie beide doch nun schon mehr als einen Tag Seite an Seite. Sie schob Tom den Teller mit dem Kuchen hin.

»Hm, gut«, murmelte er nach den ersten Bissen. Wieder wanderte sein Blick zum Buffet. »Ob es hier früher noch mehr solcher Schätze gegeben hat?«

Lea zuckte die Achseln. »Bis auf die Küche waren alle Räume leer. Ich habe nur noch Kleinkram gefunden. Fotos in den Schubladen dort, Briefe unter den Dielen.«

Eine Puppe, fügte sie in Gedanken hinzu.

»Briefe unter den Dielen?« Tom schaute sie interessiert an.

»Ja. Interessiert dich das?«

»Dich nicht? Wie sind die da wohl hingekommen?«

»Doch, das interessiert mich schon«, musste sie zugeben, »es ist nur nicht so leicht, sie zu lesen. Ich hab's versucht. Bisher bin ich nicht weit gekommen.«

Und ich weiß ja auch nicht, was diese Briefe mit heute zu tun haben sollten, mit mir oder mit Claire oder mit meinen ganzen Fragen, dachte sie bei sich

»Kann ich mal einen Blick darauf werfen? Ich wollte mal Geschichte studieren.« Tom lachte fast entschuldigend. »Bei altem Kram werde ich einfach neugierig, weißt du …«

»Ach, und dann Weinbau?«

»Ja, richtig. Jedenfalls ein paar Semester lang.« Tom bohrte die Gabel so heftig in den Kuchen, dass das Besteck über das Porzellan quietschte. Lea bekam eine Gänsehaut.

»Und warum hast du es nicht gemacht?«, hörte sie sich fragen.

»Was?« Es klang undeutlich, denn er hatte den Mund voll.

»Na, Geschichte studiert.«

Tom runzelte die Augenbrauen, als müsse er darüber nachdenken, aß unterdessen weiter und pickte bald schon die letzten Krümel auf, bevor er den Teller von sich schob.

»Warum? Gute Frage. Weil ich mich nicht getraut habe, wahrscheinlich. Ich war der Erste von uns, der studieren sollte, und dann so etwas Brotloses wie Geschichte? Unmöglich.« Er schüttelte den Kopf. »Weinbau, das konnte sich mein Onkel noch vorstellen, aber Geschichte …« Tom lachte erneut, aber es klang nicht echt. Nach kurzem Zögern trank er seinen Kaffee in einem Zug aus.

Lea teilte ihren Kuchen derweil mit der Gabel in immer kleinere Stücke.

»Und deine Eltern?«

»Meine Mutter ist früh gestorben. Ich habe kaum eine Erinnerung an sie. Mein Vater hat mich verlassen, als ich zwölf war.«

»Er hat was? Entschuldige.« Wieder einmal schämte sich Lea ihrer Neugier.

»Wieso? Es ist nicht deine Schuld. Er hat mich verlassen, ich nenne es so. Mein Vater wollte ein neues Leben, und da habe ich eben gestört. Dass ich bei meinem Onkel aufgewachsen bin, war aber nicht das Schlechteste.« Für einen Moment schien es, als wolle Tom noch etwas sagen, doch er schwieg. »Könnte ich noch etwas Kaffee haben?«, fragte er schließlich leichthin.

»Natürlich.« Lea schenkte ihm nach. »Ich habe Germanistik studiert«, sagte sie endlich und schaute nachdenklich zum Küchenfenster. Von dort aus konnte man den Hof sehen, das Tor, Weinberge. »Mit gutem Abschluss sogar.«

»Und?« Tom nippte an seinem Kaffee.

»Ich habe mir danach einfach nichts zugetraut und erst mal in dem Café weitergearbeitet, in dem ich schon während des Studiums gejobbt habe. Das kannte ich, vor allem anderen hatte ich Angst.«

Es war seltsam, sich so reden zu hören. Von ihrer Angst hatte Lea bisher niemandem erzählt. Mit den Fingerspitzen pickte sie ein paar letzte Kuchenkrümel auf.

»Was hättest du denn gerne gemacht?«

Lea wich Toms Blick aus. »Ach, ich weiß nicht.«

»Doch, ich bin mir sicher, dass du es weißt.«

Sie musterte ihn kurz, machte dann eine unentschlossene Bewegung mit dem Arm. »Das hier gefällt mir. Es gefällt mir, dieses Haus zu renovieren und dabei zu entdecken. Manchmal denke ich, man könnte ein Buch darüber schreiben und …«

O Gott, jetzt wurde sie albern. Lea brach ab. Was plapperte sie hier nur wieder daher, als sei sie noch ein kleines Mädchen, das von der Realität nichts wusste?

Tom aber nickte langsam.

»Ja, da könntest du recht haben. Eins ist mir übrigens noch eingefallen. Habe ich dir schon gesagt, dass man dieses Haus hier früher das traurige Haus nannte? Manchmal auch das Haus der Schwestern, dabei lebten hier nie Schwestern, soweit ich weiß.«

Lea horchte auf. »Hast du eigentlich mit deinem Onkel über die Vergangenheit des Gutes gesprochen?«

Tom schüttelte den Kopf. »Noch nicht. Aber ich mach's bald, okay? Wir haben ja jetzt schon einiges erledigt, sobald ich neues Material bestellen muss, red ich mit ihm, gut?«

Lea schaute nachdenklich zum Fenster. »Das könnte ja noch richtig spannend werden, ein altes Haus, seine Geschichte, und dann sind da ja noch die Briefe.«

Aber was hat das alles mit mir zu tun? Ich will wissen, was Claire vor mir verbirgt. Vor mir und Mama.

Tom nickte. Er wirkte entspannter als noch zu Anfang ihres Gesprächs. Dann wurde er von einem Moment zum anderen wieder ernst.

»Mit denen fangen wir an. Vorher muss ich aber leider noch ein, zwei Wochen weg. Ein Projekt«, er zögerte und schaute sie an, als erwarte er, dass sie nachfragte, »in Hamburg.«

Das angenehme Gefühl der Gemeinsamkeit verflog so rasch, wie es gekommen war. Leas erster Impuls war, genauer nachzufragen. Dann biss sie sich auf die Lippen. Es ging sie einfach nichts an.

»Na gut, auf ein paar Tage kommt's nach so langer Zeit wohl nicht an.«

Das Lächeln misslang, sodass Lea sich abrupt zu ihrem Kuchen hindrehte. Marc schlich sich in ihre Gedanken. Sie war sich auf einmal sicher gewesen, dass er der Richtige war. Sie hatte sich geirrt. Es war immer möglich, sich zu irren. Warum sollte sie sich nicht auch dieses Mal geirrt haben?

Ich sollte wirklich nicht so viel an Tom denken.

Zweites Kapitel

Leas Schwangerschaft verlief bisher problemlos. Auch bei der zweiten Untersuchung waren die Werte gut gewesen, das Kleine entwickelte sich prächtig. Sie war jetzt in der 17. Woche und konnte, mit einer gewissen Großzügigkeit, erstmals daran denken, ihre Hose mit einem Haushaltsgummi zu erweitern. Nötig war es noch nicht, aber es tat gut, sich zumindest ein wenig »schwanger« zu fühlen.

Sie hatte gerade die Arztpraxis verlassen und überquerte eben die Straße, als sie eine wohlbekannte Stimme stocken ließ: *Millie.*

»Mönsch, Lea, was machst du denn hier um diese Zeit? Müsstest du nicht längst im Café sein? Ich wollte gerade auch dorthin gehen.«

Das Café, fuhr es Lea siedend heiß durch den Kopf, Lars. Ich hab tatsächlich meinen ersten Arbeitstag verpasst. Nachdem sie ihren Urlaub krankheitsbedingt um eine Woche verlängert hatte, war sie heute Morgen eigentlich zur ersten Schicht erwartet worden. Mit einem Lächeln drehte Lea sich zu ihrer Freundin hin.

»Wie jetzt, bist du denn schon zurück?«

»Was denkst du denn? Ich wollte in Mallorca Urlaub machen, nicht dorthin auswandern.« Millie lachte über das ganze sommersprossige Gesicht. »Aber jetzt zu dir. Was macht mein Liebling?«

»Wir haben uns getrennt.«

»Halleluja.«

»Na, du bist mir 'ne Freundin.« Lea versuchte zu lachen.

»Ich bin nur ehrlich. Gut, dass du ihn los bist. Und jetzt erzähl schon, wie ist es passiert? Ich hoffe doch sehr, du hast ihm den Laufpass gegeben?«

Lea wich Millies Blick aus.

»O nein!«, hörte sie gleich darauf deren Stimme. »Dieser Drecksack!«

Plötzlich und ohne zu wissen warum, sah Lea wieder ihre Großmutter vor sich, wie sie weinend im Flur des alten Hauses gestanden hatte, die Lumpenpuppe in der Hand, und sie dachte daran, wie sie sich in diesem Moment leise wieder nach draußen geschlichen hatte. Unsicher darüber, was sie sagen sollte, hatte sie sich nicht getraut, Claire den Arm um die Schulter zu legen oder sie einfach an sich zu drücken. Vielleicht hatte sie damit die erste Gelegenheit verpasst, mehr zu erfahren.

»Und, was ist passiert?« Millie klang jetzt ungeduldig.

»Ach, das ist zu viel, um es dir hier zu erzählen. Komm, lass uns ins Café gehen. Lars vermisst mich sicher schon. Ich bin spät dran, wie du ja selbst schon angemerkt hast.«

»Ach ja, wieso eigentlich, du bist doch sonst so verlässlich? Und was machst du überhaupt hier?«

»Ich hab's einfach vergessen.«

»Du hast vergessen, arbeiten zu gehen?«

»Ja.« Lea rückte ihre Umhängetasche zurecht.

Millie nickte langsam, dann runzelte sie die Stirn und musterte das Haus in Leas Rücken. »Sag mal, warst du etwa beim Gyn?«

»Du kommst spät«, murmelte Lars in die Speisekarte hinein, als Lea und Millie eintrafen. Auch als er weitersprach, hob er den Kopf kaum. »Elfi hat deine Schicht übernommen. Ich wusste ja nicht, ob du überhaupt noch kommst.«

Jetzt schaute er sie doch vorwurfsvoll an.

Lea warf einen Blick auf die Uhr links oberhalb seiner Schulter. Zwei Stunden, sie war zwei Stunden zu spät gekommen. Das war noch nie vorgekommen.

Sie schaute sich im Gastraum um. Früher war dieser Ort immer etwas wie Heimkommen gewesen. Sie hatte nie gewagt, sich nach etwas Besserem umzusehen. Genau wie Rike, dachte sie. Die hatte sich beruflich auch nie etwas zugetraut. Aber sollte das hier tatsächlich schon alles sein? Ein kleines Café? Ein Leben, in dem es nie eine Veränderung geben würde, ein Leben wie ein steter, ruhiger Fluss?

Doch, es gab eine Veränderung: Sie war schwanger, wie nun auch Millie wusste, und die war ziemlich überrascht gewesen.

»Mann, und ich dachte immer, du bist hier die Vernünftige«, hatte sie fast gekeucht.

Einer der Stammgäste – ein Espresso, eine Zitrone, zwei Scheiben Toast in Dreiecke geschnitten mit Butter – nickte Lea zu. Sie bemerkte, dass Lars auf eine Entschuldigung wartete. Elfi stand mittlerweile in der Küchentür und schaute zu ihnen herüber. Lea konnte ihren platinblond gefärbten, kurzen Schopf geradezu in der Dunkelheit leuchten sehen. Millie hatte sich längst in ihren Lieblingskorbsessel gefläzt und verfolgte die Situation gespannt.

Lea überlegte. Sollte sie sich entschuldigen? Sich für einen neuen Tag eintragen lassen und nach Hause dackeln?

»Es tut mir leid, Lars«, sagte sie. »Mehr kann ich wirklich nicht sagen. Ich habe einfach nicht daran gedacht. Es wird nicht mehr vorkommen. Weißt du, es passiert gerade sehr viel. Meine Großmutter ist aus Australien zu Besuch …«

Millie ließ ein überraschtes Schnauben hören. Lars nickte, vollkommen zufrieden schien er jedoch nicht zu sein.

Lea aber wich seinem vorwurfsvollen Blick nicht aus. Jäh spürte sie eine Wut in sich, deren sie sich nicht für fähig gehalten hatte. Es war, als stürmten Gefühle auf sie ein, von denen sie bisher keine Ahnung gehabt hatte.

Du wirst nicht mehr von mir hören, dachte sie bei sich, ich habe bisher nie gefehlt. Ich habe mich entschuldigt. Ich habe die Schichten anderer übernommen, ohne mich zu beschweren. Bedankt hast du dich nie dafür, ich aber weiß jetzt zumindest, was ich mit meinen Händen leisten kann. Ich kann mehr als das hier, und ich verdiene auch mehr.

»Im Übrigen«, sagte sie und sah Lars fest an, »werde ich ohnehin nicht mehr kommen können. Ich bin nämlich schwanger.«

Ihr Chef starrte sie fassungslos an. Lea drehte sich zu Elfi hin.

»Machst du Millie und mir zwei große Milchkaffee, ja? Danke.«

Ohne eine Antwort abzuwarten, drehte Lea sich um und ging zu ihrer Freundin hinüber.

»Na, das war schon einmal sehr spannend, und mit deiner Kündigung hätte ich auch nicht gerechnet«, sagte die. »Und was höre ich da von einer australischen Großmutter? Ich dachte immer, die einzige dir bekannte Großmutter ist schon lange tot?«

Nicht zum ersten Mal holte Claire die kleine Lumpenpuppe aus ihrem Koffer hervor und betrachtete sie. Sie hatte das fehlende Auge ersetzt und das Püppchen gewaschen und vom Staub befreit. Ein kleiner Brandfleck auf seiner Schürze stürzte sie bei jeder neuerlichen Betrachtung in die Vergangenheit. Die Puppe hatte damals nur einen Moment auf der heißen Herdplatte gelegen. Es war unglaublich, was dieses kleine Ding alles überlebt hatte. Claire erinnerte sich noch an den Tag, an dem sie das Püppchen genäht hatte. Sie war handwerklich nie sehr geschickt gewesen, aber das war ihr gelungen. Für Friederike, hatte sie sich immer wieder gesagt, für meine Tochter.

Und Großonkel Ludwig hatte zwei der unteren Knöpfe von seinem Alltagshemd gerissen – so viele Knöpfe braucht kein Mensch, hatte er gesagt –, damit die Bubu Augen hatte.

Friederike hatte ihre Bubu geliebt. Die Stoffpuppe hatte sie überallhin begleitet, und nachts hatten die beiden das Bett geteilt. An jenem Tag, als sie das Gut hatten verlassen müssen, war die Bubu in der Hektik des Aufbruchs zurückgeblieben.

Friederike hatte sie damals sicher vermisst. Wenn sie die Augen schloss, sah Claire kleine Patschhände, die die Puppe festhielten, einen kleinen Mund, der sich an irgendeinem Stoffteil festsaugte. Ludwig musste das Püppchen gefunden haben. Warum nur hatte er es versteckt? Wenn sie das richtig verstanden hatte, hatte Lea es unter den Dielen oben gefunden. Aber wie war die Puppe dorthin gelangt?

Drittes Kapitel

Claire war am Vorabend wieder einmal spät zurückgekommen, und entgegen ihrem Vorhaben, der Großmutter endlich ein paar Fragen zu stellen, hatte Lea ihr erneut nur ein verschlafenes »Hallo, schlaf gut« von der Couch zugeworfen.

Obwohl Claire nach ihr eingeschlafen sein musste, war die Großmutter an diesem Morgen schon in der Küche beschäftigt, als Lea erwachte. Kaffee- und Brötchenduft zog durch die Wohnung. Aus der Küche drangen die Geräusche des Radios und leiser Gesang.

Bisher, dachte Lea bei sich, war sie mit Claire noch keinen Schritt weitergekommen. Sie fragte sich, wie lange sie ihre Mutter noch von ihr fernhalten konnte und was wohl geschehen würde, wenn Rike erstmals auf sie traf.

Dass sie einander noch nicht begegnet waren, war ohnehin unglaublich. Bisher war auf den Anruf direkt nach dem Urlaub kein weiterer gefolgt, dabei rief Rike sonst mindestens jeden zweiten Tag an.

Entschlossen schob Lea sich von der Couch hoch und tappte auf die Geräuschquelle zu.

Claire war schon vollständig angezogen und frisiert. Auf dem Tisch stand Frühstück: zwei Kannen, Teller und Besteck, Frühstückseier, Marmelade, Butter und Brötchen.

»Hm …« Lea musste gähnen. »Das sieht aber gut aus.«

»Guten Morgen!« Claire lächelte ihr zu. »Man sollte doch meinen, dass ich so etwas kann. Schließlich führe ich mein *guest house* nun schon einige Jahre lang. Setz dich doch.« Sie musterte ihre Enkelin, dann hob sie erst die eine, dann die andere Kanne hoch. »Tee oder Kaffee?«

Lea ließ sich seufzend auf ihren Stuhl nieder. »Erst einmal einen Kaffee.« Seit sie die Übelkeit überwunden hatte, trank sie am Tag wieder gerne ein oder zwei Tassen. »Wo hast du die Brötchen her? Warst du schon außer Haus? Ich muss ja wirklich geschlafen haben wie ein Stein.«

Claire schlug flüchtig die Augenlider nieder und sah dann wieder auf. »Gestern schon gekauft und eben im Ofen aufgebacken, muss ich zugeben. Ich hoffe, du verzeihst mir.«

Sie nahm sich selbst ein Brötchen, schnitt es auf und bestrich es mit Butter und Marmelade.

»Na, es gibt Schlimmeres«, zwinkerte Lea ihr zu, nachdem sie den ersten Bissen gekaut und heruntergeschluckt hatte.

»Ich dachte, wir könnten heute vielleicht auf ein Weinfest gehen«, sagte Claire unvermittelt. »Hättest du Spaß daran?«

»Natürlich«, erwiderte Lea. Sie dachte an den Mittelaltermarkt, den sie gemeinsam mit Tom besucht hatte. Ein großes Zeltlager hatte im Schatten des Rotenfels für mittelalterliche Stimmung gesorgt. Kleine Jungen jagten einander mit Holzschwertern, die meisten Mädchen spielten Prinzessin. Ein Falkner mit einer Auswahl an Greifvögeln zog Neugierige an. An den Essensständen drängten sich die Hungrigen.

Tom hatte Lea zuerst zu einem Stand mit sogenannten Spezereien geführt, wo sie sich zwei Tüten mit einer Auswahl an Trockenfrüchten kauften.

Lea nahm die zweite Brötchenhälfte in die Hand und ließ Claire nicht aus dem Blick, während sie die nächsten Worte sagte: »Tom hat mir übrigens erzählt, dass es da noch jemanden gibt, der deinen Onkel Ludwig kannte.«

»Großonkel Ludwig … Ach, wirklich?«

»Eine Ilse.«

»Ilse, so, so … Da muss ich mal nachdenken.«

In Claires Gesicht zeigte sich weiter keine Reaktion, oder Lea bemerkte einfach keine. Unwillkürlich überlief sie ein Frösteln. Vielleicht sollte ich Rike einfach einmal hierher einladen, überlegte sie, vielleicht würde dich das ja zum Reden bringen.

Lea hatte im Bett gelegen, als sie die erste Bewegung gespürt hatte, etwas Flatterndes in ihrem Bauch, so zart, dass sie zuerst an ihrer Wahrnehmung gezweifelt hatte. Manche sagten, diese erste Berührung fühle sich an, als tanzten Schmetterlinge tief in einem drinnen – und wenn Lea sich einen solchen Vergleich vorher auch nicht hatte vorstellen können, so fand sie ihn heute treffend.

Mittlerweile wartete sie täglich sehnsüchtig auf die Bewegungen ihres kleinen Schmetterlings. Manchmal erwischte sie sich auch dabei, dass sie über ihren gewölbten Bauch strich und in sich hineinhorchte. Wenn sie an ihr Kind dachte, fühlte sie sich so sicher, wie sie sich noch nie zuvor gefühlt hatte.

Inzwischen wusste es auch Claire. Lea kämpfte gegen ihr schlechtes Gewissen darüber an, dass sie es Rike noch nicht gesagt hatte. Immerhin würde Rike Großmutter werden, aber irgendetwas hielt Lea davon ab, ihr von der Schwangerschaft zu erzählen. Dabei waren die Zeiten doch vorbei, in denen man sich darüber Sorgen machen musste, unverheiratet schwanger zu werden. Es gab keine Bastarde mehr, nicht in ihrer Welt.

Vielleicht, überlegte Lea, liegt es daran, dass wir es verlernt haben, wirklich miteinander zu sprechen.

Demnächst würde sie sich jedenfalls um Umstandskleidung kümmern, auch wenn sie sich bisher immer noch gut mit den üblichen Tricks behelfen konnte. Wahrscheinlich würde sie dann auch mit Rike sprechen, wenn ihr keine andere Möglichkeit blieb.

»Wie habt ihr das damals nur gemacht?«, hatte sie Claire vor einigen Tagen gefragt, die neben ihr im Lehnstuhl saß und dem Dachdecker bei der Arbeit zusah.

Es dauerte einen Augenblick, bevor Claire ihre volle Aufmerksamkeit auf die Enkelin richtete.

»Ich hatte ein oder zwei Kleider, die mir weiter genäht wurden. Aber man erwartete ohnehin nicht, dass ich häufig vor die Tür gehe, als ich mit deiner Mutter schwanger war. Das schickte sich nicht.«

Es hatte sich also nicht geschickt, vor die Tür zu gehen. Lea überlegte. Man konnte natürlich auch sagen, Claires Familie war offenbar wohlhabend genug gewesen, um der jungen Frau das Vor-die-Tür-Gehen versagen zu können. Mit neuem Interesse musterte Lea ihre Großmutter, doch die schien ihren Blick nicht zu bemerken. Die Vergangenheit war immer noch ein Buch mit sieben Siegeln.

Claire stand jetzt auf. Seit sie vor einigen Tagen auf unebenem Grund gestürzt war, stützte sie sich während des Gehens auf einen ebenholzfarbenen Gehstock mit silberfarbenem Knauf, der ihrer Eleganz allerdings keinen Abbruch tat.

»Ein guter Mann«, sagte sie.

Lea folgte ihrer Handbewegung. Tom kümmerte sich seit gestern um die Fenster und die Fensterrahmen und war eben kurz hinter dem oberen Dachfenster zu sehen gewesen. Von gestern auf heute hatte er seine Haare raspelkurz geschnitten. Wie sich das wohl anfühlte? Lea bemerkte erst, dass sie eine Hand auf ihren Bauch gelegt hatte, als Claire sie prüfend ansah.

»Alles in Ordnung?«

»Ja, ja, natürlich.« Lea stand ebenfalls auf. »Ich werde auch noch ein bisschen weiterarbeiten.«

Tom stand so unvermittelt am Fuß der Leiter, auf die Lea gestiegen war, um die letzten Tapetenreste auch aus den oberen Ecken zu entfernen, dass sie ins Schwanken geriet und fast gestürzt wäre.

»He, Vorsicht!«

Während Tom unten die Leiter stabilisierte, suchte Lea mit beiden Händen an der flachen Wand Halt. Danach musste sie erst einmal nach unten steigen. Auch als sie auf festem Boden stand, zitterten ihr die Knie.

»Was hast du gesagt?«

»Geht es dir gut? Meinst du nicht, du solltest langsam etwas kürzertreten? Wie weit bist du jetzt?«

»Mir geht's gut«, wehrte sie ihn ab. »Was hast du vorher gesagt?«

»Onkel Wolf hat mir endlich etwas von dem Haus erzählt, ich war letzten Sonntag bei ihm zum Kaffee. Offenbar haben er und sein älterer Bruder hier früher öfter gespielt, einmal gab's einen Unfall. Sie sind irgendwo im Boden eingebrochen.«

»Sein Bruder?« Lea verschränkte die Arme vor der Brust. »Dein Vater, meinst du?«

Lea spürte immer noch ein Zittern in sich, aber es wurde langsam besser. Während sie sich nun auf einem alten Farbeimer niederließ, stand Tom nur da, eine Schulter gegen die Wand gelehnt, ein Bein leicht angewinkelt.

»Ja, aber ich nenne ihn nicht gerne so. Wolf war mir immer mehr Vater als er. Na ja, er redet jedenfalls nicht gerne über Bernd, vielleicht hat er deshalb erst jetzt wieder daran gedacht. Bernd war es schließlich, der damals mit seiner Frau weggelaufen ist.«

»Mit Wolf Wielands Frau? Mit der Frau seines Bruders?« Der Farbeimer schabte über den Boden, weil Lea sich jäh und mit einem ungläubigen Ausdruck im Gesicht nach vorne gebeugt hatte.

»Ja.« Tom zuckte die Achseln. »Na ja, jedenfalls hat mir Onkel Wolf gestern doch ein bisschen was erzählt. Komm mal mit, ich muss dir etwas zeigen.«

Er nickte zur Tür hin und schlenderte voraus, Lea folgte ihm. An der Mauer, über die hinweg man die Weinberge betrachten konnte, blieb er stehen.

Wenig später hatte er ihr die Geschichte erzählt von zwei Jungen, die eine Mutprobe zu diesem alten Gut geführt hatte, und einem alten Mann, vor dem sie geflüchtet waren. Und von dem Skelettfund natürlich. Lea schüttelte sich.

»Ein Skelett, wirklich? In der Scheune vergraben?«

Tom nickte. »Da drüben. In einer Art Kammer. Wolf hat erzählt, wie Bernd den Schädel damals aus dem Boden gezogen hat und wie ihnen beiden das Herz in die Hose rutschte. Sie dachten wohl, der Alte ist ein Mörder.«

Leas Augen verengten sich flüchtig, während sie den Arbeitern zuschaute, die sich im nächstliegenden Weinberg zu schaffen machten. Mitte September hatte die Lese begonnen.

»Und der Alte, also Claires Onkel Ludwig, hat dann Hilfe geholt?«

»Offenbar.« Lea bemerkte, dass Tom sie kurz von der Seite musterte und dann auch zum Weinberg blickte. »Aber das müsste Ilse genauer wissen.«

»Ach ja, Tante Ilse.« Lea legte einen Arm auf die Mauer und stützte ihr Kinn darauf. »Von ihr können wir wohl nichts Verlässliches erfahren … Natürlich«, sie stotterte jetzt, »tut mir das vor allem leid für sie.«

Tom lachte leise. »Klar doch.«

»Und was geschah mit Ludwig?«, fragte Lea dann, immer noch leicht beschämt.

Tom zuckte die Achseln. »Man hat ihn wohl verhört, aber nachdem sich herausstellte, dass das Skelett schon mindestens hundert Jahre alt war, hat man ihn freigelassen.«

»Hat er irgendetwas zu diesen Vorfällen gesagt?«

»Nein, überhaupt nichts.« Tom drehte sich unvermittelt zu ihr hin. »Niemand konnte sich darauf einen Reim machen. Ein paar Wochen später …« Er holte tief Luft. »Ein paar Wochen später ist er wohl gestorben. Ilse hat ihn gefunden, soweit ich weiß. Danach war sie nicht mehr dieselbe. Sie mochte ihn sehr. Sie hat immer gesagt, dass man dem Alten unrecht tut.«

»Traurig.« Lea strich unwillkürlich über ihren Bauch, ließ die Hände dann sinken.

»Ja, vielleicht.« Tom musste ihre Bewegung bemerkt haben, denn er schaute zuerst auf die sehr leichte Wölbung unter ihrem engen T-Shirt und dann in ihr Gesicht. »Geht es dir wirklich gut?«

»Natürlich«, entgegnete Lea zögerlich und zupfte an ihrer ersten Umstandshose. Es irritierte sie, wie Tom sie anblickte, wie eine Frau nämlich und nicht wie eine Schwangere.

»Du sahst sehr traurig aus damals, als du den Sonnenaufgang beobachtet hast«, sagte er unvermittelt.

Lea versuchte sich daran zu erinnern, wie sie sich gefühlt hatte, doch inzwischen schien alles so lange her. Es war eine andere, der das Herz in der Brust gehämmert hatte, als wolle es hinausspringen. Eine andere, die mit den Tränen gekämpft hatte.

»Hm«, sagte sie nur.

Tom rückte mit einem Mal näher, strich Lea zart über den linken Kinnbogen, beugte sich dann vor und küsste sie. Als sich seine Lippen von den ihren lösten, starrte sie ihn an.

»Entschuldige«, stotterte er, »ich … Das wollte ich nicht. Es tut mir leid …« Er brach ab und deutete auf das Haus. »Ich gehe mal wieder hinein, da ist noch einiges zu machen. Entschuldige nochmals.«

Lea starrte ihm hinterher, bewegte die Lippen und bekam immer noch keinen Ton heraus. »Du musst dich nicht entschuldigen«, flüsterte sie endlich. »Nein, das war … Das war sehr schön.«

Bis zum späten Nachmittag wechselten sie kein Wort mehr miteinander, obwohl Lea sich Toms Nähe wünschte. In welches Zimmer sie auch ging, kurze Zeit später schon wechselte er seinen Arbeitsplatz, bis er gegen 15 Uhr gar nicht mehr im Haus aufzutreiben war. Auf der Suche nach ihm traf Lea schließlich im Hof auf Wolf Wieland. Seinen Hund hatte er dieses Mal nicht dabei.

»Ist Tom hier?«, fragte der.

Lea zuckte die Achseln und widerstand dem Impuls, ihn hier und jetzt nach seinen Kindheitserlebnissen auszufragen. Sie kannten einander doch kaum. Sie wollte keinesfalls aufdringlich wirken.

»Keine Ahnung, ich habe ihn auch gerade gesucht. Vielleicht schaut er sich gemeinsam mit Claire die Weinberge an? Ich glaube, sie wollten so etwas machen.«

»Und wie geht die Arbeit voran?«, fragte Wolf Wieland mit einem Lächeln. »Darf ich mich einmal umschauen?«

»Natürlich.« Lea nickte. Für die nächsten gut zehn Minuten führte sie ihren Gast durch das Haus.

»Beeindruckend«, brummte der immer wieder, »die Renovierungsarbeiten gehen gut voran, was? Ist Tom Ihnen auch eine Hilfe?«

»Ja, das ist er.« Lea musste auf einmal an die alten Briefe denken, denen sie sich kürzlich gemeinsam mit Tom gewidmet hatte. Es waren nicht nur Briefe. Es gab auch mehrere Blätter, auf denen jemand wohl kleinere Begebenheiten geschildert hatte, Festlichkeiten, das Aufstellen einer kleinen Madonnenstatue, das Einmachen von Früchten. Auch Tom konnte sich bisher keinen Reim auf das alles machen. Das Einzige, auf das sie sich geeinigt hatten, war, dass das meiste offenbar von einer Frau geschrieben worden war.

Vielleicht sollten wir uns Hilfe von außen suchen, überlegte Lea.

Wolf Wieland war im Flur stehen geblieben und musterte die Wände. Er wirkte auf einmal nachdenklich.

»Hat Tom gesagt, dass er euch mit den alten Möbeln helfen kann?«, fragte er, doch man hörte an seiner Stimme, dass er offenbar an etwas ganz anderes dachte.

»Nein. Es gibt nur noch ein altes Buffet.«

Wolf Wieland schien sie nicht zu hören.

»Tom kann Möbel restaurieren. Er hat das mal beruflich gemacht. Wie so vieles.«

Himmel, was hat er denn noch nicht gemacht?, überlegte Lea, und was geschieht, wenn wir fertig mit der Renovierung sind? Werde ich den Geruch nach Farbe, Öl und jenem Hauch von Bienenwachs, mit dem ich das Buffet behandelt habe, vermissen? Wird Tom einfach gehen? Wird alles sein wie vorher? Nein, sicher nicht, aber wie wird nur alles werden?

Die Haustür wurde plötzlich aufgestoßen.

»Herr Wieland!«, war gleich darauf Claires Stimme zu hören. »Schön, Sie zu sehen. Dürfte ich Ihnen meine Enkelin jetzt entführen?«

»Aber natürlich.« Wolf Wieland grinste breit. »Ich suche ohnehin meinen Neffen.«

»Der ist hinten im Garten. Kommst du, Lea?«

»Einen Moment.«

Lea lief in die Küche, wo sie heute ihre Tasche abgelegt hatte, warf einen kurzen Blick auf das alte Buffet. Hier hatte sie die ersten Spuren ehemaliger Bewohner gefunden, danach waren die Briefe dazugekommen und die Lumpenpuppe, die allerdings Claire an sich genommen hatte.

Lea ging nach draußen. Ihre Großmutter war die Stufen zur Eingangstür bereits hinuntergestiegen und drehte sich nun zu ihr um. »Ich würde gerne ein Stück Kuchen mit dir essen, okay? Ich habe einen furchtbaren Hunger, und wenn ich mich recht erinnere, ging es mir in deinem Zustand damals auch immer so.«

Lea zuckte die Achseln, folgte der Großmutter aber, die nun entschlossen auf Leas kleinen Polo zu marschierte. Sie öffnete die Beifahrertür, half Claire beim Einsteigen und saß wenig später auf dem Fahrersitz.

»Wohin fahren wir?«, fragte sie.

»Kennst du *Die süße Ecke*?«

»Nein.« Lea trat die Kupplung und legte den ersten Gang ein.

»Ein Café in Bad Münster am Stein. Ich habe vor Kurzem herausgefunden, dass es immer noch existiert.« Claire faltete die Hände in ihrem Schoß. »Ich kenne es noch von damals.«

Lea warf ihrer Großmutter einen Seitenblick zu. Würde sie jetzt endlich mehr darüber erfahren, was damals geschehen war?

»Na, dann bin ich mal gespannt.« Lea ließ den Motor an. Ruckelnd bewegte sich das Auto über den unebenen Boden auf das Tor zu.

»Gute Güte, ich war über sechsundsechzig Jahre nicht mehr dort«, sagte Claire nachdenklich, als der Polo gerade die Hügelkuppe überfahren hatte, dann schwieg sie.

Bad Münster am Stein-Ebernburg ist ein kleines Städtchen im Schatten eines großen Felsens – des Rheingrafensteins – und an der Nahe gelegen. Im Stadtteil Ebernburg thront die gleichnamige Burg über dem ehemals verfeindeten Nachbarort. Hier war einmal die bayrisch-preußische Grenze verlaufen. Lea parkte das Auto auf dem Bahnparkplatz, wo sie es zwei Stunden stehen lassen konnten. Nachdem sie beide ausgestiegen waren, hielt Claire sich zunächst am Autodach fest und blickte sich um.

»Es hat sich einiges verändert«, sagte sie und ließ dabei den Blick über eine Bäckerei, einen Blumenladen und dann über die gegenüberliegende Kirche gleiten. Ein Stadtbus fuhr die nahe gelegene Haltestelle an. Ein paar ältere Leute stiegen ein.

Auch Lea sah sich um. Manches Haus an der Hauptstraße erwies sich erst auf den zweiten Blick als kleines Schmuckstück aus vergangenen Zeiten.

»Das hier war einmal ein wirklich eleganter Kurort«, sagte Claire unvermittelt. »Hier traf sich die *haute volée*, wie man in der Gegend so gerne sagt, Reiche, Adlige, sogar gekrönte Häupter.«

Lea nickte. Sie waren bereits ein Stück die Hauptstraße entlanggegangen, als Claire den Arm ausstreckte.

»Da ist es ja, ein wenig verändert, aber eindeutig.«

Lea betrachtete das Haus, an dem große, dicke Lettern auf das Café *Die süße Ecke* aufmerksam machten. Es lag direkt in einer Kurve.

Das Gemisch aus modernen Elementen, Jugendstil und Jahrhundertwende, das schon außen zu sehen war, setzte sich auch im Inneren fort. Das Café selbst war L-förmig. Genau in der Ecke des L befand sich die Kuchentheke, auf die Claire sofort zusteuerte.

Wenig später saßen sie an einem Tisch im längeren Ende des L, weit entfernt von den Türen, vor einer Tasse Milchkaffee und einem Kännchen Pfefferminztee. Bedächtig kostete Claire von ihrer Nusssahnetorte. Lea entschuldigte sich für einen Moment. Auf dem Weg zur Toilette fiel ihr Blick auf einen gerahmten Zeitungsausschnitt, eine uralte Werbung für das Café, das tatsächlich schon um 1907 einen Telefonanschluss gehabt hatte.

Als sie zurückkam, nippte Claire an ihrem Kaffee.

»Damals war es etwas Besonderes für mich hierherzukommen«, sagte sie, nachdem sie die Tasse abgesetzt hatte. Lea pustete leicht in ihren Tee, um ihn etwas abzukühlen. Claires Blick wanderte zu den Jugendstilfenstern. »Ich zog dann mein bestes Kleid an und Ludwig seinen Anzug.«

»Ludwig ist mit dir hierhergekommen?«

»Ja, er hat mich ein-, zweimal ausgeführt, als uns beiden auf dem Gut die Decke auf den Kopf fiel.«

Nachdem Leas Polo vom Hof gefahren war, hatte Tom dem Auto hinterhergeschaut, bis es hinter der Hügelkuppe verschwunden war. Erst dann war er ins Haus zurückgegangen. Nun stand er auf der Leiter, den Farbroller in der Hand, und weißte den oberen Bereich der Wand, während sein Onkel am Fuß der Leiter stand und den Neffen nicht aus den Augen ließ.

»Du wirst mit ihr reden müssen, wenn dir etwas an ihr liegt«, sagte er nun.

»Mir liegt aber nichts an ihr.«

»Erzähl keinen Blödsinn. Ich kenne dich, und ich habe Augen im Kopf.«

Der ältere Mann verschränkte die Arme vor der Brust. Ärgerlich tauchte Tom die Rolle in den Eimer und streifte das Zuviel an Farbe so heftig ab, dass er seine Kleidung bespritzte.

»Und woher weißt du bitte, dass mir etwas an ihr liegt?«, blaffte er. Sein Liebesleben – oder das, was in den letzten Jahren davon übrig geblieben war – ging den Onkel nun wirklich nichts an. Er dachte an die letzten Tage, die er in Hamburg verbracht hatte, und daran, dass er sich gefragt hatte, ob er Lea davon erzählen sollte. Aber das war nun sicherlich übertrieben. Sie waren schließlich kein Paar. Es ging sie nichts an, was einmal in seinem Leben gewesen war, und es interessierte sie bestimmt auch nicht.

»Na, das sieht doch ein Blinder mit Krückstock«, drang Wolfs Stimme an sein Ohr. »Es freut mich, dass du offenbar wieder deine Fühler ausstreckst. Man muss nach vorne blicken.«

»Das sagst ausgerechnet du, ja?« Mit wütenden Bewegungen führte Tom die Rolle fester über die Wand. Erneut spritzte Farbe auf ihn, bildete ein zartes helles Muster auf seinen Händen und wahrscheinlich auch auf seinem Gesicht. »Ich strecke nichts aus, verdammt. Ich bin hier, weil du mich darum gebeten hast und weil ich das Geld gut gebrauchen kann.«

Wolf schüttelte den Kopf. »Ach, Junge, du musst doch meine Fehler nicht wiederholen. Sprich mit ihr. Manchmal denke ich, ich hätte damals …«

»Misch dich nicht in meine Angelegenheiten, ja?«

Tom hängte den Farbroller an einem Haken an der Leiter fest und polterte so eilig die Sprossen hinunter, dass Wolf zur Seite springen musste. Er schwieg, während Tom seine Arbeit kurz begutachtete und sich dann wieder daranmachen wollte, auf die Leiter zu steigen.

»Sprich mit ihr«, wiederholte er dann.

Tom spürte eine Berührung an seinem Arm, wollte sie abschütteln, tat es dann aber doch nicht.

»Woher willst du wissen, dass sie etwas von mir will?«, fragte er, die Augenbrauen gerunzelt. Dann schaute er unwillkürlich auf die Mauer, von der man durch das Fenster einen winzigen Ausschnitt sah. Dort hatte er mit Lea gestanden. Er hatte sie geküsst, und sie hatte nicht reagiert. Überhaupt nicht. Sie war vollkommen teilnahmslos geblieben. Ja, das war das richtige Wort: teilnahmslos.

Er riss seinen Arm aus Wolfs Griff.

»Ich werde mich jedenfalls nicht noch einmal blamieren, und jetzt lass mich bitte in Ruhe.«

Tom trat einen Schritt zur Seite, schloss nach kurzer Überlegung den offen stehenden Farbeimer und ging zur Tür.

»Wo willst du denn jetzt hin?«, rief Wolf ihm hinterher.

»Spazieren«, gab Tom zurück. »Und dann rufe ich Conny und Mia an.«

Obwohl Lea sich bemühte, die richtigen Fragen zu stellen, sagte Claire nur noch wenig zu Ludwig. Sie könne sich nicht erinnern, meinte sie endlich, sei müde, schließlich sei sie eine alte Frau. Noch vor Ablauf der zwei Stunden Parkfrist waren sie wieder am Wagen. Auf der Rückfahrt sprachen sie nur wenig.

Als Lea auf den Weg zum Gut einbog, wo sie vor dem endgültigen Heimweg noch einmal nach dem Rechten sehen wollten, hatte Claire die Augen geschlossen. Lea konnte nicht ausmachen, ob sie schlief. Mit einem Ruckeln erklomm der Polo die Hügelkuppe, die den ersten Blick auf das Weingut freigab. Das Tor war noch offen, sodass Lea ohne anzuhalten hindurchfahren konnte. Sie parkte das Auto an gewohnter Stelle. Als der Motor ausging, schreckte Claire hoch. Offenbar war sie tatsächlich eingenickt. Vielleicht war sie ja doch müde gewesen, wenn Lea auch den Eindruck gehabt hatte, dass sie die Müdigkeit anfänglich nur vorgetäuscht hatte.

»Sind wir schon da?«

Claire unterdrückte ein Gähnen. Lea nickte, stieg aus und öffnete die Beifahrertür. Erst als sie beide auf die Haustür zugingen, bemerkten sie, dass dort jemand stand und auf sie wartete. Jemand, der nun mit schnellen Schritten auf sie beide zukam.

»Friederike«, rief Claire als Erste. Ihre Stimme zitterte.

Mama, dachte Lea selbst bei sich, Mama, was machst du denn hier?

Rike sah Claire nicht an. Ihre Augen blieben auf Lea gerichtet.

»Was willst du von der da?«, sagte sie. »Was willst du von dieser Frau?«

1948

Mit siebzehn Jahren hatte Rike erfahren, dass ihre Mutter nicht schon vor Jahren bei einem der Bombenangriffe zu Tode gekommen war. Nein, ihre Mutter war aus Fleisch und Blut, war eine, die abgehauen war und Mann und Kind zurückgelassen hatte. *Ein Flittchen*.

Auch in späteren Jahren vergaß sie jenen Tag nie. Es war ein langweiliger Sonntagnachmittag gewesen. Sie hatte sich in das Boudoir ihrer Großmama geschlichen, einer feinen Dame, deren Frisiertisch Rike in diesen Jahren immer wieder magisch anzogen hatte. Es war die Zeit der ersten heimlichen Rendezvous gewesen, der ersten Verabredungen zu Milchshakes und gemeinsamen Schwimmbadbesuchen.

Sie horchte, um sicherzugehen, dass sie niemand bei ihrem Tun überraschte, aber im Haus war alles still. Nachdem Friederike die Parfumfläschchen nacheinander aufgestöpselt und wieder verschlossen, an der Puderquaste gerochen und sich vorsichtig etwas Rouge auf die Wangen getupft hatte, war sie endlich dazu übergegangen, die Schubladen auf der Suche nach neuen Kosmetika zu öffnen, die ihre Großmutter, Nora Neuberger, von Zeit zu Zeit kaufte – und dabei war es ihr in die Hände gefallen, das Bündel sorgsam gefalteter Briefe mit scharfen Ecken, von einem hellblauen Band gehalten. Sie lagen ganz hinten in einer der Schubladen und waren ihr bisher nie aufgefallen. Vielleicht hatten sie vorher aber auch an anderer Stelle gelegen. Zunächst hatte sie sich gefragt, ob das wohl Liebesbriefe waren, die ihre Großmutter erhalten hatte – schließlich war sie eine schöne Frau –, entweder vom Großvater, was Friederike sich gar nicht hatte vorstellen können, oder, was weitaus romantischer war, von der Liebe ihres Lebens, die sie hatte aufgeben müssen, jedoch nie vergessen hatte.

Friederike hatte in diesen Jahren viel Sinn für Romantik gehabt, malte sich ihr doch so ereignisloses Leben gerne mit etwas Farbe aus. Später sagte sie sich manchmal, es hätte besser alles so bleiben sollen, wie es gewesen war. Schließlich hatte es ihr an nichts gemangelt. Die Großeltern waren besser durch den Krieg gekommen als manch andere. Das Haus war nicht von Bomben getroffen worden. Sie hatten auch nie wirklich hungern müssen. Einmal hatte jemand gesagt, der Krieg habe ihnen das Leben gerettet, aber damit hatte Friederike nichts anfangen können, und sie hatte es schnell vergessen, um sich erst viel später daran zu erinnern.

An jenem Tag war sie schon im Begriff, die Briefe wieder zurück an ihren Platz zu legen, als mit einem Mal doch die Neugier siegte und sie wenigstens auf die Adresse schaute. Kaum einen Lidschlag später hatte ihr Herz in ihrer Brust zu hämmern begonnen: An Fräulein Friederike Josephine Neuberger, dann folgte die Straße, in der sie immer noch wohnten, als Letztes stand da Frankfurt am Main / Germany auf dem Umschlag.

Fräulein Friederike Josephine Neuberger, hatte sie bei sich wiederholt, aber das bin ja ich.

Allerdings hatte sie diese Briefe nie zuvor gesehen. Mit zitternden Fingern löste sie wenig später das Band und hob den ersten Brief näher an ihr Gesicht, als wolle sie ihren Augen nicht trauen. Ihr Name stand da, ihr Name in einer ordentlichen, ihr unbekannten Handschrift. Dazu klebte eine fremde Briefmarke auf dem Umschlag. Australien.

Friederike hatte den ersten Brief gerade auseinanderfalten wollen, als sie draußen Schritte vernahm. Es war keine Zeit mehr geblieben, die Briefe wieder an Ort und Stelle zu räumen, aber es war ihr gelungen, jenen in ihrer Hand zwischen Unterhemd und Unterhose unter ihre Bluse zu schieben, bevor sie aufgesprungen war und zur Tür geschaut hatte.

Da war bereits Großmama im Türrahmen erschienen. Sehr schnell, wie gewöhnlich, hatte Nora Neuberger die Situation erfasst. Mit ein paar Schritten war sie bei ihrer Enkelin angelangt und hatte ihr das Bündel aus der Hand gerissen.

»Hast du etwas davon gelesen?«, hatte sie streng gefragt.

Friederike schüttelte nur den Kopf.

Nora sah sie prüfend an.

»Ich hätte diesen Schmutz längst wegwerfen sollen«, sagte sie dann und packte ihre Enkelin beim Handgelenk, »und genau das werde ich jetzt tun.«

Dann zerrte sie Friederike hinter sich her bis zur Küche, wo sie eins der Mädchen anwies, die Ofentür zu öffnen, hinter der das Feuer züngelte.

Großmama überreichte Friederike die Briefe.

»Wirf sie dort hinein.«

Friederike, die den ganzen Weg über gefürchtet hatte, Großmama könne auch noch auf den einen verborgenen Brief aufmerksam werden, riss die Augen auf.

»Aber«, hatte sie mit zitternder Stimme gesagt, »das sind meine Briefe.«

»Deine Briefe, so?« Ihre Großmutter hatte die Augenbrauen gehoben. »In diesem Haus gehört dir nichts, mein liebes Kind, gar nichts, und jetzt tu, was ich dir sage.«

Friederike, mein liebes, süßes Kind! Unwillkürlich füllten sich Friederikes Augen mit Tränen. Die Brandwunde, die sie sich bei der Vernichtung der anderen Briefe am Daumen zugezogen hatte, schmerzte, aber irgendwie tat es gut, diesen Schmerz zu spüren. Auf seine Weise machte er das, was sie erlebt hatte, realer. Sie wischte sich mit dem Handrücken über das Gesicht, dann warf sie einen Blick auf den Brief.

Das ist die Handschrift deiner Mutter, sagte eine leise Stimme in ihr, die Handschrift deiner richtigen Mutter, denn alles andere ist Lüge. Die Frau, die sie Mama genannt hatte, hatte sie nicht zur Welt gebracht. Die Frau, die sie betrauert hatte, hatte ihr niemals die Wahrheit gesagt. Felicitas war nicht ihre Mutter gewesen.

Friederike fuhr sich erneut mit der Hand über das Gesicht, weil die Buchstaben vor ihren Augen verschwammen. Der Brief, den sie im Folgenden las, war an ein kleines Mädchen gerichtet, vier Jahre alt, denn er war 1935 abgeschickt worden. In einfachen Worten berichtete er von einem Leben in einer fernen Welt, berichtete von einem Teddybär, der bald zu dem kleinen Mädchen Friederike reisen würde.

Als Friederike den Brief schließlich wieder versteckte, kannte sie ihn fast auswendig – und wusste, dass in ihrem Leben alles anders war, als sie bisher geglaubt hatte.

Vierter Teil

Claire

April 1929 bis August 1930

Erstes Kapitel

Frankfurt, 1929

Das erste Gefühl, das Claire Johanne gegenüber empfand, war tiefe Bewunderung. Johanne war immer ein wenig kecker gekleidet als die anderen Mädchen im Schiller-Gymnasium. Johanne ließ sich nichts gefallen und nahm die Strafen von Fräulein Dahlhoff wie eine Auszeichnung entgegen. Und Johanne rauchte – der Gipfel der Unverfrorenheit. Claire hatte sie eines Tages in einem leeren Klassenzimmer dabei erwischt. Seltsamerweise war dies der Beginn ihrer Freundschaft gewesen.

»Willste mal ziehen?«, hatte Johanne geradeheraus gefragt, und weil Claire sich nicht getraut hatte abzulehnen, hatte sie genickt und den ersten Tabakqualm ihres Lebens eingeatmet. Fast im gleichen Moment hatte sie entsetzlich husten müssen.

Johanne hatte sie prustend ausgelacht.

»Ich glaube, das Erste, was du lernen musst, meine Liebe, ist, Nein zu sagen«, hatte sie immer noch kichernd bemerkt, nachdem Claire wieder halbwegs zu Atem gekommen war.

Einen Augenblick lang sahen die beiden jungen Frauen einander an. Claire sah das weiße Kleid noch genau vor sich, das Johanne an jenem Tag vor einem Jahr getragen hatte. Ein Kleid, das ihren schlanken Körper mit einer leichten Taille betonte und ansonsten beinahe gerade nach unten gefallen war, um kurz unter den Knien zu enden.

»Wie heißt du eigentlich?«, hatte sie nach einer Weile gefragt und sich links einige Strähnen ihres Pagenkopfs hinters Ohr geschoben.

»Claire.«

»Ich heiße …«

»Johanne«, platzte Claire heraus und errötete gleich darauf.

Johanne Neuberger kam aus einer angesehenen, wohlhabenden Familie. Johanne kannte jeder in der Schule, und wer es nicht tat – ob Lehrer oder Schülerinnen –, der lernte sie bald kennen.

»Ah, du kennst mich?«, hatte sie trotzdem kokettiert und sich dabei doch keinen Anschein von Überheblichkeit gegeben. Sie waren sich sympathisch gewesen, vom ersten Augenblick an.

Ein paar Wochen darauf war Wilhelm, genannt Will, zu ihnen gestoßen, Johannes Bruder. Bis dahin war es Johanne gewesen, die Claires ganze Aufmerksamkeit für sich gefordert hatte. Sie verbrachten jede freie Minute miteinander, erledigten die Hausaufgaben gemeinsam, tauschten ihre Kleider, frisierten einander und blätterten in Modejournalen, wie *Die Dame* oder *Elegante Welt*.

»Wenn ich endlich volljährig bin«, sagte Johanne einmal, die Zigarette zwischen zwei spitzen Fingern haltend, den Daumen gegen das elfenbeinerne Mundstück gelegt, »dann gehe ich nach Berlin.«

Mit einem Ruck setzte Claire sich auf. Es war April, einer der ersten schönen Tage, und die beiden Freundinnen saßen im Licht- und Luftbad am Main und genossen die Sonne. Zwar kannte Claire Johannes Pläne schon länger, aber nun war der Zeitpunkt wieder ein Stück näher gerückt – bald würde Johanne achtzehn Jahre alt werden, und danach waren es nur noch drei Jahre. Ihr war durchaus unbehaglich bei dem Gedanken, dass ihre Freundin sie dann verlassen würde. Claire musterte Johanne von der Seite.

»Berlin? Aber das ist so weit weg. Wir werden uns dann nur noch ganz selten sehen. Willst du es dir nicht noch einmal überlegen?«

»Na, komm doch mit.«

Claire antwortete nicht. Johanne drückte die Zigarette aus, stützte die schmalen Arme nach hinten, legte den Kopf in den Nacken und winkelte ein Bein an, das sie gleich darauf leicht hin und her wippen ließ. Vom Wasser her drang das jauchzende Geschrei der Badenden zu ihnen, das weit über den Fluss hinweg klang. Ein paar junge Burschen spielten Ball, eine Familie packte ihr Picknick aus.

»Ich gehe zum Film«, Johanne reckte entschlossen das Kinn, »ich werde Schauspielerin, das habe ich schon lange so geplant.«

»Was?« Claire riss die Augen auf. Das wusste sie nicht, das war neu, dabei hatten sie sich beide doch stets alles erzählt. »Und was sagen deine Eltern dazu?«

»Ach Gott …« Johanne legte erneut den Kopf in den Nacken zurück und bewegte ihn nun leicht hin und her, sodass ihr Haar über ihre zarte Haut streifte. Claire kam es vor, als habe sie sich das Haar noch ein wenig kürzer schneiden lassen; als sähe sie noch ein wenig herausfordernder aus: hübsch, dünn und frech, so wie Claire sich die Berlinerinnen vorstellte. Johanne passte nach Berlin, und Johanne würde es ganz sicherlich auch zum Film schaffen.

»Himmel, meine Eltern frage ich doch nicht. Wenn ich endlich volljährig bin, muss ich das, Gott sei Dank, auch nicht mehr. Ich muss ja nur noch drei Jahre schaffen.«

»Ich weiß. Was machst du, wenn sie wollen, dass du eine Ausbildung machst oder studierst oder so etwas? Im Sommer ist die Schule vorbei, ich …«

»Eine Ausbildung? Studieren? Ich? *Das* werden meine Eltern ganz sicherlich nicht von mir verlangen. Vielleicht wollen sie, dass ich heirate, aber einen Ehemann … Na, den werde ich mir noch ein Weilchen vom Hals halten.« Johanne machte eine Pause, während der sie tief durchatmete. »Und dann bin ich auf und davon. Dann hält mich niemand mehr.«

Abenteuerlust vibrierte in ihrer Stimme. Claire wollte gerade etwas erwidern, da war mit einem Mal eine männliche Stimme zu hören.

»Fräulein Mylius! Schwesterherz! Seid ihr schon lange hier?«

Johanne richtete sich auf und blinzelte den Neuankömmling gegen die Sonne an. Stumm betrachtete Claire den blonden, groß gewachsenen und muskulösen Mann, der neben ihnen aufgetaucht war: Will … Neuerdings verschlug es ihr schier die Sprache, wenn sie ihn sah. Johannes Bruder hatte etwas ungemein Charmantes, was Johanne allerdings nicht zu bemerken schien. Die Geschwister zankten sich fast ständig.

»Ach, du bist das …«

Ihre Stimme klang gelangweilt. Im nächsten Moment war sie aufgesprungen und zum Wasser hinübergelaufen. Wilhelm starrte ihr hinterher und deutete dann auf die Decke und den Platz, den seine Schwester freigegeben hatte.

»Darf ich mich setzen, Claire?«

Claire nickte. Obwohl Johanne, er und sie schon miteinander spazieren gegangen waren, obwohl sie einander schon eine gute Weile kannten und sie längst den Eindruck hatte, Will alles von sich erzählt zu haben, was sie von sich wusste und noch viel mehr, überkam sie in seiner Gegenwart öfter ein seltsames Gefühl der Fremdheit.

Er ist so schön, dachte sie unwillkürlich.

Will lächelte sie an. Unsicher lächelte Claire zurück. Eigentlich hatte er ihr schon kurze Zeit, nachdem sie einander kennengelernt hatten, bedeutet, dass ihm etwas an ihr lag, und das verwirrte sie noch mehr. Er war ein richtiger Mann, nicht ein Junge, wie die von der Nachbarschule.

Will war fünfundzwanzig Jahre alt und würde bald in die florierende Firma seines Vaters – Import und Export, was auch immer das bedeutete – einsteigen. Er hatte einen kräftigen Kiefer, tiefblaue Augen und eine gerade Nase, wie bei einer römischen Statue.

Schön wie eine Statue ist er, mein Bruder, hatte Johanne auch einmal bemerkt, und wenn man jeden Tag mit ihm verbringen darf, ist er in etwa auch genauso unterhaltsam.

»So schweigsam heute«, neckte er sie nun.

Claire musste ihm ausweichen, schaute zu Boden. Noch nicht einmal jetzt, wo er offenbar alles tat, um sie nicht zu verschrecken, wollte es ihr gelingen, die richtigen Worte zu finden.

»Ich wollte dich demnächst gerne unserer Mutter vorstellen«, sagte er nun.

Claire schreckte hoch.

»Deiner Mutter? Warum?«

»Na, warum wohl? Weil du mir gefällst.«

Claire lief puterrot an. Wills Mundwinkel zuckten. Seine Augen musterten sie mit einem irritierend kühlen Interesse, doch schon im nächsten Augenblick war sie wieder überzeugt davon, sich geirrt zu haben. Nein, sein Lächeln war gewinnend und freundlich.

»Komm, lass uns gleich gehen«, sagte er jetzt. »Ich weiß, dass Mutter heute zu Hause ist.«

»Aber ich habe gar nichts Rechtes zum Anziehen dabei.«

»Du siehst immer reizend aus.«

Er streckte ihr die Hand hin.

»Und Johanne?«, begehrte Claire noch einmal schwach auf.

»Na, sie wird schon wissen, dass du mit mir unterwegs bist. Komm, zieh dich rasch an.« Er sah sich kurz um und deutete dann zu Johanne hin. »Mein Schwesterherz ist ohnehin beschäftigt.«

Claire folgte seiner Hand. Johanne stand bei den Ballspielern und war in ein Gespräch vertieft. Ab und an konnte man sie lachen hören. Will zog Claire mit einem kräftigen, sicheren Griff auf die Füße. Es war müßig, sich gegen seine Stärke zu wehren. Sie verschwand rasch, um sich anzuziehen.

Wenig später hatten sie seinen Mercedes erreicht, den er in einer Seitenstraße in der Nähe geparkt hatte. Claire zupfte an ihrem einfachen Rock und strich sich mehrfach die Bluse glatt. Ein kühler Windzug sorgte für eine Gänsehaut an ihren Beinen. Ihr klopfte das Herz bis in den Hals, als sie in Wills Sportwagen Platz nahm. Sie war noch nie Auto gefahren. Gleich darauf fragte sie sich, ob es schicklich war, was sie da tat. Da brummte auch schon der Motor auf. Jetzt gab es kein Zurück mehr.

Für einen Moment dachte Claire, sie müsse wie Lots Frau zu einer Salzsäule erstarren. Seit sie das herrschaftliche Haus der Neubergers betreten hatte, ließ sie die schwarz gekleidete Dame am Ende der Treppe nicht aus den Augen.

»Sie sind also Claire Mylius«, sagte sie nach einer Zeit, die Claire wie die Ewigkeit vorkam.

Das ist Nora Neuberger, hämmerte es in ihrem Kopf, Nora Neuberger, Wills und Johannes Mutter. Sie nahm allen Mut zusammen und ging auf die ältere Frau zu, die nun gleichermaßen auf sie zu schritt. Als sie sich beide gegenüberstanden, streckte sie die Hand aus.

»Guten Tag, Frau Neuberger. Ich freue mich, Sie kennenzulernen.«

»Ganz meinerseits, Fräulein Mylius.« Frau Neuberger drückte ihre Hand kurz, ohne die Miene zu verziehen. »Man hat mir schon viel von Ihnen erzählt.«

Danach hatte Claire nichts mehr zu sagen gewusst, aber Frau Neuberger hatte sich ohnehin schon wieder abgewandt und ihr mit einer Handbewegung bedeutet, ihr zu folgen.

Wer hat von mir erzählt?, fragte sich Claire aufgeregt, während sie den Blick auf den feinen Seidenstoff von Frau Neubergers Kleid gerichtet hielt. Johanne? Diesen Gedanken verwarf sie sofort wieder. Die Freundin wechselte nur die nötigsten Worte mit ihren Eltern. Will? Sie blickte ihn kurz von der Seite an und versuchte, sich den gestandenen Mann im Gespräch mit seinen Eltern vorzustellen, kam aber auch hier zu keinem Schluss.

Im Salon hatte das Mädchen Kaffee und Kuchen aufgetischt, einen Frankfurter Kranz, Claires Lieblingskuchen, von dem sie aber zu ihrem Leidwesen kaum einen Bissen herunterbekam.

»Sie essen nicht gut?«, fragte Frau Neuberger unvermittelt und mit doch erstaunlich scharfer Stimme und verlor dabei doch nie ihren damenhaften Ausdruck.

»Aber doch, ich …«, stotterte Claire.

Wo war Will nur hin verschwunden? Er hatte sich mit einem Küsschen von seiner Mutter verabschiedet, als sie den Salon betreten hatten. Wann, um Himmels willen, gedachte er, sie aus dieser misslichen Lage zu befreien? Sie machte sich doch ohnehin nur lächerlich, aber das hatte sie ja gleich gewusst.

Ein Blick auf die Uhr zeigte ihr später, dass sie kaum eine Stunde gemeinsam mit Frau Neuberger verbracht hatte. Claire war es wie Tage vorgekommen, und sie hätte vor Erleichterung auflachen können, als sich Wills und Johannes Mutter am Ende mit ihrer Wohltätigkeitsarbeit entschuldigen ließ.

»Vielleicht«, sagte Nora Neuberger, als sie sich in der Tür noch einmal umdrehte, »werden Sie mich ja auch einmal begleiten wollen?«

Claires erster Impuls war es gewesen, »Ja, vielleicht« zu antworten, doch es war ihr gelungen, ihre Gesichtszüge in einem Lächeln zu arrangieren. »Ja, gerne«, hatte sie geantwortet und zum ersten Mal den Eindruck gehabt, etwas richtig getan zu haben.

Zweites Kapitel

»Meine Güte, diese Claire Mylius ist nun wirklich ein sehr einfaches Ding«, sagte Frau Neuberger, als sie an einem der nächsten Abende gemeinsam mit Vater und Sohn den Tag im Salon ausklingen ließ. »Habt ihr sie denn wirklich gut überprüft? Ist sie die Richtige? Wie soll solch ein schüchternes Mädchen unser Haus repräsentieren?«

»Aber natürlich habe ich sie überprüft!«

Gelangweilt und auch etwas gereizt nippte Wilhelm an seinem Cognac, hielt das Glas dann etwas entfernt von sich und schwenkte den Alkohol behutsam hin und her.

Von seinem Platz im Lehnsessel aus mischte sich Vater Constantin Neuberger in das Gespräch zwischen Mutter und Sohn.

»Der Vater betreibt tatsächlich ein gut laufendes Geschäft, ein Wunder in unseren Zeiten. Außerdem gibt es auf der Bank ein Guthaben auf ihren Namen. Solides Gold, wenn man mich richtig informiert hat. Bei Volljährigkeit wird sie darauf Zugriff haben.«

»… oder ihr Mann. Oh, Constantin«, gurrte Nora und verlor für einen Moment lang ihren steifen, damenhaften Ausdruck, »wie hast du das nur wieder herausgekriegt?«

Constantin lächelte zufrieden. »Man hat doch immer noch seine Kontakte, nicht wahr? Nützliche Kontakte. Ich wusste immer, wann ich zuschlagen muss.« Seine Miene wurde wieder ernst. »Ich hoffe, es ist euch bewusst, dass wir uns keinen Fehler leisten können. Die Firma …«

»Das ist uns nur sehr wohl bewusst«, fuhr Wilhelm dazwischen. »Wenn du unser Geld nicht völlig sinn- und ziellos verspekuliert hättest, dann … Aber lassen wir das.«

Er seufzte tief. »Du meine Güte, Mutter, noch nie im Leben hatte ich mit einem solch einfältigen Weib zu tun. Ich langweile mich noch zu Tode mit dieser Claire, und das nun seit über einem Jahr, aber was tut man nicht alles für die Familie?«

Er suchte Beifall heischend nach dem Blick seiner Mutter, die ihre weißen, knochigen Finger wie kleine Barrieren vor sich auf der dunklen Tischplatte platziert hatte, während der Vater etwas beleidigt dreinschaute.

»Du musst sie ja nur heiraten.« Nora Neuberger lächelte kalt. »Was danach ist, bleibt dir überlassen.«

»Ich weiß, Mutter, ich weiß.«

»Und wann wirst du sie so weit haben?«, mischte sich der Vater ein.

Wilhelm hob die Augenbrauen. »Ich habe sie doch schon so weit. Ich will sie nur noch ein wenig zappeln lassen.« Er grinste.

»Hm, bist du dir sicher?« Nora hob die Augenbrauen. »Ich glaube übrigens, Johanne mag sie sehr. Was, wenn sie Wind von der Sache bekommt?«

»Davon, dass ich Claire heiraten will? Ach Gott, das ahnt sie sicherlich schon, und meine Güte, was sollte sie dagegen haben? Ein wenig Glück wird sie ihrem Bruder ja wohl gönnen.« Er grinste noch breiter. Auch Nora lächelte, konnte aber eine gewisse Besorgnis nicht verbergen.

»Nun, mir wäre es lieber, wir hätten die Sache schon in trockenen Tüchern. Ich traue deiner Schwester nicht. Sie ist so unüberlegt.«

Wilhelm fiel auf, dass sie wieder einmal deine Schwester sagte und nicht meine Tochter, aber Johanne gegenüber hatte Nora niemals mütterliche Gefühle empfunden.

Weiter entfernt klappte plötzlich die schwere Haustür. Stimmen waren zu hören, Johanne und die Haushälterin, Frau Hallhuber. Charakteristisch rasche Schritte näherten sich gleich darauf durch den Flur. Als Johanne eintrat, hatte Nora es sich gerade auf der Chaiselongue bequem gemacht, während Wilhelm an deren Fußende saß und ihr vorlas.

Die Begrüßungen fielen knapp aus. Misstrauisch schaute Johanne vom einen zum anderen, doch Wilhelm sah es ihr an, dass sie beim besten Willen nicht ausmachen konnte, weswegen sich die Familie hier versammelt hatte. Sie wusste nur, dass irgendetwas nicht stimmte, doch das genügte nicht. Wilhelm unterdrückte ein Grinsen. Er musste zugeben, dass er Gefallen an der Situation empfand.

Drittes Kapitel

»Claire, mein Schatz, komm einmal zu mir.«

Claire, die wie üblich ihren Platz auf der Fensterbank im kleinen Büro ihres Vaters eingenommen hatte, um die Leute unten auf der Straße zu beobachten, drehte den Kopf. Nicht zum ersten Mal heute erschreckte sie sich ein wenig, als sie Carl Mylius' blasses Gesicht sah. Er war immer schlank gewesen, doch seit dem Krieg, der ihrer aller Leben verändert hatte, war er hager. Natürlich war sie zu jung, um die Verwandlung selbst bewusst erlebt zu haben, aber sie kannte die Bilder: Nach dem Krieg war er ein anderer gewesen. Wie so viele.

Trotzdem war er für Claire auch heute noch der schönste Mann der Welt mit seinem fein geschnittenen Gesicht, dem hellbraunen, stets ordentlich gescheitelten Haar und dem geschwungenen schmalen Schnurrbart. Seit sie denken konnte, hatte ihr Vater viel Wert auf sein Aussehen gelegt, war stets elegant und modisch gekleidet und duftete nach Eau de Toilette. Sie hätte seinen Duft blind unter vielen heraus erkennen können.

Claires nackte Füße machten leise *plopp*, als sie auf dem Holzboden aufkam. Ihr Vater lächelte sie an, und trotzdem konnte sie nicht übersehen, dass ihn etwas bedrückte. Er sah müde aus, so als habe er schon Tage nicht mehr ausreichend geschlafen. Nein, er schlief auch nicht mehr gut seit dem Krieg. Zudem bereitete ihm eine alte Verletzung der Lunge immer wieder Schwierigkeiten. Trotzdem stand er noch täglich in seinem Bürowarenhandel, sorgte dafür, dass die Ware ordentlich präsentiert wurde, sprach mit seinem Mitarbeiter. Herr Lohse war geblieben, nachdem sie die anderen hatten entlassen müssen. Die Zeiten waren schlecht, aber nicht zu schlecht für die Familie Mylius. Im bescheidenen Rahmen ging es ihnen immer noch gut. Claire wusste, dass sie dafür dankbar sein musste. Anderswo in der Stadt hungerten die Menschen, lange Schlangen bildeten sich vor Suppenküchen, und manche Frauen, so nannte es ihre Mutter, waren gezwungen, sich zum Schlimmsten zu erniedrigen: zur Prostitution.

Sie stand nun unschlüssig vor ihrem Vater. Die Tage, an denen sie sich einfach auf seinen Schoß gesetzt und mit den Stiften und den Papieren auf seinem Tisch gespielt hatte, waren lange vorbei. Bald würde sie eine verheiratete Frau sein – Claire fröstelte –, sie würde dieses Haus verlassen und wohl niemals mehr auf der Fensterbank sitzen. Als verheiratete Frau durfte man sicher nicht mehr auf der väterlichen Fensterbank sitzen. Sie schaute auf die Schreibtischplatte, wo ihr Vater frisch gespitzte Bleistifte aufgereiht hatte, die er dann wegräumen würde. Als sie noch jünger gewesen war, war es ihre Aufgabe gewesen, seine Bleistifte zu spitzen, wenn nötig, und sie hatte sie mit Hingabe erfüllt. Unvermittelt strich der Vater ihr über das Haar, und sie hätte sich am liebsten in die Berührung geschmiegt, wie das schutzbedürftige Kind, das sie einmal gewesen war und als das sie sich immer noch fühlte.

»Claire, Liebes, du glaubst mir doch, dass ich immer das Beste für euch will?«

»Natürlich, Papa.«

Nun streichelte sie sein Gesicht im vergeblichen Versuch, die Traurigkeit daraus zu verbannen. Irgendetwas bereitete ihm Sorge, aber sie wusste nicht was. Er betrachtete sie mit seinen warmen Augen, und sie dachte daran, wie er sie früher ins Bett gebracht, sie getröstet, ihr Geschichten erzählt hatte. Alles Dinge, für die ihre Mutter Aurelia niemals Zeit gefunden hatte, denn dafür gab es schließlich Personal.

Manchmal, so dachte Claire, war sie sicher, dass ihre Mutter eigentlich niemals Kinder gewollt hatte. Sie hatte »das Kind« bekommen, weil es dazugehörte. Danach war sie nie wieder schwanger geworden.

»Warum schaust du so düster, mein Goldstück? Die Hochzeit wird wunderbar werden, und Wilhelm ist ein mehr als stattlicher Ehemann. Es ist eine gute Familie, es wird dir sicher an nichts mangeln.«

»Ja …«, antwortete Claire gedankenverloren. Aurelias Bild blieb vor ihrem inneren Auge stehen. Als Wilhelm

Neuberger um ihre Hand angehalten hatte, war ihre Mutter zum ersten Mal seit Langem zufrieden mit ihrer Tochter gewesen. Den ganzen Tag über hatte sie gestrahlt, und am nächsten hatte sie es ihren engsten Freundinnen im Salon erzählt.

»Ich hätte nicht gedacht, dass du einmal so eine gute Partie machst, Claire«, hatte sie abends zu ihrer Tochter gesagt. »Ich bin wirklich zufrieden mit dir.«

Claire kämpfte gegen das Gefühl an, dass sie ihre Mutter sicherlich bald wieder enttäuschen würde.

Viertes Kapitel

Claire Mylius und Wilhelm Neuberger heirateten im Juli 1930, und am Ende jenes Freudentages wusste Claire, dass man sich innerhalb weniger Stunden wie eine Prinzessin und wie eine Bettlerin fühlen konnte.

Dabei hatte der Tag ausgesprochen gut begonnen. Der Vater hatte ein Telegramm geschickt, denn er befand sich gerade auf Kur in den Schweizer Bergen. Die Lungenprobleme, unter denen er seit dem Krieg litt, hatten sich akut verschlimmert, die Behandlung konnte nicht mehr aufgeschoben werden. Claire war traurig darüber gewesen, dass der Vater sie nicht als Braut sehen würde, doch sie wollte auch nicht undankbar sein. Die Heirat mit Wilhelm Neuberger brachte sie schließlich auf der gesellschaftlichen Leiter einen wichtigen Schritt weiter nach oben. Ihre Mutter wurde nicht müde, dies zu betonen. Und

Claire bemühte sich redlich, darin etwas Erfreuliches zu sehen und nichts, was ihr Angst machen musste.

Aurelia Mylius jedenfalls weckte sie bester Laune. Lina, das Mädchen ihrer Mutter, half Claire in das Hochzeitskleid, frisierte und schminkte sie sogar ein wenig – so viel es einer Dame eben stand. Wilhelm hatte sich nicht lumpen lassen und das Brautkleid bezahlt, das Claire und ihre Mutter ausgesucht hatten. Es war modern, jedoch – aus Rücksicht auf Frau Neuberger – nicht zu modern. An den Füßen trug sie feine Stoffschuhe mit Schmuckspangen. Dazu ließ sie ihr blondes Haar zu einem dicken Zopf flechten, der, mit Blumen geschmückt, über ihre rechte Schulter drapiert wurde. Darüber kam der Schleier, der noch von Aurelias Großmutter stammte.

Wilhelms erster Blick zeigte Claire, dass sie seinen Geschmack getroffen hatte, und sie verspürte ein seltsames, fast bestürzendes Gefühl der Erleichterung. Die Vorstellung, einfach wegzulaufen, die seit dem Erwachen am Morgen immer wieder durch ihre Gedanken gezuckt war, manifestierte sich erneut.

Nach der Trauung versammelte man sich zum Essen. Eine schier unendliche Reihe von Speisen wurde an Claire vorbeigetragen, doch sie verspürte – anders als ihre Gäste – keinen Hunger. Wilhelm dagegen aß mit gutem Appetit. Danach setzten die Tänze ein. Mutter wurde von Herrn Neuberger senior aufgefordert. Frau Neuberger blickte hoheitsvoll in die Runde. Claire fühlte sich von der Pracht der Ausstattung immer noch schier geblendet. Die Neubergers und ihre Eltern hatten wahrlich keine Kosten gescheut.

Nach vier Tänzen war ihr so heiß, dass sie sich zurückzog, um sich die Nase zu pudern. Nachdenklich betrachtete sie sich im Spiegel, hielt Wilhelms teuren Ring ins Licht und erfreute sich an seinem Glanz. Frau Wilhelm Neuberger, sagte sie zu sich, ich bin Frau Wilhelm Neuberger.

Ihr Leben fühlte sich richtig an, bis zu dem Moment, an dem Johanne zu ihr stieß. Claire erkannte Johannes Schritte, bevor diese im Türrahmen auftauchte. In ihrem Abendkleid mit seinen wasserfallartigen Garnierungen und dem entgegen der neuen Mode immer noch recht tiefen Rückenausschnitt strahlte sie einen Hauch von Provokation aus. Sie hatte sich auch am Hochzeitstag nicht ordentlicher kleiden wollen, wie Frau Neuberger im Verlauf des Tages einmal pikiert bemerkt hatte. Nun stand sie da, den Pagenkopf vom Tanzen zerzaust, die Augen dunkel, die Wimpernbögen dünn und im Halbrund gebogen, die Lippen blutrot geschminkt, und zögerte.

»Du Ärmste«, sagte sie dann, »dass er dich rumgekriegt hat, mein armes Häschen, verflixt und zugenäht, dass er dich rumgekriegt hat. Ich hätte doch besser aufpassen müssen.«

Claire, die Johanne bisher nur über den Spiegel beobachtet hatte, fuhr auf dem Fuß herum. »Wie meinst du das?«

Johanne runzelte die Stirn. Jetzt machte sie einen betretenen Eindruck, als sei sie zu schnell nach vorne geprescht. Hatte sie nicht selbst gesagt, dass ihr Mundwerk manchmal schneller war als ihr Kopf, versuchte Claire sich zu beruhigen. Es dauerte eine Weile, bis Johanne wieder sprach.

»Es tut mir leid«, sagte sie, »das wollte ich eigentlich gar nicht sagen. Ach, am besten, du vergisst es einfach. Du weißt doch, dass ich oft zu viel rede, ich altes Plappermaul. Du bist wirklich eine wunderschöne Braut.«

Claire errötete. Vor Kurzem hatte Johanne gesagt, dass ihre Schönheit etwas Beiläufiges habe, etwas, was sich nicht auf den ersten Blick enthülle, einen dann aber umso tiefer berühre. Sie schaute die Freundin einen Moment lang prüfend an und entschied sich dann, nicht weiter über das Gesagte zu grübeln. Sie grübelte ohnehin zu viel.

Es ist doch ein schöner Tag, hatte sie bei sich gedacht, ich darf mir jetzt keine unnötigen Gedanken machen. Ich bin verheiratet. Vater und Mutter sind stolz auf mich.

Johanne bot ihr den Arm.

»Komm, wir mischen uns wieder unter die Gäste. Sie vermissen die Braut sicherlich schon.«

Claire seufzte, gab aber keine Antwort. Es war nur ein Gedanke, der aufgeblitzt war, einer der vielen Gedanken, die sich nicht verdrängen ließen: Nachdem die Trauung und all das vorüber war, bezweifelte sie, dass sie irgendjemand vermisste. Ihr Mann und seine Familie gewiss nicht. Auch ihre eigene Mutter nicht. Für Aurelia hatte sie ihren Zweck für heute erfüllt.

Wilhelm war mit einem tiefen Schnaufen auf Claire zusammengesunken, dann rollte er sich zur Seite, saß endlich auf dem Bettrand. Claire starrte seinen nackten Rücken an.

Mein Mann. Ach, wie seltsam sich das anhört, dachte sie.

Breite Schultern, schmale Hüften; sie bemerkte jetzt einige verstreute Sommersprossen auf seinen Schultern. Aus einem Muttermal unter seinem rechten Schulterblatt wuchs ein Haar. Das war ihr vorher im Schwimmbad nie aufgefallen, und sie fragte sich, was es wohl noch an *ihrem* Mann zu entdecken gab.

Als er aufstand, ließ sie der Blick auf sein kleines, festes Hinterteil erröten. Mit großer Selbstverständlichkeit bewegte Will sich nackt durch den Raum – er hatte ihr einmal gesagt, dass er Anhänger der sogenannten Freikörperkultur war –, nahm sein Jackett von einem der Stühle und holte das silberne Zigarettenetui hervor.

Noch während er sich setzte, zupfte er eine Zigarette hervor, klopfte sie dann mit der Spitze auf dem Tischchen auf, neben dem er stand, entzündete sie und rauchte einige Züge, bevor er wieder zu ihr hinsah.

Claire kam es jetzt vor, als beobachte er sie. Hatte sie sich so dumm angestellt? Hatte sie ihn enttäuscht? Verunsichert zog sie die Decke über die eigene Blöße und kam sich doch weiterhin nackt und verletzlich vor. Aber sie hatte einfach nicht gewusst, was sie tun sollte. Sie hatte ja keine Vorstellung davon gehabt, was man in der Hochzeitsnacht genau machte. Unschlüssig zog sie die Decke noch etwas höher, spürte den plötzlich so rauen Stoff über ihre nackte Haut streifen. Der Geruch von Schweiß, Parfum, Seife und Tabak vermengte sich mit einem Mal zu einem Gemisch, das ihr den Atem nehmen wollte. Das war also ihre Hochzeitsnacht.

Sie sah zu, wie Wilhelm das Gaslicht etwas herunterdrehte. Sein Schatten tanzte über die Wände. Das Ende der Zigarette glühte jedes Mal auf, wenn er einen neuen Zug nahm. Sein Blick blieb die ganze Zeit auf sie gerichtet, doch er sprach kein Wort. Irgendwann wanderten Claires Gedanken weg. Als sie endlich wieder seine Stimme hörte – sie konnte nicht mehr sagen, wie viel Zeit vergangen war –, zuckte sie zusammen.

»Es ist vielleicht etwas verfrüht, jetzt damit herauszuplatzen, Liebes«, sagte er, »aber irgendwann wirst du es ohnehin erfahren, also was soll's. Die heutigen Lieferanten müssen noch bezahlt werden. Würdest du bitte deinem Vater dementsprechend telegrafieren?«

Claire starrte ihren Mann aus weit aufgerissenen Augen an. Das war keine Frage, das war ein Befehl.

»Aber wie«, stotterte sie, »wie soll ich …?«

»Ach, Kleines«, antwortete Wilhelm liebenswürdig, »dir wird schon etwas einfallen. Du bist doch meine Frau.«

Sie ahnte nicht, dass das, was als Nächstes geschah, sie für lange, lange Zeit in ihren schlimmsten Träumen verfolgen würde.

Fünftes Kapitel

Der Sarg wartete in der Leichenhalle auf seine einzigen Trauergäste. Als Claire die letzten Schritte auf ihn zu trat, wurden ihr die Knie weich. Nun stand sie direkt davor, mit trockenen, brennenden Augen, doch sosehr sie auch hätte weinen mögen, sie hatte längst alle Tränen geweint.

Carl Mylius war tot. Ihr geliebter Vater. Man hatte ihr Telegramm nicht bei ihm gefunden, als man die Kleidung des Verunglückten durchsucht hatte, doch Claire war fest davon überzeugt, dass sie Schuld an seinem Tod trug.

Nicht zum ersten Mal dachte sie an den Tag, der auf die Hochzeit gefolgt war, jenen Tag, an dem sie mit Wilhelms Hilfe – sie konnte ihn einfach nicht mehr Will nennen – das Telegramm formuliert hatte. Weil sie sich, wie es ihr Mann ausgedrückt hatte, doch zu dämlich anstellte.

Ihr Vater musste beinahe sofort nach dessen Erhalt aus der Schweiz abgereist sein. Er hatte seine Kur abgebrochen, war in die Frankfurter Wohnung der Familie zurückgekehrt. Sicherlich hatte er sie noch besuchen wollen. Am Morgen des Unfalls war er noch im Geschäft gewesen und hatte Herrn Lohse davon erzählt. Wenig später war er mit den Worten, dass er sich nicht gut fühle, nach Hause gegangen. Herr Lohse berichtete später, der Chef habe müde und abwesend gewirkt. Am geöffneten Fenster der Wohnung der Familie Mylius im dritten Stock musste er wenig später den Schwächeanfall erlitten haben, hatte den Halt verloren und war ungebremst auf das mehrere Stockwerke tiefer liegende Pflaster gestürzt. Er war sofort tot gewesen.

Es ist meine Schuld. Wie soll ich nur ohne ihn leben, wie nur? Wie soll ich damit leben?

Ein-, zweimal holte sie tief Atem, dann drehte sie sich zu ihrer Mutter um. Wilhelm und sie hatten die Flitterwochen sofort abgebrochen, als man sie von dem Unglück unterrichtet hatte. Claire erinnerte sich, in der Lobby des Pariser Hotels gestanden zu haben, einen Mann von Welt an ihrer Seite. Wilhelm hatte die Reise sichtlich genossen. Er hatte ihr Kleider kaufen wollen, von denen sie längst wusste, dass er sie nicht bezahlen konnte, Schuhe, Parfums, Hüte.

»Was muss noch geklärt werden?«, fragte sie nun ihre Mutter und bemühte sich, einen geschäftsmäßigen Ton anzuschlagen, hinter dem sie ihren Schmerz verbergen konnte.

Aurelia zuckte die Achseln. »Nun«, sagte sie dann seltsam schnippisch, »ob der Pfarrer zur Beerdigung kommt oder ob er so verscharrt wird, nehme ich an.«

Das Schnippische hatte einen bitteren Nachhall. Claire schaute ihre Mutter verständnislos an.

»Was meinst du damit?«

»Damit sage ich, dass nicht eindeutig ist, was überhaupt passiert ist.«

Claire fröstelte. »Aber es hieß, ihm sei schwindlig gewesen, und er sei daraufhin aus dem Fenster gestürzt.«

Knapp vor Frau Mutschkes Füße, fügte sie stumm hinzu. Die alte Dame hatte einen Schock erlitten, aber Glück im Unglück gehabt.

»Wir wissen doch alle, dass es ihm schon lange nicht gut ging«, fügte sie nach einem weiteren tiefen Atemzug hinzu. »Er war krank, oder etwa nicht? Deshalb war er ja auch in Kur.«

»Und ist deinetwegen zurückgekommen, aber wem sage ich das. Nun ja, Frau Schrader sagt, es sei Absicht gewesen.«

»Die alte Klatsch…«

»Claire, nicht hier! Frau Schrader sagt auch nur, was sie gesehen hat.« Aurelia sah mit einem Mal müde aus. »Das Ganze hat sich jedenfalls bis zum Pfarrer herumgesprochen, und dann kam auch noch heraus …«

Warum sprach sie denn jetzt schon wieder nicht weiter? Am liebsten hätte Claire ihre Mutter geschüttelt.

»Was kam heraus?«

»Er hatte offenbar Schulden. Das heißt also, wir haben Schulden. Das Geschäft steht kurz vor dem Bankrott.«

Claire griff unwillkürlich nach etwas, was ihr Halt geben konnte, doch da war nichts. Sie stand vollkommen frei im Raum, niemand würde sie auffangen.

Das wird Wilhelm nicht gefallen, schoss es ihr durch den Kopf. Sogleich schämte sie sich dafür.

»Vater hatte Schulden?«, brachte sie im nächsten Moment rau hervor.

»Wer denn sonst? Wir sind pleite. Er hat uns vollkommen mittellos zurückgelassen.« Von einem Moment auf den anderen begann Aurelia zu weinen.

Er hat mir Gold gelassen. Claires Lippen bewegten sich, doch sie bekam kein Wort heraus. Ihr Vater hatte ihr das Gold gelassen, das er zu ihrer Geburt auf ihren Namen angelegt hatte. Sonst gab es nichts. Das Geschäft würde verkauft werden, um die Gläubiger zu bezahlen. Ein winziger monatlicher Betrag würde dann auch für die Mutter bleiben, aber er war kaum hoch genug, davon zu leben.

Als Claire sich zu ihrer Mutter umdrehte, starrte die sie wütend an. Dann rauschte sie aus dem Zimmer.

»Mutter!«, rief Claire aus. Sie hörte Aurelias Schuhe auf der Treppe nach unten klappern, dann krachte auch schon die Haustür zu. Claire zögerte noch einen Moment, drehte sich noch einmal zum Notar hin. »Entschuldigen Sie mich bitte, Dr. Faber?«

»Natürlich«, der Notar lächelte verständnisvoll, »die Nachricht hat Ihre Frau Mutter offenbar schockiert.«

Claire nickte. In seiner Distinguiertheit wirkte der Mann wie eine Statue auf sie. Sie drehte sich um, sprang zur Tür hinaus und eilte dann ebenfalls die Stufen hinunter.

Klapp, klapp, klappdiklapp, machten ihre Schuhe aus Paris. Wilhelm hatte darauf bestanden, sie zu kaufen, auf der ersten Etappe ihrer kurzen Flitterwochen. Nichts war, wie sie es sich ausgemalt hatte.

Claire musste sich mit ihrem ganzen Gewicht gegen die Tür werfen, dann stand sie auf der Straße. Die Sommerhitze empfing sie wie eine Wand. Kein Lüftchen regte sich.

Augustwetter. Etwa zwanzig Schritte entfernt wartete die schmale, schwarze, sehr gerade Gestalt ihrer Mutter. Claire beeilte sich, zu ihr zu laufen, obgleich ihr die Hitze ungewöhnlich zu schaffen machte. Noch bevor sie Aurelia erreicht hatte, drehte die sich um. Sie hatte den schwarzen Schleier zurückgenommen und präsentierte ihrer Tochter ihr weißes, schönes Gesicht. Ihre Lippen zitterten.

»Ich wusste immer, dass er mich nie geliebt hat«, sagte sie.

Claire schluckte.

»Mama«, das Wort hörte sich im Zusammenhang mit Aurelia nicht nur seltsam an, es fühlte sich sogar seltsam an. »Würde er dir das ... Würde er es dir mit Geld zeigen?«

»Mit was denn sonst?« Aurelia lachte bitter. »In meiner Situation? Mit was denn sonst, bitte?«

In dieser Nacht wälzte Claire sich schlaflos in ihrem Bett umher. Sie hatte sich in ihr eigenes kleines Zimmer samt Boudoir zurückgezogen, wenngleich Wilhelm ohnehin nicht da war und sie das Familienbett dementsprechend für sich alleine hatte. Bis sie eine angemessene Bleibe gefunden hatten, würden sie im Haus der Neubergers wohnen. Am Anfang der Woche war Johanne für einige Tage zu Verwandten geschickt worden.

»Noch muss ich ihnen gehorchen«, hatte sie Claire zum Abschied zugeflüstert, »aber warte nur ab, wenn ich einundzwanzig bin ...« Sie hatte mit den Augen gerollt.

Claire hatte traurig ihre rechte Hand getätschelt. »Komm bald wieder, ich fühle mich schrecklich einsam.«

Von draußen kamen Stimmen herein. Weil es so heiß war, hatte Claire ihr Fenster aufgelassen. Jetzt stand sie auf und horchte. Die Stimmen kamen aus dem Salon, aber sie konnte nichts verstehen. Sie meinte Wilhelm zu erkennen, Constantin und Nora Neuberger. Also hatte sich die Familie im Salon versammelt, wieder einmal, ohne sie dazuzubitten.

Wilhelm hatte sich nicht erfreut gezeigt, weder über den Bankrott noch über ihre Erbschaft.

»Wir brauchen das Geld jetzt, meine Liebe, sonst geht alles den Bach runter, und das ist dann deine Schuld.«

Sie hatte sich gefragt, ob es sich lohnte, mit dem Notar zu sprechen, um doch früher Zugriff auf das Guthaben zu erlangen.

Entschlossen verriegelte Claire das Fenster, dann kehrte sie zum Bett zurück, schob nach kurzem Überlegen die Hand unter die Matratze und zog den Brief ihres Vaters hervor, den Dr. Faber ebenfalls für sie aufbewahrt hatte. Bisher hatte sie es nicht über sich gebracht, ihn zu lesen. Der Verlust war noch zu frisch, zu schmerzhaft.

Behutsam öffnete sie den Umschlag: »Liebe Claire, wenn Du diesen Brief liest, bin ich tot … Ich wollte immer Dein Bestes und bin so schrecklich gescheitert. Vielleicht liegt dieses Scheitern ja tatsächlich in unserer Familie …«

Fünfter Teil

Das Haus der Schwestern

Oktober 1997

Erstes Kapitel

Seit sie den Herzschlag ihres Kindes zum ersten Mal gesehen hatte, suchte Lea bei jeder Untersuchung nach diesem kleinen pulsierenden Punkt, bevor sie sich entspannte. Der sonstige Ablauf war Routine geworden. Urinprobe, Wiegen, Blutdruckmessen, Blut abnehmen.

Im Wartesaal nahm sie sich stets Zeit, die anderen Schwangeren zu beobachten. Noch nie zuvor in ihrem Leben hatte sie so viele Schwangere gesehen. Morgens um halb zehn im Wartezimmer eines Frauenarztes deutete nichts darauf hin, dass bald keine Kinder mehr geboren würden.

Auch dieses Mal zeigten sich keine Auffälligkeiten. Lea konzentrierte sich wieder auf den Monitor. Eine Wirbelsäule, fein wie eine Perlenschnur, zeichnete sich vor dem dunklen Hintergrund ab. Das Kind bewegte die Hand, als winke es ihr zu, und begann dann, an seinem großen Zeh zu lutschen.

Wem es wohl ähnlich sehen wird?, fragte sich Lea.

Bei der letzten Untersuchung hatte ihr die Ärztin mitgeteilt, dass es sich mit ziemlicher Sicherheit um ein kleines Mädchen handelte.

Ein kleines Mädchen, hatte sie sich gefreut. Sie würde es schaffen. Sie würde ihrer Tochter eine gute Familie sein.

Sie musste plötzlich an Tom denken. Seit dem Kuss hatten sie nur das Nötigste miteinander gesprochen, und das tat ihr leid. Es hatte ihr nicht missfallen. Wirklich nicht. Ihr hatten nur die Worte gefehlt. Wieder einmal.

Auf die Anweisung der Ärztin zog Lea sich wieder an. Der Gedanke, Millie anzurufen, kam ihr unvermittelt. Sie hoffte darauf, dass die Freundin heute nach der Arbeit Zeit für sie hatte. Sie musste jetzt einfach mit jemandem sprechen. Sie musste darüber sprechen, was geschehen war. Sie musste über die Briefe sprechen und über das, was mittlerweile ihre Mutter *und* ihre Großmutter vor ihr verbargen. Was war damals nur geschehen, dass es offenbar so unmöglich war, darüber zu sprechen?

»Sie muss es dir sagen«, hatte Rike gesagt, während ihr Blick Claire folgte, die ohne ein Wort an ihr vorbei ins Haus gegangen war. »Ich wünsche dir viel Glück, aber ich warne dich. Deine Großmutter ist eine Lügnerin. Das war sie wohl schon immer.«

Lea hatte es nicht über sich gebracht, Rike darauf hinzuweisen, dass sie doch viel zu jung gewesen sei, um sich ein eigenes Urteil erlauben zu können. Rike jedenfalls hatte nicht mitkommen wollen. Sie war einfach gegangen und in ihren alten Opel gestiegen. Dann hatte sie noch einmal die Scheibe heruntergekurbelt, um mit einem Blick auf Leas Bauch zu fragen: »Wann hättest du es mir gesagt?«

»Bald«, stotterte Lea, »ich wollte es dir doch schon sagen …«

Ihre Mutter winkte nur ab.

Als Lea oben angekommen war, hatte sich Claire schlafend gestellt. Wieder einmal hatte Lea ihre Fragen nicht stellen können.

Die Tür der Arztpraxis fiel hinter ihr zu. Wenig später stand Lea unten vor dem Eingang auf dem Gehweg und tippte Millies Nummer in ihr Handy ein. Die Freundin meldete sich nach dreimaligem Klingeln.

»Lea hier. Können wir uns treffen?«, fragte Lea, ohne ihre Freundin groß zu begrüßen.

»Mhm.« Einen Moment lang war es still auf der anderen Seite, gedämpftes Gemurmel folgte, dann erklang wieder Millies Stimme. »Ja, ich könnte sogar früher Schluss machen. Ist alles in Ordnung?«

»Ja, ja, ich würde dich nur gerne sehen«, antwortete Lea vage.

»Klaro.«

Sie tauschten noch ein paar Belanglosigkeiten aus, dann legten sie auf. Lea verstaute das Handy in der Handtasche. Natürlich war etwas passiert, aber das hatte sie nicht am Telefon erzählen wollen, und sie wusste ja auch noch gar nicht, wie sie es formulieren sollte.

Sie entschied sich, nicht nach Hause zu fahren und auch nicht zum Weingut, sondern einfach in der Stadt zu bleiben. Wenig später saß sie in einem Café, einen Milchkaffee, eine Kanne Pfefferminztee und ein Stück Käsekuchen vor sich, und dachte nach.

»Himmel, wo hast du die denn gefunden?« Fasziniert hob Millie das Bündel Briefe hoch.

»Unter den Dielen. Sie klemmten in einer Ecke fest.«

»Hast du die alle schon gelesen?«

»Mehr oder weniger.« Lea strich sich in einer unwillkürlichen Bewegung über ihren Bauch. »Die Schrift ist manchmal nicht ganz leicht zu entziffern. Manche Briefe sind auch nicht vollständig. Ich weiß eigentlich immer noch nicht recht, worum es geht.«

»Hm. Dann werden wir wohl unsere Fantasie spielen lassen müssen.« Millie beugte sich über einen der Brieffetzen. »Ist aber wirklich nicht leicht«, stellte sie dann fest.

»Das hat Tom auch schon gesagt.«

»Tom hat sie gelesen?«

Lea dachte an die letzten Momente der Missstimmung zwischen ihnen. Inzwischen hatte sich die Lage wieder entspannt, ausgesprochen hatten sie sich aber noch nicht. Vielleicht würde ihnen das Haus die Gelegenheit dazu geben.

»Er interessiert sich für Geschichte. Seiner Meinung nach sind die Briefe mindestens zweihundert Jahre alt. Wahrscheinlich wurden sie von einer Frau geschrieben, so weit sind wir schon, aber bis auf ein M. nennt sie ihren Namen nicht. Den oder die, an den sie schreibt, bezeichnet sie mit G. Neben den Briefen gibt es außerdem kleinere Beschreibungen von Ausflügen und Begebenheiten.«

Millie nickte verstehend, dann legte sie eine Hand auf Leas rechten Arm.

»Ich kann immer noch nicht glauben, was du mir da von deiner Großmutter und deiner Mutter erzählt hast. Du hast wirklich keinen blassen Schimmer, worum es zwischen den beiden geht?«

»Na ja, meine Großmutter hat meine Mutter offenbar zurückgelassen, als sie sehr klein war. Es hat wohl etwas damit zu tun.« Lea schüttelte den Kopf. »Das Seltsame ist, dass ich mir das gar nicht vorstellen kann, so wie ich Claire kennengelernt habe. Ich kann mir nicht vorstellen, dass sie einfach gegangen ist, und doch *muss* sie es getan haben. Meine Mutter ist schließlich bei ihren Großeltern aufgewachsen.«

»Du magst Claire sehr, oder?«

»Ja.« Lea runzelte die Augenbrauen. *Und sie ist trotzdem eine Lügnerin.*

Millie nahm einen großen Schluck von ihrem Milchkaffee und seufzte dann. »Irgendwie ist das ja auch spannend, oder?« Sie schaute Lea an. »Obwohl ich nicht weiß, ob man so etwas in Bezug auf das eigene Leben sagen sollte, was?«

»Was denn?« Leas Finger strichen nachdenklich über den Rand der Pappkiste, in der sie ihre Fundstücke aufbewahrte.

»Spannend.« Millie musterte ihre Freundin mit einem entschuldigenden Gesichtsausdruck.

»Ist schon gut«, erwiderte die. »Du hast ja recht, dabei habe ich mein Familienleben bisher für eher langweilig gehalten.« Lea versuchte zu grinsen, doch es misslang. Tränen stiegen ihr unvermittelt in die Augen. Millie sprang auf und nahm sie spontan in den Arm.

»He, Süße, nicht traurig sein. Wir werden alle Rätsel lösen und alle Schurken enttarnen.«

Lea stieß ein Geräusch zwischen Lachen und Weinen hervor.

»Alle müssen es ja gar nicht sein. Ein *wenig* Klarheit würde mir schon reichen.« Sie starrte die Pappschachtel an.

Millie setzte sich wieder und stieß mit dem Finger dagegen.

»Und, meinst du, darin stecken ein paar Antworten?«

Lea zuckte die Achseln. »Keine Ahnung. Die Briefe sind ja sehr viel älter … Ich weiß nicht, was das eine mit dem anderen zu tun haben sollte. Allerdings hat Claire auch einmal in dem Haus gelebt, in dem sie gefunden wurden, und ihre Vorfahren …«

»Deine Vorfahren dann ja wohl auch. Darf ich noch mal?«

»Natürlich. Tom hat mir übrigens erzählt, dass man das Haus früher das traurige Haus nannte, wahlweise auch das Haus der Schwestern.«

»Welche Schwestern?« Millie runzelte die Stirn, während sie den obersten Brief herausnahm und behutsam untersuchte. »Du sagst also, die Briefe sind von einer Frau und etwa zweihundert Jahre alt. Hast du eine Ahnung, an wen sie geschrieben wurden? Ich meine, G. ist nun nicht sehr aussagekräftig.«

»Ich würde sagen, an einen Geliebten.«

»… oder eine Geliebte.«

»Möglich.«

»Wegen des G?«

»Nein, ich glaube, das G steht für einen Namen.«

Lea ließ die Verschlüsse ihrer Handtasche aufspringen, nahm ein Foto heraus und hielt es Millie hin.

»Schau mal, das ist Claire mit achtzehn Jahren. Das Bild lag in einem alten Küchenbuffet. Herr Wieland hat es erkannt. Sein Bruder hat wohl einmal versucht, es zu stehlen. Bei einer Mutprobe oder so.«

Millie musterte das Foto aufmerksam. »Sie ist eigentlich ganz hübsch, deine Claire. Ein bisschen sehr ernst und etwas schüchtern, aber das liegt wohl in der Familie.« Sie zwinkerte Lea zu. »Und wie sieht sie heute aus?«

»Na ja, immer noch recht gut … Allerdings ist sie natürlich weit über achtzig.« Lea wollte sich Tee nachschenken, stellte fest, dass die Kanne leer war, und bestellte sich eine neue.

»Nein, das meine ich nicht. Schau dir mal ihr Gesicht an. Das hier ist ein junges, naives Mädchen, das die Welt noch nicht kennengelernt hat. So sieht sie, mal abgesehen vom Alter, nicht mehr aus, oder?«

»Äh … nein …« Lea schaute das Foto an. Sie hat recht, dachte sie, Claire sieht sogar vollkommen anders aus. Was ist nur passiert in den Jahren, die zwischen der Claire auf dem Bild und der, die ich kenne, liegen?

Zweites Kapitel

Ich habe meine Mutter angeschrien. Zum ersten Mal in meinem Leben.

Stocksteif saß Rike an ihrem Wohnzimmertisch und starrte den Umschlag an, den Claire ihr überlassen hatte.

Sie war überrascht gewesen, als es am frühen Vormittag an der Tür geklingelt hatte. Als sie auf den Balkon getreten war, hatte sie das Taxi wegfahren sehen, dann erst hatte sie Claire entdeckt. Rikes erster Impuls war gewesen, nicht zu öffnen.

Ich bin noch nicht bereit, dachte sie, ich will sie noch nicht sehen.

Sie hatte in den letzten Tagen viel darüber nachgedacht, warum ihre Mutter zuerst die Enkelin aufgesucht hat und nicht sie. War ihr die eigene Tochter wieder einmal weniger wichtig gewesen? Sollte Rike den Worten ihrer Großmutter glauben?

»Deine Mutter, diese infame Person, mein liebes Kind, der warst du vollkommen gleichgültig.« Auch nach so vielen Jahren konnte sie die Stimme Nora Neubergers deutlich hören.

Dann hatte es geklingelt. Mehr mechanisch hatte Rike den Türsummer betätigt. Wenig später stand Claire vor der Tür. Obwohl sie Mutter und Tochter waren, verhielten sie sich wie Fremde.

Wir sind Fremde. Ich habe meine Mutter seit meiner frühesten Kindheit weder gesehen noch gesprochen.

»Kommen Sie doch herein«, sagte sie steif, und Claire folgte ihrer Aufforderung. Rike bemerkte, dass sie einen eleganten Hosenanzug trug, eine modische Tasche über der Schulter, und dass ihr Haar zu einem Dutt aufgesteckt und vollkommen weiß war.

In der Küche angekommen, standen sie einander schweigend gegenüber und musterten sich etwas verstohlen. Dann sah Claire sich rasch um.

Was sieht sie hier?, fragte Rike sich, eine zu unordentliche, zu kleine Wohnung. Claire kannte ja nur das herrschaftliche Haus in Frankfurt, in dem sie und auch ihre Tochter einen Teil ihres Lebens verbracht hatten. Das Haus, das Rike an ihrem 21. Geburtstag verlassen hatte, um sich endlich frei zu fühlen.

»Darf ich Ihnen etwas zu trinken anbieten?«

»Mach dir keine Umstände … Ich darf doch du sagen, oder?«

Claire sah sie fragend an.

Nein, wollte Rike ihr entgegenschleudern, wir kennen uns nicht. Zwischen uns gibt es keine Gemeinsamkeit. Doch stattdessen zuckte sie nur mit den Achseln.

Das Gespräch kam schleppend in Gang. Um irgendetwas zu tun, schenkte Rike sich und ihrer Mutter eine Tasse Chai ein. Dabei überschlugen sich ihre Gedanken. Aber sie brachte es nicht über sich, einen davon auszusprechen. So viele Jahre hatte sie so viele Fragen stellen wollen, und jetzt? In gewisser Weise hatte sie sich sogar ausgemalt, die Mutter sei tot. Das war ihr lieber gewesen als eine Frau, die sich offenbar so wenig für sie interessierte, dass sie keinen Kontakt aufnahm.

»Warum hast du mich verlassen?«, platzte sie irgendwann heraus. »Warum hast du mich bei dieser Frau gelassen?«

Claire wusste offenbar, um wen es sich bei *dieser Frau* handelte, denn sie fragte nicht nach.

»Ich konnte nicht anders«, sagte sie nur sehr leise.

»Du konntest nicht anders?« Rike zitterte plötzlich am ganzen Leib. »Du konntest nicht anders?«, schrie sie im nächsten Moment, und auch ihre Stimme zitterte. »Du konntest nicht anders, als dein Kind zu verlassen? War das die einfachste Lösung?«

Claire sah sie an. »Nein«, murmelte sie endlich. »Es war nicht die einfachste Lösung, aber manchmal werden wir zu Dingen gezwungen. Manchmal haben wir unser eigenes Leben nicht im Griff. Ich war sehr jung, ich habe Fehler gemacht. Sie haben gesagt, ich könnte nicht für dich sorgen. Sie haben gesagt, ich sei eine Gefahr für dich, und ich …« Sie hatte die Hände nach ihrer Tochter ausgestreckt. »Ich wollte dich doch nachholen. Ich wollte …«

»Hast du aber nicht.«

»Und dann kam der Krieg, und …«

»Ich habe in Erfahrung bringen können, dass das alte Haus getroffen wurde. Ich dachte, ihr wärt tot.«

»Überprüft hast du das aber nicht.«

»Nein, ich …«

Rike spürte, wie sich das eigene Gesicht verschloss. Sie sagte nichts mehr, sosehr Claire sich auch bemühte, das Gespräch wieder in Gang zu bringen.

Schließlich hatte ihre Mutter die immer noch fast volle Tasse abgestellt und war wenig später gegangen.

Nun, da sie den Umschlag anstarrte, begann Rike wieder zu zittern. Aber sie hatte doch eigentlich mit Claire reden wollen. Sie hatte sie fragen wollen, warum sie gegangen war, warum sie ihre Tochter zurückgelassen und ein neues Leben begonnen hatte. Als junge Erwachsene hatte sie sich sogar für ein paar Jahre das Bild einer Frau erschaffen, die vor den Nazis geflohen war, aber dem war nicht so. Ihre Mutter war gegangen, um ein neues Leben zu beginnen, und hatte ohne zu zögern ihr Kind zurückgelassen. Sie hatte eine Handvoll Briefe geschrieben, aber es waren nicht mehr als zehn gewesen – Rike hatte sie damals gezählt –, und sie hatte sich offenbar nie darum gekümmert, ob ihre Tochter diese Briefe erhalten hatte. Ob sie wirklich geglaubt hatte, dass ihre Tochter im Krieg umgekommen war?

Rike musste einige Male tief durchatmen, bevor das Zittern aufhörte, dann streckte sie die Hand nach dem Umschlag aus. Es befanden sich Fotos darinnen, kleine, alte, abgegriffene Fotos mit gezackten Rändern.

Auf dem ersten war eine Claire mit langen Zöpfen zu sehen, das war deutlich am Lächeln erkennbar. Eine Frau mit kurzem Pagenkopf stand an ihrer Seite. Rike drehte das Bild um. Tatsächlich hatte jemand etwas hinten draufgeschrieben. Claire und Johanne, Sommer 1929. Das war zwei Jahre vor ihrer Geburt gewesen.

Johanne, dachte sie, Papas Schwester, die früh Verunglückte. Die Unvollendete. Sie schaute das Bild noch einmal an. Claires Lächeln wirkte zurückhaltend, es war das andere Mädchen, das herausfordernd in die Kamera strahlte. Von Johanne hieß es, sie sei immer lebhaft gewesen, die Einzige, die Großmutter Nora widersprochen hatte. Im Hintergrund waren ein Fluss und ein Schiff zu sehen, vielleicht der Rhein. Offenbar hatten die jungen Frauen einen Ausflug gemacht.

Rike nahm das nächste Bild zur Hand. Ein Hochzeitsfoto. Wieder Claire, dieses Mal mit Schleier, an ihrer Seite ein ausgesprochen schöner, großer Mann in dunklem Anzug mit einer Blume im Knopfloch. Papa …

Juli 1930, war hinten vermerkt. Zehn Monate später war sie, Rike, zur Welt gekommen. Ihre Mutter war offenbar sehr kurz nach der Hochzeit schwanger geworden. Ob sie glücklich gewesen war?

Rike erinnerte sich nur schlecht an ihren Vater. Er war einer der vielen gewesen, die im Krieg geblieben waren. Sie hatten kaum etwas miteinander zu tun gehabt. Sie war ja auch viel zu jung gewesen, außerdem nur ein Mädchen. Als Großvater kurz vor Kriegsende einen Herzinfarkt erlitten hatte, war ein reiner Frauenhaushalt zurückgeblieben, der vom knappen, aber doch regelmäßig fließenden Erbe der Familie Neuberger lebte.

Rike musterte den Gesichtsausdruck ihrer Mutter. Blickte sie erleichtert drein? Glücklich? Vor allem sah sie süß aus und sehr kindlich.

Auf dem nächsten Foto war ein Teil der Hochzeitsgesellschaft zu sehen: Braut und Bräutigam, daneben Johanne, die sie schon auf dem anderen Bild gesehen hatte, dann eine ältere Frau mit verkniffenem Mund. Oma Nora.

Beim letzten Foto hielt Rike inne. Claire war darauf zu sehen, auf ihrem Arm ein kleines, schlafendes Mädchen.

Mein süßer Engel, hatte jemand in runden, mädchenhaften Buchstaben auf der Rückseite notiert. Friederike Josephine Neuberger, 18. Mai 1931.

Sechster Teil

Luisa

April 1793 bis Januar 1794

Erstes Kapitel

Bonnheim, April 1793

Helene hatte Antons Bettseite kaum verlassen, seit der Vater und Friedel den Verletzten ins Haus getragen hatten. Sie war dabei gewesen, als Dr. Kamenz, der alte Arzt, Antons Kopfwunde gewaschen und gesäubert hatte. Sie hatte geholfen, den Verband anzulegen, und hatte bei dem Verletzten gesessen, als der aus der Bewusstlosigkeit erwacht war.

Als Anton die Augen erstmals wieder für längere Zeit aufschlug, sah er sie nur lange und stumm an. Nach einer Weile räusperte er sich.

»Marianne?«, krächzte er. »Geht es ihr gut?«

Helene nickte.

»Deine Eltern vermiss…«

»Nicht nach Hause«, unterbrach er sie, und es klang, als strenge ihn jedes Wort an. »Nicht nach Hause. Hierbleiben.«

Kurz darauf schlief er wieder ein. Ab und zu bewegten sich seine Hände unruhig auf der Bettdecke, manchmal stöhnte er leise.

Helene schickte einen Boten zu seinen Eltern, so wie sie es ihnen, sollte er endlich etwas sagen, versprochen hatte zu tun, und setzte die Weidmanns darüber in Kenntnis, dass ihr Sohn noch nicht transportfähig sei. Doch wenig später standen Herr und Frau Weidmann mit einem sorgsam mit Stroh und Heu ausgepolsterten Karren im Hof. Anton aber weigerte sich, mit ihnen zu kommen. Warum, konnte Helene sich nicht erklären, und wohl wissend, dass er ihr keine Antwort geben würde, fragte sie ihn auch nicht danach.

Über die nächsten Tage flößte sie ihm Suppe ein, wenn er erwachte, oder reichte ihm gewässerten Wein zum Trinken, wenn er danach verlangte. Sie schüttelte seine Kissen auf und wusch ihm die Hände und vor allen Dingen das Gesicht, auf dem sich immer wieder eine dünne Schweißschicht bildete, denn er hatte zu fiebern begonnen. Sie half ihm sogar, sich zu erleichtern. Er wurde ihr vertrauter in dieser Zeit, obwohl sie einander doch schon so viele Jahre kannten. Sie erinnerte sich auf einmal daran, dass sie als Kinder gemeinsam bei einer unheimlichen verfallenen Mühle in der Nähe seines Elternhauses gespielt hatten.

Manchmal hatte sie den Eindruck, er wolle gar nicht gesund werden.

Heute war er zum ersten Mal längere Zeit wach gewesen, ohne über Kopfschmerzen zu klagen. Trotzdem sprachen sie wenig.

Helene saß am Fenster, hatte eine Näharbeit zur Hand genommen und setzte hoch konzentriert einen kleinen Stich neben den nächsten. Anton ruhte in einem Lehnstuhl an ihrer Seite und starrte hinaus. Ab und an wagte sie es, den Kopf zu heben und zu ihm zu schauen.

Heute Morgen war sein Verband gewechselt worden und hob sich nun neu und strahlend weiß von seinem dunklen Haar ab. Als er plötzlich doch sprach, zuckte Helene zusammen.

»Entschuldige?« Sie sah zu ihm hin, die Stirn gerunzelt.

Antons Blick sprach von seinem Elend.

»Sie liebt mich nicht«, wiederholte er offenbar seine Worte. »Marianne hat mich nie geliebt.«

Helene senkte den Kopf und starrte ihre Hände mit Nadel und Faden an. Blutrot hob der sich von ihrer weißen Haut ab, dazu ein Gewirr aus Grün und ein wenig Blau.

»Es tut mir leid, ich …«, setzte sie an.

Anton hob eine Hand, um sie zum Schweigen zu bringen.

»Die Mutter hat's mir immer gesagt. Die ist nichts für dich, hat sie gesagt, aber ich wollte es nicht glauben.«

Sein Blick wurde erneut starr. Helene legte das Stickzeug zur Seite.

»Marianne wollte dich bestimmt nicht verletzen«, sagte sie nach einer Weile leise, selbst überrascht davon, dass sie die Schwester verteidigte. Kurz nach Antons Unfall hatten sie sich noch einmal heftig gestritten, als sie Marianne beim Durchstöbern ihrer Briefe und Schriftsachen erwischt hatte, seitdem herrschte ein brüchiger Frieden zwischen ihnen.

Unwillig schüttelte Anton den Kopf, verzog dann das Gesicht, weil ihn die Bewegung offenbar doch schmerzte.

»Sie ist …« Er suchte nach Worten, setzte dann neu an. »Wer wollte jetzt noch Umgang mit ihr haben wollen, ihr Ruf ist …« Erneut sprach er nicht weiter, drehte den Kopf schließlich zum Fenster und schwieg.

Helene starrte ihre Hände an. Es hatte Zeiten gegeben, da hatte sie sich gewiss gewünscht, ihre Schwester möge in ihre Schranken gewiesen werden. Jetzt tat ihr

Marianne leid. Es musste furchtbar sein, wenn man wusste, dass über einen geredet wurde. Seit den schrecklichen Ereignissen durfte die Schwester das Zimmer kaum verlassen und auch keinen Besuch empfangen, außer den des Pfarrers. Am Abend der Ereignisse, die zu Antons Unfall geführt hatten, stritten Mutter und Vater sich lautstark. Helene konnte sich nicht erinnern, dass so etwas je zuvor passiert war. Was würde erst geschehen, wenn sich die Eltern gewahr wurden, dass die Lage noch viel schlimmer war: Marianne erwartete ein Kind.

Zweites Kapitel

»Ihr werdet mir mein Kind nicht stehlen.« Mariannes Stimme klang hoch und schrill. Helene, die gerade den Flur durchquerte, blieb wie angewurzelt stehen.

»Das wirst du nicht entscheiden«, war gleich darauf Vaters Stimme zu hören. »Und jetzt geh zurück in dein Zimmer, bis du Vernunft angenommen hast.«

»Schande, du hast uns Schande bereitet, Marianne«, schloss sich sogleich die Stimme der Mutter an. Am Tonfall konnte Helene hören, dass sie weinte. Vorsichtig, Schritt um Schritt, näherte sie sich dem Türspalt und spähte hindurch.

Ein Rascheln war zu hören, dann Schritte, die sich allerdings von der Tür entfernten. Die Mutter war nicht zu sehen. Der Vater stand wohl links neben der Tür, wenn sie sein Brummeln nicht täuschte. Marianne hatte sich vor dem Fenster postiert. Das morgendliche Sonnenlicht umstrahlte ihre Gestalt geradezu und ließ das Haar, das sie noch offen trug, aufflammen. Stolz und aufrecht stand sie da, während das Nachthemd ihre Figur umspielte und keinen Zweifel mehr an ihrem Zustand ließ.

Daher wissen sie es also, schoss es Helene durch den Kopf, weil es nicht mehr zu übersehen ist.

»Warum hast du das getan?«, war wieder die Stimme ihrer Mutter zu hören. »Die Leute werden reden. Warum hast du diesen Fremden …«

»Dieser Fremde hat einen Namen«, fuhr Marianne dazwischen. »Gianluca heißt er, und fremd war er *mir* nicht mehr. Ihr seid mir fremd, und dabei dachte ich, euch zu kennen.«

»Aber Kind, was redest du denn da für einen Unfug?«, entgegnete die Mutter. »Und wer soll denn jetzt noch bei deinem Vater Wein kaufen? Hast du dir das einmal überlegt?«

Helene sah, wie Marianne den Kopf zurückwarf. »Aber sie werden Wein kaufen«, rief sie verächtlich aus. »Sie können es ja sicherlich kaum erwarten, einen Blick auf das unbotmäßige Töchterlein zu werfen.«

Kaum hatte sie die letzte Silbe gesprochen, da ließ auch schon die Ohrfeige des Vaters ihren Kopf zur Seite fliegen. Hinter der Tür fuhr Helene zusammen und presste sich mit der Hand den Schreckenslaut zurück in die Kehle. Der Vater hatte Marianne noch nie geschlagen, niemals.

»So redest du nicht mit uns, mein Fräulein, so nicht«, brüllte Valentin im nächsten Moment.

Marianne verschränkte die Arme vor der Brust. Sie zitterte, gab aber keinen Laut von sich.

»Wenn es recht ist«, sagte sie nach einigen Atemzügen, »werde ich mich jetzt in mein Zimmer zurückziehen.«

»Und dort wirst du auch bleiben«, entgegnete der Vater scharf, »bis ich eine Entscheidung getroffen habe.«

Helene zögerte den Moment hinaus, an dem sie an diesem Abend ihr gemeinsames Zimmer betrat. Aus irgendeinem Grund war sie sich sicher, dass Marianne ihr Lauschen mitbekommen hatte. In letzter Zeit war es ihr wieder einmal schwergefallen, auch nur Kleinigkeiten vor der Älteren zu verbergen. Es war, als sei Marianne mit ihrer Schwangerschaft aufmerksamer geworden. Einen Moment lang legte Helene die rechte Hand auf den Türknauf und verharrte. Drinnen waren Schritte zu hören, dann raschelte es.

Als Helene das Zimmer betrat, saß Marianne am Frisiertisch, ein Blatt Papier vor sich, die Schreibfeder in der Hand. Sie zuckte zusammen, als sie Helene bemerkte. Die Jüngere zog die Tür rasch hinter sich zu.

»Wie geht es dir?«, fragte sie leise anstelle einer Begrüßung und musterte suchend Mariannes Gesicht.

»Du hast gelauscht«, erwiderte die. Es lag keine Frage in ihrem Tonfall. Sie wusste es einfach.

Helene hob entschuldigend die Schultern, lief zu ihrem Bett und ließ sich darauf nieder.

»Ihr wart sehr laut«, murmelte sie und dachte im gleichen Moment, dass dies die ersten wirklich ruhigen Worte seit dem Unfall waren, die sie beide miteinander wechselten.

»Ja, das waren wir wohl.« Marianne schaute sie nachdenklich an, während sie die Schreibfeder langsam in der

Hand drehte. »Ist das ein Grund zu lauschen?«, fügte sie dann in einem beinahe neckenden Tonfall hinzu, und doch blieb etwas Trauriges in ihrer Stimme, das Marianne bislang völlig fremd gewesen war.

Helene schüttelte den Kopf.

»Sie sind wütend«, stellte sie endlich fest, nur um wenigstens etwas zu sagen.

Marianne nickte. »Aber ich habe nichts Falsches getan«, beharrte sie leise. »Ich habe nichts getan, als zu lieben. Das kann doch nicht falsch sein, oder?«

Vorübergehend musste Helene den Schmerz bekämpfen, den das Wort Liebe bei ihr auslöste. Aber jetzt waren sie beide ja in der gleichen Lage, jetzt würden sie Gianluca beide nicht bekommen. Das machte es so viel leichter. Sie atmete tief durch, strich dann mit der flachen Hand ihre Bettdecke glatt.

»Ich weiß nicht«, antwortete sie leise. »So habe ich nie darüber nachgedacht.«

Sie starrte die Decke weiter an, weil sie einfach nicht wusste, wo sie sonst hinschauen sollte. Sie war immer davon ausgegangen, dass die Eltern ihre Entscheidungen trafen und dass diese gut waren. Sie hatte niemals daran geglaubt, dass sie einmal eine solche Entscheidung anzweifeln würde.

Marianne wandte sich wieder ihrem Bogen Papier zu.

»An wen schreibst du?«, fragte Helene nach einer Weile.

Die Ältere legte die flache Rechte auf den Brief und sah über ihre Schulter zur Schwester hin.

»Ihm schreibe ich«, sagte sie leise, zog dann ihre Schublade an dem gemeinsamen eleganten Damenschreibtisch heraus und wies auf ein weiteres Bündel Briefe. »Ich habe ihm jeden Abend geschrieben, seit wir voneinander getrennt wurden. Ich schreibe ihm und weiß doch, dass er diese Briefe niemals erhalten wird.« Sie sah jetzt müde aus. »Genauso, wie er sein Kind nie sehen wird.«

Sachte legte sie beide Hände auf ihren gerundeten Leib. Helene unterdrückte ein Zittern.

»Es tut mir leid, Marianne. Mir tut so leid, was ich getan habe.«

Während sie sprach, ließ Helene die Schwester nicht aus den Augen. Es fühlte sich richtig an, das zu sagen.

Marianne schwieg.

»Es tut mir leid, Mimi«, wiederholte Helene noch einmal. Sie vergrub die Hände in ihrem Rock. »Ich wollte das wirklich nicht.«

Du lügst, wisperte eine kleine Stimme in ihrem Kopf.

Marianne rückte den Stuhl zu ihr herum und musterte die Jüngere eine Weile, dann schenkte sie ihr ein kleines, weiches Lächeln.

»Ich weiß«, sagte sie sanft und streckte die Arme zu Helene hin. Die zögerte einen kaum wahrnehmbaren Moment, bevor sie sich in Mariannes Umarmung stürzte. Leise begann sie zu schluchzen.

Marianne strich ihr über das Haar. »Ach, ich weiß doch gar nicht, ob ich anders gehandelt hätte, Lele. Wenn er sich dir zugewandt hätte und nicht mir. Ach Gott, ich weiß nicht, was ich getan hätte.« Sie drückte die Schwester von sich weg und blickte ihr ins Gesicht. »Du liebst ihn wirklich, nicht wahr? Ach, lieber Gott, was haben wir einander nur angetan?«

Drittes Kapitel

Ein dünner Streifen Licht fiel durch eine Lücke zwischen den Brettern des Holzverschlages zu Gianluca herein. Sehr spät am gestrigen Abend hatte er diesen Unterschlupf gefunden, todmüde von der Flucht, hungrig und vollkommen durchnässt vom Regen. Er hatte wach bleiben wollen, doch das war ihm nicht gelungen. Jetzt waren draußen Stimmen zu hören, deutsche Stimmen.

Gianluca war sofort hellwach. Gut vier Wochen musste es wohl her sein, dass er überhastet und auf Mariannes Flehen hin die Flucht ergriffen hatte.

Er rieb sich kurz mit beiden Händen über das Gesicht. Wie lange hatte er wohl geschlafen? Es war bereits dunkel gewesen, als er eingenickt war, daran erinnerte er sich gut. Dunkel war es gewesen, kalt und nass. Er hatte versucht, sich wach zu halten, doch es war ihm offenbar nicht gelungen. Die Flucht vor den Franzosen hatte ihn doch zu sehr erschöpft.

Einem versprengten Grüppchen von ihnen war er schon wenige Tage nachdem er Bonnheim verlassen hatte, in die Arme gelaufen. Er hatte nicht erwartet, noch französische Soldaten in der Gegend zu finden. Vielleicht war das unvorsichtig gewesen, aber es hieß doch, dass sie sich spätestens seit Beginn der Belagerung von Mainz im April überall in wilder Flucht befänden.

Leider war das ein Irrtum gewesen. Eine kurze Strecke von Bonnheim entfernt war er von einem französischen Häuflein aufgegriffen worden, als er sich gerade in einer kleinen Kapelle hatte verstecken wollen. Zuerst hatte er geglaubt, dass sie ihn bald wieder gehen ließen, dass sie verstanden, dass er hier ein Fremder war wie sie selbst, dass er sich zurück auf den Weg zu Marianne machen konnte, aber nichts dergleichen: Die Franzosen, ein ehemaliger Vortrupp wohl, hatten ihn peinlich genau bewacht. Er konnte sich noch nicht einmal alleine erleichtern.

»Bist du ein Spion?«, war er während seiner Gefangenschaft bei ihnen immer wieder gefragt worden. »Bist du ein Spion?«

Und immer wieder hatte er den Kopf geschüttelt, hatte versucht, sie davon zu überzeugen, dass er sie nicht verraten würde. Aber was sollte er sagen? Ich bin selbst auf der Flucht? Ich habe einen Mann getötet, ich würde euch niemals verraten? Wahrscheinlich konnte er froh sein, dass sie ihn als unliebsamen Zeugen nicht an Ort und Stelle beseitigten. Gianlucas Fantasie schlug in den Tagen der Gefangenschaft wilde Kapriolen.

Die Franzosen hatten es natürlich selbst darauf angelegt, nicht entdeckt zu werden. Oft war Gianluca geknebelt worden, damit er nicht auf sich aufmerksam machen konnte, aber das hätte er ja ohnehin niemals getan. Vom Ort seiner Gefangennahme aus ging es weiter nach Osten, dann ein wenig nach Norden. Er vermutete, in die Richtung von Mainz.

Aus ihren Gesprächen am abendlichen Lagerfeuer erfuhr er mehr über den Verlauf des Kriegs. In Mainz standen sich mittlerweile 32 000 Soldaten der Ersten Koalition, überwiegend Preußen, sowie 12 000 Österreicher und 23 000 Franzosen gegenüber. General Custines Posten hatte ein gewisser d'Oyré übernommen.

Er hatte die Möglichkeit einer Flucht schon fast aufgegeben, als sich die Gelegenheit eines Tages doch ergab.

Und nun saß er hier, gefangen in einem Verschlag, und dieses Mal waren die Deutschen vor der Tür.

Nach kurzem Überlegen legte Gianluca sich auf den Bauch und robbte zu dem etwas breiteren Spalt, durch den das meiste Licht fiel. Helles Morgenlicht, er musste geschlafen haben wie ein Stein.

Vor seinem Versteck hatte sich ein Sprengel preußischer Soldaten versammelt, wie Gianluca an den Uniformen erkannte. Sie mussten nach einem schnellen Ritt eben eingetroffen sein. Die Pferde waren verschwitzt. Ihr Anführer saß noch im Sattel, ein paar schwärmten aus und sicherten die Gegend. Wahrscheinlich war es nur eine Frage der Zeit, bis sie auch den Verschlag durchsuchten.

Hastig blickte Gianluca sich um, aber hier drinnen fand sich nichts, was als Versteck hätte dienen können. Seine Unterkunft war, bis auf ein paar alte Gerätschaften und einen mageren Stapel Brennholz, leer. Als sich also die Tür öffnete, blieb er einfach ergeben stehen. Vom Regen in die Traufe. Von der Traufe in den Regen.

Man zerrte ihn vor den Anführer. Gianluca überfiel eine Mischung aus Angst und Resignation. Der Mann, sorgfältig gekleidet in seiner Hauptmannsuniform, das Haar in einen ordentlichen Zopf gebunden, musterte ihn misstrauisch.

»Espion?«, fragte er auf Französisch.

»Ich verstehe Deutsch«, entgegnete Gianluca müde.

»Ist er ein Spion?«

»Nein«, antwortete Gianluca und wusste doch, dass ihm diese Antwort rein gar nichts bringen würde.

Viertes Kapitel

Am folgenden Tag schlug Helene den Eltern vor, dass Marianne und sie sich im Gartenhaus zurückziehen könnten, bis das Kind kam. Vielleicht würde es gar kein Gerede geben, wenn sie beide weniger häufig zu sehen waren. Man konnte auch sagen, sie seien zu Besuch bei Verwandten, jetzt, nachdem man die Franzosen doch glücklich verjagt habe. Die Eltern zögerten zuerst, stimmten dann jedoch zu. Marianne musste versprechen, das Gartenhaus und seine nächste Umgebung nicht zu verlassen. Sie tat es, ohne zu zögern. Helene, die erst unsicher ob ihres Vorschlags gewesen war, freute sich bald auf die ungestörte Zeit mit der Schwester. Vielleicht, dachte sie, würde es dann ein wenig werden wie früher. Zwar waren sie einander nie so nahe gewesen wie Marianne und Christoph, doch sie würden viel Zeit für sich haben. Mimi und Lele, Lele und Mimi – immerhin waren sie Schwestern.

Am Morgen ihres Umzugs ging Helene voraus, lief ins Haus und öffnete alle Türen und Fenster, um frische Luft hereinzulassen. Das Haus war deutlich größer, als man das bei der Bezeichnung Gartenhäuschen erwarten konnte. In Wirklichkeit handelte es sich ja auch um ein altes Wohnhaus. Marianne und sie hatten noch im Haus der Eltern kichernd beschlossen, sich eine der oberen kleinen Schlafkammern zu teilen. Sie hatten die Nächte noch nie in getrennten Zimmern verbracht, und sicherlich würden sie sich einiges zu erzählen haben.

Es wird wie früher sein, dachte Helene nicht zum ersten Mal, wir werden plaudern und Süßes naschen und zu spät einschlafen. Bei dem Gedanken fühlte sie sich fast unbeschwert.

Als Marianne am Nachmittag mit dem Wagen und dem Großteil der Sachen kam, ging Helene der Schwester lächelnd entgegen. Kurzatmig stieg die Ältere vom Wagen herunter – sie musste mittlerweile etwa den achten Monat erreicht haben – und stützte die Hände in den Rücken. Prüfend ließ sie den Blick über das kleine, weiß getünchte Häuschen wandern, bis hin zu dem Schornstein, aus dem bereits Rauchwolken traten. Helene hatte eine Bank nach draußen in die Sonne geschleppt und einen Tisch dazu. Sie hatte Frühlingsblumen gepflückt und sie in eine Vase gestellt.

»Wie hübsch«, rief Marianne aus, »hast du das für uns gemacht?«

Helene nickte.

»Es wird uns hier gut gehen«, sagte sie.

»Ja, das wird es«, entgegnete Marianne langsam. Dann runzelte sie die Stirn. Der Himmel über ihnen war strahlend blau, die Sonne schien warm, und doch blickte Marianne mit einem Mal ängstlich drein und hielt sich dann den Bauch mit beiden Händen.

»Ich habe Angst«, sagte sie unvermittelt und schaute die Schwester an. »Zum ersten Mal in meinem Leben habe ich wirklich Angst. Ich habe Angst davor, dieses Kind zu kriegen. Ich habe Angst, ich könnte sterben und es ohne Schutz zurücklassen. Ich weiß ja, dass es nicht willkommen ist auf dieser Welt.«

»Ich werde Hilfe holen, wenn es so weit ist.« Helene streichelte Mariannes Arm. »Und ich werde nicht von deiner Seite weichen.«

Marianne musste lachen. »Und wie soll das gehen, wenn du Hilfe holst?« Sie reckte sich und ging dann weiter auf das Haus zu. Im Flur, als sie beide eingetreten waren, drehte sie sich zu ihrer Schwester um. »Ich bin froh, dass du hier bist, Lele«, sagte sie und lächelte.

Es waren schöne Tage gemeinsam, und Helene war froh, der bedrohlichen Welt da draußen ein Stück weit entkommen zu sein. In Mainz hatte sich der »Rheinisch-Deutsche Nationalkonvent«, kaum konstituiert, quasi wieder aufgelöst. Die Koalitionstruppen zogen ihren Ring um die Stadt enger und enger, und von Christoph war seit Beginn der Belagerung nichts mehr zu hören gewesen.

Helene und Marianne mieden es, sich um den Bruder zu sorgen, stattdessen sprachen sie über die gemeinsame Kindheit, über Spiele an der Mühle, dem Weinberghäuschen und an anderen Orten, erinnerten sich an Streiche, die sie ausgeheckt hatten.

Mariannes Schwangerschaft schritt derweil ruhig und ohne Beschwerden voran.

»Meinst du, dass das Kind Gianluca ähnlich sehen wird?«, fragte die Ältere eines Abends unvermittelt in die Stille hinein. Sie erwähnte den Italiener zum ersten Mal seit langen Wochen. Als Helene im Nähen innehielt und den Kopf hob, ließ ein unmerklicher Lufthauch die Kerze in dem Kerzenständer auf dem Küchentisch flackern.

»Bestimmt«, antwortete sie.

»Sie wird auf jeden Fall wunderschön werden«, sprach Marianne nachdenklich weiter und hielt das kleine Hemdchen gegen das Licht, an dem sie selbst gerade nähte. Mit zitternden Fingern überprüfte Helene sorgfältig den Ärmel ihres eigenen Babykittelchens.

»Woher weißt du, dass es ein Mädchen wird?«

Marianne sah vorübergehend nachdenklich aus.

»Woher?« Sie sah in die Ferne und seufzte dann leise. »Ich weiß es einfach. Ich kann nicht sagen, warum. Ich weiß es.«

Fünftes Kapitel

Nachdem Gianlucas Name gefallen war, sprachen die Schwestern wieder öfter über ihn. Sie taten es vorsichtig, behutsam gar, um die andere nicht zu verletzen.

Nur einmal sagte Marianne: »Ich vermisse ihn«, und Helene fand die Kraft, die Ältere in den Arm zu nehmen.

Er gehört uns ja beiden nicht mehr, sagte sie sich im Stillen, damit kann ich leben, weiß Gott, damit kann ich leben. Und ich will auch gar nicht, dass er zurückkommt.

Gegen Ende der Schwangerschaft rundete sich Mariannes Leib sehr viel rascher als vorher, trotzdem ging die Schwester immer noch beinahe leichtfüßig die steile Treppe hinauf und hinunter. Sie war viel in Bewegung, und doch setzte sie sich jetzt häufiger als sonst auf die Bank im Hof und hielt das Gesicht in die frühe Sommersonne. Sie war sanfter geworden, als Helene das von ihr gewohnt war, strahlte eine stille, innere Ruhe aus.

Irgendwann im Juni – die Magd, die ihnen das Essen brachte, berichtete davon, dass Mainz am Tag zuvor erstmals bombardiert worden sei, und die Schwestern sorgten sich nun sehr um den Bruder – machte Helene sich wieder einmal auf den Weg zu den Eltern.

Emmeline stand im Hof, als sie eintraf, der Vater hatte sich in den Weinkeller zurückgezogen. Vorsichtig stieg Helene bald die feuchten Stufen hinunter, fand ihn, eine Kerze an der Seite, neben dem größten Fass sitzend. Zu bestimmten Zeiten war man gehalten, stets eine Kerze mit sich zu nehmen. Verlosch das Licht, hatten die Gärungsgase überhandgenommen und man musste schnell den Weg nach draußen suchen, wollte man nicht ersticken.

»Mutter hat mir gesagt, dass du hier bist«, sagte Helene nach einer Weile.

Valentin hob den Kopf und spähte an ihrer Schulter vorbei zur Treppe.

»Ist sie auch da?«

»Nein.«

»Gut, ich will sie nicht sehen, daran hat sich nichts geändert.«

»Willst du ihr nicht vergeben?«

Zart, mit zwei Fingerspitzen berührte der Vater den Pfropfen in dem Fass rechter Hand, bevor er den Kopf schüttelte.

»Wenn die Sache vergessen ist, dann vielleicht …«

Er machte nun keine Anstalten mehr, etwas zu sagen. Vielleicht dachte er an die Tochter, die ihm zuwidergehandelt hatte, vielleicht auch an den Sohn. Es hieß, die Belagerer trieben ihre Geschützgräben näher auf die Festung zu.

Aber ich bin noch hier, Vater, dachte Helene, ich bin dein gutes Kind.

Da ihr langsam kalt wurde, schlang sie die Arme um den Oberkörper.

»Wie wird die Ernte dieses Jahr?«, fragte sie, um das Thema zu wechseln.

Valentin zuckte die Achseln, stand dann unvermittelt auf und umarmte seine Jüngste so heftig, dass Helene vorübergehend die Luft wegblieb. Gleichzeitig bemühte sie sich, die Umarmung zuzulassen. Da war etwas Verzweifeltes an ihm, etwas, was ihr sagte, dass sie stehen bleiben musste, dass er sie brauchte.

Ich sollte mich darüber freuen, dachte sie, ich habe mich immer so sehr danach gesehnt, gebraucht zu werden.

»Ach, ich vermisse dich, Herzchen«, flüsterte er in ihr Haar.

»Ich vermisse dich auch, Vater«, murmelte sie. Sonst hatte sie sich oft gewünscht, der Vater möge sie neben Marianne oder Christoph bemerken. Jetzt fühlte es sich falsch an.

An diesem Tag ließ Helene sich Zeit mit dem Nachhauseweg. Es gab viel zu bedenken, viel zu überlegen. Sie machte einen weiten Umweg um Bonnheim herum, wählte den Weg an den Weinbergen entlang und traf ein, als es schon dämmerte. Oben am geöffneten Fenster konnte sie Marianne stehen sehen. Sie hob die Hand und winkte der Schwester zu. Die winkte zurück.

»Die Eltern hoffen darauf, dass dein Fehltritt vergessen wird«, sagte Helene, als sie wenig später an der Seite der Älteren stand und ebenfalls durch das geöffnete Fenster in den Hof hinunterblickte. Im Westen bewegte sich die Sonne auf den Horizont zu. Marianne hielt ein kleines Büchlein in den Händen, aber sie las nicht.

»Meinst du, sie wird ihren Vater je kennenlernen?«, fragte sie nachdenklich.

Helene legte ihrer Schwester leicht eine Hand auf die Schulter und neigte sich dann zu ihr, sodass ihr Mund knapp neben ihrem Ohr war.

»Bestimmt«, flüsterte sie.

Aber sie wusste, dass es unmöglich war. Es musste unmöglich sein, es durfte nicht sein. Sie war froh darum, dass sie beide nichts mehr von Gianluca gehört hatten, auch wenn es sie gleichzeitig schmerzte. Sie wusste nicht, wo er war, und sie sagte sich, dass sie es auch nicht wissen wollte. Es war gut, dass er aus ihrem Leben verschwunden war. Für kurze Zeit hatte er es heller werden lassen, aber wo Licht war, war auch Schatten. Zu viel Schatten.

Mit einem kleinen Seufzer lehnte Marianne den Kopf gegen Helene. Draußen ging ein funkelnder Junitag zu Ende.

»Ich habe dich heute vermisst«, sagte sie dann. »Ich weiß gar nicht, wie ich es so lange ohne dich ausgehalten habe. Wir dürfen uns nie wieder streiten, hörst du? Nie wieder!«

Helene wusste nicht, warum, aber plötzlich schauderte es sie.

Höchstens zwei Wochen später verzichtete Marianne auf längere Spaziergänge. In der ersten Zeit hatte es sie zuweilen noch zu dem Weinberghäuschen und zu anderen Orten hingetrieben, die sie mit Gianluca geteilt hatte, doch diese Wege waren nun zu beschwerlich. Außerdem hatte sie im Verlaufe der letzten Woche einen Schwächeanfall erlitten. Dr. Kamenz hatte ihr dringend Ruhe aufgetragen. Helene war ein Stein vom Herzen gefallen, als der alte Doktor und sie den Hof erreicht hatten und endlich beide neben dem Bett standen, in dem Marianne gerade wieder zu Kräften kam.

Marianne und sie kannten den alten Kamenz schon seit ihrer Kindheit. Der Anblick seiner Perücke, die immer ein wenig schief auf seinem Kopf saß, und sein freundliches Lächeln waren ihnen so wohlvertraut, dass es sich gut anfühlte.

Ruhig setzte sich der alte Arzt an Mariannes Seite.

»Heb dir die Kraft auf, mein liebes Mädchen«, sagte er, »heb sie dir für die Geburt auf. Du willst doch sicher nicht, dass das Kleine zu früh kommt!«, hatte er dann noch hinzugefügt.

Und Marianne, die sonst kaum je auf jemanden hörte, zeigte sich einsichtig. Für ihr Kind wollte sie nur das Beste. Keinesfalls sollte es Schaden nehmen. Also blieb sie zu Hause und schonte sich. Bedeutsame Nachrichten kamen dieser Tage aus Mainz. Nach drei Monaten Belagerung stand die Kapitulation kurz bevor.

Sechstes Kapitel

Ende. Aus und vorbei. Christoph musste ein Zittern unterdrücken. Schon Ende Juni hatten erste Gerüchte um eine mögliche Kapitulation der Franzosen für Unruhe unter den Mainzer Jakobinern gesorgt. In der Stadt hatte sich die Lage unterdessen aufgrund des heftigen Bombardements von Tag zu Tag verschlechtert.

Nun war es also besiegelt. Der Vertrag bestimmte, berichtete ihm Hauptmann Chevillon, den Christoph in seiner Not aufgesucht hatte, dass die Franzosen dem preußischen König die Stadt Mainz und Kastel mit allen Festungswerken und den dazugehörigen Posten in ihrem natürlichen Zustand, nebst allem sowohl französischen als fremden Geschütz und dem Munitions- und Mundvorrat, übergaben. Dafür durfte die französische Garnison mit allen kriegerischen Ehrenzeichen, Waffen und Gepäck abziehen. Für ein Jahr ausdrücklich untersagt wurde der Einsatz der »Mayençais« gegen die Alliierten. Die während der Kampfhandlungen übergelaufenen Deutschen wurden ohne Ausnahme ausgeliefert.

»Wann wirst du gehen?«, hatte Christoph Chevillon gefragt.

»Wenn meine Zeit gekommen ist«, hatte der geantwortet, »wenn meine Männer abziehen. Für sie bin ich verantwortlich. Und du, Freund?« Er hatte Christoph fragend angeblickt.

Für einen Moment wurde Christoph die Kehle zu eng zum Atmen. Er tastete nach seinem Hemdkragen, riss und rüttelte daran und sog dann keuchend Luft ein.

Ja, und ich, durchfuhr es ihn, und ich?

Rache

Christoph rannte. Als er gehört hatte, wie unten die Tür aufgebrochen wurde, war er sofort die Treppenstufen ganz nach oben gesprungen, hatte sich endlich von einem Fenster aus auf das Dach gerettet, war dort auf Händen und Füßen mit wild klopfendem Herzen entlanggeschlittert, bis es ihm an irgendeiner Stelle gelang, wieder festen Boden zu erreichen.

Seit Mainz eingenommen war, brodelte es in der Stadt, Geschrei war allenthalben zu hören. Die Jagd hatte begonnen. Hier und da hatte Christoph bereits einen befreundeten Demokraten bemerkt, den man an Kleidung und Haaren hinter sich her zerrte oder sofort verprügelte, und er hoffte, nein, er betete zu Gott, dass man ihn nicht ebenfalls erkannte oder verriet.

Rette sich, hieß es nun, rette sich, wer kann! Die neue Welt brach zusammen und ließ Einzelne zurück, die nur noch um ihr eigenes elendes Leben kämpften. Er war nicht besser als sie, nein, er war nicht besser. Er hatte schreckliche Angst.

Tags zuvor war es offenbar noch mehreren Jakobinern gelungen, als französische Soldaten verkleidet oder im Gepäck der Armeewagen versteckt mit den ersten Teilen der Garnison zu entkommen. Nun aber, so hieß es, hielten beiderseits der Straße nach Kaiserslautern liegende Mainzer jeden Wagen an und durchsuchten ihn nach den sogenannten Klubisten. Gerüchteweise hatte man den Präsidenten des zweiten Klubs und Vizepräsidenten des Konvents, Mathias Metternich, an den Haaren aus der Kutsche der Konventskommissare herausgezogen, geschlagen, ausgeplündert und schließlich in Eisen und Banden abgeführt.

Christoph schauderte. Eben ließ er das Tor hinter sich, als der Wagen, in dessen Schatten er lief, mit Gebrüll angehalten wurde. Noch bevor er sich versah, wurde der Wagenverschlag aufgerissen. Geschrei brandete auf, und unter höhnischem Hallo zog man jemanden an den Füßen zuerst heraus.

Böhmer. Christoph erkannte den Mann sofort. Das war Georg Wilhelm Böhmer, der Redakteur der *Mainzer Zeitung*. Sie hatten schon miteinander geredet, hatten auch miteinander diskutiert, angeregt, glücklich, und mehr als einmal auf die neuen Zeiten angestoßen. Sie hatten … Sie waren … Freunde …

Doch heute gab es keine Freunde mehr, heute konnte nur jeder seine Haut retten.

Als Böhmers Blick auf ihn fiel, wich Christoph ihm aus.

Ich kenne dich nicht, um Gottes willen, verrate mich nicht, flehte er bei sich. Bevor Böhmer etwas sagen konnte, wurde der Zeitungsredakteur blitzschnell und brutal nach hinten gerissen. Falls er etwas hatte sagen wollen, so wurden ihm die Worte mit einem derben Schlag von den Lippen geprügelt.

Einer der Häscher stieß den Wagenverschlag, durch den eben noch ein ängstliches Frauengesicht spähte, mit großem Hallo zu.

»Der wollte mit einem Franzosenweib entkommen«, rief ein anderer lachend Christoph zu.

Der stimmte blechern ein, doch offenbar fiel das niemandem auf.

»Glückliche Reise«, rief eben ein dritter Mann und ließ die flache Hand auf die Kruppe eines der Zugpferde klatschen, worauf sich der Wagen in Bewegung setzte. Böhmer hatte man mittlerweile auf den nächsten Acker geschleppt. Christoph sah, wie wieder einer der Männer zuschlug, wie Böhmer ins Taumeln geriet, hochgerissen wurde, wie ihn ein weiterer Schlag in den Dreck warf und ihn schon im nächsten Moment ein brutaler Tritt nach hinten schleuderte. Noch einmal sah Böhmers blutverschmiertes, zerschundenes Gesicht in seine Richtung. Blut tropfte auf sein Hemd.

Geh weiter, Christoph, befahl ihm eine leise innere Stimme, geh weiter, verdammt.

Christoph hatte sich nicht vorstellen können, dass er es bis zu seinen Schwestern schaffen würde, doch es war ihm gelungen. Friedel, den er glücklich im elterlichen Hof antraf, hatte ihm vom Gartenhaus erzählt. Nun saß er am Küchentisch seiner hochschwangeren älteren Schwester gegenüber und erzählte, während ihm unaufhaltsam Tränen über die Wangen liefen.

»Ich habe ihm nicht geholfen, Marianne, ich habe es einfach geschehen lassen. Ich habe zugelassen, dass sie ihn fast totprügelten.« Er riss die Augen auf, als könne er damit allem Schrecken Ausdruck verleihen. »Ich wollte eine bessere Welt und bin doch keinen Deut besser als die, die ich bekämpfen wollte.«

»Sei nicht so streng mit dir.«

Marianne fuhr ihm sanft über den Arm. Christoph schüttelte den Kopf.

»Eine Wache hat sich seiner schließlich angenommen«, fuhr er fort. »Man hat ihn zu einem Bauernhaus gebracht.«

Er musste husten.

»Du musst mir das nicht erzählen«, sagte Marianne leise.

»Ich will es aber.« Christoph wischte sich den kalten Schweiß von der Stirn. Seine Tränen schienen langsam zu versiegen. »Auch seine Frau und ihr kleiner Sohn entgingen der furchtbaren Misshandlung nur knapp, heißt es, und weißt du was, ich kann dir noch nicht einmal sagen, ob ich ihnen geholfen hätte.« Er lachte bitter auf. »Ich bin ein Feigling, ein elender Feigling! Sag mir, wie können wir eine bessere Welt schaffen, wenn wir so miteinander umgehen?«

Marianne schwieg.

»Wirst du heute noch weiterziehen?«, fragte sie endlich.

Christoph nickte. »Ich muss … Solche wie mich sperrt man jetzt ein, Schwesterchen, in Mainz wurden unsere Häuser geplündert, und es regnete Prügelsuppe. Man schleppte unsereins ins Zuchthaus und auf die Türme. Manche wurden halb totgeprügelt, aber das weißt du ja …«

Christoph sah seine Schwester lange und traurig an. Er hatte das Mainz nicht mehr gekannt, das er verlassen hatte. Jeder, der nur entfernt mit den Klubisten in Verbindung gebracht werden konnte, war seines Lebens und Eigentums nicht mehr sicher gewesen. Einzelne Bürger, aber auch ganze Banden gingen dieser Tage auf Klubistenfang, die Denunziationen nahmen kein Ende.

»Wann werden wir uns wiedersehen?«, fragte Marianne vorsichtig.

Christoph zuckte die Achseln. »Ich weiß es noch nicht. Irgendwann, ja?« Er zögerte kurz. »Wie geht es den Eltern?«

Marianne zuckte die Achseln. »Vater weigert sich, mit mir zu sprechen. Mutter tut es nicht, weil er es ihr verbietet. Helene sagt, es geht ihnen den Umständen entsprechend gut.«

Christoph nickte.

»Und, hast du seit seiner Flucht etwas von Gianluca gehört?«

Noch bevor er die Frage beendet hatte, brach nun Marianne in Tränen aus. Sie fragte nicht, von wem er es erfahren hatte. Von Helene? Von Friedel? Er hatte ja auch nichts von der Schwangerschaft gewusst, aber er war der Erste gewesen, der sie beglückwünschte.

»Nein, nichts«, sagte sie. »Er ist wie vom Erdboden verschluckt.« Sie schluchzte heftig. »Es tut mir leid, aber ich vermisse ihn doch so, und mit Helene kann ich darüber nicht sprechen.«

Christoph nickte, dann nahm er seine Schwester in den Arm.

»Pass auf meinen Neffen auf«, flüsterte er in ihr Ohr.

»Deine Nichte«, entgegnete Marianne heiser.

Christoph zögerte, dann nickte er nochmals.

Es waren wirre Zeiten. Zeiten, in denen mancher unterging und nie wieder zum Vorschein kam. Er wollte ihr nicht widersprechen. Vielleicht würden sie einander nie wiedersehen.

Siebtes Kapitel

Die Geburt fing mit einem leichten Ziehen im Rücken an, von dem Marianne erwachte und das sie zuerst verwirrte. Fast kam es ihr so vor, als hätten ihre monatlichen Beschwerden eingesetzt. Als es stärker wurde, weckte sie Helene. Verunsichert warteten die Schwestern eine Weile, was weiter geschehen würde, dann machte die Jüngere sich auf den Weg, die Hebamme zu rufen. So schnell sie konnte, rannte sie zuerst zurück zum Hof. Sie bat Friedel um einen Karren, mit dem sie die alte Käthe zum Gartenhaus fahren konnten. Dort angekommen, fanden sie Marianne immer noch in der Schlafkammer vor, angstvoll auf die Pfütze starrend, die sich auf dem Boden zwischen ihren Beinen gebildet hatte.

»He ho«, rief Käthe aus, »das Kindchen kommt tatsächlich.«

Mit einer bestimmten Bewegung verwies sie Friedel des Zimmers und forderte Helene auf, heißes Wasser und saubere Tücher zu holen. Helene, halb erstarrt, halb fasziniert, folgte diesen und auch den weiteren Anweisungen der alten Hebamme. Bis zu dem Moment, da der Säugling bläulich zwischen den Beinen ihrer Schwester hervorrutschte, wich sie Marianne nicht von der Seite.

Während die alte Käthe der jungen Mutter zusprach, wischte Helene ihrer Schwester den Schweiß von der Stirn. Während Käthe Mariannes Beine anwinkelte und sie aufforderte zu pressen, summte Helene ihr ins Ohr. Sie hatte sich Marianne lange nicht mehr so nahe gefühlt wie in diesen Momenten. Alle Eifersucht war wie weggewischt. Sie wollte nur, dass ihre Schwester keine Schmerzen mehr leiden musste. Sie wollte nur, dass das Kind endlich geboren wurde.

»Du schaffst es, Marianne«, sagte sie, als diese aufgeben wollte. »Du schaffst es, das Kindlein ist fast schon geboren.«

Und noch einmal strengte Marianne alle Kräfte an. Als Käthe den Säugling schließlich an den Beinen in die Höhe hielt, dem Kind auf den nackten Po klatschte und ihm damit seinen ersten kräftigen Schrei entlockte, brachen sie beide in Tränen aus. Gewaschen und gewindelt legte Käthe das Kleine schließlich auf Mariannes Wunsch hin in deren Arme.

»'s ist ein kräftiges Kind«, sagte sie, »'s wird Freude bereiten.«

»Sie ist so hübsch«, flüsterte Marianne erschöpft, und Helene strich ihrer Schwester das verschwitzte Haar aus der Stirn.

»Wie soll sie heißen?«, fragte sie endlich.

»Es ist wirklich ein Mädchen, ja, wirklich ein Mädchen?«, murmelte Marianne.

Käthe nickte und entlockte Marianne ein Lächeln.

»Luisa«, flüsterte sie, »Luisa soll sie heißen.«

Suchend öffnete das Kleine in den Armen seiner Mutter den Mund. Ohne zu zögern streifte Marianne das Hemd zur Seite und bot ihrem Kind die Brust dar. Kleine Lippen schlossen sich um die Brustwarze, dann begann Luisa zu saugen.

Es hatte Tage gegeben, da hatte Marianne Angst, sie würde das Kind nicht lieben können, weil es ihr das Leben schwerer machte, weil sie nicht wissen würde, wie es nach seiner Geburt weiterging. Aber sie hatte Luisa mit ihrem ersten Schrei geliebt. Noch vollkommen erschöpft auf ihrem Lager hatte sich jener erste Schrei ihres kleinen Mädchens bis tief in ihr Innerstes gebohrt und sich dort festgekrallt, und sie hatte nichts anderes tun können, als die Arme nach diesem Wunderwesen auszustrecken.

Marianne war glücklich.

Einzig die Liebe ihres Vaters hatte sie verloren, von der sie doch niemals geglaubt hatte, sie je verlieren zu können. Der Vater und sie waren sich stets nahe gewesen. Früher hatte ein Wort von ihr genügt, um seinen Ärger über die Geschwister zu zerstreuen.

Er hatte sie nicht besucht, seit sie hier in diesem Haus weilte. Einmal hatte sie ihn zufällig auf einem Spaziergang gesehen, doch er, die Schultern steif, hatte sich abgewandt.

Einmal hatte sie die Mutter getroffen.

»Aber Kind«, hatte die gesagt, »ich darf nicht mit dir reden, ich darf es nicht.«

Heute aber war Emmeline gekommen, um ihr Enkelkind zu sehen. Stumm hielt sie die schlafende Luisa im Arm. Die Kleine hatte das dunkle Haar ihres Vaters, und auch die Augen leuchteten bereits bräunlich wie die Giancarlos. Marianne atmete tief durch und wandte den Kopf ihrer Mutter und ihrem Kind zu. Auf dem Herd brachte Helene Wasser für den Kräutertee zum Kochen.

»Bitte sprich mit ihm«, bat Marianne Emmeline. »Sprich mit Vater. Ich liebe ihn doch, daran hat sich nichts geändert. Und ich habe doch selbst nichts getan, als zu lieben, daran kann doch nichts Schlechtes sein.«

Sie schaute ihre Mutter an. Die Hand, die eben Luisas

winziges Gesicht hatte streicheln wollen, sank herab. Marianne fühlte, wie sie ein Zittern überkam.

»Er hat sich entschieden, Marianne«, sagte die Mutter endlich leise. »Auch ich werde ihn nicht umstimmen können. Er wird mir sogar böse sein, wenn er erfährt, dass ich dich besucht habe.«

Marianne starrte für einen kurzen Moment auf den Tisch vor sich, ließ den rechten Zeigefinger über Kerben und andere Unebenheiten wandern. Dann stand sie abrupt auf.

»Einen Tee, Mutter?«

Die Mutter schüttelte den Kopf. »Ich muss gehen. Ich bin schon viel zu lange hiergeblieben.«

»Dann adieu, Mutter.« Marianne verzog keine Miene, wenngleich es in ihr brodelte. Emmeline überreichte ihr das Kind.

»Auf Wiedersehen.«

Emmeline hatte die Tür fast erreicht, als Mariannes Stimme sie noch einmal innehalten ließ. »Wirst du uns bald wieder besuchen?«

Emmeline hob die Schultern. »Ich weiß es nicht. Es ist … Es ist alles nicht so leicht.«

Achtes Kapitel

In der Erinnerung wurde jene kurze, gemeinsame Zeit mit Marianne und Luisa zur schönsten in Helenes Leben. Sie liebte es, morgens an das Bett ihrer Schwester zu treten, wenn diese noch schlief, das Kind im Arm. Es ließ sie an eine Maria mit einem Jesus-Kindlein denken, und trotz allem, was das Leben in diesen Tagen schwer machte, so wurde Marianne doch immer schöner und fürsorglicher. Und ja, auch Helene fühlte sich seltsam warm und geborgen, wenn die Schwester das Kleine anlegte und Luisa gierig nach der Brustwarze schnappte. Das kleine Mädchen war ein ausgeglichenes Kind, eines, das wenig begehrte und sich der Liebe der Mutter vollkommen sicher schien.

Nachdem die ersten zwei Wochen vergangen waren, setzte sich Marianne erstmals mit der Kleinen nach draußen in die Sonne. Sie war vorsichtig mit ihrer Tochter, umsorgte sie und achtete auf sie, wie sie es nie zuvor mit einem Menschen getan hatte. Anfangs gab sie Luisa kaum aus den Armen, dann war es Helene, die ihre Nichte längere Zeit halten durfte. Manchmal dachte Helene dann an Christoph, der hier gewesen und wieder gegangen war und von dem die Kleine auch etwas hatte, auch wenn sie nicht benennen konnte, was es war.

In jedem Fall war Luisa ein ausnehmend hübscher Säugling: rund und speckig mit rosigen Wangen und einem Mund wie eine Rosenblüte. Auch sie würde eine Schönheit werden.

Im September, Luisa war nun zwei Monate alt, begann die Weinlese, die erste seit langer Zeit, an der Helene und

Marianne nicht teilnahmen. Marianne schien nichts zu vermissen. Sie ging dieser Tage darin auf, ihr Kind zu versorgen. Helene putzte und schmückte die Wohnung, nähte und wusch Kleidung und bereitete das Essen zu, das ihnen weiterhin wechselnde Boten vom Stein-Hof brachten.

Nach der Lese begann die Weinkelter, die ersten Blätter fielen. Die Schwestern unternahmen gemeinsam lange Spaziergänge. Sie streiften zwischen Weinreben umher, erklommen Steillagen, machten Rast zwischen von der Sonne gewärmten Steinen und ließen Luisa die Farbenpracht des Herbstes sehen.

Im Dezember, mit vier Monaten, fixierte das kleine Mädchen erstmals die Kette, die den Topf über dem Feuer hielt, und schaute aufmerksam den Flammen zu, die unter dem Kessel hervorloderten. Immer noch schlossen sich ihre kleinen Lippen gierig um Mariannes Brustwarze. Anfänglich hatte Helene eine Amme für die Schwester besorgen wollen, doch die hatte abgelehnt. Sie wollte ihr Kind selbst säugen. Sie hatte Schriften dazu gelesen.

Gianluca blieb weiter verschwunden, und daran würde sich wohl auch nichts ändern, dachte Helene erleichtert – seit nunmehr fast einem Jahr hatten sie nichts von ihm gehört.

Als die ersten Schwalben zurückkehrten, Luisa war neun Monate alt, bemerkte Helene erstmals die altbekannte Unruhe an Marianne. Plötzlich fragte sie sich, wie lange ihre gemeinsame Zeit noch andauern würde.

Neuntes Kapitel

»Los, du kannst gehen!«

Der Wachtposten deutete auf den Weg. Gianluca jedoch blieb noch einen Moment stehen, legte den Kopf in den Nacken und starrte in den tiefblauen Frühlingshimmel hinauf.

Frei, endlich frei … Er konnte es immer noch nicht fassen. Frei, nach zehn langen Monaten frei.

Nachdem er den Franzosen damals glücklich entkommen war, war er kurz darauf den Preußen in die Hände gefallen. Auch jene verdächtigten ihn der Spionage. Im Juli verschleppten sie ihn, gemeinsam mit anderen verdächtigen Klubisten aus Mainz, auf die sächsische Burg Königstein. Dort hatte man ihn verhört, wieder eingesperrt und wieder verhört. Immer und immer wieder beteuerte er seine Unschuld.

An den Tagen, an denen man ihn in Frieden ließ, forschte er nach Christoph. Einmal meinte er sogar, ihn zu sehen, doch er hatte sich geirrt. Mariannes Bruder war nicht unter den hierher verschleppten Mainzer Jakobinern, die Schreckliches von ihren letzten Tagen in der Stadt zu berichten wussten.

Nun aber hatte er es überstanden. Er hatte das schlechte Essen überstanden, die Quälereien, die endlosen Verhöre. Jetzt hieß es nur, den Weg zurückfinden, als Fremder in Kriegszeiten quer durch das Land zu reisen. Als könne ihm die Berührung Kraft und Sicherheit verschaffen, betastete er den Passierschein, der ihn als Gianluca Tozzi, Baumeister aus Genua, auswies.

Noch immer rätselte er darüber, wie es ihm gelungen war, seinen Verhörmeister endlich davon zu überzeugen, dass er die Wahrheit sprach. Er war unschuldig, zumindest war er kein Klubist. Noch einmal blickte er in den blauen Himmel. Schwalben zogen über ihm ihre Kreise. Es war wieder Frühling.

Zehntes Kapitel

Lange hatte Marianne nicht mehr eine solche Unruhe verspürt. Es war, als verändere sich etwas in dem Maß, wie sich ihre Tochter veränderte, wie sie größer wurde und an Freiheit gewann. Heute jedenfalls hatte sie sich zum ersten Mal seit Monaten entschlossen, alleine einen kleinen Spaziergang zu machen und Luisa in der Obhut Helenes zu lassen.

Zuerst war sie langsam gegangen, vermeintlich ohne Ziel und als könne sie sich doch nicht von ihrem Kind trennen. Erst nach einer Weile begriff sie, dass sie ihr erster Spaziergang unweigerlich zum Weinberghäuschen führte, zurück zu ihren Erinnerungen an Gianluca. Sie konnte ihn nicht vergessen. Sie hatte es versucht.

Ich bin lange nicht mehr hier gewesen, dachte sie, als sie das Häuschen umrundet und sorgfältig von innen und außen untersucht hatte.

Ein wenig verwunderte es sie, dass nichts mehr an das gemahnte, das dort geschehen war. Drinnen war es noch kühl und roch etwas feucht, als hielten die alten Mauern den Winter fest. Draußen krochen ein paar alte Weinranken über den Boden. Erste Frühlingsblumen sprossen empor.

Hier haben wir uns geküsst. Hier haben wir uns geliebt. Hier wurde ich zur Frau.

Sie setzte sich auf einen der größeren Feldsteine, tat einige Augenblicke lang gar nichts, bevor sie aus einem Beutelchen, das sie am Handgelenk trug, Bleistift und Papier hervorzog. Wenn sie ehrlich war, hatte sie schon seit Tagen darüber nachgedacht, Gianluca einen Brief zu schreiben. Der Gedanke hatte sie sogar so unruhig werden lassen, dass sie kurz befürchtet hatte, Helene könne etwas bemerken. Sie musste sich einfach die Seele frei schreiben. Früher hatte sie immer über Helene gelacht, jetzt verstand sie, warum die Jüngere immer *alles* aufgeschrieben hatte. *Einfach alles.*

Marianne zitterte, als sie den Stift erstmals auf das Papier setzte, schrieb klein, um keinen Platz zu verschwenden: *Ich sitze hier bei unserem Weinberghäuschen …*

Sie las den Satz einmal, zweimal, stellte sich vor, dass Gianluca ihn las, und setzte den Stift neu an.

Ja, ich nenne es unseres, denn auch meine Zeitrechnung ist eine neue, seit es Dich gibt. Es gibt eine Zeit vor und eine nach Dir, Liebster. Man möge mir diesen Frevel verzeihen. So viele Tage sind vergangen, seitdem man uns getrennt hat, doch ich spüre Dich immer noch, und wenn ich unser Kind ansehe, dann sehe ich auch Dich vor mir. Luisa wird mich immer an Dich erinnern und mir Halt geben, bis zu der Stunde, in der wir uns wiedersehen.

Auch am nächsten Tag packte Marianne Papier und Stift ein und ging zu *ihrem* Häuschen, während Helene auf Luisa aufpasste. Sie hatte eine Weile mit den Briefen aufgehört, damals, nachdem sie sie Helene gezeigt hatte und sich plötzlich albern vorgekommen war. Nun fing sie erneut damit an. Sie schrieb und unterschrieb sie. Sie faltete die Briefbogen sorgsam zusammen und barg sie unter dem Mieder an ihrem Herzen, bis sie zu Hause ein neues Versteck für sie fand.

Und so hätte es weitergehen können, so ruhig und friedlich, so folgenlos. Doch dann stand eines Tages Friedel im Hof des Gartenhäuschens und drehte seinen Hut in den Händen.

»Ich weiß, ich tu nichts Rechtes damit und sollt's wohl besser nicht sagen«, knurrte er und schaute sie unglücklich an.

»Was ist denn, Friedel?«, verlangte Marianne zu wissen, die sich draußen auf der Bank ausruhte.

Der alte Knecht trat einen Schritt auf sie zu, blieb dann doch wieder stehen.

»Ich soll euch von Schanlukka grüßen.«

»Von Gianluca?«

Sie wollte aufspringen. Friedel drückte ihr die Hände auf die Schultern, um sie daran zu hindern.

»Ruhig, Frauchen, nicht aufregen. Geht es dir gut? Und meiner Luisa auch? Wo ist sie?«

»Bei Helene.« Marianne musste nach Luft schnappen. »Sag es mir bitte«, keuchte sie, denn ihr Atem ging immer noch schneller, »hast du wirklich Nachricht von Gianluca? Geht es ihm gut? Wo war er nur die ganze Zeit?«

Friedel zuckte die Achseln. »Vor ein paar Nächten stand beim … also beim Wasserlassen auf einmal ein Junge vor mir. Mir altem Kerl ist fast das Herz stehen geblieben.«

»Kanntest du ihn?«, fragte Marianne mehr mechanisch dazwischen.

»Nein«, Friedel schüttelte den Kopf, »hab ihn noch nie gesehen. Er bestellte Grüße von Schanlukka an Friedel und Marianne und gab mir diesen …«

Brief wollte er noch sagen, doch Marianne hatte ihm das Papier bereits entrissen. Mit fliegenden Fingern faltete sie es auseinander. Zitternd berührte sie die Zeilen, bevor sie sie las. Sie wollte nicht weinen, biss sich, indem sie heftig dagegen ankämpfte, auf die Lippen.

Er hat das geschrieben, pochte es in ihrem Kopf, er hat das geschrieben. Die Zeilen verschwammen vor ihren Augen.

»Ja, es geht ihm gut«, stotterte Friedel. »Der Junge sagte, es gehe ihm gut. Die Franzosen haben ihn festgehalten, danach die Preußen … Sie haben ihn eingesperrt, in Sachsen war er, auf Königstein.«

Marianne hob die Hand, um ihn zum Schweigen zu bringen. Königstein, sie hatte davon gehört. Die Eltern hatten darüber geflüstert. Sie wischte sich kurz über die Augen, denn erneut waren die Zeilen vor ihrem Blick verschwommen.

Marianna, amore, carissima, stand zuoberst, *mein Herz, mein Schatz, meine unendliche Liebe, geht es Dir gut? Ich weiß, Du hast mich gebeten zu gehen, und ich habe gehorcht, aber ich wollte doch immer in Deiner Nähe bleiben. Marianne, ich kann Dich nicht vergessen. Ich kann und will es einfach nicht. Marianna, ich bin zurück.*

Elftes Kapitel

Helene saß mit einem Buch auf der Bank vor dem Haus, als am nächsten Tag der Bote mit dem Essen kam. Sie war erstaunt, dass es sich dieses Mal um Friedel handelte.

»Gott zum Gruß«, sagte der alte Knecht, zögerte und stellte den Korb zu seinen Füßen ab.

»Gott zum Gruß«, erwiderte Helene. »Was gibt es denn heute?«

Sie war aufgestanden und kam rasch näher, bemerkte zu ihrer Verwunderung, dass sich die Schultern des Alten versteiften.

»Kraut und frische Würstel«, antwortete er, bellte es heraus wie ein alter Wachhund.

Helene blieb stehen. Ganz unvermittelt schauten sie beide auf den Korb, der immer noch zu Friedels Füßen stand. Bisher machte er keine Anstalten, ihn zu überreichen, so wie es die anderen zu tun pflegten. Helene spürte, wie sich ihr Lächeln verlor. Sie dachte an Marianne, die ihr am Vorabend, als sie von ihrem Spaziergang zurückgekommen war, seltsam aufgelöst vorgekommen war, sodass sie fast befürchtet hatte, noch einmal den alten Kamenz holen zu müssen. Sie dachte an das Rascheln, von dem sie später nicht gewusst hatte, ob sie es sich eingebildet hatte. Marianne hatte sie zwar gebeten, ihr Mieder aufzuschnüren, sie dann aber um einen Becher Milch in die Küche geschickt. Hatte sie vielleicht doch Papier rascheln gehört? Papier, das Marianne bei sich getragen und vor ihr verborgen hatte? Aber warum sollte sie das tun?

Ja, Helenes Blick fiel wieder auf den Korb, warum wohl sollte sie das tun?

»Wie geht es dem Fräulein Marianne?«, fragte der alte Knecht.

»Recht gut.« Helene wollte die Hand nach dem Korb ausstrecken. Friedel schob seinen Fuß noch enger heran und machte Anstalten, sich zu bücken.

»Ich wollte dem Fräulein den Korb gerne selbst geben«, sagte er dann, konnte ihr dabei aber nicht in die Augen blicken.

Helene runzelte die Stirn. »Aber der Korb ist doch für uns beide, und ich führe hier den Haushalt …«

»Ja, natürlich …« Offenbar wusste Friedel nun nicht, was er tun sollte. Kurz überlegte Helene noch, dann entschied sie, sich blitzschnell zu bücken, den Korb zu packen und vor Friedel das Haus zu betreten. Der alte Knecht stieß einen Laut aus, wagte es aber nicht, sie aufzuhalten.

»Sie ist dort.« Helene wies mit einem Kopfnicken auf die Tür zur guten Stube. »Ich bringe das hier kurz in die Küche.«

Friedel machte den Mund auf, schloss ihn aber gleich wieder. Helene lächelte ihm freundlich zu. Sie wartete, bis er die Tür geöffnet und wieder hinter sich geschlossen hatte, lief dann geräuschvoll den Gang entlang und ließ die Küchentür lautstark hinter sich zuklappen. Entschlossen zog sie das Tuch von den mitgebrachten Speisen. In einem Topf fanden sich die angekündigten Würstel, in einem zweiten das Kraut. Beide stellte sie auf den Ofen, damit das Essen warm blieb. Die Mutter hatte auch ein frisch gebackenes Brot dazugelegt und eine Flasche Traubensaft. Nun war der Korb leer. Neugierig spähte Helene hinein.

Auf den ersten Blick war nichts zu erkennen. Erst als sie das Tuch anhob, bemerkte sie den Brief. Bevor sie noch nachdenken konnte, griff sie zu. Einen Moment später fand sich das Schriftstück dicht an ihrem Herzen wieder. Sorgsam räumte sie Brot und Saft wieder ein, stellte den Korb in eine schattige Ecke des Raums. Als sie sich der Stube näherte, waren Stimmen zu hören.

»Ich habe drei Enkelchen«, hörte sie Friedel sagen, als sie gerade die Tür öffnete.

Marianne drehte ihr den Kopf zu. »Ah, da bist du ja wieder. Ist es nicht schön, dass uns Friedel heute das Essen bringt? Weißt du noch, wie wir damals auf seinem Schoß saßen und er ›Hoppe, hoppe Reiter‹ mit uns spielte?«

Helene lächelte, auch wenn sie sich an nichts dergleichen erinnern konnte. Jetzt jedenfalls saß die elf Monate alte Luisa auf Friedels Schoß und strahlte den alten Mann an.

»Was gibt es denn?«, fragte Marianne.

»Würstel und Kraut, es ist in der Küche auf dem Ofen.«

Helene zog sich einen Schemel heran und setzte sich zu Friedel und Marianne. Die beiden tauschten Erinnerungen aus, lachten und kamen vom Hundertsten ins Tausendste, während Helene den Brief auf ihrer Haut spürte, als brenne da ein Feuer. Am liebsten wäre sie weggerannt, irgendwohin in die Weinberge, um ihn zu lesen, aber sie musste sich beherrschen. Etwas Bitteres drängte sich in ihr hoch, während sie ihre Schwester beobachtete. Eines wusste sie ohnehin schon: Gianluca war zurück.

Noch als es längst völlig unmöglich war, dass sie jemand beobachtete, ging Helene weiter. Sie ging einfach, mechanisch wie ein Uhrwerk, schritt voran, lief und lief, setzte einen Fuß vor den anderen. Sie wusste schon fast nicht mehr, wo sie war, als sie endlich stehen blieb. Unschlüssig sah sie sich um, meinte sich zu erinnern, dass sie als Kind einmal an dieser Stelle gewesen war, zu einer Zeit, die ihr jetzt rückblickend wie das Paradies erschien. Dann nahm sie kurz entschlossen auf dem erstbesten Stein am Wegesrand Platz. Einen Moment lang saß sie nur da und hörte dem eigenen Atem zu, bevor sie den Brief hervorholte.

Im Haus hatte sie nicht gewagt, ihn genauer zu betrachten. Dies tat sie nun ausführlich. Es war nur ein kleines Papier, schmutzig, etwas abgegriffen, doch sorgsam gefaltet. Plötzlich verschwamm alles vor ihren Augen. Mit dem Handrücken wischte sie sich die Tränen fort, aber sie kamen wieder, quollen hervor, ein salziger Strom, der sich einfach nicht aufhalten lassen wollte.

Es dauerte eine Weile, bis sie sich so weit beruhigt hatte, dass sie lesen konnte, doch der Schmerz blieb: Gianluca hatte ihrer Schwester geschrieben. In knappen Worten schilderte er Marianne, was geschehen war, wie man ihn verhaftet, verhört, entlassen, wieder verhaftet, wieder verhört, dieses Mal eingesperrt und erst nach Monaten wieder entlassen hatte. Doch dieser Teil nahm nur wenig Platz ein, der weitaus größere Teil des Briefes beschäftigte sich mit Marianne, mit dem Wunsch, sie wiederzusehen, mit dem Unvermögen, sie zu vergessen. Aus jedem Wort sprach unendliche Sehnsucht. Der Brief endete mit der Bitte um eine Nachricht.

Es war also nicht vorbei.

Marianne wurde geliebt, sie nicht.

Helene holte schluchzend Atem. Die Tränen liefen weiter, still und unaufhörlich, als sei eine Schleuse geöffnet worden. Ärgerlich fuhr sie sich mit einem Ärmel über das Gesicht.

Marianna, amore, carissima.

Sie las es, immer und immer wieder, obwohl es so wehtat, musste dann erneut einen Schluchzer unterdrücken und las es gleich wieder.

Gianluca hatte ihre Schwester manchmal *Marianna* genannt. *Maaariannna* hatte er ihren Namen gesungen. *Maariannaa.* Es war wie Musik auf seinen Lippen gewesen.

Mit einem Mal wütend zog Helene die Nase hoch. Gegen Ende des Briefes schrieb Gianluca, dass Friedel weitere Briefe bringen würde und die ihren mitnehmen konnte. Er wolle geduldig auf ihr Zeichen warten, nachdem Friedel versichert habe, dass es ihr gut ginge.

Marianne hat gelogen, schoss es Helene durch den Kopf, sie hat mich angelogen. Nichts hat sie gesagt von Giancas erstem Brief und nichts wird sie mir von diesem Brief hier sagen.

Ihre Tränen waren mittlerweile versiegt, aber es schmerzte so sehr. Erst meinte sie, keine Luft mehr zu kriegen, dann fror sie wie im tiefsten Winter.

Und dann las sie den Brief noch einmal, konnte sich einfach nicht davon abhalten, obwohl es so unendlich wehtat.

Danach starrte Helene vor sich hin. Wenn Gianluca jetzt wieder in der Nähe war, wo hielt er sich dann auf?

Sie schaute nicht hin, während sie den Brief sorgsam wieder zusammenfaltete. Gedankenfetzen jagten durch ihren Kopf, ohne eine feste Richtung einzunehmen. Bilder aus glücklicheren Tagen tauchten vor ihr auf.

Sobald sie zurück war, wollte sie den Brief in den Korb zurücklegen, wo Marianne ihn finden würde. Sicher hatte Friedel der Schwester davon erzählt. Helene konnte ihn also nicht einfach verschwinden lassen.

Als sie Hufschlag hörte, stand sie auf. Der Reiter näherte sich aus der Richtung, aus der sie gekommen war, und schien es nicht eilig zu haben. Schließlich machte sie ihn am Ende des Weges aus: dunkles Haar, ein graubrauner Rock, ein dunkler Dreispitz.

Anton ... Helene trat vom Wegesrand mitten auf den Weg. Ihrer gewahr zügelte Anton sein Pferd, um gleich darauf in leichten Trab zu wechseln.

»Helene«, rief er aus, »wir haben uns lange nicht gesehen. Es hieß, ihr wärt fort gewesen, bei Verwandten. Wie geht es dir?«

»Danke, gut.« Sie lächelte und hoffte, er werde sie nicht auf ihre rot geweinten Augen ansprechen. »Und dir? Geht es dir wieder besser?«

»Es ist lange her.«

Flüchtig fuhr er sich mit der Hand an die Stirn, auf der im hellen Licht noch die schmale Narbe zu sehen war. Ein Schatten flog über sein Gesicht, dann schenkte er ihr ein blasses Lächeln. Helene erwiderte seinen Blick und hätte am liebsten eine Hand gegen seine Wange gelegt, um ihn zu trösten. Sie waren beide enttäuscht worden, hatten beide verloren, waren beide betrogen worden.

Er warf nun einen genaueren Blick auf ihr Gesicht, bemerkte wohl doch, dass sie geweint hatte, aber er fragte sie nicht, und sie war dankbar darum.

»Wie geht es deinen Eltern?«

»Danke, es geht ihnen gut. Allerdings liegen sie mir in den Ohren damit, dass ich mir eine neue Braut suchen muss.« Er schenkte ihr ein schiefes Lächeln, das sie erwiderte.

»Wie geht es Marianne?«, fragte er endlich.

»Gut.« Helene verschränkte die Arme vor der Brust. »Dem Kind auch.«

Anton runzelte die Stirn.

»Mutter und Vater tun mir natürlich sehr leid. Sie nehmen es sehr schwer, das wirst du gesehen haben, und ich …«, Helene hob die Schultern und sprach dann weiter, ohne ihn aus dem Blick zu lassen, »hoffe darauf, dass man den Fehltritt meiner Schwester vergessen wird.«

»Aber es war nicht deine Schuld«, sagte Anton leise.

Helene zuckte die Achseln, um dann den Blick abzuwenden. »Aber ich bin ihre Schwester«, sagte sie leise. Es fiel ihr erstaunlich leicht, neue Tränen hervorzupressen. Noch wusste sie nicht, warum sie sich so verhielt. Es war, als ob sie ein fremder Geist lenkte. Sie hörte, wie Anton vom Pferd sprang.

»Helene«, sagte er.

Wir waren Freunde, dachte Helene, Anton, Christoph, Marianne und ich. Wir waren Freunde, und so hätte es bleiben können. Sie hat alles kaputt gemacht.

Sie schaute ihn an, während zwei Tränen über ihre Wangen glitten. »Es tut mir leid, ich wollte nicht weinen, aber manchmal ist alles so furchtbar schwer.«

Sie schaffte es, seinem Blick standzuhalten. Braune Augen, dachte sie, ich habe nie gemerkt, dass er so schöne braune Augen hat. Fast ein wenig wie die von Gianluca. Anton zögerte noch kurz, dann legte er die Arme um ihre Schultern und zog sie an sich.

»Weine nicht, Helene, ich werde immer für dich da sein, das verspreche ich dir.«

Helene hatte kaum die Tür geöffnet und hinter sich zugezogen, als sie von oben Mariannes Stimme hörte.

»Wo hast du denn den Korb? Friedel wollte ihn mitnehmen, aber wir konnten ihn nirgendwo finden.«

Helene im Halbdunkel des Flurs, die Hand noch am Türknauf, schaute nach oben zum Ende der Treppe hin, wo ihre Schwester wartete.

»In der Küche natürlich«, entgegnete sie und stellte zufrieden fest, dass ihre Stimme auch nicht das kleinste bisschen bebte.

»Aber da ist er nicht. Wir haben beide nachgeschaut.«

»Aber natürlich ist er da.« Auch die Empörung in ihrer Stimme klang echt. Helene war sehr zufrieden. »Ich werde ihn holen.«

Sie hörte, wie Marianne begann, die Stufen herunterzusteigen, aber bis die Schwester die Küche erreicht hatte, hatte sie den Korb längst aus der Ecke geholt, in der sie ihn verborgen hatte, und auch der Brief befand sich an Ort und Stelle. Als Marianne die Küche betrat, stand Helene schon am Spülstein und schälte einen Apfel. Mit einem Kopfnicken wies sie auf den Tisch.

Die Schwester blieb einen Moment lang in der Tür stehen, klatschte dann in die Hände und begann zu lachen.

»Da ist er ja. Kannst du dir vorstellen, dass wir ihn beide nicht gesehen haben?«

Helene lächelte. »Er stand die ganze Zeit in der Kammer dort.« Mit schnellen Schnitten hatte sie den Apfel zerteilt und steckte sich ein Stückchen in den Mund. »Möchtest du auch?«

»Nein, aber ein Becher Milch wäre schön. Haben wir noch welche?«

Helene stand auf, um zur Speisekammer zu gehen. Als sie mit dem Krug zurückkam, war Marianne näher zum Korb hin gerückt.

»Nur noch ganz wenig. Soll ich gehen und welche holen?«

Marianne strahlte sie an. »Das wäre lieb von dir.«

Helene erwiderte ihr Lächeln, nahm den Krug, ging durch den Flur, öffnete und schloss die Tür dann lautstark und trabte polternd davon. Als sie gleich darauf durch den Flur zurückschlich und durch den Türspalt spähte, klopfte ihr Herz bis in den Hals hinauf. Marianne stand immer noch am Küchentisch, hatte aber den Stoff aus dem Korb genommen und hielt Gianlucas Brief in den Händen. Sie weinte.

Nur eine knappe Woche später hörte Helene wieder einmal Stimmen aus der Küche, als sie von ihrem Spaziergang nach Hause kam. Es erschreckte sie nicht mehr. Sie war nun vorbereitet. Die schöne Zeit war vorbei. Die Zeit der Lügen hatte begonnen. Marianne hatte an diesem Tag Kopfschmerzen vorgeschoben. In Wirklichkeit, da war sich Helene sicher, wollte sie einen Brief an Gianluca schreiben. Sie selbst hatte Mariannes letzten aus dem Versteck genommen und durch einen eigenen ersetzt. Bis zu Gianlucas nächstem Brief war sie unruhig darob gewesen, ob er Mariannes Schrift kannte, doch offenbar hatte er keinen Verdacht geschöpft.

Sein nächster Brief war noch überströmender, gefühlvoller und hoffnungsvoller gewesen. Helene hatte seinen Zeilen entnommen, dass er darauf hoffte, Marianne bald zu sehen. Wenn sie sich einredete, dass der Brief an sie selbst gerichtet war und nicht an ihre Schwester, konnte sie sich fast glücklich fühlen. Anfangs war ihr das schwergefallen, aber mit jeder Zeile wurde es leichter.

Helene, meine liebste Helene … Sie musste sich nur vorstellen, dass diese Worte dort standen, dann war alles gut.

Auf leisen Sohlen schlich Helene näher zur Küche hin.

»Ich bin froh, dass es dich gibt, Friedel«, hörte sie Marianne nun sagen. »Sag, geht es ihm wirklich gut? Er schreibt es mir, aber er will mich sicher nicht aufregen. Also sag es mir frei heraus, geht es ihm gut?«

»Es geht ihm gut, Marianne, mach dir keine Sorgen.« Das nächste Wort ging in einem Rumpeln unter. Einer der beiden musste aufgestanden sein. Einen Moment lang herrschte Schweigen.

»Er muss sich schrecklich einsam fühlen«, war dann wieder Mariannes Stimme zu hören.

Friedel gab ein beruhigendes Knurren von sich. »Ja, das tut er, aber seit er weiß, dass es dir und dem Kind gut geht, ist es besser geworden. Hast du wieder einen Brief mitzugeben?«

»Er ist an Ort und Stelle.« Marianne seufzte. »Ich würde ihn so gerne sehen.«

»Du musst vorsichtig sein. Der Herr hat immer noch nicht vergessen. Erst gestern habe ich ihn sagen hören, dass er den italienischen Lumpen verhaften ließe, wenn …«

»Ach, ich weiß, ich weiß doch. Der Vater ist ein alter Sturkopf«, antwortete Marianne mit mehr Leichtigkeit in der Stimme, als sie wohl wirklich verspürte.

Helene hatte genug gehört. Leise huschte sie zur Tür zurück, öffnete sie lautstark und ließ sie ebenso geräuschvoll zufallen. Während sie erneut auf die Küche zulief, war das Scharren von Stühlen zu hören. Als sie den Raum betrat, saß Marianne am Küchentisch, vor sich eine Tasse Kräutertee. Friedel stand am Spülstein.

»Dann gehe ich mal«, sagte der alte Mann mit zittriger Stimme. Er konnte Helene nicht ansehen.

Zwölftes Kapitel

Helene hatte sich erleichtern müssen und erschrak, als sie bei ihrer Rückkehr ein Pferd vor dem Haus angebunden fand. Die Tür zum Häuschen stand offen, und ihr Herz begann sofort schneller zu schlagen. Marianne hatte ihr die Kleine zum Schutz überlassen, weil sie zum elterlichen Hof gehen wollte, um erstmals seit Langem wieder mit der Mutter zu sprechen. Sie hatte der Schwester versprochen, das Kind nicht aus den Augen zu lassen, doch sie hatte ein dringendes Bedürfnis verspürt und war deshalb kurz zur Latrine gegangen. Sie würde sich nie verzeihen können, wenn Luisa unterdessen etwas geschehen war.

Mit klopfendem Herzen trat sie ein. Die Stube sah aus, wie sie sie verlassen hatte. Kräftiger Sonnenschein fiel durchs Fenster. In den Sonnenstrahlen tanzten Staubkörner. Ihr Handarbeitskorb stand auf dem Tisch, wo ihn das Kind nicht erreichen konnte. Sie hatte Luisa auf einer Decke spielend zurückgelassen. Auf dem Stuhl am Tisch aber saß nun ein Mann und starrte das kleine Mädchen an. Unverwandt erwiderte Luisa den Blick des Fremden.

Helene erkannte ihn sofort. Er musste sich nicht umdrehen. Als er nun eine Hand nach Luisa ausstreckte, eine kräftige Hand, groß wie eine Schaufel, stieß sie einen Laut aus.

»Vater!«

Der Angesprochene fuhr herum.

»Helene.« Er zog die Hand zurück, erhob sich von seinem Stuhl. »Helene, meine Kleine, wie schön, dich zu sehen.«

»Was machst du hier?« Helene hatte Luisa auf den Arm genommen. Die Kleine drückte sich an sie und fuhr fort, neugierig ihren Großvater zu mustern.

»Marianne besucht Mutter.«

»Ach ja«, brachte Helene heraus. Er hatte ja gesagt, dass er die ältere Schwester vorerst nicht mehr sehen wollte, nicht mehr mit ihr sprechen wollte, dass sie, ginge es nach ihm, tot sein könne. Er war also gekommen, weil er sich sicher sein konnte, sie alleine anzutreffen. Oder war sie zu misstrauisch? Sie nickte zu einem Krug auf der Anrichte hin. »Darf ich dir etwas zu trinken anbieten?«

»Danke, ich brauche nichts.«

Einen Moment lang wusste Helene nicht, was sie sagen sollte, dann ging sie zum Tisch, rückte sich einen Stuhl zurecht, wies auf den verbliebenen. »Setz dich doch, Vater.«

»Ich …«

»Setz dich, bitte.«

Er setzte sich. Helene nahm den Krug vom Tisch, schenkte sich beiden einen Becher gewässerten Weins ein und nahm ebenfalls Platz, die kleine Luisa auf ihrem Schoß.

»Nun sag, warum bist du hier?«

Der Vater wich ihrem Blick aus, schaute wieder die Kleine an.

»Sie sieht ihrer Mutter ähnlich, nicht wahr?«, sagte Valentin unvermittelt. »Sie wird einmal eine sehr schöne Frau werden.«

Helene musterte ihre Nichte und setzte sie wieder zurück auf die Decke, wo sie mit einem Holzscheit spielte. Ja, sie musste ihm beipflichten: Luisa war eine dunkle Version ihrer Mutter, auch wenn sie den Vater ebenso wenig verleugnen konnte.

Auch sie wird einmal sehr geliebt werden, dachte Helene, die Burschen werden ihr hinterhersteigen. Sie wird andere Mädchen verletzen, nur weil es sie gibt und weil auf Festen alle nur mit ihr tanzen werden. Man wird Lieder für sie singen, wird Gedichte auf sie verfassen, und sie wird nichts Besonderes daran finden, weil es doch normal ist. Nein, sie wird es noch nicht einmal bemerken.

Sie hatte geglaubt, dass solche Gedanken nun hinter ihr lagen, aber dem war nicht so. Nicht mehr, seit Gianluca wieder in ihr gemeinsames Leben getreten war. Sie sah Luisas Zukunft vor sich, und diese Zukunft missfiel ihr. Sie sah Mädchen, wie sie selbst eines war, über die Luisa hinwegtrampeln würde, ohne es zu bemerken oder überhaupt Böses zu wollen.

»Sie hat schwarze Haare«, entfuhr es ihr, »wie der, der …«

Valentin seufzte auf. »Wie der Hund, der uns unsere Marianne gestohlen hat. Gianluca.« Er sprach den Namen langsam aus. Offenbar fiel es ihm schwer, ihn auszusprechen, denn er wollte sich kaum von der Zunge lösen. »Deshalb bin ich auch hier.«

»Deshalb?« Die andere Helene war zurück. Die Marianne verteidigen wollte. Die wie eine Löwin um Luisa zu kämpfen bereit war. Die Helene, die ihre Gefühle hin- und herrissen.

Der Vater griff nach dem Becher Wasser und leerte ihn auf einen Zug, dann setzte er ihn ruckartig auf den Tisch zurück.

»Ich habe eine Familie ausgemacht, die Luisa ein Heim bieten kann.«

Der Schreck verschloss Helenes Lippen. Niemand durfte Marianne das Kind wegnehmen! Fieberhaft überlegte sie, was zu tun war. Es war der Vater, der ihr die Entscheidung abnahm. Er sprach leise, als wage er im Grunde gar nicht auszusprechen, was er nun sagte: »Wirst du mit ihr reden? Wirst du sie zur Vernunft bringen? Du bist ja die Einzige, auf die sie sich einlässt.«

Weil du ihr keine Gelegenheit dazu gibst, dachte Helene bei sich, doch sie nickte nur.

Helene sagte Marianne nichts vom Besuch des Vaters und nichts davon, was er zu tun beabsichtigte. Für einige kurze Tage lebten sie wieder gemeinsam das Leben, das sie seit Luisas Geburt hier lebten. Marianne verhätschelte ihre Tochter, machte ihr Leckereien aus dem, was man ihnen schickte, nähte und stickte sogar und wusch Luisas Kleidung, damit das Kind niemals schmutzig aussehen musste. Manchmal verfiel sie ins Grübeln. Helene beobachtete sie, wartete und bejubelte erfreut Luisas erste Schritte.

Ein ums andere Mal wollte Helene vom Besuch des Vaters anfangen, aber die rechten Worte wollten nicht kommen, und ein ums andere Mal schob sie das Gespräch auf.

An einem Morgen stieg sie gerade die Treppe von der Schlafkammer hinunter, als ihr Blick auf Marianne fiel. Die Schwester saß am Tisch, noch im Nachthemd, das

Haar offen, so schön und so nachlässig ihrer Umwelt gegenüber, dass Helene unversehens verharrte. Auf dem Boden zu ihren Füßen spielte Luisa mit ein paar Holzlöffeln, von ihrer Mutter ab und an freundlich ermahnt. Marianne hielt etwas in der Hand, was Helene nicht erkennen konnte. Was sie aber erkannte, war das Strahlen auf dem Gesicht ihrer Schwester, ein Strahlen, das ihr nicht unbekannt war, das Strahlen, das nur Gianluca hervorzuzaubern in der Lage war.

»Marianne?«

»Helene.« Indem Marianne sich zu ihrer Schwester umdrehte, sah diese, was sie in der Hand hielt. Ein Brief, den sie dieses Mal nicht versteckte. »Gianluca hat geschrieben.«

Ich weiß, dachte Helene, ich weiß es schon lange. Er hat dir nicht zum ersten Mal geschrieben. Für sie war Mariannes Lachen wie eine Rute.

»Er wartet auf mich«, sagte die Ältere. »Er möchte, dass wir, Luisa und ich, bald zu ihm kommen.«

Helene wurde es eiskalt. Ihre Finger waren plötzlich gefühllos. Sie rutschten vom Türrahmen, an dem sie sich festgehalten hatte, die Beine gaben unter ihr nach.

»Aber was machst du denn da, Lele?« Marianne lachte, während Helene sich hochrappelte.

»Entschuldige, ich bin gestolpert.« Ihre Kehle war trocken. Sie musste sich räuspern. »Wann wirst du gehen?«

Wann willst du mich verlassen?, wollte sie fragen. Wann willst du meine Gefühle erneut mit Füßen treten?

»Ich weiß es noch nicht«, Marianne schaute auf den Brief, »in diesem Monat noch, oder im nächsten? Ach, er wird es mir schreiben. Ich bin ja so glücklich. Freust du dich mit mir, Lele? Ich dachte, er ist auf immer fort, weißt du? Wenn du dich mit mir freust, bin ich noch glücklicher.«

Aber du wusstest doch schon, dass er hier ist, höhnte eine Stimme in Helenes Kopf, hältst du mich wirklich für so dumm? Aber sie sagte nichts. Es gelang ihr sogar zu lächeln.

»Ja.« Helene befand, dass ihre Stimme kühl klang, aber Marianne bemerkte es nicht. »Ich freue mich.«

»Oh, wie wunderbar, du bist meine liebste Schwester.«

Ich bin deine einzige Schwester, dachte Helene. Laut fragte sie: »Würdest du hierbleiben, wenn ich dich darum bitte?«

Marianne schaute sie einen Moment lang verblüfft an, dann lachte sie auf. »Das meinst du nicht ernst, oder? Nein, natürlich meinst du das nicht ernst.«

Helene gelang es, ebenfalls zu lachen. »Nein, ich habe gescherzt.« Sie beugte sich zu Luisa hinunter, herzte und küsste sie zum Morgengruß. Das Frühstück lag ihr an diesem Morgen schwer wie Flusskiesel im Magen.

In der folgenden Nacht konnte Helene nicht schlafen. Am nächsten Morgen, während Marianne noch mit der Kleinen im Bett lag, machte sie sich auf den Weg zum Haus ihrer Eltern. Noch in Sichtweite des Häuschens, das sie sich mit ihrer Schwester teilte, begann es zu regnen. Es regnete so heftig und mit solch schweren Tropfen, dass Helene auf dem kurzen Weg vollkommen durchnässt wurde. Als sie den Hof erreichte, stand das Wasser in ihren Schuhen. Ihre Kleidung klebte ihr am Körper, und das Haar hing in nassen Strähnen in ihr Gesicht. Niemand war zu sehen. Aus den Stallungen drangen Stimmen, doch Helene ging schnurstracks auf das Haus zu, öffnete die Tür und erreichte im nächsten Moment die Küche. Wie immer zu dieser Tageszeit stand ihre Mutter am Herd und rührte in einem Kessel Suppe. Sie drehte sich um und wollte sehen, wer da gekommen war. Ein strahlendes Lächeln zeichnete sich sogleich auf ihrem Gesicht ab.

»Helene, Kind, ich freue mich so sehr. Du warst so lange nicht mehr hier. Wie geht es dir?«

»Gut, danke.« Helene musste kurz den Blick senken. Du hättest uns jederzeit besuchen können, dachte sie, warum hast du es nicht getan? Hat es dir gereicht, dein Enkelkind und deine Töchter einmal in Monaten zu sehen? Was ist mit deinem Sohn, wo ist der? Du hast wahrlich nicht mehr viele Kinder …

»Ist Vater da?«, fragte sie laut.

»Willst du zu ihm?«, entgegnete die Mutter. »Ihr habt euch auch schon lange nicht gesehen, nicht wahr? Es ist traurig …«

Helene nickte.

Nachdenklich blickte die Mutter ihre jüngste Tochter an.

»Er ist in seinem *bureau*«, sagte sie endlich.

Die Mutter wollte sich schon abwenden, da brachte Helene noch einmal die Lippen auseinander. »Wie geht es Christoph? Habt ihr von ihm gehört?«

Emmeline verharrte, den erhobenen Löffel in der Hand.

»Nein …« Für einen Moment schien sie doch mit den Tränen zu kämpfen. »Nichts mehr, seit er nach der Belagerung auf und davon ist. Kommst du nachher noch einmal zu mir? Wenn du mit Vater gesprochen hast?«

»Ja.« Helene war schon an der Tür und durchquerte dann den Flur. Die Tür zum Arbeitszimmer ihres Vaters war nur angelehnt. Helene konnte ihn durch den Spalt sehen, bevor sie die Tür ganz aufstieß. Er blickte auf, ließ die Feder auf den Tisch fallen, die er in der Hand gehalten hatte, und schaute sie an.

»Du bist nass«, sagte er.

»Ich bin durch den Regen gelaufen.« Helene ging zu dem kleinen Kamin in der gegenüberliegenden Zimmerecke, nahm ihr Schultertuch und drapierte es über einen Stuhl, bevor sie die eiskalten Hände gegen die Flammen streckte.

»Ich bin gekommen, um dir zu helfen.«

Ihr Vater schaute sie abwartend an.

»Wenn Marianne demnächst die Mutter besucht, und das wird sie sicher tun, denn sie hat schon davon gesprochen, wird das Kind an einen Ort gebracht werden, den du bestimmen magst.«

»Woher der Sinneswandel?«

Helene sah in die Flammen. »Ich denke, es ist besser so. Besser für Marianne. Besser für uns. Irgendwann werden die Leute vergessen, was sie getan hat, und wir können unser altes Leben leben.«

Besser für mich … Sie hielt die Hände nun so nah ans Feuer, dass es sie schmerzte. Der Vater sprang zu ihr hin und zog sie zurück.

»Kind, was tust du denn da?«

»Ich … Mir war kalt.«

»Aber du verbrennst dich ja!«

Helene antwortete nicht. Einen Moment lang schwiegen sie beide, dann räusperte sie sich.

»Ich werde dir helfen, Vater, hörst du?«

»Gut. Dann komme ich vorbei, sobald sie Mutter besucht, und hole das Kind.«

Helene starrte wieder in die Flammen. Luisa würde weinen, wenn der Vater sie holte. Sie kannte ihn ja nicht.

Sie atmete tief durch. Sie würde dem nicht entkommen können. Sie würde sich schuldig machen müssen.

»Ich werde mitkommen, das ist besser.«

»Wenn du meinst.« Der Vater runzelte die Stirn.

Auch dieses Mal ließ Helene sich Zeit mit dem Nachhausekommen. Wieder vermied sie den direkten Weg, wählte schmale Pfade, drückte sich durch enge Durchgänge an Büschen und Hecken vorbei. Langsam lief sie, beschleunigte ihren Schritt nicht. Sie wollte nicht ankommen, wollte Marianne nicht ansehen müssen und das wissen, was sie wusste. Sie wollte auch Luisa nicht sehen, die Nichte, die sie doch eigentlich liebte. Sie wollte feststellen, dass das ganze letzte Jahr eines ihrer Hirngespinste gewesen war, solche, wie sie sie manchmal zu Papier brachte, ein Albtraum, aus dem man erwachen konnte, weil man Macht über ihn hatte. Sie wollte, dass sich nichts geändert hatte. Es waren wieder die Tage der großen Feiern in Mainz, und sie wusste, dass bald etwas Wunderbares geschehen würde.

Für einen Moment dachte Helene an ihre Mutter, die nach dem Gespräch mit dem Vater in der Küche auf sie gewartet hatte. Nach Luisa hatte sie gefragt, hatte auch wissen wollen, wie es Marianne ging.

»Soll ich Marianne sagen, dass sie dich besuchen soll?«, hatte Helene vorsichtig gefragt.

Die Mutter hatte nicht gleich geantwortet.

»Ja, bitte«, hatte sie dann geflüstert.

Helene war mit einem Mal so kalt, dass sie heftig zitterte. Als sie endlich wieder das kleine Haus betrat, das ihr über mehr als ein Jahr Heimat gewesen war, fror sie so sehr, dass ihre Zähne unablässig klapperten. An Händen und Armen hatten ihr Äste und Gestrüpp blutige Kratzer gerissen.

Marianne, die am Herd in einem Kessel Suppe rührte und dazu sang, bemerkte sie erst nicht, dann blickte sie auf. Ihre Augen weiteten sich.

»Meine Güte, Helene, was ist denn passiert?«

Sag es ihr!

»Ich war spazieren und habe mich doch tatsächlich verlaufen«, sagte sie laut. »Lass mich nur einen Moment am Feuer sitzen und mich sammeln. Ich bin todmüde. Dass mir so etwas passieren muss, unglaublich!«

»Frieren tust du auch.« Marianne schien überrascht. »Meine arme kleine Schwester, ja, wie konnte das nur passieren?«

Ja, wie konnte das nur passieren, wiederholte Helene bei sich, wie kann ich hier sitzen und dich anlügen. Wie kannst du mich so anlügen? Sie drehte den Kopf zum Feuer, damit Marianne die Tränen nicht sah, die in ihren Augen schimmerten.

»Schläft Luisa?«

»Ja.« Marianne untermalte ihre nächsten Worte mit Bewegungen ihres Kochlöffels. »Sie war so süß heute Morgen. Sie hat gebrabbelt, und sie hat Apfelstücke gegessen und … Aber du sagst ja gar nichts?«

»Ich bin doch etwas erschöpft. Es tut mir leid. Ich freue mich darauf, später zu sehen, welche Fortschritte sie gemacht hat.«

»Oh, natürlich. Wie rücksichtslos von mir.« Lachend begann Marianne im Kessel zu rühren. »Du sagtest ja, dass du müde bist, und ich denke mal wieder nur an mich. Du kriegst jetzt erst einmal einen Teller Suppe, und dann gehst du brav ins Bett und schläfst dich aus.«

»Aber ich habe keinen Hunger«, wollte Helene abwehren.

»Keine Widerrede«, sagte Marianne.

Die Suppe schmeckte nicht – Marianne konnte einfach nicht kochen –, aber Helene aß sie trotzdem. Nichts hätte ihr heute geschmeckt, noch nicht einmal ihre Lieblingsspeise. Bald danach schleppte sie sich die Treppe hinauf zu ihrem Bett. Sie zog die nasse Kleidung vom Leib und schlüpfte in ihr Nachthemd. Obwohl sie gefürchtet hatte, nicht einschlafen zu können, fiel sie schnell in einen tiefen, traumlosen Schlaf. Der neue Morgen kam viel zu rasch.

Über die nächsten Tage schreckte Helene bei jedem Klopfen an die Tür zusammen. Friedel kam Marianne und sie besuchen, obwohl andere Knechte und Mägde den Korb mit dem Essen vorbeibrachten.

Vielleicht, dachte Helene mehr als einmal, sollte ich zu Vater gehen und ihm sagen, dass ich ihm nicht helfe. Vielleicht sollte ich ihm sagen, dass Marianne ihr Kind behalten muss.

Es berührte sie in diesen Tagen des Wartens mehr als sonst, die Schwester mit der Kleinen spielen zu sehen. Es berührte sie, zu sehen, dass Marianne Nadel und Faden zur Hand nahm, obwohl sie das Nähen hasste. Mariannes Hemdchen für Luisa gerieten immer etwas schief, und Helene fand viel Verbesserungswürdiges an ihnen, aber man musste der Schwester zugestehen, dass sie mit Liebe genäht waren.

Und dann, wenn sie wieder einmal kurz davor stand, den Vater aufzusuchen, rief sie sich ins Gedächtnis, dass nicht nur sie auf Nachricht wartete. Auch die Schwester wartete, und wenn Gianlucas Nachricht eintraf, dann würden Marianne und Luisa endgültig aus Helenes Leben verschwinden. Sie würde alleine sein, einsamer als je zuvor, denn dann würde sie wissen, was sie verloren hatte. Das konnte und wollte sie nicht zulassen. Es war unmöglich, danach weiterzuleben.

Es war ein sonniger Junitag, ein Tag, der die ganze Kraft des Sommers zeigte, die Sonne stechend, der Himmel schmerzend blau, als Marianne schließlich auf ihre Schwester zukam.

»Ich möchte morgen noch einmal Mutter besuchen«, sagte sie, »würdest du auf Luisa aufpassen?«

»Natürlich.«

Nun, da die Ereignisse ihren Lauf nahmen, fühlte Helene kein Zögern mehr in sich. Sie blieb noch einen Moment im Hof, sagte dann, sie wolle sich zu einem Spaziergang aufmachen. Sie ging nicht ganz auf dem direkten Weg zu ihrem Elternhaus, aber sie vermied die letzten Umwege, um nicht zu viel Zeit zu verschwenden. Sie sagte dem Vater, dass Marianne am nächsten Tag kommen werde, und hockte sich danach noch ein wenig zum Weinberghäuschen. Sie war nicht mehr häufig hier gewesen seit Antons Sturz.

Auch an diesem Abend aßen, redeten und handarbeiteten Marianne und sie zusammen. Gemeinsam gingen sie zu Bett. Wenn Marianne am nächsten Tag aufbrach, würde Helene sich mit Luisa draußen auf die Bank setzen und warten.

Dreizehntes Kapitel

Helene hörte den Hufschlag, bevor sie den Vater sah. Offenbar war er ein wenig zu schnell geritten, denn er musste sein Pferd streng zügeln, als er den Hof erreichte. Als er sie sah, sprang er vom Pferd und führte es am Zügel hinter sich her. Mit großen Augen und begleitet von Jauchzern begrüßte Luisa staunend das große Tier.

Valentin blieb zuerst stumm.

»Sie ist groß geworden«, sagte er schließlich mit Blick auf seine Enkeltochter. »Ein hübsches Kind ist sie. Sie erinnert immer mehr …« Er brach ab.

»Ja«, bestätigte Helene nur. Sie musste nichts weiter sagen.

Luisa schaute ihren Großvater unterdessen von unten herauf unverwandt an. Der erwiderte ihren Blick.

»Sie hat gar keine Angst«, bemerkte er.

»Sie hat keine Angst, weil ich da bin«, erwiderte Helene.

Valentin ließ den Zügel seines Pferdes lockerer und erlaubte ihm, Gras zu rupfen.

»Ist es weit?«, fragte Helene schließlich.

Der Vater zuckte die Achseln. »Wenn ich dir erlaube mitzukommen, wirst du es Marianne auch nicht verraten?«

»Ich *muss* mitkommen, die Kleine würde sonst schreien.«

Der Vater nahm sie fester in den Blick.

»Du weißt, dass es besser für Marianne ist, wenn du nichts verrätst. Wir müssen ein neues Leben anfangen … ohne das Kind.«

»Ich sage nichts.«

Der Vater schaute sie noch einmal prüfend an. Helene hielt seinem Blick stand.

»Dann lass uns aufbrechen«, sagte er endlich.

Er führte das Pferd am Zügel, während Helene mit dem Kind auf dem Pferderücken Platz nahm.

Helene hörte Luisas Schreien noch, als das Haus ihrer neuen Familie ein gutes Stück Weg hinter ihnen lag. Anfänglich war die Kleine neugierig gewesen, hatte sich umgeschaut, hatte sich auch gerne von der fremden Frau herzen, küssen und mit Naschwerk füttern lassen. Schwierig war es geworden, als Helene erstmals das Zimmer verlassen hatte. Sofort hatte Luisa kläglich zu weinen begonnen, sodass Helene noch einmal zurückgegangen war. Und doch hatte sie gewusst, dass sie gehen musste. Sie musste das Kind weinen lassen. Es war besser so. Hier würde sie in einer liebevollen Familie aufwachsen, als das Kind einer ehrbaren Mutter. Wenn Luisa bei Marianne blieb, würde sie niemals ein normales Leben führen können.

Keiner von uns könnte das dann, kam es Helene in den Sinn. Es ist besser, wenn sie aus unserem Leben verschwindet, und damit auch Gianluca.

»Denkst du an sie?«, fragte der Vater nun, der sein Pferd während des Rückwegs neben ihr herführte.

Helene nickte. Sie fragte sich, ob Marianne schon zurück war und was sie ihr erzählen sollte. Aber sie hatten sich ja beeilt. Es würde sicherlich noch einige Zeit dauern, bis Marianne kam, und bis dahin war ihr etwas eingefallen, dessen war sie sich sicher. Sie konnte einfach weinen. Zweifelsohne war ja wirklich etwas Schreckliches geschehen. Tränen waren da nur angebracht.

Es fiel Helene leicht zu weinen. Es fiel ihr leicht, weil sie um sich weinte, um Mariannes Freundschaft, um das, was gewesen war, um Gianluca und das verlorene Kind.

»Vater hat sie geholt«, schluchzte sie und warf sich in Mariannes Arme, um den Tränen und der Anspannung an deren Schulter freien Lauf zu lassen. »Ich konnte nichts tun, Mimi. Bitte glaube mir, ich konnte nichts tun.«

Sie spürte, wie Marianne ihr über das Haar strich, fest, sodass sich einzelne Strähnen aus der Frisur lösten. Es überraschte Helene und überraschte sie auch wieder nicht, aber Marianne weinte nicht. Sie sah erstaunlich gefasst aus, kalt und starr wie Stein. Vielleicht war es aber auch nur die Ruhe vor dem Sturm.

»Er hat mein Kind gestohlen«, sagte sie in gewissen Abständen, seltsam unbewegt im Tonfall. »Er hat mein Kind gestohlen.«

»Ich konnte nichts tun«, jammerte Helene dann. »Ich konnte nichts tun.«

»Ich weiß doch. Ich weiß es doch«, murmelte Marianne, umarmte die Schwester und küsste ihren Scheitel. Helene spürte die Berührung und wollte schaudern, aber es gelang ihr, sich zu beherrschen. Marianne strich sanft über ihren gekrümmten Rücken.

»Ich werde mit ihm reden, Lele. Er kann mir das Kind nicht abnehmen. Es ist meines.«

»Aber er wird nicht mit sich reden lassen, Mimi, du kennst ihn doch.«

Marianne sah sie ruhig an. »Nein, ich kenne ihn nicht. So kenne ich ihn nicht, verstehst du?«

Und dann weinte sie doch.

Vierzehntes Kapitel

Unruhig warf Marianne sich in dieser Nacht schlaflos von einer Seite auf die andere. Erst in den frühen Morgenstunden, ihr Kopfkissen fest gegen die Brust gedrückt, dämmerte sie vor Erschöpfung ein. Am späten Vormittag machte sie sich auf den Weg und erreichte wenig später den Hof der Eltern, zu einem Zeitpunkt, an dem am meisten Betrieb herrschte. Die Ersten, die sie sahen, hielten in ihrer Arbeit inne und starrten sie an.

Marianne hatte sich am Morgen keine Zeit genommen, das Haar zu frisieren, zu flechten oder in einen Knoten zu winden. Offen und zerzaust hing es ihr über die Schultern. Sie trug auch kein Häubchen und dazu ihr einfachstes Kleid. Ihre Füße waren ohne Schuhe und vom Weg schmutzig über die Schienbeine bis zu den Knien. Sie war eine Bittstellerin.

»Vater«, rief sie aus, als sie auf das Wohnhaus zuging. »Vater, bitte gib mir mein Kind zurück.«

Sie sah, wie Valentin, den sie gleich neben der Tür bemerkt hatte, zusammenzuckte, wie er sich fragte, ob es möglich war, nicht auf diese Stimme zu hören und sich ins Haus zurückzuziehen. Doch dann entschied er zu bleiben. Sicher spürte er – wie auch sie – die Blicke der anderen auf sich. Sie sah, wie er schwankte, doch er blieb stehen. Marianne rannen Tränen über das Gesicht, viele, viele Tränen, die sie gestern nicht hatte weinen können.

»Bitte, Vater, bitte gib mir mein Kind wieder«, schluchzte sie. »Ich bitte dich um nichts anderes, um nichts, hörst du? Gib mir Luisa zurück.«

Sie ging einen weiteren Schritt auf ihn zu. Immer noch zögerte er, offenbar unschlüssig, was er tun sollte. Dann aber packte er sie beim Arm und zerrte sie ins Haus.

Er hat mich eingesperrt. Marianne blieb die Luft weg. Dann rannte sie zur Tür und hämmerte mit den Fäusten dagegen. Draußen blieb es still. Kein Laut war zu hören, nur manchmal, wenn sie ganz angestrengt horchte, vermeinte sie Schritte zu hören. Dann schrie, weinte und hämmerte sie von Neuem, bis irgendwann ihre Fäuste schmerzten, bis die Knie zitterten und sie in sich zusammensackte und leise schluchzend nach vorne sank.

Und seitdem lag sie da. Mit einer Wange schmiegte sie sich an den Dielenboden, spürte Staub und Schmutz auf ihrer Haut. Sie wollte wieder weinen, aber nun konnte sie nicht mehr. Es waren ihr keine Tränen mehr geblieben, nur noch Müdigkeit, Erschöpfung und Angst. Da der Vater ihr kein Licht gelassen hatte, lag sie irgendwann im Dunkeln da. Immer noch reglos, immer noch ohne Tränen.

Sie dachte an Luisa, fragte sich, wie es ihr ging. Sie selbst blieb liegen, leer geweint und kraftlos. Sie hörte auch nicht mehr auf die Stimmen, die jetzt draußen zu hören waren. Sie achtete nicht auf die Schritte. Sie lag da, auf dem immer härteren Boden, gleich einer Puppe, die keine Kontrolle über ihre Glieder hatte.

Marianne wusste nicht, wie lange sie so gelegen hatte, als sie irgendwann ein Kratzen an der Tür hörte. Gleich darauf war Helenes Stimme zu hören. »Marianne?«

»Helene?« Marianne schob sich zum Sitzen hoch, kam auf die Knie und stand auf. Ihre Beine zitterten so stark, dass sie sich an der Wand festhalten musste. Dann räusperte sie sich.

»Kannst du aufschließen? Hat Vater den Schlüssel stecken lassen?«

Zuerst war nichts auf der anderen Seite zu hören, dann sagte Helene leise: »Ja.«

Marianne seufzte vor Erleichterung. »Dann schließ auf«, sagte sie ungeduldig.

»Ich kann nicht«, flüsterte Helene. »Papa hat's verboten.«

Marianne schwieg einen Moment. »Würdest du dann zu mir hereinkommen?«

»Papa hat …«

»Ich fühle mich alleine, Lele! Ich bin so furchtbar allein.«

Auf der anderen Seite der Tür war wieder Stille, länger dieses Mal, so lange, dass Marianne schon glaubte, Helene habe sich einfach davongeschlichen. Dann drehte sich mit einem Mal der Schlüssel schabend im Schloss.

Marianne trat einen Schritt von der Tür zurück. Die Tür schwang auf. Für einen Moment standen sich die Schwestern stumm gegenüber, dann breitete Marianne die Arme aus, und Helene stürzte sich hinein, als sei sie es, die Trost brauchte. Mit langsamen Bewegungen strich Marianne ihrer Schwester über den Rücken, während sie überlegte, was zu tun war. Unterdessen weinte Helene die Tränen, die sie selbst nicht mehr hervorbringen konnte.

Sie standen lange so da, bevor sie sich wieder voneinander trennen mussten. Alleine ging Helene in das ehemals gemeinsame Zimmer hinauf, in dem sich nichts geändert hatte. Auf Mariannes Schreibtisch lagen eine Schreibfeder und ein geöffnetes Buch. Über dem Stuhl neben Helenes Bett hing ein Schultertuch. Es fühlte sich etwas klamm an, denn in dem Zimmer hatte sich lange niemand aufgehalten, aber jeder Gegenstand atmete seinen Besitzer.

Nach dem Frühstück am nächsten Tag erbat Helene sich die Erlaubnis, Marianne besuchen zu dürfen.

»Vielleicht bringst du sie ja zur Vernunft«, murrte der Vater nach kurzem Zögern und polterte dann, ohne ein weiteres Wort, zur Tür hinaus.

Marianne hatte in der vergangenen Nacht offenbar nur wenig geschlafen. Noch nie hatte Helene sie in einem solchen Zustand gesehen. Das Haar hing ihr immer noch offen über die Schultern. Die Augen waren vom Weinen geschwollen, die Wangen fleckig und gerötet. Zuerst sagte Marianne nichts, dann stürzte sie auf die jüngere Schwester zu und umarmte sie.

»Ich danke dir«, flüsterte sie heiser in Helenes Haare.

Helene konnte sich einen Moment lang nicht rühren. Ein Gefühl der Zufriedenheit überfiel sie, und sie schämte sich dessen. Sie drückte Marianne fester an sich. Dann führte sie die Schwester zum Bett hinüber.

»Setz dich, Marianne, denk an dein Kind.«

»Aber sie ist fort, Helene. Was ist, wenn ich sie nie wiedersehe? Ich weiß ja nicht, wo sie ist. Weißt du es?«

Unvermittelt hatte Marianne die Schwester bei den Armen gepackt und schaute ihr ins Gesicht. Helene musste alle Kraft aufwenden, um nicht zu zucken oder auszuweichen.

»Ich, nein … aber …« Entschlossen streifte sie die Berührung der Schwester ab, umfasste stattdessen selbst Mariannes Hände. »Du musst ruhig werden, Marianne. Du musst dich beruhigen, musst etwas essen und dann … dann … Wir finden einen Weg, hörst du? Aber du musst bei Kräften bleiben.«

Sie drückte Marianne auf das Bett. Die Schwester wehrte sich nicht, es war mit einem Mal wieder, als sei alle Kraft aus ihr gewichen.

Gemeinsam schwiegen sie.

»Warum tut er das?«, fragte Marianne nach einer Weile.

»Er hat es getan, weil er dich liebt, Marianne.«

»Weil er mich liebt?« Zum ersten Mal, seit Helene in das Zimmer gekommen war, stiegen Marianne wieder Tränen in die Augen. »Er nimmt mir das Liebste auf der Welt, weil er mich *liebt*? Was ist das denn für eine Liebe, um Gottes willen?« Heftig schüttelte sie den Kopf. »Du liebst mich, Lele, du bist bei mir.«

Das schlechte Gewissen traf sie wie ein scharfer Stich, und damit würde Helene nun leben müssen. Marianne vertraute ihr, sie hatte sie verraten. Marianne war unglücklich, und sie freute sich darüber. Sie freute sich, endlich einmal die Stärkere zu sein.

»Du musst essen«, sagte sie sanft. Unter ihrer Berührung bebten Mariannes Schultern.

Auch am nächsten Tag bat Helene sich aus, Marianne besuchen zu dürfen. Wieder stimmte der Vater zu, auch wenn er zögerte.

»Hat sie Vernunft angenommen?«, fragte er. »Ach, sag es nicht. Wie sollte ein Weib auch Vernunft annehmen. Das ist doch ein Widerspruch in sich.« Er lachte meckernd. Helene senkte den Kopf.

Als sie dieses Mal das Zimmer betrat, saß Marianne auf dem Bett und sah ihr entgegen.

»Ach, Lele«, rief sie, »ach, Lele, ich bin so froh, dass du da bist.«

Unvermittelt sprang Marianne auf und umschlang Helene so fest, dass die nur mit Mühe einen Schmerzenslaut unterdrücken konnte. Aber es ließ sich aushalten, alles ließ sich aushalten, auch Mariannes Verzweiflung.

»Ach, Lele, Lele, du bist die Einzige, der ich trauen kann.«

Helene machte sich los.

»Ich darf heute nur kurz bei dir bleiben«, sagte sie heiser.

Marianne zog sie zum Bett hinüber.

»Dann lass uns die Zeit nutzen!« Ein winziges, hoffnungsfrohes Lächeln umspielte ihren Mund. »Hast du etwas Neues herausbringen können? Weißt du etwas von Luisa?«

Helene verneinte, spürte, wie die Schwester die Enttäuschung niederkämpfte. Danach sprachen sie über Belangloses. Zum Schluss bat Marianne um eine weitere Decke.

»Meinst du, er lässt dich morgen wieder zu mir?«, fragte sie, als es Zeit war, zu gehen. Helene zuckte die Achseln.

»Ich weiß es nicht.«

»Hast du von Gianluca gehört? Hat er sich gemeldet?«

Helene schüttelte den Kopf. Marianne biss sich auf die Lippen.

»Bitte Vater darum«, flehte sie dann. »Ich brauche dich. Ich bin den ganzen Tag alleine, ich denke zu viel, ich …«

Helene senkte den Blick. »Ich tue, was ich kann, Marianne.«

Auch am nächsten Tag durften die Schwestern beieinandersitzen. Gegen Ende der Zeit, die ihnen vergönnt war, bat Marianne Helene, ihr Papier, Feder und Tinte zu bringen. Helene musste nicht fragen. Marianne würde einen Brief schreiben, einen Brief, der, was auch immer geschah und was immer ihre Schwester wünschte, niemals den Adressaten erreichen durfte.

Der Rest des Tages verlief ruhig. Helene half der Mutter in der Küche, saß eine Weile beim Vater im Arbeitszimmer. Am späten Nachmittag – die Mutter und sie standen in der Küche und bereiteten eine Kartoffelsuppe zu – fragte sie wieder einmal nach ihrem Bruder. Sofort hielt die Mutter in ihren Bewegungen inne. Wortlos starrte sie den Topf auf dem Herd an, dann drehte sie sich um und starrte ihre jüngste Tochter an.

»Meinst du nicht, wir hätten dir davon erzählt?«

Helene zuckte die Achseln.

»Nein, immer noch nichts«, antwortete die Mutter dann. Ihre Lippen zitterten. »Ich gräme mich, aber vor Vater darf ich nicht darüber sprechen, und, ach, Lele … Jetzt habe ich ihn womöglich verloren, und wenn der Vater so weitermacht, werde ich auch noch Marianne verlieren.«

Das schlechte Gewissen meldete sich mit einer Wucht, die Helene für unmöglich gehalten hatte. Sorgsam und um sich Zeit zu geben, legte sie das Messer zur Seite, ging zu ihrer Mutter hinüber und umarmte sie. Noch nie im Leben hatte sie ihre Mutter auf diese Weise umarmt.

»Du wirst niemand verlieren«, flüsterte sie und wusste doch, dass sie dies nicht mit Sicherheit sagen konnte. Die Schultern ihrer Mutter zuckten. Sie versuchte, ihr Weinen zu unterdrücken, doch gelingen wollte es ihr nicht. Schweigend hielt Helene sie fest, bis sich die Mutter selbst von ihr löste. Mit dem Handrücken fuhr Emmeline sich über die Augen.

»Es tut mir leid, Lele. Hoffentlich fragt Vater nicht, warum ich geweint habe.«

Helene nickte. Ganz plötzlich überkam sie ein Unbehagen, vor dem sie nur noch fliehen wollte.

»Darf ich, Mutter?«, fragte sie. »Darf ich hinausgehen?«

»Natürlich, Liebes.« Ein trauriges Lächeln umschattete Emmelines Mund. »Geh nur, du hast mir schon gut geholfen.«

»Danke!«, stieß Helene atemlos hervor. Die Tür flog auf, nicht schnell genug, wie es ihr schien. Sie rannte den Flur entlang zur Tür hinaus und über den Hof. Sie rannte, rannte und rannte mit fliegenden Röcken und fliegendem Haar, bis es ihr in der Kehle brannte, bis ihr der Kopf leer war und sie nichts mehr denken konnte. Auch als ihr die Knie zu zittern begannen und sie meinte, kaum noch einen Schritt machen zu können, rannte sie weiter.

Sie erreichte den Wingert, in dem sie Marianne und Gianluca gemeinsam gesehen hatte. Sie ging weiter, brach zum ersten Mal in die Knie, rappelte sich auf, schleppte sich weiter, stürzte erneut.

Als sie zum dritten Mal stürzte, stand Helene nicht mehr auf. Sie grub die Hände in die Erde. Die Tränen kamen, ohne dass sie es verhindern konnte. Sie liefen über ihre

Wangen, und als sie sie mit ihren Fingern fortwischte, vermischten sie sich auf ihrem Gesicht mit Schmutz und Erde. Sie schämte sich. Sie schämte sich so unendlich und wollte trotzdem nicht ändern, was geschehen war. Marianne brauchte sie. Ihre Mutter brauchte sie. Sie beide brauchten sie. Und auch der Vater. Zum ersten Mal in ihrem Leben, wie es Helene schien. Zum ersten Mal, seit sie denken konnte, hatte ihr Leben einen Zweck.

Fünfzehntes Kapitel

»Wie geht es ihr?« Der Vater hatte Helene am Kücheneingang abgefangen und hielt sie nun am Arm fest. Helene überlegte kurz, ob sie sich losreißen sollte, blieb dann aber stehen. Wenn sie an ihm vorbeisah, konnte sie den Dachfirst sehen, den Schornstein, aus dem Rauchwolken aufstiegen, die Schwalbennester. Nur kurz, als sie antwortete, schaute sie ihren Vater an.

»Sie fragt weiterhin nach ihrer Tochter.«

Der Vater schaute zu Boden. »Ich hatte nichts anderes erwartet. Sie ist ein dickköpfiges Mädchen. Besuch sie weiter, ja? Sprich mit ihr. Sag ihr, dass es besser ist, wenn sie das Kind vergisst. Sie kann neue Kinder bekommen, wenn sie erst verheiratet ist. Außerdem«, er warf einen Blick über seine Schulter zurück, um zu sehen, was seine Tochter da anstarrte, »verliert man immer Kinder. Damit muss man leben. Gott schenkt, und Gott nimmt.«

Helene richtete den Blick auf das rechte Schwalbennest. Sie antwortete nicht.

Am nächsten Tag besuchte sie ihre Schwester. Marianne hatte sich mittlerweile einige Dinge aus ihrem Zimmer bringen lassen. Die Kammer sah wohnlicher aus, wenn ihre Schwester auch nicht glücklich wirkte. Als Helene dieses Mal die Tür öffnete, saß sie noch über ihren Brief gebeugt an dem kleinen Tischchen. Kaum hatte sie die letzten Worte geschrieben, blies sie hastig darüber und faltete den Brief, um ihn der Schwester zu überreichen.

»Du gibst ihn doch an Friedel weiter, ja?«

Helene nickte. »Aber natürlich tue ich das«, antwortete sie und wunderte sich, dass ihre Stimme so fest klang.

Sechzehntes Kapitel

Mariannes Brief knisterte unter dem Mieder auf Helenes nackter Haut, knisterte so laut, dass diese befürchtete, jeder müsse es hören. Ihre Mutter sah zur Küchentür heraus, als sie Schritte hörte, und lächelte ihre Jüngste an.

»Warst du bei Marianne?« Sie streckte die Hand aus, um über Helenes Wange zu streicheln. »Du bist so ein gutes Kind, das habe ich deinem Vater immer gesagt, so ein gutes Kind.«

Helene schlug die Augen nieder. Der Brief auf ihrer Haut brannte jäh wie Feuer, doch ihre Mutter bemerkte nichts.

»Ich muss weiter«, stieß sie nach einer Zeit hervor, die sich schon ins Unendliche zu dehnen drohte. »Der Anton, ich wollte den Anton noch besuchen.«

»Geh nur, Kind, aber komm nicht so spät nach Hause. Ich will dich nicht auch noch verlieren.«

»Aber Mama!«

Emmeline schüttelte nur traurig den Kopf. Auf dem Weg durch den Flur zur Tür hin, zwang Helene sich, gemächlich zu gehen. Auch den Hof durchquerte sie langsamen Schritts und ein Stück des Wegs, bis sie in einen Pfad linker Hand einbog. Erst dann begann sie zu laufen.

Der Brief brannte immer noch wie Feuer. Helene hatte sich überlegt, ihn doch an Friedel weiterzugeben, aber sie brachte es nicht über sich. Sie brachte es auch nicht über sich, ihn zu lesen. Stattdessen riss sie ihn irgendwann in kleine Fetzen und warf ihn in den Fluss.

Für eine Weile schaute sie dabei zu, wie das Wasser die kleinen Papierstückchen mit sich riss, wie es manches schluckte und an Ort und Stelle in die Tiefe riss.

Sie wollte schon zurückgehen, als ihr einfiel, dass sie der Mutter gesagt hatte, sie wolle Anton besuchen. Es war jetzt eine Zeit her, seit sie ihn zuletzt gesehen hatte, damals, als sie einander wie zwei Verlorene begegnet waren.

Sie hatte den Weidmann'schen Hof kaum betreten, da kam Antons Mutter aus dem Kuhstall. Als habe sie ein Gespenst gesehen, blieb die ältere Frau stehen. Verunsichert tat es Helene ihr gleich.

»Guten Tag, Frau Weidmann!«, brachte sie endlich hervor.

»Was machst du hier?« Das Erstaunen auf Ruth Weidmanns Gesicht hatte sich in Kälte verwandelt, doch erst die folgenden Worte trafen Helene bis ins Mark: »Verschwinde, du und deinesgleichen, ihr habt hier nichts zu suchen.«

Dieses Mal zuckte Helene zusammen.

»Frau Weidmann, ich …«

»Wir haben uns nichts zu sagen.«

Helene nickte. »Es tut mir leid, ich wollte …«

»Geh einfach, deine Familie hat schon genug angerichtet …«

»Mutter?«, mischte sich jetzt eine wohlbekannte männliche Stimme dazwischen. Noch indem Antons Mutter sich umdrehte, konnte Helene sehen, wie Ruth Weidmann ein Lächeln auf ihre Lippen zwang.

»Es ist alles in Ordnung. Unser Besuch geht schon wieder.«

»Wer ist es?«

Frau Weidmann antwortete nicht. Aus dem Innern des Stalls war das Brüllen einer Kuh zu hören, dann stand Anton im Eingang.

»Helene«, rief er verblüfft aus, dann schaute er seine Mutter an. »Warum hast du nicht gesagt, dass es Helene ist?«

Frau Weidmann hob die Schultern.

Einige Minuten später befanden Anton und Helene sich auf einem Spaziergang zum nahe gelegenen Mühlenteich. Für die erste Strecke des Wegs schwiegen sie beide.

»Du warst lange nicht mehr bei uns«, sagte Anton irgendwann.

»Ja.« Helene blieb stehen. »Aber deiner Mutter scheine ich auch nicht willkommen zu sein.«

Sie gingen wieder einige Schritte, bevor Anton antwortete. »Was Marianne getan hat, hat sie tief getroffen. Sie sagt, es habe mich zum Gespött des Dorfs gemacht.«

Nun war er es, der stehen blieb. Helene tat es ihm gleich.

»Es tut mir auch leid, was Marianne getan hat. Du warst immer gut zu ihr, du …« Sie musste den Kopf in den Nacken legen, um Anton ins Angesicht blicken zu können. Er sah müde aus und älter, als er an Jahren zählte. Zudem war er noch schmaler geworden. Unvermittelt streifte er ihr eine Strähne Haar aus dem Gesicht. Dabei berührte seine rechte Hand ihre linke Wange.

»Es war nicht deine Schuld, Helene.«

»Ich weiß doch, aber …« Sein Mund verschloss ihre Lippen, bevor sie die nächsten Worte sagen konnte. Sie erwiderte seinen Kuss. Es war falsch und fühlte sich doch so richtig an.

Siebzehntes Kapitel

Helene stand in der Tür, damit der Vater die Schwester nicht erwischte, und horchte auf das Kratzen von Mariannes Feder. Jeden Tag in dieser Woche hatte Marianne geschrieben. Jeden Tag hatte Helene die Briefe nach draußen getragen.

Jeden Tag hatte sie sie in feine Fetzen gerissen und in den Fluss geworfen.

Wenn Gott will, dachte sie, dann wird er mich an meinem Tun hindern, aber das tat er nicht. Er ließ es zu, dass sie Mariannes Briefe verschwinden ließ. Er ließ es zu, dass sie ihre eigenen Briefe an deren Stelle setzte, dass sie Gianluca vertröstete, der dennoch immer ungeduldiger wurde.

Am nächsten Sonntag tauchte Anton auf, als sie die Brieffetzen gerade hatte in den Fluss fallen lassen. Helene konnte nicht sagen, ob er gesehen hatte, was sie da tat. Ein paar der größeren Papierstücke hatten sich an einem alten Ast in der Nähe verfangen. Sie bemühte sich, nicht dorthin zu sehen. Als Anton die Hand zum Gruß hob, hob sie die ihre.

»Gehen wir spazieren?«, fragte er.

»Deiner Mutter wird das nicht recht sein.«

Anton lächelte traurig.

»Ich bin froh«, sagte er, »dass ich *das* noch alleine entscheiden kann.«

Er bot ihr seinen Arm. Helene hakte sich ein. Sie wusste nicht, wohin er gehen wollte, und ließ sich einfach führen. Eine Zeit lang ging es an den Weinbergen entlang, dann sah es für einen Moment so aus, als wolle Anton sie nach Hause bringen. Irgendwann blieb er stehen.

»Eigentlich«, sagte er, »weiß ich nicht, wo ich hingehen möchte. Ich weiß gar nichts mehr, seit …«

Indem Helene stehen blieb, ließ sie ihn verstummen. Dieses Mal war sie es, die ihn küsste.

»Ich weiß es doch auch nicht«, flüsterte sie. »Nichts ist, wie es einmal war. Alles hat sich verändert.«

Das wolltest du doch, fuhr die leise innere Stimme dazwischen, das hast du dir immer gewünscht.

Sie streichelte über Antons rechten Arm. »Lass uns zur Mühle gehen, ja?«

Anton schien erst zu zögern, dann nickte er. Als Kinder hatten sie sich Gruselgeschichten über diese Mühle erzählt, und auch heute noch, wenn wie jetzt Schatten über die Sonne zogen, konnte dieser Ort unheimlich wirken. Unwillkürlich schmiegte sich Helene an Anton, der legte den Arm fester um sie. Sie waren zwei Verlorene, die einander Halt gaben.

Achtzehntes Kapitel

Helene wusste nicht, warum sie diesen einen Brief dann doch aufhob. Auch ihn las sie nicht. Zuerst trug sie ihn einen ganzen Tag lang unter ihrer Schnürbrust verborgen, dann versteckte sie ihn unter der Matratze. Da der Vater Marianne immer noch nicht aus dem Stubenarrest entlassen hatte, stand nicht zu befürchten, dass die Schwester irgendetwas bemerkte. Bald gelangte ein zweiter Brief hinzu, und dann noch einer. Manchmal meinte Helene, es knistern zu hören, wenn sie sich schlafen legte, aber das bildete sie sich natürlich ein. Manchmal fürchtete sie, Marianne könne doch etwas bemerken, könne misstrauisch werden. Vielleicht hatte die Ältere aber auch jedes Gefühl für die Zeit verloren in den einsamen Stunden in ihrem Zimmer.

Noch immer weigerte sie sich, den Eltern in die Hand zu versprechen, nichts Unbedachtes zu tun. Und deshalb würde sie bis auf Weiteres eingesperrt bleiben. Und also schöpfte auch niemand Verdacht.

Wer sollte auch auf Helenes Tun aufmerksam werden? Die Schwester jedenfalls zweifelte nicht an ihr.

Ein paar Tage nach der Begegnung mit Anton stand der junge Mann erneut im Hof der Steins. Helene hörte zuerst nur, wie er mit dem Vater sprach. Aufgeregt lief sie zum Spiegel in ihrem Zimmer, richtete sich das Häubchen und kniff sich in die zu blassen Wangen. Dann lief sie zu ihnen und rief nach ihm.

Anton drehte sich um. Als Erstes wurde sie sich gewahr, dass auch er blass aussah, aber er lächelte, als er sie bemerkte.

»Darf ich Ihre Tochter zu einem Spaziergang entführen, Herr Stein?«, fragte er.

Der Vater nickte kurz. »Aber um sechs ist sie zu Hause«, rief er ihnen nach.

Dieses Mal gingen sie zur Mühle, ohne dass sie sich besprechen mussten. Es war wieder ein wärmerer Tag als die vergangenen. Wenn Helene Anton von der Seite ansah, bemerkte sie ein paar graue Strähnen in seinem dunklen Haar. Er hatte sich die Sache mit Marianne sehr zu Herzen genommen, und er tat ihr leid.

Anders als bei ihren ersten kurzen Besuchen gingen sie dieses Mal halb um die Mühle herum, bis zu dem alten geborstenen Mühlrad. Auf dem Mühlbach tanzten und glitzerten die Sonnenstrahlen wie kleine Diamanten. Anton bot Helene den Arm, und sie hakte sich ein. Nun hielt sie den Kopf gesenkt, spürte ab und an seine Blicke auf sich.

»Was sagt deine Mutter dazu, dass du mich triffst?«, fragte sie endlich.

Sie hörte, wie er schwer ein- und ausatmete. »Was soll sie sagen, es ist meine Entscheidung.«

Helene nickte, hob aber den Kopf immer noch nicht. Sie hatte sich schon gefragt, warum er sie traf, hatte sich gefragt, ob er versuchte, mit ihr die Lücke zu füllen, die die Schwester gerissen hatte. Sie wollte kein Ersatz sein, aber so, wie ihr dies jetzt klar wurde, so wurde ihr auch klar, dass sie nicht die Kraft hatte, ihn um eine ehrliche Antwort zu bitten. Und so kam eine weitere Lüge in ihr neues Leben.

Siebter Teil

Judy

Oktober 1997

Erstes Kapitel

Judy kauerte auf dem Sofa im Zimmer ihrer besten Freundin Leyla, hatte die Knie angezogen und das Kinn darauf gestützt.

»Meinst du wirklich, das klappt?«, fragte sie nicht zum ersten Mal in der letzten halben Stunde.

Leyla, die im Schneidersitz auf ihrem Bett saß, die von Judy mitgebrachten Unterlagen neben sich, nickte ungeduldig.

»Klar, wir haben doch alle Angaben, die wir brauchen, oder etwa nicht?« Leyla hob eine ihrer fein gezeichneten Augenbrauen und grinste Judy verschwörerisch zu. »Und Jesse besorgt uns heute noch den Flug. Das ist alles *easy peasy*, glaub mir.«

Judy nickte unsicher. Jesse war nicht nur schon siebzehn Jahre alt und ziemlich in die vierzehnjährige Leyla verknallt – die ihn allerdings zappeln ließ –, er arbeitete noch dazu am Flughafen. Wenn ihnen jemand helfen konnte, dann er.

»Also«, Judy sah zu, wie sich Leyla etwas zur Seite beugte, einen Moment in den Papieren wühlte und dann entschlossen nickte, »wir brauchen einen Flug nach Frankfurt am Main, den bezahlen wir mit Pipers Kreditkarte« – Piper war Leylas Schwester –, »und dann fährst du weiter nach Bad …« Leyla hob das Papier näher an ihre Augen, als könne sie den Namen sonst nicht richtig lesen. »Bad Kreuznach.«

Ein komischer Name, dachte Judy. Er hörte sich fremd an. Sie versuchte, sich vorzustellen, dass es Leute gab, die in diesem »Bad Kreuznach« wohnten, genauso, wie es Leute gab, die aus Adelaide kamen, aus Perth oder Canberra.

Von unten war jetzt das surrende Geräusch der Mikrowelle zu hören. Dann das charakteristische *Pling*.

»He, ihr beiden«, rief Leylas Mutter. Auf der Treppe waren Schritte zu hören. »Wollt ihr auch einen Tee?«

»Moment, Mummy«, gab Leyla zurück, während sie die Kreditkarte unter ihren Oberschenkel schob. »Wir kommen gleich.«

»Was macht ihr denn da schon wieder, ihr zwei?«, kam es von unten.

»Nichts, Mrs. Darby«, antwortete Judy rasch. »Wir machen Hausaufgaben.«

»Eine Projektarbeit«, ergänzte Leyla. »Wir müssen etwas recherchieren.«

»Zum australischen Weinbau«, setzte Judy hinzu.

Die Schritte auf der Treppe verharrten. Die Mädchen horchten angestrengt.

»In Ordnung«, kam es dann von unten. Leylas Mutter entfernte sich wieder.

Leyla wartete noch einen Moment länger, bevor sie die Kreditkarte aus ihrem Versteck holte. Sie grinste zufrieden.

»Weiß deine Schwester, dass du …?«

Judy war sich plötzlich nicht mehr sicher, dass sie das wirklich tun wollte. Am Anfang war es ihr als die einzige Möglichkeit erschienen, den Flug über Pipers Kreditkarte zu buchen, doch jetzt stimmte sie der Gedanke unbehaglich.

»Quatsch, spinnst du!« Leyla schüttelte heftig den Kopf.
»Aber wir können doch nicht einfach …«
»Sag mal«, die Freundin fuhr zu Judy herum, »willst du jetzt nach Deutschland, oder nicht?«
»Und wenn sie es zu früh bemerkt?«
»Sie merkt es nicht vor Ende des Monats – da überprüft sie nämlich ihre Abrechnung –, und da bist du schon längst weg.«
Judy senkte den Blick. »Papa wird sich Sorgen machen.«
Mittlerweile offensichtlich genervt, rollte Leyla mit den Augen.
»Soll ich Jesse anrufen und alles abblasen?« Sie nahm das Telefon und schickte sich an zu wählen.
»Nein, nein …«
»Gut.« Leyla sprang auf und kniete sich wenig später vor Judy nieder. »Ich sag dir, Süße, du machst das Richtige. Jesse wird dir das Ticket übergeben, er hat morgen Dienst. Und jetzt versprich mir, dass du keinen Rückzieher machst und herausfindest, was da los ist. Sag schon, wie lange hast du jetzt nichts von deiner Granny gehört?«
Judy seufzte, dann nickte sie entschlossen. »Danke, Leyla, ich wüsste nicht, was ich ohne dich tun sollte.«
»Ach was.« Die Freundin winkte ab. »Ich helfe doch gerne. Und ich bin so gespannt, was du zu berichten hat. *Good old Germany*, hier kommt Judy!«

Zweites Kapitel

Claire legte den Hörer auf die Gabel des altmodischen Telefons ihrer Enkelin. John hatte nervös geklungen. Er hatte offenbar schon mehrfach versucht, sie zu erreichen, war aber erst jetzt erfolgreich gewesen. Das Einzige, was sie verlässlich aus seinen wirren Worten ausmachte, war: Judy ist verschwunden.

Am Donnerstag hatte sie angegeben, das Wochenende bei ihrer Freundin Leyla verbringen zu wollen. Doch am Samstagmorgen traf John zufällig Leylas Mutter beim Einkaufen, und die war mehr als überrascht gewesen, als er fragte, ob ihr die Mädchen denn nicht zu viele Umstände machten.

Judy sei schon seit Donnerstag nicht mehr bei ihnen gewesen. Während er noch den ersten Schock verdaute, begleitete er Mrs. Darby nach Hause, um Leyla zu befragen. Die Freundin leugnete zuerst, irgendetwas zu wissen, gab dann aber alles zu: Judy befand sich auf dem Weg nach Deutschland. Nach Bad Kreuznach.

Da waren seit Judys Abreise schon vierzehn Stunden vergangen.

John war nach dem Besuch bei den Darbys wie in Trance nach Hause gefahren.

»Ich wollte dich sofort anrufen, Mum, aber die Zeitverschiebung, du weißt ja.«

»Ja, ich weiß«, hatte Claire ruhig entgegnet.

Bevor John weitersprechen konnte, war er in Schluchzen ausgebrochen.

»Mein armes kleines Mädchen«, jammerte er, »mein armes kleines Mädchen, was soll ich tun, wenn ihr etwas passiert? Sie kann doch kein Deutsch, sie weiß noch nicht einmal, wo du wohnst.«

»Doch, sie weiß es«, sagte Claire ruhig.

Auf der anderen Seite war es für eine Weile so still, dass sie schon glaubte, John sei gegangen, ohne aufzulegen.

»Ich komme«, rief er dann atemlos ins Telefon. »Ich komme auch nach Deutschland.«

»Aber …«, brachte Claire heraus. Wer kümmert sich in dieser Zeit um das Gut?, wollte sie weiter fragen, doch dieses Mal hatte John tatsächlich aufgelegt.

Drittes Kapitel

Judy Hunter hatte noch befürchtet, ihr Vater könne sie einholen, als das Flugzeug auf die Startbahn zurollte. Würde man das Flugzeug anhalten, wenn er jetzt dort unten auftauchte und sagte, seine Tochter sei entführt worden?

Judy wagte einen vorsichtigen Blick in den Gang hinein, wo die Stewardessen dabei waren, die anderen Passagiere mit Informationen und allem Nötigen zu versorgen.

Mein Gott, würde das peinlich sein – Judy lehnte die Wange gegen das raue Flugzeugplastik und spähte auf die Startbahn hinaus –, wenn Dad jetzt dafür sorgte, dass das Flugzeug angehalten wurde. Vielleicht hatte sie aber auch Glück, und er hatte noch gar nicht bemerkt, dass sie verschwunden war? Ach, Quatsch, natürlich hatte er es bemerkt. Seit Mummy tot war, tauchte er doch dreimal am Tag in ihrem Zimmer auf, als müsse er sich versichern, dass sie sich nicht in Luft aufgelöst hatte. Andererseits hatte sie ihm ja gesagt, dass sie das Wochenende bei Leyla verbringen wollte, wegen der Projektarbeit.

»Die europäische Einwanderung nach Australien«, hatte sie geantwortet, als er nach dem Thema gefragt hatte. Das war das Erste, was ihr eingefallen war. Sie hatte sich vor Aufregung einfach nicht mehr erinnern können, was sie zu Leylas Mutter gesagt hatte.

Ihr Vater hatte die Augenbrauen hochgezogen und sie prüfend angeschaut.

»Vielleicht kann dir Granny etwas darüber sagen«, hatte er dann gesagt, »als O-Ton sozusagen.«

Judy hatte genickt. Sie war schon fast wieder auf dem Weg nach draußen gewesen, als sie sich noch einmal umgedreht hatte. »Ich liebe dich, Dad.«

»Ich liebe dich auch«, hatte er entgegnet.

Das Flugzeug stand jetzt still. Entweder hatten sie die Startbahn erreicht, oder …

»Miss?«

Judy fuhr zusammen.

»Dürfte ich Sie bitten, sich anzuschnallen?«

Die Welle der Erleichterung überrollte Judy so heftig, dass sie hysterisch kicherte, während sie den Gurt in die Schnalle schob. Das Flugzeug rollte mittlerweile an. Seltsamerweise hatte sie keine Angst vor dem Fliegen.

»Reisen Sie alleine?«

Judy warf der Stewardess einen vorsichtigen Blick zu. Hatte die Frau Verdacht geschöpft? Nein, sie lächelte freundlich und interessiert.

»In Frankfurt holt mich meine Oma ab.«

»Schön. Wenn Sie etwas brauchen, sagen Sie es nur.«

Die Stewardess nickte Judy zu und begab sich nun selbst an ihren Platz. Einen Moment später beschleunigte das Flugzeug so stark, dass Judy in den Sitz gedrückt wurde. Als sie die Welt von oben sah, lachte sie wieder.

Endlich landete das Flugzeug und rollte dann in die Parkposition. Ungeduldig fingerte Judy am Gurt herum. Der Flug war lang gewesen, länger als jeder Flug, den sie bisher mitgemacht hatte. Wieder und wieder während der langen Reise hatte sie den Inhalt der Tasche untersucht, die sich am Sitz vor ihr befand. Sie hatte Informationsbroschüren durchgeblättert und Notfallpläne studiert. Die Stewardess, die sie am Start auf den Gurt aufmerksam gemacht hatte, brachte ihr eine Cola, etwas Schokolade und einen Kopfhörer, sodass sie das Video- und Radioprogramm verfolgen konnte. Manchmal starrte sie aber auch einfach nach draußen und betrachtete die Wolkenformationen. Einmal war der Alarm losgegangen, weil jemand auf der Toilette geraucht hatte. Nachts hatte man ihr erlaubt, sich in einer freien Sitzreihe auszustrecken, und nach einer Weile war sie eingeschlafen.

Mit einem etwas mulmigen Gefühl in der Magengrube fragte Judy sich jetzt wieder, ob am Flughafen vielleicht jemand auf sie wartete. Vielleicht hatte Dad die Polizei informiert und man nahm sie gleich fest? In jedem Fall musste sie sich so unauffällig wie möglich verhalten. Nicht zum ersten Mal durchsuchte Judy ihre Tasche nach ihrem Ausweis, schob ihn zurück, um ihn wenig später erneut herauszufummeln.

Nun würde sie das Flugzeug bald verlassen können. Der Gang, der sich kurz nach der Landung sofort mit ungeduldigen Passagieren gefüllt hatte, leerte sich langsam. Judy saß immer noch an ihrem Platz und starrte nachdenklich vor sich. Was, wenn sie die Großmutter nicht fand? Wo würde sie dann heute Abend schlafen? Mit einem Mal hatte sie Angst.

Judy verließ das Flugzeug als einer der letzten Passagiere. Durch eine leere Gangway gelangte sie ins Flughafengebäude. Die Stewardess, die sich so nett um sie gekümmert hatte, lächelte ihr noch einmal zu. Wenig später entdeckte sie, dass die unterschiedlichen Terminals des Flughafens über eine automatisch gesteuerte Bahn miteinander verbunden waren. An deren Haltepunkt traf Judy auch einige Passagiere wieder. Ein junger Mann grinste ihr zu. Ein älteres Ehepaar stritt miteinander, doch sie verstand kein Wort. Sie belauschte englischsprachige Touristen, die sich über den Flug und ihre Reiseziele ausließen. Der Weg zur Gepäckausgabe zog sich dahin. Da Judy, außer ihrem Handgepäck, nichts bei sich trug, steuerte sie direkt auf die Passkontrolle zu. Der Zollbeamte sah einen Moment lang so prüfend auf sie herunter, dass Judy der Schweiß ausbrach, dann reichte er ihr den Ausweis mit gewichtiger Miene zurück und sagte etwas.

»Thank you, Sir«, murmelte Judy, die wieder einmal nichts verstanden hatte.

Wenig später stand sie vor den Abfahrtstafeln der Züge. *Departures* verstand sie natürlich, aber ansonsten war sie verunsichert. Sie verglich ihre Uhr mit den Zeitangaben. Eine müde Familie, vollgepackt, als wollten sie umziehen, schlurfte an ihr vorüber. Ein junges Pärchen umarmte sich einen Schritt von ihr entfernt so heftig, dass Judy sich fragte, ob die beiden überhaupt noch Luft bekamen.

»May I help you?« Ein hünenhafter Afroamerikaner war neben ihr stehen geblieben. Obwohl er Englisch sprach, konnte Judy ihm nur stumm ihren Zettel hinstrecken.

»Ah, Bad Kreuznach.« Er grinste. »I know Bad Kreuznach.«

Der Name der Stadt klang aus seinem Mund genauso, wie sie ihn auch aussprechen würde. Judy musste lachen.

»Sounds funny, doesn't it?«

Der Amerikaner nickte. »The hell, it does!«

Die Fahrt dauerte etwas über eine Stunde. Judy fürchtete, vor Müdigkeit einzudösen und dann die Haltestelle zu verpassen, doch sie blieb wach. Eine teils flache, teils leicht hügelige Landschaft mit Weinbergen flog an ihr vorbei. An kleinen Bahnhöfen hielten sie an. Kurz vor jedem Halt wurde jeweils etwas durchgesagt, was Judy nie verstand. Angestrengt bemühte sie sich deshalb, die Anzeigetafeln auf den Bahnhöfen nicht aus dem Blick zu verlieren.

Dann war es so weit, auf der nächsten Tafel las sie endlich Bad Kreuznach. Judy beeilte sich auszusteigen. Auf dem Bahnsteig schaute sie sich einen Moment lang unschlüssig um, dann steuerte sie entschlossen den Ausgang an.

Es dauerte eine Weile, bis sie die Taxis entdeckte, obwohl sie direkt vor ihrer Nase standen. Rasch setzte sie sich in den ersten Wagen der Reihe. Plötzlich war die Fremde überwältigend. Als sie dem Fahrer ihren Zettel reichte, schaute der kurz darauf, nickte dann und sagte etwas.

»Thank you«, antwortete Judy leise und kletterte auf die Rückbank des Wagens.

Sie erreichten das Ziel kaum fünfzehn Minuten später, und es dauerte, bevor Judy verstand, dass der Fahrer auf seine Bezahlung wartete. Siedend heiß überfiel es sie, dass sie ja gar kein deutsches Geld hatte. Dafür einige australische Dollars, ihre ganzen Ersparnisse. Sie kramte die zerkrumpelten Scheine aus den Taschen ihrer Jeans hervor und reichte sie nach vorne. Der Fahrer sah zuerst perplex aus, dann wütend. Ein Worthagel prasselte auf Judy nieder.

»Sorry«, stotterte die, »I am sorry, Sir.«

Ihre Antwort schien den Mann nicht zu beeindrucken. Er stieg aus, rannte um das Auto herum und riss die Tür zum hinteren Wagenteil auf. Als sie nicht gleich aufstand, machte er Anstalten, sie aus dem Wagen zu ziehen. Judy schaltete rasch.

»I am sorry, Sir«, wiederholte sie noch einmal und sprang aus dem Wagen. »I didn't mean that.«

Er schien sich nicht beruhigen zu wollen, kehrte stattdessen ohne ein weiteres Wort zum Fahrersitz zurück und brauste im nächsten Moment davon.

Judy stand kurz unschlüssig da, dann steuerte sie auf das Haus zu, dessen Adresse mit jener auf ihrem Notizzettel übereinstimmte. Sie musterte die Namensschilder, machte endlich ein handgeschriebenes *Lea Kadisch* aus und klingelte. Es regte sich nichts. Sie klingelte noch einmal. Immer noch keine Reaktion. Niemand da. Judy spürte, wie ihr die Knie weich wurden. Was sollte sie denn jetzt tun?

Über den nächsten Besuch bei ihrer Tochter hatte Rike tagelang nachgesonnen. Sie hatte Gesprächsszenarien ent- und verworfen. Einmal hatte sie sogar schon im Auto gesessen, bereit für den spontanen Aufbruch. Nur eines war ihr inzwischen klar: Sie mussten miteinander reden.

Seit dem Streit mit Claire hatte sie weder von Lea noch von Claire etwas gehört. Sie war sogar am Weingut vorbeigefahren, hatte ihren alten Opel Kadett dann aber oben auf der Hügelkuppe geparkt und war dort geblieben, um etwa zehn Minuten später unverrichteter Dinge wieder abzufahren.

Der Gedanke, Claire oder Lea zu begegnen, war ihr plötzlich unheimlich gewesen.

Eine Weile war sie kreuz und quer gefahren, so, wie sie das früher häufiger, jetzt aber schon lange nicht mehr getan hatte. Irgendwann hatte sie einen Feldweg angesteuert, den Motor ausgeschaltet und die Stirn gegen das Lenkrad gedrückt.

Was ist nur mit uns geschehen? Sie war doch immer stolz auf Leas und ihre Beziehung gewesen. Hatte Lea das anders erlebt? Hatten sie sich auseinandergelebt?

Tränen traten in Rikes Augen, während sie an ihr kleines Mädchen mit den dunklen Zöpfen und den dunklen Augen dachte, an ein winziges Menschlein in einem Schlafanzug mit aufgedruckten Hasen. Als wäre es erst gestern geschehen, erinnerte sie sich daran, Lea in die Arme genommen und gekuschelt zu haben. Sie erinnerte sich an ihren Babyduft, ihre weiche Babyhaut, ihre Babyhaare.

Seit gewiss einer Minute schwebte Rikes Finger nun schon über der Klingel. Erst jetzt schenkte sie dem zusammengekauerten Mädchen, das da vor der Haustür saß, einen zweiten Blick.

»Wartest du auf jemanden?«

Die Kleine, die Rike auf etwa zwölf bis dreizehn Jahre schätzte, schaute sie fragend an und hielt ihr dann einen vollkommen zerknitterten, fleckigen Zettel hin.

»Lea Kadisch«, las Rike halblaut, dann die Adresse.

Sie schaute das Mädchen an. »Ja, du bist richtig hier. Du willst zu Lea Kadisch?«

Das Mädchen nickte schüchtern. Rike runzelte die Stirn. Aber wer war das, um Himmels willen? Sie war sehr jung, um Leas Freundin zu sein … oder gab Lea neuerdings Nachhilfeunterricht? Gekonnt hätte sie es, sie hatte ihr Studium mit hervorragenden Noten abgeschlossen.

Als habe sie ihre Gedanken gelesen, stand das Mädchen nun auf, streifte sich die Hände an den Seiten ihrer Jeans ab und streckte Rike dann die Rechte zur Begrüßung hin.

»Hi, I am Judy Hunter. From Perth.«

»Australien«, entfuhr es Rike.

»Yes, Madam.«

»Ich fürchte, Lea's not at home but …« Rike suchte nach Worten. Es war gefühlte Jahrhunderte her, dass sie Englisch gesprochen hatte. »But I am her mum, I'll help you, Judy.«

Judy hätte vor Erleichterung heulen können, doch sie riss sich zusammen. Wenigstens sprach die Frau, die sie vor dem Haus angetroffen hatte und die Lea offenbar kannte, Englisch. Aber vielleicht war es auch dumm gewesen, ihr einfach zu trauen? Sie hatte sich als Leas Mutter vorgestellt, aber vielleicht war es ja doch eine Verrückte, die Judy jetzt verschleppen, irgendwo einsperren und Lösegeld für sie verlangen würde?

Judy unterdrückte einen Seufzer, während ihr Blick nicht zum ersten Mal zum Türgriff wanderte. Wenn die Frau langsamer fuhr oder sogar hielt – an einer Ampel beispielsweise –, dann konnte sie die Tür aufreißen und weglaufen.

Und was dann? Dann war sie alleine in Deutschland. Vielleicht blieb ihr gar nichts anderes übrig, als ihr doch zu trauen?

Judy musterte die Frau von der Seite. Sie hatte einen Pagenkopf und trug eine weite indische Bluse zu Jeans und flachen Schuhen. Als sie jetzt fragend Judys Blick erwiderte, kauerte die sich tiefer in ihren Sitz.

»Geht es dir gut?«, fragte die Frau auf Englisch. Die Unsicherheit, die anfänglich in ihrer Stimme zu hören gewesen war, hatte sich etwas gelegt.

Judy nickte, während sie ihren Rucksack auf dem Schoß fest umklammerte. Sie hatten die Stadt verlassen und fuhren durch eine grüne, eigentlich sehr nett anzusehende Landschaft. Als sie etwas später in einen ungepflasterten Weg einbogen, wurde Judy wieder unruhig.

Vielleicht war sie doch entführt worden? Wo sollte dieser Weg denn hinführen? Eine Straße war das jedenfalls nicht.

Sie setzte sich wieder etwas aufrechter hin und starrte nach draußen, um ja nichts von ihrer Umgebung zu verpassen.

Aber natürlich, suchte sie sich zu beruhigen, hätte sie mich in den Kofferraum gesteckt, wenn sie mich entführen wollte. Sie hätte nicht gewollt, dass ich sehe,wo wir hinfahren.

Judy starrte wieder nach draußen.

Aber das wusste sie ja auch so nicht. Sie wusste nicht, wo sie waren oder wo sie nun hinfuhren.

Das Auto schaukelte jetzt auf einen Hügelkamm zu und wurde deutlich langsamer, bis es schließlich neben einem anderen deutschen Wagen parkte. Judy tastete nach dem Türöffner.

Und dann tauchte unverhofft Claire auf, und Judy hätte heulen können vor Erleichterung.

»Hi, Granny!«, rief sie.

»Hello, pumpkin«, erwiderte Claire sehr trocken. »Your Dad has already called me.«

Judy schluckte. Vier Wochen war der 13. Geburtstag her, an dem sie beschlossen hatte fortzulaufen. Nun ja, zuerst hatte sie ihren Vater nur darum bitten wollen, ihr die Reise nach Europa zu ermöglichen, als Geschenk sozusagen. Je mehr sie aber darüber nachgedacht hatte, desto sicherer war sie sich gewesen, dass er dergleichen nie erlauben würde. Seit Mummys Tod hasste er Flugzeuge, und er würde sie ganz sicher in keines einsteigen lassen.

Etwa zwei Wochen lang hatte sie nach dieser Erkenntnis darüber gegrübelt, was zu tun war, bevor sie sich an ihre beste Freundin Leyla gewandt hatte. Die war zuerst ein wenig beleidigt gewesen, dass Judy sie nicht früher eingeweiht hatte, aber dann hatte sie mit Feuereifer die Planung übernommen. Leyla war auch auf die Idee gekommen, Jesses Kontakte zu nutzen und die Kreditkarte ihrer Schwester Piper.

Ohne Leyla wäre sie nie so weit gekommen.

Bis zum Bus, der sie zum Flughafen bringen sollte, hatte die Freundin sie begleitet, dann war Judy auf sich alleine gestellt gewesen.

»Ich glaube«, riss sie die Stimme ihrer Großmutter aus den Gedanken, »du hast mir einiges zu erzählen, oder?«

Viertes Kapitel

John konnte nicht sagen, wie lange er nun schon im Eingangsbereich seines Hauses stand. Es war still. Er war allein, ohne Claire und Judy, die beide nach Deutschland geflogen waren.

Ein Langstreckenflug.

Nie, niemals wieder hatte John selbst in ein Flugzeug steigen wollen, was in einem Land wie Australien geradezu absurd war, doch bisher hatte er es durchgehalten. Genauso, wie er es durchgehalten hatte, seine Werkstatt nicht mehr zu betreten. Eine Woche nach Anns Tod hatte er den kleinen Raum abgeschlossen und den Schlüssel irgendwohin gelegt. Wohin hatte er bald nicht mehr gewusst. Es war ihm auch vollkommen gleichgültig gewesen.

Als er auf der Suche nach Judy und in der vergeblichen Hoffnung, sie noch abzufangen, zum ersten Mal wieder einen Flughafen betreten hatte, war ihm übel geworden vor Unbehagen. Er hasste den Geruch nach Plastik, abgestandenem Schweiß, Parfum, die Atmosphäre von erwartungsfroher Hektik, das ratternde Geräusch, wenn die Informationen auf den Anzeigetafeln wechselten, die Leute, die dann gespannt nach oben starrten. Dabei konnte jede Verzögerung, die auf einer dieser Tafeln dort angezeigt wurden, das Schlimmste bedeuten. Er wusste das, und deshalb vermied er ihren Anblick.

Eine Weile war er ziellos in der Flughafenhalle herumgelaufen, hatte die wartenden Passagiere gemustert, immer und immer wieder, bis er manchen wohl unheimlich geworden war. Irgendjemand machte den Sicherheitsdienst auf ihn aufmerksam, doch er nahm erst wahr, dass er angesprochen wurde, als er einen schmerzhaften Griff an seinem Arm spürte. Da erst blieb er stehen, starrte die beiden Männer, die ihn längst flankierten, überrascht an. Ruhig forderte man ihn auf mitzukommen.

In einem der kleinen Räume hinter den Kulissen war er auf den Mann gestoßen, der ihm damals die Nachricht von dem Absturz überbracht hatte. John erinnerte sich daran, wie oft dieser Philipp Duncan zu ihm hatte sagen müssen: »Nein, Sir, es gibt keine Überlebenden. Nein, Sir …«

Philipp Duncan erkannte ihn offenbar auch sofort. Er hatte damals müde ausgesehen, und er sah heute müde aus. John schätzte, dass er mittlerweile kurz vor der Rente stand.

»Mr. Hunter?«

»Du kennst ihn?«, vergewisserte sich einer der Sicherheitsleute.

Duncan hatte genickt. Wenig später hatte John einen Plastikbecher dünnen Kaffees vor sich gehabt.

»Wie geht es Ihnen?«, fragte Philipp Duncan.

»Gut.« John starrte seinen Becher an. Duncan wartete einen Moment, dann begann er behutsam, John auszufragen. Mit seiner Hilfe wusste John wenig später, mit welchem Flug und wann Judy das Land verlassen hatte.

Immer wieder waren seine Gedanken während des Gesprächs zu Ann abgeschweift. John konnte nicht sagen, wo er gewesen war, als er die Nachricht von dem Absturz gehört hatte. In der Küche beim Teetrinken? In der Werkstatt? Vor dem Haus? Und wo war Judy gewesen? Nicht bei ihm jedenfalls. Er erinnerte sich daran, dass Claire seine Hand gehalten hatte, aber Claires Mann – sein

Vater – war auch derjenige gewesen, der Ann gedrängt hatte, den Flug mit ihm anzutreten, weil ... Ja, warum eigentlich? Irgendeinen Grund musste es ja gegeben haben, auch wenn er sich nicht an ihn erinnerte. Sie waren dann zum Flughafen gefahren, immer noch von der Hoffnung erfüllt, die Passagiere hätten den Absturz überlebt. Doch wer überlebte schon einen Flugzeugabsturz?

In den Tagen nach Anns Tod hatte er nur funktioniert. Die Beerdigung war in einem Nebel an Beruhigungsmitteln an ihm vorbeigegangen. Danach hatte er niemals wieder Medikamente genommen, aber diesen Tag hätte er niemals ohne Tabletten bewältigen können. Und wieder konnte er nicht sagen, was Judy damals gemacht hatte, und das schmerzte ihn.

Ich bin ihr in diesen Tagen kein guter Vater gewesen, fuhr es ihm durch den Kopf, und seither auch nicht.

Johns Blick fiel jetzt unwillkürlich auf eine Schale mit einem wirren Sammelsurium an Dingen. Der Schlüssel da gehörte doch zu seiner Werkstatt. Wie lange hatte er wohl schon dort gelegen, und wie lange hatte er ihn nicht gesehen? Bestimmt lag er dort, seit er ihn damals vermeintlich weggeworfen hatte – oder hatte ihn irgendjemand aufgehoben und dorthin gelegt?

John streckte die Hand danach aus, schloss die Finger um das Metall. Als er ihn kurze Zeit später ins Schloss steckte, zögerte er kurz, dann drehte er entschlossen um. Es knirschte. Knarrend schwang die Tür auf.

Ein grauer Schleier lag über Werkbank und Modellen, nur eines hatte er damals bei sich im Zimmer behalten, aber auch jenes hatte er nicht mehr berührt. Staub begann in der Luft zu tanzen, als John die ersten behutsamen Schritte machte. Ein Hammer lag da, als warte er nur darauf, aufgenommen zu werden. Ein Fläschchen Sekundenkleber war eingetrocknet. Auf dem Boden lag ein Gemisch von Balsaholzkrümeln und Aluspänen. Das Licht, das damals schon geflackert hatte, flackerte auch jetzt. John berührte eine Dose Budweiser. Irgendwie hing noch der vertraute Geruch im Raum.

John trat näher an seine Werkbank heran, wischte mit dem Ärmel über seinen in der Höhe verstellbaren Hocker und setzte sich. Obwohl die Teile für das Flugzeug vor ihm lagen, konnte er sich nicht daran erinnern, dass er daran gearbeitet hatte, in der Woche, bevor Ann gestorben war, und auch nicht an die Woche danach. Zwei Wochen seines Lebens waren in seiner Erinnerung vollkommen ausgelöscht.

Er beugte sich vor und blies vorsichtig den Staub von den Bauteilen. Durch die geöffnete Tür drangen die vertrauten Stimmen einiger Arbeiter zu ihm herein. Unvermittelt stand John auf und verließ die Werkstatt wieder.

Die Sonne tauchte den Vorplatz in grelles Licht. Der alte Roberts und Michael Connelly standen neben dem alten Pick-up.

»Ist der Wagen kaputt?« John war schon bei den Männern angelangt. Die beiden fuhren herum und starrten ihn an. John versuchte, ihre verwirrten Blicke zu ignorieren.

»Soll ich danach schauen?«

Der junge Michael starrte ihn mit weit geöffnetem Mund an. Roberts gab sich schließlich einen Ruck. »Das wär nett, Mister Hunter, der alte Blechnapf will wohl nich mehr.«

John spürte, wie sich seine Mundwinkel ohne sein Zutun hoben. Eine Stunde später hatten Roberts und er den alten Wagen durchgecheckt. John wischte sich die ölverschmierten Hände an einem Tuch ab. Roberts holte eine Zigarette hervor und steckte sie sich an.

»Ich werde nach Europa reisen, zu meiner Mutter und meiner Tochter«, sagte John unvermittelt. Roberts sah ihn lange an. »Das is gut, Mister Hunter«, sagte er dann, »das is sehr gut.«

Fünftes Kapitel

Judy hatte das Abendessen und die fremdartigen europäischen Speisen mit großem Appetit verschlungen und hatte sich danach von Lea durch das alte Haus führen lassen. Die Renovierungsarbeiten waren mittlerweile gut vorangeschritten, und langsam bekam man einen Eindruck davon, wie schön das Haus einmal ausgesehen hatte. Lea machte es jedenfalls Spaß, alles vorzuzeigen. Sie liebte das Haus. Sie war wirklich froh, dass es in ihr Leben getreten war.

Zuerst war es mühsam gewesen, Englisch zu sprechen, doch mit jedem Wort war es ihr leichter gefallen. Judy erinnerte sie tatsächlich ein wenig an Claire. Im Moment stand das Mädchen an der Treppe, die ins obere Geschoss führte, hielt sich mit der rechten Hand fest und schaukelte, wohl für einen Moment in Gedanken verloren, hin und her.

Ob sie sich auch fragte, wer hier wohl früher einmal gewohnt hat?, überlegte Lea.

Dann fragte Judy nach dem oberen Stockwerk.

»Willst du mal sehen?«, bemühte Lea erneut ihr Schulenglisch. Judy nickte.

»Okay.« Lea balancierte an ihr vorbei, hörte, wie ihr Judys leise Schritte folgten.

Wir sind beide Claires Enkelinnen. Lea wusste nicht, ob sie sich darüber ärgerte, dass Claire nichts über ihre neue Familie gesagt hatte. Und hatte sie bei der zweiten Heirat gewusst, dass ihr Mann tot war, oder nicht? Oder wie hatte sie überhaupt wieder heiraten können? War sie von ihrem ersten Mann geschieden worden … oder hatte sie eine zweite Familie ohne Trauschein gegründet?

»Und ich weiß immer noch gar nichts«, murmelte Lea vor sich hin. »Gar nichts …«

Judy drehte sich um und starrte sie fragend an.

»Ach, nichts«, stotterte Lea. »Entschuldige bitte.«

Judy wandte sich wieder ab und schlenderte durch die oberen Räume. Die neuen Dielen glänzten im Licht, das durch die ebenfalls neuen Scheiben fiel.

Mit einem Mal dachte Lea an Tom. Wie lange hatte sie ihn jetzt schon nicht gesehen?

Sechstes Kapitel

John fuhr noch einmal zu Leyla und bat sie um alle Informationen, die Judy hinterlassen hatte. Dann rief er Philipp Duncan an, damit er ihm beim Kauf eines Flugtickets beiseitestand. Duncan stellte keine Fragen und begleitete John auch zum Flugzeug, als handele es sich bei ihm um einen alten Freund. Sie verabredeten, nach Johns Rückkehr ein oder zwei Bierchen miteinander zu trinken.

»Das ist der Beginn einer wunderbaren Freundschaft«, scherzte Duncan, und John musste fast lachen.

Zuerst erwog er, eine Beruhigungstablette zu nehmen, entschied sich dann aber dagegen. Stattdessen wählte er im Radio klassische Musik an, regelte die Lautstärke so hoch wie möglich und setzte eine Schlafbrille auf. Auf diese Weise gelang es ihm, seine wirren Gedanken zu ordnen.

Ob es Judy gut ging? Nun, es ging ihr wohl gut. Claire hatte schließlich gesagt, dass es ihr gut ging, oder nicht?

Der Flug zog sich hin und gab letztlich doch mehr Zeit zum Nachdenken als erwünscht. Der Frankfurter Flughafen verwirrte ihn.

Nach einer Zeit des Herumirrens entschied John sich, ein Taxi zu nehmen. Kurz nachdem sie auf die Autobahn aufgefahren waren, nickte er wider Erwarten ein und erwachte erst wieder, als der Wagen über einen Feldweg holperte. Hinter einer Hügelkuppe, inmitten von Weinbergen, sah er das alte Haus zum ersten Mal. Wenig später fuhr der Fahrer in den Hof ein. John bezahlte und sah im nächsten Moment auch schon, wie sich die Tür öffnete. Eine Frau tauchte im Türeingang auf, recht schlank, relativ klein, mit dunklen, lockigen Haaren.

»Mr. Hunter?«, fragte sie.

John nickte. »Wo ist Judy?«, brach es aus ihm hervor.

»Sie ist hier«, sagte eine zweite, bekannte Stimme. Dann drängte sich Claire auch schon hinter der jüngeren Frau hervor.

»Mum«, sagte er schnell. »Wo ist sie? Ich will sie sofort sehen!«

Claire schüttelte beruhigend den Kopf. »Sie ist okay. Du bist doch nicht etwa wütend auf sie?«

John, der den Mund schon zu einer weiteren heftigen Antwort geöffnet hatte, schloss ihn wieder.

»O Gott, nein«, sagte er dann, »ich habe sie vermisst, Mum, ich habe sie so sehr vermisst.«

Er sah, wie ihm die junge Frau zunickte und sich ins Haus zurückzog.

»Wer war das?«, fragte er und hatte nun das leise Gefühl, unhöflich gewesen zu sein.

Claire schien einen Moment lang zu zögern.

»Lea, deine Nichte«, sagte sie dann.

John runzelte die Stirn. Eine Nichte, so? Aber dann musste er auch eine Schwester haben … oder einen Bruder. Das wurde ja immer besser.

John erwachte früh am nächsten Morgen, nachdem er Judy am Vorabend noch in die Arme hatte schließen dürfen. In kurzen Worten hatte sie ihm geschildert, was geschehen war und was sie erlebt hatte. Er hatte nicht mit ihr geschimpft. Er hatte ihr versichert, sie vermisst zu haben, und sie hatten sich darauf geeinigt, mit allem Weiteren bis zum nächsten Tag zu warten.

Danach hatten sie sich alle dorthin aufgemacht, wo sie die Nacht verbringen würden. Irgendjemand hatte John ein Zimmer in einer Pension gemietet. Eine Weile lang hatte er noch wach gelegen, doch schneller als erwartet übermannte ihn der Schlaf.

Nun nahm er sich erneut ein Taxi, um sie alle zu treffen. Am Weingut angekommen, lenkte das Klappern von Geschirr seine Schritte. In der Küche traf er auf seine Nichte, die eben die Hände in den Rücken stützte und dann eine Hand auf ihren Bauch legte. War sie schwanger? Er meinte, ein Bäuchlein zu erkennen, wissen konnte er es natürlich nicht, und Ann war damals bis zum Schluss sehr schlank geblieben …

John holte tief Luft und verbot sich, weiter an seine Frau zu denken. Er hatte zu viele Jahre damit verbracht, an sie zu denken, und darüber so viel anderes vergessen. Judy. Claire. Das Leben … Er lächelte die junge Frau an.

Was hatte Claire gestern noch gesagt, wie sie hieß? Lyanne? Lynne? Nein, Lea …

»Good morning, Lea«, grüßte er sie.

Sie, die wohl gerade damit beschäftigt gewesen war, Kaffee aufzugießen, schaute auf. Brötchen warteten bereits, dazu Marmelade und Butter und sogar ein Teller mit Aufschnitt – ein deutsches Frühstück also.

»Hi, John!«

Er zögerte, streckte ihr dann die Hand hin.

»Nice to meet you.«

»Ja. Yes.«

Sie starrte ihn an, wusste offenbar nicht, was sie nun sagen sollte.

»Darf ich?«, fragte er endlich, immer noch auf Englisch, und deutete auf Brötchen und Marmelade. »Ich habe schrecklichen Hunger.«

»Natürlich.«

Er schmierte sich ein Brötchen und biss hinein. Liebe Güte, er hatte ewig schon nicht mehr solchen Hunger gehabt.

Nachdem der Kaffee durchgelaufen war, setzte sich seine Nichte zu ihm an den Tisch und nahm sich ebenfalls ein Brötchen. Ihre Lippen bewegten sich. Offenbar suchte sie nach Worten.

»Sie haben eine wundervolle Tochter«, sagte sie dann.

John lächelte.

»Wo ist ihre Mutter?«, fuhr Lea fort, und das angenehme Gefühl verflüchtigte sich von einem Moment auf den anderen. John musste alle Kraft zusammennehmen, um zu antworten.

»Ann ist tot.«

»Oh«, Lea schaute betreten drein, »das wusste ich nicht.«

Nein, dachte er, warum sollten sie darüber geredet haben? Seine Mutter konnte ja recht schweigsam sein. Er beispielsweise wusste gar nichts über ihr Leben in Deutschland, genauso wenig, wie er wusste, warum sie nach Australien gekommen war. Sie hatte nie davon gesprochen. Eigentlich unglaublich, sie hatte ihm verschwiegen, dass sie schon einmal eine Familie gehabt hatte, ein Kind, ein ganzes Leben.

Jemand stieß die Tür hinter ihnen so heftig auf, dass sie gegen die Wand rummste. Lea und er drehten sich in die Richtung des Geräuschs und sahen Claire, die ein Tablett manövrierte.

»Judy und ich haben gemeinsam gefrühstückt«, sagte sie und lachte.

Was hat sie uns wohl noch verschwiegen?, fragte sich John verzweifelt. In Anbetracht dessen, was sie bisher schon für sich behalten hatte, schien alles möglich. Der Gedanke ließ ihm die Brust eng werden. Die Ereignisse, die ganze Anspannung der letzten Tage brach mit einem Mal über ihm zusammen. Unvermittelt sprang er auf und stürmte zur Tür. Claire konnte ihm gerade noch ausweichen.

»John!«, rief sie hinter ihm her, während das Lachen schlagartig aus ihrem Gesicht wich.

Er hörte nicht. Er wollte nicht hören.

»Was habe ich denn gemacht?«, stotterte Lea.

»John, bleib stehen.«

Claire wollte ihre Schritte beschleunigen, aber sie konnte es nicht. Sie war ihrem Sohn aus dem Haus und über den Hof gefolgt, aber sie war eine alte Frau. Sie konnte niemandem mehr nachlaufen, der so viel jünger und so viel kräftiger war als sie selbst. John hatte den Hof inzwischen verlassen und rannte nun geradezu in Richtung des Hügels davon.

Für einen Moment hatte Claire ein verwirrendes Bild von John vor Augen, wie er hinter dem Hügel und damit aus ihrem Blick verschwand. Für immer. Dann sah sie alles noch einmal aus der anderen Perspektive, sah sich auf den Hügel zugehen, sah sich dahinter verschwinden, sah eine viel jüngere Claire, die noch einmal versuchte, sich umzudrehen, um das Haus zu sehen, und die von zwei Männern daran gehindert wurde.

Sie hatte jetzt das Tor erreicht und hielt sich mit einer Hand fest. Ihr Herz klopfte wild. Es sollte nicht so klopfen, dachte sie, es war ihr, als fühle sie jeden einzelnen Schlag im Hals, doch es wollte ihr nicht gelingen, ruhiger zu atmen..

»John«, krächzte sie, dann nahm sie alle Kraft zusammen. »John!«, rief sie lauter.

Jetzt blieb er endlich stehen. Sie sah, wie sich sein Rücken vorübergehend straffte, wie die Schultern dann jäh nach vorne sanken. Dann drehte er sich um. Auf die Entfernung konnte sie seinen Gesichtsausdruck nicht ausmachen. Langsam kam er auf sie zu. Sie dachte daran, wie lange sie einander nicht gesehen hatten. Noch nie waren sie so lange voneinander getrennt gewesen, auch wenn die Jahre nach Anns Tod gewesen waren, als lebten sie auf verschiedenen Planeten. Jetzt konnte sie schon seine Schritte über den Boden knirschen hören. Die Worte sprudelten aus ihr heraus, bevor er sie ganz erreicht hatte.

»Es tut mir leid, John, es tut mir leid, dass Ann sterben musste. Es tut mir so leid. Ich wollte das nicht. Ich wollte das wirklich nicht. Vielleicht hätte ich ihm sagen sollen, dass sie nicht fliegen …«

John blieb vor ihr stehen und starrte sie an.

»Aber du wusstest ja nicht, dass … Mum, was soll das, du wusstest ja nicht, dass das passieren würde …«

»Ich wollte das nicht«, beharrte Claire noch einmal, »ich …«

»Was wolltest du nicht?« Johns Gesicht sah nun verwirrt aus.

»Ich wollte nicht, dass sie stirbt.«

Die Verwirrung in Johns Gesicht verwandelte sich in Entgeisterung. »Aber natürlich wolltest du das nicht. Das weiß ich doch.«

Claires Finger klammerten sich fester um das Tor, das alte Holz splitterte unter ihren Fingern.

»Das sagst du mir jetzt? Wann hast du deine Meinung geändert?«

Ihre Stimme zitterte. John sah erneut verwirrt aus.

»Wie meinst du das? Ich habe meine Meinung nicht geändert. Das habe ich schon immer gedacht, Mum. Du hattest doch nichts mit dem Unfall zu tun. Das habe ich auch nie gesagt.«

»Nein, du hast tatsächlich nichts dergleichen gesagt.« Claire spürte, wie ihre Knie weich wurden. »Aber ich dachte immer, du machst mir Vorwürfe, John.«

»Nein.« John lächelte müde. »Ich war nur wütend. Ich war so verdammt wütend auf alle und alles. Ich habe Ann sehr geliebt. Auf ihre Weise war sie mir wichtiger als Judy, verstehst du? Weil wir ein Paar waren. Wir waren wie eine Münze, ich war die eine Seite, Ann die andere. Ich dachte, ich müsste nie mehr von ihr getrennt leben, nachdem ich sie doch glücklich geheiratet hatte. Ich weiß, dass ich in den letzten Jahren nicht immer gerecht zu Judy oder dir war. Aber ich habe erst gemerkt, wie sehr ich Judy wirklich liebe, als sie auf einmal fort war.«

Claire bemerkte, wie sie unvermittelt zu zittern begann. Ihre Knie waren immer noch weich. Nur mit Mühe hielt sie sich aufrecht.

»Warum hast du nie etwas gesagt? Die ganzen letzten Jahre habe ich mir Vorwürfe gemacht, ich …«

Sie biss sich auf die Lippen. Sie würde nicht in Tränen ausbrechen, nicht jetzt und nicht vor John. Ganz sanft legte der jetzt die Arme um sie. »Es tut mir leid, Mum, das wusste ich nicht. Ich wusste ja nicht, wie sehr du leidest. Ich habe nur mich gesehen. Es tut mir leid. Wir sind nicht immer gerecht. Man kann nicht immer gerecht sein, aber wir können aus unseren Fehlern lernen, nicht wahr?«

Sie nickte. Er spürte ihren Körper und fühlte Erstaunen darüber, wie zart sie sich anfühlte. Seine Mutter war immer so stark gewesen, so kräftig. Wie hatte sie so unbemerkt alt werden können? Er dachte daran, wie viele Fragen er ihr nicht gestellt hatte, doch er sagte nichts.

John Hunter war schmal und groß gewachsen. Sein schwarzes Haar war sehr dicht und stand etwas wirr um seinen Kopf. Er war eine Weile mit Claire in den Weinbergen unterwegs gewesen, offenbar, um zu fachsimpeln. Draußen hatte er ein paar schmutzige Gummistiefel abgestellt.

Nun stand er am Waschbecken in der Küche, sichtlich unschlüssig, ob er sich dort die Hände waschen sollte.

»Nur zu«, sagte Lea, die hinter ihm im Flur aufgetaucht war. »Es gibt bisher nur diesen Anschluss.«

Sie hatte eine Weile an dem Satz herumgebastelt, bekam ihn aber nun recht flüssig über die Lippen. Wenn sie ihn überrascht hatte, ließ er sich das in jedem Fall nicht anmerken. Heute wirkte er entspannter als am Vortag, als er sie so unvermittelt in der Küche zurückgelassen hatte.

»Danke für den Hinweis, Nichte! Ein schönes Haus hast du da.«

»Es ist Claires Haus.«

»Aha.« Er nickte. »Verstehe«, fügte er dann hinzu, und es klang, als sei er keineswegs sicher, dass er verstanden hatte.

»Die Pension, ist sie gut?«, suchte Lea sich die nächsten Worte zusammen.

»Ich sollte Deutsch lernen«, sagte John und schaute sie zerknirscht an.

Lea lachte. »Das hat Zeit.«

Er wandte sich jetzt dem Spülbecken zu und wusch sich sorgfältig die Hände. Dann fuhr er sich mit allen zehn Fingern durch das Haar.

»Wo ist Judy?«, fragte er nun. »Ich habe sie heute noch nicht gesehen.«

»Ach, ich glaube, sie schaut sich die Gegend an. Claire und du, ihr habt sie nicht gesehen?«

Etwas entfernt klappte die Haustür, dann waren Schritte im Flur zu hören. Wenig später wurde die Tür zur Küche aufgestoßen.

»Tom«, rief Lea aus, bevor sie es verhindern konnte, und klang dabei, als fühle sie sich ertappt. Kurz darauf ärgerte sie sich darüber, denn Tom betrachtete den anderen Mann mit einem Mal wie einen Hund, der in das Terrain eines anderen Hundes eingedrungen war. Er nickte John zur Begrüßung sehr knapp zu, legte dann die Hand auf die Werkzeuge in seiner Hosentasche.

»Ich mach dann mal oben weiter«, sagte er, als hätten sie sich erst gestern gesehen.

Lea war zu perplex, um zu reagieren, und Tom schon wieder zur Tür hinaus, als sie aus ihrer Erstarrung erwachte.

»Entschuldige mich bitte, John.« Sie stürmte hinter Tom her. Der hatte die Treppe schon erreicht.

»Hey!«

Tom stampfte die Stufen nach oben, als habe er sie nicht gehört.

»Hey«, rief sie noch einmal.

Er gab immer noch vor, sie nicht zu hören. Sie folgte ihm.

»Wo warst du die ganze Zeit?«

Er fuhr zu ihr herum. »Wie wär's mit einer Begrüßung?«

»Das könnte ich dir genauso sagen.«

Er ließ den Hammer in seiner Hand sinken und schaute sie an. »Ja«, gab er zu.

»Und?«

»Guten Tag, Lea.«

»Wo warst du?«

Er lächelte leicht. »Nein, nein, jetzt bist du dran.«

»Tag, Tom!« Sie machte eine kurze Pause. »Wo warst du?«

»Ist unwichtig. Unterwegs. Wie geht es dem Nachwuchs?«

Lea legte unwillkürlich eine Hand auf ihren Bauch. »Gut.«

»Und wer ist das da unten?«

»Mein Onkel.«

Sie musterte ihn. Hatte er vorhin wirklich eifersüchtig geklungen, oder bildete sie sich das ein?

Tom starrte sie an. »Du machst Witze.«

»Nein, das ist Claires jüngerer Sohn. Er ist also mein Halbonkel, genauer gesagt.«

»Hm.« Tom drehte sich zur Seite, hob den Hammer leicht an und klopfte gegen eine Stelle am Fensterrahmen. »Dann tut es mir leid.«

»Was?«

»Mein Auftritt eben.« Sie konnte ihn beinahe mit den Zähnen knirschen hören.

»Du kannst dich ja nachher entschuldigen.«

Tom rollte mit den Augen. »Wolf hat uns übrigens nächstes Wochenende zu Kaffee und Kuchen eingeladen«, wechselte er das Thema.

»Schön.« Lea wandte sich ab und marschierte auf die Treppe zu. Warum, fragte sie sich, hatte er eigentlich ihre Frage nicht beantwortet? Wollte hier denn niemand mehr die Wahrheit sagen?

Siebtes Kapitel

Sie brachen gegen Nachmittag auf und erreichten Wolf Wielands Haus etwa zwanzig Minuten später. Toms Onkel erwartete sie schon. Der Teil des alten Bauernhauses, den er bewohnte, lag im Hochparterre und war von außen über eine kleine Treppe erreichbar. Lea tätschelte dem Neufundländer den Kopf, der es sich neben einer Bank bequem gemacht hatte.

Galant nahm Wolf Wieland Lea im Flur ihre Jacke ab. Tom, der sich ja auskannte, ging schon voraus ins Esszimmer, wo bereits Kaffee und Kuchen bereitstanden. Kaffeeduft zog durch den Raum. Das Gedeck bestand aus feinem Porzellan. In einem Silberkännchen reichte Wolf echte Sahne zum Kaffee. Dazu gab es Apfelkuchen.

Als Lea eine halbe Stunde später ihre Kuchengabel ablegte, fühlte sie sich gesättigt, aber nicht übermäßig voll. Wolf hatte den Kuchen hauptsächlich mit Quark und nur wenig Sahne zubereitet. Tom nahm sich mittlerweile sein drittes Stück. Er hatte den ganzen Morgen schwer gearbeitet, sodass auch das obere Stockwerk inzwischen seiner Vollendung entgegensah.

»Tom hat mir gesagt, dass ihr Tante Ilse besuchen wolltet«, fing Wolf endlich an, »aber nun ja, es geht ihr nicht gut, und niemand weiß, wann oder ob es ihr je wieder gut gehen wird, und da dachte ich, dass ich sicherlich auch etwas weiß, was euch interessieren könnte.«

Lea, die sich für einen Moment mit den Krümeln auf ihrem Teller beschäftigt hatte, sah auf. Tom lehnte sich kauend in seinem Stuhl zurück.

»Noch etwas Kuchen?«, fragte Wolf. »Sonst würde ich erst einmal abräumen.«

»Nein danke, für mich nichts mehr«, sagte Lea.

Auch Tom schüttelte den Kopf. Als sie den älteren Mann wenig später in der Küche rumoren hörten, schaute Lea Tom fragend an.

»Worum geht es?«

»Keine Ahnung.« Er zuckte die Achseln.

Fünf Minuten später, die Lea wie eine Ewigkeit vorkamen, war Wolf wieder bei ihnen.

»Ich erzähle diese Geschichte nicht häufig, weil sie mich zwingt, an meinen Bruder zu denken«, sagte er endlich und sah seinen Neffen etwas länger an. »Damals, als es geschah, nannten mich die meisten noch Wolfi; Bernd auch, ich war schließlich der Jüngste in der Familie.«

Nur wenig später hatte Wolf Tom und Lea in die Ereignisse jenes Julitages im Jahr 1951 eingeweiht, als er und Bernd das Weingut zum ersten Mal erkundet hatten.

»Ich glaube«, sagte er nun, »ich hatte noch nie so viel Angst wie damals, als Bernd diesen Totenschädel aus dem Boden zog.«

Lea legte vorsichtig den Kaffeelöffel auf die Untertasse. »Und der alte Mann? Was ist mit ihm passiert?«

Herr Wieland zuckte die Achseln. »Er hat Hilfe geholt. Einige Wochen später ist er gestorben. Nein, nein, keine Spekulationen, es war ein natürlicher Tod. Für uns jedenfalls setzte es am Tag der Mutprobe abwechselnd einen Satz heiße Ohren und dann Küsse. Unsere Eltern glaubten einfach, der Alte sei gefährlich. Sie waren froh, dass er uns nichts getan hat.« Er schwieg einen Moment lang. »Später habe ich manchmal an diesen Tag gedacht, und ich habe versucht, etwas mehr über ihn herauszufinden. Dabei war mir Ilse behilflich. Ich hatte schon fast vergessen, was sie mir damals erzählte, aber sie sagte, dass, als sie selbst jung gewesen war, für einige Wochen eine junge Frau und ein Kind bei dem Alten wohnten. Ich glaube, das waren Claire und …«

»Claire?«, entfuhr es Lea. »Claire und meine Mutter?«

Als Tom Lea am Abend zurück zum Weingut und ihrem Wagen fuhr, schwiegen sie beide während der Fahrt. Lea schreckte erst aus ihren Gedanken hoch, als sie in den Hof fuhren.

Alles wirkte still, offenbar waren die anderen schon aufgebrochen. Ihr Auto stand noch da, also mussten sie ein Taxi genommen haben. Lea fragte sich kurz, wann Rike sich wieder einmal überwinden würde, sie hier alle zu besuchen.

Sie wollte noch einmal kurz reingehen, um nach dem Rechten zu sehen. Vor der Tür angekommen, blieb sie stehen und drehte sich zu Tom hin.

Ich bin kleiner als er, dachte sie, als sie nun so vor ihm stand, ihre Lippen würden genau auf seinem Kinn landen, wenn sie sich jetzt einfach vorbeugte und ihn küsste.

»Kommst du morgen?«, fragte sie leise.

»Natürlich.« Er schien plötzlich unsicher. »Soll ich warten?«

»Nein.«

Lea schaute ihm hinterher, bis sein Käfer wieder aus der Einfahrt holperte, bevor sie die Tür aufschloss. Im Flur fingerte sie die Taschenlampe aus der Jackentasche, die sie in Anbetracht des immer noch mangelnden Stromanschlusses mit sich trug.

Da bemerkte sie, dass ein kaum wahrnehmbarer flackernder Lichtschein aus der Küche drang. Langsam ging sie darauf zu, spähte durch den Spalt und stieß die Tür dann auf.

»Claire!«

Erst jetzt bemerkte sie John, Judy und Rike. Was war das hier? Eine Familienzusammenführung? Claire lächelte sie an.

»Wo warst du so lange?«

»Bei Herrn Wieland. Wusstest du«, Lea musste ihre trockenen Lippen befeuchten, »wusstest du, dass er deinen Onkel Ludwig kannte?«

Claire hob kurz die Augenbrauen, sagte aber vorerst nichts.

»Er hat uns gesagt, dass sich alle im Dorf vor ihm gefürchtet haben.«

»Ludwig konnte keiner Fliege etwas zuleide tun.« Scharf wie ein Messer schnitt Claires Stimme in die Stille, dann holte sie tief Atem. »Dies hier ist meine Geschichte, und ein wenig auch die Ludwigs.«

Achter Teil

Friederike

1931

Erstes Kapitel

Bonnheim, 1931

Es war die erste Nacht in diesem fremden Haus, und Claire konnte nicht einschlafen, obwohl sie nach der Reise vollkommen erschöpft war. Sie hatte das Abendbrot gegessen, das Onkel Ludwig ihr bereitet hatte, hatte Friederike gefüttert und sie in den alten Wäschekorb gebettet, den Ludwig ihr gebracht hatte. Die ganze Zeit über hatte sie sich zu erinnern versucht. Sie hatte Ludwig schon einmal gesehen, gemeinsam mit ihrem Vater – und der hatte ihr gewiss deshalb diesen Ort als Zuflucht genannt –, doch sie wusste einfach nichts mehr davon.

Ludwig dagegen schon.

»Du bist groß geworden«, sagte er, nachdem sie einander etwas steif begrüßt hatten. Über ihr Auftauchen hatte er sich überhaupt nicht überrascht gezeigt, ob Vater ihn vorgewarnt hatte? Ob er geahnt hatte, was geschehen würde? Papa war immer sehr feinfühlig gewesen.

Nun, sie hatte sich jedenfalls bald entschuldigt und war zu Bett gegangen. Doch der Schlaf wollte nicht kommen. Unruhig wälzte sie sich von der einen zur anderen Seite. Irgendwann setzte sie sich wieder auf, schlich zu ihrer friedlich schlafenden Tochter, ein Anblick, der ihr stets Beruhigung verschaffte, dann zum Fenster, von wo aus sie in den von silbergrauem Mondlicht erhellten Hof hinabsah. Kurze Zeit später betrachtete sie die gerahmte Zeichnung über der Kommode in ihrem kleinen Zimmer noch einmal genauer. Sie zeigte offenbar eine lange zurückliegende Weinlese, ein Mann mit einem Schopf wilder dunkler Locken war gerade dabei, eine Kiepe Weintrauben in den Bottich zu leeren. Ein stattlicher älterer Mann stand oben auf dem Wagen und rief den Helfern Anweisungen zu. Die Szene wirkte sehr lebendig. 8Tbr 179, konnte Claire am unteren Rand entziffern, also wahrscheinlich Oktober siebzehnhundertundnochwas. Die letzte Zahl ließ sich nicht entziffern. Nach einer Weile setzte sie sich auf ihr Bett. Endlich holte sie sogar den Brief hervor, den letzten, den ihr Vater ihr geschrieben hatte und der sie letztendlich bis hierher geführt hatte.

Wenn Du das liest, bin ich tot … Nie würde sie diesen Satz vergessen können, niemals. Carl Mylius schrieb in seinem Brief von Befürchtungen, die ihn kurz vor der Hochzeit seiner Tochter überfallen hatten. Davon, dass er hoffe, mit seinem Misstrauen gegen die Neubergers unrecht zu haben, und dass es doch nur die Gefühle eines eifersüchtigen Vaters seien. Wenn er aber recht behalte, dann müsse sie zu Onkel Ludwig gehen. Ludwig würde ihr Schutz bieten. Er kenne sie, sie seien schon mal bei ihm gewesen, auch wenn sie sich daran gewiss nicht erinnern könne.

Fröstelnd vor Müdigkeit kauerte Claire endlich auf dem Bett, die Decke fest um sich gezogen. Sie hatte nicht daran denken wollen, was in den letzten Wochen geschehen war, aber sie konnte nicht anders. Wie in einem Kinofilm, in einer endlosen Reihe von Bildern, strömten die Erinnerungen auf sie ein.

Frankfurt am Main, einige Wochen zuvor.

Irgendwo in dem viel zu großen Haus schlug eine Tür zu. Claire zuckte zusammen. Dass sie so schreckhaft war, daran musste sie sich noch gewöhnen. Sie war stets schüchtern, aber niemals ängstlich oder gar schreckhaft gewesen. Seit der Geburt ihrer Tochter allerdings war ihr, als ob ihr das eigene Herz nicht mehr im Leibe schlug, sondern außerhalb ihres Körpers existierte.

Doch heute war noch etwas anders. Claire beugte sich zum wiederholten Mal über die mit weißem Stoff ausgeschlagene Wiege, streifte den wallenden Vorhang beiseite, der bei ihr stets den Eindruck hinterließ, als könne er das Kind erdrücken. Ihre Schwiegermutter hatte ihr diese Wiege übergeben. Generationen von Neubergers hatten schon in ihr geschlafen. Auch Friederike würde deshalb ihre ersten Monate darin verbringen müssen, so war es Brauch.

Das kleine Mädchen hatte die Augen weit geöffnet und schaute seine Mutter nun mit jenem weisen Blick an, der nur kleinen Kindern eigen ist. Sogleich spürte Claire die Ängstlichkeit, die sie beim Anblick ihrer Tochter zuverlässig überkam.

Warum sieht sie so aus? Warum hat sie diese Haare, warum diese Augenfarbe?

Friederike verzog das Mündchen zu einem Engelslachen. Unvermittelt presste Claire sich die Hand auf den Mund und kämpfte gegen das wachsende Gefühl der Verzweiflung an.

Die Augen ihres kleinen Mädchens waren dunkel, schwarz fast, dabei hatten Claire und ihr Mann beide blaue Augen und blonde Haare. Auch die Haare der Kleinen waren schwarz. Anfangs hatte die Hebamme gesagt, dass sie diesen dunklen Schopf noch verlieren würde, dass es viele Kinder gab, die mit solchen Haaren geboren und dann später blond wurden.

Aber an diesen Augen gab es nichts zu deuten. Das waren Augen wie die des Mannes, der vor ein paar Wochen draußen auf der Straße Geige gespielt hatte. Augen wie die des Mädchens, das an der Tür Zündhölzer verkaufen wollte, oder wie die der Frau aus dem kleinen italienischen Wanderzirkus vom letzten Jahr. Solche Augen gab es nicht in der Familie Neuberger, und auch nicht in der Familie Mylius.

Claire bemühte sich, ruhiger zu atmen. Gestern erst hatte ihre Schwiegermutter Nora die erste Bemerkung gemacht über das Kind, das so keinem ähnlich sehen wollte.

»Sie ist ja noch so klein«, hatte Claire gemurmelt, und Wilhelms Schwester war ihr zur Seite gesprungen: »Man sieht ohnehin erst wirklich, wem sie ähnlich sehen, wenn sie älter werden.«

»Bei deinem Bruder haben wir es sofort gesehen«, hatte Nora knapp beschieden, dann aber nichts mehr gesagt.

Aber ihre Schwiegermutter hatte recht. Wilhelm hatte wohl immer ausgesehen wie eine Kopie seines Vaters, wenn er auch sehr viel schlanker war als der alte Patriarch.

Friederike bewegte die Ärmchen und gab einen schmatzenden Laut von sich. Claires Blick verlor sich erneut in den dunklen Augen ihres Kindes.

»Wem siehst du nur ähnlich, meine Kleine?«, flüsterte sie. »Wem siehst du nur ähnlich?«

Friederike bewegte erneut den Kopf, dann schaute sie ihre Mutter an und blubberte ein gurgelndes Lachen hervor. Ein warmes Gefühl durchströmte Claire, und ihr Herz schlug sofort schneller.

»Musst du immer nur an dich denken? Was ist mit mir? Was soll ich tun? Soll ich als alte Witwe betteln gehen? In der Suppenküche anstehen? Die Zeiten sind schlecht, und dein Vater hat mir nur wenig zurückgelassen, gar nichts fast, und das weißt du nur zu gut.«

Claire starrte den Tisch an. Sie wollte ihre Mutter jetzt nicht sehen, es genügte vollauf, ihre Stimme zu hören. Doch das ließ Aurelia nicht zu. Mit einem festen Griff, den man ihren schmalen dünnen Fingern kaum zutraute, packte sie die Tochter beim Kinn und riss es hoch.

»Was hast du dir dabei gedacht, du Flittchen? Wolltest du, dass sie dich vor die Tür setzen? Wolltest du das, ja? Dann könntest du dich auch nicht mehr um deine arme Mutter kümmern, und das würde dir ja sicherlich zupasskommen. Aber ja«, höhnte Aurelia mit verzogenem Mund, »dir ist ja gleich, was mit deiner Mutter geschieht. Die kann ruhig in der Gosse landen. Du warst immer ein Vaterkind. Stundenlang hast du in seinem Büro gesessen. Aber dein Vater, der Schwächling, hat den Karren gegen die Wand gesetzt, verstehst du? Nur mir hast du es zu verdanken, dass wir heute nicht von der Fürsorge leben. Ich habe von Anfang an dafür gesorgt, dass Wilhelm dich nicht aus den Augen verlor, und es gab, weiß Gott, genügend Konkurrenz.« Aurelia schnappte nach Luft, zog dann ein Taschentuch aus dem Häkelbeutel an ihrem Handgelenk und tupfte sich die Stirn ab. »Und jetzt hast du alles kaputt gemacht.«

»Ich habe nichts kaputt gemacht.«

Claire runzelte die Stirn. Was meinte ihre Mutter damit, sie habe dafür gesorgt, dass Wilhelm sie nicht aus den Augen verlor? Eine unangenehme Vorstellung stieg in ihr auf, die Ahnung, die ihr schon auf der Hochzeit gekommen war und die sie danach wieder verdrängt hatte. Dass er sie nämlich nicht liebte und auch nie geliebt hatte.

»Du hast versucht, deinem Mann einen Kuckuck ins gemachte Nest zu legen.« Aurelias Stimme überschlug sich fast.

Claire fühlte endlich Wut in sich aufsteigen und war fast erleichtert darüber.

»Wie oft soll ich das denn noch sagen, ich habe meinen Mann nicht betrogen. Ich weiß nicht, warum Friederike so dunkel ist.«

Aurelia schüttelte den Kopf.

»Jetzt sei nicht albern, du dummes Ding. Ich habe dir wirklich ein bisschen mehr Verstand zugetraut.«

Claire beschloss, nicht mehr zu antworten. Es war müßig, noch etwas zu sagen. Ihre Mutter würde ihr ohnehin nicht zuhören, das hatte sie noch nie getan. Überhaupt hörte ihr keiner zu. Es gab nichts, was sie dagegen tun konnte.

Für einen Moment hörte Claire Aurelia beim Atmen zu. Ihre Mutter hatte noch nie in ihrem Leben arbeiten müssen. Als höhere Tochter war sie in die Ehe gegangen. Sie hatte ihre Mitgift mitgebracht, ein wenig Gesang, Klavierspiel, Französisch und Kleckserei, wie der Vater ihre Malkünste nannte, sowie das Wissen darum, dass es Personal gab für alles Widrige im Leben. Sie hatte niemals für sich selbst gesorgt oder ein Problem aus der Welt geschafft. Die Welt war da, um für Aurelia Mylius zu funktionieren, und nun war es die Tochter, deren Heirat ihr das Leben angenehm gestalten sollte. Aber das war gründlich schiefgegangen. Schlimmer hätte es nicht kommen können. Claire unterdrückte einen Seufzer und schaute ihre Mutter an. Klein und zart saß die nun da, zusammengesunken in ihrem Lehnstuhl, von Schwäche überwältigt, aber das täuschte. Nie, niemals hatte Aurelia für jemand anderen gesorgt als für sich selbst. Nie hatte sie etwas für ihren Lebensunterhalt verdient. Sie war immer gut darin gewesen, Geld auszugeben, und das offenbar auch noch, als Vaters Geschäft kaum mehr etwas eingebracht hatte. Aber das hatte sie ja nicht verstanden, das waren Dinge, die eine Dame nicht zu verstehen hatte. Eine Dame verstand nichts von Geld. Eine Dame sprach nicht über Geld.

Claire zuckte zusammen, als ihre Mutter sie jetzt wieder mit diesen babyblauen Augen ansah, die so bestechend unschuldig wirkten.

»Ich habe mit Nora gesprochen und ihr gesagt, dass ich wirklich mit ihr fühle …«

»Wie bitte?«

»Sie sagte mir, dass man dir das Kind womöglich abnehmen müsse, bevor du …«

»Bevor ich was?«

»Nun, es ist ein Beweis, oder etwa nicht? Es gab schon andere Frauen, die in verzweifelten Stunden …« Aurelia seufzte.

Claire fragte sich, wie ein so schöner, so zarter Mund etwas so Unglaubliches andeuten konnte.

»Wie kannst du so etwas nur sagen? Es ist mein Kind, um Himmels willen. Es ist dein und ihr Enkelkind. Ich habe meinen Mann nicht betrogen.«

Aurelia antwortete nicht. Langsam und schmerzhaft begann Claire zu verstehen, dass ihr die Wahrheit nicht helfen würde.

Johanne streifte mit gespreizten Fingern durch ihren Pagenkopf, und Claire fragte sich nicht zum ersten Mal, warum sie selbst einfach nicht den Mut aufbrachte, ihren langen Zopf abzuschneiden.

»Tee?«, fragte sie.

»Ja, ja.« Johanne schüttelte den Kopf. »Jetzt sag schon, was ist dein Problem? Meine Mutter? Wirklich, sie kann ein wahrer Drachen sein, aber was soll sie schon gegen dich in der Hand haben, du süßes, gutes Ding?«

Claire spürte, wie sie errötete. Dann stand sie unvermittelt auf und trat zur Wiege hin. Friederike schlief, den Kopf zur Seite gedreht, die Nase gegen die kleine Faust gedrückt.

»Sie sagen, ich habe Wilhelm betrogen.«

»Was? Wieso?«

»Wieso?« Claire musste mit einem Mal die Tränen niederkämpfen. Sie war in den letzten Tagen schon öfter nahe daran gewesen, zu weinen. Johanne war wieder einmal in Berlin gewesen und erst gestern Abend zurückgekommen und hatte deshalb nichts von den neuesten Entwicklungen mitbekommen. Claire fühlte sich mehr als einsam.

»Schau dir die Kleine doch an«, forderte sie die Freundin nun auf, »sie ähnelt einfach keinem von uns, noch nicht einmal mir.«

»Sie hat deinen Mund.« Johanne stand nun hinter Claire und legte ihr die Hände auf die Schultern.

Die kämpfte immer noch gegen die Tränen an.

»Und was hat sie von Wilhelm? Sag es mir, bitte!«

»Nichts, soweit ich sehen kann.« Johanne hob bedauernd die Schultern. »Aber da ich meinen Bruder nicht ausstehen kann, finde ich, dass die Kleine darüber nur froh sein kann.«

Claire schwieg einen Moment.

»Warum hast du mir das vorher nie gesagt?«, fragte sie endlich leise. Johanne, die näher an die Wiege getreten war und den Blick nun auf das Kind richtete, sah auf.

»Dass ich ihn nicht ausstehen kann? Ach Gott, du warst so verliebt, und ich wusste ja nicht, ob ich recht hatte mit meiner Abneigung oder nicht. Wir sind Geschwister, um Himmels willen, Geschwister streiten sich, Geschwister haben böse Erinnerungen aneinander. Ich dachte wirklich, du wirst glücklich mit ihm. Ich hätte mir das sehr gewünscht.«

Jetzt konnte Claire sich nicht mehr beherrschen. Haltlos schluchzte sie auf. Wie, wie nur konnte sie beweisen, dass Friederike Wilhelms Kind war? Wie konnte sie beweisen, dass sie keine Hure war, die ihren Mann hintergangen hatte? Die Worte ihrer Mutter deuteten auf schwerwiegende Entscheidungen hin, die eben im Hause Neuberger getroffen wurden. Angeblich hatte man sogar über die Scheidung gesprochen, was Aurelia zutiefst beunruhigte. Claire fühlte sich plötzlich, als führte sie ihr Leben hoch oben auf einem Drahtseil und könne jederzeit herunterstürzen.

Zweites Kapitel

Zwei Dinge ließen sich nicht leugnen: Die Schulden nahmen mittlerweile zügig überhand, und das wenige, was er für seine Frau empfunden hatte, war im Begriff, sich in Luft aufzulösen. Letzteres war seine Privatsache, Ersteres aber – Wilhelm Neuberger ließ den Blick von seinem Vater zu seiner Mutter und wieder zurück schweifen – ging die ganze Familie etwas an.

Für einen kurzen Moment schaute er auch zu seiner Schwester herüber, die angelegentlich einen kleinen Krapfen nach dem anderen verspeiste und mit ihren von Zucker verklebten Fingern in der *Eleganten Welt* blätterte. Er war immer noch unsicher, ob er ihr trauen sollte, aber nun ja, sie gehörte zur Familie. Er wusste, dass seine Eltern froh sein würden, wenn sie endlich heiratete und die Hirngespinste aufgab, denen sie nacheilte. Erst vor Kurzem war sie wieder aus Berlin zurückgekehrt – offenbar wartete die Filmwelt nicht auf sie – und war doch immer noch voller Pläne und Ideen. Inzwischen hatte sie angeblich erste Kontakte in Frankfurt geknüpft. Eigentlich waren seine Eltern und er froh darüber gewesen, dass es ihr noch nicht gelungen war, ihren Ruf in ihrer Heimatstadt zu ruinieren. Theater- und Filmleute, du meine Güte, das war doch kein Umgang für eine Neuberger.

Später erinnerte er sich, dass er gerade zu sprechen anheben wollte, als draußen im Gang Schritte zu hören gewesen waren. Nur einen Moment später war Mamas Mädchen hereingekommen, hatte geknickst und darauf gewartet, angesprochen zu werden.

»Ja, Roswitha?«

»Sie haben mir gesagt, ich soll Bescheid sagen, wenn die junge Herrin zurückkehrt, gnädige Frau.«

Wilhelm bemerkte, wie seine Mutter bei den Worten »junge Herrin« zusammenzuckte. Sie hatte Claire in der Tat niemals als Teil der Familie verstanden, schon gar nicht als junge Herrin.

»Danke schön, Roswitha.«

Zu ihrer aller Überraschung war das Mädchen stehen geblieben und unruhig von einem Fuß auf den anderen getreten, als fürchte es eine Strafe. »Nein, das meinte ich nicht, gnädige Frau, also ich …«, stotterte sie.

Nora hob die Augenbrauen.

»Ja was ist denn, Roswitha?«

»Ich glaube«, das Mädchen zögerte, »ich glaube, die junge Herrin ist davongelaufen.«

»Wie bitte?« Constantin war von seinem Sitz aufgefahren. »Was veranlasst dich …?«

»Ich war eben in ihrem Zimmer, weil ich dachte, sie bleibt so lange weg, vielleicht ist sie ja schon wieder zurück, und ich habe es nur nicht gemerkt. Ja, also … äh … da sehe ich, dass das Kind nicht da ist, und es fehlen auch ein paar von ihren Sachen … Auch ihr kleiner Koffer, gnä…«

Nora stieß einen Schrei aus. Constantin ließ sich mit einem heiseren Keuchen zurück in den Sitz sinken. Wilhelm konnte nicht sagen, warum er sich in diesem Moment zu seiner Schwester umdrehte, und er konnte auch nicht wirklich lesen, was in deren Miene stand. Eins jedoch wusste er, ihr Ausdruck missfiel ihm.

Drittes Kapitel

Bonnheim, September 1931

»Ich sag's dir ungeschönt und so, wie es ist. Wilhelm braucht Geld. Er hat sich verspekuliert.«

Johanne saß in einem roten Kostüm mit kürzerer Jacke und langem Rock in Claires kleiner Kammer auf der Fensterbank, trug eine rote, blumenverzierte Kappe auf dem etwas längeren Pagenkopf und hielt die Arme verschränkt.

Seit sie regelmäßig nach Berlin reiste, war sie noch dünner geworden, stellte Claire fest, und als sie vor kaum einer halben Stunde erstmals über Ludwigs schlammigen Hof zum Eingang gestakst war, hatte sie Claire unwillkürlich an die Flamingos im Zoo erinnert.

Aber sie war noch dieselbe ehrliche Haut geblieben, die Claire seit der Schulzeit kannte, und Claire war nach gut vier Wochen froh darum, ein freundliches, bekanntes Gesicht zu sehen.

»Ist dir auch wirklich niemand gefolgt?«, hatte sie die Freundin trotzdem als Erstes gefragt, nachdem sie einander begrüßt hatten.

»Nein, ich habe aufgepasst.«

Danach hatte Johanne sofort gedrängt, nach oben zu gehen. Und hier saßen sie nun.

Claire musste heftig schlucken.

»Nun«, sagte sie, »ich glaube, das muss ich erst einmal verarbeiten. Er hat mir zwar schon in der Hochzeitsnacht gesagt, dass er Schulden hat, aber ich dachte, er hätte die Sache inzwischen im Griff.«

Sie drückte eine Hand gegen ihre pochende Stirn und atmete dann tief durch. Immerhin, dachte sie, vor Kurzem wärst du noch in Tränen ausgebrochen.

»Ich denke, sie werden nun die Scheidung von dir forcieren wollen, um auf ein einträglicheres Pferd zu setzen«, sagte Johanne in die Stille hinein, »das war jedenfalls das Letzte, was ich gehört habe.«

Claire nickte. »Gut möglich.« Sie stand auf. »Ich muss nachdenken. Soll ich dir unterdessen den Hof zeigen, ja?«

Gemeinsam gingen sie die steile Treppe nach unten. Während Claires Gedanken durcheinanderwirbelten, gelang es ihr doch, der Freundin die Hofanlage zu zeigen und zu erzählen, was sie über deren Geschichte wusste. Das ursprüngliche Gebäude stammte aus dem späteren 18. Jahrhundert, aus dieser Zeit geblieben war auch die Scheune, in der Onkel Ludwig seinen größten Schatz, einen Deutz F1M 414, aufbewahrte. Zum Besitz gehörte außerdem ein völlig verfallenes, kleineres Gartenhaus, dessen Steine teilweise erneut verbaut worden waren, und einige Wingerte. Auch dort war Claire auf Spaziergängen schon auf Grundmauern gestoßen, doch hatte sich nicht mehr erkennen lassen, welcher Art das Gebäude gewesen war.

»Onkel Ludwig sagt, dass es ein Weinberghäuschen gewesen sei muss, ein Unterstand für die Arbeiter«, erklärte sie Johanne und fragte sich dabei, was die Großstadtpflanze wohl angesichts ihres Lebens hier dachte.

Danach saßen sie gemeinsam in der Küche. Claire nahm Geschirr aus der Anrichte, einem schweren Gründerzeitmöbel, das laut Ludwig noch aus den Zeiten seiner geliebten Tante Luisa stammte, und goss einen Kräutertee auf.

»Wenn ich mir vorstelle, wer hier schon alles gelebt hat.« Johanne seufzte. »Alles Vorfahren von dir, ja?«

Claire nickte. Der Brief an ihre Mutter fiel ihr plötzlich ein, an dem sie tagelang herumformuliert und den sie heute Morgen auf der Post aufgegeben hatte.

Johanne schüttelte nachdenklich den Kopf.

»Weißt du, was mir Sorgen macht, mein Bruder gibt zu viel Geld aus, meine Mutter und mein Vater verbergen auch etwas vor mir … Ich glaube inzwischen, auch wenn du erklären könntest, warum Friederike so dunkel ist … Es wäre ihnen gleich. Sie wollen die Scheidung, und wenn das nicht geht …« Sie schaute ihre Freundin ernst an. »Bitte, pass auf dich auf, ja? Sag ihnen noch nicht, wo du bist, das wäre nicht gut. Sag am besten niemandem, wo du bist.«

Claire hatte nicht erwartet, dass sie Entspannung in körperlicher Arbeit finden könnte, aber sie tat es. Während sie Ludwig bei der Arbeit in den Weinbergen half, schlief Friederike in ihrem Körbchen am Wegesrand. Manchmal kamen Nachbarn vorbei und redeten mit ihnen. Manchmal ging Ludwig mit einem alten Freund ein Remischen trinken. Manchmal kamen jüngere Mädchen, spielten mit Friederike, herzten und küssten sie. Auf Weinfesten trank man den Wein des Vorjahres, um Platz für den neuen zu machen. Einmal ließ Ludwig ein Bild von Claire in dem besten Kleid machen, das sie mitgebracht hatte und nur sonntags trug.

»Damit ich eine Erinnerung habe«, sagte er.

Es war ein einfaches, aber herzliches Leben. Ein Leben ohne feine Kleidung und Konversation, und Claire hätte beinahe gelacht, als Ludwig eines Tages seinen besten Anzug anzog und sie in ein Café einlud. Ein Mädchen namens Ilse, ein paar Jahre jünger als Claire, passte auf Friederike auf.

Ludwig war gesprächiger als sonst an diesem Tag. Er erzählte ihr Geschichten über das Haus, erzählte von seiner Lieblingstante Luisa, die man »die Schwarze« genannt habe, auch wenn er nicht recht wusste weswegen. Manchmal musste er sich anstrengen, sich zu erinnern. Manches lag in einer Zeit, in der er selbst noch jung gewesen war. Manches kannte er nur vom Hörensagen. Claire hörte zu und wartete, wartete auf das, was vielleicht eine Erklärung war für das, was ihr heute widerfuhr.

Viertes Kapitel

Und dann war es vorbei. Claire hatte immer gewusst, dass die Tage auf Ludwigs Gut in absehbarer Zeit ihr Ende finden würden, und doch traf es sie unvorbereitet. Die Tasse, die sie eben noch zum Abtrocknen in der Hand gehalten hatte, schmetterte zu Boden, das Geschirrtuch entglitt ihr. Wie oft hatte sie hier am Küchenfenster gestanden und den Weg im Blick gehabt. Wie oft hatte sie sich vor dem gefürchtet, was nun passierte.

Drei Männer standen dort draußen, ihr Mann, der blonde, große Wilhelm, und zwei, die sie als seine Freunde kannte. Eben beugte Wilhelm sich über Friederike, die draußen in ihrem Kinderwagen schlief. Einer der anderen Männer sagte etwas zu ihm, gleich darauf sahen sie alle zum Haus hin. Im nächsten Moment hatten sie Claire hinter der Scheibe entdeckt.

Mein Mann, dachte Claire und zuckte zusammen, mein Mann.

Ihr wurde flau im Magen. Sie war fortgelaufen und fühlte sich nun wie ein Wild, das vom Jäger und seinen Hunden aufgespürt worden war. Ludwig war im Weinberg, zu weit weg, um ihr zu helfen, und was der alte Mann angesichts der hier anwesenden kräftigen jungen Männer ausrichten konnte, war ohnehin fraglich.

Claire machte einen großen Schritt über die Scherben der Tasse hinweg, wischte sich die Hände an der Schürze trocken. Sie hatte den Flur gerade erreicht, als es schon an der Haustür pochte.

»Ich komme«, rief sie mit zittriger Stimme.

Sie öffnete. Drei Männer starrten sie an. Wilhelm hielt die mittlerweile kläglich weinende Friederike auf dem Arm.

Claire streckte unwillkürlich die Arme zu ihr hin. Einer der Männer, ein dunkelhaariger mit zu kleinen Augen und einer Nase, die er sich einmal gebrochen haben musste, hinderte sie daran.

»Guten Tag, liebes Eheweib«, sagte Wilhelm.

Claire gab keine Antwort. Noch einmal versuchte sie, zu ihrer Tochter zu gelangen. Wieder wurde sie daran gehindert.

»Franz wird dich begleiten, damit du deine Sachen packen kannst«, fuhr Wilhelm sehr ruhig fort. »Wir wollen gleich los.«

»Und wenn ich mich weigere mitzukommen?«

Wilhelm lächelte. »Du wirst mitkommen, denn ich nehme in jedem Fall unsere Tochter mit, die du hier auf dem Lande hast verwahrlosen lassen.«

»Ich habe sie nicht …«

»Beeil dich lieber, denn wir wollen doch nicht, dass dir dein lieber Onkel zu Hilfe kommt und verletzt wird, oder?«

Claire spürte, wie das Blut aus ihrem Gesicht wich.

Als sie sich kurz darauf auf dem Weg befanden, wusste sie kaum, wie es ihr gelang, einen Fuß vor den anderen zu setzen. Auf der Hügelkuppe angekommen, von der aus man den ersten Blick auf das Gut hatte, drehte sie sich noch einmal um und wurde wenig später brutal weitergerissen.

In Bad Kreuznach bestiegen sie den Zug. Während der Reise saß immer einer der Männer bei ihr im Abteil, während sich die zwei anderen im Rauchersalon vergnügten. Bald hämmerte das gleichmäßige Rattern des Zuges in Claires Kopf. Hier im Abteil durfte sie Friederike endlich wieder in ihren Armen halten. Nur mit Mühe war die Kleine eingeschlafen. Auch sie spürte wohl, dass etwas nicht stimmte. Claire drückte das kleine Mädchen enger an sich, streichelte ihrer Tochter sanft über den Rücken. Inzwischen näherte sich schon das Ende der Reise. Mittlerweile saß Wilhelm ihr wieder gegenüber und ließ sie beide nicht aus den Augen.

Was will er von mir, schoss es Claire durch den Kopf, was will er wirklich von mir und meiner Tochter?

Fünftes Kapitel

Die Sonne kam Claire heller vor, als sie nach drei Tagen durch die Gefängnisschleuse auf die Straße trat. Der diensthabende Wachmann nickte ihr kurz zu. Offenbar hatte er Mitleid mit der jungen Frau, die da vor ihm stand, wenn er auch kein Wort des Verständnisses fand. Einen Moment noch blieb Claire stehen, dann setzte sie sich ziellos in Bewegung. Sie wusste nicht, wohin sie gehen sollte. Zuerst einmal wollte sie nur weg von diesem Ort.

Während sie lief, hielt sie den Kopf gesenkt. Sie hatte es nicht glauben wollen, als Wilhelm sie auf die Polizeiwache gebracht hatte, wo man sie umgehend in Gewahrsam genommen hatte. Untersuchungshaft. Sie fühlte sich schmutzig. Die Gesichter ihrer Mitgefangenen tauchten vor ihrem inneren Auge auf, Frauen aus ärmeren Schichten, die schon so viel mehr als sie erlebt hatten. Frauen mit rauen Stimmen. Frauen, die ihr zur Seite gestanden hatten, und solche, die ihr das Leben in dieser kurzen Zeit zur Hölle gemacht hatten.

Vor einer Bäckerei blieb Claire abrupt stehen. Im Gefängnis hatte sie sich hungrig und angeekelt vom dortigen Essen ausgemalt, weiße duftige Brötchen zu essen, Marmelade, Wurst oder Käse dazu und eine ganze Kanne süßen Kakaos zu trinken, aber jetzt hatte sie keinen Hunger mehr. Wieder ertrank sie im Wirbel der Gedanken. Es waren ziellose Gedanken und Erinnerungen, nichts, was sich halten ließ, bis auf das Bild ihrer Tochter, das immer und immer wieder vor ihr aufflammte.

Wo hatte man Friederike hingebracht? Vermisste sie ihre Mutter? Hatte sie geweint?

Die Tränen kamen plötzlich, ohne dass sie einen Einfluss darauf hatte. Claire wischte sich mit dem rechten Handrücken über das Gesicht.

»Aber Kindchen!« Eine dunkle männliche Stimme riss sie aus der Verlorenheit. Verschwommen konnte sie einen älteren Mann vor sich sehen, der sie väterlich anlächelte. »Solch ein hübsches Gesicht und dann solche Tränen?«

Ohne eine Antwort zu geben, drehte Claire auf dem Fuß um und ging in die andere Richtung.

Mittlerweile hatte sie die Zeil erreicht. Wohin nur, wohin?, ratterte es in ihrem Kopf. Nachdem sie eine weitere

Strecke gelaufen war, schmerzten ihre Füße in den Halbschuhen, und ihr war so schwach zumute, dass sie fürchtete, gleich in Ohnmacht zu fallen. Ihr Magen knurrte, obwohl sie noch immer keinen Appetit verspürte.

Sie würde zu ihrer Mutter gehen müssen und fürchtete sich jetzt schon vor deren keifender Stimme. Wenn doch nur der Vater noch leben würde. Mit ihm an ihrer Seite wäre dies hier nie passiert. Niemals wäre sie in eine solche Lage geraten. Der Vater hätte ihr Trost spenden können und Sicherheit. Er hätte ihr geholfen. Nun aber war sie alleine.

Als sie unten vor der Tür des Hauses stand, in dem ihre Mutter noch wohnte und in dem sie selbst so viele Jahre verbracht hatte, zitterte Claire wie Espenlaub. Sie musste sich mit ihrer ganzen Körperkraft gehen die Tür lehnen, um die Haustür aufzudrücken. Oben an der Wohnungstür angekommen, drückte sie auf die Klingel, bevor sie der Mut verlassen konnte. Wenig später bewegte sich die Spitzengardine im Fensterglas der Tür leicht, und Claire wusste, dass sie beobachtet wurde. Es dauerte noch eine Weile, bis sich die Tür öffnete. Im Spiel zwischen Licht und Schatten kam Claire das Gesicht ihrer Mutter scharf gezeichnet wie eine Holzmaske vor.

»Was willst du hier?«, fragte Aurelia ohne das leiseste Gefühl in der Stimme.

Bubu … Zufällig war Ludwigs Blick auf die kleine Lumpenpuppe gefallen, und mit einem Mal konnte er die Tränen kaum zurückhalten. Als stünde sie vor ihm, sah er Claire vor sich, wie sie ihre Tochter im Arm hielt und ihr Gesicht dem des Babys näherte.

»Bubu«, sagte sie leise, »wo ist die Bubu?«

Er vermisste seine beiden Frauen, und wenn er vorher geglaubt hatte, er bräuchte keine Menschenseele, so war das Haus einsam geworden ohne sie.

Dass sich überall Spuren der beiden fanden, machte die Sache nicht einfacher. Trat er vor die Tür, fiel sein Blick sofort auf die Schaukel, auf der Claire so gerne gesessen hatte, die kleine Friederike auf dem Schoß. Auch in der guten Stube sah er sie stets mit dem Kind, Friederike stehend, im Arm wiegend, oder auf der Decke vor dem Kamin kauernd.

Er hatte unwirsch reagiert, als sie vor seiner Tür aufgetaucht war, und jetzt wollte er sie nicht mehr missen.

Wo hatte man die beiden hingebracht? Was war überhaupt geschehen? Im Dorf hatte man ihm von drei Männern erzählt, die sie geholt hatten. Je länger er darüber nachdachte, desto sicherer war er sich, dass er nach Frankfurt reisen musste. Dass er die Dinge klären musste. Irgendwie.

Aber wie sollte er diese Reise nur wagen? Er hatte das Gut doch jahrelang nicht verlassen, und er hatte furchtbare Angst vor dem Leben dort draußen. Und wie sollte das, was er wusste, nur helfen können?

Und doch musste er ihr helfen. Er musste die Geschichte erzählen, soweit er sie zusammenbringen konnte. Er musste sich daran erinnern, was Tante Luisa ihm erzählt hatte, diese vornehme, weißhaarige Frau mit den milchig blinden Augen, die auch noch mit über achtzig so gerne und gut getanzt und gesungen hatte.

In seinem zehnten Lebensjahr war sie gestorben. Das war jetzt schon so lange her, dass er sich nicht mehr gut an ihre Geschichten erinnerte. Zu einem Geburtstag hatte sie ihm ein Bild geschenkt, eine Zeichnung, die zwei Männer bei der Weinlese zeigte. Einmal, sie hatte im Sterben gelegen und war nicht mehr recht bei Bewusstsein gewesen, hatte sie etwas von Briefen gemurmelt, die irgendwo im Haus versteckt waren.

Ludwig seufzte, stützte die Ellenbogen auf den Tisch und presste die Handballen gegen die Augen. Wenn er nur die ganze Geschichte zusammenbrächte, von Anfang an.

Claire saß am Küchentisch, die Hände um die dampfende Teetasse gelegt, und schaute auf den steifen Rücken ihrer Mutter, die am Herd stand und so tat, als richte sich ihre ganze Aufmerksamkeit auf den Teekessel. In der Wohnung wirkte es ungewöhnlich ruhig, die Küche erschien Claire etwas unordentlicher als früher. Der Haken, an dem gewöhnlich die Schürze des Hausmädchens hing, war leer.

»Wo ist Lina?«

»Ich musste sie entlassen.« Die Stimme ihrer Mutter klang eisig, dann drehte Aurelia sich zu ihrer Tochter hin. »Ich hatte kein Geld mehr, um sie zu bezahlen, nachdem du fortgelaufen warst, mein liebes Kind. Die Neubergers empfangen mich nicht mehr, und Geld bekomme ich dementsprechend auch keines mehr, wie du dir denken kannst.«

Claire fuhr von ihrem Sitz auf.

»Aber verstehst du nicht, Mama? Ich musste es tun. Ich musste gehen. Du konntest mir doch auch nicht helfen, als ich dich darum gebeten habe. Friederike ist Wilhelms Tochter, das schwöre ich, bei allem, was mir heilig ist.«

»Und glaubst du, du hast deine Lage jetzt verbessert?« Aurelia schüttelte den Kopf. »Meine Güte, du bist deinem Mann davongelaufen. Etwas Dümmeres hättest du nicht tun können. Wieso sollte ich dir ausgerechnet jetzt noch helfen?«

»Ich hatte meine Gründe.« Claire machte eine kurze Pause. »Ich habe sie immer noch. Ich muss übrigens heute Nacht hier schlafen.«

Aurelia nickte. »Du kennst ja dein altes Zimmer.«

Sie stand auf und war schon an der Tür, als sie sich noch einmal umdrehte: »Ich hoffe, du willst heute nicht mehr mit mir sprechen, denn das, mein liebes Kind, möchte ich gewiss nicht.«

Sechstes Kapitel

»Täubchen, es tut mir so leid.« Claire sagte nichts. Johanne streckte die Hände nach ihr aus, ließ sie dann unschlüssig sinken. »Wann haben sie dich entlassen?«

»Gestern Morgen.« Für Claire hörte sich die eigene Stimme wie Glas kurz vor dem Zerspringen an. Nach einer beinahe schlaflosen Nacht in ihrem alten Kinderzimmer war sie früh aufgestanden und hatte die Wohnung ihrer Mutter verlassen, um vor dem Haus der Neubergers darauf zu warten, dass Johanne endlich herauskam. Sie hatte zwar immer noch einen Schlüssel, schließlich wohnte sie offiziell ja selbst in der Villa, aber sie hatte sich bisher nicht dazu durchringen können, ihn zu benutzen. Die Kraft, die sie gestern plötzlich verspürt hatte, war verschwunden. Jetzt konnte sie nur an die schrecklichen Tage im Gefängnis denken, an den Besuch des Arztes, der sie auf ihren Gemütszustand hatte untersuchen sollen und der sich mit ernster Miene Notizen in ein Buch gemacht hatte.

Dr. Sartorius … Claire hatte immer noch keine Ahnung, wie sie dem Ganzen vorerst entkommen war. Sie fühlte sich wie erstarrt. Tränen hatte sie jedenfalls keine mehr. Jetzt saßen Johanne und sie im Café Bräutigam in der Nähe der Liebfrauenkirche. Es herrschte guter Betrieb. Niemand achtete auf sie.

»Wie geht es meiner Kleinen?«, flüsterte Claire.

»Derzeit kümmert sich meine Mutter um sie. So weit geht es ihr gut.«

Claire hob den Kopf. »Weint sie?«

Johanne schaute sie mitleidig an. »Willst du wissen, ob sie dich vermisst? Natürlich vermisst sie dich.« Claire spürte, wie ihr die Freundin einen Arm um die Schultern legte. »Und ich bin ja auch da, ich kümmere mich auch um sie. Ich liebe sie, und sie kennt mich, das weißt du.«

Claire schluckte heftig und machte sich dann von ihrer Freundin los. »Ich möchte«, sie schluckte nochmals, »ich möchte sie sehen.«

»Claire!« Johanne schaute sie mitleidig an.

Claire sank in sich zusammen.

»Ich weiß. Ich weiß, es geht nicht, aber könntest du … Ich meine, könntest du ein Treffen arrangieren? Mit ihr spazieren gehen, oder so etwas?«

»Claire, ich weiß nicht …«

»Bitte, Johanne, bitte!«

Es war nun über eine Woche her, dass Claire ihre Tochter zuletzt gesehen hatte. Heute hatte sie sich mit Johanne auf dem Anlagenring verabredet. Eben schob eines der Dienstmädchen der Neubergers den Kinderwagen mit

Friederike ganz dicht an Claire vorbei, als Johanne neben dem Wagen auftauchte und das Mädchen mit einem Auftrag davonschickte. Kaum war sie verschwunden, schaute sie sich suchend um.

»Claire, bist du da? Beeil dich, wir haben nicht viel Zeit.«

Die Gerufene trat sofort aus ihrem Versteck hervor. Während Claire ihre Tochter an sich drückte, schaute sie Johanne an.

»Was hat das alles zu bedeuten, Johanne? Ich habe so lange darüber nachgedacht, aber ich habe nichts Falsches getan. Ich spreche die Wahrheit. Was wollen sie von mir? Sag mir bitte, was sie von mir wollen.«

Für einen Moment sah Johanne zu Boden, dann blickte sie der Freundin in die Augen.

»Wilhelm will sich von dir scheiden lassen, aber er will auch dein Geld. Er behauptet, du seist ihm untreu gewesen.«

»Aber das stimmt nicht. Das stimmt einfach nicht. Und als meinem Ehemann gehört ihm das Geld doch ohnehin schon.«

»Ich weiß nicht, ob ihnen das genügt.«

Claire drückte das Kind enger an sich und sog den Babygeruch ein.

»Mir liegt nichts daran, sollen sie es nehmen«, fuhr sie fort, als habe sie nicht gehört. »Ich will nur meine Tochter. Meinst du, ein Kind kann bei seiner geschiedenen Mutter bleiben?«

Johanne hob die Schultern und sah sie ernst an.

Siebtes Kapitel

»Claire …« Sie hatte sich keine Gedanken darum gemacht, wie er reagieren würde, wenn sie sich erstmals wieder gegenüberstanden. Ebenso wenig, wie sie darüber nachgedacht hatte, was sie dann tun würde. Nur kurz stand ein ungewohnter Ausdruck von Unsicherheit auf Wilhelms Gesicht, dann hatte er sich wieder unter Kontrolle.

»Eigentlich war ich gerade auf dem Weg nach draußen. Wenn du etwas von mir willst, Claire, dann mach es kurz, bitte.«

»*Eigentlich* wollte ich deine Schwester sehen. Wir haben uns ja gewiss nichts mehr zu sagen.« Claire war erstaunt und sogar etwas überrascht, wie fest ihre Stimme klang. Etwas hatte sich verändert in den letzten Tagen. Sie straffte die Schultern. »Ist sie da?«

Wilhelm lächelte künstlich. »Aber das weißt du doch längst, oder, meine Liebe? Wer hat dich überhaupt hereingelassen?«

Er hatte sich so in den Eingang gestellt, dass sie nicht an ihm vorbeischauen konnte. Claire sah ihn ungerührt an.

»Ich habe einen Schlüssel. Ich bin immer noch deine Frau, Wilhelm, ich wohne hier.«

Wieder zeigte er sich unsicher, trat einen Schritt zur Seite.

»Meiner Mutter ist deine Anwesenheit sicher nicht recht«, bemerkte er nach kurzem Zögern.

»Ich hatte auch nicht vor, sie zu besuchen.« Claire trat entschlossen durch den kurzen Flur in die Eingangshalle, sah sich flüchtig selbst in dem großen goldgerahmten Spiegel an der gegenüberliegenden Wand.

»Johanne ist in ihrem Zimmer?«

Wilhelm nickte. Er schien noch etwas sagen zu wollen. Seine Lippen bewegten sich, dann wandte er sich abrupt ab. Claire schaute ihm hinterher. Ich darf ihm nicht trauen, dachte sie, ich darf ihm keinesfalls trauen. Johanne hat mich gewarnt.

Johanne war in ihrem Zimmer. Offenbar war sie gerade dabei, eine neue Rolle einzustudieren, denn sie lief auf und ab und deklamierte deutlich hörbar, blieb jedoch stehen, als Claire die Tür öffnete.

Als sie noch gemeinsam in diesem Haus gewohnt hatten, und Claire wusste in diesem Moment, dass diese Zeit vorbei war, hatten sie oft hier beisammengesessen. Während ihrer Schwangerschaft hatte Johanne ihr geholfen, die Ängste zu vertreiben. Der Gedanke an ihre Tochter zog Claire den Magen zusammen.

Johanne kam ohne Umschweife auf sie zu und schloss sie in die Arme.

Wenig später saßen sie an Johannes zierlichem Damenschreibtisch am Fenster, durch das an diesem Tag heller Sonnenschein fiel, und sprachen mit unterdrückten Stimmen.

»Ich habe noch nichts Neues herausfinden können«, flüsterte Johanne und fixierte die Freundin.

»Sie können mir Friederike nicht abnehmen – oder etwa doch?« Claire rührte nervös in der Tasse Tee, die Johanne ihr hatte bringen lassen. Das weiße, weiche Brötchen hatte sie bisher nur zerpflückt, jedoch nichts davon gegessen. Sie ließ den Löffel fallen und streckte die Hand nach Johanne aus. Die wich dem Blick der Freundin aus.

»Ich weiß nicht«, entgegnete sie zögerlich.

»Dann laufe ich weg.«

»Aber du kannst nicht schon wieder weglaufen«, Johanne machte eine unwirsche Handbewegung, »nicht mit einem kleinen Kind … Sie würden es niemals zulassen, Claire. Sie würden dieses Mal eine ganze Armada auf deine Fersen setzen. Es wäre eine Leichtigkeit, die Ehe aufzulösen. Dann würdest du alles verlieren. Alles. Du musst dich ihnen stellen.«

»Aber es kann ihnen doch nichts an Friederike liegen, wenn sie sie für einen Bastard halten …?«, flüsterte Claire.

Jetzt hatte sie das Wort zum ersten Mal ausgesprochen. Es fühlte sich sperrig in ihrem Mund an, sie konnte es nicht mit ihrem kleinen süßen Mädchen in Verbindung bringen.

Johanne schüttelte den Kopf. »Aber meine Mutter würde nie zulassen, dass uns der Ruf anhängt, wir hätten ein kleines unschuldiges Kind auf die Straße gesetzt oder der Fürsorge überlassen. Nein, es ist nicht Friederike, die sie loswerden wollen, du bist es, Claire.«

Claire, die ihren Teelöffel, ohne es zu bemerken, wieder aufgenommen hatte, ließ ihn erneut fallen. Das Klirren ließ die beiden jungen Frauen zusammenzucken.

Nach einer Weile schob Claire die Teetasse zurück und stand auf.

»Danke, Johanne. Ich … Ich muss jetzt gehen. Ich muss nachdenken.«

»Soll ich dich zur Tür begleiten?«

»Nein, das würde sie nur unnötig aufmerksam machen.«

Als sie bereits in der Tür stand, drehte sie sich noch einmal um.

»Wirst du mir helfen, wenn ich dich darum bitte? Ganz gleich, was es ist?«

Johanne zögerte nicht.

»Natürlich«, sagte sie. »Ich bin immer auf deiner Seite.«

Claire durchquerte gerade die Halle, als eine schmale, schwarz gekleidete Gestalt am Ende der Treppe auftauchte. Noras Stimme ließ ihre Schritte verharren.

»Ich hatte Sie schon erwartet, Claire. Ich hatte schon erwartet, dass Sie die Unverfrorenheit besitzen würden, hier aufzutauchen.«

Claire schwieg. Ein Tag kam ihr in den Sinn, als sie gefühlt hatte, sie müsse zur Salzsäule erstarren. Der erste Tag, an dem sie in einem Sportwagen mitgefahren war. Der erste Tag mit ihrer Schwiegermutter. Es war so viel passiert seitdem, und doch war eigentlich so wenig Zeit vergangen. Seltsamerweise war die Unsicherheit, die sie sonst Nora gegenüber verspürt hatte, wie weggeblasen. Sie trat bis an die unterste Treppenstufe heran und blickte ihrer Schwiegermutter ins Gesicht.

»Guten Tag, Frau Neuberger, ich würde jetzt gerne meine Tochter sehen.«

Für einen Moment bekam Noras Porzellangesicht Risse. Wut schien darin auf, Unbehagen, Gefühle, von denen Claire nicht geglaubt hatte, dass die Schwiegermutter sie hegen könnte. Dann hatte sie sich wieder gefangen.

»Sie werden Ihre Tochter nie wiedersehen, Sie infames Subjekt.«

Claire tat, als habe sie nicht gehört. »Wo ist meine Tochter?«, wiederholte sie ihre Frage.

»Frau Hallhuber!« Die ältere Frau winkte die Haushälterin, die offenbar im Gang gewartet hatte, zu sich heran.

»Würden Sie Frau Neu… Würden Sie *diese* Frau bitte jetzt sofort hinausbegleiten.«

»Friederike ist *meine* Tochter.«

»Sie haben nach der Entführung jedes Recht auf dieses Kind verwirkt.«

»Sie ist meine Tochter«, wiederholte Claire. Mittlerweile zitterte ihre Stimme. »Ich will sie sehen. Jetzt.«

»Frau Hallhuber, ich möchte das jetzt nicht noch einmal sagen müssen.«

Als die rundliche Haushälterin auf sie zukam und nach ihrem Arm griff, riss Claire sich los.

»Wagen Sie es nicht, mich anzufassen.«

Sie hörte ihre eigene Stimme, schrill und unbekannt, sah beinahe im gleichen Moment das zufriedene Lächeln auf Noras Gesicht und presste die Lippen aufeinander. Nora trat etwas näher an das Geländer, legte eine elfenbeinfarbene Hand auf das dunkle Holz. Ihr Lächeln ließ Claire unmittelbar frösteln.

»Machen Sie nur so weiter, Claire, Sie bestätigen damit nur, was ich immer vermutet habe. Sie sind dabei, den Verstand zu verlieren. Der Wahnsinn liegt in Ihrer Familie, oder heißt es nicht, Ihr Vater habe Hand an sich gelegt? Wer sollte Ihnen ein unschuldiges Kind anvertrauen?«

Achtes Kapitel

»Meine Tochter Felicitas.«

Frau Sander nickte zu dem zarten Wesen an ihrer Seite hin, das Nora im nächsten Moment schon eine schlaffe Hand reichte. Wilhelm, der sich bisher im Hintergrund gehalten hatte, zwang, während er näher trat, ein freundliches Lächeln auf seine Lippen. Felicitas Sander sah aus, als sei sie direkt aus dem 19. Jahrhundert in die Moderne gefallen: ein zartes Wesen, dessen Taille sich sicher atemberaubend schmal schnüren ließ und das gewiss bezaubernd in weißen Spitzenkleidern aussah. In jedem Fall hatte sie nichts von der kräftigen weiblichen Schönheit, die heute in Mode war. Oberweite war auch kaum zu sehen. Aber was sollte es. Wilhelms Lächeln vertiefte sich. Wenn alles lief wie geplant, würde er auf absehbare Zeit eine neue Mutter für seine Tochter benötigen. Sie hatten Erkundigungen über die Sanders eingezogen. Die Familie war perfekt. Der Ruf würde auch nach der Scheidung gewahrt bleiben.

»Frau Sander«, er beugte sich über die Hand der älteren Frau, küsste sie galant und schaute dann die jüngere an. »Darf ich Sie Felicitas nennen, oder wäre das zu vermessen?«

Er ließ ein verschmitztes Lächeln auf seinen Lippen aufscheinen, das seinem Ruf als Draufgänger gerecht wurde, wie er fand. Felicitas wechselte einen Blick mit ihrer Mutter, die aufmunternd nickte.

»Ja«, hauchte sie. Wilhelm küsste nun auch ihre Hand, achtete darauf, Felicitas danach tief in die Augen zu blicken. Pflichtschuldig errötete Schneewittchen und ließ sich dann zum Kaffeetisch führen. Wilhelm unterdrückte ein

Gähnen. Wenigstens gab es Kuchen und sogar eine Torte, dachte er, dann war der Nachmittag doch nicht ganz so elend und umsonst.

Johanne wurde nicht zum ersten Mal ausgeschlossen, doch das hatte sie bisher nie bekümmert. Heute allerdings war sie misstrauisch. Zum Kaffeetrinken hatte sich an diesem Samstag ihre ganze Familie im Wintergarten versammelt. Eine Frau Sander und ihre Tochter waren zu Besuch. Johanne kannte die Sanders gut, eine wohlhabende Familie. Sie selbst war einige Jahre mit Felicitas auf einer Schule gewesen, bevor deren Eltern entschieden hatten, ihr Kind von einem Privatlehrer unterrichten zu lassen, um es schlechten Einflüssen zu entziehen.

Johanne kauerte sich auf der breiten Fensterbank oberhalb des Wintergartens zusammen, wie sie das schon als Kind getan hatte, wenn sie lauschen wollte.

Das Kaffeetrinken und die langweiligen Gespräche zogen sich ermüdend lange hin, doch endlich brachen die Sanders auf, und Johanne hoffte, nun mehr zu erfahren. Wenn ihre Mutter und ihr Bruder für ihr Gespräch nur in den Wintergarten zurückkehren würden, doch sie hatte Glück. Wilhelm konnte einem weiteren Stück Kuchen offenbar nicht widerstehen, denn sie hörte bald das Klappern von Besteck und gleich darauf seine etwas undeutliche Stimme. Der Vater hatte sich offenbar zurückgezogen, von ihm war jedenfalls nichts zu hören.

»Wie findest du sie?«

»Perfekt.« Nora klang zufrieden. »Das Geschäft der Sanders ist solide. Dieses Mal ist die Sache sicher.«

Einen Moment lang war es still, dann war wieder Wilhelms Stimme zu hören.

»Wie werden wir weiter vorgehen? Ich möchte wirklich so bald wie möglich heiraten.«

Heiraten, so, so, dachte Johanne, ihre Familie hatte offenbar weitreichende Pläne. Ihr Bruder hatte bei seinen letzten Worten wie ein kleines Kind geklungen, das nicht auf sein Spielzeug warten konnte. *Arme Claire* … Das Lachen ihrer Mutter ließ Johanne hochschrecken.

»Ruhig, ruhig, mein Lieber«, sagte die, »ich habe einen Plan. Erinnerst du dich noch an Dr. Sartorius?«

Johanne hatte sich bemüht, ungesehen das Haus zu verlassen, doch es war ihr nicht gelungen. In der Halle, auf dem Weg zum hinteren Dienstboteneingang, lief sie Frau Hallhuber in die Arme, die strikt darauf bestand, die gnädige Frau müsse sie sprechen.

Wenig später standen Mutter und Tochter einander im Salon gegenüber. Über Noras Schulter hinweg sah Johanne ihren Bruder im Wintergarten sitzen. Ihre Mutter musterte sie argwöhnisch.

»Wo wolltest du denn hin, zu dieser Zeit?«

Johanne antwortete nicht.

»Wenn du dich wunderst«, fuhr Nora fort, und nur ein kaum merkliches Zucken ihres rechten Augenlids zeigte ihre innere Anspannung, »ich habe Frau Hallhuber heute beauftragt, dich nicht ohne mein Wissen vor die Tür zu lassen. Wohin wolltest du also?«

Johanne schwieg. Ihre Mutter rückte ein paar Schritte von ihr ab, doch der Graben, der zwischen ihnen bestand, war längst tief genug. Johanne fröstelte unvermittelt.

»Ist dir kalt?«

In der Stimme ihrer Mutter klang jene Liebenswürdigkeit mit, die sie für entfernte Bekannte vorbehielt. Johanne schüttelte den Kopf, beobachtete ihre Mutter nun an der Anrichte, wo sie eine der oberen Schubladen aufzog, einen Mechanismus drückte und das Geheimfach aufspringen ließ. Johanne wandte den Blick ab. Als im nächsten Moment wieder die Stimme ihrer Mutter zu hören war, zuckte sie zu ihrem Ärger zusammen.

»Willst du immer noch nach Berlin, ans Theater? Wir würden es dir finanzieren, Vater und ich. Was hältst du davon?«

Die Worte ließen Johanne herumfahren. Fassungslos starrte sie ihre Mutter an.

»Es gäbe natürlich ein paar Voraussetzungen«, fuhr die mit einem Lächeln fort.

Johanne war mit einem Mal übel.

Neuntes Kapitel

Claire konnte nicht sagen, warum sie, als sie die Stimme an der Tür gehört hatte, in ihr Kinderzimmer gerast und in den großen Kleiderschrank geklettert war, als sei sie noch ein kleines Mädchen. Wenn man sie hier fand, kam es ihr in den Sinn, dann musste man wohl tatsächlich an ihrem Verstand zweifeln. Eine Zwanzigjährige, die sich in einem Kleiderschrank versteckte.

Sie hörte, wie sich Schritte näherten. Erst die kräftigen eines Mannes, dann die trippelnden ihrer Mutter.

»Ist sie wirklich nicht hier?«

Dr. Sartorius … Sie kannte ihn aus dem Haus Neuberger, ein Nervenarzt, der sich moderner Methoden rühmte. Ein- oder zweimal hatte Claire mit ihm gesprochen. Er war ihr unheimlich gewesen, als bedürfe er mehr der Behandlung als seine Patienten.

»Ich würde wirklich gerne einmal mit Ihrer Tochter reden«, sagte er nun. »Die letzten Monate können nicht leicht für sie gewesen sein.«

»Sie ist …«, setzte ihre Mutter an. Claire hielt den Atem an. »… nicht hier«, vollendete Aurelia. Claire presste sich die Hand vor ihren Mund und drängte den Laut der Erleichterung zurück.

»Frau Mylius«, war im nächsten Moment wieder Dr. Sartorius' Stimme zu hören, »wissen Sie zufällig, wo sie sich gerade aufhält?«

»Nein.«

Kurz herrschte Stille, dann war erneut der Doktor zu hören.

»Ich sage das nicht gerne, Frau Mylius, aber ich glaube, Ihre Tochter benötigt dringend Hilfe. Sie hat mehrfach versucht, sich unerlaubt ihrer Tochter zu nähern. Sie hat sie entführt und auf einem Bauernhof versteckt, der, um es höflich auszudrücken, primitiv genannt werden sollte. Würden Sie mir bitte Bescheid geben, wenn sie wieder auftaucht? Sonst muss ich die Sache an die Behörden weitergeben.«

Claire horchte, doch ihre Mutter schwieg nun. Als wenig später die Wohnungstür ins Schloss fiel, wartete sie noch etwas, bevor sie aus ihrem Versteck kletterte.

Aurelia stand in der Küche und starrte durch das kleinere Fenster in die Ferne. Claire wartete einen Moment, doch ihre Mutter machte keine Anstalten, sie zu bemerken.

»Danke, Mama«, sagte sie leise.

Aurelia würdigte ihre Tochter immer noch keines Blicks.

»Wieso hätte ich ausgerechnet ihnen helfen sollen«, sagte sie dann unvermittelt, »sie haben doch alle nichts für mich getan.«

Claire sagte nichts darauf. Auf ihre Mutter konnte sie sich nicht verlassen, das wusste sie nun. Vielleicht würde es Aurelia beim nächsten Mal zulassen, dass man sie mitnahm und zur Behandlung in Dr. Sartorius' Privatklinik steckte.

Ein Gedanke reifte heran, vage erst und kaum greifbar.

Ich muss weg, schoss es ihr durch den Kopf, aber wie nur, wie soll das gelingen?

Sie setzte sich auf einen der Küchenstühle und begann ziellos in der vor ihr liegenden *Frankfurter Zeitung* zu blättern.

Zehntes Kapitel

Zum ersten Mal seit Langem trafen Johanne und Claire sich auf dem Hauptfriedhof. Wenn es hoch herging, hatten sie beide schon oft den Frieden hier genossen. Claire war zuerst am vereinbarten Treffpunkt, Johanne tauchte wenig später auf. Ohne zu zögern fielen sie einander in die Arme.

»Sie wollen mich in ein Sanatorium sperren lassen, die Ehe auflösen … mir meine Tochter nehmen …«, platzte Claire nach wenigen Schritten heraus. »Sie wollen mir nachweisen, dass ich unfähig bin, unfähig, eine Ehe zu führen, unfähig, ein Kind aufzuziehen.«

»Und sie haben momentan alle Trümpfe in der Hand«, bemerkte Johanne.

»Ja.« Claire wandte sich kurz ab und kämpfte mit den Tränen. Dann holte sie tief Luft. »Deshalb muss ich weg. Ich muss hier weg, bis ich einen besseren Stand habe, bis ich beweisen kann, dass die Vorwürfe falsch sind, dass …«

»Wie meinst du das, weg?«, unterbrach sie Johanne.

Claire kramte nach einem Stück Papier in ihrer Handtasche, einer sorgfältig ausgeschnittenen Anzeige, die sie der Freundin überreichte. »Ich habe lange darüber nachgedacht.«

»Australien?«, entfuhr es Johanne wenige Sekunden später. »Das andere Ende der Welt? Meine Güte, Claire, denkst du nicht, es wird schwer sein, deine Interessen von dort aus …«

»Im Moment habe ich den Eindruck, ich könnte nicht weit genug fortgehen. Siehst du, dort werden Arbeitskräfte gesucht. Ich werde mir eine neue Existenz aufbauen. Ich kann nicht darauf warten, dass sie mich hier auf immer einsperren lassen. Dann nütze ich meiner Tochter auch nichts, verstehst du?«

Johanne hatte inzwischen eine Zigarette angezündet und zog nun heftig daran, ein deutliches Zeichen, dass auch sie nervös war.

»Ich werde mir dort ein neues Leben aufbauen«, wiederholte Claire mit zitternder Stimme, »und zeigen, dass ich würdig bin, meine Tochter zu erziehen.«

»Ach, Claire, du weißt, ich bin sonst für alles zu haben, aber das klingt mir doch reichlich naiv. Es ist wirklich ein weiter Weg von Australien bis hierher.«

»Ich weiß, Johanne, glaub mir, ich weiß das, aber …«

Claire stiegen jetzt doch die Tränen in die Augen, sie wischte sie mit der Hand fort.

Johanne strich über ihren Rücken. »Aber ich bin doch auf deiner Seite, Kleines, ich bin auf deiner Seite.« Sie kramte in ihrer Handtasche, zog endlich einen Umschlag heraus. »Meine Mutter hat mir das gegeben. Für Berlin, und damit ich dich verrate. Ich will das aber nicht. Wird das für den Anfang und die Überfahrt reichen?«

Claire starrte ihre Freundin an, warf dann einen vorsichtigen Blick in den Umschlag.

»Ja«, sagte sie leise, »allerdings.«

Die nächsten Tage vergingen mit Reisevorbereitungen und damit, sich zu verstecken. Dr. Sartorius tauchte noch ein-, zweimal auf, dann nicht mehr. Am Morgen der Abreise erwachte Claire früh. Ihre Mutter hatte nur mit den Schultern gezuckt, als sie ihr das Vorhaben geschildert hatte. Als Claire sie zum Abschied umarmen wollte, wandte sie sich ab.

»Wir konnten nie viel miteinander anfangen, Claire, lass uns jetzt nicht so tun als ob.« Nach kurzem Zögern streckte Aurelia ihrer Tochter doch die Hand hin. »Ich wünsche dir Glück, trotz allem, du wirst es brauchen.«

»Ich werde dir schreiben, Mama, ja?«

»Tu das. Du weißt hoffentlich, dass ich eine schlechte Briefeschreiberin bin. Ich konnte mich nie daran gewöhnen …«

Claire bückte sich, um ihren kleinen Koffer aufzunehmen. Viel war es nicht, was sie mitnahm. In der Tür zögerte sie, doch sie drehte sich nicht noch einmal um, straffte die Schultern und ging die Treppe hinunter.

Mutter, Bruder, auch der Vater und der Besuch hatten sich im Salon befunden, und es war sicher vollkommener Zufall gewesen, dass sich Johanne in der Nähe der Haustür aufhielt, als Frau Hallhuber den Gast hereinführte. Zuerst hatte Johanne nicht gewusst, was sie von dem alten Mann halten sollte. Sie hatte ihn nicht erkannt in seinem guten Anzug, in dem er sich offenbar nicht wohlfühlte.

Wer war das? Sie hatte ihn schon abwimmeln wollen, da hatte er unsicher gefragt: »Frau Neuberger? Frau Johanne Neuberger? Erinnern Sie sich nicht an mich?«

Als er aus dem Halbdunkel hinter der Haustür in die helle Halle getreten war, hatte sie ihn erkannt. Onkel Ludwig – sie hatte ihn getroffen, als sie Claire auf dem Weingut besucht hatte, allerdings hatte er dort Arbeitskleidung getragen und sich nur wenig mit den jungen Frauen abgegeben.

Kurz darauf saßen sie in der Dienstbotenküche zusammen, die zu dieser Tageszeit leer war. Johanne hatte Ludwig ein Glas Wasser hingestellt und lauschte nun dem, was er zu berichten hatte.

»Ich habe nachgedacht«, sagte er gerade, »ich habe versucht, mich zu erinnern, aber es ist so lange her, und ich war damals ein kleiner Junge. Es gab da etwas in unserer Familie, ein alte, traurige Liebesgeschichte um zwei Schwestern und einen Italiener, die meine Tante Luisa gerne an Winterabenden erzählte und über die die Mägde seufzten. Ich dachte immer, die Geschichte sei erfunden, aber vielleicht stimmt das ja gar nicht. Vielleicht hat es diesen Gianluca, den Tante Luisa vor unserem inneren Auge entstehen ließ, wirklich gegeben?«

Gianluca, ein Italiener! Ein schlanker Mann mit dunklen Locken und dunklen Augen tauchte vor Johannes innerem Auge auf. Unwillkürlich fiel ihr Blick auf die Uhr an der Wand hinter Ludwig. In einer halben Stunde fuhr Claires Zug.

Kaum fünf Minuten später rannte Johanne durch die Eingangshalle zur Tür. Sie nahm sich nicht die Zeit, sich die Jacke überzuwerfen. Sie hatte auch kaum überlegt, als sie den Schlüssel zu Wilhelms Wagen gegriffen hatte. Sie war nicht häufig mit dem Mercedes gefahren, aber Wilhelm hatte sie manchmal fahren lassen, und die einzige Möglichkeit, den Bahnhof zu erreichen, bevor Claires Zug abfuhr, war nun mal, mit diesem Auto dorthin zu fahren. Wilhelm würde außer sich sein, das wusste Johanne, aber sie hatte ja nie viel auf die Meinung ihres Bruders gegeben.

Als Johanne aus der Einfahrt schoss, hätte sie beinahe den Hund der Nachbarin überfahren. Wild hupend bog sie wenig später in die Hauptstraße ein. Gerade erreichte sie die Alte Brücke, da verlor sie aus dem Nichts heraus die Kontrolle über den Wagen. Das Fahrzeug begann sich zu drehen. Sie schrie auf. Es drehte und drehte sich weiter, die Fahrbahnbegrenzung kam näher und noch näher, dann das Brückengeländer. Es knallte. Mit einem heftigen Ruck schleuderte Johanne nach vorne. Ihr Körper war plötzlich ein einziger brennender Schmerz. Sie konnte keinen klaren Gedanken mehr fassen. Sie versuchte sich an etwas zu erinnern, aber sie konnte nichts denken. Dann war alles still.

Claire stand an der Reling und schaute zum Land zurück, das vor ihren Augen langsam verschwamm. Sie wollte nicht an Friederike denken, aber wie immer, wenn man versuchte, nicht an etwas zu denken, drehte sich eigentlich jeder Gedanke darum. In Frankfurt am Bahnhof hatte sie noch darauf gehofft, dass jemand kommen und sie zurückholen würde, aber noch nicht einmal Johanne war erschienen, um ihr Lebewohl zu sagen.

In Bremen musste sie einen Tag warten, was sie nervös machte. Wieder war nichts geschehen. Niemand war aufgetaucht, niemand hatte ihr ein Telegramm überbracht. Sie war auch nicht verhaftet worden. Sie war an Bord gegangen im Wissen, dass das Schiff sonst ohne sie ablegte. Inzwischen verschwamm die Landmasse in der Ferne. Hatte sie wirklich das Richtige getan? War es richtig gewesen, Friederike zurückzulassen?

Neunter Teil

Die Liebenden

Juli 1794

Erstes Kapitel

Gleichzeitig wurden Helene und Marianne der Stimmen im Hof gewahr. Helene war als Erste bei der Tür, um nachzusehen, während die Ältere noch auf dem Bett kauerte. Erst seit Kurzem stand die Schwester nicht mehr unter Arrest, aber Helene hatte versprechen müssen, auf sie aufzupassen. Die Eltern sowie alle Mägde und Knechte waren heute Abend zu einem Fest im Nachbardorf aufgebrochen.

»Bitte, lass mich nicht allein«, flehte Marianne jetzt.

Helene drehte sich um, nickte dann knapp. Sie würden Marianne ohnehin nicht ewig bewachen können, das hatte sie ihrem Vater schon längst sagen wollen. Wie sollte es sonst werden wie früher?

Als sie in den Hof kamen, entdeckten die Schwestern, dass Licht im Stall brannte. War jemand früher von der Feier zurückgekehrt? Der Vater? Aber warum? Keines der Tiere war trächtig, dies konnte also nicht der Grund sein, und dann hörten sie erneut die Stimmen zweier Männer, leiser diesmal, aber doch deutlich vernehmbar.

Gianluca, fuhr es Helene durch den Kopf, Gianluca ist zurückgekommen. Würde er die Schwester jetzt mitnehmen wollen? Würde er verlangen zu wissen, was mit seinem Kind geschehen war?

Vorübergehend konnte Helene keinen klaren Gedanken fassen, in einem unfasslichen Durcheinander strömte alles auf sie ein.

Aus dem Stall drang nun deutlich die Stimme des Vaters. Er war also früher zurückgekommen.

Inzwischen hatten beide Schwestern den Eingang des Stalls erreicht. Im Feuerschein einer Fackel konnten sie zwei Männer ausmachen.

Gianluca. Es war tatsächlich Gianluca. Helene blieb stehen, unfähig, der Szenerie auf den ersten Blick eine Bedeutung zu geben. Der Vater hielt eine Sense in der Hand, Gianluca hatte sich gegen die Wand zurückgezogen. Helene öffnete den Mund, doch es war Marianne, die aufschrie: »Gianluca!«

Sofort sahen beide Männer zu ihr hin. Marianne zögerte nicht und stürzte sich zwischen den Geliebten und ihren Vater. Der Fackelschein gab ihrem Aussehen etwas Wildes, das gelöste Haar umrahmte ihr Gesicht wie Feuerzungen, das Nachthemd umspielte ihren wieder schlanken Körper.

»Was tust du da, Vater, was willst du mit der Sense? Das ist Gianluca, du kennst ihn doch! Du weißt doch, dass ich ihn liebe. Ich liebe ihn, Vater!«

Valentins Ausdruck verdüsterte sich. Er trat einen Schritt zur Seite, um Gianluca erneut fest in den Blick zu nehmen. Es war dieser Moment, in dem Helene erstmals das Loch im Boden gewahrte und sich an die kleine Kammer erinnerte, die der Vater vor nicht allzu langer Zeit für Notfälle dort hatte anlegen lassen, für schlechte Zeiten, durchziehende Kriegstruppen, Franzosen. Davon hatte es in dieser Gegend weiß Gott immer genug gegeben. Marianne stand links neben der Öffnung.

Zu dicht, dachte Helene, viel zu dicht.

»Vater, bitte«, bemühte sich die Ältere wieder. »Gianluca ist gekommen, um mich zu holen. Ich habe immer gewusst, dass er kommen würde.« Sie warf Gianluca einen Blick zu, der Helene die Brust schier zusammenschnürte. »Bitte, lass mich jetzt gehen.«

Der Vater schüttelte den Kopf. »Du wirst nirgendwo hingehen, Marianne, und dieser Mann dort verschwindet, bevor ich mich vergesse. Fordere es nicht heraus, denn ich werde das tun, was nötig ist, um unsere Familie zu schützen!«

»Vor was schützen?« Marianne klang wütend. »Vor Menschen, die sich lieben?«

Sie hat immer noch nicht verstanden, worum es geht, schoss es Helene durch den Kopf. Sie hat immer noch nicht verstanden, dass es mehr gibt als die eigenen Bedürfnisse. Es war an der Zeit, wieder vernünftig zu sein. Vernunft versprach Sicherheit. Sie trat einen Schritt vor.

»Gianluca«, sagte sie und stellte sich an die Seite des Vaters, »es ist wirklich besser, wenn du jetzt gehst.«

Der junge Mann verschränkte die Arme. »Nein, ich lasse Marianne nicht alleine, nicht noch einmal. Ich will sie nicht noch einmal verlieren.«

»Hier wird niemand alleingelassen«, fuhr Valentin auf. »Sie ist meine Tochter, sie hat mir zu gehorchen.«

Helene sah den jungen Italiener flehend an. »Bitte geh, geh zuerst einmal«, versuchte sie es erneut, »unsere Gemüter sind viel zu aufgewühlt. Morgen ist auch noch ein Tag. Geh jetzt, bitte!«

Gianluca zeigte keine Regung, doch dann, sie hatte schon nicht mehr daran glauben wollen, nickte er langsam.

»Unsere Gemüter sind erhitzt«, sagte er, »du hast recht, aber ich komme morgen wieder.«

Er schaute Marianne so liebevoll an, dass Helene ihr am liebsten mit ausgefahrenen Krallen ins Gesicht gesprungen wäre. Der Gedanke verstörte sie. Als Gianluca zur Tür hinaus war, atmete sie tief durch. Marianne stand reglos, wie sie überhaupt in den letzten Minuten sehr ruhig gewirkt hatte. Zu ruhig vielleicht.

»Lass uns zu Bett gehen«, sagte Valentin endlich und strich seiner jüngeren Tochter abwesend über den Arm. »Es ist gut, dass du ihn fortgeschickt hast. Morgen werde ich ihn anklagen. Ich werde ihn verhaften lassen.« Er schaute jetzt zu Marianne hin. »Ich werde endlich dafür sorgen, dass du ihn ganz sicher nie wiedersiehst.«

Er wandte sich zur Tür. Marianne räusperte sich.

»Ich werde ihn aber nicht vergessen, ich werde immer auf ihn warten, und eines Tages, früher oder später, werde ich dich verlassen. Du kannst mich nicht halten. Du hast mich längst verloren, Vater.«

Obwohl der Fackelschein nur für sehr diffuses Licht sorgte, erschien es Helene, als verändere sich Valentins Ausdruck mit Mariannes letzten Worten. Einen Moment lang blieb er stocksteif stehen, dann stürzte er vorwärts. Ein Wutschrei entrang sich seiner Kehle.

»Wirst du wohl einmal still sein, du widerborstiges Weib? Wirst du endlich einmal still sein und mir gehorchen?«

Während er sich ihr noch näherte, stolperte der Vater mit einem Mal und stieß dann mit voller Wucht gegen seine Tochter. Marianne taumelte, verlor den Halt. Helene sah noch, dass der Vater sie zu greifen suchte, doch es war zu spät. Die Bretter, die das Loch nur noch notdürftig abgedeckt hatten, verrutschten und vergrößerten es. Es ging so schnell, dass Marianne noch nicht einmal schreien konnte. Krachend stürzte sie in die Tiefe. Dann war es still.

»Es war ein Unfall«, rief Valentin mit zitternder Stimme, während er auf Knien vor dem Loch lag. »Marianne, sag doch etwas. Das wollte ich nicht, Täubchen, das wollte ich nicht.«

Helene stieg als Erstes die Leiter hinunter, doch sie konnte nichts mehr tun. Noch während sie sich über ihre Schwester beugte, erkannte sie, dass Mariannes Hals gebrochen, das Leben längst aus dem Blick der Älteren gewichen war. Sie horchte, fürchtete plötzlich, Gianluca könne just in diesem Moment zurückkehren, doch alles blieb still.

»Sie ist tot«, sagte sie endlich leise. *Es ging so schnell. Marianne ist tot.*

»Ich habe sie umgebracht.« Valentin presste sich die Hände vors Gesicht. »Warum tut sie mir das an? Sie ist mir doch immer das Liebste gewesen, immer das Liebste …«

Wortlos stieg Helene aus der Kammer wieder nach oben, legte ihrem Vater eine Hand auf die Schulter.

»Ich habe sie umgebracht«, wiederholte der fassungslos. »Ich habe sie umgebracht.«

Er hat genug gelitten, dachte sie. Sie musste entscheiden, was jetzt zu tun war. Alles sollte wieder werden wie immer, darum würde sie sich kümmern. Sie mussten vergessen, was geschehen war. Niemand sollte je wieder darüber sprechen. Es war ein böser Traum, aus dem sie erwachen mussten.

»Nein, Vater«, sagte sie ruhig. »Es war ein Unfall.«

»Und wer soll das glauben, nach allem, was geschehen ist?«

Wieder schaute Helene auf ihre tote Schwester herunter.

»Kann man denn wirklich zu viel lieben, Helene?«, hatte die Ältere sie erst gestern gefragt. »Ich habe doch nichts getan, als zu lieben. Ich wollte nie etwas Böses.«

»Und warum hast du nie daran gedacht, wie es uns damit geht?«, hörte Helene noch einmal die eigene Stimme.

»Uns?« Marianne hatte ihre Schwester müde angesehen. »Oder dir? Sprechen wir nicht darüber. Die Liebe ist eine Himmelskraft. Was kann man dagegen tun, sag mir das?«

Helene verschränkte die Arme vor der Brust und sah ihren Vater an. »Niemand muss das wissen«, sagte sie dann langsam. »Wir sollten sie hier beerdigen. Wir sollten verbreiten, dass sie fortgelaufen ist. Wir haben genug gelitten, Vater.«

Valentin schwieg. Helene deutete auf den Fuß der Leiter. »Lass sie uns begraben, gleich dort.«

Ihr Vater hob den Kopf. »Wo? Hier?«

»Wir haben genug gelitten, Vater.«

»Was sagen wir ihm?«

»Ich denke darüber nach. Lass es meine Sorge sein.«

»Du bist ein gutes Kind, Helene.«

Sie antwortete nicht.

Es war nicht leicht, ein ausreichend großes Loch in den Boden der Kammer zu hacken. Als sie damit fertig waren, lief ihnen der Schweiß in Strömen über Gesicht und Körper. Helene schlich sich noch einmal ins Haus und holte ein Laken, in das sie den Leichnam einwickelten. Durch einen Spalt in der Tür sah sie die Mutter, die inzwischen auch zurück war, und eine Magd in der Küche sitzen. Im Haus schlief auch zu dieser späten Stunde keiner.

Die Welt hatte sich verändert, fuhr es Helene durch den Kopf, als sie endlich die Erde über Mariannes Grab flach klopften. Und was auch immer ich mir erhofft habe, sie wird nie mehr so sein, wie sie einmal war.

Einige Tage später lud Anton Helene zu einem Ausflug nach Mainz ein. Tante Juliane, hieß es, war mittlerweile aus Frankfurt zurückgekehrt, und so hatten die Eltern nichts einzuwenden. Helene war schließlich immer vernünftig gewesen.

Zweites Kapitel

Das alte Mainz war verschwunden. Zwischen Dom und Tiermarkt hatte der Beschuss der Preußen schwere Zerstörungen angerichtet. Auch der Dom selbst war getroffen worden. Die Favorite, die Dompropstei, die Jesuiten- und die Liebfrauenkirche sowie mehrere Palais und Bürgerhäuser lagen in Schutt und Asche.

Helene konnte nicht sagen, warum sie sich gewünscht hatte, noch einmal hierher an den Fluss zu kommen – oder vielleicht doch? Hier war ihr im Juli 1793 Gianluca vor die Füße gefallen, wie eine Sternschnuppe, die man nicht halten konnte.

Wenn sie aus Mainz zurückkehrte, würde sie mit ihm sprechen müssen.

Sie runzelte die Stirn, hielt den Blick auf die Stelle gerichtet, an der einstmals die Favorite gestanden hatte, und sah Anton nicht an, obwohl sie seine Augen auf sich fühlte.

War es wirklich dort gewesen? Sie konnte sich nicht erinnern. Hatte sich dort der Gartensaal erhoben, Terrassen, Orangerie und Springwerke? Waren hier die höchsten Häupter, Prinzen und Fürsten bewirtet worden? Der

Kurfürst war seit der Rückeroberung der Stadt unter großem Jubel einmal zurückgekehrt und bald wieder nach Aschaffenburg abgereist, das doch einmal nur zweite Residenz gewesen war.

Nein, auch er würde nicht zurückkehren, Helene war sich sicher, dass sie alle vergeblich auf eine erneuerte, gute alte Zeit hofften. Das alte Mainz war vergangen und würde nicht wiedererstehen. Christoph hatte recht behalten, das Fest, dem sie damals alle beigewohnt hatten, sollte das letzte seiner Art hier bleiben. Nach dem Abzug der Franzosen war Mainz nun eine österreichisch-preußische Garnison. Anton sagte plötzlich etwas. Helene drehte sich zu ihm hin.

»Wie bitte?«

»Geknüpft an jene Erinnerung macht die Gegenwart nur noch einen unerträglichen Eindruck«, wiederholte Anton seine Worte. »Ich weiß nicht, wer das gesagt hat. Irgendjemand habe ich das sagen hören …«

Unvermittelt schlang Helene die Arme um den Körper. Es war Sommer, doch sie fror.

Zehnter Teil

Ein Anfang und ein Ende

Januar bis April 1998

Neele und Claire

Die Wehen setzten zehn Tage vor dem Termin ein, obwohl es immer geheißen hatte, Erstgebärende würden übertragen. Nur sechs Stunden später erblickte Leas Tochter Neele das Licht der Welt. Am ersten Tag war Lea noch zu müde, um sich wirklich um das Baby zu kümmern, auch wenn sie mechanisch alles tat, damit es der Kleinen gut ging. Erst am folgenden Tag setzte ein Gefühl von Faszination ein, und sie konnte sich gar nicht sattsehen an ihrem Kind.

Zum ersten Mal seit Längerem dachte sie an Marc und fragte sich, ob er seine Tochter wohl eines Tages kennenlernen würde. Tom kam zu Besuch, und sie wechselten einige unverfängliche Worte miteinander. Lea dachte an den Tag vor wenigen Wochen, an dem sie Tom unverhofft gemeinsam mit einer unbekannten Frau und einem kleinen Mädchen im Eiscafé Riviera entdeckt hatte. Stumm hatte sie ihn angestarrt und hatte sich auch nicht rühren können, als er auf sie zugekommen war.

»Hallo, Lea.« Er hatte sich geräuspert. »Darf ich dir vorstellen, das ist Conny, meine Exfrau, und Mia, unsere Tochter.«

Conny hatte ihr grinsend zugewinkt, Lea hatte es kaum geschafft, den Arm zu heben.

Hätte er mir früher von seiner Tochter und von seiner Ehe erzählen müssen?, fragte sie sich mehrfach in diesen ruhigen Tagen im Krankenhaus.

Rike kam und ging, als Claire ihren Besuch telefonisch ankündigte. Die beiden mieden einander noch immer.

Zu Hause kam auch Millie zu Besuch, und gemeinsam mit ihr nahm Lea sich erneut die Briefe vor.

»Nachdem Claire von einem Italiener erzählt hat, Onkel Ludwigs Gianluca, du weißt schon«, sagte Millie, »habe ich alles noch einmal daraufhin durchgesehen, und es gibt wirklich Stellen, die nun einen ganz neuen Sinn ergeben. Erinnerst du dich noch an die Kirche am Meer, die uns so verwundert hat? Wir haben doch immer gedacht, dass wir das falsch lesen. Hier gibt es ja kein Meer, aber die Schreiberin spricht ja auch nicht von hier … Und dann gibt es da noch einen Ort, den ich nie entziffern konnte. Ich habe jetzt noch einmal nachgeschaut. Es gibt einen Ort namens Levanto. Das ist ein kleines Städtchen in Ligurien.« Millie lachte. »Es ist doch unglaublich, was man alles entdeckt, wenn man einen neuen Blick auf die Sache wirft.«

Lea nickte.

Als Wolf Wieland Anfang Februar, etwa drei Wochen nach Neeles Geburt, die Nachricht überbrachte, Tante Ilse gehe es gut genug, um Besuch zu empfangen, war Millie sofort bereit zum Aufbruch. Lea zögerte ein wenig, bevor sie Tom anrief, doch schließlich war er von Anfang an an der Suche beteiligt gewesen.

Tom bot an zu fahren, und Lea und Millie nahmen dankbar an. Bei der Kreuznacher Konditorei Wahl kauften sie Kuchen – Wolf hatte ihnen gesagt, wie gerne Ilse Süßes mochte –, und wirklich jauchzte die alte Dame beim Anblick der lilafarbenen Tüten wie ein kleines Kind.

Ihre Erzählung fügte dem Puzzle weitere Teile hinzu.

In jedem Fall hatte Claire nichts von dem Skelett gewusst, das war erst viel später gefunden worden. Aber Tante

Ilse konnte ihnen zumindest sagen, dass es ein weibliches Skelett gewesen war, sicherlich schon über hundert Jahre alt, als man es in jenem Sommer 1951 gefunden hatte.

»Ich habe diesbezüglich übrigens ein wenig herumtelefoniert«, sagte Millie nun. »Das Skelett war, wie wir schon wissen, weiblich. Außerdem, konnte mir meine Quelle sagen, hat die Frau wohl mindestens ein Kind geboren.«

Faszinierend, was man an einfachen Knochen alles erkennen kann, dachte Lea, während sie Neele in ihren Armen wiegte.

Sie bemerkte jetzt, wie Tante Ilse ihr zulächelte. Die alte Dame war hocherfreut gewesen, das Baby im Arm halten zu dürfen. Tom hatte Lea zugeflüstert, dass sie schon lange nicht mehr so luzide gewesen sei wie heute.

Lea wäre gerne noch länger geblieben, doch schließlich bat eine Pflegerin sie zu gehen.

»Besucht ihr mich noch einmal«, Ilse hielt Leas Hand fest, »wenn's Kindlein größer ist? Ich seh sie doch so gerne wachsen. Ich hatte leider nie eigene Kinder.«

Lea nickte. Auf dem Weg nach draußen quasselte Millie sofort drauflos: »Hm, sagt mal, meint ihr, das Skelett war unsere Briefeschreiberin?«

Lea zuckte die Achseln. »Könnte sein, aber das werden wir wohl nie erfahren.«

Sie spürte Tom dicht neben sich, dachte daran, dass es eigentlich noch so viel gab, was sie zu besprechen hatten, und wusste nicht, wo sie anfangen sollte. Für einen Moment versuchte sie, sich auf Claires Gutshaus zu besinnen, an dem dieser Tage die letzten Arbeiten vorgenommen wurden. Unten musste noch eine Wasserleitung gelötet werden, dann gab es nur noch Kleinigkeiten zu erledigen, und dann? Würden sie dann alle in ihr altes Leben zurückkehren?

Wieder schweiften Leas Gedanken zu Tom, dann dachte sie an John und Judy, die lange wieder daheim waren und auf einen Gegenbesuch aus Deutschland hofften.

Lea starrte auf Toms Nacken.

Wenn er ihr eine Exfrau und ein Kind verschweigen konnte, was verschwieg er womöglich noch? Warum hatte er ihr nicht früher etwas davon erzählt?

Neele war inzwischen fest eingeschlafen und wachte auch nicht auf, als Lea sie zur Rückfahrt in den Kindersitz bugsierte und anschnallte. Es war recht kalt, fiel Lea jetzt wieder auf. Die heizungswarmen Räume des Heims hatten sie die feuchte Winterkälte vergessen lassen. Lea zupfte Neeles Mützchen zurecht.

Sie erreichten eben die Hauptstraße, als leichter Schneefall einsetzte. Der Schneefall verstärkte sich nach einer Weile, Tom fuhr langsamer. Wenn sie den Kopf reckte, sah Lea im Licht der Scheinwerfer die Flocken tanzen. Es hatte viel geschneit in diesem Winter 1997. Irgendwann wachte Neele auf und begann herzzerreißend zu weinen. Tom fuhr an den Straßenrand, damit Lea die Kleine in Ruhe stillen konnte. Millie nahm sich derweil auf dem Vordersitz wieder einmal die Briefe vor.

»Es ist ohnehin besser, stehen zu bleiben«, sagte Tom. Tatsächlich waren Straße und Umgebung im Flockenwirbel kaum noch zu sehen. Vorne raschelte Millie mit den Briefen.

»Oh, Mann, ich glaube, ich verstehe endlich halbwegs, um was es geht«, sagte sie dann. »Eine verbotene Liebe, ein altes Geheimnis, das bis in unsere Tage nachwirkt … Generationen von Frauen, durch ein Ereignis miteinander verbunden.«

»Ich frage mich, warum die Briefe, die wir gefunden haben, von einer Frau stammten?«, fragte Lea sich mit leiser Stimme. »Sie hat doch auf dem Gut gelebt? Wir hätten doch eher die Briefe desjenigen finden müssen, an den sie geschrieben hat, oder?«

»Vielleicht hat sie ihre Briefe kopiert?«, bemerkte Millie. »Vielleicht hat sie sie auch nie abgeschickt?«

»Doch, doch … Sie gibt ja Antworten«, fiel jetzt Tom ein.

»Hm, allerdings.« Millie raschelte wieder mit den Blättern. »Und dazu gibt es diese Beschreibungen von Ereignissen. Ich frag mich ja auch, warum die mit den Briefen zusammen versteckt wurden.«

Lea wollte gerade zu einer Antwort ansetzen, als ganz in der Nähe eine Sirene losging, aufheulte, verklang und wieder aufheulte. Nur wenig später waren von ferne Martinshörner zu hören. Neele rührte sich nicht. An der Brust ihrer Mutter hatte sie sich sofort beruhigt und war nun wieder fest eingeschlafen.

Da nun auch der Schneefall nachgelassen hatte, lenkte Tom den Wagen zurück auf die Straße. Immer noch waren Martinshörner zu hören, der Klang der Sirenen wurde sogar lauter.

»Wahrscheinlich ein Unfall«, meinte Tom, »ist sicher glatt.«

»Hm«, sagte Millie in einen der Briefe vertieft, während Lea ihre schlafende Tochter beobachtete, die kleine Nase, den winzigen Mund, die kleinen Hände. Ein Gefühl warmer Liebe durchströmte sie. Inzwischen erkannte sie den Weg schon fast an der Beschaffenheit des Untergrunds, ohne sich per Blick vergewissern zu müssen, wo sie gerade waren. Erst die Straße, dann das Rumpeln des unbefestigten Wegs, dann der Anstieg zur Hügelkuppe.

Aber irgendetwas ist heute anders, kam es ihr in den Sinn, als sie die Hügelkuppe überfuhren, während sie den Blick noch auf ihre Tochter gerichtet hielt. Das Licht war anders, es zuckte und flackerte. Seltsam, dachte sie. Fast im gleichen Moment stieg Tom auf die Bremse, sodass sie alle etwas in den Gurten nach vorne ruckten.

»O mein Gott«, rief Millie.

Das Unglück war beim Löten geschehen. Der Hanf, der zur Dichtung verwendet wurde, hatte sich in einem unbeobachteten Moment entzündet. Das anfangs winzige Feuer hatte das uralte Gebälk in Brand gesetzt. Tom parkte den Käfer vor der Mauer, sodass er die Feuerwehrleute nicht mit seinem Wagen behinderte. Millie und er liefen näher zum Haus. Lea blieb mit dem Kind neben dem Auto stehen und hielt ihre Tochter fest im Arm.

Sie brachte in Erfahrung, dass der Handwerker, der zuerst versucht hatte zu löschen, sich noch hatte retten können, doch was war mit Claire?

Lea, das Kind fest an sich gedrückt, starrte auf das mittlerweile lichterloh brennende Gebäude.

O Gott, war Claire noch dort drin? Was, wenn sie irgendwo von den Flammen überrascht worden war? Hatte sie heute nicht noch ein paar Kleinigkeiten im Haus erledigen wollen?

Zwei Feuerwehrleute blieben in kurzer Entfernung von ihr stehen. Der eine deutete auf das Haus und stellte eine Frage, der andere schüttelte den Kopf.

»Nichts mehr zu machen«, meinte Lea hören zu können. Mechanisch holte sie ihr Handy aus der Tasche, tippte mit zitternden Fingern die Nummer ihrer Mutter ein. Es dauerte eine Weile, bis sich Rike meldete. Sie klang, als habe sie schon geschlafen.

»Es brennt«, stotterte Lea.

»Was? Wer ist denn da?«

»Lea. Es brennt, Mama, es brennt.«

»Was brennt?«

»Das Weingut ... Bonnheim ... Und ich weiß nicht, wo Oma ...«, sie hielt inne, »ich weiß nicht, wo Claire ist ...«

Sie wartete auf eine Antwort, doch auf der anderen Seite blieb es vorerst still, dann sagte Rike: »Ich komme.«

Ohne hinzublicken, schaltete Lea das Handy aus und steckte es in die Tasche. Ein aufkommender Wind blies Ascheflocken in ihre Richtung. Der Geruch nach Rauch lag in der Luft. Lea drückte ihr Kind an sich und zog sich wieder zurück, bis die Luft besser wurde.

War Claire von den Flammen überrascht worden? Nein, das wollte sie nicht glauben, sie wollte das einfach nicht glauben.

Sie sah einen Feuerwehrmann in voller Montur mit Atemgerät ins Haus laufen. Sie sah Tom auf sich zukommen.

»Wir haben ihnen gesagt, dass möglicherweise eine hilflose alte Frau dort drinnen ist«, sagte er. »Sie tun ihr Bestes, Lea.«

Unvermittelt begann sie zu schluchzen, fühlte, wie Tom die Arme um Neele und sie legte, und weinte, an seine Schulter gelehnt, bis sie keine Tränen mehr hatte.

Als Rike eintraf, war es den Feuerwehrleuten gelungen, die Flammen zu löschen, doch ein Großteil des Gebäudes war verloren. Eine Leiche war bisher nicht gefunden worden, allerdings hatte man auch noch nicht alle Teile des Gebäudes absuchen können. Besonders im hinteren, ältesten Teil waren einige Deckenbalken heruntergekommen. Das Gebäude war einsturzgefährdet. Lea drehte sich zu Rike.

»Bitte«, sagte sie, »komm heute mit mir nach Hause. Bitte, Mama, ich will heute nicht alleine sein.« Sie wandte sich an Tom. »Danke für alles heute, und danke fürs Fahren.«

Er nickte. »Ich bringe zuerst einmal Millie zu ihrer Wohnung, ja? Bitte ruf an, wenn du reden willst, okay?«

Lea nickte ebenfalls, sagte aber nichts. Sie holten den Kindersitz aus Toms Auto und befestigten ihn in Rikes. Als sie bei Leas Wohnung ankamen, war sie todmüde und wusste doch, dass sie keinen Schlaf finden würde. Rike trug ihre Enkeltochter die Treppe hinauf.

»Hättest du nicht gerne noch einmal mit ihr gesprochen?«, fragte Lea, während sie noch dabei war, die Tür aufzuschließen.

»Aber wir wissen doch nicht, was geschehen ist«, sagte Rike. »Wir wissen nicht, ob sie tot ist.«

Als Lea die Tür öffnete, schimmerte Licht im Wohnzimmer. Leise Musik war zu hören. Mit schnellen Schritten hatte Lea den Flur durchquert und stand dann starr im Eingang zum Wohnzimmer.

»Claire!«

Mit einem Schnaufen fuhr die alte Dame aus dem Sessel hoch, in dem sie offenbar über ihrem Buch eingenickt war.

»Lea, wo warst du denn nur so lange?« Sie starrte ihre Enkelin an, dann fiel ihr Blick auf Rike.

»Rike«, flüsterte sie. Ein Wechselbad von Gefühlen zeichnete sich auf dem Gesicht der alten Frau ab. »Was macht ihr beide denn hier um diese Uhrzeit?«

Lea zögerte. »Claire, es ist … Es gab ….«

Claire zog die Augenbrauen zusammen. »Was denn? Was ist denn nur passiert? Ich muss eingeschlafen sein … Meine Güte, ihr seid ja beide kreidebleich.«

»Es hat gebrannt«, sagte Rike, »das Weingut …«

»Es hat gebrannt? In Bonnheim?« Innerhalb von Sekunden musste Claire die Erkenntnis getroffen haben. Niemals hätte Lea gedacht, ihre Großmutter so fassungslos zu erleben. Ihre Lippen bewegten sich, als suchten sie vergeblich Worte hervorzubringen, dann richtete Claire sich hastig auf. Lea sprang ihr gerade noch zur Seite, bevor ihre Großmutter das Bewusstsein verlor.

Als Claire wenig später wieder zu sich kam, saßen Lea und Rike an ihrer Bettseite. Claire lächelte kläglich.

»Ich hätte wohl nicht so unvermittelt aufstehen sollen. Ich werde doch alt.«

»Sechsundachtzig in diesem Jahr«, murmelte Rike.

Claire nickte. »In den letzten langen Wochen hätte ich nicht gedacht, dass wir einmal so zusammensitzen«, sagte sie dann leise.

»Was hast du dir denn vorgestellt?«, fragte Rike. »Wenn du über uns nachgedacht hast?«

Claire sah ihre Tochter an. »Ich dachte, zuerst baue ich das Weingut wieder auf, in dem ich mit dir die schönste Zeit meines Lebens verbracht habe. Ich dachte, wenn ich damit fertig bin, dann würde mir schon einfallen, was ich dir sage …«

»Vielleicht hättest du einfach mit mir sprechen sollen.«

Claire schloss die Augen und gab keine Antwort. Ihre Brust hob und senkte sich unregelmäßig.

»Vielleicht sollten wir sie doch ins Krankenhaus bringen?«, flüsterte Lea.

Sofort öffnete ihre Großmutter ihre Augen wieder. »Nein, ist schon gut. Das waren ein paar kleine Kreislaufprobleme.« Sie machte eine Pause. »Es ist schwer, über das nachzudenken, was man alles falsch gemacht hat«, sagte sie dann und schaute ihre Tochter wieder an. »Bitte, Rike, ich möchte so vieles gutmachen. Ich möchte, dass wir noch einmal neu anfangen, auch wenn ich nicht weiß, wie viel Zeit mir noch bleibt.«

Rike verschränkte die Arme vor der Brust. Claire zog die Hand wieder zurück, die sie nach ihrer Tochter ausgestreckt hatte.

»Ich habe sicherlich viele Fehler gemacht«, sagte sie dann, »aber ich weiß auch nicht, ob ich anders hätte handeln können. Verstehst du das? Kannst du dir vorstellen, unter welchem Druck ich damals stand? Sie sagten mir, man würde mich einsperren, entmündigen. Sie sagten, ich würde niemals mehr in meinem Leben freikommen. Sie sagten, sie hätten so viele Beweise, dass etwas nicht stimmt mit mir …«

Claire streckte die Hand erneut zu ihrer Tochter hin, und nach einem Zeitraum, der Lea wie eine Ewigkeit vorkam, ergriff Rike diese. Es war dieser Moment, in dem Lea leise aufstand und, den Maxicosi im Arm, aus dem Zimmer schlich. Keine der beiden Frauen schien das zu bemerken.

Wenige Tage später lag Lea gemeinsam mit Neele auf ihrem Bett. Sie hatte nur die Schuhe von den Füßen gestreift und die Jacke ausgezogen. Eben waren sie von der

Brandstelle nach Hause gekommen. Der Geruch nach Rauch war immer noch in ihrer Nase. Claire hatte sich bisher geweigert, nach Bonnheim zu gehen. Sie war ruhiger geworden seit dem Unglück, weniger zupackend. Sie lachte auch weniger, und wenn Lea von der Situation vor Ort berichtete, schien es ihr fast gleichgültig. Die Aufräumarbeiten würden noch einige Zeit in Anspruch nehmen. Wolf Wieland kümmerte sich um die Koordination. Tom wollte sich ihm anschließen, wenn er wieder aus Hamburg zurückkam. Seine Tochter hatte in Kürze Geburtstag, und er wollte an diesem Tag bei ihr sein.

Lieb von ihm, sagte Lea sich, und doch fühlte sie leisen Unwillen in sich, für den sie sich schämte, den sie aber doch nicht überwinden konnte. Vielleicht ist zu viel geschehen, dachte sie, vielleicht müssen wir alle etwas Abstand gewinnen. Vielleicht müssen wir uns etwas Zeit geben, um ein Ende für diese Geschichte zu finden. Und was ist das Ende für Marianne und die anderen? Was ist geschehen damals, in Bonnheim, vor so vielen Jahren?

Das Kind in ihren Armen öffnete die Augen, bewegte Arme und Beine unkoordiniert. Dann spitzte es die Lippen und machte einige saugende Bewegungen in die Luft. Ein Gefühl vollkommener Liebe floss wieder einmal wie eine warme Woge durch Lea hindurch. Die Kleine hatte helle Haare, aber erstaunlicherweise hatte sich schon nach wenigen Tagen gezeigt, dass ihre Augen dunkel werden würden. Vollmilchschokoladenbraun. Waren das die Augen des Italieners?

Wir sollten nach Italien fahren, dachte Lea, wir sollten dorthin fahren, wo Gianluca herkam. Gemeinsam.

Erstes Kapitel

Levanto, April 1998

Ligurien … Nach 900 km und beinahe zwölf Stunden Fahrt trafen sie am Meer ein. Lea, die als Letztes gefahren war, lenkte Rikes Kadett auf den Parkplatz, der oberhalb des Strandes lag, und stellte den Motor ab. Einen Moment lang saßen die drei Frauen nur da und schauten schweigend auf das Meer hinaus, das im Licht der untergehenden Sonne gelbgolden funkelte.

Vier Generationen, dachte Lea, in einem Auto.

Sie löste den Gurt, öffnete die Tür und stieg aus. Es tat gut, ein paar Schritte zu gehen. Sie stützte die Hände in den Rücken, dehnte und streckte sich ein wenig. Die Luft war angenehm warm, aber nicht zu warm. Ein leichter Duft von Piniennadeln, Meer und Kräutern lag in der Luft. Lea hörte den sanften Wellenschlag, der sich mit den Stimmen der Strandbesucher und Spaziergänger weiter unten mischte. Vor ihr näherte sich der sattgelbe Sonnenball inzwischen immer mehr der rötlichen Linie des Horizonts.

Lea trat langsam an das Geländer und schaute von dem höher gelegenen Parkplatz aus nach unten. Sosehr sie die Schwangerschaft genossen hatte, es tat doch gut, dass sie ihren Körper wieder für sich hatte. Sie stützte beide Arme auf die oberste Geländerstange. Das Meer glitzerte und funkelte, als bestünde es aus unzähligen Perlen und Edelsteinen. Am Strand tankten die Gäste die letzten Sonnenstrahlen, bevor die Nacht anbrechen würde.

Verwirrende Gedanken schossen durch Leas Kopf, von denen sich keiner so einfach greifen ließ. Was hofften sie hier zu finden? War das der Ort gewesen? War Gianluca von hier aus aufgebrochen, um im Norden nach seinem Glück zu suchen? Hatten die Briefe, die Millie noch einmal sorgfältig daraufhin durchgesehen hatte, ihnen die wahre Information gegeben?

Sie richtete sich wieder auf. Zuerst einmal würden sie ihre Ferienwohnung aufsuchen. Dort konnte Claire sich etwas ausruhen, während Rike und sie selbst das Gepäck in die Wohnung brachten. Einen Moment noch würde sie sich Zeit lassen.

Weiches Italienisch klang von unten zu ihr herauf, erwachsene Stimmen mischten sich mit denen von Kindern. Aus den Augenwinkeln bemerkte Lea eine Bewegung und schaute in die betreffende Richtung. Ein Eis essendes Pärchen schlenderte zu seinem Auto, entschied sich dann, ebenfalls nach vorne zum Geländer zu gehen und den Sonnenuntergang in enger Umarmung zu genießen.

Sie störten sich nicht an Lea, und die musste sich schier vom Anblick des Paars losreißen. Sie hatte sich nicht von Tom verabschiedet. Hatte nicht abgewartet, bis er aus Hamburg zurückkehrte, wo er dieses Mal vier lange Wochen verbringen wollte.

Was wird er sich wohl denken? Na ja, vielleicht gar nichts, vielleicht … Was sollte er sich schon denken?

Mittlerweile waren auch Rike und Claire ausgestiegen. Lea schaute erneut zum Strand. Auf dem Platz unterhalb spielten Kinder, während ihre Mütter miteinander schwatzten und sich ältere Leute wahrscheinlich über die Geschehnisse des Tages austauschten.

Lea schloss die Augen. Von irgendwoher schwebte plötzlich der Geruch nach Essen in ihre Nase: fruchtige Tomaten und Kräuter. Mit einem Mal hatte sie Hunger.

Sicherlich dauerte es auch nicht mehr lange, bis Neele aufwachte. Mit einem kleinen Seufzer trennte Lea sich vom Anblick des Meeres.

Sie entdeckten die Agentur für die Ferienwohnungen wenig später. Man händigte ihnen einen Schlüssel aus, die Wohnung fand sich ebenfalls rasch. Claire war froh, sich ausruhen zu dürfen. Vor der Abfahrt hatten sie noch gemeinsam ihren 86. Geburtstag gefeiert. An dem Tag war Wolf Wieland bei ihnen gewesen, und Rike und Claire hatten wieder einmal länger miteinander geredet. Auch nach Monaten war Rikes Misstrauen gegenüber der Mutter nicht gänzlich verschwunden.

Claire lächelte, als sie nun auf dem einzigen Liegestuhl auf dem Balkon Platz nahm, und schloss die Augen. In der Küche überprüfte Rike unterdessen den Inhalt der Schränke. Es gab ein paar Kleinigkeiten, die frühere Gäste zurückgelassen hatten. Einen großen Topf und ein paar kleinere, eine Pfanne, Teller, Tassen und Besteck für etwa sechs Personen. Der kleine Gasherd funktionierte auf Anhieb. Es roch etwas abgestanden, doch der Geruch würde bei geöffnetem Fenster sicher rasch verfliegen. Jetzt mussten sie nur noch das Gepäck holen.

»Gehen wir?«, fragte Lea zu Rike gewandt. »Neele hat gut getrunken, sie wird eine Weile schlafen und kann bei Claire bleiben.«

Rike nickte und war schon an der Tür, während Lea noch einen letzten Blick auf ihre Tochter warf.

Die Ferienwohnung lag in unmittelbarer Nähe des Meeres. Inzwischen war es noch dämmriger geworden. Etwa zwanzig Minuten später, sie hatten sämtliches Gepäck herübergetragen, war die Sonne untergegangen, und die Straßenbeleuchtung ging an. Rike stellte sich schweigend an den Herd und braute Lea und sich einen Espresso, den sie gemeinsam tranken.

»Ich würde heute Abend gerne kochen«, sagte sie dann.

Lea schaute sie kurz fragend an, dann erinnerte sie sich, dass es Zeiten gegeben hatte, in denen ihre Mutter sehr gerne und gut gekocht hatte.

»Klar«, erwiderte sie mit einem Lächeln.

Rike nahm einen Schlüssel von dem kleinen Schlüsselbrett und nickte ihrer Tochter zu.

»Bis gleich.«

Vom Fenster aus sah Lea ihr hinterher und fragte sich, wann auch das letzte bisschen Steifheit zwischen ihnen verfliegen würde.

Eigentlich hatte sie nur rasch einkaufen wollen, doch dann ließ Rike sich Zeit, durch die Gassen der kleinen Stadt zu schlendern. Gegen die Abendkühle hatte sie sich eine dünne lange Strickjacke angezogen. Sie dachte daran, dass sie das Vorhaben hierherzufahren für Blödsinn gehalten hatte, doch jetzt, nein, schon auf der Fahrt hatte sie ihre Meinung geändert. Die lange Zeit, die sie so eng miteinander hatten verbringen müssen, war rascher und unproblematischer vergangen als erwartet. Sie hatten sich Kleinigkeiten erzählt, hatten geflachst. Manchmal, wenn sie etwas Zeit für sich gebraucht hatte, hatte sie sich auf ihre Enkelin konzentriert. Das kleine Mädchen war inzwischen bald drei Monate alt und ein munterer Fratz.

Rike betrat den ersten Laden und blieb staunend bei den Gemüseauslagen stehen. Sie fand, dass das Essen einladender roch und aussah als zu Hause. Vielleicht kaufte sie deshalb später auch zu viele Nudeln, zwei Liter Rotwein und dreimal süßen Pudding.

An diesem Abend gab es gefüllte Nudeln mit Butter und Parmigiano, Spaghetti mit Tomatensauce und Gnocchi zu in Butter geschwenktem Basilikum. Claire und Rike tranken Rotwein, Lea Wasser. Die drei Frauen redeten viel und mieden die problematischen Themen. Spät erst gingen sie zu Bett. Anders als in den Nächten zuvor schlief Rike sofort ein.

Zweites Kapitel

Aus der Nähe kam der charakteristische, leicht scheppernde Klang einer Kirchturmglocke, die Lea schon am Tag zuvor gehört hatte. Eine sanfte Brise vom Meer wehte zum Fenster herein, vermischte den Duft von Salz, Basilikum und Piniennadeln. Sie hatte gestern nur mit Mühe einschlafen können und sich noch eine Weile auf dem großzügigen Ausziehsofa in der Wohnküche hin und her gewälzt, während es in der restlichen Wohnung bereits still war. Trotz der langen, anstrengenden Fahrt war sie früh aufgestanden. Neele rührte sich nicht.

Einen Moment lang beobachtete Lea ihre friedlich schlafende Tochter, dann kochte sie sich einen Espresso, trat ans Fenster und schaute der Stadt beim Erwachen zu.

Es war Sonntag. Ein paar einsame Spaziergänger waren unterwegs, meist Hundebesitzer, außerdem ein paar Kinder. Lea sah einen geschlossenen Eissalon. Vor einem Lokal waren Tische und Stühle aufeinandergestapelt und mit Ketten gegen Diebstahl gesichert. Ein kleiner dreirädriger

Fiat tuckerte etwas entfernt über eine höher gelegene Straße.

Wieder einmal jagten sich Leas Gedanken. Was erwarten wir, hier zu finden?, fragte sie sich erneut. Etwas, was es nur hier zu finden gibt? Etwas, was in uns steckt?

Aus Rikes Zimmer heraus war leises Rumoren zu hören. Kurze Zeit später stand Leas Mutter in ihrer üblichen langen, weit fallenden Kleidung in der Küche.

Ich weiß nicht, warum sie ihren Körper stets verhüllt, fragte Lea sich auf einmal, warum versteckt sie sich?

»Einen Espresso?«, fragte sie ihre Mutter laut.

»Gerne.«

Rike nahm das Tässchen entgegen, gab Zucker hinzu und nippte vorsichtig daran.

»Schläft sie noch?«, fragte Lea dann und nickte zu Claires Tür hin.

Rike zuckte die Achseln. »Ich habe das Radio gehört.«

Jetzt, da Rike es erwähnt hatte, fielen auch Lea die leisen Stimmen und die Musik aus Claires Zimmer auf. Im Bett begann sich Neele zu regen, und Lea nahm ihre Tochter auf den Arm, um sie zu stillen.

»Ich gehe jetzt eine Runde spazieren«, sagte sie, als die Kleine gesättigt war, wobei sie die letzten Worte einen Moment in der Luft hängen ließ. Rike nickte, bot jedoch nicht an, ihre Tochter zu begleiten.

Vielleicht müssen wir uns Zeit lassen, dachte Lea, ja, sicherlich müssen wir uns noch mehr Zeit lassen.

Sie packte Neele in die Babytrage, schnallte sie sich vor den Bauch, wo das Baby schon nach kurzem Protest wieder einschlief. Unten angekommen ging Lea ums Haus herum. Oben auf dem Balkon stand Claire und schaute zum Meer hinüber, hob die Hand, als sie die Enkelin bemerkte, und winkte ihr zu.

Gut eine Stunde lang lief Lea danach kreuz und quer durch die Stadt, die vielleicht auch einmal Gianlucas gewesen war. Sie bedauerte es, den Fotoapparat nicht mitgenommen zu haben. Hier gab es Farben und Details, die es wirklich wert waren, festgehalten zu werden. Die Farben wirkten satter und wärmer, als hätten sie über Jahrhunderte die Sonne getankt. Es war ein schöner Ort. Ob Gianluca ihn vermisst hatte?

Rike kaufte an diesem Tag Gorgonzola, Mozzarella, Parmaschinken und Salami beim Lebensmittelhändler, saftig rote Tomaten beim Obst- und Gemüsehändler und eine Auswahl an Nudeln im Laden mit der Aufschrift »Pasta fresca«. Abends gab es wieder frische Nudeln. Zur Abendunterhaltung las Rike ihnen aus dem Reiseführer vor, einem alten Baedeker. Es war fast wie im Urlaub.

Auch an den folgenden Morgen wachte Lea früh auf. Manchmal erwachte Neele kurz danach und verlangte ihre Milch. Manchmal schlief die Kleine einfach weiter. Überraschenderweise war ihr Haar bisher hell geblieben, wie es wohl auch Claires einst gewesen war.

Wo fangen wir an?, überlegte Lea und starrte die Notizen an, die sie sich in den letzten Tagen vor der Abreise noch gemacht hatte. Gianluca hatte eine kleine Kirche am Meer beschrieben, doch der Name des Ortes ließ sich nicht entziffern. Sollten sie versuchen, diese Kirche zu finden? Aber wie sollte das gelingen?

Drittes Kapitel

Der kleine Laden war Rike schon am Tag ihres ersten Spaziergangs aufgefallen. Ein Andenkenladen, allerdings einer mit sehr liebevoll und individuell angefertigten Mitbringseln. Sie war kurz davor stehen geblieben, hatte die freundlich gestalteten Auslagen betrachtet und die offenbar handgemalten Postkarten.

Der Laden selbst war eher dunkel. Man konnte nicht wirklich nach drinnen blicken, allerdings hatte sie gemeint, ganz am Ende jemanden sitzen zu sehen. Vielleicht hatte sie sich aber auch geirrt. Wenn es draußen hell war, konnte man noch schlechter hineinsehen, doch jetzt trat mit einem Mal ein schmaler Mann vor die Tür. Rike zuckte zusammen.

»Buon giorno«, stotterte sie und fühlte sich seltsam ertappt.

Der Mann nickte ihr zu, entgegnete etwas, sprach aber so leise, dass sie kaum etwas hörte. Sie lenkte den Blick wieder auf die Auslagen, betrachtete filigrane Ketten, bunt bemalte Knöpfe aus Porzellan. Sie überlegte sich, ob sie sich eine solche Kette kaufen sollte, konnte sich aber nicht dazu durchringen.

Am nächsten Tag vermied Rike es, an dem Geschäft vorbeizugehen. Am späten Nachmittag fiel ihr ein altertümliches Café auf, an dem sie mehrfach vorüberging, bevor sie sich entschloss, es zu betreten. Sie bestellte einen Kaffee, etwas Milch und ein Stück Kuchen dazu, wobei ihr der Sprachkurs behilflich war, den sie vor Jahren einmal belegt hatte, um … Ja, um was nur? Sie war einmal nach Tirol gefahren. Italienisch hatte sie dafür nicht benötigt.

Rike goss Milch in ihren Kaffee und schaute zu, wie sich ein weißer Wirbel in die schwarze Flüssigkeit malte. Über Jahre hinweg hatte sie nur entkoffeinierten Kaffee getrunken, hier erschien ihr das auf einmal albern. Der süße Kuchen bildete genau den richtigen Kontrast zum bitteren Geschmack des Kaffees. Ein Duft nach Lavendel und anderen Kräutern lag nach dem letzten nächtlichen Sturm in der Luft.

Sie dachte an die Kirche, von der in den Briefen die Rede war. Sie hatte sich die paar Zeilen der Beschreibung notiert und versucht, sie ins Italienische zu übersetzen. Vielleicht würde man ihr hier in diesem Café helfen können – wenn nicht, mussten sie wohl oder übel die Küste abfahren und jeden möglichen Ort besuchen, bis sie die Stelle gefunden und Gewissheit hatten. Wie viele Kirchen in Meeresnähe mochte es hier wohl geben? Und was, wenn es ihre Kirche überhaupt nicht gab?

Rike aß ihren Kuchen und trank weiter den Kaffee in kleinen Schlucken dazu. Als sie damit fertig war, trat sie an die lange Theke. Sie wählte noch etwas Gebäck zum Mitnehmen und hielt der Verkäuferin dann mit der Bitte um Hilfe den Zettel hin.

»Ich suche …«, setzte sie an, kam aber nicht weiter.

Mit gerunzelter Stirn las die Frau die Beschreibung, überlegte eine Weile, lächelte dann. Aus den vielen Worten heraus, die sie sagte, meinte Rike drei oder vier zu erkennen. *Punta della Madonna.* Sie hatte eine Spur.

Viertes Kapitel

Claire hatte die Augen geschlossen und hielt das Gesicht zur Sonne hin gedreht. Es war später Nachmittag, die Hitze ließ sich mittlerweile gut aushalten. Wenn sie die Augen öffnete, konnte sie in kurzer Entfernung das Meer funkeln sehen. Auf der schmalen Straße unterhalb des Balkons fuhr ab und an ein Auto vorbei. Eben spazierte langsam ein älterer Mann vorüber.

Sie hatte die Wohnung bisher wenig verlassen. Neben ihr auf dem Tischchen stapelten sich ein paar Bücher, die sie vorgab lesen zu wollen. Sie war deswegen kurz vor der Abfahrt noch im Buchladen gewesen und hatte sich ein paar der Neuerscheinungen direkt vom Tisch genommen. Sehr aufmerksam war sie dabei nicht gewesen. Vor ihr lagen ein historischer Roman, ein Krimi und ein eher gruslig aussehender Thriller. Bisher hatte sie sich nicht entscheiden können, womit sie beginnen wollte.

Sie hatte auch ihren Block noch nicht zur Hand genommen und sich die Notizen gemacht, die sie sich machen wollte. Einen Moment lang dachte sie an Judy und John und Swan Valley. Sie vermisste die beiden. Sie vermisste Swan Valley. Manches Mal in den letzten Tagen hatte sie sich gefragt, warum sie überhaupt mitgefahren war. Was hoffte sie hier zu finden? Hatte sie nicht das geklärt, was sie hatte klären wollen? Warum war sie nicht zurück nach Australien gefahren, mit John und Judy? Sie wusste doch, dass ihr Leben dort war und nicht hier, in Europa. Das Leben in Europa gab es nicht mehr. Mit ihrer Tochter würde sie sich wohl nie wirklich aussöhnen können, dazu war zu viel geschehen. Vielleicht musste sie dankbar sein, wenn sie ab und an ein paar Worte wechselten. Das eigene Kind zu verlassen war unverzeihlich. Sie war eine schlechte Mutter.

Und hier in diesem Ort werden wir auch nichts finden. Nein, wir werden keine Spuren von Gianluca finden, nicht nach so vielen Jahren und nicht mit so wenigen Informationen. Wir werden niemals wissen, was damals wirklich geschah.

Claire setzte sich auf, zog sich am Geländer hoch und schaute wieder in Richtung Meer. Sie hatte versucht, stark zu bleiben, aber sie hatte sich noch nie so schwach gefühlt wie seit dem Brand. Lea hatte ihr versprochen, sich um das Gut zu kümmern, wenn sie wieder in Australien war, und mit Rike hatte sie das besprochen, was sie hatte besprechen können. Sie waren zu lange getrennt gewesen, zu lange hatte sie umsonst davon geträumt, das Rad der Zeit wieder zurückdrehen zu können. Sie hatte das Weingut wieder aufbauen wollen. Sie hatte eine Zeit heraufbeschwören wollen, in der sie mit Rike dort glücklich gewesen war, aber es war vergebens gewesen. Das Gut hatte sie einander nicht nähergebracht. Rike interessierte sich nicht dafür. Was also noch? Warum war sie hier?

Unten sah sie den alten Mann zurück in ihre Richtung schlurfen. Er lief gebückt, während er sich fest auf seinen Stock stützte, und die Brille auf seiner Nase wirkte groß und schwer. Obwohl er offenbar alleine unterwegs war, war er sorgfältig gekleidet. Unter der Jacke seines dunklen Anzugs lugte eine Weste hervor. In der Brusttasche steckte ein farblich passendes Tuch. Er war sorgsam gekämmt.

Ob er wirklich alleine war? Alleine, wie sie es auch war, seit nunmehr sechs Jahren, oder hatte seine Frau einfach keine Lust auf einen Spaziergang gehabt? Claire seufzte. Sie hatte sich nie erlaubt, richtig zu trauern. Die Arbeit hatte vorangehen müssen. Sie hatte sich um ihre Enkelin kümmern müssen. Es hatte einfach keine Zeit gegeben, um innezuhalten. Einmal im Monat hatte sie Josephs Grab besucht, doch auch da hatte sie sich nie Zeit gelassen und war schnell wieder gegangen. Es war zu schmerzhaft gewesen, zu bleiben.

Claire seufzte noch einmal tief. Da war man nun schon so alt und machte doch noch so viele Fehler.

Ein Windstoß brachte die Bäume auf der anderen Straßenseite in Bewegung. Im zweiten Stock des gegenüberliegenden Hauses bewegte sich ein Fensterladen. Claire setzte sich und zog die Strickjacke enger um ihre Schultern. Ich bin müde, dachte sie, ich habe zu viel falsch gemacht. Es ist vorbei.

Lea, mit Neele in der Babytrage, war gerade um die Ecke gebogen, hatte einen gewohnheitsmäßigen Blick zum Balkon hinaufgeworfen und blieb dann abrupt stehen. Wie auch in den letzten Tagen musste Claire den ganzen Tag dort oben verbracht haben. Bisher hatten sie nicht viel gemeinsam unternommen. Claire saß zumeist auf dem Balkon und fühlte sich zu müde für größere Unternehmungen, Rike war oft von morgens bis abends verschwunden. Was hatte sie sich nur eingebildet auf der Fahrt? Dass sich jetzt für alles eine Lösung finden würde?

Lea selbst hatte den Ort heute verlassen und war auf schmalen Pfaden, durch Gärten, Olivenhaine und Weinberge bergan gestiegen. Von oben hatte man einen wunderbaren Blick auf den Ort, dessen Häuser sich in die Bucht schmiegten, als gehörten sie schon seit Urzeiten dorthin. Sie hatte auch Teile der alten Stadtmauer erkennen können, einen Wachturm in der Nähe des Meeres – sie hatte versucht, sich zu erinnern, ob etwas von diesem Turm in den Briefen erwähnt wurde. Fern, draußen auf dem Meer, war ein großes Schiff vorbeigefahren.

Dann war Neele aufgewacht und hatte energisch zu trinken verlangt. Lea hatte sich auf einen von Gebüsch geschützten Stein gesetzt und die Kleine angelegt. Etwas weiter oberhalb von ihr, auf der Straße, war ab und an ein Auto vorbeigefahren, dann wieder hatte sie Fußgänger gehört. Im Gras zirpten Grillen.

Sie war sich anfangs unsicher gewesen, aber sie hatte es doch genossen, alleine zu sein. Den Weg zurück in den Ort war sie nicht durch die Gärten gegangen, sondern die Straße entlang. Sie war dichter am Wachturm vorbeigekommen, war über das Kopfsteinpflaster wieder tiefer in den Ort eingedrungen. Sie hatte eine Gruppe Touristen mit ihrem Führer überholt, hatte in einem kleinen Gemüseladen frische Tomaten geholt, auf die sie plötzlich eine unbändige Lust verspürte.

Behutsam schob sie nun den Schlüssel ins Schloss der Haustür und drehte um, hatte kurze Zeit später den Eingang der Ferienwohnung erreicht. Mit einem Schlag verspannte sie sich.

Fünftes Kapitel

Seit sie hier war, war ihr mehr nach Schweigen zumute. Rike lächelte den schüchternen Ladenbesitzer an, dessen Hände zitterten, als er ihr den Schmuck verpackte. Leise Jazzmusik drang aus einem Radiogerät. Da der Mann sie kaum angucken konnte, empfand auch sie es als unhöflich, ihn anzustarren. Trotzdem registrierte sie nun, während ihrer zweiten Begegnung, dass er eher klein und ein wenig untersetzt war.

Lad ihn zu einem Espresso ein, sagte eine leise Stimme in ihr. Aber nein, das kann ich nicht, eine andere.

Sie schaute auf ihre Hände, die nun ebenso zitterten wie seine, und schob sie in die Taschen ihrer Jeans.

So habe ich mich nicht mehr gefühlt, seit ich ein junges Mädchen gewesen bin, dachte sie, und mich in den schönsten Jungen der Klasse verliebt hatte. Aber ich bin nicht verliebt, ich bin nicht … Nun, was bist du dann?

Sie wusste nur, dass sie sich diesem Mann verbunden fühlte.

»Signora, prego.« Er überreichte ihr das kleine Päckchen. Inzwischen zitterte er nicht mehr, und Rike fühlte sich erleichtert. Sie wollte nicht, dass er sich unwohl fühlte. Nein, das wollte sie keinesfalls.

Sie lächelte ihn an. Er lächelte zurück, etwas traurig, aber er lächelte.

»Grazie«, sagte sie, *»mille grazie.«*

Er folgte ihr bis zur Tür. *»Arrivederci, signora.«*

Rike ging ein paar Schritte, drehte sich noch einmal um, nickte ihm zu und beschleunigte ihre Schritte.

Wie am vorherigen Tag suchte sie wieder das Café auf, in dem man ihr von der *Punta della Madonna* erzählt hatte. Man grüßte sie, als sie eintrat, mit wissendem Lächeln, als handele es sich bei ihr um einen vertrauten Gast. Dieses Mal bestellte Rike einen Cappuccino und ein Stück Kuchen, das sie an eine Linzer Torte erinnerte.

Das junge Mädchen, das ihr von der *Punta della Madonna* erzählt hatte, warf ihr einen langen Blick zu. Rike naschte den Milchschaum vom Cappuccino herunter, löffelte dann die ersten Schlückchen Kaffee, bevor sie sich ihrem Kuchen widmete.

Sie war so in Gedanken, dass sie nicht darauf achtete, als sich die Tür wieder einmal öffnete. Erst als sie die Stimme hörte, blickte sie auf. Der Mann aus dem Andenkenladen ließ seinen Blick eben durchs Café schweifen, bis er an ihr hängen blieb. Er schien zu überlegen, dann kam er zu ihr herüber. Er wirkte nicht mehr so schüchtern wie bei ihrer ersten Begegnung.

»Buon giorno, signora.«

»Buon giorno«, sagte Rike, und dann, bevor sie sich versehen hatte, fragte sie: »Trinken Sie einen Espresso mit mir?«

Im ersten Moment war sie sich sicher, dass ihr unbeholfenes Italienisch zu unverständlich gewesen war, dann nickte er.

Als er wenig später mit zwei Tassen Espresso an ihren Tisch trat, waren Rikes Hände feucht vor Aufregung. Was sollte sie sagen? Sie konnte kein Italienisch. Schweigen war sicherlich keine Option. Während er sich umständlich setzte, starrte sie vor sich auf den Tisch. Endlich hörte das Scharren des Stuhls auf, und Rike zwang sich aufzublicken. In was für eine Situation hatte sie sich jetzt nur gebracht?

Sie schaute ihn an und hoffte, dass sie ihn nicht zu auffällig musterte. Im Gegensatz zu den meisten Italienern, die ihr bisher auf der Straße aufgefallen waren, sah sein Haar nicht aus, als sei es eben erst vom Friseur geschnitten worden. Oben auf dem Kopf wurde es bereits etwas dünn. Seine Augen wirkten traurig, ja, aber sie konnte auch Lachfältchen erkennen. Auf der rechten Seite seines Gesichts, etwa einen Zentimeter unterhalb des Ohrs, saß ein kleines sternförmiges Muttermal. Sie räusperten sich beide gleichzeitig, dann lachten sie beide zum ersten Mal.

»Wie heißen Sie?«, fragte er im nächsten Moment. »Wenn ich das fragen darf, *signora*.«

»Sie sprechen Deutsch!«, entfuhr es Rike.

»Ja.« Er lächelte. »Ich habe in Deutschland gelebt«, fügte er hinzu. »Lange Jahre.«

Er sprach sogar gut Deutsch. Rike konnte nur einen leichten Akzent hören, nein, es war mehr ein Nachhall, den sie nicht einordnen konnte.

»Ich habe nur ein paar Monate lang Italienisch gelernt, in der Volkshochschule«, sagte sie dann entschuldigend. »Ich heiße Friederike.«

Sie wusste nicht, warum sie ihren vollen Namen benutzte, den hatte sie so lange nicht benutzt.

»Aber alle nennen mich Rike«, fuhr sie fort.

»Rike«, wiederholte er. Er rollte das »r« stärker als sie. »Federica. Ich heiße Paolo.«

Sie schauten einander an, wortlos, und doch voller Verständnis, zwei taumelnde Sterne, die sich gefunden hatten.

Nach dem Kaffee lud er sie zu einem Spaziergang ein. Als sie ihn fragte, ob er sein Geschäft denn heute nicht öffnen müsse, schüttelte er den Kopf.

»Es ist mein Laden«, sagte er. »Als ich ihn eröffnete, habe ich mir gesagt, dass ich mich nie unter Druck setzen lassen werde, außerdem …«, er grinste sie schief an, »verdiene ich genug über den Sommer, wenn hier wirklich alles voller Touristen ist.«

Sie nickte. Dann, für eine Weile wieder im gemeinsamen Schweigen vereint, gingen sie durch die Straßen und Gassen seiner Stadt, erklommen endlich einen schmalen Pfad, der zwischen Gärten und Olivenhainen den Berg hinaufführte. Rike überlegte, ob es wohl der Weg war, den auch Lea kürzlich gegangen war.

Der Blick von oben auf den Ort sagte ihr etwas über die Vergangenheit, über Zeiten, in denen diese Stadt durch Mauern und eine Burg geschützt worden war. Über Zeiten, in denen Levanto zur Republik Genua gehört hatte, wie sie selbst aus einem Reiseführer wusste. Sie schaute ihren Begleiter von der Seite an, versuchte dann, das Haus auszumachen, in dem sich die Ferienwohnung befand.

Als sie den Rückweg antraten, verspürte sie etwas wie Bedauern darüber, dass sie nicht auch den Rest des Abends mit ihm verbringen würde. Vor seinem Geschäft verabschiedete sie sich von ihm. Plötzlich zitterte er wieder, musste wohl allen Mut aufbringen, um das Folgende auszusprechen.

»Domani?«, fragte er.

»Ja«, entgegnete sie.

Als sie die Tür zur Ferienwohnung öffnete, bemerkte sie sofort, dass etwas nicht stimmte. Leas hastige Stimme drang aus Claires Zimmer. Neele saß alleine in der Küche in ihrer Wippe und schaute großäugig umher. Rike zog sich der Magen zusammen. Mit raschen Schritten hatte sie die Tür erreicht und stieß sie auf.

Drei Menschen befanden sich in dem kleinen Raum, Lea, Claire und eine kleine fremde Frau, die Rike sofort als Ärztin ausmachte.

»Was ist passiert?«, rief sie aus. »Was ist los?«

Lea sah auf. »Claire ist gestürzt. Sie sagt, ihr sei schwindelig geworden, weil sie zu hastig aufgestanden sei. Gott sei Dank ist nichts gebrochen.«

»Was ein Wunder ist in ihre Alter«, fügte die Ärztin auf Deutsch hinzu.

Claire aber, die Augen gegen die Decke gerichtet, die Hände auf dem Bauch gefaltet, sagte keinen Ton.

Sechstes Kapitel

»Die Frauen sind weg. Vor zwei Wochen schon, nach Claires Geburtstag. Lea hat mich noch einmal angerufen, bevor sie gefahren sind, um ein paar Details wegen des Hauses zu besprechen, da hat sie's mir gesagt.«

»Weg?« Tom bockte sein Motorrad auf und drehte sich zu seinem Onkel um. Wolf fuhr sich mit einer Hand durch das Haar.

»Nach Italien.«

»Alle drei? Zusammen? Tatsächlich?« Tom legte kurz die Hand in den Nacken, um sich etwas zu dehnen, spürte

Schweiß unter seinen Fingerspitzen. Die Strecke von Hamburg bis hierher war weit, aber nach jeder längeren Zeit, die er mit seiner Exfrau verbrachte, war sein Bedürfnis, sich körperlich zu verausgaben, ungemein hoch. Es war mittlerweile schwer, sich vorzustellen, dass es Zeiten gegeben hatte, in denen er niemals von dieser Frau hatte getrennt sein wollen.

Er seufzte. Conny und Mia hatten sich jedenfalls gut eingelebt in Hamburg. Ihr neues Leben hatte begonnen. Connys Neuen hatte er – Gott sei Dank – nicht getroffen.

Lea ist fort, schoss es ihm durch den Kopf. Ja, sicherlich, er war sehr überraschend aufgebrochen, hatte sich wieder einmal kaum von ihr verabschiedet. Warum also sollte sie auf ihn warten? Für einen Moment dachte er an ihre kleine Gestalt, ihr ovales, etwas rundliches Gesicht. Seitdem er sie zum ersten Mal gesehen hatte, konnte er sie nicht vergessen, und doch entdeckte er jedes Mal, wenn er sie sah, etwas Neues an ihr: einen Leberfleck am Ellenbogen, die grünen Flecken in ihren braunen Augen, die ungewöhnlich geraden Augenbrauen, ihren schönen Mund, der so oft lächelte.

Tom griff nach seinem Helm. »Du weißt nicht zufällig, wohin genau sie gefahren sind?«

»Doch, das weiß ich.« Wolf verschränkte die Arme vor der Brust.

»Und?« Mit einem Mal konnte Tom seine Ungeduld nur noch schwer bezähmen.

»Du liebst sie, nicht wahr?«, fragte Wolf.

Tom öffnete den Mund, um etwas Unwilliges zu erwidern, dann schluckte er kräftig. Wolf hatte recht. Plötzlich fragte er sich, wie Wolf sich wohl gefühlt hatte, als

Betty und Bernd damals verschwunden waren. Hatte er je versucht, herauszufinden, wo sie waren?

»Kommst du noch einmal rein und trinkst etwas, bevor du losfährst?«, fragte Wolf ihn unvermittelt. »Es ist eine lange Strecke.«

Tom nickte. Am liebsten hätte er Wolf jetzt gesagt, wie dankbar er dafür war, dass sein Onkel ihn damals bei sich aufgenommen hatte. Er hatte nicht gezögert, obwohl ihm Toms Anblick doch auch immer die Erinnerung an Frau und Bruder vor Augen rief.

Sie betraten die Küche, in der sich seit den Sechzigerjahren nichts mehr geändert hatte. Wolf nahm zwei Gläser aus dem Schrank und füllte ihnen beiden eine Weinschorle ein. Tom leerte sein Glas mit tiefen Zügen.

Einen Moment lang sagte Wolf nichts, dann schaute er seinen Neffen an. »Sei klug, lass es dir nicht kaputt machen, Tom, hol sie nach Hause.«

Tom hatte in Erwägung gezogen, mit dem Motorrad zu fahren, sich dann aber doch für den Wagen entschieden. Wenn Lea seiner Einladung zustimmte, war dies sicherlich die bessere Lösung. Auf dem Rücksitz würde auch noch Neele Platz haben.

Er hatte sich von niemandem verabschieden müssen, außer von Wolf, und der war in den Hof hinausgetreten, hatte beide Hände auf das Dach von Toms Käfer gelegt und leise gelächelt.

»Meine erste Reise habe ich auch mit dem Käfer angetreten. Neben mir meine Frau, auf dem Rücksitz das Gepäck, und ab ging's nach Capri.« Einen Moment lang hatte er seinen Erinnerungen nachgehangen. »Hast du alles dabei? Pass? Etwas Proviant? Ein paar Franken für die Schweiz?«

Tom hatte genickt, und doch hatte Wolf es sich nicht nehmen lassen, noch ein Päckchen Brote durch die geöffnete Scheibe zu reichen.

»Du wirst Hunger kriegen, Junge. Es ist ein weiter Weg, vergiss das nicht.«

Noch jetzt, als Tom nach mehreren Stunden den ersten Rastplatz ansteuerte, sah er Wolf vor sich, wie er mit erhobener rechter Hand auf dem Hof seines Gutes stand und winkte.

Tom musterte die Nummernschilder der umstehenden Autos, während er aß: ein Niederländer, drei Deutsche, Franzosen und Italiener. Nachdem er gegessen hatte, öffnete er eine Flasche Mineralwasser. Das Wasser war lauwarm, aber es stillte den Durst.

Bei Como hielt er auf einem Campingplatz, um die Nacht dort zu verbringen.

Früh am nächsten Morgen ging es weiter. Je näher er seinem Ziel kam, desto dringlicher wurde die Frage, was er zu Lea sagen sollte. Die Fahrt war lang, und doch war ihm bisher nichts eingefallen.

Die Wahrheit, sag ihr die Wahrheit. Sag ihr, dass du sie liebst.

Bei Genua erreichte er nach kurvenreicher Strecke erstmals das Meer. Er trank einen Espresso in einer kleinen Bar, kaufte sich einen kleinen Snack und mehr Mineralwasser. Es war mittlerweile recht warm, sodass er die Jacke ausgezogen und nach hinten auf die Rückbank gelegt hatte.

Bei nächster Gelegenheit fuhr er ans Meer, parkte den Wagen und zog den Schlüssel ab. Auf das Meer hinauszublicken hatte etwas Beruhigendes. Das Geräusch der Wellen, die die Steine zum Strand und wieder von ihm wegtrugen, lullte ihn förmlich ein.

Als er wieder aufwachte, war es später Nachmittag, und seine Haut spannte. Er hoffte nur, dass er sich keinen Sonnenbrand zugezogen hatte. Im nächsten Ort aß er eine einfache Pizza und fuhr langsam weiter. Die Unsicherheit verstärkte sich wieder. Vielleicht hatte er diese Reise viel zu früh angetreten. Vielleicht war es besser umzukehren.

Siebtes Kapitel

Am späten Nachmittag ging Lea mit Neele an den Strand. Sie spannte einen großen Sonnenschirm auf und legte die Kleine bäuchlings auf die Decke in den Sand. Für eine Weile starrte sie aufs Meer hinaus, lauschte dem Geräusch der Wellen, die gegen den Strand schlugen. Später setzte sie sich zu Claire auf den Balkon.

Die Großmutter sah nach dem Sturz und den folgenden Aufregungen immer noch müde und abgespannt aus. Die Entscheidungslust war vollkommen aus ihrem Ausdruck verschwunden. Obwohl die Wunde für eine Frau ihres Alters erstaunlich gut verheilte und sich die Ärztin, die an den folgenden Tagen zur Versorgung gekommen war, sehr zufrieden zeigte, blieb Claire gedrückter Stimmung. Über Tage hinweg saß sie nun schon da, die Hände reglos im Schoß, als gehörten sie nicht zu ihr.

Lea, die für einen Moment in der Balkontür gestanden hatte, rückte sich nun einen Hocker heran und setzte sich ebenfalls. Ihr Blick schweifte zum Meer. Zwei ältere

Damen in feinen Kostümen machten ihren Spaziergang. Sanft und beruhigend war das Rauschen des Meeres zu hören.

»Du musst etwas essen«, sagte sie zu Claire.

»Ich habe keinen Hunger«, entgegnete die in störrischem Tonfall.

Lea blieb noch einen Moment sitzen und stand dann erneut auf, um ihrer Großmutter den Rücken zuzukehren. Dann jedoch drehte sie sich abrupt wieder um. »Es reicht jetzt, Claire, ich habe dein Selbstmitleid satt.«

Unvermittelt hob Claire den Kopf und blitzte ihre Enkelin wütend an. »Wie redest du denn mit mir?«

»Wie mit jedem vernünftigen Menschen«, entgegnete Lea.

»So sehe ich das auch.« Unbemerkt war Rike zu ihnen getreten. Sie zögerte offenbar noch, dann räusperte sie sich. »Ich muss euch beiden etwas zeigen.«

»Du hast diesen Brief die ganzen Jahre aufgehoben?« Claire drehte bedächtig das Kuvert in den Händen. »Mein Brief … Ich weiß es noch wie damals, wie ich ihn auf der Post aufgegeben habe, und dann habe ich gewartet … und gewartet … Ich wusste ja nicht, dass Johanne ihn nie erhalten hatte. Danach habe ich noch ein paar Briefe geschrieben, aber …«

Sie hob hilflos die Schultern. Rike runzelte die Stirn.

»Ich habe ihn vor Großmama versteckt.«

»Vor Nora?« Für einen Moment lang presste Claire die Lippen aufeinander. Diese Frau hatte nicht nur ihr das Leben schwer gemacht, sondern auch ihrer Tochter.

»Ich hatte immer darauf gehofft, dass sie dich als Tochter ihres Sohnes sehen würde.«

»Nein, das hat sie nicht.« Rike musste vorübergehend die Arme vor der Brust verschränken. Ihr war mit einem Mal, als würde ihr Körper auseinanderfallen. »Ich habe die Briefe zufällig entdeckt.«

»Die Briefe?«

»Deine Briefe. Sie hatte sie alle versteckt.«

Claire runzelte die Stirn. »Das hätte ich mir eigentlich denken können. Ich dachte immer, du wolltest nichts von mir wissen.«

»Das wollte ich auch nicht.« Rike zögerte. »Ich kannte doch nur Großma... Noras Geschichte.«

Claire nickte. »Ich habe mir solche Vorwürfe gemacht, dich zurückgelassen zu haben.«

»Aber dir blieb keine andere Wahl, oder?«

Rike konnte sich nicht daran hindern, das Wörtchen »oder« hinzuzusetzen, bevor sie sich versehen hatte, hatte sie es auch schon ausgesprochen.

»Sie sagten mir, ich würde dich nie wiedersehen dürfen.«

»Du hast mich nie wiedergesehen.«

Claire drehte den Kopf zur Seite und starrte gegen die vom Sonnenschein erleuchtete Fensterscheibe. »Ja«, antwortete sie dann so leise, dass es kaum zu hören war.

Rike musste sich räuspern. Dann schluckte sie.

»Warum?«

»Das sagte ich doch schon. Sie sagten, sie würden mich für verrückt erklären lassen. Sie sagten, ich sei keine Mutter, bei der man ein Kind lassen könne.«

»Du hast mich verlassen.« Rike musste wieder schlucken. »Man könnte also tatsächlich meinen, du seist keine Mutter, bei der man ein Kind lassen kann.«

Ruckartig wandte sich Claire ihrer Tochter zu.

»Aber das war doch erst danach – nach allem, was passiert ist.«

Rike konnte sehen, wie sie schauderte, aber sie konnte sich nicht dazu überwinden, ihrer Mutter eine Hand auf den Arm zu legen.

»Ich wollte dich doch nie verlieren.« Claire schaute sie flehend an.

Rike drehte sich zu Lea hin, dann wieder zu Claire.

»Ich habe die Kirche übrigens gefunden. Die Kirche aus dem Brief … die Gianluca aufgesucht hat, bevor er nach Deutschland aufgebrochen ist.«

Achtes Kapitel

Jemand hatte ein Herz in die Agave geschnitten, darunter zwei verschlungene ungelenke Buchstaben. Rike legte ihre Finger darauf. Eine Wunde, dachte sie, es war eine Wunde, die nicht mehr heilte. Und Gianluca? War er nach Hause zurückgekehrt? In der Ferne konnte sie ein Moped knattern hören. Ein Auto kämpfte sich eine Steigung hinauf. Sie ließ den Blick über die von Bäumen bewachsenen Berge wandern, lauschte dem weichen italienischen Singsang, der von unten zu ihr heraufdrang.

Heute Morgen hatte sie sich die zarte rote Bluse angezogen, die ihren dunklen Teint wärmer leuchten ließ, und dazu die schmal geschnittene Leinenhose und die weißen Segeltuchschuhe. Das indische Baumwollhemd hatte sie tief im Koffer verstaut. Danach hatte sie sich vor den

Spiegel gestellt und nach kurzem Zögern ein buntes Tuch um den Kopf gewickelt.

Claire, die sich auf Lea stützte, hatte sie inzwischen eingeholt. Rike fand, dass ihre Mutter heute aussah wie eine feine italienische Großmutter. Ihr weißes Haar, der elegante Schnitt ihres Gesichts – auch sie erkannte mittlerweile Ähnlichkeiten. Gianluca, da war sie sich sicher, fand sich in ihren Gesichtszügen.

Einige Tage später saßen sie alle drei wieder einmal bei der kleinen Kirche am Meer. Claire und Rike hatten sich eine warme Kuhle im Felsen ausgesucht. Claire lagerte ihren Kopf im Schoß ihrer Tochter und sah in den strahlend blauen Himmel hinauf.

»Waren sie glücklich?«, flüsterte Claire nun.

Rike lachte auf und streichelte den Kopf ihrer Mutter. Erst jetzt hatte sie entdeckt, dass es guttat zu verzeihen. Gemeinsam würden sie Gianlucas und Mariannes Geschichte zu Ende erzählen. Sie wussten nicht, ob es die richtige Geschichte war, aber wenn sie auch erfunden sein mochte, so war sie doch gut erfunden. So sagte man doch. *Se non è vero, è molto ben trovato.*

Claire schaute in das Gesicht ihrer Tochter und fand es schön. Rike wirkte mit einem Mal befreit, als sei eine schwere Last von ihr gefallen.

»Ich werde hierbleiben«, sagte sie nun. »In Italien. Ich habe mich schon nach einer Wohnung umgeschaut, und ich habe etwas Geld. Wenn ich sparsam lebe, kann ich mindestens ein Jahr bleiben. Ich werde Italienisch lernen.«

»Das ist eine schöne Idee«, sagte Claire. »Ich finde, du solltest das tun.«

Rike nickte. Nach einer Weile fragte sie: »Sollen wir schauen, was Lea macht?«

Claire kuschelte sich bequemer an ihre Tochter. »Wollen wir die Turteltauben wirklich stören?«

Rike strich sich das vom nunmehr stärkeren Wind zerzauste Haar zurück und schloss die Augen: »Lassen wir ihnen noch ein bisschen Zeit, ja?«

Sie saßen am Meer, im Sand. Lea hatte sich mit dem Rücken gegen Tom gelehnt, der hielt sie mit den Armen umschlungen. Kleine Wellen leckten zu ihren nackten Füßen hinauf. Weiter hinten am Horizont war ein Schiff zu sehen. Ab und zu klatschte eine größere Welle gegen den Felsen rechter Hand, und Gischt spritzte auf.

Als Lea beim letzten Besuch am Strand eingeschlafen und wieder aufgewacht war, hatte Tom neben ihr im Sand gesessen.

Verwirrt hatte Lea geblinzelt und sich ebenfalls aufgesetzt.

»Rike hat mir gesagt, wo du bist«, hatte er gesagt.

»Wie kommst du hierher?«

»Mit meinem Käfer.« Tom lächelte sie an. »Der alte Knabe hat die Strecke geschafft, mit Ächzen und Stöhnen zwar, aber ich bin hier.«

Lea griff nach ihrer Sonnenbrille. Es war leichter, ihn anzuschauen, wenn sie ihre Augen verbarg. Ich liebe ihn, dachte sie, ich liebe ihn tatsächlich.

»Wo sind Mia und Conny?« Ihre Stimme klang belegt.

»In Hamburg, natürlich. Wo denn sonst?« Tom spähte zur Wasserlinie hinüber. »Ich hätte dir früher von ihnen erzählen sollen, nicht?«

»Hm …«

»Ich hätte es dir sagen müssen.«

»Ja, vielleicht.«

Lea dachte wieder an den Tag, an dem sie Tom, Mia und Mias Mutter im Eiscafé gesehen hatte. Das Gefühl der Enttäuschung war schwächer, aber es war sofort wieder da. Sie beobachtete Tom, der mit gesenktem Blick begonnen hatte, grobe Linien in den Sand zu ziehen. Jetzt schaute er wieder auf. Seine Augen suchten ihre hinter den dunklen Brillengläsern. Er zögerte, dann nahm er ihr die Brille ab. Lea blinzelte erneut ins helle Licht.

»Ich liebe dich«, sagte Tom.

EPILOG

Bonnheim, 1794

Helene hatte mehrmals unruhig die Haltung gewechselt, bis sie Gianluca endlich am Ende des Weges auftauchen sah. Es war lange her, dass sie einander hier am Weinberghäuschen begegnet waren. Sie hatte sich immer vorstellen wollen, wie schön es sein würde, ihn alleine wiederzusehen, aber es war anders gekommen. Ein paar Schritte von ihr entfernt blieb er stehen.

»Weißt du es?«, fragte sie zögerlich in der Hoffnung, sie müsse ihm nicht davon erzählen.

Sie sah, wie er die Schultern hob und wieder sinken ließ.

»Marianne ist tot«, fuhr sie fort, als er keine Anstalten machte zu sprechen.

Gianluca legte den Kopf etwas zurück und musterte sie eingehend. Helene erwiderte seinen Blick.

»Ich lüge nicht.«

»Ich weiß.«

Ein leichter Wind fuhr durch das niedrige Gras in ihrer Nähe. Etwas weiter entfernt bewegten sich die Blätter der Weinstöcke. Einen Moment lang sah er an ihr vorbei auf das Weinberghäuschen. Für wenige Wimpernschläge schien ein kaum merkliches Lächeln auf seinem Gesicht auf.

»Wo ist Luisa?«

»Sie ist bei einer guten Familie. Ich verspreche, dass ich mich um sie kümmern werde.«

Gianluca sah Helene eindringlich an.

»Was, wenn ich meine Tochter mitnehmen möchte?«

Helene sah kurz zu Boden, bewegte die Fußspitze über den Staub und hob den Blick dann wieder.

»Das wird Vater nicht zulassen. Er wird dich jagen. Sie ist ein kleines Kind. Tu ihr das nicht an.«

»Ich soll mein Kind zurücklassen?«

»Es ist besser.«

Gianluca schwieg. »Ich habe sie nie gesehen«, sagte er dann. »Ist sie Marianne ähnlich?«

Seine Stimme zitterte, als er ihren Namen aussprach.

»Sie ist auch dir ähnlich«, erwiderte Helene sanfter, als sie es von sich erwartet hatte. Ganz kurz herrschte wieder Schweigen, dann sah Helene Tränen in Gianlucas Augen aufschimmern. Unruhig zog sie die Schultern hoch.

»Ich möchte sie einmal sehen«, sagte er mit gepresster Stimme.

Gianluca war schon lange in der Ferne verschwunden, als Helene sich endlich in Bewegung setzte. Wenn sie kräftig ausschritt und keine Abkürzungen nahm, würde sie in gut einer Stunde zu Hause sein. Das Wetter war schön gewesen, und so hatten sie Luisa und ihre Pflegemutter im Garten beobachten können. Anfangs war sie sich nicht sicher gewesen, aber Gianluca war an ihrem Beobachtungsplatz geblieben, hatte dem Kind beim Spielen zugesehen und ab und an gelächelt. Einmal war Luisas Ball zu ihnen gerollt. Gianluca hatte ihn zurückrollen lassen, aber die Kleine hatte sich nicht gefragt, wo dieser Ball jetzt wohl herkam, ihn einfach aufgenommen und sich kurze Zeit später jauchzend in die Arme ihrer Pflegemutter geworfen.

Wenig später hatten sie sich zurückgezogen. An der Weggabelung, an der sich ihre Wege trennen sollten, blieben sie noch einmal stehen.

»Versprich mir, Helene, versprich mir, dass du auf sie achtgeben wirst. Versprich mir, dass sie immer auch einen Platz in eurem Haus haben wird.«

Helene nickte.

»Adieu, Gianluca«, sagte sie.

»Adieu«, entgegnete er. »Im nächsten Sommer komme ich wieder.«

Sommer 1815

Im Sommer 1815 wurde die Welt neu geordnet. Luisa heiratete einen reichen Winzersohn, und Helenes Anton tanzte einen ausgelassenen Walzer mit der Braut.

Jeden Sommer, dachte Helene, während sie den beiden vom Fenster im ersten Stock zusah, habe ich darauf gewartet, dass Gianluca zurückkommt, aber er ist nie gekommen. Irgendwo ist er im Gewirr der Welt verschwunden, wie so viele vor ihm. Sie hoffte, dass er es unbeschadet nach Hause geschafft hatte, dass ihm die Wirren und Kriege der letzten Jahre nichts hatten anhaben können.

Während sie sich schon abwandte, drang noch einmal Luisas überbordendes Lachen zu ihr herauf. Sie hatte auf das Mädchen achtgegeben, sie hatte ihm auch einen Platz im Haus der Steins gegeben. Von ihrer wirklichen Mutter wusste Luisa wenig. Nur dass sie tot war, hatte Helene ihr irgendwann erzählt.

Unwillkürlich fiel Helenes Blick auf das Bündel Briefe und Schriftstücke in ihrer Hand. Sie hatte überlegt, ob Luisa sie lesen sollte, sich letztendlich aber dagegen entschieden. Langsam stieg sie jetzt die Stufen zum obersten Stockwerk hinauf. Anfang 1815 war sie, vierzigjährig, nach vielen Ehejahren endlich schwanger geworden. Die Schwangerschaft war bisher schwierig verlaufen, und der Sohn des alten Dr. Kamenz hatte mehrfach bedenklich die Stirn gerunzelt, aber nun hatte sie einen Großteil hinter sich gebracht. Es wird gut gehen, dachte sie, es wird gut gehen.

Helene schnaufte, als sie oben ankam. Das Kind trat und bewegte sich, und mit einem glücklichen Lächeln legte sie die Hand auf ihren Bauch. Seit gut zwei Wochen waren Handwerker damit beschäftigt, einen Teil der oberen Räumlichkeiten für das junge Paar herzurichten. Auch der Boden wurde neu verlegt. Helene hatte nun das hinterste kleine Zimmer erreicht, von dem aus man einen guten Blick über die Umgegend hatte. Hier würde das Schlafzimmer sein. Hier würden Luisas Kinder geboren werden. Hier würde Luisa, ohne etwas davon zu ahnen, auf den Briefen schlafen, die ihre Geschichte erzählten.

Ächzend ließ sich Helene auf die Knie nieder und suchte die Dielen zur Wand hin nach einem kleinen Loch ab. Endlich gelang es ihr, eine Diele zu lösen. Darunter war eine kleine Höhlung, die sie schon Tage vorher geschaffen hatte. Helene nahm die Briefe und schob sie hinein. Mühevoll kam sie wieder auf die Knie hoch, zog sich endlich am Fensterrahmen in die Höhe.

Es dauerte einen Moment, bis sie wieder zu Atem kam. Im Flur unten angekommen, musste sie noch einmal innehalten. Sie fühlte sich jetzt so erschöpft, dass sie etwas länger benötigte, um zurück zu den Feiernden im Hof zu gelangen.

»Du bist blass«, sagte Anton zu ihr und streichelte liebevoll ihre Wange. »Geht es dir nicht gut?«

»Doch, doch«, sagte Helene, mit den Augen nach Luisa suchend und mit dem festen Gefühl, das Richtige getan zu haben.

An diesem Abend konnte Luisa es kaum erwarten, sich ihr neues Schlafzimmer noch einmal anzusehen. Tante Helene hatte nicht bemerkt, dass sie ihr gefolgt war, aber als sie sich so unvermittelt zurückgezogen hatte, war Luisa doch neugierig geworden. Suchend blickte sie sich nun um. Die Öllampe gab etwas Licht, aber nicht genügend, und sie hatte die Suche schon fast aufgegeben – der Raum war leer, was hoffte sie nur zu finden? –, als sie auf ein winziges Fädchen aufmerksam wurde, das zwischen zwei Dielenbrettern klemmte. Und tatsächlich, stellte sie wenig später fest, eines der Bretter ließ sich anheben. Einen Moment später hockte Luisa unter dem Fenster, die Öllampe neben sich, und hielt das erste Schriftstück in den Händen. *Mainz, 1792*, stand ganz zuoberst. Sie begann zu lesen.

DANKSAGUNG

An der Entstehung eines Buches und an seinem Weg in die Buchhandlungen sind viele Menschen beteiligt, die man als Autorin oft gar nicht kennenlernt. Ich möchte mich bei ihnen für ihre tolle Arbeit ebenso bedanken wie bei Bastian Schlück und Barbara Raschig. Ganz besonders danke ich aber Carola Fischer, für ihren Einsatz, ihren scharfen Blick, ganz einfach dafür, dass sie diesen Roman zu einem besseren gemacht hat.

Rebecca Martin
März 2012

REBECCA MARTIN IM GESPRÄCH

Was hat Sie zu Ihrem Roman »Die verlorene Geschichte« inspiriert?

So lange ich denken kann, hat mich die Vergangenheit gefesselt. Dazu gehört natürlich auch die Geschichte der eigenen Familie. Ich habe immer sehr gerne bei meinen Großmüttern und ihren Freundinnen gesessen und deren Geschichten von früher gelauscht. Leider weiß ich trotzdem sehr wenig über die vorangegangenen Generationen; meist nur Bruchstücke, die dann auf ihre Weise ihren Weg in meine Geschichten finden. Beispielsweise hatte einer meiner Großväter sechs Geschwister, doch nach der unerwünschten Heirat mit meiner Großmutter brach der Kontakt zu ihnen vollkommen ab. So etwas finde ich unglaublich – und es beschäftigt mich. Für mich sind das »verlorene Geschichten«.

Sie erzählen eine mehrere Generationen übergreifende Familiensaga. Wie gelingt es Ihnen, sich in jede einzelne Figur hineinzuversetzen?

Ich denke, die Umstände, in denen wir leben, ändern sich stärker als wir selbst – Gefühle wie Liebe, Hass, Schuld haben dagegen etwas sehr Zeitloses. Das ist der Hintergrund, vor dem es mir gelingt, mich in meine Figuren hineinzuversetzen. Menschen faszinieren mich einfach.

Was hat Sie außerdem beim Schreiben beeinflusst?

Was soll ich sagen: Autofahrten und Spaziergänge, bei denen ich der Landschaft näher gekommen bin – und der Blick aus dem Fenster. Von meinem Arbeitszimmer aus kann ich ein sehr schönes, altes Haus sehen – ein altes Weingut. Es heißt sogar, es sei noch bewohnt. Allerdings habe ich dort noch nie jemanden gesehen.

Wann und wo schreiben Sie am liebsten?

Prinzipiell kann ich überall schreiben. Am liebsten sitze ich an meinem Schreibtisch oder auf der Terrasse, den Laptop auf den Knien.

Familie Stein

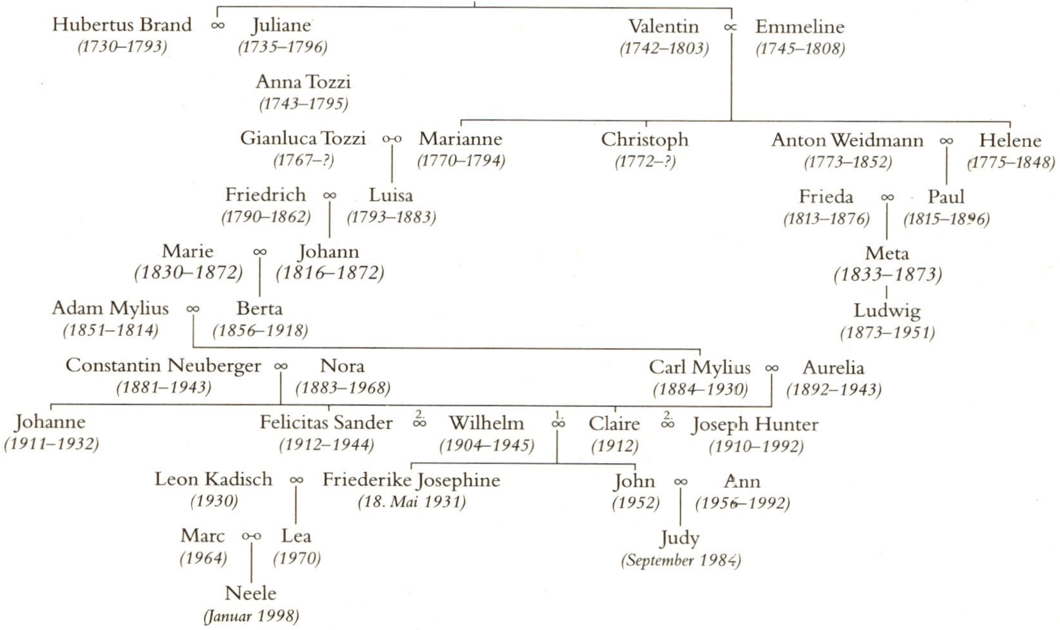